W0411876

Johanna Benden

Nebelsphäre – Das Vermächtnis der Drachen

mit Liebe & Zimt gemacht

Moin moin!

„Das Licht der Sterne
reist lange zu uns.
Am Himmel funkelt
nur die Vergangenheit.“ ☺

So, ich nehme dich jetzt mit zu
Hiltja und Thor. Viel Spaß mit
dem Auftakt der Schatten-Reihe!

Glückstadt, im Spätsommer '23

Hiltja Hinnerksen wusste, dass die Gefährtenbindung zu Thor ihr Talent verstärken konnte, doch dass es so heftig werden würde, ahnte keiner von beiden. Nun, gegen Ende der Bindungsphase, reißen die Visionen die junge Seherin so nachhaltig aus der Realität, dass ein Alltag unmöglich ist. Die einzige Lösung besteht darin, das Talent mit besonderen Kräutern zu dämpfen. Aber die Arznei hat Nebenwirkungen und macht Hiltja nahezu blind für den Blick in die Zukunft.

Für die Führung der Himmelsechsen ist das ein Problem, muss die Allianz von Drache und Mensch sich doch gegen blutrünstige Dämonen behaupten. Die dunklen Kreaturen marodieren bereits seit Monaten über alle Kontinente und nisten sich mit jedem Tag hartnäckiger auf unserem Planeten ein. Dann tauchen auch noch mysteriöse Schatten in der Nebelsphäre auf. Um Herr der Lage zu bleiben, sieht sich die Allianz dazu gezwungen, alle Register zu ziehen, eben auch das der Seherin. Nur wie soll die junge Frau ihr Talent ohne Ausbildung bändigen? Die letzte Seherin starb vor zehntausenden von Jahren …

Wird Hiltja Hilfe finden?
Und was lauert in der Sphäre?

Johanna Benden, 1976 geboren, lebt mit ihrer Familie in Norddeutschland. Mit dem »Vermächtnis der Drachen« startet die Autorin in ihre vierte Fantasy-Reihe und erfindet damit die fantastische Welt der Nebelsphäre ganz neu. Fesselnd, romantisch und natürlich mit Bendens typisch norddeutschem Humor!

Weitere Infos zur Autorin gibt es unter: www.johanna-benden.de

JOHANNA BENDEN

Nebelsphäre

Das Vermächtnis der Drachen

Das Licht der Sterne reist lange zu uns.
Am Himmel funkelt nur die Vergangenheit.

Fantasy-Roman

Kiel-Reihe:

Nebelsphäre – haltlos (Debütroman) (Teil 1, 2012)
Nebelsphäre – machtlos (Teil 2, 2013)
Nebelsphäre – rastlos (Teil 3, 2014)

Lübeck-Reihe:

Nebelsphäre – Der Zauber des Phönix (Teil 1, 2016)
Nebelsphäre – Das Licht des Phönix (Teil 2, 2016)
Nebelsphäre – Die Liebe des Phönix (Teil 3, 2017)
Nebelsphäre – Der Zorn des Phönix (Teil 4, 2018)

Hamburg-Reihe:

Nebelsphäre – Die Seherin der Drachen (Teil 1, 2020)
Nebelsphäre – Gefangen in der Prophezeiung (Teil 2, 2020)

Glückstadt-Romane:

Annas Geschichte (zwei fantasyfreie Glückstadt-Romane)
Salz im Wind & Splitter im Nebel (2019)
Ein mystischer Roman für die Lütten (ab 10 Jahren)
Der rätselhafte Kompass (2021)
Aus den Fluten der Elbe (zweibändiger Wohlfühl-Krimi)
Eine Schwalbe im Sturm & Das Leuchten der Elbe (2021, 2022)

1. Auflage 2023
Alle Rechte vorbehalten
© 2023 Imke von Drathen
Rolande-Thaumiaux-Str. 15
25348 Glückstadt
E-Mail an: info@johanna-benden.de
Fotos Cover (Sternenhimmel & Mond): Philipp Rachor
Detaillierte Drachenskizzen im Buch: Ronja Forleo
Umschlaggestaltung, Buchsatz, Skizzen und Bilder: Imke von Drathen
Autorenfoto auf der Rückseite: Anna Eve Photography
Lektorat: Gabriela Anwander, Niklas de Sousa Norte, Ute Brandt, Elisabeth Schwazer, Melanie Scharfenberg-Uta, Dagmar, Corinna Kahl
Verlag: Gibt's nicht – wir machen hier alles selbst ☺.
ISBN: 978-3-95941-999-4

FÜR ALLE,
DIE DIE WELT MIT IHREM TUN
EIN KLEINES BISSCHEN BESSER MACHEN.

LEUTE, IHR SEID HELDEN!

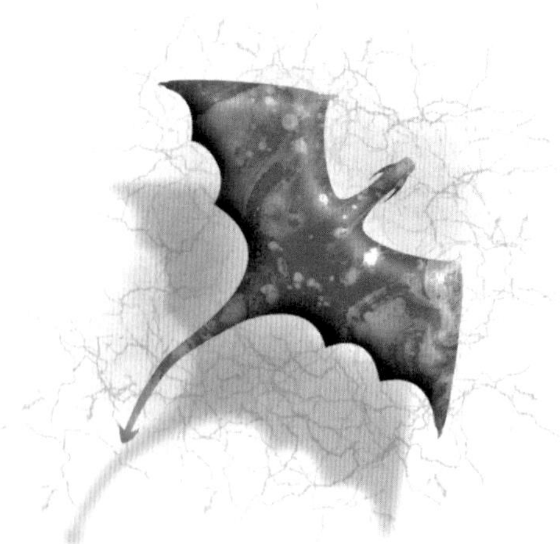

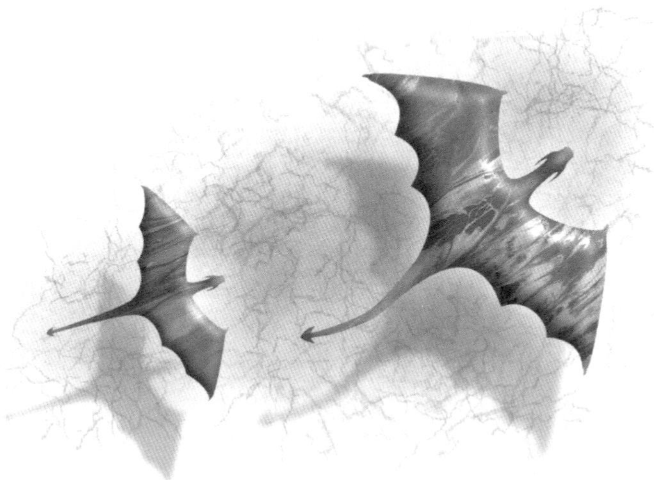

Vorwort

Moin moin, Dezember 2022

und herzlich willkommen bei der Nebelsphäre 2.0! Ich freue mich riesig, dass du mit von der Partie bist und gemeinsam mit mir die neue Welt der Drachen und Magie erkundest!

Ja, ich gebe es zu: Nachdem ich die Dämonen auf unseren Planeten losgelassen hatte, habe ich mich eine Weile geziert, die Geschichte weiterzuspinnen. Es gab jede Menge Details, über die ich mir Gedanken machen musste, denn nun ist ja Schluss mit der Geheimgesellschaft der Himmelsechsen. Heute bekämpfen die Drachen dunkle Wesen Seite an Seite mit menschlichen Magiern und das vor unser aller Augen. Früher startete eine Reihe in der »normalen« Welt, doch ab jetzt geht es sofort mit der Fantasy los – du bekommst quasi die Nebelsphäre 2.0! Das ist auch der Grund, warum ich beschlossen habe, mit diesem Buch eine neue Reihe zu starten.

Falls dies dein erster Fantasy-Roman von mir sein sollte, keine Sorge, diese Geschichte lässt sich problemlos ohne die anderen Reihen lesen. Die alten Hasen mögen dir vielleicht die eine oder andere Figur voraushaben, aber davon, was grade auf der Welt los ist, haben sie genauso wenig Ahnung wie du. Damit herrscht Chancengleichheit!

Tatsächlich haben die Dämonen das Leben auf unserem Planeten so stark verändert, dass unsere Regierung erklärende Dossiers für uns Bürger verfasst hat. Und mit einigen Auszügen aus diesen Heften »Politische Weiterbildung für jedermann« starten wir nun.

Oh, warte, eine Kleinigkeit noch! Da meine Figuren aus Norddeutschland kommen, schnacken (reden) sie auch so. Wenn du jemanden »außen vor lässt«, bleibt die Person unberücksichtigt. Etwas »Verköseltes« ist angebrannt und wenn dir eine Sache »bevorsteht«, dann erzeugt sie bei dir ungute Gefühle. Da kannst du natürlich »gegen angehen«, also dich dagegen wehren, aber bei mir bringt das nichts. Wenn du jemandem »beikommen« möchtest, versuchst du mit der Person fertig zu werden. Klappt auch nicht immer.

Da meine Drachen allesamt älter sind – ich spreche von Ü200 – benutzen sie natürlich auch das eine oder andere antiquierte Wort. Über »Tand« sind einige meiner Testleser gestolpert, darum für alle: Das ist unnützes Zeug, also Nippes oder Firlefanz. Hmm. Die Wörter sind eigentlich auch ganz cool …

So, nun habe ich aber genug gesabbelt. Jetzt geht es auf zu den Himmelsechsen! Ich wünsche dir viel Spaß mit der neuen Nebelsphäre!

Deine Johanna

P.S.: Bei Bedarf kannst du dir hier eine Figurenliste runterladen:

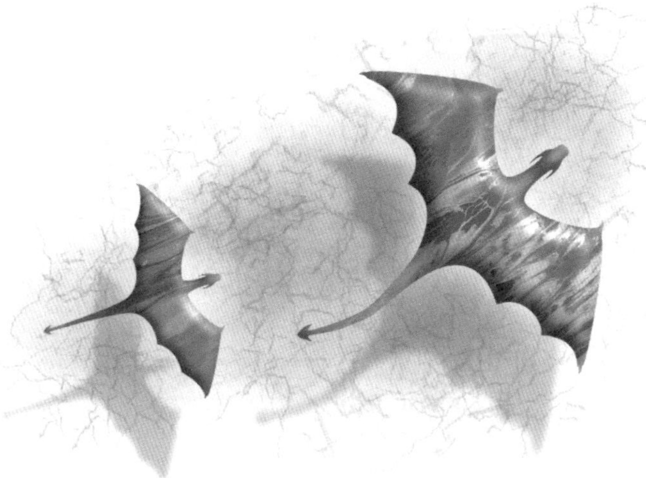

Himmelsechsen – unsere Freunde und Helfer

Auszüge aus Heft Nummer 413 der Reihe »Politische Weiterbildung für jedermann«:

»[…] Die Himmelsechsen, landläufig Drachen genannt, leben seit vielen tausend Jahren auf unserer Erde. Lange vor den ersten Menschen hatten sie bereits eine eigene Hochkultur entwickelt. So geht beispielsweise die Sprache Latein auf die Himmelsechsen zurück. Über Jahrhunderte hinweg gab es eine meist friedliche Koexistenz zwischen unseren beiden Spezies.

Im Mittelalter entschieden die Drachen, sowohl sich als auch die Magie vor uns Menschen zu verbergen (zu den Hintergründen siehe Heft Nummer 414: »Die Verschwörung der Goldenen«). Innerhalb von wenigen Jahrzehnten verblasste das Wissen um Himmelsechsen und unsere eigenen Zauberfähigkeiten im kollektiven Gedächtnis zu unwirklichen Legenden. Dennoch haben die Schuppenträger all die

Jahrhunderte im Verborgenen über uns und unsere Welt gewacht.

Seit fünf Jahren verfolgen die Schuppenträger den Plan, die offene Koexistenz mit uns wieder aufzunehmen. Hierfür wurden bereits vielerlei Schritte eingeleitet und konsequent verfolgt (siehe ebenfalls Heft Nummer 414). Die Invasion der Dämonen zwang die Himmelsechsen im vergangenen Winter allerdings dazu, ihre Tarnung sofort aufzugeben.

Obwohl die Fernsehbilder von der Schlacht bei Pjöngjang in Nordkorea eher an einen computeranimierten Blockbuster aus Hollywood denken lassen, war diese Schlacht doch real und hat vielen Menschen und noch mehr Drachen das Leben gekostet (siehe hierzu Heft Nummer 410: »Invasion der Dämonen – Kampf um unseren Planeten«). Unter Aufbietung aller Kräfte gelang es den Himmelsechsen, das Portal, aus dem die Dämonen in unsere Welt drangen, zu verschließen. Bedauerlicherweise erst, nachdem etliche dieser Kreaturen es passiert hatten.

Trotz aller Anstrengungen der Allianz von Drache und Mensch treiben auch heute noch etliche dunkle Wesen ihr Unwesen auf unserer Erde. Die Folgen ihres Eindringens (siehe hierzu das in Kürze erscheinende Heft Nummer 418: »Dämonen und ihre verheerende Spur der Verwüstung«) sind so weitreichend, dass die Allianz sich im Kampf gegen die Dämonen im Einzelfall dazu gezwungen sieht, territoriale Ansprüche und staatliche Souveränität zu verletzen. Laut Führung der Himmelsechsen wird eine Unterdrückung der Menschheit ganz ausdrücklich NICHT angestrebt. Alle Maßnahmen dienen ausschließlich dem Schutz des Planeten und der Vernichtung der dunklen Wesen. […]

Drachen können in ihrer wahren Gestalt überaus furchterregend wirken, doch für uns Menschen sind sie meist ungefährlich, da wir nicht auf ihrem Speiseplan stehen. Im Gegenteil, tatsächlich bemühen sich viele Himmelsechsen um freundschaftliche Beziehungen und schätzen den Austausch mit uns sehr.

Da die Schuppenträger eine humanoide Gestalt annehmen können, die sich optisch nicht von der unsrigen unterscheiden lässt, ist es möglich, dass Sie in Ihrem Leben bereits der einen oder anderen Himmelsechse begegnet sind. Auch wenn sie so ausschauen wie wir, spüren wir instinktiv, dass mehr hinter diesen Wesen steckt, als wir sehen können, und empfinden eine unbestimmte Furcht vor ihnen. Je nach Drachenrasse ist diese mehr oder weniger stark ausgeprägt.

Im Gegensatz zu uns Menschen sind *alle* Himmelsechsen magisch begabt. So sprechen sie in ihrer wahren Gestalt nicht akustisch hörbar, sondern via Telepathie, was sie als Gedankenrede bezeichnen. Außerdem können Drachen durch die Nebelsphäre reisen. Hierbei handelt es sich um eine Art fünfte Dimension, die alle Orte und sogar fremde Welten miteinander verbindet. Mit einem Sprung durch die Sphäre kann ein Drache beispielsweise von Berlin nach Sydney gelangen – und das ohne Zeitverzögerung.

Ansonsten ist Himmelsechse nicht gleich Himmelsechse, wie man der folgenden Auflistung entnehmen kann:

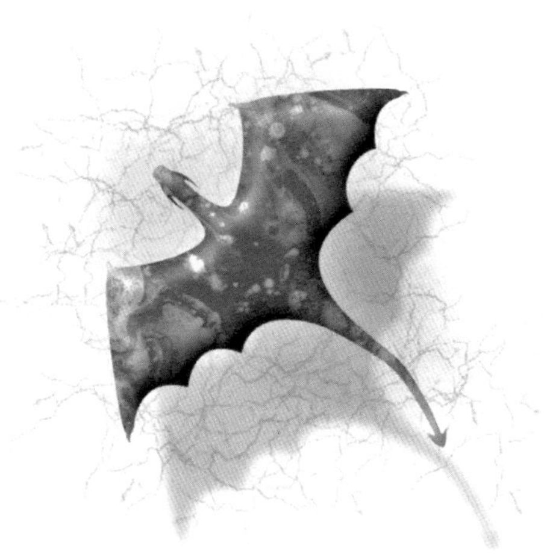

Die Goldenen

Schuppenfarbe: gold, edel schimmernd, je nach Alter & Position mit Edelsteinen besetzt

Geschlecht: weiblich

Erscheinungsbild: anmutig, erhaben

Übliches Aufgabenfeld: Krisenmanagement, Vermittlung, Führung

Schwingenspannweite: ca. 15 m

Geruch: heißes Gold

Größe Menschengestalt: ca. 1,9 m

Höchstalter: 600/700 Jahre

Hauptsitz: Zitadelle hoch oben im Himalaya

Sonstiges: Die Goldenen sind dazu in der Lage, Situationen emotionslos zu analysieren und harte Entscheidungen zu treffen, die dem Allgemeinwohl dienen.

Die Roten

Schuppenfarbe: rot, glänzend und stumpf zugleich; lässt Menschen an frisch vergossenes Blut denken
Geschlecht: männlich
Erscheinungsbild: muskelbepackt, massig, aggressiv
Übliches Aufgabenfeld: Krieger
Schwingenspannweite: ca. 20 m
Geruch: heißes Kupfer
Größe Menschengestalt: ca. 2 m
Höchstalter: 400/500 Jahre
Hauptsitz: Stützpunkt am Fuße des Merapi in Indonesien
Sonstiges: Die Roten besitzen ein starkes Ehrgefühl. Wer dieses verletzt, lebt gefährlich. Außerdem haben sie eine Vorliebe für scharf gewürzte Nahrungsmittel. Achtung: Diese sind für Menschen ungenießbar! Als einzige Rasse können die Roten auch mit starken Verletzungen durch die Nebelsphäre springen.

<u>Die Grünen</u>

Schuppenfarbe: grün, changierend schillernd in den verschiedensten Grüntönen von hellem Maigrün bis dunklem Waldgrün

Geschlecht: weiblich

Erscheinungsbild: lebendig, positiv, sanft

Übliches Aufgabenfeld: Heilen, Kundschaften, früher auch Dienen

Schwingenspannweite: ca. 10 m

Geruch: heißes Iridium

Größe Menschengestalt: ca. 1,8 m

Höchstalter: 700/900 Jahre

Hauptsitz: tropischer Regenwald, aktuell die Zitadelle der Goldenen

Sonstiges: Die Grünen verehren das Leben in jeder Form. Sie sind mitfühlend und haben ein hervorragendes Gespür für ihr Gegenüber, was sie zu guten Beobachterinnen macht.

<u>Die Schwarzen</u>

Schuppenfarbe: schwarz und so matt, dass fast alles Licht verschluckt wird

Geschlecht: männlich

Erscheinungsbild: athletisch

Übliches Aufgabenfeld: Wächter der Tore zur Dämonensphäre

Schwingenspannweite: ca. 10 m

Geruch: heißer Stahl

Größe Menschengestalt: ca. 1,8 m

Höchstalter: 800/1000 Jahre

Hauptsitz: Zitadelle in den Wäldern Osteuropas

Sonstiges: Die Schwarzen bewachen die Tore zur Dämonenwelt und haben für diese Aufgabe unerkannt unter uns Menschen gelebt. Als einzige Rasse beherrschen sie das Langstreckensenden.

<u>Die Weißen</u>
Schuppenfarbe: elfenbeinfarben mit leichtem Schimmer
Geschlecht: männlich
Erscheinungsbild: feingliedrig und wuselig
Übliches Aufgabenfeld: Wissenschaftler, Forscher
Schwingenspannweite: ca. 7 m
Geruch: heißes Silber
Größe Menschengestalt: ca. 1,7 m
Höchstalter: 1600/2000 Jahre
Hauptsitz: unterirdischer Eishöhlenkomplex in der Antarktis
Sonstiges: Die Weißen sind hochintelligent, extrem neugierig und beherrschen das Multitasking, was sie für andere häufig zerstreut wirken lässt.

<u>Die Blauen</u>

Schuppenfarbe: perlmuttfarben bläulich, sie glänzen selbst im trockenen Zustand noch wie nass

Geschlecht: männlich

Erscheinungsbild: stromlinienförmig, glatt, unnahbar

Übliches Aufgabenfeld: Handwerker, das Meer und die Tiefsee

Schwingenspannweite: ca. 15 m

Geruch: heißes Platin

Größe Menschengestalt: ca. 1,9 m

Höchstalter: 1000/1500 Jahre

Hauptsitz: Stadt Atlantis, am Meeresgrund des Marianengrabens

Sonstiges: Die Blauen leben zurückgezogen in der Tiefsee. Sie können als einzige Rasse ohne Magie unter Wasser atmen und sind auch unter Wasser elegante Schwimmer.

Die Drachenrassen im Größenvergleich

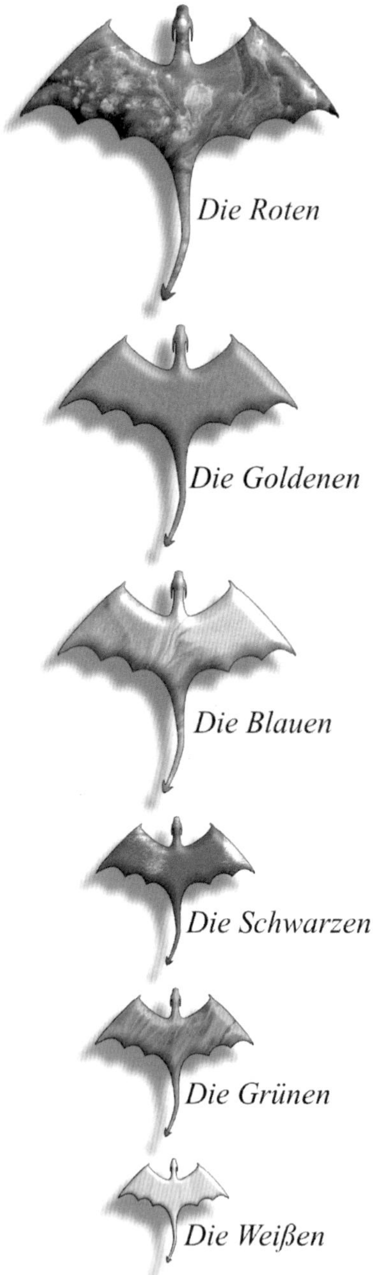

Wie eingangs berichtet, sind die Himmelsechsen uns Menschen wohlgesonnen, ja, sie gehen sogar echte Freundschaften mit uns ein, von welchen beide Seiten profitieren. In sehr seltenen Fällen kann auch mehr entstehen. Es kommt vor, dass sich Drache und Mensch ineinander verlieben. Diese Paare werden Gefährten genannt. Sie bleiben lebenslang zusammen und verschmelzen über Dekaden hinweg zu einem Geist, wobei die Menschen das stattliche Alter ihres Gefährten erreichen. In der Anfangszeit so einer Beziehung, der sogenannten Bindungsphase, reagieren die Himmelsechsen *sehr* eifersüchtig auf potenzielle Nebenbuhler.

Achtung: Begegnen Sie einem Gefährten in der Bindungsphase, halten Sie sich dringend von seinem menschlichen Partner fern – alles andere kann tödlich enden (sogar für andere Schuppenträger)!

Faktencheck:

Da es in den letzten Monaten haufenweise Verschwörungstheorien zu den Drachen gegeben hat, hier ein paar Fakten:

- Drachen sind terrestrische Wesen und *keine* Aliens
- die Drachen teilen ihr Wissen mit uns (z.B. Akademie zur Steinburg in Schleswig-Holstein, sowie diverse andere Hochschulen weltweit)
- die Drachen schützen uns vor den Dämonen, sie haben die dunklen Wesen *nicht* in unsere Welt gebracht
- die Bundesregierung ist keine Marionette der Drachen
- die Drachen sind nicht daran interessiert die Weltherrschaft zu übernehmen
- Bill Gates ist weder für das Erscheinen der Drachen noch für das der Dämonen verantwortlich

Weiterführende Informationen rund um die Themen Himmelsechsen und Magie finden Sie auf der Homepage des Bundesministeriums für magische Angelegenheiten (BmmA).

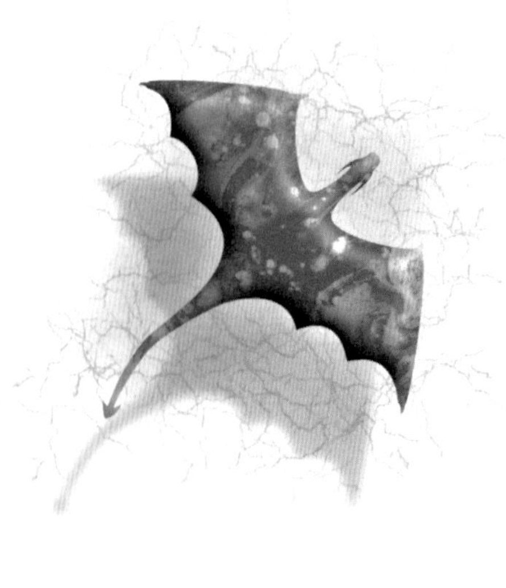

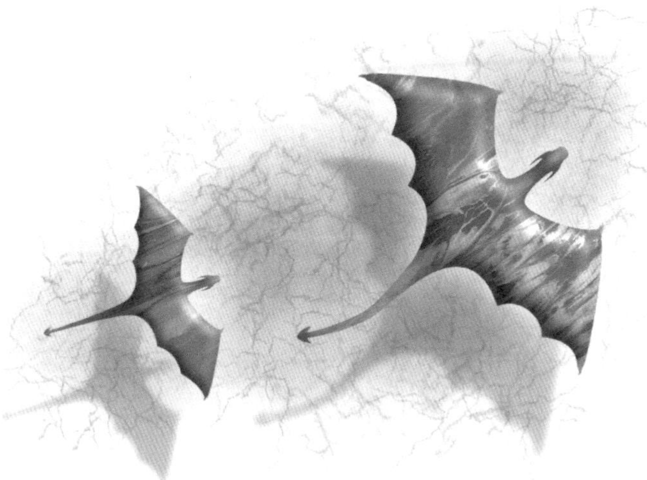

Prolog

Brokxarr wälzte sich im Sand seines Lagers herum. Von den Wänden der Höhle hallten die gleichmäßigen Atemzüge seiner Kameraden wider, lediglich unterbrochen von gelegentlichem Schnarchen. Alle Jungdrachen seiner Einheit schliefen.

Alle, nur Brokxarr nicht.

Pah! Die anderen haben die Prüfung ja auch bestanden, seufzte der rote Drache stumm.

Alle hatten das, nur er nicht.

Wenn Brokxarr ehrlich zu sich wäre, müsste er sich eingestehen, dass er zu viel Angst vor einem Solo-Sprung durch die Nebelsphäre gehabt hatte, aber so ehrlich war er lieber nicht. Stattdessen schnaubte er frustriert, sodass der feine Sand seiner Schlafmulde vor ihm hochstob.

Unser Ausbilder hat mich nicht einmal angeblafft.

Nein, Fähnrich Maxxorr hatte ihn bloß angesehen und *»Vielleicht klappt es beim nächsten Mal«* gesendet. Für alle hörbar. Am liebsten wäre Brokxarr im Erdboden versunken.

»Angstäffchen! Furchttapir«, hatten die anderen hinter vorgehaltener Schwinge gelästert.

Daraufhin hatte Maxxorr sich vor der Jungdrachenschaar aufgebaut und mit ernster Miene erklärt: *»Die Angst ist unser Verbündeter. Sie bewahrt selbst gestandene Krieger davor, Dummheiten zu begehen und das Leben zu verlieren. Wer seine Angst ignoriert, ist dem Tod geweiht.«* Er hatte seinen Blick mit schmalen Augen über die Aufrührer der Truppe schweifen lassen. *»Feigheit jedoch ist etwas ganz anderes. Sendet offen, wenn ihr was zu sagen habt!«*

Das hatte natürlich niemand gewagt. Nicht einmal später bei der Abendjagd.

Ich bin kein Feigling, war sich Brokxarr sicher. *Und erst recht kein Drückeberger!*

Nein, er stand bei vielen Übungen in vorderster Reihe.

Aber die Nebelsphäre ... uff! Die ist keine Übung. Die ist echt!

Ausbilder Maxxorr hatte sie eindringlich davor gewarnt, leichtfertig in das wattige Weiß zu springen. Die Sphäre war kalt und tödlich, denn sie saugte jedem Wesen, das so wahnwitzig war, sie durchqueren zu wollen, die astrale Kraft aus. Fand man seinen Zielpunkt nicht beim ersten Versuch, so starb man. Darüber hinaus reisten die Dämonen ebenfalls durch die Nebel und unfairerweise konnte die Sphäre diesen Kreaturen weit weniger anhaben als Himmelsechsen oder Menschen.

»Folgt dir ein Dämon in die Nebel, ist das dein Tod!«, wurde Maxxorr nicht müde zu betonen.

Brokxarr schnaufte abermals und schüttelte unbehaglich seine Flughäute aus.

Was, wenn ich bei meinem Sprung einem Dämon begegne?

Alle behaupteten, dass das überaus unwahrscheinlich sei, denn die Nebelsphäre war unendlich groß, ähnlich dem Weltall. Die Weißen hatten es ausgerechnet: Eine Himmelsechse wurde eher von zwei Blitzen gleichzeitig getroffen, als dass sie bei einem Sprung durch die Sphäre auf ein anderes Lebewesen traf. Das war also eigentlich unmöglich.

Aber was, wenn doch?!

Bei den Übungsstunden war Brokxarr stets von einem erfahrenen Krieger begleitet worden. Einem, der ihn leitete und beschützte. Mit so jemandem an der Seite war die Reise durch die Nebel kein Problem.

Aber allein?

Was, wenn er sein Ziel nicht fand? Das war ihm bisher zwar nur bei den ersten Versuchen passiert, doch wer garantierte ihm, dass es nicht wieder geschah?

Ich will nicht sterben.

Unglücklich wälzte sich Brokxarr auf die andere Seite. Er musste diese Prüfung bestehen! Die Lästereien seiner Kameraden waberten durch seine Erinnerungen und schürten seine Zweifel.

Vielleicht bin ich ja doch einfach bloß feige?

Angst war verzeihbar, Feigheit ehrlos.

Ich bin nicht feige!

Trotzig erhob sich Brokxarr von seinem Nachtlager. Er würde es den anderen beweisen, vor allem aber sich selbst.

Ich werde springen!

Ja, das würde er. Am besten sofort, bevor ihn der Mut wieder verließ.

Aufgewühlt schlich sich der junge Rote aus der Schlafhöhle und trat hinaus in die tropische Nacht. Die Luft war weich und der Sternenhimmel spannte sich endlos über ihm auf – ein herrlicher Anblick. Ob es da oben außer den Dämonen noch anderes Leben gab?

Bei den Ahnen, Brok, hör auf zu träumen und tu es!, herrschte er sich an. Er verbot sich jeden weiteren Gedanken und drückte sich vom Boden ab. Eine schwüle Wärme umschmeichelte seinen Körper, als er seine Schwingen entrollte und rasch an Höhe gewann.

Nicht grübeln, machen!

Brokxarr schluckte nervös und gab sich einen Ruck. Entschlossen riss er die Weltenhaut auf und schlüpfte in die Sphäre. Morgen würde keiner mehr über ihn lachen.

Kälte umfing den roten Jungdrachen. Kälte und ein wattiges Weiß, das ihm jegliche Orientierung raubte. Hier gab es kein Oben und Unten, kein Links und Rechts.

Nur mich und die Sphäre!

Und die sog erbarmungslos an seiner astralen Kraft. Tapfer konzentrierte sich Brokxarr darauf, seine Meridiane geschlossen zu halten und strebte tiefer in die Nebel hinein.

Ich werde es schaffen. Ich werde mein Ziel erreichen!

Das Ziel. Es dauerte ein paar Sekunden, bis ihm sein Fehler bewusst wurde. Ein eisiger Schauer rieselte durch seine Eingeweide.

Beim Grauen Krieger, nein!

Er hatte sich nur auf seinen Mut fokussiert, aber nicht nachgedacht!

»*Nachlässigkeit in der Sphäre endet tödlich*«, hallte Maxxorrs Warnung durch seinen Geist. Doch dafür war es nun zu spät.

Ich habe mir kein Ziel gesucht!

Panik rauschte durch Brokxarrs Körper. Das hätte nicht passieren dürfen. Ohne Ziel war er verloren.

Ich kehre zurück!

Hektisch drehte er sich um. Wattiges Weiß! Er war bereits zu tief in die Sphäre hineingetrieben.

Ich brauche ein Ziel! Sofort!

Brokxarr dachte an seinen Stützpunkt und schon wirbelten verschiedene Bilder durch seinen Kopf: die Schlafhöhle, der Exerzierplatz, das Materiallager, das Büro seines Ausbilders und der Badesee der Jungdrachen tief im Dschungel.

Hilflos strebte er diesem Wunschort entgegen und spürte, wie er sich durch die Nebel bewegte. Eigentlich müsste jeden Moment die durchscheinende Weltenhaut vor seinen Nüstern auftauchen und dahinter ein blasses Abbild seines Eintrittsortes, doch nichts dergleichen geschah.

Ich kriege es nicht hin!

Verzweiflung flutete den Körper des jungen Roten. Maxxorr würde wie immer recht behalten: Wer seine Angst ignoriert, ist dem Tod geweiht.

Ich hätte nicht ohne Begleitung springen dürfen!

Die Reue kam vergebens. Er würde sterben. Allein in den Nebeln –

niemand würde je seine Leiche finden. Die Kälte fraß sich ins Mark seiner Knochen und ließ Brokxarrs Denken zäh werden.

Aus diesem Fehler ... werde ich nichts mehr lernen.

Plötzlich verdunkelte sich das wattige Weiß neben ihm: Ein großer Schatten rauschte heran. Kein Zweifel, da kam ein anderes Wesen auf ihn zu.

Sieh an ... zwei Blitze ... auf einmal, waberte es durch das müde Hirn des Roten. Das würde er ja zu gern den weißen Schlaudrachen mitteilen. Bedauerlich, dass er dazu nicht mehr die Gelegenheit bekommen würde.

Nein ... ich bin ... des Todes ... und das ... gleich ... zwei Mal ...

Einige Wochen zuvor:

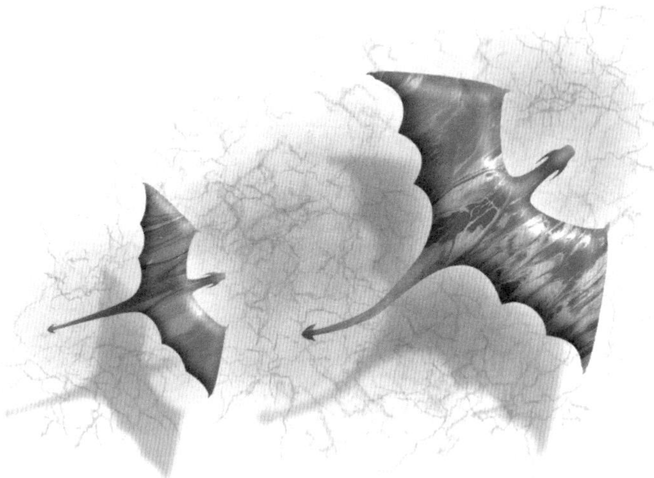

Von Zombies und Chamäleonratten

Hiltja war aufgeregt und das trotz der distanzierenden Wirkung des Arzneitees, den sie jeden Morgen trinken musste. Gleich würden sie und ihr Drachengefährte ihren ersten offiziellen Auftrag ausführen und so endlich zur Bekämpfung der Dämonen beitragen.

Wohin sie uns wohl schicken werden?

»Das ist zweitrangig«, antwortete Thor stumm auf ihren Gedanken. Er drückte ihre Hand. *»Hauptsache, wir dürfen aktiv werden!«*

Stolz machte er den Rücken seiner Menschengestalt gerade und salutierte vor Ausbilder Bruttach auf dem Sprungplatz der Akademie der Wölfe. Der Name war irreführend, denn Wölfe gab es hier keinen einzigen, dafür aber jede Menge Gefährtenpaare bestehend aus Drache und Mensch. Die Bezeichnung hatte die Akademie ihrem Standort, dem ehemaligen Heeresflugplatz »Hungriger Wolf« bei Hohenlockstedt in Schleswig-Holstein, zu verdanken.

Hiltja spürte über die Geistesverbindung zu ihrem Liebsten, dass dieser es kaum abwarten konnte, sich beweisen zu dürfen. Ihre Mitstreiter sahen da weit weniger engagiert, sondern vielmehr gelangweilt aus. Eine Goldene namens Amira und deren Menschengefährtin Leonie sollten den Auftrag gemeinsam mit ihnen ausführen.

»Steh bequem, Soldat.« Bruttach lächelte entspannt. »Auf militärische Förmlichkeiten legen wir Wölfe höchstens bei den Kampfübungen wert. Für euch wird es heute um etwas anderes gehen.«

»Wir werden nicht kämpfen?«, hakte Thor nach. Enttäuschung schwappte über die Verbindung auch in Hiltjas Inneres.

»Nein, das sollte nicht nötig sein«, bestätigte der Ausbilder. »Euer Ziel ist es, die Daten eines indischen Forschungszentrums zu sichern.« Er holte einen USB-Stick aus seiner Hosentasche und hielt ihn hoch.

»Indien?« Leonie runzelte die Stirn. »Ich kann kein Indisch. Du etwa, Schneewittchen?« Sie schaute Hiltja fragend an.

Die schüttelte den Kopf. »Leider nein.«

»Das ist auch nicht nötig«, erklärte Bruttach. »Unsere weißen IT-Spezialisten Benan und Naira haben den Datenträger so präpariert, dass es genügt, ihn irgendwo in dem Netzwerk anzustecken. Den Rest erledigt die Programmierung von ganz allein.«

»Nett«, befand Leonie.

In Hiltjas Ohren klang das Wort leicht verächtlich. Oder täuschte sie sich?

Verdammt!, seufzte sie bei sich. *Der blöde Tee trübt meine Wahrnehmung.*

»Ärgere dich nicht, mein Herz«, beschwichtigte Thor sie über die persönliche Frequenz der Gefährtenbindung, sodass die anderen nichts davon mitbekamen. *»Der Tee ist wichtig für dich, das sagt die Heilerin jedes Mal. Und was Leonie angeht: Da hast du recht. Das Mädel hat keinen Bock auf diesen Auftrag.«*

Bruttach überging den Kommentar ihrer Mitstreiterin und führte weiter aus: »Benan hat mich darauf hingewiesen, dass die Datenübertragung direkt am Server deutlich schneller sein dürfte als bei einem der Client-Rechner. Also sucht den Serverraum, auch wenn das ein paar

Minuten dauern sollte. Die Forschungsdaten sind umfangreich.«

Thor salutierte abermals. »Verstanden!«

Innerlich rollte Hiltja mit den Augen. Seit sie hier an der Akademie der Wölfe gelandet waren, mutierte ihr Gefährte regelrecht zu einem pflichtbewussten Musterknaben.

Der Ausbilder schaute von einem zum anderen. »Der Ablauf sieht wie folgt aus: Ihr springt durch die Nebel hierher«, er sendete die Sprungkoordinaten, »und sucht das Forschungszentrum auf.« Wieder folgte ein Bild auf der Geistesebene. »Thor und Amira, ihr beide sichert das Gebäude von außen, während Schneewittchen und Leonie hineingehen und die Daten besorgen.«

»Wäre es nicht besser, wir gehen mit rein?«, erkundigte sich Thor.

»Nein«, widersprach Bruttach, »draußen habt ihr die Lage besser im Blick und könnt weiträumig nach den dunklen Wesen scannen. So erkennt ihr potenzielle Gefahren sofort, könnt eure Gefährtinnen warnen und den Einsatz zur Not abbrechen, bevor es brenzlig wird. Wenn sich dort Dämonen aufhalten, sind diese ausgehungert. Das macht sie gierig und schnell. Außerdem sind die Räumlichkeiten des Zentrums für Rote und Goldene zu beengt. Eure wahre Gestalt könnt ihr dort nicht annehmen und falls ihr doch dazu gezwungen sein solltet, legt ihr alles in Schutt und Asche und wir können die Daten vergessen.«

»Pffft«, schnaubte Leonie. »Was soll denn schon passieren? Seit der dämonischen Seuche ist Indien ein totes Land! Das ist eine Anfängeraufgabe. Amira und ich gehören zu den Fortgeschrittenen.«

»Dann dürftet ihr den Auftrag ja in null Komma nichts erledigt haben«, ließ Bruttach ihren Protest abblitzen. »Noch Fragen?« Er schaute in die Runde.

»Ja!« Thor straffte sich demonstrativ an Hiltjas Seite. »Mit welchen Dämonen haben wir am Zielort zu rechnen?«

Anerkennung leuchtete in den Augen des Ausbilders auf. »Vor allem Chamäleonratten, aber es könnte sich auch der eine oder andere Satan dorthin verirrt haben. Schwefelechsen wurden in der Gegend ebenfalls gesichtet.«

»Was ist mit Menschen?«, erkundigte sich Amira.

Es überraschte Hiltja, wie respektvoll ihre Stimme klang.

»Negativ.« Bruttach schüttelte seinen Kopf. »Der ganze Landstrich wurde von den Bazillen, die die Chamäleonratten übertragen, entvölkert. Das, was dort heute auf zwei Beinen herumläuft, sind entweder Vampire oder Werwölfe.«

Betroffen hob Amira eine ihrer geschwungenen Brauen. »Kann man sie noch zurückwandeln?«

»Nein.« Die Miene des Ausbilders verfinsterte sich. »Es ist schon zu lange her, dass sie gebissen wurden und wir haben so wenig Heilmittel, dass es kaum für die frisch Infizierten reicht. Geht den Kreaturen nach Möglichkeit aus dem Weg und besorgt die Daten. Das ist alles.«

»Verstanden!« Thor salutierte zum dritten Mal.

Hiltja überspielte ihr Stöhnen, indem sie tief Luft holte. Was war nur aus der entspannten Scheißegal-Haltung ihres Gefährten geworden?

»Weitere Fragen?«, erkundigte sich Bruttach.

»Nein«, seufzte Leonie. »Hört sich trivial an.«

»Dann sollte es diesmal ja keine Probleme geben«, meinte der Ausbilder und bedachte die junge Frau mit einem warnenden Blick.

»Nein, das wird es nicht«, versicherte Amira. »Wir könnten die Aufgabe auch zu zweit bewältigen. Zu viert wird es ein Schlüpflingsspiel.«

Da hat sie recht, musste Hiltja ihr insgeheim beipflichten. Ihr war klar, dass das hier höchstens eine Art Pseudoauftrag war. *Er ist so ungefährlich, dass gar nichts schiefgehen* kann. *Die Daten sind allerdings tatsächlich relevant. Sie werden in der gesamten Region eingesammelt – von Zweierteams!*

»Gut.« Bruttach wandte sich an Hiltja. »Deinen Tee hast du in den letzten Tagen nach Anweisung getrunken, Schneewittchen?«

Die Frage sollte beiläufig klingen, doch selbst unter dem distanzierenden Einfluss der Arznei spürte Hiltja, dass sie das nicht war.

»Ja, jeden Morgen zum Frühstück«, brummte sie.

»Und er wirkt nach wie vor zuverlässig?«

»Das tut er«, antwortete Hiltja fest, obwohl sie sich in diesem Moment nicht halb so sicher fühlte, wie sie nach außen hin klang. Aber das war irrelevant. Ihr Gefährte musste endlich diese Akademie verlassen dürfen. Das würde er nur gemeinsam mit ihr tun können und zwar im Rahmen dieses Auftrags.

Meine Zweifel dürfen ihm keinen Strich durch die Rechnung machen, dachte Hiltja, wobei sie darauf achtete, dass ihr Liebster nichts davon mitbekam. *Wenn Bruttach uns diesen Ausflug streicht, dreht der Herr Donnergott durch und geht in unserem Quartier die Wände hoch.*

Das würde sie zu verhindern wissen.

»Es gab nur ein oder zwei Alltagsvisionen in den letzten Tagen«, behauptete sie, »und die waren durchscheinend und kurz. Ich bin bereit!« Entschlossen stemmte sie die Fäuste in die Hüften.

Neben ihr nickte Thor stolz. »Wir haben alles im Griff, Bruttach!«

Der grinste. »Gut, dann los. Seid wachsam! Ich sehe euch in bummelig einer Stunde hier auf dem Sprungplatz wieder.«

»Horraxx!«, schmetterte Thor den Kriegergruß der Roten und salutierte so begeistert, dass Hiltja nicht wusste, ob sie lachen oder weinen sollte.

»Horraxx«, erwiderte der Ausbilder betont ruhig und deutete den militärischen Gruß mit seiner rechten Hand lediglich an.

Hiltja schüttelte innerlich den Kopf. Ihr Gefährte war in der Vergangenheit alles andere als ein Vorzeigesoldat gewesen. Tatsächlich hatte er sich nach eigener Aussage vor seinen Krieger-Diensten gedrückt, wo er nur konnte. Doch seit sie an der Akademie der Wölfe lebten, entwickelte ihr Großer einen absurden Ehrgeiz.

»Meine Herren, muss dir langweilig sein, Herr Krieger!«, stichelte sie auf der Geistesebene.

Unterdessen forderte Bruttach Thor und Amira mit einem Nicken auf, beiseitezutreten und sich zu verwandeln.

»Hast recht, mein Herz«, feixte Thor mit stoischer Miene. *»Ich hätte mir nicht träumen lassen, dass ich sogar mal das Exerzieren vermissen würde!«*

Gemeinsam mit der Goldenen ging er auf Abstand zu den Menschen und ihrem Ausbilder.

Hiltja unterdrückte ein Grinsen. *»Oha! So schlimm?«*

»Ja, ich kann dir sagen ...«

Thor schenkte ihr ein zärtliches Lächeln und verwandelte sich mit einer raubtierhaften Bewegung in seine Drachengestalt. Im nächsten Moment stand ein roter Kampfkoloss auf dem Sprungplatz, gigantisch, muskelbepackt und mächtig.

Prompt lief Hiltja ein Schauer über den Rücken. Sie liebte es, ihren Gefährten so zu sehen.

Neben ihm nahm Amira ihre wahre Gestalt an. Wie alle Goldenen war sie eine ganze Ecke kleiner als die Roten und auch als Himmelsechse ebenso anmutig wie strahlend schön.

Sie hat keine einzige Narbe, stellte Hiltja erstaunt fest. *Hmm. Thor gefällt mir trotzdem besser. Sogar als Drache ist er eine Sahneschnitte! In seiner Gegenwart kann mir nichts Schlimmes passieren.«*

»Natürlich nicht!«, antwortete er. *»Ich bin dein Donnergott! Alles Schlimme werde ich zu verhindern wissen.«* Er spreizte drohend seine Halskrause. *»Über die ›Sahneschnitte‹ müssen wir allerdings noch mal reden, holde Maid. Diese Torten sind weich und klebrig und ich bin weder das eine noch das andere!«*

»Stimmt. Aber dich würde ich genauso gern vernaschen«, konterte Hiltja.

»Oooh!« Thor grinste lüstern und entblößte dabei sein Raubtiergebiss. *»Ich bitte darum! Später! Erst der Auftrag, dann das Vergnügen.«*

Doch, ihr Gefährte mutierte eindeutig zu einem Musterknaben!

Thor hockte sich auf den Boden, damit sie aufsteigen konnte.

Schließlich saßen beide Menschen in den Nackenfalten ihrer Drachenpartner und schlangen sich die Langschuppen um ihre Handgelenke.

»Wir springen auf dein Kommando«, ordnete sich Amira unter, was ungewöhnlich für eine Goldene war.

»Einverstanden«, stimmte Thor zu.

Gemeinsam erhoben sich die Himmelsechsen, trabten einige Schritte, warfen sich in die Luft und entrollten ihre Schwingen. Der rote Krieger sendete die Zielkoordinaten und kommandierte: *»Alles springt ... jetzt!«*

Hiltja wappnete sich gegen die Kälte und das wattige Weiß der Sphäre, wobei ihr zum wiederholten Mal auffiel, dass dies unmöglich war. Egal, wie sehr sie sich darauf einzustellen versuchte: Die Nebel blieben widerlich und unangenehm. Und die Orientierungslosigkeit brachte den Magen in Aufruhr. Glücklicherweise dauerte so eine Reise nicht lange. Nach wenigen Augenblicken schlug der jungen Frau eine feuchtwarme Schwüle entgegen. Aus der Mittagssonne über Hohenlockstedt war innerhalb weniger Sekunden eine Nachmittagssonne geworden. Hiltja schätzte die Ortszeit auf fünfzehn oder sechzehn Uhr. Sie lächelte.

Geschafft! Wenn der Sprung hinter einem liegt, ist er halb so wild.

»Du bist ja auch mit einem Roten verbunden«, kommentierte Thor zufrieden. *»Keiner von uns beiden ist ein weiches Ei.«*

Rechts neben ihnen schien die Sache anders auszusehen, denn Leonie kämpfte mit dem Brechreiz.

»Du meinst ›ein Weichei‹«, korrigierte Hiltja.

»Das sagte ich doch!«

Thor ging tiefer und steuerte den Landeplatz an, den der Ausbilder ihnen empfohlen hatte. Mit den menschlichen Redewendungen hatte er es noch nie so genau genommen. Das Sondieren der Lage hingegen betrieb er seit der Dämoneninvasion mit akribischer Präzision. So auch heute.

»Unser Zielort ist sauber«, erklärte er an alle. *»Hier gibt es nichts, was uns gefährlich werden könnte.«*

»Mein Reden: Eine Anfängeraufgabe!«, nörgelte Leonie, obwohl sie wie ein Schluck Wasser in der Kurve auf ihrer Gefährtin hockte. Sie

versuchte nicht einmal Haltung zu bewahren.

Amira schloss zu Thor auf. *»Vielleicht ist die Aufgabe doch nicht ganz so leicht. Chamäleonratten sind nicht zu unterschätzen. Sie können sich meisterhaft ihrer Umgebung anpassen und sind mit bloßem Auge kaum zu erkennen. Außerdem lieben sie die Kanalisation. Von hier oben sind sie dort nicht zu orten.«*

»Korrekt!«, bestätigte der Krieger und setzte zur Landung an. *»Wir werden wachsam bleiben.«*

Kaum waren sie am Boden, jammerte Leonie: *»Boa, was ist das heiß hier! Und wir dürfen nicht mal unsere Schutzmontur ausziehen!«*

»Die Montur ist deine Lebensversicherung«, belehrte Amira ihre Partnerin. *»Warte, ich wende eben den Klimazauber auf dich an.«*

»Danke«, ächzte Leonie. *»Besser!«*

»Also diese Leonie«, sendete Thor auf der privaten Frequenz an sein Mädchen, *»die ist definitiv ein mega weiches Ei! Die hat nicht mal kochendes Wasser aus der Entfernung gesehen!«*

»Ja, das vermute ich auch!«, antwortete Hiltja amüsiert.

Wenig später trotteten die beiden Drachen mit ihren Gefährtinnen auf dem Rücken durch die verlassenen Straßen der indischen Stadt. Die Häuser waren ärmlich und hatten während der letzten Monate gelitten, zumal es hier niemanden mehr gab, der etwas reparieren konnte. Dafür eroberten die Pflanzen das Terrain der Menschen zurück, zögerlich noch, doch Hiltja hatte keinen Zweifel, dass das Grünzeug in wenigen Jahren alles überwuchern würde. Schon jetzt verströmten exotische Blüten einen schweren Duft, der den Geruch nach Verwesung beinahe überdeckte. Überall lag Unrat herum, teilweise waren es aber auch abgenagte Knochen.

»O Gott!«, keuchte Leonie. »War das da unten ein Mensch?«

»Wahrscheinlich.« Hiltja zuckte mit den Schultern. So wie hier sah es überall in Indien aus. Das hatte sie in ihren Visionen gesehen, bevor ihr die Heilerinnen den Arzneitee verordnet hatten.

»Wurden die etwa gefressen?«, fragte Leonie schrill.

»Vermutlich«, antwortete Thor. *»Die meisten dunklen Wesen lieben*

Fleisch, doch nicht alle von ihnen vertilgen Gebeine.«

»Wie eklig!« Die goldene Gefährtin verzog angewidert ihr Gesicht. »Und wie pietätlos von dir, Thor! Das war immerhin mal einer von uns!«

Der Krieger grunzte unbeeindruckt. *»Ihr seid genauso Dämonenfutter wie wir. Würde ich über jeden humanoiden oder himmelsechsischen Knochen weinen, täte ich nichts anderes mehr.«*

Leonie starrte pikiert zu ihm auf. »Aber … wer beerdigt den armen Kerl denn nun?«

»Niemand, mein Schatz«, mischte sich Amira mit sanfter Gedankenstimme ein. *»Es ist niemand mehr da. Vor der dämonischen Seuche lebten in Indien 1,4 Milliarden Menschen, in Pakistan 220 Millionen und in Bangladesch 165 Millionen. In dieser ganzen Region hat kein einziger überlebt.«*

»Die Zahlen kenne ich. Aber dieses Skelett! Schockiert euch das denn gar nicht?«, krächzte Leonie. »Also, *ich* bin schockiert!«

Schweigen.

Totenstille senkte sich über die vier Gefährten. Außer dem einen oder anderen verlorenen Klappern und dem Kratzen, das die Klauen der Drachen auf der Straße verursachten, war nichts zu hören. Kein Mensch, kein Tier und erst recht keine Maschine. Es war gespenstisch.

Rechts von ihnen ragte hinter einem Autowrack ein unförmiger Haufen auf, der sich beim Näherkommen als Anhäufung von verschiedensten Schädeln entpuppte. Hiltja tippte auf Menschen und Affen. Alle waren aufgebrochen. Dieser Anblick ließ die Stille in der Straße laut werden.

Eine Gruppe Satanas, die ein Fressgelage veranstalteten, zuckte durch den Kopf der jungen Seherin und prompt überlief ein Zittern ihren Körper. Hiltja erinnerte sich nur zu gut an die Schreie und das Stöhnen der Sterbenden.

»Ich habe gesehen, wie die Seuche über dieses Land hergefallen ist.« Sie schluckte und drängte die in ihr aufsteigenden Visionsfetzen mit aller Macht zurück.

Thor versuchte, sie mit einem Distanzierungszauber zu stabilisieren, was ihm jedoch mehr schlecht als recht gelang. Zerknirscht entschuldigte er sich auf der Geistesebene. *»Ich muss diese Magie echt mehr üben!«*

»Schon gut, ich kriege das hin«, winkte Hiltja ab und richtete sich in seiner Nackenfalte auf.

»O Gott! Wie furchtbar!«, japste Leonie. Offenbar hatte auch sie den Haufen entdeckt. »Und da! War das etwa eine Kuh?!« Sie zeigte mit bebender Hand auf einen Rinderschädel, der widernatürlich lange Eckzähne aufwies.

»Kein Säugetier hat überlebt«, erklärte Hiltja ihrer Mitstreiterin. »Glaub mir, Leonie, wer oder was sie auch immer gewesen sein mögen, diese armen Kreaturen da unten haben das Schlimmste längst hinter sich. Wir können ihnen nicht helfen. Das, was wir tun können, ist, ihr Leben zu würdigen. Und ihr Schaffen. Deswegen sollen wir die Forschungsdaten sichern.«

»Indische Forschungsdaten«, krächzte Leonie. »Ist das als ehrende Geste gedacht? Müssen wir deswegen durch diese Leichen waten?«

»Welche Leichen?« So langsam reichte es Hiltja. Sie schaute verächtlich auf Leonie herab. »Das sind doch nur Knochen! Und nebenbei war Indien kein Entwicklungs-, sondern ein Schwellenland. Insbesondere in der Forschung war diese Nation nicht so unbedeutend, wie du vielleicht denkst!«

»Schneewittchen hat recht, Schatz«, meldete sich Amira zu Wort. *»Vor der dämonischen Seuche gehörte Indien zu den Top-zwölf-Standorten in Sachen Biotechnologie – und das weltweit! Das Zentrum, das wir aufsuchen sollen, war führend. Es wäre eine Verschwendung von Ressourcen und Arbeitskraft, wenn wir das Wissen dem Zerfall überlassen würden. In diesen Zeiten wäre das unverzeihlich.«* Sie schaute sich nach ihrer Gefährtin um, was ihrem goldgeschuppten Hals einen anmutigen Schwung gab. Ein zärtliches Lächeln huschte über ihr Drachengesicht. *»Außerdem können auch kleine Dinge Bedeutung haben.«*

»Die Bedeutung ist irrelevant«, erstickte Thor das Süßholzgeraspel

im Keim. *»Befehl ist Befehl und im Übrigen sind wir da. Das Gebäude dort muss es sein.«* Er nickte in Richtung eines modernen dreistöckigen Hauses, an dem ein grünweißes Schild mit der Aufschrift »Bio-One-Tech-Reserch« unversehrt über einem Eingang hing. Die Türen darunter waren aus den Angeln gehoben.

Die Drachen hielten direkt vor dem Gebäude, sondierten nochmals die Lage und ließen ihre Gefährtinnen absteigen.

Als Hiltjas Stiefel die Straße berührten, beschlich sie ein mulmiges Gefühl.

Ob mir meine Visionen was sagen wollen?

Sie horchte in sich hinein, doch sie fand keine Antwort. Ja, es kribbelte nicht einmal Magie durch ihre Meridiane. Der Arzneitee wirkte. Die Kräuter drückten alles weg und trübten die Wahrnehmung. So ging es schon seit Wochen. Visionen hatte Hiltja nur sporadisch und meist waren deren Inhalte belanglos.

Trotzdem schauerte eine Gänsehaut ihren Rücken hinauf und verweilte lauernd in ihrem Nacken.

»Uh!« Sie schüttelte sich und hakte auf der Geistesebene direkt bei ihrem Gefährten nach: *»Sind hier wirklich keine Dämonen? Oder vielleicht Vampire oder irgendwelche Untoten?«*

»Zombies gibt es bloß in den Fernsehgeräten von euch Humanoiden.« Thor zwinkerte spitzbübisch. *»Und was den Rest angeht: Im Umkreis von fünfhundert Metern befinden sich weder Dämonen noch verwandelte Erdenkreaturen.«*

»Hmm«, brummte Hiltja. Sie war nicht überzeugt.

»Hey Schneewittchen«, ihr Gefährte stupste sie sacht mit der Schnauze an, *»mach dir keinen Kopf. Es liegt an diesem Ort. Der ist so gruselig, dass sogar ein roter Krieger eine Hühnerhaut bekommen kann.«*

»Es heißt ›Gänsehaut‹.«

»Genau. Das habe ich doch gesagt.«

Sie bedachte ihren Donnergott mit einem spöttischen Grinsen. *»Seit wann bekommen Drachenkrieger bitte eine Gänsehaut? Hast du mir nicht immer erzählt, dass ihr Roten gar nicht wisst, wie ›sich gruseln‹*

geht?«

»Das war gelogen.«

Thor gluckste. *»Aber erzähl es nicht den Goldenen, sonst sinken wir in deren Ansehen.«* Dann wurde er wieder ernst. *»Also, hier ist wirklich nichts und niemand. Amira und ich halten draußen Wache. Und drinnen seid ihr zu zweit. Chamäleonratten sind Feiglinge. Du weißt noch, wie man solche Viecher verscheucht, oder?«*

»Man verpasst ihnen eine magische Salve auf den Schwanz. Nicht auf die Schnauze, weil sie das aggressiv macht«, leierte Hiltja herunter. Das Feuern und Zielen hatten sie in den letzten Wochen ausführlich bei den Wölfen geübt. Das beherrschte sie aus dem Effeff.

»Richtig!«, bestätigte er. *»Euch kann gar nichts passie...«*

»Bist du endlich so weit, Schneewittchen?« Leonie stand bereits bei der Treppe und warf ihr einen ungeduldigen Blick zu. »Ich wollte hier keine Wurzeln schlagen.«

»Ich komme schon«, seufzte Hiltja. Sie schenkte ihrem Gefährten ein Lächeln. *»Bis später, Herr Krieger.«*

Thor schnaubte sie zärtlich an. *»Nein, lieber bis gleich!«*

Gemeinsam betraten die jungen Frauen das Forschungszentrum. Der bescheidene Empfangsbereich war ebenso verwaist wie die Büroräume dahinter und der Anblick surreal. Die Schreibtische waren übersät mit menschlichen Habseligkeiten wie Kaffeebechern, Ordnern, Notizzetteln, Stiften, Papieren, Tackern, und, und, und. Mancher Arbeitsplatz wirkte, als sei er gerade erst verlassen worden.

Hiltja musste schlucken, als ihr Blick einen Bilderrahmen streifte, der neben einem Monitor aufgestellt worden war. Eine Frau und ihre zwei Kinder strahlten den Betrachter glücklich an.

Oh Mann! Als würde ihr Liebster im nächsten Moment zurückkehren und weiterarbeiten.

Der Fußboden bezeugte allerdings, dass das nie passieren würde, denn hier lagen abgenagte Knochen und zerfetzte Kleidung verstreut zwischen dunkelbraunen, eingetrockneten Pfützen, von denen Hiltja lieber nicht wissen wollte, woraus sie bestanden.

»Grauenvoll«, zischte Leonie. Sie unterdrückte halbherzig ein Stöhnen und zeigte auf das Notebook, das auf dem ersten Schreibtisch aufgeklappt war. »Warum nehmen wir nicht gleich das hier?«

Hiltja rollte mit den Augen. »Weil wir nach dem Serverraum suchen sollen.«

»Tust du immer, was man dir sagt?«

»Wenn es Sinn ergibt, auf alle Fälle. Die Datenübertragungsrate – du erinnerst dich?« Hiltja schaute ihre Mitstreiterin mitleidig an. »Oder möchtest du hier doch Wurzeln schlagen?«

»Natürlich nicht!« Leonie verzog den Mund zu einem Zitronenlächeln. »Wenn wir Pech haben, gibt es eh keinen Strom. Dann können wir direkt umdrehen.«

Genau darauf schien das Mädel zu hoffen.

»Moment.« Hiltja trat zum nächsten Lichtschalter und drückte drauf. An der Decke flackerte es kurz, dann leuchteten über ihnen etliche LED-Lampen auf.

»Krass! Wie kann es sein, dass die hier noch Strom haben?«, wunderte sich Leonie. »Ich dachte, die Führung hätte nach der Seuche alle Kraftwerke runtergefahren!«

»Hat sie auch«, bestätigte Hiltja. »Aber im Gegensatz zu uns Industrieländern hat Indien in den letzten Jahrzehnten auf dezentrale Netze gesetzt. Die meisten werden über Solarenergie gespeist und sind damit unabhängig.« Sie grinste. »Wetten, dass es in diesem Gebäude sogar einen Speicher gibt, damit selbst in der Nacht ausreichend Strom vorhanden ist?«

Leonie schürzte die Lippen. »Großartig!«

Es klang eher nach »Mist!«

»Mann, Leonie! Jetzt zieh nicht so ’ne Flunsch. Wenn die Solaranlage kaputt gewesen wäre, hätte ich meine mobile Powerbank angesteckt.« Hiltja zeigte über die Schulter auf ihren Rucksack. »Die ist von der Marke WyvernPower. Damit könntest du sogar eine Kleinstadt einen Tag lang mit Strom versorgen.«

Neid glänzte in den Augen der goldenen Gefährtin. »Woher hast du *die* denn?«

»Die habe ich mir im Magazin bei den Wölfen geben lassen«, antwortete Hiltja. »Das hättest du auch tun können. Die Powerbank gehört zur Standardausrüstung für digitale Aufträge in postzivilisatorischen Gebieten.«

Davon schien Leonie noch nie etwas gehört zu haben.

»Das war Thema im Kurs ›Wie wir unseren Planeten sicher und effizient von den Dämonen säubern‹«, half Hiltja ihr auf die Sprünge. »Du bist ebenfalls in dem Kurs.«

»Ach richtig«, meinte Leonie lapidar. »Und wo ist nun der Serverraum?«

»Keine Ahnung.« Hiltja zuckte mit den Schultern. »Doch das finden wir heraus.«

Thorxarr patrouillierte vor dem Forschungszentrum auf und ab und checkte die Umgebung in regelmäßigen Abständen auf Dämonen oder irdisches Leben – also alle sechzig Sekunden. Abgesehen von ein paar niederen Echsen, Insekten und Spinnentieren war dieser Ort wie ausgestorben.

Aber Chamäleonratten nisten gern in der Kanalisation, da hat Amira schon recht! Ich muss wachsam bleiben.

Über die Gedankenverbindung spürte er, dass seine Gefährtin zunehmend genervt von ihrer Mitstreiterin war. Daran konnte er nichts ändern. Insgeheim musste er dieser Leonie zustimmen: Der Auftrag war etwas für Anfänger. In ihrem Viererteam war eigentlich ein Gefährtenpaar über.

Eigentlich ...

Thorxarr seufzte unwillig. Uneigentlich war seine Gefährtin nämlich die erste und einzige Seherin seit der altvorderen Zeit. Damit war sein Lieblingsmenschlein für die Gesellschaft der Himmelsechsen kostbarer als ein Drachenei. Ihr durfte nichts geschehen.

Kein Wunder, dass die Befehlshaber uns nur mit Babysitter zu Watteeinsätzen rauslassen.

Nein, wenn er ehrlich zu sich war, war es vielmehr verwunderlich, dass die Führung sie *überhaupt* rausgelassen hatte.

Ich habe keinen Grund mich zu beklagen. Ich sollte glücklich sein, dass Schneewittchen einen simplen Soldaten wie mich liebt und wir die Invasion überlebt haben!

Trotzdem ging ihm die Situation auf die Schuppen. Das Schlimme war, dass sie sich in den nächsten Wochen ebenso wenig ändern würde wie der Lauf der Sonne.

Was für eine Mantokscheiße!

Thorxarr schnaubte frustriert und sondierte erneut die Lage.

Immer noch keine Dämonen oder entarteten Erdenwesen.

»Es tut mir leid, wenn meine Gefährtin deine nervt«, sendete Amira ihm unvermittelt. *»Leonie ist kein schlechter Mensch.«*

»Aha.«

Der Rote runzelte die Stirn. Es dauerte einen Moment, bis er begriff, dass die Goldene seine schlechte Laune auf sich bezogen hatte.

»Ja«, betonte Amira. *»Sie ist vor allem verunsichert. Weißt du, sie hatte es nicht leicht in ihrem Leben ...«*

»Wer hat das schon?« Thorxarr musterte die Goldene. *Will sie sich bei mir für ihre Gefährtin entschuldigen?*

Es schien ihm fast so.

»Tja«, seufzte sie, *»seinen Menschengefährten kann man sich nicht aussuchen.«*

»Das ist wohl wahr!«

Eine Gefährtenbindung zwischen Drache und Mensch entstand durch Blickkontakt. Es war Liebe von der ersten Sekunde an – egal, ob man das nun wollte oder nicht.

Thorxarr grinste und musste an seine erste Begegnung mit seiner Kleinen denken: Es war zirka ein Dreivierteljahr her, dass er und sie im Millerntor-Stadion einander über den Haufen gerannt hatten.

Ha! Der beste Zusammenstoß meines Lebens!

»Du hast leicht Reden«, schnaufte Amira. *»Du hast dich mit der bedeutendsten Seherin unserer Zeit verbunden! Jeder spricht mit Achtung und Respekt von euch. Ihr habt die Welt gerettet und werdet sicher noch weitere Großtaten vollbringen.«*

Der Blick der Goldenen flackerte vor Ehrfurcht. Prompt sank Thorxarrs Laune. Seit der Invasion der Dämonen wurden er und Schneewittchen von allen auf einen Sockel gehoben. Und jeder erwartete wer weiß was von ihnen.

Ganz toll!

Amira guckte ihn so erwartungsvoll an, als hätte er die Weisheit wie ein Schwarzer inhaliert. Aber das hatte er nicht. Nein, er war bloß ein einfacher Krieger. Hochgeistige Ergüsse hatte er noch nie liefern können. Doch nun musste er das.

»Ich ... ähm«, er räusperte sich überfordert. *»Also, als Schneewittchen und ich uns kennenlernten, waren wir vollkommen unbedeutend.«*

Dass seine Leistungen in der Armee der Roten unterdurchschnittlich gewesen waren und sein astrales Potenzial für eine Teilnahme des Akademieprogramms nicht ausgereicht hatte, verschwieg er lieber. Dazu hatte ihm seine goldene Freundin Oxana dringend geraten.

Amira sah zu ihm auf. Bewunderung spiegelte sich in ihren Zügen. *»Heute seid ihr nicht mehr unbedeutend!«*

»Wohl wahr«, brummte Thorxarr.

Aber genau das wäre er gern wieder. Dann wäre sein Leben erheblich weniger anstrengend. Blöderweise bekam ein Drache nicht immer das, was er sich wünschte. Amira machte sich ein völlig falsches Bild.

Der Krieger holte tief Luft und stellte richtig: *»Auf das ganze Brimbo-*

rium könnten meine Gefährtin und ich gut verzichten.«

Daraufhin wurde Amiras Miene noch verklärter. Das war nicht die Reaktion, die Thorxarr beabsichtigt hatte.

»Die Wölfe haben recht«, schwärmte die Goldene. *»Du bist wirklich bescheiden.«*

Überfordert trifft es eher, dachte der Rote bei sich. Er musste das Thema von sich weglenken und schaute zu Amira hinab. *»Liebst du Leonie?«*

»Selbstverständlich!«

»Und sie dich?«

Die Goldene nickte eifrig.

»Gut», brummte Thorxarr. *»Das ist alles, was zählt. Der Rest ist überflüssiger Zierrat.«*

Hiltja und Leonie hatten das Erdgeschoss durchsucht. Auf einen Serverraum waren sie dabei nicht gestoßen, dafür jedoch auf eine Tür, die zu den Kellerräumen führte. Sie war abgeschlossen.

»Schiet«, fluchte Hiltja. »Wie bekommen wir die auf?«

»Na, mit Magie. Womit denn sonst?« Leonie lächelte arrogant, zog ihre Handschuhe aus und übergab sie Hiltja zum Festhalten. Dann drückte sie ihre Handflächen auf Höhe des Schlosses gegen das Türblatt. »Dauert nicht lange. Sekunde …«

Im nächsten Moment klackte es und Triumph blitzte in den Augen der jungen Frau auf. Lässig öffnete Leonie die Tür. »Bitte sehr!«

»Wow«, staunte Hiltja beeindruckt. »Das ist ja cool!«

»Ach, das ist gar nichts.«

»Finde ich schon. Wie hast du das gemacht?«

Leonie taxierte sie verunsichert.

»Ich meine das ernst«, unterstrich Hiltja und reichte ihr die Handschuhe zurück. »Ich kann sowas nicht.« Sie grinste schief. »Wenn ich ehrlich bin, kann ich lediglich ein bisschen Feuern. Das war's. … Ach ja, in Latein bin ich auch ganz gut. Und von den Visionen weißt du ja, aber Schlösser öffnen?!« Sie schüttelte den Kopf. »Ich wüsste nicht mal, wo ich da ansetzen sollte.«

»Wirklich nicht?« Leonie hob misstrauisch eine Braue.

»Wirklich nicht!«

»Okay«, antwortete Leonie gedehnt und zog die Handschuhe wieder an. »Wenn du willst, zeige ich es dir, sobald wir zurück an der Akademie sind.«

Hiltja nickte. »Das wäre nett. Aber jetzt sollten wir erstmal den Serverraum finden.«

»Nach dir!« Leonie knipste das Licht an und deutete einladend auf die geflieste Treppe hinter der Tür.

Gemeinsam stiegen Sie die Stufen hinab. Die Luft war abgestanden und mit jedem Schritt nahm das unheilvolle Kribbeln in Hiltjas Nacken zu.

Was ist bloß los mit mir?

Dieser Teil des Gebäudes schien von den Dämonen unberührt. Alles war sauber und an den Wänden hingen professionell gestaltete Werbeplakate, die Bio-One-Tech-Reserch als seriösen Forschungspartner anpriesen.

Die sind alles andere als gruselig!

Sie horchte intensiver in sich hinein, doch je mehr sie ihrem Unbehagen nachspürte, desto schneller verflüchtigte es sich. Zurück blieb die distanzierte Gelassenheit, die Hiltja schon seit Wochen begleitete.

Die Treppe mündete in einen kleinen Flur, von dem zwei Stahltüren abgingen. Neben der rechten war ein Netzhautscanner an die Wand montiert.

»Bingo«, brummte Hiltja und drehte sich zu Leonie um. »Kannst du sowas auch öffnen?«

Die nickte. »Sicher. Der Scanner ist egal. Er dient nur der Authentifizierung. Interessanter ist der Schließmechanismus der Tür.«

Wie bei der ersten Tür übergab Leonie Hiltja ihre Handschuhe, legte ihre Handflächen auf das Türblatt und konzentrierte sich. Diesmal dauerte es etwas länger, bis es klackte.

»Et voilà!«

Die junge Frau lächelte, griff nach der Klinke und öffnete schwungvoll die Tür. Sie stutzte, dann wurde sie plötzlich blass.

»Böarks!«

Einen Wimpernschlag später roch auch Hiltja den Übelkeit erregenden Gestank von Kloake und Verwesung.

»O Gott, das ist ja widerlich!«, würgte Leonie. Sie wurde ganz grün im Gesicht.

In der Dunkelheit vor ihnen blinkten einige kleine grüne und rote Lämpchen, was Hiltja als gutes Zeichen wertete. Sie biss die Zähne zusammen, gab die Handschuhe zurück und brummte: »Es nützt nichts! Wir müssen da rein.«

»Alles klar bei euch?«, erkundigte sich Thor besorgt.

»Ja, alles super«, antwortete sie. *»Wir sind im Keller und haben den Serverraum gefunden. Es stinkt bloß höllisch hier. Irgendwelche Dämonen in der Gegend?«*

»Warte ...« Ihr Gefährte führte einen Sondierungszauber aus. *»Negativ. Weiterhin alles sauber. Allerdings kann ich den Keller mit meiner Magie nicht zuverlässig durchdringen.«*

»Wir werden vorsichtig sein«, versprach Hiltja, löste ihre Taschenlampe vom Ausrüstungsgürtel und leuchtete damit an der immer noch würgenden Leonie vorbei in den Raum hinein.

»Es ist tatsächlich der Serverraum!« Nachdem sie die unmittelbare Umgebung mit dem Lichtstrahl abgesucht hatte und keine Gefahr feststellen konnte, betrat sie den Raum. Der Gestank wurde schlimmer. Wenigstens war hier ein Bewegungsmelder installiert, denn im nächsten Moment flammten über ihrem Kopf einige Leuchtstoffröhren auf.

»Gut. Ich sehe, dass die Elektrik bei euch funktioniert«, kommentierte ihr Gefährte. *»Benutzt trotzdem die Taschenlampen, ja? Du weißt schon, die Chamäleonratten brauchen eine Sekunde, um ihre Tarnung*

veränderten Lichtverhältnissen anzupassen. Werden sie abrupt angestrahlt, sieht man ...«

»... ihren Schatten«, kürzte Hiltja ab. Der Kloakengeruch stach ekelhaft in ihrer Nase. *»Bruttach hat mich das gefühlt hunderttausend Mal runterbeten lassen. Ich könnte dir einen halbstündigen Vortrag über diese Kreaturen halten! Soll ich?«*

»Öhm, nein danke.«

»Fein. Dann kann ich jetzt ja meinen Job machen!«

Im Flur wurde Leonies Würgen dramatisch und kurz darauf klatschte etwas schwallartig auf die Fliesen.

»Na super! Sie kotzt«, seufzte Hiltja stumm. *»Thor, ich bin erstmal auf mich gestellt.«*

»Soll ich runterkommen?«

»Nee, lieber nicht«, winkte sie ab. *»Falls du dich im Serverraum verwandeln musst, sprengst du den Keller. Dann ist von den Daten nichts mehr übrig.«*

»Verstanden.« Er klang nicht begeistert. *»Sag Bescheid, wenn was ist, ja?«*

»Mach ich.«

Hiltja hielt sich den linken Arm vor die Nase, doch das machte den Gestank nicht besser. Hier half nur flach atmen, Augen zu und durch. Also begann sie damit, den Raum mit ihrer Taschenlampe abzusuchen.

Chamäleonratten konnten ihre Fellfarbe und -struktur ändern, sodass sie regelrecht mit der Umgebung verschmolzen. Ihre Körpergröße lag etwas über der von Hauskatzen, die Wendigkeit eher darunter. Ihr Biss war schmerzhaft, aber grundsätzlich ungefährlich. Problematisch waren vor allem die Krankheitserreger, welche die Biester übertrugen: Eine durch Chamäleonratten verursachte Wunde entzündete sich zu 99 Prozent. Hatte man Glück, waren die Keime terrestrischen Ursprungs und konnten mit Antibiotika behandelt werden. Anderenfalls – und dafür lag die Wahrscheinlichkeit bei ätzenden 83 Prozent – kamen die Bazillen aus der Dämonensphäre und dann wurde es für alle Säugetiere übel. Nach einer zirka eintägigen Euphoriephase begannen sich die Muskelzellen der Opfer zu teilen und zu wachsen. Die Betroffenen wurden ebenso bärenstark wie hungrig. Nach sieben Tagen begannen die Nägel und Zähne zu wuchern. Darüber hinaus entwickelten manche eine Lichtempfindlichkeit, bei anderen hingegen verstärkte sich der Haarwuchs und die Finger und Zehen verkrümmten sich. Diese sogenannten ›Vampire‹ und ›Werwölfe‹ hatten eines gemeinsam: Sie wurden von einem unstillbaren Blutdurst getrieben, der sie zunehmend aggressiv machte und ihre Persönlichkeit zersetzte. Nach wenigen Monaten war vom ursprünglichen Ich der Opfer nichts mehr vorhanden.

Auf so einen Biss kann ich gut verzichten, dachte Hiltja.

»Ja, lass man. Ich mag dich so, wie du bist«, stimmte Thor trocken zu. *»Bei euch Menschen wirken Klauen und Raubtiergebiss immer so übertrieben.«*

»Hast recht. Damit küsst es sich so schlecht.«

»Mein Reden!«

Schließlich war Hiltja mit ihrer Suche fertig. Anzeichen oder Spuren von Chamäleonratten hatte sie nicht gefunden, dafür aber ein Loch in der hinteren Wand. Vermutlich befand sich dahinter die Kanalisation und wer wusste schon, was dort unten vor sich hin verweste?

Unterdessen würgte Leonie im Flur immer noch geräuschvoll.

»Ich starte jetzt die Datensicherung«, rief Hiltja und hielt im nächstgelegenen Serverschrank nach einer entsprechenden Schnittstelle Ausschau.

»Soll ich dir helfen?«, stöhnte Leonie.

Beim Anstecken des USB-Sticks? Hiltja rollte mit den Augen. »Ja, bleib im Flur. Hier riecht es auch so übel genug.«

Ihr war bereits ganz blümerant zumute.

»Okay«, ächzte es nebenan, gefolgt von einem neuerlichen Würgen.

Na, was für ein Glück, dass ich *den Stick mitgenommen habe und nicht sie!*

Flach atmend öffnete Hiltja die Brusttasche ihrer Fliegerjacke. Zumindest versuchte sie es, doch der Reißverschluss hakte und so flutschte ihr der Anfasser wieder und wieder durch die Finger.

Mist!

Mit den gepolsterten Schutzhandschuhen bekam sie das verflixte Ding selbst beim fünften Anlauf nicht zu fassen.

So wird das nichts!

Hiltja zog den rechten Handschuh aus und probierte es erneut. Endlich klappte es! Sie fischte den USB-Stick aus der Tasche und steckte ihn in einen der entsprechenden Anschlüsse.

Fertig!

Gespannt starrte sie auf das Teil.

Nichts passierte. Es blinkte nicht einmal ein Lämpchen.

Na toll! Ich habe kein Display. Wie erkenne ich, wann die Datensicherung durch ist, beziehungsweise ob der Kram überhaupt funktioniert?

Ihr Magen rebellierte. Der Geruch machte sie langsam irre und dann kratzte da etwas an der hinteren Wand.

Was …?

»Ding-Dang-Dong«, machte da der Stick und über ihm – mitten in der Luft schwebend! – erschien ein halbtransparenter Ladebalken. Darüber lief eine weiße Leuchtschrift durch:

»Bitte warten … Die Anzahl der zu kopierenden Dateien wird ermittelt!«

Hiltja machte große Augen. *Wow!*

Kaum war die Schrift verschwunden, blinkte die Ziffer Null über dem Balken, bloß um im nächsten Moment mit rasender Geschwindigkeit hochzuzählen. Einzweidreivier-, fünf-, sechs-, sieben-, achtstellig, neunstellig. Zehnstellig. … Elfstellig … Die Zahl wuchs wie ein Endlosbandwurm.

Hiltja wurde allein vom Zugucken schwindelig. Unter dem Stick bekam sie nun in leuchtendem Himmelblau die Datenmenge in Terabyte angezeigt. Doch bevor sie überhaupt die Länge der Zahl erfassen konnte, war der ganze Zauber wieder verblasst.

Hä? Wie jetzt?!

Hilflos starrte Hiltja auf das Wunderwerk der Gefährten-IT.

»Mist. Wieso tust du nichts mehr?«

War das Teil etwa schon fertig?

Das kann ich mir beim besten Willen nicht vorstellen. Ich bin kein Experte, aber bei den Datenmengen dürfte das Stunden dauern. Oder wohl eher Tage!

»Alles klar bei dir?«, krächzte Leonie aus dem Flur.

»Ich weiß nicht.«

Der Druck auf Hiltjas Magen verstärkte sich. Normalerweise gewöhnte man sich an üble Gerüche, doch dieser Gestank war so scharf, dass er ihr langsam den Verstand raubte.

Ich muss zusehen, dass ich hier rauskomme.

Irgendwas schabte ein paar Meter entfernt. Vermutlich handelte es sich um Treibgut, das von der Strömung des Abwassers an die Kanalwände gedrückt wurde.

»Pling!«, forderte der Stick Hiltjas Aufmerksamkeit. Dann kehrte der halbtransparente Ladebalken zurück und sein vorderes Ende verfärbte sich hoffnungsvoll hellgrün.

Oh! Wird er dicker? Bitte, bitte!

Sie war sich nicht sicher und schaute genauer hin.

Hmm ...

Erneut lief weiße Leuchtschrift über dem Balken entlang:

»Geschätzte Dauer der Übertragung: 57 Minuten & näherungsweise 44,379 Sekunden«

Die Zeitangabe blieb stehen, wobei die Zahl der Sekunden stetig schrumpfte.

›Näherungsweise‹?! Hiltjas Mundwinkel zuckten. *Mann, der Programmierer ist echt der Knaller!*

Im Flur stöhnte Leonie: »Kann ich dir helfen?« Das Mädel klang jämmerlich.

»Nein, ich glaube nicht«, winkte Hiltja ab. »Das Teil scheint zu funktionieren. Geh lieber wieder hoch – da ist die Luft besser. Ich komme gleich nach.«

»Danke.« Schlurfende Schritte, untermalt von gelegentlichem Würgen, entfernten sich Richtung Treppe.

Hiltjas Bedürfnis tief durchzuatmen wurde von Minute zu Minute stärker. Anstatt abzuebben, intensivierte sich der Gestank.

Ich warte oben und komm wieder runter, wenn der Kram fertig ist.

Sie warf einen Blick auf ihre Armbanduhr und addierte die Übertragungsdauer zur Uhrzeit.

Gut.

Ein letztes Mal beäugte sie den Stick mit dem astralen Interface.

Das Ding ist echt die coolste Kombination von Technik und Magie, die ich je gesehen habe! Benan und Naira sind so krass!

Ein abgehacktes Trippeln an der hinteren Wand.

Plötzlich hallte Bruttachs Stimme durch Hiltjas Erinnerung: »Ein Anzeichen, woran ihr Chamäleonratten erkennen könnt, ist das Geräusch, das ihre Krallen auf harten Untergründen erzeugen. Anders als Katzen können diese Kreaturen ihre Krallen nämlich nicht einziehen.«

Prompt breitete sich eine Gänsehaut auf Hiltjas Haut aus und das mulmige Gefühl von ihrer Ankunft wurde penetrant.

Hier stimmt etwas nicht! Ist da eine Ratte?

Alarmiert schaute sie sich um, aber sie konnte nichts Ungewöhnliches entdecken.

»Alles klar bei dir?«, meldete sich Thor von oben.

»Ich bin mir nicht sicher.«

Hiltja hielt die Luft an. Hier unten schien etwas zu lauern, das spürte sie. Ihr Herz schlug schneller und ihre Meridiane öffneten sich von allein. Angespannt griff sie nach ihrer Taschenlampe und leuchtete den Bereich vor der Rückwand an.

Für eine Millisekunde meinte sie direkt vor dem Loch den Schatten einer Chamäleonratte zu sehen. Als sie jedoch genauer hinsah, war er verschwunden.

Scheiße! Wo ist das Vieh hin? Und wo befindet sich der Schwanz von dem Biest?

Hektisch bewegte Hiltja die Taschenlampe hin und her, aber der Schatten tauchte nicht noch einmal auf.

Habe ich mir das nur eingebildet?

Sie konnte es nicht sagen. Vermutlich ja, denn hier unten war es unheimlich. Da gingen einem die Nerven schon mal durch.

»Leonie!«, sendete Thor an alle. *»Hast du die Ratte auch gesehen?«*

»Leonie ist oben«, antwortete Hiltja aufgewühlt. Magie prickelte durch ihre Meridiane und im nächsten Augenblick schwappte eine Vision gegen die distanzierenden Barrieren des Arzneitees. Die junge Frau wusste, dass ihr die Kräuter diesmal nicht helfen würden.

Verflixt. Warum habe ich Leonie bloß weggeschickt?!

»Leonie, geh zu Schneewittchen!«, kommandierte Thor. *»Sofort!«*

»Das geht nicht«, jammerte diese. *»Dann muss ich direkt wieder kotzen!«*

Erneut trippelten Krallen über die Fliesen – diesmal erschreckend nah. Der Druck der Vision schwoll an und riss die Barrieren ein. Die Bilder würden intensiv sein.

»Hilfe!«, ächzte Hiltja. Das war ihre letzte Chance zu feuern. Aber sie hatte keinen Schimmer, wo die Ratte war.

»Ich komme zu dir!«, grollte ihr Donnergott, doch da verblasste bereits der Serverraum um Hiltja herum. Blindlinks ballerte sie eine Salve in die Richtung, in der sie das Vieh vermutete.

Beim nächsten Atemzug manifestierte sich die Mensa der Akademie der Wölfe um sie herum. Vergessen war die dämonische Ratte. Die Abendsonne schien friedlich durch die Fenster, vor dem Tresen hatte sich eine Schlange gebildet. Es duftete köstlich und die Luft war erfüllt von einem summenden Stimmen- und Gedankengewirr. Auf dem Monitor neben der Theke wurde darauf hingewiesen, dass Menü I für heute, den 12. Juni, kurzfristig geändert worden war. Das Schnitzel hatte jemand durchgestrichen, stattdessen sollte es Hackbraten geben.

Die Essensausgabe stockte. Vorn beim Tresen schien es ein Problem zu geben.

Was ist da nur los?

Der Bildausschnitt veränderte sich. Die Vision zoomte näher heran. Hiltja erkannte, dass eine junge Frau mit der Kantinenchefin Hanna stritt.

Oh! Das ist Leonie.

»Ich *liebe* Hackbraten«, erklärte die goldene Gefährtin. »Immer schon. Warum gibt es dieses Gericht nicht vegan?«

»Weil es *Hack*-Braten ist«, hielt Hanna dagegen. »Die vegane Variante nennen wir *Erbsen-Tofu*-Braten. Und die gibt es nächste Woche.«

Unvermittelt spürte Hiltja einen stechenden Schmerz in ihrer Hand.

»Autsch!«

Zack! Die Mensa löste sich auf und Hiltja stand wieder im stinkenden Serverraum in Indien. Blut tropfte aus ihrem Zeige- und Mittelfinger.

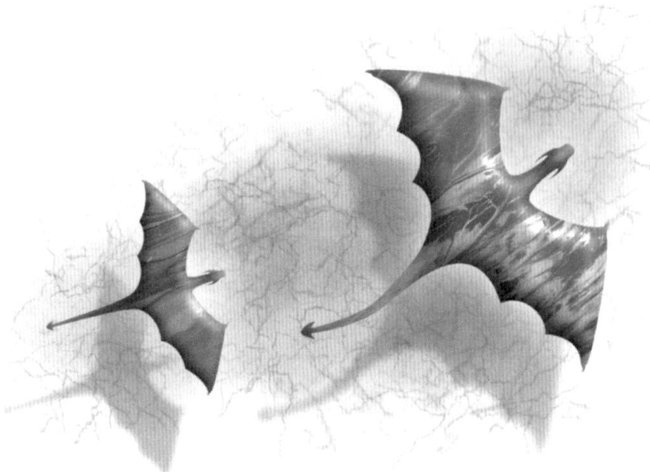

Hackbraten und Zimtschnecken

Hiltja dämmerte dem Erwachen entgegen. Die Fetzen eines absurden Albtraums hielten sie noch immer gefangen, ihre Gedanken waren zäh wie Zimtkaugummi. Sie war gebissen worden von … einer Chamäleonratte. Danach: die verzweifelte Ohnmacht in Thors Blick. Hiltja erschauderte. Sie wusste nicht was größer war: seine Angst oder die Wut. Ja, ihr Gefährte war zu einem Beschützermonster mutiert, ein wahrer Donnergott eben! Ratten gab es in dem Serverraum jetzt keine mehr. Zumindest keine lebendigen. Auch über Leonie war ein unheiliges Donnerwetter hereingebrochen. Eines, das diese ganz sicher ihr Leben lang nicht vergessen würde.

Dumpf waberte Amira durch Hiltjas Kopf. Die Goldene versiegelte das Loch in der hinteren Wand mit einem magischen Permanentschild.

Bestialischer Gestank und wieder die abgrundtiefe Verzweiflung in Thors Augen. Hilflos starrte er auf ihre blutenden Finger.

Leonie hatte das Würgen eingestellt und wurde nicht müde zu betonen, dass sie mit ihrem Smartphone Hilfe gerufen hatte.

Thor, der sie auf seine Arme hob, obwohl sie doch selbst laufen konnte – schließlich hatte die olle Dämonenratte bloß ihre Hand und nicht etwa die Füße oder Beine erwischt. Und so doll tat es ohnehin nicht weh.

Draußen vor dem Forschungszentrum wurden sie von einer halben Armada Gefährten erwartet – allesamt kampfbereit. Sie stürzten auf Hiltja und Thor zu. Noch mehr verzweifelte Mienen. Plötzlich riss über ihren Köpfen die Nebelsphäre auf und spuckte eine Aura aus, die Hiltja nur zu gut kannte. Die grüne Meisterheilerin Linea war im Anflug. Danach verschwamm alles zu einem strudelnden Brei.

Meine Herren, was für ein bekloppter Albtraum!

Langsam wurde Hiltja wach. Sie reckte sich verschlafen.

Moment ... das ist nicht mein Bett, oder?

Blinzelnd öffnete sie die Augen.

Nein, das ist ganz eindeutig nicht mein Bett!

Auch wenn sie nicht in ihrem Quartier geschlafen hatte – die Räumlichkeiten, in denen sie sich befand, kannte sie besser, als ihr lieb war.

Ich bin im Sanitätstrakt der Akademie!

Und Thor hockte mit leerem Blick neben ihrem Bett auf einem Besucherstuhl.

»Verdammt«, murmelte sie. »Das war gar kein Albtraum. Das war echt!«

Ihr Gefährte nickte stumm. Dabei guckte er überaus schuldbewusst aus seiner Kampfuniform.

Alarmiert betrachtete Hiltja ihre Finger. Da waren zwei kleine, leicht rötlich angeschwollene Einstiche. Einer im Mittel-, der andere im Zeigefinger.

»Mist!«

»Das kannst du laut sagen«, flüsterte Thor. Seine asiatische Menschengestalt schrumpfte auf dem Besucherstuhl mehr und mehr in sich zusammen. Vom stolzen Krieger, den er in den letzten Wochen so oft hatte heraushängen lassen, war lediglich ein Häufchen Elend übrig.

Hiltja wurde eiskalt. »Bin ich infiziert?«

»Das wissen sie noch nicht«, wisperte er. Seine Augen wurden feucht.

Wieder starrte Hiltja auf ihre Hand.

Die Einstichstellen sind winzig. Das ist weniger als ein Pups. Da kann doch nichts passiert sein!

Das Schweigen im Krankenzimmer schwoll an.

Oder etwa doch?

Hiltja kannte die Statistik. Sie ließ ihre Hand auf die Decke sinken und schaute zu Thor.

Die Schuld, die ihrem Gefährten aus jeder Pore quoll, war so groß, dass sie den ganzen Raum füllte und von der weiß getünchten Decke zu tropfen drohte.

»Meine Güte, Thor!«, schalt sie ihn. »Krieg dich wieder ein. DU kannst doch nichts dafür!«

»Doch«, hauchte er mit Grabesstimme. »Du bist meine Gefährtin. Ich hätte auf dich aufpassen müssen!«

»Du *hast* auf mich aufgepasst«, widersprach Hiltja.

»Offensichtlich nicht genug.« Seine Stimme wurde immer dünner.

»Dass das passiert, konnte keiner ahnen«, beharrte sie, setzte sich auf und guckte ihrem flüsternden Donnergott eindringlich in die Augen. Die feinen silbernen Verästelungen, die sich normalerweise wie leuchtende Lebensadern durch das Grau seiner Regenbogenhaut zogen, waren heute stumpf.

Thor presste die Lippen aufeinander und kämpfte mit den Tränen. Er sah ausgelaugt und mehr als mies aus. Alles an ihm ließ auf das Schlimmste schließen, aber Hiltjas Bauchgefühl war da anderer Meinung. Die Stille wurde laut.

»Wie lange habe ich geschlafen?«, wechselte sie das Thema.

Er holte tief Luft. »Zwei Tage.«

»Zwei?«

»Ja.«

Sie runzelte die Stirn. »Warum?«

Von erhöhtem Schlafbedarf nach einem Chamäleonrattenbiss hatte sie noch nie gehört.

Hilflos zuckte er mit den Schultern. »Die Meisterheilerin wollte kein Risiko eingehen und hat dich noch in Indien in einen Heilschlaf versetzt.«

»Zwei Tage«, echote Hiltja. Sie schüttelte vorwurfsvoll den Kopf. »Und du hast die ganze Zeit über weder gegessen noch geschlafen.«

Erneut hob er die Achseln. »Ich war bei dir.«

»Ja, super«, brummte sie. »Das Einzige, was du zu dir genommen hast, sind Schuldgefühle!«

»Ich bin ja auch schuld.«

»Nein. *Du* bist ein verbohrter Dickschädel!«, korrigierte Hiltja ihn. Dann sendete sie so intensiv, wie sie konnte: *»Hallo-ho! Ich bin wach! Kann ich bitte was zu essen bekommen?!«*

»Ich sage Bescheid«, antwortete eine sanfte, ihr unbekannte Stimme.

»Dankeschön.«

Seufzend konzentrierte Hiltja sich wieder auf Thor. Der gute Herr Krieger meinte noch immer, für alles allein verantwortlich zu sein. »Also gut, mein Lieber, jetzt hörst du mir mal zu.«

Er nickte stumm.

»Ich bin genauso schuld wie du«, erklärte sie. »Schon vor dem Gebäude hatte ich ein blödes Gefühl. Erinnerst du dich?«

Schulterzucken.

»Doch, du erinnerst dich!«, beharrte Hiltja. »Ich sehe es in deinem Dickkopf! Schon vergessen? Wir sind Gefährten und ich kann da«, sie zeigte nachdrücklich auf seine Stirn, »reinschauen!«

Thor grunzte undefiniert.

Mehr kam nicht und so fuhr sie fort: »Ich habe geahnt, dass etwas nicht stimmt, aber ich bin trotzdem reingegangen. Du hattest nämlich recht: Der Ort war voll gruselig! Der Tee … er hat meine Wahrnehmung verändert. Ich muss erst lernen, mit der distanzierenden Wirkung klarzukommen. Und wenn die Vision nicht gewesen wäre, hätte mich die bekloppte Ratte gar nicht erreicht!«

»Das hat sie aber!«, grollte ihr Donnergott und dann brach es voller

Verzweiflung aus ihm heraus. »Was, wenn du stirbst?«

Hiltja grinste. *Aha! Da liegt also der Hund begraben!*

Irritation huschte über sein Gesicht. »Welcher Hund?«

»Egal – ist bloß 'n Sprichwort«, winkte Hiltja ab. »Und ich sterbe nicht.«

»Woher willst du das wissen?«

»Weil Madame Vouh mich in dem Fall gewarnt hätte, meinst du nicht?«

Schweigen. In Thors Hirn arbeitete es.

›Madame Vouh‹ war kein Mensch, nicht einmal ein reales Wesen. Mit diesem Namen bezeichnete Hiltja ihr Visionstalent, weil ihr das so als Kind greifbarer und weniger beängstigend erschienen war.

Vorahnungen der Zukunft hatte sie, seit sie denken konnte. Nicht alle trafen tatsächlich ein, aber viele. Manchmal war das praktisch, zum Beispiel, wenn sie ihren Vater warnen konnte, dass eine Kuh beim Kalben Probleme kriegen würde. Aber es konnte auch nervig sein, denn ›die Zigeunerin‹ prophezeite Hiltja auch Dinge, die diese lieber nicht im Vorhinein gewusst hätte.

Nehmen wir nur mal die Invasion der Dämonen vor bummelig einem halben Jahr, dachte Hiltja. *Mit diesem Massaker hat Madame Vouh mich seit meiner Geburt gequält – ohne, dass ich wusste, was ich mit der Information anfangen sollte!*

Es war pures Glück gewesen, dass Thor Hiltja als das erkannt hatte, was sie war, nämlich die Auserwählte, der die bedeutendste grüne Seherin der altvorderen Zeit ihr mächtiges Talent übertragen hatte.

Ihr Gefährte grübelte noch immer. Liebevoll sah Hiltja ihn an und sendete: *»Du hast mich gerettet und dafür gesorgt, dass die Prophezeiung über die Invasion an die richtigen Himmelsechsen gerät! Ohne dich wäre alles zu spät gewesen! Dann hätte niemand mehr das Tor der Dämonen schließen können.«*

»Ach, meine Freunde haben mir dabei geholfen«, wehrte er ab.

»Ohne dich hätten sie mich aber gar nicht erkannt!«

Thor nickte langsam, doch in seinen Augen schimmerte ozeantiefe

Sorge. »Madame Vouh lässt dich nie in deine eigene Zukunft schauen. Du kannst nicht wissen, ob das hier gut geht.« Er linste beklommen zu ihren Fingern hinüber.

»Das stimmt nicht«, widersprach Hiltja. »Sie hat mir schon einmal das Leben gerettet, indem sie mir gezeigt hat, wie ich sterben würde.«

»Aber der Tee!«, begehrte er auf. »Der schiebt die Zigeunerin an den Rand! So weit, dass du nur noch einmal am Tag 'ne Vision hast.«

»Pfft! Früher hatte ich vielleicht eine Vision in der Woche – wenn es hochkommt!«

»Früher warst du auch nicht meine Gefährtin«, konterte er. »Gefährtenbindungen verstärken die Talente der Partner.«

»Stimmt«, seufzte sie. Seit sie mit Thor zusammen war, war Madame Vouh immer aktiver geworden. Irgendwann hatten die Visionen sie so oft und stark überrollt, dass Hiltja kein normales Leben mehr führen konnte. Da hatten die grünen Heilerinnen die Notbremse gezogen und ihr den Tee verordnet. Dieser hatte die Zigeunerin weitestgehend mundtot gemacht.

Es klopfte an der Tür und gleich darauf trat ein junger Mann ein. Er hatte ein wettergegerbtes Gesicht, freundliche grüne Augen und etwas längere, aschblonde Haare.

Das ist Jude, erkannte Hiltja. Er war der Menschengefährte von Ausbilder Bruttach und einer der talentiertesten Heiler der Wölfe.

»Moin, ihr zwei!« Jude strahlte sie an. »Wie ich höre, hat hier jemand Hunger?«

»Ja. Er!« Ohne hinzusehen, zeigte Hiltja auf ihren Gefährten und fixierte den Heiler mit einem vorwurfsvollen Blick.

Jude hob die Hände. »Wir haben ihn mehrfach gefragt. Thor wollte nichts.«

»Jetzt will er!«, behauptete Hiltja. »Und zwar eine doppelte Portion.«

»Aha«, murrten die Männer synchron.

Sie grinste. »Ich nehme eine Suppe – das heißt, wenn ich darf.«

»Klar darfst du.« Jude nickte nachdrücklich. »Ich sage in der Küche Bescheid.« Seine Miene wurde kurz abwesend. »Das Essen kommt in fünf Minuten. Damit bleibt uns genug Zeit für eine Untersuchung. Bitte öffne deinen Geist für mich.«

»Okay«. Hiltja ließ die mentale Abschirmung fallen, damit er ihre Empfindungen teilen konnte.

»Danke.« Er lächelte. »Also, Schneewittchen, wie fühlst du dich?«

»Hmm.« Sie horchte in sich hinein. »Es geht so. Ich habe leichte Kopfschmerzen und irgendwie steckt der Gestank aus dem Serverraum immer noch in meiner Nase fest.«

»Übelkeit?«, hakte Jude nach.

»Nee.«

»Was machen die Finger?«

Hiltja wackelte mit ihnen und drückte auf den Einstichstellen herum. »Piekt ein bisschen.«

»Euphorie?«

»Kein Stück!« Spitz fügte sie hinzu: »Wie auch, wenn sich mein Gefährte neben mir tagelang selbst zerfleischt!«

»Thor hat jegliche magischen Stimmungsaufheller abgelehnt«, rechtfertigte sich Jude, während ihr Donnergott zeitgleich grollte: »Ich hasse Emoschüsse.«

»Er hat zwei Tage nicht geschlafen!«, schimpfte Hiltja.

»Ich dachte, du stirbst!«, rief Thor.

»Schneewittchen stirbt nicht!«, stellte der Heiler klar.

»Aha!«, höhnte Thor aufgebracht. »Bist du jetzt etwa auch unter die Seher gegangen, oder was?«

»Nein, besser«, entgegnete Jude und schlenderte zum Bettende. »Ich hatte heute Morgen ein ausführliches Gespräch mit Linea und Eliande. Da du bislang keine Symptome entwickelt hast, sind wir drei uns einig, dass die Wahrscheinlichkeit für eine Infektion nun auf unter fünf Prozent gesunken ist. Zumindest, sofern wir am vorgesehenen Therapieplan festhalten.«

Aus dem Augenwinkel sah Hiltja, wie Erleichterung das asiatische Gesicht ihres Gefährten glättete, doch eine Sekunde später bewölkte es sich schon wieder.

»Ach«, moserte Thor, »dann sind *die beiden* zu Seherinnen mutiert?«

»Auch nicht.« Der Heiler zog sich einen Stuhl heran und setzte sich neben den Krieger. »Wir haben in den letzten Monaten reichlich Erfahrungen mit Chamäleonrattenbissen gesammelt.«

Er schaute beruhigend von ihm zu ihr. »Schneewittchens Blut wurde nicht einmal zehn Minuten nach dem Biss noch in Indien von drei grünen Meisterinnen mit einem magischen Spezialverfahren geklärt.«

»Drei?«, keuchte Hiltja. »Ich dachte, Viren und Co. kann auch eine normale Grüne allein vernichten.«

»Für terrestrische Keime kommt das hin.« Jude schlug die Beine übereinander. »Bei dämonischen ist die Sache leider deutlich komplizierter.«

»Aha.« Hiltja wurde mulmig zumute. Sie wusste nur zu gut, dass die Grünen in diesen Tagen im Dauereinsatz waren und trotzdem viel zu viele Hilfegesuche ablehnen mussten. Die Behandlung durch eine Meisterheilerin wurde nur den Wenigsten zuteil. Dass sich *drei* Meisterinnen um nur *einen* Patienten kümmerten, war ausgeschlossen.

Jude lächelte aufmunternd. »Sicherheitshalber verabreichen wir dir zusätzlich noch jeden Tag eine volle Dosis vom Heilmittel. Und das zehn Tage lang.« Er wandte sich an Thor. »Wie ich dir von Anfang an erklärt habe, kann ich mir beim besten Willen nicht vorstellen, dass die Infektion bei Schneewittchen eine Chance hat.«

Zehn volle Dosen! Für nur eine Person!

Hiltja starrte den Heiler an. »Ich dachte, es gibt zu wenig Heilmittel.«

»Richtig. Aber du bist die Seherin.« Er zwinkerte. »Und mach dir bloß keinen Kopf deswegen. Die oberste Führung hat das abgesegnet. Sowohl das Kaleidoskop als auch die jeweiligen Anführer aller Drachenrassen haben dem ausdrücklich zugestimmt, ja, Grimmarr hat es sogar gefordert. Und niemand stellt sich gegen den König der Roten!«

Hiltja schüttelte den Kopf. Es war nicht so, dass sie nicht dankbar dafür war, von der dämonischen Seuche verschont zu bleiben. Aber die Art, wie das von statten ging, ließ einen schalen Beigeschmack zurück.

Mit dem, was sie mir geben, könnte man zehn Personen retten! Oder nein! Jede der drei Meisterheilerinnen hätte in der Zeit, in der sie mich versorgt haben, zig Menschen retten können! Kinder, schwangere Frauen, Elitesoldaten – wen auch immer! Stattdessen pumpen sie alles in mich rein.

Eine Last legte sich auf ihre Schultern.

Was erwarten die von mir?!

Neben ihr schluchzte Thor lautstark auf. Tränen liefen über seine Wangen und nun kehrte das leuchtende Funkeln in seinen grauen Augen zurück. »Bei den Schuppen des Grauen Kriegers, ich werde dich nicht verlieren! Du wirst leben.«

»Ganz genau, Kumpel!« Jude klopfte ihm auf die Schulter. »Endlich glaubst du mir.«

Über die Geistesverbindung spürte Hiltja, dass Thor das Gerede der Heiler für Zweckoptimismus gehalten hatte, aber nicht für die Wahrheit.

Es sind eben zu viele Menschen an dieser Seuche gestorben – auch Gefährten!

Sie schlug die Decke zurück, stieg aus dem Bett und setzte sich auf Thors Schoß.

»Siehst du«, murmelte sie und wischte ihm behutsam die Tränen von den Wangen. *»So schnell wirst du mich nicht los!«*

»Ich liebe dich!«

Er küsste sie auf den Mund und dann presste er sie mit seinen großen Händen so fest an sich, als wolle er sie nie wieder loslassen.

Neben ihnen erhob sich Jude von seinem Stuhl. Es klopfte an der Tür.

»Euer Essen kommt«, verkündete der Heiler und sendete: *»Herein!«* Er stellte seinen Stuhl zurück an die Wand. »Lasst es euch schmecken, ihr Turteltauben. Heute Nachmittag werden Eliande und Linea wohl noch mal bei euch reinschauen, um das weitere Vorgehen mit euch zu besprechen.«

Verwundert löste Hiltja sich aus der Umarmung ihres Donnergottes. »Welches Vorgehen? Ich dachte, der Behandlungsplan steht.«

»Ach, es geht nur um ein paar Feinheiten«, erwiderte Jude.

Die Tür öffnete sich und ein junger Mann trug ein großes Tablett herein. Mit ihm wehte ein köstlicher Duft in das Zimmer.

»Bei der Sphäre!«, ächzte Thor eine Spur zu laut. »Jetzt habe ich wirklich einen Grizzlyhunger!«

»Es heißt ›Bärenhunger‹!«

Skeptisch schaute Hiltja zwischen ihrem Gefährten und dem Heiler hin und her. *Verbergen die was vor mir?*

Der Mann stellte das Tablett auf einem kleinen Tisch beim Fenster ab und erklärte: »Die Küche war mit den Menüs für heute leider noch nicht fertig«, entschuldigte er sich, »deswegen habe ich euch eine doppelte Portion Hackbraten von gestern gebracht. Die Gemüsesuppe ist aber ganz frisch und die Zimtschnecken auch.« Er grinste breit. »Von denen habe ich auch eine doppelte Portion mitgebracht. Ich hoffe, das ist euch recht.«

»Sehr recht!« Thor leckte sich die Lippen.

Jep! Er hält definitiv etwas vor mir zurück!

Hiltja schenkte ihm ein Lächeln und beließ es dabei. Ihr Liebster war in den letzten Tagen durch die Hölle gegangen. Er hatte sich eine unbeschwerte Mahlzeit mehr als verdient.

Jetzt, da Thorxarr wusste, dass seine Kleine nicht sterben musste, bekam er tatsächlich Appetit. Der junge Mann, der ihnen das Essen gebracht hatte, hatte zwar das Chilipulver zum Nachwürzen vergessen, aber das war halb so wild.

Heute schmeckt alles himmlisch!

An einem Tag wie diesem würde der Krieger sogar Spargel, ohne zu murren, essen, doch erfreulicherweise musste er das nicht. Während Schneewittchen ihre Suppe löffelte, schaufelte Thorxarr den Hackbraten in sich hinein.

Ein Glück, dass mein Mädchen eine doppelte Portion für mich geordert hat.

Er strahlte sie an und sie lächelte innig zurück.

Sie kennt mich besser als ich mich selbst!

Thorxarr konnte nicht anders, er musste seine Liebste immer wieder ansehen. Sie würde sein Versagen überleben. Eine bessere Nachricht konnte es nicht geben!

»Du hast nicht versagt«, widersprach Schneewittchen seinen unausgesprochenen Gedanken. »Rede dir nicht so einen Schwachsinn ein!«

»Okay«, schmatzte er. »Aber nochmal lasse ich dich nicht allein in einen Keller gehen.«

»Ich war ja nicht allein.« Sie kratzte ihren Teller leer. »Leonie war bei mir.«

»Mit Leonie bist du so gut wie allein.« Er schnaubte und schaute ihr eindringlich in die Augen. »Ohne mich gehst du nirgendwo mehr hin!«

Schneewittchen nickte. Dabei verzog sie ihre herrlich roten Lippen und meinte spöttisch: »Bin ich jetzt ein rohes Ei für dich?«

»Du bist *meine* Gefährtin! Du bist doch kein Weichei!« Thorxarr linste fragend zur letzten Scheibe Baguette hinüber, die mit der Suppe serviert worden war.

Sie schob den Brotkorb zu ihm herüber. »Ich meinte auch nicht ›Weichei‹, sondern ›rohes Ei‹.«

»Aha«, brummte er und wischte mit dem Baguette den Rest Sauce von seinem Teller auf. »Und wo ist da der Unterschied? Sind doch beide weich.«

»Rohe Eier sind empfindlich. Erinnerst du dich an neulich, als dir eins beim Kochen auf die Arbeitsplatte gefallen ist?«

»Das waren bloß ein paar Zentimeter«, beschwerte er sich, stopfte das Brot in den Mund und sendete kauend. *»Es ist sofort zerschellt. Das war 'ne Sauerei!«*

»Genau.« Schneewittchen grinste. »Wenn du jemanden wie ein rohes Ei behandelst, dann achtest du peinlich genau darauf, dass demjenigen nichts geschieht. Du verhinderst, dass derjenige auch nur ein paar Zentimeter fallen kann.«

Thorxarr betrachtete sie nachdenklich. Dann schluckte er und nickte. »Kommt hin. Du bist jetzt mein rohes Ei.«

»Dachte ich mir. Dummerweise hängst du da mit drin.«

»Ich?« Er runzelte die Stirn. »Aber ich bin ein Roter!«

»Du bist vor allem mein Gefährte. Ich bin nicht nur für *dich* ein rohes Ei, sondern ebenfalls für die Führungsriege. Für die bin ich sogar ein angebissenes rohes Ei.«

»Das heißt?« Thorxarr verstand nicht, worauf sie hinauswollte.

Sie lächelte traurig. »Dass sie uns hier so schnell nicht wieder rauslassen werden.«

»Hä? Wieso das denn?« Empörung wallte in ihm auf. »Ich werde in Zukunft noch besser auf dich aufpassen. Bei meiner Ehre, sowas wird kein zweites Mal passieren!«

»Ich weiß.« Schneewittchen streichelte seine Wange. »Und das Kaleidoskop wird genau das sicherstellen.«

»Aber …«

Schweigen.

Schließlich begriff Thorxarr. Für die Rettung seiner Gefährtin war alles aufgeboten worden, was ging. Und das, obwohl die Ressourcen in diesen Zeiten mehr als knapp waren.

»Toll«, brummte er und schob frustriert seinen leeren Teller von sich.

»Es tut mir leid.« Seine Liebste drückte seinen Arm mit ihrer kleinen, angebissenen Hand und reichte ihm zur Aufmunterung eine Zimtschnecke.

Er nahm sie und schob sie in den Mund. *»Du kannst da nichts für, mein Herz. Ich liebe dich, aber rohe Eier sind doof!«*

»Ich weiß.«

Der Krieger grinste schmatzend und wechselte das Thema. *»Worum ging es überhaupt in der Vision, die du in dem Stinkekeller hattest?«*

»Um Hackbraten.« Schneewittchen zeigte auf seinen leeren Teller.

»Wie jetzt?« Irritiert furchte er die Stirn. *»Hackbraten?«*

Sie nickte. »Heute ist der 13. Juni, oder?«

»Ja.«

»Am 12. sollte es eigentlich Schnitzel geben«, erklärte sie. »Schau mal auf den Essensplan.«

Thorxarr steckte sich eine zweite Zimtschnecke zwischen die Zähne, zückte kauend sein Smartphone und entsperrte es mit einem Zauber. Blöderweise waren die Icons so klein, dass er mit seinen großen Fingern sehr genau zielen musste, um die richtige Anwendung zu treffen. Immerhin schaffte er es beim dritten Versuch, den Mensaplan zu öffnen.

»Stimmt! Gestern war Schnitzel geplant, aber dann gab es Hackbraten.« Er warf ihr einen fassungslosen Blick zu. *»Und für so eine Mantokscheiße überfällt dich Madame Vouh?!«*

»Fast.« Schneewittchen verzog das Gesicht. »Leonie wollte ihn vegan.«

»Wen?«

»Na, den Hackbraten!«

Thorxarr starrte sein Mädchen entgeistert an.

Sie kicherte. »Die Zigeunerin hat behauptet, dass Leonie sich deswegen mit unserer Kantinenchefin anlegt. Hanna hat sie abblitzen lassen. Den veganen Erbsen-Tofu-Braten gibt es dann wohl nächste Woche.«

Der Rote tippte abermals auf seinem Handy herum. »Stimmt wieder. Am Donnerstag.«

»Siehste!« Schneewittchen hob bedeutungsvoll ihren ramponierten Zeigefinger. »Und für diese ach so wichtige Information hat Madame Vouh mich lahmgelegt und beißen lassen.«

»Tja. Es war offensichtlich ein Hackbraten, der Leben verändert«, bestätigte Thorxarr. Manchmal half nur Sarkasmus weiter.

Der und Zimtschnecken.

Er vertilgte noch eine dritte.

»Ich kann dir sagen …« Schneewittchen vergrub ihr Gesicht in den Händen. »Und das alles trotz des Arzneitees! Mann, Thor, ich will echt nicht wissen, was die alte Zigeunerin ohne das Kräutergebräu mit mir veranstalten würde.«

Dazu sagte der Krieger besser nichts. Zum Glück war sein Mund eh noch voll. Er kaute lieber mal langsamer.

Die Stille ließ Schneewittchen aufhorchen. Mit schmalen Augen schaute sie ihn an. »Was ist?«

Schnell setzte er eine Unschuldsmiene auf und schmatzte: »Öhm … nichts. Wieso?«

»Weil du mir was verschweigst!« Ihre Miene wurde streng.

So streng hatte nicht mal Ausbilder Maxxorr geguckt, als seine Kameraden und er den feinen Sand von dessen Schlafmulde mit reichlich spitzen Kieseln versetzt hatten.

»Ich … äh«, druckste Thorxarr herum. »Ich doch nicht!«

Der spöttische Zug um Schneewittchens Mund machte klar, dass sie ihn durchschaut hatte.

So ein Murks. Jetzt lässt sie mich nicht mehr vom Haken!

Es war ungerecht. Sein Mädchen war so viel jünger und kleiner als er und trotzdem sah sie ihm an der Nüsternspitze an, wenn er nicht ganz ehrlich zu ihr war. Da konnte er sich anstrengen, wie er wollte.

»Na los, Herr Krieger!«, kommandierte sie. »Spuck es aus!«

Wenn sich ihre hübsche Nase so angriffslustig kräuselte wie jetzt, war Widerstand zwecklos.

»Also gut«, gab er sich geschlagen. »Aber es wird dir nicht gefallen.«

»Mir egal!«

Ha! Das sagt sie jetzt!

Thorxarr holte tief Luft. »Das Heilmittel … also …«

»Ja?!«

Er schluckte.

»Was ist mit dem Heilmittel?« Ihr Blick bohrte sich förmlich in sein Hirn. Gleich würde sie die Information von allein in seinem Oberstübchen finden, also ließ er die Luft wieder aus seiner Brust entweichen und mit ihr die Katze aus dem Beutel, wie die Humanoiden zu sagen pflegten.

»Das Heilmittel verträgt sich nicht mit dem Arzneitee.«

»Was?!«

Schneewittchen starrte ihn ungläubig an.

Er schwieg.

»Du machst Witze!«

»Nein. Dein Tee wurde abgesetzt.« Thorxarr nickte zur Tür. »Das sind die paar ›Feinheiten‹, die die Grünen später mit uns besprechen wollen.«

Sein Mädchen wurde blass. »Bitte nicht!«

»Lieber Madame Vouh als die Seuche«, konterte er.

»Aber ich kann sie nicht kontrollieren.« Angst füllte die braunen Augen seiner Liebsten. »Sie wird über mich herfallen und mich verschlingen.«

»Über uns«, korrigierte er gefasst. »Ich werde nicht von deiner Seite weichen! Bevor wir hierherkamen, haben wir ohne Tee gelebt. Das schaffen wir wieder.«

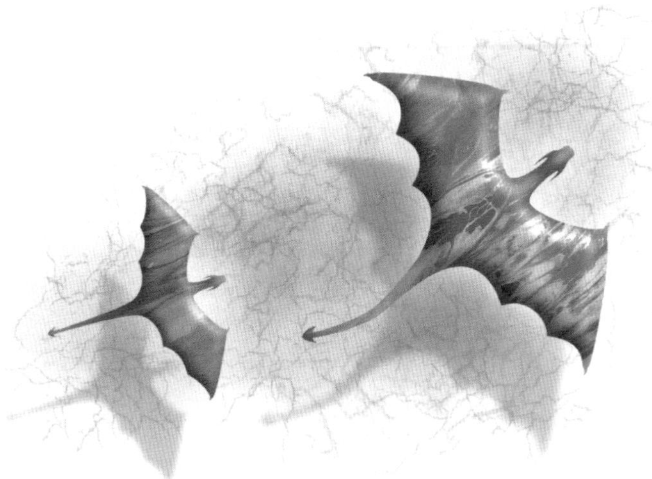

Vorhang auf für Madame Vouh!

Am Tag nachdem Hiltja im Sanitätstrakt erwacht war, zogen sie und Thor in ein Sonderquartier um, das außerhalb des Gefährtenbereichs lag. Wegen der Eifersucht der Drachen in der Bindungsphase und um Zwischenfälle zu vermeiden, durften nur in Ausnahmefällen nicht verbundene Drachen oder Menschen den Kernbereich der Akademie der Wölfe betreten. Da die grünen Himmelsechsen Linea und Eliande keine Gefährtinnen waren, aber nun täglich vorbeischauen würden, war das Übergangsquartier gesünder für alle Beteiligten. Zudem sollte Hiltja eine persönliche Pflegerin zur Überwachung bekommen.

»Auf diese Pflegerin habe ich ja so gar keinen Bock«, murmelte Hiltja, während sie ihre Toilettenartikel im Badezimmer verteilte. »Mir geht es gut.«

Noch war Madame Vouh ziemlich zurückhaltend, doch Eliande hatte betont, dass es einige Tage dauern würde, bis die Arzneistoffe des Tees Hiltjas Körper verlassen hätten. Ebenso wie es hinterher mindestens eine Woche brauchen würde, bis die Kräuter wieder ihre volle Wirkung entfalten würden.

»Die Grünen meinen es nur gut mit uns«, entgegnete Thor und steckte seine Zahnbürste zu ihrer in den Becher beim Waschbecken. »So wie ich die alte Zigeunerin kenne, wird sie noch ordentlich aufdrehen.«

»Vermutlich.«

Seufzend betrachtete Hiltja ihr Spiegelbild: Haut so weiß wie Schnee, Lippen so rot wie Blut, Haare so schwarz wie Ebenholz. Ihr Aussehen hatte ihr schon im Kindergarten den Spitznamen ›Schneewittchen‹ eingebracht.

Und meine dunklen Augenringe harmonieren nun hervorragend mit meiner Haarfarbe. Na bravo!

Das Spezialverfahren zur magischen Entfernung dämonischer Keime schlauchte menschliche Körper, das hatte Eliande ihr am gestrigen Nachmittag bestätigt.

Ich sehe scheiße aus.

»Quatsch«, brummte Thor und lächelte ihr über den Spiegel zu.

Sie hob zweifelnd eine Braue. Neben ihm war sie ein Zwerg und das, obwohl sie 1,69 m groß war. Aber ihr Gefährte maß mehr als zwei Meter, war muskelbepackt und bummelig so breit wie hoch. Neben dem asiatischen Donnergott wirkte fast jeder wie ein Zwerg. Außer seinen Kameraden vielleicht. Die Roten waren allesamt Hünen.

»Du siehst super aus!«, bekräftigte Thor.

Hiltja verdrehte die Augen. »Das sagst du immer!«

»Stimmt ja auch immer.«

»Charmeur!«

»Hab lange geübt.«

Sie streckte ihm die Zunge raus, woraufhin er sie von hinten umarmte und ihr einen fetten Kuss auf die Wange drückte.

Er trägt mich auf Händen.

Wärme strömte in Hiltjas Bauch. Sie liebte diesen Kerl wie verrückt. Ihr Herz quoll über und so wandte sie sich zu ihm um und kuschelte sich an seine breite Brust. *»Thor, du bist das Beste, was mir je passiert* *ist!«*

»Dito.«

Seine großen Hände strichen über ihren Rücken. Er beugte sich zu ihr herab und küsste sie zärtlich auf den Mund.

Hiltjas Lippen kribbelten unter seiner Berührung und Sinnlichkeit breitete sich in ihrem Körper aus wie zaghafte Strahlen der aufgehenden Sonne im Morgennebel. Es war wunderbar, ihre Empfindungen über die Geistesverbindung mit ihm teilen zu können.

Thor schnaufte glücklich und zog sie fester an sich, sein Kuss wurde intensiver. Das weckte in Hiltja den Wunsch nach mehr. Seufzend öffnete sie die Lippen und fuhr mit ihren Fingern durch seine militärisch kurz geschnittenen Haare.

Das mochte er. Erregt neckte seine Zunge ihre und schon prickelte Lust durch ihrer beider Adern. Thor schob seine Hände unter ihr T-Shirt und strich hauchzart über ihre Seiten bis hoch zu den Brüsten. Er wusste genau, dass sie das anmachte. Drachen in der Bindungsphase waren sehr leidenschaftlich.

»Ja, das sind wir.«

Ihre Nippel wurden hart.

»Mehr!« Hiltja presste sich an ihn.

»Nicht hier«, ächzte er mühsam beherrscht. *»Das Bad ist viel zu klein!«*

Thor dirigierte sie unter gierigen Küssen in den hallenartigen Schlafraum des Quartiers. Hier ließ er ihr Shirt und den BH mit einem magischen Schnipsen verschwinden und weidete sich an ihrem Anblick.

»Du bist so schön«, flüsterte er. »Einfach perfekt!«

Er meinte das so, wie er es sagte.

Hiltja lächelte. »Ich bin vor allem für Gleichberechtigung.«

Sie schob den Saum seines T-Shirts hoch und entblößte das wohldefinierte Sixpack an seinem Bauch.

Prompt ließ er seine Muskeln spielen. Hiltja strich mit den Fingerspitzen darüber und meinte frech: »Ich sag' ja: Sahneschnitte.«

»Aber weder weich noch klebrig«, stellte er mit belegter Stimme klar.

»Nein.« Sie ließ ihre Hand tiefer wandern. »Hart. Ganz und gar hart!«

Er stöhnte. Seine Aura franste aus vor Begehren und die silbernen Verästelungen in seinen Augen schienen fast zu glühen.

»Verdammt!«, keuchte er. *»Ich kann mich nicht mehr zurückhalten!«*

Frustriert schob er Hiltja von sich und sprang selbst einige Meter zurück, um dann in einer raubtierhaften Bewegung in seine Schuppen zu platzen.

Buff!

Tja, Drachen in der Bindungsphase waren wirklich leidenschaftlich. Blöderweise konnten sie ihre Menschengestalt nicht aufrechterhalten, sobald es zur Sache ging. Das konnten sie erst, wenn die Bindung vollständig abgeschlossen war.

»Es tut mir leid!« Thor ließ seinen Drachenkopf hängen und nörgelte: *»Ich kann dich einfach nicht zufrieden stellen.«*

Das wurmte ihn sehr – wie jeden Himmelsechsengefährten.

»Mir egal«, antwortete Hiltja rau. »Ich liebe dich so, wie du bist! Komm her.«

Ihr Donnergott verwandelte sich zurück und trat auf sie zu.

»Küss mich!«, forderte sie. Weitermachen war die beste Medizin gegen den Frust.

Plötzlich rieselte Magie durch ihre Adern, dann rauschte Madame Vouh heran. Thor verblasste und mit ihm der Schlafraum um Hiltja herum. Im nächsten Moment fand sich die junge Frau im HSV-Stadion wieder. Ein schwarz-weiß-blaues Meer aus Fans, die Flaggen schwenkten und grölend ihre Schals in die Höhe reckten. In der Kurve der Gäste waren die Fahnen braun, rot und weiß.

Oha! Es ist das Derby gegen St. Pauli.

Heute waren weniger Menschen als bei den Spielen vor der Invasion anwesend, aber immer noch genug, um ordentlich Krach zu machen. Auf dem gigantischen Monitor über der Tribüne zählte die Nachspielzeit hoch. 3:45, 3:46, 3:47 … Der HSV führte mit vier zu drei.

Ob sie gewinnen?

Auf dem Spielfeld pfiff der Schiedsrichter ab. Der Jubel schwoll an und die Zigeunerin entließ Hiltja zurück in ihr Quartier.

»Sieh an!« Thor zog sic breit grinsend in seine Arme. »Der HSV gewinnt das nächste Derby. Vielleicht sollten wir auf das Spiel wetten.«

»Mach ruhig«, meinte Hiltja. »Es könnte auch sein, dass sie verlieren. Bei diesen Dingen ist Madame Vouh nicht so zuverlässig. Das weißt du.«

»Schade eigentlich.«

Er beugte sich wieder zu ihr herab. *»Sonst könnte ich endlich meine Kasse auffüllen.«*

Tatsächlich interessierte die Kasse den Krieger nicht die Bohne, das spürte Hiltja ganz genau. Alles, was er wollte, war seine Gefährtin – und zwar mit Haut und Haaren.

Madame Vouh hatte andere Pläne. Sie legte nach und riss Hiltja mit sich fort in einen schwülwarmen Dschungel, wo sich eine Gruppe Satanas über einen Elefanten hermachte. Das Tier trompetete verzweifelt, dann spritzte Blut.

Szenenwechsel: Die Kantine der Wölfe tauchte auf. Noch war der Speisesaal nur spärlich besetzt, doch es duftete bereits köstlich. Der Menüplan verkündete, dass es heute, am 21. Juni, nicht nur veganen Erbsen-Tofu-Braten geben würde, sondern ebenfalls Spaghetti Bolognese.

»Schön«, murrte Thor. »Also kommt am nächsten Donnerstag nicht nur Leonie auf ihre Kosten.«

Endlich konnte Hiltja wieder seine Arme um sich herum spüren und ihr Quartier wahrnehmen. In ihrer Erinnerung mischte sich der Duft des Kantinenessens mit dem Blut des Elefanten. Ihr wurde übel.

»Das geht gleich vorbei.« Beruhigend streichelte Thor ihr über den Rücken.

Hiltja hielt die Luft an und horchte in sich hinein, ob sie noch eine Vision überrollen würde, aber das Rieseln in ihren Meridianen ebbte schon wieder ab. Die Zigeunerin war verschwunden. Die erotische Stimmung hatte sie mit sich genommen.

»Es tut mir leid«, entschuldigte sie sich.

»Nicht schlimm«, flüsterte er und hob ihr Kinn sanft mit seinem Zeigefinger an, sodass sie ihm in die Augen guckte. »Wir sind, was wir sind.« Dann küsste er sie innig auf die Stirn. *»Außerdem waren wir eh noch nicht fertig mit auspacken.«*

»Stimmt«, seufzte Hiltja. Sie versuchte die Bilder abzuschütteln und vollständig in die Realität zurückzukehren. Die Visionen an sich waren das eine Problem, das andere war die Tatsache, dass, wenn sich Madame Vouhs Shows häuften, Hiltja irgendwann gar nicht mehr wusste, wo sie war. Vor dem Arzneitee hatte es Zeiten gegeben, in denen die junge Frau die Wirklichkeit nicht mehr von den Zukunftsahnungen hatte unterscheiden können.

Dahin will ich nicht zurück, dachte Hiltja beklommen und löste sich aus seinen Armen.

»Es sind nur zehn Tage.« Thor sammelte ihre Klamotten ein. »Vier haben wir schon hinter uns. Ich lasse dich nicht allein.« Er reichte ihr BH und T-Shirt und sah ihr eindringlich in die Augen. »Wir schaffen das!«

Kein Zweifel, ihr Liebster würde alles für sie tun, was ihr diese Zeit erleichterte.

Sie lächelte. »Danke!«

Er lächelte zurück. »Immer gern, mein Herz.« Dann straffte er sich. »So, und jetzt packen wir zu Ende aus. Schließlich soll es hier nicht aussehen wie bei den Hubbels unter der Couch, wenn die Krankenpflegerin eintrifft.«

»Es heißt ›wie bei Hempels unterm Sofa‹«, korrigierte Hiltja und zog sich wieder an.

Er grinste arrogant. »Das sagte ich doch!«

»Ja, ja.« Sie lachte. »Zum Glück sind wir fast fertig. Sag mal, kannst du mir mein Kissen aus unserem Quartier holen? Und vielleicht auch noch die Decke? Dann fühlen sich die Nächte hier etwas weniger fremd an.«

»Klar! Bei der Gelegenheit bringe ich gleich mein Chilipulver mit.«

»Du wieder!«

»Korrekt.« Er zwinkerte. »Wer denn sonst?«

Wenig später schloss sich die Haustür des Gästebungalows hinter Thor, und Hiltja machte sich daran, die Klamotten in die Schränke einzuräumen.

Als Kind war ich immer ganz aufgeregt, wenn Madame Vouh mir was präsentiert hat. Naja, nicht, wenn sie mir Dämonen gezeigt hat. Dann war ich fix und fertig mit den Nerven und bekam Albträume. Aber sonst ... eigentlich war es ganz cool zu ahnen, was passieren könnte.

Ihr Vater hatte ihre Warnungen stets ernst genommen. Ihre Mutter ebenfalls, doch die hatte sich vor allem darüber Sorgen gemacht, was die anderen aus dem Dorf über ihre Tochter dachten. Natürlich hatten die Menschen von Hiltjas Talent Wind bekommen. »Die verrückte Hinnerksen« war sie als Mädchen hinter vorgehaltener Hand genannt worden. Manche waren neugierig. Andere hatten Angst vor ihr und – spätestens nachdem sie den Tod des alten Hühner-Karls vorausgesagt hatte – ebenfalls vor ihren Prophezeiungen. Das hatte auf den Rest der Familie Hinnerksen abgefärbt und so wurden alle irgendwie schief angeguckt.

Meine Mutter hat jahrelang versucht, meinen ›Defekt‹ von den Psycho-Doktoren beheben zu lassen. Aber das hat nicht funktioniert.

Hiltja nahm einen Stapel von Thors Muskelshirts aus der Tasche und legte ihn in den Schrank.

Tja, ich war schon immer ein Außenseiter!

Das hatte sich auch bei den Wölfen nicht geändert. Die ›Ehre‹, die Seherin der Drachen zu sein, war bloß eine Seite der Medaille. Die andere bestand aus dem Unverständnis und der Angst ihres Umfelds.

Ich kann es in den Blicken der anderen sehen. Verdrossen verstaute sie die Socken in einer Schublade. *Wenn sie mich anschauen, fragen sie sich: Kennt Schneewittchen meine Zukunft? Was weiß sie über mich?*

Sie schüttelte den Kopf und brummte: »Menno! Wenn ich mal schlechte Laune habe, fürchtet jeder, dem ich begegne, er müsse sterben. Aber ich bin doch auch nur ein Mensch. Darf ich denn nie mies drauf sein?!«

Offenbar nicht.

Einige waren sogar wütend auf sie. Wegen der Invasion. Es war wie in ihrem Dorf in Dithmarschen. Gerüchte machten schneller die Runde als eine Herde Schafe den Deich vollköttelte.

Aufgewühlt stopfte Hiltja die Unterwäsche neben die Socken.

Die ahnen, dass Madame Vouh mir konkrete Bilder gezeigt hat.

Ja, manche Gefährten glaubten, dass die Seherin der Drachen gewusst hatte, wer leben und wer sterben würde. Und sie fragten sich, warum Hiltja nicht versucht hatte jemanden zu retten.

»Warum hast du unsere Freunde in den Tod fliegen lassen? Warum hast du niemanden gewarnt?!«

Selbstverständlich traut sich niemand, mir diese Frage laut zu stellen. Doch sie ist in ihren Köpfen. Zusammen mit jeder Menge unausgesprochenen Vorwürfen.

Ihre Augen wurden feucht. Es waren so viele gestorben! Drachen, Menschen, Gefährten. Die Lücken, die die Dämonen gerissen hatten, waren groß – besonders hier bei den Wölfen, denn viele Paare waren während des entscheidenden Gefechts gefallen. Und so kannte jeder jemanden persönlich, der in Nordkorea gestorben war.

Sie vermissen ihre Freunde und Kameraden. Deswegen suchen sie einen Schuldigen.

Die dunklen Kreaturen waren schwer zu fassen zu kriegen, aber die Seherin begegnete ihnen täglich an der Akademie.

Und sie finden mich merkwürdig.

Das konnte sie den anderen nicht verübeln. Es *war* merkwürdig, wenn man ein Gespräch führte und das Gegenüber von jetzt auf gleich mit leerem Blick geradeaus schaute und nichts mehr mitkriegte.

Trotzdem hätte ich niemanden retten können!

Nein, sie war nur das Medium, in das Madame Vouh ihre Bilder projizierte. Dass nicht alles wahr wurde, was die Zigeunerin zeigte, begriffen die wenigsten.

Hiltja schnaubte und ließ sich aufs Bett sinken.

Ich habe den König der Roten diverse Male sterben, aber auch davonkommen sehen! Grimmarrs Leben stand auf Messers Schneide. Er hat überlebt. Doch hätte er das, wenn er meine Visionen gekannt hätte?

Linea glaubte, nein. Die weise Grüne warnte immer wieder davor, die Zukunftsahnungen preiszugeben. Sie war davon überzeugt, dass das Wissen um den eigenen Tod die Moral der Krieger in der großen Schlacht massiv untergraben und Zweifel gesät hätte. Aus diesem Grund hatten die Seherinnen der Vergangenheit ihre Visionen stets zu diffusen Texten verdichtet. Kommende Generationen sollten gewarnt, aber nicht entmutigt werden.

»Vor allem sollte niemand seinen eigenen Tod kennen müssen«, lautete die Devise und so hatte Linea von Madame Vouhs Weltuntergangsshow keinerlei konkrete Bilder nach außen dringen lassen. Lediglich die Prophezeiung aus der altvorderen Zeit hatte die Meisterheilerin an die Führung weitergegeben und mit ihr die eindringliche Aufforderung, dass das Dreiergestirn – ein blauer Lichtmeister mit seinen beiden Menschenpartnern – an der Schlacht beim Dämonentor teilnehmen musste. Das nämlich hatte die Zigeunerin schon seit Hiltjas Geburt deutlich gemacht. Und sie hatte recht behalten: Den dreien war es unter Aufbietung all ihrer Kräfte gelungen, das Portal zu verschließen.

Ich selbst habe nichts dazu beitragen können.

Hiltja ließ sich rückwärts aufs Bett fallen.

Mehr als atmen war in jenen Tagen nicht drin. Ich hätte niemandem irgendwas sagen können! Madame Vouh hat mich ohne Unterbrechung von Vision zu Vision geschleift, mich tausende von Toden sterben lassen und mich gezwungen, das Gemetzel in allen Einzelheiten mitzuerleben. Ich musste jede Gräueltat durchmachen, ohne etwas ändern zu können! Stunde für Stunde für Stunde. Ich konnte nicht entkommen und es hörte einfach nicht auf.

Die Qualen waren endlos gewesen: ein unendlicher Ozean aus Schmerz und Verzweiflung.

Hiltja zitterte. Die Erinnerungen machten ihren Hals eng, sie schluchzte.

»Hey«, hörte sie Thors Stimme. Er klang weit weg, aber seine Liebe konnte sie trotzdem spüren. *»Du weißt doch, mein Herz: Das Los einer Seherin ist zu sehen. Deinetwegen ist das Tor zu. Deinetwegen haben so viele von uns überlebt. Du hast unsere Erde gerettet!«*

Seine Worte legten sich tröstend um ihre Seele und wärmten sie wie eine kuschelige Decke an einem Wintertag. Hiltja nahm wahr, dass er fast bei ihrem Quartier angekommen sein musste.

Solange sie sich beide auf dem Gelände der Akademie befanden, klappte es mit der Kommunikation auf der Geistesebene. Wurde die Entfernung größer, konnte sie ihn nicht mehr hören. Das würde sich ändern, wenn ihre Gefährtenbindung vollendet war. Dann vermochte sie auf der Geistesebene nichts mehr zu trennen und sie würden immer miteinander sprechen können – zumindest sofern sie sich beide in derselben Welt aufhielten.

»Soll ich zurückkommen?«, erkundigte sich Thor.

»Nein, es geht schon.« Hiltja wischte sich die Tränen mit dem Handrücken von den Wangen. *»Danke, dass du für mich da bist, selbst wenn du weg bist!«*

Allein ihn in ihrem Geist zu fühlen, machte die Last ein bisschen leichter. Hierfür war Hiltja sehr dankbar. Am Rande spürte sie, dass dieser Gedanke ihn lächeln ließ.

»So soll es bei Gefährten sein«, bestätigte er. *»Ich beeile mich!«*

»Das musst du nicht.« Sie atmete tief durch. *»Du brauchst auch mal eine Pause. Wenn du einen deiner Kameraden triffst, schnack ruhig 'ne Runde mit ihm. Ich bin eh fast fertig und die nächsten Tage werden anstrengend genug.«*

Thor schien zu zögern, doch dann gab er sich einen Ruck. *»Einverstanden!«*

Dafür liebte Hiltja ihn. Er unterstützte sie, wo er konnte, aber ebenso glaubte er ihr, wenn sie ihm sagte, dass sie zurechtkam.

»Bis später, mein Großer!« Eine Glücksträne rollte über ihre linke Wange. *»Ich bereite uns schon mal einen Kaffee vor, damit du nachher was hast, wo du dein Chilipulver reinrühren kannst!«*

Kaum hatte Hiltja die leere Reisetasche im Schrank verstaut, da klopfte es am Bungaloweingang. Verwundert ging sie zur Tür und öffnete.

»Moin moin!«, grüßte eine kleine Frau mit skandinavischem Akzent. Ihre kurzen blonden Haare waren lässig frisiert.

»Moin!«, antwortete Hiltja. Sie musste nach unten schauen, um dem Mädel in die freundlichen grünen Augen sehen zu können. Sie beide waren ungefähr im selben Alter.

Oh! Ich kenne sie irgendwoher. Nur woher? Hmm. Hatte sie nicht mal einen Pferdeschwanz?

Neugierig ließ Hiltja ihren Blick über die drahtige Statur des Gegenübers schweifen. Die Besucherin trug sportliche Kleidung und … ihr fehlte der rechte Arm!

Erinnerungsfetzen blitzten durch Hiltjas Geist. Es war in der Portalhöhle während der großen Schlacht: Das gigantische Maul eines Saurierdämons schnappte nach der Skandinavierin und ihrem roten Gefährten. Das Monster erwischte beide auf einmal und schleuderte sie ruckartig an Arm und Schwinge hoch in die Luft, vermutlich um sie im nächsten Moment zu vertilgen.

»O Gott!« Hiltja riss die Augen auf. »Das hast du überlebt?!«

»Ja, haben wir beide.« Der Akzent klang schwedisch. »So ein oller Kreischknochenknacker kriegt Gabriellosch und mich nicht klein.« Sie lachte fröhlich. »Ich bin Tyra. Darf ich reinkommen?«

»Oh, äh … Ja, klar!« Schnell trat Hiltja zwei Schritte zurück und hielt die Tür auf. »Bitte entschuldige. Ich wollte dich nicht anstarren.«

»Ach, kein Problem!« Die kleine Schwedin zwinkerte. »Du warst bei dem Kampf ja quasi mit dabei, Schneewittchen. Als ich die Erinnerungen der anderen gesehen habe, habe ich auch so geguckt wie du. Es sah schon krass aus.«

»Ja, absolut!«, bestätigte Hiltja und schloss die Tür. »Ähm. Möchtest du vielleicht einen Kaffee? Oder lieber Tee oder Wasser?«

»Gern ein Wasser. Danke!«

Die jungen Frauen machten es sich mit Mineralwasser und Zimtschokolade in der Couchecke gemütlich und Tyra erklärte: »Ich absolviere gerade meine Rundtour bei den Neuen. Mein Gefährte und ich waren einige Wochen auf Kur, deswegen haben wir uns noch nicht kennengelernt.« Sie lächelte. »Also, ich bin Tyra. Gabriellosch und ich sind die stellvertretenden Kommandanten der Wölfe.«

»Ah!« Hiltja nippte an ihrem Wasser, doch nach einem Schluck hielt sie inne. »Moment. Sind nicht Bruttach und Jude die Stellvertreter? Die beiden haben Thor und mich hier begrüßt und rumgeführt.«

Und insbesondere hatten sie sich als Stellvertreter der Kommandanten vorgestellt.

»Ja, das ist etwas verworren«, räumte Tyra ein. »Die zwei wurden direkt nach der Schlacht als Stellvertreter der Kommandanten ernannt. Inzwischen haben Gabriellosch und ich unsere Verbindung vollendet und mit Bruce und Jude die Plätze in der Rangordnung getauscht.« Sie kicherte. »Du weißt ja: Die Roten fahren voll auf Hierarchien ab!«

»Ja«, sagte Hiltja, furchte allerdings die Stirn. »Dann seid *ihr* jetzt die Kommandanten?«

»Fast.« Die Augen der Schwedin leuchteten vergnügt. »Gabriellosch und ich sind die Stellvertreter der Kommandanten und Bruce und Jude sind wiederum zwei unserer Stellvertreter.«

»Also die Stellvertreter der Stellvertreter?«

Das klang verrückt.

»Richtig!«

»Und wer sind die Kommandanten der Wölfe?«, hakte Hiltja nach.

»Aer und Lenir.« Die Miene der Schwedin bewölkte sich. »Du hast sicher davon gehört, dass die beiden verschollen sind, oder?«

Verschollen!

Erneut zuckten Erinnerungen an Visionen durch Hiltjas Geist: Ein schwarzes Gefährtenpaar kämpfte verbissen gegen wabernde, bestialisch stinkende Wolken in der Portalhöhle.

»Nachtmaare nennt man die«, kommentierte Thor von weit her.

Eine dieser Wolken saugte sich am Drachenschwanz von Lenir fest. Dieser riss die Weltenhaut vor sich auf und stürzte gemeinsam mit Aer in die Nebelsphäre. Der Nachtmaar folgte ihnen.

»Oh nein!«, keuchte Hiltja. »Das können die beiden nicht überlebt haben!«

Tyra nickte traurig. »Sie sind nicht wieder aufgetaucht.«

Hiltja fröstelte. In der Versammlungshalle der Wölfe hatte man Aer und Lenir ein Denkmal gesetzt: eine lebensechte Statue, die sich bewegen konnte und allen Gefährten aufmunternd zuwinkte.

»Jaguar und Nachtfalke, die Kommandanten der Wölfe« war in der Steinplatte zu ihren Füßen eingemeißelt worden.

»Jaguar ist der Ehrenname von Aer und Nachtfalke der von Lenir«, erläuterte Thor. Er schien auf dem Rückweg zu sein.

»Aber …«, Hiltja schluckte, »… die Schlacht ist ein halbes Jahr her.«

»Stimmt.«

Hiltja schaute die kleine Schwedin verwundert an. »Glaubst du, sie kommen wieder?«

»Nein.«

»Und warum …?« Sie stockte. Das, was Hiltja wissen wollte, erschien ihr unangemessen, darum brach sie ab.

»Frag ruhig«, forderte Tyra ihre Gastgeberin auf. »Wir Wölfe haben uns Offenheit auf die Fahnen geschrieben.«

»Das ist gut.« Hiltja gab sich einen Ruck. »Warum werden Jaguar und Nachtfalke nicht für tot erklärt?«

»Genau darüber habe ich mich auch gewundert.« Die stellvertretende Kommandantin lächelte. »Ein Roter könnte dir das sicher besser erklären, aber ich will versuchen, es …«

Unvermittelt öffnete sich die Bungalowtür und Thor trat ein. Unter den linken Arm hatte er ein Knäuel aus Decken und Kissen gequetscht, in der rechten Hand trug er eine Gewürzdose, die die Größe einer Zwei-Liter-Kanne hatte.

»Man erklärt Jaguar und Nachtfalke deswegen nicht für tot«, erläuterte er, »weil man ihrer Tat damit Respekt erweist.« Er schaute seine Gefährtin ernst an. »Viele stellen deine Frage. So wird über sie gesprochen und sie können nicht vergessen werden. Außerdem wissen wir nicht mit Sicherheit, ob sie gestorben sind.«

Hiltja verzog den Mund. »Hmm. Aber du meintest doch, dass kein irdisches Wesen mit einem angesaugten Nachtmaar in den Nebeln überleben kann.«

»Normalerweise ist das so«, räumte Thor ein und guckte sich nach einem Ablageort für seine Sachen um. »Für Jaguar und Nachtfalke kann das allerdings niemand bestätigen.«

»Ich helfe dir.« Hiltja stand auf, um ihm etwas abzunehmen.

»Genau das ist ja das Tragische, wenn jemand verschollen ist«, seufzte die Schwedin. »Moin! Ich bin übrigens Tyra.«

»Und ich bin … oh!« Abrupt ließ der Krieger den Bettzeugberg fallen, drückte die Chilidose in den Mützenkorb der Garderobe und salutierte. »Soldat Thorxarr meldet sich zur Stelle!«

»Steh bequem, Thor«, winkte die Stellvertreterin ab. »Ich wollte bloß bei euch Hallo sagen. Wir plaudern hier ganz entspannt. Das ist kein Antrittsbesuch.«

»Aha«, sagte Thor. Er schien nicht überzeugt, aber immerhin schloss er nach drei angespannten Atemzügen die Bungalowtür.

»Setz dich zu uns«, bat Hiltja und sendete auf der persönlichen Frequenz: *»Keine Sorge, Tyra ist nett! Wir schnacken nur.«*

Das beruhigte ihren Donnergott kein Stück. Im Gegenteil, er schien schon wieder salutieren zu wollen. *»Warum hast du mir nicht gesagt, dass das Tyra ist?«*

»Du hast nicht gefragt.«

»Ich habe nur gemerkt, dass du Besuch hast, aber nicht, wen!«

»Ist doch egal«, meinte Hiltja. *»Sie nimmt es dir nicht übel.«*

»Aber sie ist die Gefährtin von Gabriellosch! Schneewittchen, dieser Krieger gehört zu den besten meiner Rasse. Er trägt den Beinamen ›Adler‹ und ist der jüngste Kommandant, den die Armee der Roten je gesehen hat! Und König Grimmarr hat Tyra persönlich den Ehrennamen ›Skorpion‹ verliehen! Bei Abrexars Schuppen, Tyra und Gabriellosch gehören zu den ganz Großen!«

»Sie ist kleiner als ich«, konterte Hiltja stumm. *»Und sie ist wirklich nett! Außerdem: Wie gefallen* dir *die Ehrenbezeugungen der anderen? Hmm? Ich denke da nur an deine Plauderei mit Amira in Indien vor dem Forschungszentrum.«*

»Erinnere mich nicht daran!«, brummte er zerknirscht, doch seine Haltung wurde etwas lockerer.

»Ich mache dir erstmal einen Kaffee, mein Lieber«, verkündete sie laut und schob zur Ablenkung noch eine Frage hinterher: »Kommt so etwas denn öfter vor, Thor? Also, dass man einen wichtigen Posten unbesetzt lässt?«

»Sicher.« Zögerlich trat der Rote an die Couch heran. »Die Schwarzen haben den Thron ihres Königs über Jahrhunderte hinweg verwaist gelassen.«

»Spannend!« Hiltja schlenderte zur Küchenzeile hinüber, nahm einen Becher aus dem Regal und stellte ihn in den Kaffeevollautomaten. »Was ist dem König der Schwarzen passiert?«

Thor hockte sich aufs Sofa. Entspannt sah anders aus. Er vergaß sogar zu antworten.

»Das weiß niemand«, führte Tyra an seiner Stelle aus. »Der König der Schwarzen verschwand während der Torkriege im Mittelalter.«

»Das ist wirklich lange her!« Hiltja startete im Menü das Programm für »großer Kaffee«. Die Maschine mahlte Bohnen und ein köstlicher Duft verbreitete sich im Raum. »Hat bei den Schwarzen auch ein Stellvertreter die Aufgaben übernommen?«

»Ja, und zwar der Truchsess.« Tyra schnupperte. »Wenn ich es mir recht überlege, hätte ich doch gern einen Kaffee. Machst du mir einen Latte macchiato?«

»Gern.«

»Den Posten offen zu lassen«, merkte Thor an, »ist eine Frage von Ehrerbietung und Respekt!«

»Und von Hoffnung!«, ergänzte Tyra.

»In dem Fall«, meinte Hiltja, »werde ich gern von Stellvertretern und deren Stellvertretern angeführt.«

»Horraxx!«, antworteten Tyra und Thor im Chor.

Das brach das Eis. Der Krieger lächelte seine Vorgesetzte scheu an.

Die grinste zurück. »Die Schwarzen haben ihren Thron übrigens erst vor wenigen Jahren wiederbesetzt. Das neue Königspaar war eng mit Aer und Lenir befreundet.« Dann seufzte sie. »Ach, wir leben in verrückten Zeiten. Jeder hat jemanden verloren.«

Eine Pause entstand. Schweigend trug Hiltja den Kaffee und den Latte macchiato zum Couchtisch hinüber.

»Danke sehr.« Die Schwedin schüttelte ihre schwermütige Stimmung ab und lächelte ihre Gastgeberin an.

Och, nö! Wetten, dass sie mich gleich fragt, wie es mir geht?

Bevor Tyra ihren Mund öffnen konnte, erkundigte sich Hiltja lieber: »Und? Wohin geht ein rotes Gefährtenpaar auf Kur?«

»Ins ewige Eis der Antarktis.« Die Stellvertreterin rieb sich demonstrativ bibbernd mit der linken Hand die Seite unter dem Armstumpf.

»Im Ernst?« Hiltja bekam große Augen.

»Ja.«

»Wow! Und ich dachte, man geht dahin, wo es schön und warm ist. Wir haben Juni. Da herrscht in der Antarktis Winter. Ist es in der Jahreszeit da unten nicht dauerdunkel?«

Tyra lachte. »Dauerdunkel und arschkalt!«

Prüfend schaute Hiltja zu Thor, der drei Teelöffel Chilipulver in seinen Becher schaufelte. »Und du behauptest immer, dass es *alle* Himmelsechsen warm mögen!«

»Das … öhm … ist eigentlich auch so«, erwiderte ihr Gefährte und warf Tyra einen perplexen Blick zu.

»Tja«, schnaubte diese, »wenn man sich eine magische Schwingenprothese von einem Weißen bauen lassen möchte und die Testphase des dritten Prototyps dauerhafte Temperaturen unter null zwingend erforderlich macht, werden Dunkelheit und Eiseskälte plötzlich ganz schön sexy.«

Hiltja lächelte schief. »Oje! Du Arme!«

»Och«, winkte die kleine Schwedin ab, »ich habe mich irgendwann dran gewöhnt. Aber ich kann dir sagen, mein Gefährte war nicht erfreut.« Sie grinste verschwörerisch. »Seien wir mal ehrlich: Die Roten machen nach außen immer einen auf eisenharte Krieger, aber innerlich sind sie wunderbar weich und mögen es genauso kuschelig wie wir.«

Thor verschluckte sich an seinem Kaffee.

»Anwesende natürlich ausgeschlossen«, beschwichtigte Tyra. Im nächsten Moment wurde ihr Blick abwesend. Sie musste kichern und erklärte: »Gabriellosch widerspricht meiner Aussage energisch! Dabei weiß er ganz genau, dass ich recht habe.« Ihr Gefährte schien weiter gegen anzugehen, aber sie meinte ruhig: »Doch. Habe ich. Bei diesen Dingen habe ich *immer* recht. Und jetzt tau du man weiter deinen tiefgekühlten Schwingenstumpf auf.«

»Schwere Schwingenverletzungen bedeuteten für einen Krieger das Aus der militärischen Karriere«, erläuterte Thor Hiltja auf der privaten Frequenz. *»Ein Drache, der nicht fliegen kann, kann auch nicht kämpfen. Kein Wunder, dass der Adler das ewige Eis in Kauf genommen hat.«*

»Hat das mit der Prothese denn geklappt?«, fragte Hiltja.

»Ja, hat es!« Tyra löffelte etwas Milchschaum von ihrem Getränk und strahlte. »Der Weiße ist ein genialer Tüftler. Gabriellosch kann jetzt geradeaus fliegen und nicht nur auf die Nase, was einen erheblichen Fortschritt darstellt. Mit dem Abheben und Landen klappt es ebenfalls einigermaßen und das ist immerhin die Voraussetzung für einen Solosprung durch die Nebel. Damit hat sich jede einzelne Minute Dunkelheit und Dauerfrost gelohnt.«

»Respekt!« Thor nahm Haltung auf dem Sofa an und eine Gänsehaut kribbelte über Hiltjas Haut.

»Danke. Mein Gefährte und Bill geben nicht auf.« Die Schwedin lächelte zufrieden. »Ich bin mir sicher, dass Gabriellosch in ein paar Jahren wieder richtig fliegen können wird.«

Madame Vouh rauschte heran.

Verdammt! Das war keine Gänsehaut! Das war die Magie in meinen Meridianen!

Unvermittelt stand Hiltja auf dem Sprungplatz der Akademie, die Nebelsphäre riss auf und spuckte einen schwarzen Drachen aus. In seiner Nackenfalte saß eine junge Frau und er trug etwas orange-schwarz Gestreiftes in der rechten Vorderklaue.

Die Himmelsechse landete und das Etwas fauchte. Zornig! Dann zappelte es. Als der Schwarze das gestreifte Wesen losließ, erkannte Hiltja, dass es sich dabei um einen ausgewachsenen Tiger handelte.

Im nächsten Augenblick verblasste der Sprungplatz und Hiltja saß wieder auf der Couch im Gästequartier. Zumindest nahm sie das an – sicher war sie nicht.

Tyra beäugte sie neugierig. »Du hattest gerade eine Vision, oder?«

Das war keine Frage, sondern eine Feststellung.

»Darf ich sie sehen?«

Und das ein Befehl.

»Meisterheilerin Linea rät davon ab, dass wir Visionen teilen«, erklärte Thor seiner Vorgesetzten. Gleichzeitig drückte er Hiltjas Hand. *»Das hier ist real. Wir befinden uns wirklich auf diesem Sofa!«*

Die Seherin atmete durch und schaute sich um. Sie schenkte ihrem Gefährten einen zärtlichen Blick. *»Danke!«*

»Wie schade«, antwortete Tyra, doch sie lächelte gelassen. »Ich gebe zu, ich bin einfach neugierig.«

Noch ein tiefer Atemzug und Hiltja war sich sicher, dass sie wirklich im Gästequartier bei den Wölfen war.

»Ich glaube, diese Vision ist unkritisch«, murmelte sie, öffnete ihren Geist für die Stellvertreterin und ließ die Bilder von Madame Vouh in sich aufsteigen.

»Oh!« Der schwedische Akzent klang erstaunt. »Das sieht ja wie eine Erinnerung aus.«

»Es ist genau genommen auch eine«, bestätigte Hiltja. »Die Visionen sind so lebendig und intensiv wie die Realität.«

»Krass!« Tyra verzog das Gesicht. »Warte … ich glaube, das sind Tonar und Malou! Ha! Die beiden sollen nächste Woche hier ankommen.« Sie schüttelte den Kopf. »Alter! Was trägt Tonar denn da in seiner Vorderklaue? Ist das etwa ein Tiger?!«

»Ich denke schon«, meinte Hiltja schulterzuckend.

»Boa!«, schnaubte Tyra. »Ein Tiger? Echt jetzt?! Ich wusste, dass sie eine Katze mitbringen, aber von einem ausgewachsenen Sumatra Tiger war nie die Rede!«

Thor grinste. »Das sind doch auch Katzen, oder nicht?«

»Schon«, stimmte die Stellvertreterin zu. »Aber die sind erheblich größer! Und wilder. Meine Herren – das hätte ja was gegeben! Ich wollte Tonar und Malou direkt neben Bolexan und Nilay einquartieren – das ist ein junges weißes Paar, das sehr scheu ist. Ich fürchte, wenn Mr. Sumatra bei denen um den Bungalow streift, traut sich keiner von ihnen mehr raus! Hmm …« Sie tippte sich nachdenklich an die Stirn. »Nee, nee! Die Tigertruppe muss woanders einziehen. Aber das kriege ich hin.« Sie nickte zufrieden. »Vielen Dank für die Info, Schneewittchen. Das war hilfreich. Damit hast du vier Leute auf einen Streich glücklich gemacht!«

»Schön«, sagte Hiltja, ohne es zu fühlen.

Tyra schaute sie aufmerksam an. »Wie geht es dir?«

»Gut.«

»Das war nicht als Floskel gemeint«, widersprach die Schwedin. »Mich interessiert *wirklich*, wie es dir geht, Schneewittchen! Als Stellvertreterin dieser Akademie trage ich für alle Wölfe die Verantwortung. Ihr beide«, sie sah respektvoll von ihr zu Thor und wieder zurück, »habt eine heftige Zeit hinter euch. Ich kann nicht ermessen, wie hart die Invasion für euch gewesen sein muss, aber nachdem, was du mir gerade gezeigt hast, ahne ich, dass diese Tage selbst für ein rotes Paar grenzwertig gewesen sein müssen. Und dazu aktuell noch die Nummer mit der Chamäleonratte und die Aussicht, dass die Visionen ohne den Tee wieder zunehmen werden. Das hört sich für mich nicht nach Ponyhof an. Wie kommt ihr klar? Insbesondere du, Schneewittchen?«

»Ohne den Tee?«

»Ja.«

Hiltja starrte in ihr Wasser. »Gar nicht.«

Schweigen.

Sie konnte Tyras fragenden Blick auf sich spüren, doch die Antwort wollte nicht über ihre Lippen kommen. Sie hasste das, was kommen würde.

»Sobald die Wirkung des Tees vollständig nachlässt«, erläuterte Thor, »schaltet Madame Vouh – so nennen wir die Visionen – nahezu auf Dauerfeuer. Nach ein oder zwei Tagen wissen wir häufig nicht mehr, wo wir sind.«

Tyra hob eine Braue. »Du ebenfalls nicht?«

Der Krieger nickte. »Wenn ich meiner Gefährtin einen Teil der Last abnehmen möchte, muss ich mich mit jeder Schuppe darauf einlassen. Und sobald ich das tue, ist ihre Realität auch meine. Gefangen in einer Vision können wir weder essen noch schlafen oder unsere Notdurft verrichten.«

Tyra furchte unwillig die Stirn. »Das klingt nach Folter!«

»Kommt hin.« Thor rührte seinen Kaffee durch. »Deswegen besteht Linea darauf, uns eine Pflegerin zu schicken.«

Hiltja schnaufte unzufrieden. Die Vorstellung, dass eine Fremde sie so sehen würde, machte die Sache nicht besser.

»Hmm. Ich habe gehört«, sinnierte Tyra, »dass du die Visionen in den ersten Wochen nach der Invasion besser bewältigen konntest.«

»Das stimmt.« Hiltja drehte ihr Glas zwischen den Händen. »Damals hatte ich fast das Gefühl, ich könnte sie ›steuern‹. Oft waren sie durchscheinend und teilweise lagen sogar mehrere Varianten der Zukunft übereinander. Aber dann …« Sie zuckte hilflos mit den Achseln.

»Die Heilerinnen«, fuhr Thor fort, »vermuten, dass unsere Gefährtenbindung Schneewittchens Talent verstärkt.«

»Die Bindung verstärkt *alle* Talente der Beteiligten«, pflichtete Tyra ihm bei.

»Tja, blöderweise war Madame Vouh bei mir vorher schon außergewöhnlich stark.« Hiltja presste die Lippen aufeinander. »Jetzt mutiert die Zigeunerin zu einem Hulk. Sie kennt nur noch volles Rohr und das ohne Rücksicht auf Verluste. Manchmal kommt es mir so vor, als hätte jemand die Schleusen eines gigantischen Staudamms geöffnet. Die Mengen, die da herausdonnern, kann niemand aufhalten oder gar dirigieren. Madame Vouh macht uns einfach platt!«

»Das klingt dramatisch«, räumte die Schwedin ein. Sie wirkte ehrlich betroffen. »Vielmehr nach einem Fluch als nach einem Segen.«

»Ja! Das kannst du laut sagen.« Hiltja stellte ihr Glas auf dem Tisch ab und ließ sich gegen die Rückenlehne der Couch sinken. »Das Schlimme ist, dass wir laut den Experten noch lange nicht am Ende unserer Bindungsphase angekommen sind. Madame Vouh wird also noch weiter aufdrehen!«

Sie schloss die Augen und ächzte: »Selbst mit dem Tee nerven die Visionen, weil ich sie nicht wegdrücken kann. Ich meine, ich mache irgendwas und dann – zack – plötzlich werde ich ausgeknipst!«

»Wie ätzend«, pflichtete Tyra ihr bei.

»Nein, das ist gefährlich«, widersprach Thor. »Letzte Woche haben sie im Kampfunterricht zeitverzögerte Explosionen geübt. Schneewittchen hatte den Sprengkörper auf das Maximalvolumen aufgepumpt und als sie den Countdown installieren wollte, kam Madame Vouh und nahm ihr die Kontrolle. Das Ding ging sofort hoch. Wäre Ausbilder Bruttach nicht gewesen …«

Sein Satz blieb unheilvoll in der Luft hängen.

»Ach, es ist ja nicht nur das«, seufzte Hiltja. »Neulich beim Sport war es dasselbe. Alle joggen, bloß ich stehe von jetzt auf gleich dumm in der Gegend rum.«

»Berichte vom Verhandlungstraining«, forderte Thor.

»Das war nur einmal!«

Außerdem war es ihr so peinlich, dass sie die Stunde lieber verdrängte.

»Es muss dir nicht peinlich sein.« Die Miene ihres Gefährten wurde mitfühlend. »Und wenn Madame Vouh noch stärker wird, wird es vermutlich häufiger vorkommen.«

»Na gut«, brummte Hiltja. »Also, es war mitten im Unterricht. Ich antworte auf eine Frage von Dozent Felix und dann: Funkstille! Eine halbe Ewigkeit später kotze ich auf den Tisch, weil die Zigeunerin mir unbedingt zeigen musste, wie eine Horde Dämonen ein Dorf leer frisst. Ich sage euch: Der Tod riecht widerlich!« Sie schüttelte sich. »Weißt du, Tyra, ich bin es gewohnt anders zu sein. Nicht umsonst wurde ich in meiner Kindheit ›die verrückte Hinnerksen‹ genannt. Aber damals hat wenigstens niemand mitbekommen, was Madame Vouhs Shows mit mir anstellen. Ich … *wir* gehören nirgendwo dazu! Alle glotzen uns an und warten darauf, was mir als Nächstes passiert.«

Tyra nickte verständnisvoll. »Ja, so ist das kein Leben.«

»Zumindest fühlt sich unser Alltag aktuell nach einem Spießrutenlauf an«, seufzte Hiltja. Am Rande fiel ihr auf, dass sie das erst jetzt so in Worte fassen konnte.

Merkwürdig. Die Fakten waren mir auch vorher klar. Sie haben mich bloß nicht belastet. Hmm. Ob das wohl an der distanzierenden Wirkung vom Tee liegt?

»Könnte hinkommen«, stimmte Thor ihr zu.

Hiltja schaute ihrem Gefährten in die Augen. Er lächelte aufmunternd, so als hätte er alles im Griff. Doch über die Geistesverbindung konnte sie spüren, wie sehr er sich seit Wochen anstrengen musste, um die Situation zu bewältigen.

Ein Gedanke keimte in ihrem Inneren: *Kann es sein, dass er einen auf Vorzeigekrieger mimt, weil er damit meine Patzer ausgleichen will? Damit wir trotzdem eine Fassade aufrechterhalten können, die einer Seherin der Drachen gerecht wird?*

Prüfend musterte sie ihren Liebsten und kam zu dem Schluss, dass das tatsächlich so sein könnte.

O Gott! Und mir ist das entgangen. Wie konnte ich das übersehen?! Ich bin ja gar nicht mehr ich selbst!

Thor strich ihr liebevoll über den Arm. *»Das liegt bloß am Tee, mein Herz. Mach dir keinen Kopf.«*

Hiltja schluckte. Ihr Problem war größer, als sie es für möglich gehalten hatte.

Der Arzneitee hatte nicht nur Madame Vouh eingesperrt, er hatte ebenso Hiltjas Wahrnehmung und damit ihre Gefühlswelt verändert. Ihr Gefährte hatte das alles klaglos hingenommen und versucht, die Auswirkungen für sie beide abzufedern.

Er ist ständig auf der Hut und strengt sich doppelt an, damit wir nicht aus der Rolle fallen. Er ... er verleugnet sich selbst!

Entsetzt schaute Hiltja zu ihrem Liebsten hinüber und keuchte: »Das muss aufhören!«

»Was genau?«, erkundigte sich Tyra neben ihnen. »Das Geglotze der anderen? Der Spießrutenlauf? Oder die Visionen?«

»Das alles«, wisperte Hiltja.

»Alles?«, echote die Schwedin perplex. »Willst du Madame Vouh loswerden?«

»Ja!«, antwortete sie fest. *Thor hat dieses Leben nicht verdient.*

»Nein!«, hielt ihr Donnergott dagegen. »Madame Vouh ist ein Teil von dir. Du hast mir deine Erinnerungen gezeigt und deswegen weiß ich genau, wie wichtig sie dir ist. Selbst nach den Qualen der Invasion hättest du sie nicht verbannen wollen.«

Damit hatte er recht.

Er kennt mich so gut!

Warme Geborgenheit breitete sich in Hiltja aus. Sie berührte seine Wange. »Aber was wird aus dir?«

»Ich komme klar, solange du nicht aufgibst.« Er lächelte tapfer. »Irgendwann wird es besser werden!«

»Wann denn?« Hiltja schüttelte den Kopf. »Im Moment wird es immer nur schlimmer! Und der Tee … der verdreht alles!«

»Ihr müsst durchhalten«, mischte sich Tyra ein, »bis ihr Madame Vouh besser versteht.«

»Sie verstehen?« Hiltja schnaubte.

Die Stellvertreterin nickte nachdrücklich. »Ja! Ihr seid nicht die einzigen Gefährten, die mit ihren Talenten überfordert sind. Nehmt den Phönix! Ihr Ehrenname klingt majestätisch und selbstsicher, aber tatsächlich ist Sofie anfangs fast verzweifelt. Sie konnte nämlich weder Gedanken senden noch welche empfangen. Ich versichere dir, Schneewittchen, Magie ohne die Hilfe von Geistesbildern zu erlernen, ist kein Zuckerschlecken. Und wenn man dann noch eine höchst astralpotente Empathin ist, wird es haarig. Doch Sofie hat durchgehalten.«

»Der Phönix ist das Zentrum des Dreiergestirns«, merkte Thor ehrfürchtig an. »Gemeinsam mit ihren Gefährten hat sie die Welt gerettet.«

»Genau wie ihr beide!«, unterstrich Tyra. »Ohne eure Prophezeiung aus der altvorderen Zeit hätte es niemand gewagt, die drei in die Schlacht zu schicken.«

Schweigen.

Hiltja schaute die Schwedin nachdenklich an. »Was hat Sofie geholfen?«

»Geduld.« Tyra schmunzelte. »Viel Geduld und dazu jede Menge Übungen in winzig kleinen Schritten. Sie hat konsequent trainiert, selbst dann, wenn ihr nicht gefallen hat, was die Mentoren ihr aufgetragen haben.«

»Tja, mir trägt niemand etwas auf«, seufzte Hiltja.

»Und genau da liegt unser Problem.« Thor beugte sich vor. »Wir brauchen endlich einen Mentor, der mein Mädchen unterrichtet!«

»Und ich würde euch lieber heute als morgen einen schicken!« Tyra verzog ihren Mund. »Blöderweise sind uns die Seherinnen schon in der altvorderen Zeit ausgegangen. Heute kennt sich niemand mehr mit deinem Talent aus. Ach, das ist ein Mist!«

»Die Grünen behaupten, sie hätten keinerlei Aufzeichnungen«, brummte Thor. Er schien auf Widerspruch zu hoffen.

»Bedauerlicherweise ist das korrekt.« Tyra trank einen Schluck von ihrem Latte macchiato und taxierte sie dabei. Einige Sekunden später gab sie sich einen Ruck und stellte ihren Kaffee ab. »Okay. Eliande ist zwar dagegen, aber ich hasse Versteckspiele. Ich lege die Karten auf den Tisch. Also, Grimmarr hat Druck gemacht und euren Fall ganz oben beim Kaleidoskop aufhängen lassen. Euer Wohlergehen und insbesondere die Entwicklung deines Talents«, sie sah ihre Gastgeberin an, »hat Priorität eins! Noch vor der Bekämpfung der Dämonen.«

Ich hab's gewusst!

Hiltja schluckte beklommen.

»Die Grünen«, erklärte Tyra weiter, »verfügen wirklich nicht über eigene Archive. Die Roten ebenso wenig, doch das nur nebenbei. Die Goldenen haben über Jahrhunderte hinweg das Wissen aller Rassen zentral gesammelt und verwaltet. Aktuell durchforstet eine halbe Armada von Himmelsechsen deren Archive nach Hinweisen. Es wird nach allem gesucht, was in irgendeiner Form mit den Seherinnen zu tun hat. Du siehst, Schneewittchen, wir sind an dem Problem dran. Wenn es eine Lösung gibt, werden wir sie finden!«

»Aha«, sagte Hiltja.

Sie war sich nicht sicher, ob sie diese Information beruhigte. *Eher nicht. Oh Mann! Die behandeln uns, als wäre ich das letzte Drachenei der Welt. Was erwarten die von uns?*

»Einen Blick in die Zukunft«, antwortet Thor auf ihrer persönlichen Frequenz.

»Ihr müsst nur durchhalten!«, beschwor Tyra sie, dann lächelte sie. »Und damit euch das leichter fällt, habe ich jemand Besonderes als Krankenpflegerin für die kommenden Tage organisiert.«

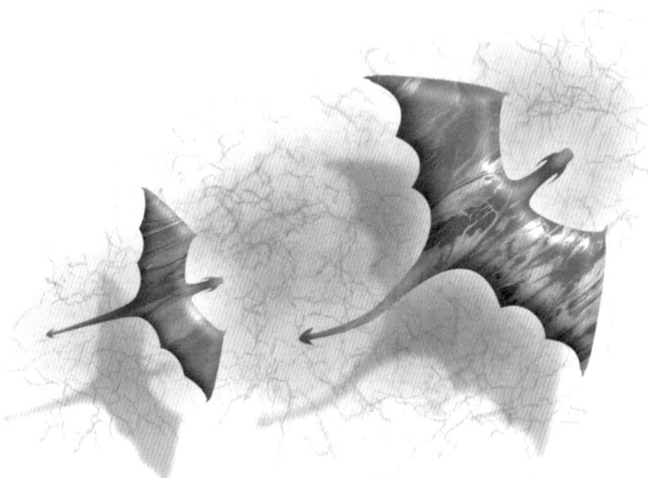

Thorxarr und sein Gleichgewicht

Kurz nachdem Tyra gegangen war, läutete es beim Gästebungalow. Erwartungsvoll riss Thorxarr die Tür auf.

»Luna!«

»Thor!« Lunara breitete ihre Arme aus. »Wie schön dich wiederzusehen! Und da ist ja auch mein Lieblingsmenschlein. Hallo, Schneewittchen! Hach, ich habe euch zwei wirklich vermisst!«

»Wir dich auch«, antwortete seine Gefährtin und Thorxarr fühlte, wie sehr sie sich über Lunaras Besuch freute. Die Grüne gehörte zu seinen besten Freunden und hatte ihnen während der furchtbaren Visionsflut der Invasion beigestanden. Das hatte sie zusammengeschweißt. Eigentlich war Lunara Späherin, aber jede Grüne absolvierte eine Grundausbildung im Heilen.

»Ach«, seufzte Schneewittchen. »Es ist wirklich blöd, dass wir in der Bindungsphase an der Akademie bleiben müssen und du uns nicht besuchen darfst!«

»Nützt ja nix«, winkte die Grüne ab. Sie hob ihre Tasche auf und trat ein. »Umso besser, dass sie euch ins Gästequartier verlegt und mich als eure Pflegerin eingeteilt haben.«

Sie strahlte über ihr ganzes Menschengesicht.

Ihre Begeisterung steckte Schneewittchen an. »Auf alle Fälle!«

Sie lachte und das Lachen war wahrhaftig.

Thorxarr schluckte. Zum ersten Mal seit einer Ewigkeit gluckste unbeschwertes Glück durch die Seele seiner Kleinen. Diese Leichtigkeit rührte das Herz des Kriegers.

Bei der Sphäre! Der Tee hat mein Mädchen regelrecht apathisch gemacht.

Dass es so schlimm war, hatte er nicht mitbekommen. Aber jetzt, in diesem Moment, war sie wieder frei.

Wie zauberhaft sie ist!

Sein Herz quoll über und die Rührung drangsalierte seine Tränendrüsen, sodass ihm die Augen feucht wurden.

»Oha, Thor! Was ist denn mit *dir* los?«, spottete Lunara. »Sehe ich da etwa Freudentränen, Herr Krieger?«

»Freudentränen?«, krächzte Thorxarr. Ertappt räusperte er sich. »Öhm … äh. Ja. Ähm …«

Schneewittchen rettete ihn. Sie umarmte die Grüne und fragte: »Wie geht es dir, Luna?«

»Mir geht es wunderbar.«

»Bist du sicher?«, stichelte Thorxarr und schloss die Tür. »Die Hälfte deiner Frisur fehlt.«

»Ach, das nennt man Undercut!« Lunara strich grinsend über die abrasierten Seiten und fuhr sich danach mit den Fingern durch die längeren, leuchtend türkisfarbenen Haare in der Mitte. »Das gehört so. Alex hat mir die Frisur gezeigt.« Ihr Kichern kitzelte die Trommelfelle des Kriegers. »Türkis steht mir super, findest du nicht?«

»Ja, schon. Aber sowas Wildes trägt sonst keine Grüne.«

»Nicht wahr!«, freute sich Lunara. »Deswegen finde ich die Frisur ja so toll. Sie passt zu mir! Ich war noch nie die Sanftmut in Person und nun kann man mir das endlich auch ansehen.«

»Lass dich von Thor nicht ärgern.« Schneewittchen warf ihm einen strafenden Blick zu, bloß um sich direkt wieder ihrem Gast zuzuwenden. »Die Frisur steht dir ausgezeichnet!«

»Vielen Dank!«

»Und?«, schmunzelte Schneewittchen. »Wie geht es mit deiner Ausbildung voran?«

»Ach«, Lunaras Miene verdüsterte sich, »meine Ausbildung tut sich schwer mit mir. Daran hat sich leider nichts geändert. Weil ich immer noch Probleme mit dem Emotions-Dämpfungszauber habe, hätte meine Mentorin mich fast nicht gehen lassen.« Sie grinste. »Zum Glück können die vom Kaleidoskop sehr überzeugend sein. Und hier bin ich!«

»Perfekt!« Schneewittchen nahm ihrem Gast die Tasche ab. »Komm, Luna, ich zeige dir dein Zimmer.«

Wenig später fanden sich alle drei zu einer kleinen Erfrischung in der Couchecke ein. Thorxarr hätte lieber richtig gekocht, aber die Vorräte im Gästehaus waren kaum der Rede wert. Außerdem gab es hier lediglich eine lächerlich spartanisch ausgestattete Küchenzeile, bei der die Mikrowelle größer als der Backofen war. Deswegen hatte der Krieger nur eine Ananas aufgeschnitten und einen Becher Naturjoghurt aus dem Kühlschrank geholt. Spektakulär wurde die Kombination, wenn man etwas frisch gemörserten Pfefferminzzucker darüber streute. Auf dieses Rezept war der Krieger in einem Kochbuch von Jamie Oliver gestoßen und da vor ihrem Bungalow wilde Minze wucherte, passte es perfekt.

Schneewittchen und Luna scheint es zu schmecken, stellte er zufrieden fest. *Dieser humanoide Koch hat recht: Die einfachen Dinge sind oft die besten!*

Lunara schob ihr leergekratztes Schälchen auf den Couchtisch und erklärte: »Ihr müsst euch übrigens keine Sorgen wegen meiner mangelnden Ausbildung machen. Das Kaleidoskop hat einen Schwarzen für uns abgeordnet. Über ihn kann ich Eliande oder Linea jederzeit kontaktieren. Ebenso wie Grimmarr.«

»Grimmarr?« Thorxarr furchte unwillig die Stirn. Dass sich sein König persönlich für sie engagierte, war eigentlich eine Ehre, trotzdem gefiel es ihm nicht.

Meine Kleine hat recht: Die Erwartungen der Führung sind zu hoch. Und Grimmarr verfolgt sowieso immer seine eigenen Ziele.

»Dein König will Visionen abgreifen«, mutmaßte Schneewittchen. Sie hob verächtlich eine Braue. »Na, Luna, hat er dich angewiesen mitzuschreiben, wenn Madame Vouh loslegt?«

»Das hätte er wohl gern.« Lunara lachte. »Aber Linea hat ihn auf den Kodex verwiesen. Die Visionsbilder sind allein den Seherinnen vorbehalten.«

»Richtig so«, brummte Thorxarr, woraufhin ihn die zwei erstaunt ansahen.

»Alles klar bei dir?«, erkundigte sich Schneewittchen und Lunara meinte: »Aber du bist ein Roter und er ist dein König!«

»Ja und ja«, antwortete er den beiden. »Es ist nur so, dass Madame Vouh wankelmütig ist – gleichgültig wie klar die Visionen auch sein mögen.«

»Stimmt«, seufzte seine Gefährtin. »Das vergessen viele. Tyra hat den Tiger vorhin ebenfalls für bare Münze genommen und ihr Handeln darauf ausgerichtet. Doch warum sollte sie an den Bildern zweifeln? Die wirken verflixt echt!«

Er nickte. »Und da liegt der Hase im Chili!«

»Es heißt ›im Pfeffer‹!«, korrigierte Schneewittchen.

»Pfeffer ist fade, aber von mir aus«, winkte Thorxarr ab, kam allerdings direkt aufs Thema zurück. »Ich vergesse manchmal selbst, dass die Shows der Zigeunerin nur *eine* Variante der Zukunft darstellen. Als Krieger würde ich sie wie den Bericht eines Spähers werten. Das kann gefährlich werden, insbesondere wenn man dann die reale Lage außer Acht lässt.«

»Dass die ungefilterte Weitergabe der Visionen gefährlich werden kann, glaube ich nach der Invasion sofort«, erwiderte Lunara. »Die Bilder waren ebenso furchtbar wie verwirrend! Aber das verstehen bloß die Himmelsechsen, die in jenen Tagen in eure Gedanken geschaut haben.«

Sie fröstelte und die Gefährten lächelten ihr dankbar zu.

»Der Kodex ist die Essenz jahrhundertelanger Erfahrungen«, fuhr die Grüne fort. »Er dient dem Schutz aller. Das versteht auch Grimmarr.«

»Ihr wisst also doch etwas über die Seherinnen?«, hakte Thorxarr hoffnungsvoll nach.

Lunara schüttelte den Kopf. »Leider nicht. Aber bei uns hat jede Fachrichtung so einen Kodex. Warum sollte der bei den Seherinnen anders gestrickt sein als bei den Heilerinnen, Empathinnen oder Arzneimischerinnen?« Sie schaute ihre Gastgeber an. »Die Welt ist im Wandel. Immer! Deswegen ist bei uns Grünen nichts in Stein gemeißelt. Gewinnen wir neue Erkenntnisse, passen wir den Kodex an. Es geht stets darum, dass die Regeln das Beste für alle bewirken.«

Eine Pause entstand und Frieden breitete sich zwischen den drei Freunden aus. Er legte sich wie Balsam um die Seele des Kriegers.

»Gut, dass du hier bist, Luna«, sagte Thorxarr.

»Ja, finde ich auch.« Die Grüne grinste und warf demonstrativ einen Blick auf die Uhr. »So kann ich dich nämlich zum Kampftraining scheuchen! Musst du dich nicht langsam mal auf den Weg machen?«

»Nein. Ich lasse das Training ausfallen.«

Lunara hob eine Braue? »Warum?«

»Wegen Schneewittchen.«

»Warum?«, fragte die Grüne abermals.

»Na, weil Madame Vouh am Rad dreht!« Thorxarr furchte die Stirn. Normalerweise war seine Freundin nicht so schwer von Begriff.

Lunara runzelte nun ebenfalls die Stirn. »Ich dachte, deine körperliche Anwesenheit hat keinen Einfluss auf die Häufigkeit der Visionen.«

»Hat sie auch nicht«, bestätigte er. »Ich möchte Schneewittchen nur nicht allein lassen.«

»Sie ist nicht allein. Nun bin ich ja hier!« Die Grüne wedelte mit ihren Händen als wollte sie ihn aus dem Haus fegen. »Los, geh deine Fäuste schwingen!«

»Aber … äh!« Thorxarr wusste nicht, was er darauf sagen sollte.

Lunara fiel dafür umso mehr ein.

»Thor, deine Gefährtin ist kein rohes Ei! Sie kann mehr aushalten, als du denkst. Außerdem gilt: Seherinnen müssen sehen, und Krieger müssen was auf die Nüstern kriegen. Also schwirr endlich ab, du geschuppte Riesenglucke! Dich zu prügeln war früher dein Hobby. Hab mal wieder etwas Spaß!«

Thorxarr öffnete den Mund, um etwas zu erwidern, aber blöderweise kamen da immer noch keine Worte raus.

So redet man doch nicht mit einem Krieger!, dachte er empört. Er hatte ganz vergessen, dass seine Freundin für eine Grüne unverhältnismäßig rabiat war.

Grumpf. Diese verwegene Frisur passt wirklich zu ihr!

»Ich finde, Luna hat recht.« Seine Liebste legte ihre kleine Hand auf seinen Arm. *»Du musst dringend mal abschalten. Und wo fällt dir das leichter als beim Training?!«*

»Ihr wollt mich beide rauswerfen?«

Perplex schaute Thorxarr von einer zur anderen. Am Rande fiel ihm auf, wie verlockend ihm die zwei Stunden Nahkampftraining in Menschengestalt erschienen. Seine Kleine würde bei Lunara in den besten Klauen sein.

Die Frauen sahen einander an, dann zurück zu ihm und verkündeten im Chor: »Ja, das wollen wir!«

»Luna und ich werden über jede Menge Mädchenzeug reden«, schob Schneewittchen mit leuchtenden Augen hinterher.

»Unbedingt!« Die Grüne nickte würdevoll. »Außerdem wurde ich von Linea und den anderen Heilern gebrieft. So wie es ausschaut, waren die letzten Tage anstrengend für euch und die kommenden werden es noch mehr sein. Ihr solltet durchatmen und Kraft schöpfen, solange ihr es könnt.« Sie strahlte seine Gefährtin an. »Ich habe eine wunderbare Waldspaziergangs-Meditation für dich vorbereitet, in der wir die herrlich friedlichen Schwingungen der Natur aufnehmen, dem Puls der spirituellen Lebensenergie nachspüren und so unser inneres Gleichgewicht wiederfinden. Das wird so wohltuend!«

Das wird totlangweilig!

Allein der Gedanke, den beiden stundenlang bei diesem imaginären Spaziergang zusehen zu müssen, machte Thorxarr ganz kribbelig.

Boa, in der Zeit muss ich mäuseleise sein. Dann kann ich nicht mal kochen!

Lunaras Lächeln wurde klebrig und sie verkündete: »Du darfst selbstverständlich auch mitmachen, mein Lieber! Die Meditation funktioniert prima zu dritt.«

»Ich?«

Die Grüne nickte einladend.

Thorxarr hielt die Luft an. Er wollte weder irgendwelche friedlichen Schwingungen in sich aufnehmen noch dem Puls der Dingsda-Energie nachspüren und sein Gleichgewicht fand er am liebsten mit beiden Beinen fest auf dem Boden und geballten Fäusten. Oder fliegend in der Luft.

»Na, was ist?«, erkundigte sich Lunara. »Bist du dabei?«

Die eigene Gefährtin ließ man nicht im Stich, trotzdem rollte nur ein unentschlossenes »Öhm …« über seine Zunge.

»Hey, sie veräppelt dich nur«, sendete Schneewittchen über ihre persönliche Frequenz. *»Aber Luna meint es gut mit uns. Wir sollten wirklich noch mal durchatmen, bevor Madame Vouh Vollgas gibt. Tob dich ruhig richtig aus, mein Donnergott!«*

Thorxarr war spät dran, deswegen joggte er zum Kampfplatz. Bei den Wölfen gehörte es für die Himmelsechsen zum guten Ton, sich auf dem Gelände in seiner Menschengestalt zu bewegen. Ausbilder Bruttach hatte ihm erklärt, dass die humanoiden Gefährten der kleineren Rassen Zeit brauchten, um sich an die Größe der Drachen zu gewöhnen. Insbesondere die Partner der Weißen erschreckten sich fast zu Tode, wenn sie unvermittelt einem Roten gegenüberstanden.

Der Krieger atmete tief ein und genoss den Duft der Pfingstrosen, die am Wegesrand blühten. Über die Geistesverbindung spürte er, dass es Schneewittchen gut ging.

Nein, nicht nur gut! Meine Kleine ist beschwingt und fröhlich.

So gelöst hatte sie sich schon lange nicht mehr gefühlt. Die Leichtigkeit seines Mädchens beflügelte Thorxarr und auf einmal wurde ihm die Kraft im eigenen Körper bewusst. Der Kiesweg unter seinen Sohlen war angenehm fest und mit jedem einzelnen federnden Schritt wuchs die Freude in seiner Brust. Dazu die milde Luft des Sommernachmittags – herrlich!

Bei diesem Wetter ist sogar das nasskalte Norddeutschland schön!

Gerade rechtzeitig erreichte der Krieger das Trainingsgelände. Da die Stunde ausschließlich für Drachen gedacht war, hatten diese sich in ihrer wahren Gestalt versammelt. Es waren ungefähr dreißig, schätzte Thorxarr, und alle Rassen waren vertreten. Sogar ein Blauer war dabei. Aufgeheizt durch die Junisonne verströmten die Schuppen ihrer Leiber den Geruch von heißem Metall.

Im nächsten Moment kam am anderen Ende des Platzes Bewegung in zwei Rote.

Nun aber fix!

Thorxarr verwandelte sich in seine wahre Gestalt und gesellte sich zu den anderen. Einige wandten sich um und warfen ihm ehrfürchtige Blicke zu, manche auch skeptische. In letzter Zeit wurden die ehrfürchtigen weniger und die skeptischen mehr.

Oder bilde ich mir das nur ein?

Er nickte höflich und hielt sich im Hintergrund. Auffallen war nicht sein Ding.

Gegenüber spreizte Bruttach seine roten Schwingen und lenkte damit die Aufmerksamkeit auf sich. *»Moin, ihr Wölfe! Wir sind vollzählig – dann kann es ja losgehen.«* Er nickte grinsend dem Krieger neben sich zu. Selbst für einen Roten war dieser ungewöhnlich groß.

Thorxarr bemerkte, dass in dessen Aura eine astrale Rune schimmerte. Diese Abzeichen wurden den höheren Rängen in der Armee verliehen, um die Befehlshaber für alle Soldaten kenntlich zu machen.

Außerdem trägt er eine Adlerrune. Oh, das muss Gabriellosch sein!

Instinktiv nahm Thorxarr Haltung an.

Bevor Gabriellosch sich mit seiner Gefährtin verbunden hat, war er der Kommandant der Ptrachroxxer Adler. Diese Einheit ist legendär! Deswegen ist ›Adler‹ auch sein Ehrenname.

Eine dritte Rune leuchtete in der Aura des großen Kriegers: Es war ein Wolf.

Damit ist es offiziell: Der Adler ist der Anführer von uns Gefährten.

»Willkommen zum Kampftraining«, sendete Gabriellosch. Er drehte sich zur Gruppe um, sodass seine rechte Seite sichtbar wurde und damit der Stumpf seiner Schwinge. Wie alle Roten trug der stellvertretende Kommandant der Wölfe seine Kriegsverletzung mit Stolz. Er entrollte seine linke Schwinge, was das Fehlen der rechten betonte.

Es heißt, er und Tyra seien Geschossfresser.

Standhaftere Verteidiger als diese gab es nicht. Ihr Schutzschild konnte ganze Schlachten entscheiden.

Ein Schauer kroch über Thorxarrs Rückenkamm.

Bei der Sphäre, was muss das für ein Kampf gewesen sein?!

Plötzlich traf ihn Gabrielloschs Blick. In den Augen des Adlers lag ein undefinierbarer Glanz. Ob es sich um Anerkennung, Erleichterung oder gar Verachtung handelte, vermochte Thorxarr nicht zu sagen.

»Für die Frischlinge unter euch«, sendete Gabriellosch. *»Ich bin Gabriellosch, euer Leitwolf.«*

Alle Roten salutierten, so auch Thorxarr. Die Vertreter der anderen Rassen nickten beifällig und zwei Weiße klatschten applaudierend ihre

Flügel aneinander.

»Ach, lasst die Förmlichkeiten«, winkte der Adler ab. Er wechselte mit einer raubtierhaften Bewegung in seine Menschengestalt. »Wir sind hier nicht bei der Armee, sondern bei den Wölfen.«

Das schien der stellvertretende Kommandant tatsächlich so zu meinen.

Die anderen Himmelsechsen verwandelten sich ebenfalls. Viele von ihnen stimmten ein Wolfsgeheul an, in das sogar Bruttach und Gabriellosch mit einfielen.

Oha!

Thorxarr wechselte irritiert in seinen humanoiden Körper. Auf das Geheul verzichtete er.

»In dieser Stunde geht es um den Kampf in eurer Menschengestalt.« Gabriellosch rieb sich die Hände. »Als Drache sind wir weitaus mächtiger. Warum also sollten wir uns zum Kämpfen verwandeln wollen?« Er schaute auffordernd in die Runde.

Um Spaß zu haben, dachte Thorxarr, hielt aber lieber die Klappe.

Ein Schwarzer vor ihm meldete sich zu Wort: »Manche Räume sind so beengt, dass wir Himmelsechsen dort nicht ausreichend Platz haben.«

Der Adler nickte. »Korrekt. Weitere Argumente?«

»Weil wir dann nicht so furchterregend für die Menschen sind?«, piepste ein Weißer.

Oh! Ist das nicht Benan?, fragte sich Thorxarr. *Unser IT-Experte?*

»Ja, Benan!«, entgegnete Gabriellosch wohlwollend. »Falls unser Einschreiten in einer Gruppe Humanoider notwendig sein sollte, könnte unser wahres Ich Panik auslösen.«

»Aber seit der Invasion wissen die Menschen doch von uns Drachen«, wandte eine Goldene ein.

»Richtig«, brummte Bruttach. »Angst haben sie trotzdem vor uns.«

»So ist es!« Gabriellosch feixte sich einen. »Seid gewarnt: Humanoide Körper sind anders ausbalanciert als unsere, deswegen müsst ihr üben. Bildet Zweierteams und reduziert eure Schlagkraft so, wie ihr es für die Prüfung ›unauffälliges menschliches Verhalten‹ trainiert habt. Das minimiert Knochenbrüche. Alles klar?«

Zustimmendes Gemurmel und salutierende rote Soldaten.

Unbehaglich schaute sich Thorxarr nach einem Partner um.

»Fein!« Gabriellosch ließ seinen Blick über die Gruppe schweifen und blieb in der letzten Reihe hängen. »Thor, du trittst gegen mich an!«

Mantokscheiße, ich bin geliefert!

Thorxarr hoffte, dass ihm die Miene nicht entgleist war, doch sicher war er nicht. Vorsichtshalber salutierte er zackig.

Der Adler war nicht umsonst der jüngste Kommandant in der Armee der Roten gewesen. Er galt als brillanter Taktiker und hatte überdies den Ruf, ein hervorragender Kämpfer zu sein – gleichgültig, in welcher Gestalt.

Vielleicht hätte ich doch lieber diesen eingebildeten Spaziergang mit Schneewittchen und Luna machen sollen, durchzuckte es Thorxarr, aber dafür war es nun zu spät. Innerlich seufzend trat er seinem Vorgesetzten gegenüber.

Der grinste breit. »Wie ich hörte, hast du reichlich Erfahrungen in diesem Bereich.«

»Öhm, ja«, antwortete Thorxarr. Tatsächlich hatte er sich vor der dämonischen Invasion bei jeder sich ihm bietenden Gelegenheit mit irgendwelchen Humanoiden geprügelt. Und das, obwohl es eigentlich verboten gewesen war.

Das binde ich Gabriellosch wohl besser nicht auf die Nüstern.

Thorxarr dachte an seinen letzten Schlagabtausch mit einem Menschen.

Bei diesem »Ausflug« habe ich mein Mädchen kennengelernt!

Unwillkürlich hoben sich seine Mundwinkel und er spürte über die Geistesverbindung, dass Schneewittchen sich angeregt mit Lunara unterhielt.

Ihr geht es prima. Sie ist gelöst.

Damals hatte ihm ein Mann namens Hopp sogar seinen Kiefer gebrochen. Der Kerl war ein würdiger Gegner gewesen.

»Aah!« Gabriellosch ließ gut gelaunt seine Schultern kreisen. »Ich sehe schon, für dich ist dieses Training keine Pflichtveranstaltung. Na, dann lass mal sehen, was du draufhast!«

»Jawohl!«, antwortete Thorxarr, wohl wissend, dass er gegen den Adler wie ein Frischgeschlüpfter aussehen würde. »Irgendwelche Regeln?«

»Keine.« Die Miene seines Vorgesetzten bekam einen lauernden Zug. »Alles, was der Menschenkörper hergibt, ist erlaubt.«

»Gut«, brummte Thorxarr und dachte: *Nicht gut! Aber da muss ich durch.*

Die beiden Roten umrundeten einander. Alle Drachenkrieger maßen als Humanoide ungefähr zwei Meter. Er selbst gehörte mit 2,03 Metern zu den größeren, doch Gabriellosch überragte ihn noch.

Aus dem Augenwinkel bemerkte Thorxarr, dass überall um ihn herum gekämpft wurde. Unterdessen drehte Ausbilder Bruttach seine Runde, gab Tipps und korrigierte Fehler.

Konzentration!, befahl Thorxarr sich. Unterlegen zu sein, war eine Sache. Durch Unachtsamkeit zu verkacken, eine ganz andere. So etwas passte nicht zum Gefährten der Seherin!

Wie praktisch, dass ich durchs Joggen aufgewärmt bin.

Thorxarr hob seine Fäuste und blendete die anderen Himmelsechsen aus. Er taxierte seinen Kontrahenten, was heute erfreulich gut klappte. Ob das wohl daran lag, dass er seine Liebste in der Obhut von Lunara wusste?

Egal. Ihr kann nichts passieren und das ist es, was zählt!

Mit dem nächsten Atemzug breitete sich eine tiefe Ruhe in ihm aus. Thorxarr fiel auf, dass die Menschengestalt des Adlers zwar auf den ersten Blick unversehrt zu sein schien, doch mit seiner Aura stimmte etwas nicht. Die wirkte rechts am Rücken unvollständig.

Das könnte von der fehlenden Schwinge herrühren.

Ob diese Anomalie einen Einfluss auf Gabrielloschs Kampf haben würde, konnte er nicht abschätzen.

Der Adler war fertig mit der Analyse seines Gegners und ging zum

Angriff über. Er sprang vor und platzierte mit der rechten Faust einen schnellen Schlag von unten.

Thorxarr gelang es knapp, auszuweichen. Dabei beobachtete er, was der ins Leere laufende Hieb mit Gabrielloschs Gleichgewicht anstellte.

Dachte ich mir. Eine solche Verletzung kann nicht ohne Folgen bleiben.

Der Adler gab sich unbeeindruckt und wagte einen zweiten Vorstoß mit links.

Diesmal entschied sich Thorxarr, den Angriff mit seinem rechten Unterarm zu blocken und dabei die linke Faust in die gegnerischen Rippen zu treiben.

Autsch!

Den Schmerz hatte er erwartet und hieß ihn willkommen. Humanoide Körper waren ebenso empfindlich wie zerbrechlich. Ungeschützt zu trainieren sorgte dafür, dass die Drachen ihre übermenschlichen Kräfte im Zaum hielten.

Gabriellosch ging zwei Schritte auf Abstand. Anerkennung und Überraschung funkelte in seinen Augen, ebenso wie Ehrgeiz.

Sieh an! Jetzt meint er es ernst. Die erste Runde war wohl nur ein Test.

Inzwischen war sich Thorxarr sicher, dass die fehlende Schwinge in dieser Auseinandersetzung keinen Nachteil für den Adler darstellte.

Er balanciert das souverän aus. Etwas anderes ist von einem Krieger seiner Klasse auch nicht zu erwarten. Das wird ein fairer Kampf!

Vorfreude breitete sich in Thorxarrs Eingeweiden aus. Zudem ging es Schneewittchen wunderbar. Ihre Unbeschwertheit flatterte durch seinen Körper, machte seine Muskeln geschmeidig und schärfte ihm den Blick. Ja, er würde am Ende verlieren, aber vorher konnte er sich so richtig austoben.

Grinsend ging Thorxarr zum Angriff über. Schon in der Bewegung wurde ihm klar, dass der Adler seinen rechten Haken blocken würde. Umgehend nahm er die Kraft aus dem Schlag, tauchte unter der Linken seines Kontrahenten hindurch und platzierte einen Treffer auf Höhe der

Nieren.

Läuft!

Eine lang vermisste Hochstimmung berauschte Thorxarr. Ihm war nicht bewusst gewesen, wie sehr er derlei Reigen vermisst hatte.

Mit flinken Schritten umtänzelte er seinen Vorgesetzten und stellte fest, dass dieser nicht mal halb so glücklich aussah, wie er selbst sich fühlte. Eher erstaunt. Aber der Adler würde ganz sicher noch zum Zug kommen.

Immerhin ist der Adler der Adler! Ein einfacher Soldat wie ich kann jemanden wie ihn nicht besiegen.

Gabrielloschs Miene war angestrengt. Er täuschte einen Punch an, damit Thorxarr die Deckung seiner Leber für einen Tritt freigab.

Bah! Was für 'ne lahme Finte!

Natürlich ließ er sich *nicht* an den Nüstern herumführen, sondern parierte stattdessen den Unterschenkel seines Gegners gezielt mit der Handkante, sodass dieser keuchend die Zähne zusammenbiss.

Noch ein Punkt für mich! Das Glück ist mir heute wirklich hold.

Thorxarrs Mundwinkel hoben sich.

Ha! Wie gut, dass Luna mich rausgescheucht hat!

Den nächsten Hieb des Adlers sah er ebenfalls kommen und wollte ihm ausweichen, doch die Faust war zu schnell.

»Uff!«, ächzte Thorxarr. Das würde einen hübschen blauen Fleck an der linken Schulter geben.

Prima, nun bin ich wach!

Seiner Freude tat der Treffer keinen Abbruch. Nein, mit wachsender Begeisterung gab sich der Krieger dem Kampf hin. Er wich aus, steckte ein, blockte Schläge und Tritte und teilte selbst ordentlich aus. Alles in allem schlug er sich bemerkenswert wacker. Das befreite! Jeder Hieb ließ einen Teil der Last, die sich in den letzten Monaten auf seinen Schultern aufgetürmt hatte, von ihm abbröckeln. Schmerz und Euphorie verankerten Thorxarr ganz im Moment. Es war wunderschön.

Was für ein Fest! Ich kann tatsächlich mit dem legendären Gabriel-losch mithalten!

Wenn er ehrlich war, gelang es ihm sogar ziemlich locker. Das hatte Thorxarr nicht erwartet. Nicht bei dem Ruf, der dem Adler vorauseilte und vor allem nicht über eine so weite Strecke.

Vermutlich hat er bloß einen schlechten Tag. Sowas kommt vor.

Gabriellosch wirkte tatsächlich etwas erschöpft.

Oder ich habe einen guten.

Ja, den hatte Thorxarr auf alle Fälle. Ihm war nicht entgangen, dass sein Kontrahent seit ein oder zwei Minuten die Intensität des Angriffs stetig steigerte. Fast als wolle dieser so den Kampf mit einem Befreiungsschlag zu einem vorzeitigen Ende führen.

Aber dann wäre der Spaß ja vorbei! Das ist absurd.

Thorxarr steckte bewusst einen Treffer ein, um dafür selbst einen Leberhaken austeilen zu können.

Zack! Ein Geben und Nehmen. Hihi. Der saß!

Ein fröhliches Kichern gluckerte seine Kehle hinauf. Seine Gefährtin glücklich und sicher bei einer guten Freundin zu wissen, war besser als Rauschkraut. Es beflügelte sogar die Menschengestalt.

Gabriellosch schnaufte, nein, er rang nach Luft! Kein Wunder, die Leber war empfindlich. Ärger flackerte über sein Gesicht, gewürzt mit einem Schuss Arroganz. Zweifellos war es der Adler nicht gewohnt, zu verlieren. Aufgeben war für einen Krieger wie ihn keine Option und so versuchte er es mit einem angetäuschten Punch.

Wie vorhersehbar.

Thorxarr drehte sich geschickt weg und dübelte seinen Ellenbogen in den Rücken seines Vorgesetzten.

Abermals keuchte Gabriellosch und als sie sich wieder gegenüberstanden, konnte Thorxarr die Wut der Verzweiflung in den Augen seines Gegners aufglimmen sehen. Beim nächsten Atemzug veränderte sich dessen Körperspannung.

Oha! Nu' is' Schluss mit lustig – jetzt bin ich erledigt!

Grimmig setzte Gabriellosch zu einem Doppelschlag an.

Thorxarr sah die Fäuste heranfliegen, als unvermittelt eine Rabatte verblühter Pfingstrosen durch seinen Geist waberte. Eigentlich hatte er genügend Zeit, um dem Angriff des Adlers auszuweichen, doch er ahnte, dass er es trotzdem nicht schaffen würde. Einen Wimpernschlag später drängten sich Gewitterwolken vor Thorxarrs geistiges Auge und störten so seine Sicht auf den Kontrahenten.

Wolken türmten sich tiefschwarz über den Pfingstrosen auf, an deren Fruchtständen lediglich noch vereinzelte rosafarbene Blütenblätter hingen und ihnen ein trostloses Aussehen verliehen. Hinter den Blumen ragte Bambushopfen hoch empor. Die Pflanzen raschelten, als würden sie vor Angst zittern.

Das ist hier an der Akademie! An der Stelle bin ich vorhin vorbeigekommen.

Dann verdunkelte sich der Kiesweg und es wurde so finster, als wollte es Nacht werden. Plötzlich zuckte ein Blitz aus dem Wolkenberg und tauchte die Szenerie in grelles Licht – gefolgt von einem ohrenbetäubend lauten Knall. Der Boden bebte. Wie auf dieses Zeichen öffnete der Himmel seine Schleusen und ein Wolkenbruch ergoss sich über dem Hungrigen Wolf.

Im nächsten Moment schob sich ein fremdes Quartier vor Thorxarrs geistiges Auge. Spärliches Dämmerlicht sickerte in den Raum, es war niemand anwesend. Schon lange nicht mehr. Atemlose Stille. An der rechten Wand hing eine sorgfältig gerahmte Pferdezeichnung, die so lebendig schien, als wolle der Wallach ins Zimmer galoppieren.

Das ist das Wohnzimmer eines Gefährtenbungalows.

Am Boden war ein Mosaik gelegt worden, das einen nachtschwarzen Falken auf dem Rücken eines Jaguars zeigte. Die Arbeit war überaus kunstvoll und erinnerte an die Sprungmarken, die in offiziellen Gebäuden und Plätzen installiert wurden und als sichere Zielpunkte für eine Reise durch die Nebel ohne persönliche Ortskenntnis dienten.

Abrupt riss die Weltenhaut über dem Mosaik auf und spuckte einen Roten aus der Sphäre. Die Augen der Himmelsechse waren so weit aufgerissen, dass man selbst im Zwielicht das Weiße erkennen konnte.

Er hat Todesangst!

Licht flammte im Quartier auf. Die Schuppen des Roten waren fahl und stumpf.

Er hat zu viel seiner körpereigenen Astralenergie verloren.

Kein Wunder. Der Drache war so jung, dass ihm beinahe noch die Eierschalen hinter der Halskrause klebten.

Ob das sein erster Solosprung war?

Darauf fand Thorxarr keine Antwort, denn die Jungechse brach bewusstlos auf der Sprungmarke zusammen.

Dann wurden die Bilder vor seinem geistigen Auge löchrig und räumten das Feld für die Fäuste, die noch immer auf Thorxarrs Gesicht zurasten.

Ich sollte mich ducken!

Zu spät. Die Rechte durchbrach seine Deckung, sodass die geballten Fingerknochen der Linken ihr Ziel auf seiner Nase finden konnten. Es knackte zu laut.

Mist! So hören sich Knochenbrüche im eigenen Schädel an.

Sein Kopf flog in den Nacken. Sogleich schoss ein scharfer Schmerz durch seine Visage und Blut aus der Nase.

Argh!

Fieserweise hatte Thorxarr das kommen sehen, aber nicht verhindern können. Der Schmerz nahm zu und wurde atemberaubend. Seine Sicht trübte sich und wurde prompt von tanzenden Sternen erhellt.

Zu allem Überfluss hallte Schneewittchens Stimme durch seinen Geist: *»O Gott, Thor! Was ist passiert?!«*

»Nichts Schlimmes, mein Herz. Mir wurde nur die Nase gebrochen«, versuchte er sein Mädchen zu beruhigen. Doch selbst im eigenen Kopf klangen seine Worte so erstickt, dass die fröhliche Gelassenheit seiner Gefährtin Geschichte war.

Fix und fertig

Der Schmerz hatte seinen Zenit noch nicht erreicht und pulsierte weiter anschwellend wie ein dämonischer Feuerwurm durch den Schädel des Kriegers. Thorxarr hatte nicht geahnt, dass ein Nasenbeinbruch dermaßen wehtun konnte. Tränen fluteten seine Augen.

Mantokscheiße! Ob es okay ist, wenn ich einen Schmerzblockerzauber auf mich anwende? Oder gelte ich dann womöglich als Weichschuppe?

Er war sich nicht sicher. Den Zauber selbst würde niemand mitbekommen, doch das Ergebnis schon. Und Ausbilder Bruttach wusste garantiert, wie schweineweh so eine Fraktur tat – immerhin war er der Gefährte eines Heilers.

Ich lass das lieber.

Schicksalsergeben schloss Thorxarr für eine Sekunde die Lider und drängte das pulsierende Empfinden so gut er konnte an den Rand seines Bewusstseins. Es gelang ihm mehr schlecht als recht, denn der Wurm war gefräßig.

»Bei der Sphäre, Thor! Du hättest dich ducken sollen!«

Das war sein Vorgesetzter. Er klang betroffen.

»Argh!«, stöhnte Thorxarr, obwohl aus seinem Mund ein »Das habe ich auch gedacht.« kommen sollte.

»He Kamerad!«, rief Bruttach. »Mach die Augen auf.«

Thorxarr blinzelte gehorsam. Ein roter Schleier hatte sich in seine Tränen gemischt und die ollen Sterne tanzten munter weiter zwischen den Köpfen des Stellvertreters und dessen Stellvertreters herum.

Verblüfft bemerkte der Krieger, dass die Knie der beiden ihm näher waren als ihre Gesichter. Direkt dahinter erstreckte sich der wolkenlose Junihimmel.

Oh! Ich liege am Boden. Bei Abrexars Schuppen, unser Leitwolf hat einen verdammt harten Bums!

»Warum bist du nicht ausgewichen?«, versuchte es Gabriellosch noch einmal.

»Weil ich abgelenkt war«, ächzte Thorxarr. Immerhin ebbte der Schmerz minimal ab. Wie durch Watte spürte er, dass Schneewittchen außer sich war.

»Ein Krieger lässt sich im Kampf nicht ablenken«, dozierte Ausbilder Bruttach. »Sonst endet das übel.«

»Hab' ich gemerkt«, würgte Thorxarr hervor und beruhigte stumm seine Gefährtin auf der persönlichen Frequenz: *»Das wird bestimmt gleich besser, mein Herz!«*

»Bist du sicher? So fühlt es sich nämlich nicht an!«

»Klar! Jeder Schmerz endet irgendwann.«

Im Sichtfeld seines rechten Auges befand sich ein beigeroter Knubbel, der einfach nicht wegging. Da half alles Blinzeln und Kopfdrehen nichts. Genervt tastete er danach.

»Nicht!«, riefen die zwei Stellvertreter im Chor.

Warum?

Thorxarr berührte den Knubbel und prompt wurde der dämonische Feuerwurm in seinem Schädel so fuchsteufelswild, dass die Atmung des Kriegers zu einem zischenden Japsen verkümmerte.

Argh! Darum! Bei allen wütenden Dämmerungsrotten – das *sind mal Schmerzen!*

»Es wird schlimmer!«, sendete Schneewittchen alarmiert. *»Soll ich zu dir kommen?«*

»Negativ.«

»Nicht anfassen!«, wiederholte Bruttach. »Deine Nase muss gerichtet werden. Nur nebenbei: Verwandeln solltest du dich besser nicht – das kann zu Komplikationen führen.«

»Hatte ich nicht vor«, keuchte Thorxarr angestrengt nach Luft ringend.

Unterdessen tauchten mehr und mehr Köpfe seiner Artgenossen mit bestürzten Mienen im Sommerhimmel auf.

»Gut.« Sein Ausbilder nickte. »Mein Gefährte ist schon auf dem Weg. Jude hat Erfahrungen mit Knochenbrüchen. Kannst du aufstehen?«

»Wenn die anderen mir Platz machen, ja«, stöhnte Thorxarr und hoffte, dass er damit recht behalten würde. *Falls ich nicht hochkomme, wird es peinlich.*

»Ich finde das nicht lustig!«, schimpfte sein Mädchen.

»Ich auch nicht. Aber keine Sorge, Jude wird das richten.«

Der Himmel leerte sich und Gabriellosch streckte ihm seine Hand entgegen. Die Knöchel waren blutig.

Ist das meins oder seins?

Egal! Thorxarr biss die Zähne zusammen, griff zu und ließ sich auf die Füße ziehen. Der Feuerwurm in seinem Schädel blähte sich auf und die Sterne präsentierten einen kleinen Abschiedsreigen, bevor sie sich verzogen. Glücklicherweise schrumpfte daraufhin der Wurm und ließ seinen Wirt wieder atmen.

Sumpfrallenkotze, tut das weh!

»Entschuldige, Kamerad!« Gabriellosch nickte ihm respektvoll zu. »Mein Hieb hätte nicht so fest sein dürfen. Ich habe mich von der Hitze des Gefechts mitreißen lassen. Das wird nicht wieder vorkommen!«

»Ich war ja selbst wie berauscht!« Die Worte schlüpften unüberlegt über Thorxarrs Zunge, dabei wusste er genau, dass sich Krieger im Training stets unter Kontrolle haben sollten. Schnell schob er ein »Halb so wild!« hinterher. Den Kampf hatte er verloren, da konnte er wenigstens jetzt Haltung bewahren, ungeachtet dessen, dass ihm leicht schwindelig war.

Während er hoffte, dass das Gedudel in seinem Hirn nachließ, erhob sich um ihn herum Getuschel auf der Gedankenebene:

»Was für ein Kampf!«

»Das hätte ich nicht vom Gefährten der Seherin erwartet.«

»Stimmt, er hat unfassbar schnell reagiert.«

»Ob er was genommen hat?«

»Sicher nicht – er ist ein Krieger!«

»Starke Leistung.«

»Das würde ich auch gern können!«

»Trotzdem konnte er den Adler nicht bezwingen.«

»Pah! Wer kann das schon!«

»Thors Nase ist gebrochen – und er blockt nicht mal die Schmerzen!«

»Krass, oder? Aber er ist ja auch ein Roter.«

»Und das ist ganz schön viel Blut!«

Thorxarr schluckte. Offensichtlich hatten die anderen Drachen Gabriellosch und ihm in den letzten Minuten zugeschaut.

Dann haben alle mitbekommen, wie ich umgekippt bin.

Gabriellosch klopfte ihm auf die Schulter und erklärte mit lauter Stimme: »Danke für diesen inspirierenden Kampf, Kamerad! Das sollten wir bei Gelegenheit wiederholen.«

Lieber nicht. So viele Glückstage habe ich nicht in einer Dekade!, dachte Thorxarr, doch sein Mund stammelte: »Öhm. Ja.«

Der Adler grinste.

Thorxarr grinste zurück, was den ollen Feuerwurm erneut zum pulsieren brachte. *Argh!* Gebrochene Nasen waren definitiv *nicht* empfehlenswert.

»Bist du sicher, dass ich nicht kommen soll?«, erkundigte sich Schneewittchen.

»Ja.«

»Aber dir geht es nicht gut!«

»Das wird schon.«

»So, ihr Wölfe!« Bruttach klatschte in seine Hände. »Die Show ist vorbei. Thor wird es überstehen. Los! Nehmt euch ein Beispiel an seiner Leistung und trainiert weiter! Auf geht's!«

Murrend verteilten sich die Drachen und nahmen ihre Übungskämpfe wieder auf.

»Gehen wir an den Rand, Thor«, sagte Gabriellosch. »Dann stehen wir den anderen nicht im Weg rum.«

Thorxarr nickte und folgte dem Leitwolf. Schon jetzt spürte er, dass ihm morgen jede einzelne Muskelfaser wehtun würde und nicht nur sein Riechorgan. Unauffällig linste er zu seinem Vorgesetzten hinüber. Dem schien – nun, nachdem er kurz hatte durchschnaufen können – rein gar nichts zu fehlen.

Er sieht aus, als könnte er direkt den nächsten von uns über den Platz scheuchen.

Ein mieses Gefühl beschlich Thorxarr. Der Adler hätte ihn locker in die Tasche stecken können.

»Warum hast du mich so auftrumpfen lassen?«

Die Frage war raus, bevor er es verhindern konnte.

Schweigen. Gabrielloschs Augen wurden schmal.

»Das hat er nicht«, widersprach Bruttach in Thorxarrs Rücken. Er nutzte eine taktische Frequenz, die die anderen Himmelsechsen nicht mithören konnten. *»Du hattest ihn so gut wie festgenagelt. Es fehlten maximal ein oder zwei Treffer, dann wäre Gabriellosch hinüber gewesen!«*

Echt?

Thorxarr drehte sich um, sein Ausbilder folgte ihnen. Er wirkte amüsiert.

»Danach sieht der Adler aber nicht aus.«, widersprach Thorxarr.

»Natürlich nicht«, klinkte sich Gabriellosch ein. *»Die Moral einer Truppe ist nur so stark wie der Glaube an die Fähigkeiten seiner Mitglieder. Das hat die Invasion bewiesen.«*

»Aber wieso ... du ... äh ... humpelst ja nicht mal«, wunderte sich Thorxarr.

»Er nutzt einen Schmerzblockerzauber«, erläuterte Bruttach und lachte stumm. *»Sobald unser Leitwolf später allein in seinem Quartier ist und die Magie fallen lässt, hat er es richtig nett.«*

Das war der Nachteil an diesem Zauber. Er tilgte keine Qualen, sondern verschob sie lediglich auf später.

»Als Anführer muss ich Stärke zeigen«, konterte Gabriellosch. *»Je unbesiegbarer ich den einfachen Wölfen erscheine, desto größer ist ihr Vertrauen in mich. Grimmarr persönlich hat mich das gelehrt. In der Schlacht gegen die Dämonen war der Glaube an unsere Stärke der entscheidende Faktor, warum unsere Truppen nicht aufgegeben haben. Aber genug philosophiert. Lagebesprechung!«*

»Gleich«, murrte Bruttach. *»Thor, ich kann deine Schmerzen spüren. Hältst du noch die zwei, drei Minuten durch, bis Jude hier ist?«*

»Ja«, log der Krieger. Welche Alternative hatte er denn? Jeder Rote konnte grundlegende Verletzungen bei einer Himmelsechse behandeln. Blöderweise sah die Nummer bei Menschenkörpern ganz anders aus. *Und ich soll mich ja nicht verwandeln.*

Immerhin war das Pulsieren inzwischen zu einem dumpfen Pochen abgeklungen. Schön ging trotzdem anders.

Die drei Drachen wandten sich einander zu und Gabriellosch schaute Thorxarr mit einem Stirnrunzeln an. *»Du sagst, du seist abgelenkt gewesen.«*

»Stimmt.«

»Wovon?« Der Blick des Adlers fixierte ihn.

Thorxarr seufzte. *»Schneewittchen hatte eine Vision.«*

Dieser simple Satz zauberte ein Lächeln auf die Gesichter beider Stellvertreter – eines breiter als das andere.

»Worum ging es?«, erkundigte sich Gabriellosch beiläufig, aber das Funkeln in seinen Augen strafte seine zur Schau gestellte Gleichgültigkeit Lügen.

Bruttach hob nur eine Braue, brannte jedoch genauso auf die Antwort.

War ja klar!

Thorxarr machte Anstalten seine Geistesabschirmung fallen zu lassen, da hörte er Schneewittchens Stimme auf der persönlichen Frequenz: *»Nicht!«*

»Wieso?«

»Weil das ins Auge gehen kann«, behauptete sein Mädchen.

»Hä? Verstehe ich nicht.« Unwillig furchte er die Stirn. *»Du hast Tyra doch auch die Tigerbilder gezeigt.«*

»Das war was anderes.«

»Aha.« Er stand immer noch auf dem Schlauch. *»Der junge Rote wäre fast in den Nebeln krepiert. Meinst du nicht, wir sollten versuchen, seinen Sprung zu verhindern?«*

»Genau das ist es ja, was ins Auge gehen kann!«, unterstrich Schneewittchen. *»Was, wenn unser Eingreifen erst dazu führt, dass er springt?«*

Thorxarr war nicht überzeugt. *»Meinst du?«*

»Ich habe das Ergebnis meiner Visionen selbst schon verursacht, indem ich es verhindern wollte, glaub mir! Der Rote könnte aus Trotz springen, wenn man es ihm verbietet. Mit Pech kommt er dann gar nicht mehr aus der Sphäre heraus.«

»Bist du sicher?«, grübelte der Krieger.

»Nein. Aber willst du es drauf ankommen lassen?«

Thorxarr konnte förmlich sehen, wie seine Kleine in diesem Moment halsstarrig ihren Mund verzog.

»Nein«, brummte er.

»Also«, drängelte Gabriellosch auf der taktischen Frequenz, *»was hat die Seherin gesehen?«*

Thorxarr grunzte hin- und hergerissen.

»Wir behalten das auch für uns«, versprach Bruttach. *»Ehrenwort!«*

»Wir auch!«, wechselte Schneewittchen auf die taktische Frequenz.

Och nö!

Thorxarr verdrehte innerlich die Augen. Das hier war eine militärische Geistesebene, in der weder Zivilisten noch Seherinnen was zu suchen hatten. Aber offenbar war seiner Gefährtin das vollkommen schnuppe.

»Wir dürfen *diese Information nicht preisgeben«*, unterstrich sie. *»Der Kodex der Seherinnen verbietet es!«*

»Kann man da nicht mal eine Ausnahme machen?« Gabrielloschs Stimme wurde samtig schmeichelnd. *»Immerhin hat sich dein Gefährte dafür die Nase brechen lassen.«*

»Klar kann man bei unserem Kodex eine Ausnahme machen«, spottete Schneewittchen. *»Das geht genauso leicht wie beim Ehrenkodex von euch Roten!«*

»Also gar nicht«, seufzte Bruttach und klopfte seinem Vorgesetzten auf die Schulter. *»Gib es auf, Kamerad. Thors Mädchen ist genauso stur wie deins!«*

Gabriellosch nickte. *»Bedauerlich, aber ich fürchte, du hast recht.«*

»Na? Bringt euch die Vorgesetztentrumpfkarte etwa nicht weiter?«, stichelte eine belustigte Stimme von hinten.

Thorxarr streckte seine Sinne aus und stellte fest, dass Jude nur noch wenige Meter entfernt war. *Endlich!*

»Seine Chancen muss man nutzen«, meinte Gabriellosch gut gelaunt.

»Soso«, brummte der Heiler, deutete auf Thorxarrs Gesicht und wechselte auf die taktische Frequenz. *»Das hast du dir wohl auch beim Zuschlagen gedacht, hmm?«*

»Nein.« Die Miene des Adlers verfinsterte sich drohend.

Jude gab sich unbeeindruckt und wandte sich an seinen Gefährten. *»Zeig mir, wie es passiert ist, Bruce!«*

Der präsentierte den Umstehenden seine Erinnerungen.

Wow! Thorxarr konnte kaum glauben, was er da erblickte. *Das bin ich gewesen?! So dynamisch und vorausschauend! Bei Abrexars grauen Schuppen, wie habe ich das denn hingekriegt?!*

Der Heiler teilte seine Begeisterung nicht. Im Gegenteil, seine Lippen wurden schmal und er schimpfte: *»Wolltet ihr euch umbringen?! Das war doch bloß ein Training!«*

In diesem Moment fiel der Thor in Bruttachs Erinnerung wie eine gefällte Eiche.

Bei der Sphäre, das war heftig!

»Ihr habt ihn aufstehen lassen?!«, ereiferte sich Jude. *»Nach dem Treffer?!«*

»Äh, ja?« Der Ausbilder schaute hilfesuchend zu seinen Mitstreitern. Gabriellosch und Thorxarr zuckten mit den Schultern.

»Großartig!«, meckerte der Heiler. *»Thor hätte eine Halswirbelfraktur haben können!«*

»Hatte er aber nicht!«, hielt Bruttach dagegen. *»Das habe ich mit einem magischen Kurzcheck überprüft.«*

Daran konnte Thorxarr sich gar nicht erinnern.

»Dann eben 'ne Hirnverletzung«, setzte Jude nach.

»Er konnte noch reden.«

»Auf alle Fälle hat er 'ne Gehirnerschütterung!« Der Heiler stellte seine Tasche ab und stemmt die Fäuste in die Hüften.

»Ja, und? Er ist ein Roter!«, schnaubte sein Gefährte.

»Ich habe vor allem ein gebrochenes Nasenbein«, wagte Thorxarr anzumerken.

»Schön!«, riefen Bruttach und Jude im Chor.

Schweigen.

»Kannst du das richten?« Thorxarr lächelte höflich. *»Es ist recht unangenehm.«*

»Unangenehm?«, schnaubte der Heiler. *»Boa, ihr Roten!«*

Darauf erwiderte der Krieger lieber nichts.

Jude schüttelte seinen Kopf und grummelte: *»Ja, ich kann das richten. Aber vorher werde ich dich untersuchen.«*

Kurz darauf verkündete der Heiler: »Es ist tatsächlich nur das Nasenbein gebrochen. Und die Gehirnerschütterung ist kaum feststellbar.« Er schaute seinem Patienten in die Augen und fragte: »Willst du ›langsam und sanft‹ oder ›fix und fertig‹?«

Thorxarr hatte keine Ahnung, was das bedeuteten sollte, doch er war sich der Blicke des Stellvertreters und dessen Stellvertreters sehr bewusst. Also nahm er Haltung an und erklärte: »Ich bin ein Roter!«

»Offensichtlich!«, seufzte Jude. »Gut, dann ›fix und fertig‹!« Er fummelte einen Lederriemen aus seiner Tasche und hielt ihn dem Krieger unter die gebrochene Nase. »Draufbeißen!« An Bruttach gewandt kommandierte er: »Schweben lassen!« und an Gabriellosch: »Fixieren!«

Die beiden Stellvertreter verwandelten sich in ihre wahre Gestalt.

Warum nur?, wunderte sich Thorxarr, der im nächsten Moment abhob und mit einem Levitationszauber in die Waagerechte gedreht wurde.

»Draufbeißen! Sonst beißt du dir noch die Zunge ab«, wiederholte Jude und schob dem Krieger resolut das Leder in den Mund. Er lächelte ironisch. »Das wird gleich ein wenig ›unangenehm‹.«

Hä? Wieso? Ich dachte, ich werde geheilt!

Trotzdem biss Thorxarr zu. Er hatte in den 213 Jahren seines Lebens gelernt, dass es ratsam war, den Anweisungen der Heiler Folge zu leisten. Einen Atemzug später spürte er, wie sein Kopf in einen unsichtbaren Schraubstock eingeklemmt wurde. *Ich kann mich nicht mehr rühren? He, was haben die mit mir ...?*

Doch da legte Jude schon los.

Plötzlich war der dämonische Feuerwurm wieder zurück. Diesmal allerdings zehn Mal fetter als nach Gabrielloschs Volltreffer.

»Das war keine Heilung, das war Folter!«, beschwerte sich Hiltja, als Thor eine halbe Stunde später das Gästequartier betrat. »Ich habe echt gedacht, jetzt ist es aus mit dir. Was hat sich Jude nur dabei gedacht?!« Empört zeigte sie auf sein blutbesudeltes Shirt. »Du siehst aus, als hätte dich jemand abstechen wollen!«

»Das wollte aber keiner«, widersprach Thor. »Ehrlich, es war halb so wild. Und das Blut ist noch vom Kampf. Gebrochene Nasen bluten halt ’n bisschen.«

»Pfft! Ich bin fast wahnsinnig geworden!« Hiltja spürte, wie ihr Hals eng wurde. »Deine Schmerzen zu fühlen und nichts für dich tun zu können … das ist einfach furchtbar!«

Jetzt lächelte ihr Gefährte. *»Ich weiß, mein Herz!«* Er breitete seine Arme aus.

Am liebsten wollte sie sich hineinwerfen, aber der viel zu große, weit nach unten auslaufende, rostrote Fleck auf seiner Brust hielt sie davon ab.

»Ich erledige das mal eben für euch«, murmelte Luna von der Seite. Einen Atemzug später war das Blut verschwunden und das Shirt strahlend weiß.

»Oh!«, staunte Hiltja. »Eigentlich war der Stoff hellgrau.«

»Ups!« Luna hüstelte. »Das mit dem Dosieren des Reinigungszaubers klappt noch nicht so toll bei mir. Tut mir leid!«

»Egal. Danke!« Hiltja presste sich an ihren Donnergott und genoss die Geborgenheit, die sich in ihr ausbreitete, als er seine Arme um sie schlang. Endlich begriff auch ihr Herz, dass es ihrem Liebsten gut ging. *»Mach sowas nie wieder, ja?«*

»Ich gebe mir Mühe«, versprach er und strich sanft über ihren Rücken.

»Wie konnte es überhaupt dazu kommen?«, erkundigte sich Luna. »Ich dachte, das wäre bloß ein Training.«

»Das war es auch«, bestätigte Thor. »Ein lockerer Übungskampf.«

»Locker?!« Hiltja schnaubte und machte sich von ihm los. »Ihr habt ja 'nen Knall! Gabriellosch hat dir im wahrsten Sinne des Wortes den Schädel eingeschlagen!«

»Ach, das war doch keine Absicht.«

»Nicht?«, brauste sie auf. »Wie das denn, bitte?! Gabriellosch hat volle Lotte draufgehalten! Und er hat auf dein Gesicht gezielt – wie kann der Treffer da keine Absicht gewesen sein?!«

»Er dachte, ich würde mich ducken«, brummte Thor. »Das wollte ich auch. Aber Madame Vouh hat mich abgelenkt.« Er zuckte mit den Schultern.

Ablenken konnte die olle Zigeunerin hervorragend.

Hiltja seufzte und wechselte das Thema. »Trotzdem: Judes ›Heilung‹

geht ja wohl gar nicht!«

»Stimmt. War heftig.« Thor grinste. »Nächstes Mal nehme ich lieber ›langsam und sanft‹ anstatt ›fix und fertig‹.«

»Uuuh!«, frohlockte Luna. »Von der Methode habe ich gehört! Die ist umstritten.«

»Das glaube ich sofort!« Hiltja verdrehte die Augen. »Was hat er da überhaupt gemacht?«

»Er hat sich mit Hilfe des Schmerzes an den Kanten des Bruchs entlanggetastet«, erläuterte die Grüne, »und dabei neues Knochengewebe wachsen lassen. Das ist die schnellste Methode, um so eine Verletzung zu behandeln.« Sie guckte von einer zum anderen. »Aber Meisterheilerin Linea hält nicht viel von diesem Verfahren, weil es für die Betroffenen kaum auszuhalten ist.«

»Also *das* kann ich bestätigen!«, murrte Hiltja.

»Außerdem sind zwei Helfer nötig«, schob Luna hinterher. »Einer lässt den Patienten schweben, der andere fixiert ihn. Wegen der großen Schmerzen erfordert das sehr viel Kraft.«

Thor kratzte sich am Kopf. »Ach, darum haben sich Gabriellosch und Bruttach in ihre wahre Gestalt verwandelt!«

»Genau.« Die Grüne spreizte andeutungsweise Arme und Finger ihrer Menschengestalt. »Bei entrollten Schwingen fließen die astralen Kräfte leichter.«

»Schön!«, spottete Hiltja. »Ich finde …«

Madame Vouh rauschte heran und präsentierte die Kantine, gefüllt mit himmlischem Essensduft sowie dem Speiseplan von morgen. Die Germknödel mit der Erdbeer-Rhabarbersauce sahen zum Anbeißen aus, aber das vegane Risotto war auch nicht übel. Kurz darauf entließ die alte Zigeunerin Hiltja zurück ins Gästequartier.

»Oha! Jetzt habe ich Hunger«, schmunzelte Thor. Er fasste sein Mädchen mit beiden Händen an den Schultern und schaute ihr prüfend in die Augen. *»Geht es wieder?«*

»Ja, gleich.« Hiltja schüttelte die Vision ab. »Also gut. Ich besorge uns was zu essen und du gehst duschen!«

Zwanzig Minuten und eine Dämonen-machen-Jagd-auf-Menschen-Show von Madame Vouh später saßen die Gefährten mit Lunara gemeinsam am Esstisch. Thorxarr konnte Schneewittchen ansehen, dass ihr die Vision den Appetit verdorben hatte, aber sie aß trotzdem tapfer.

Gemeinsam diskutierten alle drei über das Dilemma, welche Bilder man preisgeben durfte und welche nicht.

»Tja, wie soll man so etwas entscheiden?«, seufzte die Grüne. »Das ist wirklich schwer!«

»Ach«, meinte Schneewittchen ironisch, »eigentlich ist es ganz einfach. Es gilt die Faustregel: Je wichtiger der Inhalt ist, desto weniger dürfen die Bilder nach außen dringen.« Sie schob ihren halbvollen Teller zurück. »Also die Essensvoraussagen unserer Kantine kann ich gern teilen. Die stehen ja eh im Intranet.«

»Aber die Zigeunerin spendiert außerdem eine Duftprobe der Gerichte«, meinte Thorxarr halb im Scherz. »Das könnte für den einen oder anderen einen Mehrwert bieten. Hätte ich gewusst, wie lecker Labskaus schmeckt, obwohl das Zeug wie ausgekotzt aussieht, hätte ich mir selbst so eine Portion bestellt.«

Sein Mädchen ging nicht darauf ein. »Es heißt, in der altvorderen Zeit sollen die Seherinnen sich untereinander beraten haben, wie sie mit kritischen Visionen umgehen. Aber wir sind allein.«

Es läutete an der Tür.

Thorxarr streckte seine Sinne aus. Das Gedankenmuster kannte er und sendete: *»Komm rein, Oxa! Es ist offen.«*

»Oxa? Oh, wie cool!«, freute sich sein Mädchen.

Lunara lächelte. »Ich war so frei ihr zu schreiben, dass ihr den Gefährtenbereich der Akademie verlassen habt und hier Besuch empfangen könnt.«

Die Eingangstür öffnete sich und eine hochgewachsene, platinblonde

Frau stöckelte herein, als gehörte das Quartier ihr. Ihre Haare waren am Hinterkopf zu einem kunstvollen Knoten zusammengesteckt und sie trug einen eleganten Hosenanzug in Nachtblau.

Als hätte sie einen hochoffiziellen Termin beim Kaleidoskop!, dachte Thorxarr und verdrehte innerlich die Augen. *Aber so sind sie, die Goldenen! Immer piekfein und souverän.*

»Ach Thor!«, stichelte Schneewittchen auf der persönlichen Frequenz. *»Niemand kann aus seiner Haut. Nicht die roten Kommandanten beim Training und nicht die Goldenen, wenn sie das Seher-Paar besuchen.«*

»Auch wieder wahr!«

»Moin Oxa!«, begrüßte er ihren Gast. »Na, hast du es über dich gebracht und die Geheimarchive deiner goldenen Schwestern verlassen?«

»Guten Tag, Thorxarr! Guten Tag, Schneewittchen! Hallo Luna.« Oxana lächelte förmlich. »Ja, es hört sich beeindruckend an: Ich verfüge über einen Erste-Klasse-Passierschein für die Geheimarchive. Damit habe ich sogar Zugang zu den privaten Aufzeichnungen unserer vergangenen Königinnen.«

Sie schaute bedeutsam in die Runde. »Die bekommt außer mir so gut wie niemand zu Gesicht!« Anmutig trat sie näher und winkte ab. »Tja, aber die Arbeit macht sich trotzdem nicht von selbst. Ich kann euch sagen, in den vergangenen Monaten habe ich Tonnen von alten Pergamenten und sogar Häuten gewälzt! Leider ohne nennenswerten Erfolg.«

Oxana setzte eine betrübte Miene auf.

»Lass dich von dem alten Stinkstiefel nicht ärgern!« Schneewittchen stand auf und umarmte die Goldene. »Ich freue mich sehr, dich zu sehen. Wie schön, dass du uns besuchst!«

»Ja, das finde ich auch.« Oxana gönnte sich ein Lächeln und Thorxarr hatte den Eindruck, dass es sogar echt war.

»Komm, setz dich zu uns!« Seine Kleine deutete einladend zum Esstisch und schimpfte mit ihm auf der privaten Frequenz: *»Natürlich ist ihr Lächeln echt! Schon vergessen? Sie hat dich im letzten Jahr massiv unterstützt! Und in den Tagen der Invasion hat sie mit Luna und Alex an unserer Seite ausgehalten. Sie ist unsere Freundin!«*

Thorxarr grinste. *»Stimmt. Es macht trotzdem Spaß, sie hochzunehmen!«*

»Und?« Lunara guckte Oxana neugierig an. »Haben Sie dir wirklich die Leitung in Sachen ›Seherinnen-Recherche‹ übertragen?«

»Das haben sie!« Die Goldene nickte würdevoll. »Letzte Woche. Ich wurde zur Hüterin befördert!«

»Herzlichen Glückwunsch, Oxa!«, rief Schneewittchen und holte ein Glas für ihren Gast. »Endlich bekommst du den Respekt, den du verdienst.«

»Da bin ich mir ehrlich gesagt gar nicht so sicher«, entgegnete Oxana. »Weißt du, wir Goldenen durchforsten die Geheimarchive schon seit Monaten nach Informationen. Trotz aller Anstrengungen konnten wir so gut wie nichts finden – zumindest nichts, was dir und Thor weiterhelfen würde.« Sie seufzte. »Ich glaube, meine Vorgesetzte hatte genug von der Erfolglosigkeit und wollte die Aufgabe einfach loswerden. So etwas macht sich für unsereins nicht gut in der Vita. Tja, und ich war die Einzige, die sich als Nachfolgerin zur Verfügung gestellt hat. Schön blöd, oder?«

»Nein, das zeugt von Ehre!« Thorxarr verbeugte sich. »Danke!«

»Genau!«, pflichtete Schneewittchen ihm bei. »Wir sind so froh, dass du uns nicht aufgibst.« Sie schluckte beklommen. »Ohne dich würden wir in diesen Tagen verzweifeln. Madame Vouh …«

Wie aufs Stichwort kribbelte Magie durch die Meridiane seiner Gefährtin und schon nahm die Zigeunerin Besitz von ihr. Von jetzt auf gleich wähnte sich Schneewittchen im HSV-Stadion, vor ihr ein schwarz-weiß-blaues Meer aus Fans, die Flaggen schwenkten und grölend ihre Schals in die Höhe reckten. In der Kurve der Gäste waren die Fahnen braun, rot und weiß.

Hmm! Schon wieder das Derby gegen St. Pauli?, wunderte sich Thorxarr.

Offensichtlich. Auf dem gigantischen Monitor über der Tribüne zählte die Nachspielzeit hoch. 3:45, 3:46, 3:47 … Der HSV führte mit vier zu drei.

Das hatten wir doch schon!

Aber diesmal verlief das Spiel anders: Einem St.-Pauli-Stürmer gelang es, sich durch die Abwehr der Heimmannschaft hindurch zu dribbeln, er schoss und … Tor! Der Schiedsrichter bestätigte den Treffer und pfiff das Spiel ab. Damit war der Endstand vier zu vier – unentschieden.

Letztes Mal hat Madame Vouh behauptet, dass der HSV gewinnt! Meine Kleine hatte recht: Der alten Zigeunerin kann man in diesen Dingen nicht über den Weg trauen!

Beim nächsten Atemzug war Schneewittchen wieder frei, wenngleich ein wenig desorientiert.

»Oh!«, hauchte Oxana. »War das eine Vision?«

»Ja.« Thorxarr berührte sein Mädchen an den Schultern. *»Du bist hier bei mir. Im Gästequartier. Alles gut?«*

Schneewittchen nickte. *»Ja, geht schon.«*

»Darf ich erfahren, worum es ging?« Faszination schimmerte in den Augen der Goldenen.

»Nichts Wichtiges«, ächzte die Seherin. »Nur Fußball.«

»Nichts Wichtiges?« Thorxarr lachte. Kleine Scherze munterten Schneewittchen immer am besten auf. »Na, das lass die Fans des Derbys lieber nicht hören! Zwischen Pauli und dem HSV geht es richtig ab. Daran haben auch die Dämonen nichts geändert.«

»Danke«, sendete Schneewittchen. Natürlich hatte sie seine Absicht sofort durchschaut.

»Wie häufig hast du Visionen?«, fragte Oxana seine Gefährtin.

»Ohne den Tee? Zu oft«, stöhnte die. »Und vor allem so sinnloses Zeug! Es ist, als würde Madame Vouh mich einfach bloß zuspammen.«

Die Goldene hob eine Braue. »Wie bei den elektronischen Briefen? Diesen E-Mails?«

»Genau! Bloß, dass ich keinen Spamfilter anschalten kann!«

»Wie lästig.«

»Ich kann dir sagen …«, brummte Thorxarr. »Zumal es in den nächsten Tagen noch schlimmer werden wird. Wir brauchen dringend mehr Informationen über die Seherinnen der altvorderen Zeit. Wie konnten sie damals die Visionen steuern?«

»Keine Sorge, ich gebe nicht auf!« Anteilnahme breitete sich auf der Miene der Goldenen aus. »Es tut mir wirklich leid, dass ich bisher nichts Zielführendes finden konnte.«

»Aber das stimmt doch gar nicht!«, widersprach Lunara. »Mach dich nicht immer so klein, Oxa! Wie sollen andere dich respektieren, wenn du es selbst nicht tust?«

Oxana verzog schnippisch den Mund und setzte zu einer Antwort an, aber dann hielt sie inne und überlegte es sich anders. Erstaunlicherweise nickte sie der Grünen achtungsvoll zu. »Du hast recht, Luna. Ich werde versuchen, das zukünftig besser zu machen. Danke für den Hinweis.«

Bei der Sphäre!, durchzuckte es den Krieger. *Eine Goldene gibt einen Fehler zu? Vor einer Grünen?! Was geht hier denn ab?!*

»Immer gern«, erwiderte Lunara und strich sich grinsend das türkisfarbene Haar auf die andere Seite ihres Undercuts. »Anderen auf die Füße treten kann ich immer gut, sagt meine Mentorin.«

»Stopp!«, unterbrach Thorxarr. »Welche Erkenntnisse hat Oxa gewonnen und warum wissen wir nichts davon?«

»Genau, was hast du herausgefunden, Oxa?«, stieg auch Schneewittchen mit ein.

Schweigen.

»Boa, Oxa!«, schnaubte Lunara. »Du hast es ihnen nicht erzählt?«

»Ich wollte nicht angeben«, entgegnete diese würdevoll. »So etwas gehört sich nicht unter Freunden, findet Alex.«

»Das ist doch kein Angeben!«

»Ich war mir nicht sicher.« Auf einmal wirkte Oxana verunsichert. »Ich kenne mich mit Freundschaften nicht so gut aus.«

»Macht nichts. Das ändern wir.« Die Grüne wackelte mit ihrem rechten Daumen. »Lektion eins: Wenn du deinen Freunden etwas Gutes tust, dürfen sie es erfahren.«

»Aber ich habe das doch nur im Rahmen meiner Aufgabe herausgefunden«, protestierte die Goldene.

»Deswegen ist deine Mühe nicht weniger wert«, befand Lunara. »Außerdem hast du dich voll in die Archivarbeit reingehängt. Immer, wenn ich dich kontaktiert habe, warst du am Recherchieren. Deine Schwestern haben sicher mehr Pausen gemacht als du!«

»Wohl wahr.«

»Siehst du!«

»Was ist es denn jetzt?«, wollte Thorxarr wissen. »Spannt uns nicht so auf die Folter.«

Stille.

»Es ist nichts Neues«, meinte Lunara.

»Nicht?« Die Enttäuschung in Schneewittchens Stimme war greifbar.

»Nein, tut mir leid.« Oxana lächelte traurig. »Es geht bloß um den Tee.«

»Den Tee?« Thorxarr hob eine Braue. »Ich dachte, den hätten die Grünen für uns entwickelt.«

»Das haben sie auch.« Die Goldene warf Lunara einen vorwurfsvollen Blick zu.

Die gab sich unbeeindruckt. »Die Idee für den Tee stammt von unserer Oxa! Los, erzähl es den beiden!«

Oxana zögerte.

»Der Tee hat Thor und mir den Alltag zurückgegeben«, wisperte Schneewittchen. »Ohne ihn wären wir längst durchgedreht!«

Thorxarr nickte. »Meine Gefährtin hat recht. Wie bist du auf den Tee gekommen?«

»Das war Zufall«, erklärte Oxana. »Ich fand in einem der Pergamente das Rezept für eine Kräutermischung, die bei Seherinnen die Visionen anregen sollte. Das ist alles.«

»Ist es nicht«, widersprach Lunara und bedeutete ihrer Freundin weiterzusprechen. »Deine Schwestern hatten das Pergament schon als nutzlos eingestuft. Aber du nicht!«

»Warum?« Thorxarr beugte sich vor. »Mehr Shows von Madame Vouh brauchen wir wirklich nicht!«

»Ich weiß.« Oxana lächelte. »Deswegen habe ich vorgeschlagen, dass wir eine komplementäre Mischung entwickeln sollten. Mit Kräutern, die eine gegenteilige Wirkung haben. Die eigentliche Arbeit haben Lunas Kräuter-Schwestern erledigt. Ich möchte mich nicht mit fremden Schuppen schmücken.«

Verunsicherung und echte Bescheidenheit schimmerten in ihren hellblauen Augen.

Oxa macht sich wirklich zu klein!, fand Thorxarr. Kein Wunder, die Ärmste war von ihren Schwestern in der Vergangenheit drangsaliert worden. So etwas vergaß man offensichtlich nicht so schnell.

»Luna hat recht.« Schneewittchen stand auf und umarmte die Goldene von der Seite. »Du bist unsere Heldin, Oxa. Die Idee ist genial! Danke, dass du dich so für uns reinhängst und mitdenkst.«

Oxana runzelte skeptisch die Stirn. »Auch wenn so wenig dabei herauskommt?«

»Der Tee ist unser Rettungsanker«, bekräftigte Thorxarr.

»Genau!«, pflichtete sein Mädchen ihm bei. »Und wenn einer was herausfinden kann, dann du, Oxa.«

Verschwörerisch wandte sich Schneewittchen auf der privaten Frequenz an ihn. *»Wir sollten ihr ein paar Visionen zeigen, oder, Thor? Nichts Kritisches, aber ein paar eindrucksvolle Bilder, mit denen sie vor ihren neidischen Schwestern auf die Tonne hauen kann! Diese dummen Ziegen müssen endlich damit aufhören, unsere Oxa fix und fertig zu machen.«*

»Horraxx! Fix und fertig ist Mist.« Thorxarr grinste breit. *»Da bin ich ganz bei dir, mein Herz!«*

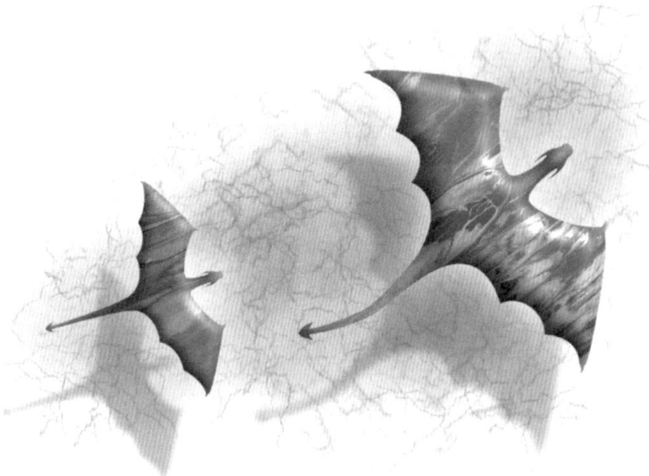

Von Dämonen und Politik

Victoria Abendrot verließ mit ihrem Gefährten Jaromir den Tagungssaal des Kaleidoskops. Wie so oft hatte die Sitzung eine halbe Ewigkeit gedauert und unbefriedigend wenige Ergebnisse geliefert.

»So ist das in einer Demokratie: Alle Lager müssen gehört werden«, sendete Jaromir auf der privaten Frequenz. Mit einer dynamischen Bewegung verwandelte sich der schwarze Drache in seine Menschengestalt und griff nach der Hand seiner Liebsten. *»Politik ist die hohe Kunst, die verschiedenen Lager in einem gemeinsamen Beschluss zu vereinen.«*

»Dann muss die Kunst mal Gas geben!«, murrte Victoria. *»Wenn nicht, wird aus der Demokratie ganz fix eine Dämonkratie!«* Sie runzelte unwillig die Stirn. *»Die dunklen Wesen sind viel hartnäckiger, als ich erwartet ...«*

»Auf ein Wort, Königin Victoria und König Jaromir!«, rief jemand von hinten.

»Grimmarr!« Victoria unterdrücke ein Stöhnen. Der Sarkasmus in der Gedankenstimme des roten Königs war minimal, doch sie konnte ihn unmöglich überhören. Dafür kannte sie ihn einfach zu gut.

»Sei nachsichtig mit ihm«, riet Jaromir auf der privaten Frequenz. *»Er hasst diese Sitzungen ebenso sehr wie wir.«*

»Nein. Mehr! Ebenso wie förmliche Anreden!«

Victoria setzte ein strahlendes Lächeln auf und drehte sich um. »König Grimmarr!«, rief sie. »Welch Ehre, dich zu sehen!«

Der rote Drache grinste. *»Gesehen haben wir uns eben schon. Lästige drei Stunden am Stück.«* Er beugte sich zu ihr herab, sodass sie die scharfen Gewürze in seinem Atem riechen konnte. *»Aber jetzt will ich reden! Tacheles und ohne geschöntes Geseier! Ach, das Kaleidoskop ist auch nicht mehr das, was es mal war, als ich noch den Vorsitz hatte.«*

»Du hast den Vorsitz der Versammlung der Himmelsechsen während der Invasion *freiwillig* an die goldenen Gefährten Lexia und Felix abgetreten«, spottete Jaromir. »Wo ist dein Problem?«

»Ich bin ein Drache der Tat!« Grimmarr verwandelte sich in einer raubtierhaften Bewegung in seine Menschengestalt. Nun trug er wie üblich einen Nadelstreifenanzug mit Hut und in seinen Augen funkelte es lauernd. »Nur fürs Protokoll: Offiziell bin ich immer noch der Vorsitzende der Versammlung. Es gab nämlich keine formelle Abtretungszeremonie.«

»Dann fordere deinen Posten zurück«, meinte Victoria, »und hau auf den Tisch. Ich würde das sehr begrüßen!«

»Lieber nicht«, winkte der rote König ab. »Lexia und Felix machen das wirklich gut und ich habe definitiv genug andere Dinge zu tun.« Er wechselte auf eine taktische Frequenz, die für andere nicht mithörbar war. *»Deswegen sollten wir uns auch unterhalten. Ungestört!«*

Victoria nickte. Sie konnte die Sorge im Geist ihres Gegenübers sehen. Grimmarr war ein arrogantes Schlitzohr, doch er hatte die Gemeinschaft der Drachen nie im Stich gelassen.

Zumindest bisher nicht.

»Gehen wir in unser Quartier«, schlug Jaromir vor.

Wenig später legte der rote König seinen Hut auf dem Küchentresen ab.

»Bitte sehr, Herr *Vorsitzender*!« Victoria reichte dem hochgewachsenen Mann einen mit Chili gewürzten Espresso. »Was gibt es denn Dringendes, das nicht im Kaleidoskop besprochen werden kann?«

»Wenig Greifbares.« Grimmarr schlürfte einen Schluck des Kaffeegetränks. »Dafür viel Kleinkram, der eine hässliche Summe ergibt: Der Kampf gegen die Dämonen läuft nicht so effektiv, wie ich es mir erhofft hatte. Und deine Artgenossen machen mir Sorgen.«

Vorwurf schimmerte in seinen Augen, als er Victoria anschaute.

Die nickte. »Mir auch. Es ist kein Wunder, dass es Unruhen unter den Menschen gibt. Die Dämonen setzen ihnen deutlich mehr zu als den Himmelsechsen.«

»Unsere Eingreiftruppen können unmöglich überall sein«, erwiderte Grimmarr. »Außerdem sind die Humanoiden viel mehr als wir.«

»In Indien nicht mehr.« Jaromir schaute den roten König unverwandt an. »Bei den Menschen mehren sich Stimmen, die behaupten, eigentlich seien wir Drachen an allem schuld und würden das Chaos der Dämonen nutzen, um selbst die Macht zu ergreifen.«

»Ja, den Eindruck habe ich auch.« Grimmarr stellte das Espressotässchen auf dem Tresen neben sich ab und fuhr sich müde mit der Hand über sein vernarbtes Gesicht. »Die Humanoiden wollen, dass wir sie beschützen, aber dabei sollen wir bitte nicht ihre Territorien verletzen! Das funktioniert nicht.«

»Was erwartest du, Grimmarr?« Victoria bedachte den Roten mit einem kühlen Blick. »Ihr Drachen wart jahrhundertelang von der Bildfläche verschwunden. Ihr habt euch versteckt und uns Menschen uns selbst überlassen. Da könnt ihr nicht erwarten, dass wir jetzt den roten Teppich für euch ausrollen! Es gibt etliche meiner Art, die durch die Himmelsechsen viel Einfluss eingebüßt haben.« Sie lächelte honigsüß. »Wie gefällt es *dir*, lieber Herr Ex-Vorsitzender, Macht zu verlieren und andere ans Ruder zu lassen?«

»Ja, ja«, grollte Grimmarr. »Die Entscheidung, sich aus der Welt zurückzuziehen, wurde vor meiner Zeit getroffen und sie war falsch.« Er presste die Lippen aufeinander, dann gab er sich einen Ruck. »Wie auch immer! Das sind Altlasten. Kümmern wir uns lieber um die aktuellen Probleme. Die Kriegsmaschinerie der Menschen ist nicht zu unterschätzen und wir können nicht an zwei Fronten kämpfen. Wie stellen wir sicher, dass die Humanoiden sich nicht gegen uns zusammenrotten?«

»Wir müssen ihr Überleben sichern«, antwortete Jaromir. »Größere Ortschaften müssen dauerhaft von uns geschützt werden.«

»Das ist die von mir an unsere Streitkräfte ausgegebene Devise!« Der Rote verzog sein Gesicht und die Narben verzerrten seine Züge. »Leider ist das leichter gesagt als getan.« Er seufzte. »Die großen Dämonen wie die Kreischknochenknacker konnten wir allesamt vernichten. Sie sind dumm und können sich nicht gut verstecken. Bei den kleineren dunklen Kreaturen sieht das anders aus. Die Satanas sind so intelligent wie wir, wenngleich erheblich triebgesteuerter.« Er zwinkerte und stichelte: »Von Gefährten in der Bindungsphase mal abgesehen.«

Victorias Mundwinkel zuckten. *Scherzkeks!*

»Jedenfalls«, fuhr Grimmarr ernst fort, »ist es heute anders als bei den Torkriegen im Mittelalter: Diesmal kontrollieren die Satanas niedere Dämonen. Sie haben quasi ihre eigenen Streitkräfte. Und im Gegensatz zu uns haben diese Teufel keinerlei Skrupel, ihre Truppen zu opfern, um die eigene Haut zu retten.«

Jaromir nickte. »Unsere Nachrichtenoffiziere berichten, dass ihr Vorgehen gezielter wird.«

»Genau das ist auch mein Eindruck«, bestätigte der rote König. »Sie scheinen sich auf unserem Planeten *eingelebt* zu haben. Ihre Verstecke werden immer besser. Inzwischen arbeiten sie mit komplexen Tarn- und Abschirmzaubern, die wir nur noch schwer durchschauen können. Ein weiteres Problem sind die Felsbohrer.«

Victoria hob eine Braue. »Inwiefern?«

Felsbohrer waren gastankdicke Riesenregenwürmer, die sich mühelos durch Erdboden und Gestein fraßen und so ganze Gebirge in Labyrinthe verwandeln konnten. An sich waren die Viecher harmlos, aber sie legten explosive Eier und hatten meist ein Gefolge aus dunklen Wesen, die in ihren Tunneln Schutz vor Angriffen suchten.

»Die Röhren zu scannen war für uns schon immer eine Herausforderung«, erklärte Grimmarr. »Neuerdings sondern die Felsbohrer jedoch ein magisches Sekret ab, welches die Tunnelwände sehr stabil und überdies für unsere Suchzauber undurchdringlich macht.« Er lächelte freudlos. »Damit sind wir quasi blind für das, was unter unseren Klauen vorgeht.«

»Diese Fähigkeit hatten sie früher nicht«, merkte Jaromir an.

Victoria lief ein Schauer über den Rücken. »Dann mutieren sie?«

Schulterzuckend griff Grimmarr nach seinem Espresso. »Da bin ich mir nicht sicher. Auf alle Fälle passen sich die Dämonen schneller an das Leben auf unserem Planeten an, als wir sie vernichten können.« Seine Augen wurden schmal. »Heute früh hat mir eine Einheit berichtet, dass ein Trupp Satanas einen Felsbohrer in die Nähe einer afrikanischen Stadt getrieben hat. Die Teufel konnten eine hundertköpfige Horde von Schwefelechsen und Gurgelschlächtern im Tunnel versammeln und haben in der Dämmerung zugeschlagen.«

Der rote König öffnete seinen Geist und teilte Bilder von Wellblechhütten, die dicht an dicht standen. Die sandigen Straßen zwischen ihnen waren blutgetränkt und übersät mit menschlichen Leichenteilen. Einige der Körper waren entsetzlich klein.

Beim Grauen Krieger! Victorias Magen drehte sich um.

Grimmarr musterte sie wissend. »Wenn dieses Vorgehen Schule macht, haben wir ein Problem.«

»Erst dann?«, höhnte die Königin der Schwarzen.

»Auch wieder wahr.« Der Rote grinste. »Der Knackpunkt für mich als Oberbefehlshaber ist, dass die Teufel keine vorhersehbare Strategie zu verfolgen scheinen. Ihre Angriffe sind willkürlich. Wir wissen nie, wo sie als nächstes zuschlagen werden.«

»Das klingt nicht gut«, räumte Jaromir ein. »Können wir irgendwie helfen?«

»Ja.« Grimmarrs Blick wurde schmal und sein Grinsen bekam etwas Verschlagenes. »Ich hätte gern Zugang zu den Visionen der Seherin.«

Ha! Daher weht also der Wind!

Victoria verschränkte ihre Arme vor der Brust. »Die Visionen werden vom Tee blockiert.«

»In diesen Tagen nicht mehr«, widersprach der Rote.

»Die Meisterheilerin wird das nicht zulassen.« Jaromir schüttelte den Kopf. »Du weißt selbst, wie Linea ist! Warum hast du dein Anliegen nicht eben vor das Kaleidoskop gebracht?«

»Weil ich nicht mehr als Vorsitzender auftrete«, murrte Grimmarr.

»Dann frag Lexia und Felix«, erwiderte Victoria.

»Hab' ich«, grollte der Rote. »Sie unterstützen meinen Vorstoß nicht.«

Den Grund dafür sah Victoria in seinen Gedanken. »Wenn sie *dir* Zugang zu den Visionen erlauben, stehen bald alle bei der Seherin Schlange.« Sie guckte Grimmarr ernst an. »Das geht nicht! Schneewittchen und Thor befinden sich im letzten Drittel ihrer Bindungsphase. Die brauchen ihre Ruhe, sonst gibt es Verletzte oder Tote!«

»Das haben Lexia und Felix auch gesagt.« Grimmarr zwinkerte spöttisch. »Sogar im selben Tonfall wie du, liebste Victoria.«

»Na, dann weißt du ja Bescheid! Abgesehen davon spricht der Kodex der Seherinnen dagegen.«

»Ich weiß vor allem, dass es so nicht weitergehen kann.« Der König der Roten schaute von ihr zu Jaromir. »Meine Krieger sind erschöpft! Die Feuerkraft meiner Soldaten nimmt ab. Meine ebenfalls – nicht viel! Manche meiner Kameraden nehmen es gar nicht wahr, aber ich spüre es. Und statt der Dämonen Herr zu werden, tauchen immer neue Widrigkeiten auf. Ich muss dem etwas entgegensetzen! Visionen wären eine Option, um unsere Kräfte zu schonen. Dann könnten wir gezielter eingreifen.«

»He, Jaro«, wandte sich Victoria auf der privaten Frequenz an ihren Gefährten. *»Das mit den schwindenden Kräften haben uns Aiko und Telliar doch ebenfalls berichtet!«*

Allerdings waren die beiden Nachrichtenoffiziere da von den Weißen gekommen, nicht von den Roten.

»Wir alle sind erschöpft«, erklärte ihr Gefährte mit ruhiger Stimme. »Die Invasion der Dämonen hat in unseren Reihen viele Tote und Verletzte gefordert.«

»Und selbst diejenigen, die unversehrt geblieben sind«, fuhr Victoria fort, »haben emotionale Wunden davongetragen. Wir kämpfen nun schon seit Monaten und ein Ende ist nicht abzusehen! Da ist es kein Wunder, wenn unsere Kräfte nachlassen.«

»Ich hoffe sehr, dass es nur das ist.« Grimmarr leerte den Rest seines Espressos in einem Zug. *»Aber glauben tue ich das nicht.«*

Verdammt!, fluchte Victoria bei sich. *Mit seinen Ahnungen liegt er viel zu oft richtig.*

»Wir werden das im Auge behalten«, versprach Jaromir.

Im nächsten Moment setzte der König der Roten ein zuversichtliches Lächeln auf und reichte seiner Gastgeberin das Espressotässchen. »Herzlichen Dank für den Espresso. Er war wie immer vorzüglich!«

Jetzt strotzte seine Aura vor Vitalität. Er nahm seinen Hut vom Tresen und setzte ihn auf die blonden, militärisch kurz geschnittenen Haare. Beiläufig sagt er: »Ich empfehle, dass wir das mit den neu entdeckten Talenten der Felsbohrer für uns behalten, bis diese verifiziert sind. Ebenso wie das mit den schwindenden Kräften.« Dann lächelte er drohend. »Weitere durch Panik ausgelöste Probleme kann ich aktuell nämlich wirklich nicht brauchen.«

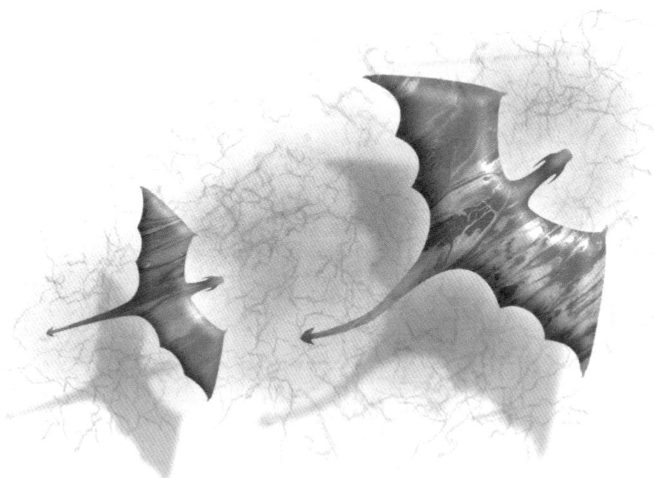

Vier Freunde und ein Schneewittchen

Lunara betrachtete Thorxarr und seine Gefährtin eingehend. Der rote Krieger lag in seiner wahren Gestalt auf den beheizten Fliesen und füllte den Wohnbereich des Gästequartiers weitestgehend aus. Schneewittchen hatte man es auf einer Matratze direkt neben ihm bequem gemacht, sodass der Drache sein Menschlein mit dem Schwanz umringeln konnte. Ja, Thorxarr hatte sogar schützend eine Schwinge über seiner Liebsten ausgebreitet. Beide hatten ihre Abschirmung fallen gelassen und waren weggetreten, gefangen in nicht enden wollenden Visionen.

Ihr Zustand ist unverändert!

Verunsichert strich sich Lunara eine türkisfarbene Strähne hinters Ohr und schaute zu Meisterheilerin Linea hinüber. »Wie angeordnet habe ich Schneewittchen den Tee gestern Morgen zum ersten Mal eingeflößt und heute früh wieder. Ich hätte erwartet, dass er längst eine Wirkung zeigt.«

Die Meisterin nickte. »Ich auch. Die Bilderflut hätte zumindest ein wenig nachlassen sollen.«

»Hat sie aber nicht«, seufzte Lunara. Obwohl sie den Roten und seine Gefährtin während der letzten Woche ausreichend mit Nahrung versorgt hatte, wirkten die beiden ausgezehrt und merkwürdig verhärmt. Daran hatten weder regelmäßige Körperpflege noch stabilisierende Emotionszauber etwas ändern können.

»Die Intensität der Visionen ist gleichbleibend hoch«, unterstrich Lunara. »Habe ich etwas falsch gemacht?«

Das wäre nicht das erste Mal.

»Das denke ich nicht«, beruhigte Linea die Jüngere. »Ich muss mir das genauer ansehen.«

Mit einer fließenden Bewegung verwandelte sich die Meisterheilerin in ihre Himmelsechsengestalt. Sie hockte sich neben das rote Gefährtenpaar, entrollte ihre metallisch grün schillernden Schwingen und spreizte sie sanft ab. Die Nachmittagssonne schien durch die Fenster. Sie reflektierte an den Schuppen und malte zauberhafte Muster an Wände und Decke.

Im nächsten Moment breitete sich eine wohltuende Ruhe in Lunara aus.

Sie ist wahrlich eine Meisterin! Allein wenn sie jemanden untersucht, fühlt man sich schon beim Zusehen besser.

Auf der Geistesebene erhob sich ein munterer Singsang, der Lunara an einen plätschernden Gebirgsbach erinnerte und ihrer Seele eine erfrischende Kühle spendete.

Von mir aus könnte das ewig so gehen!

Ging es aber nicht. Viel zu schnell war Linea mit ihrer Untersuchung fertig und verwandelte sich zurück in ihre Menschengestalt.

»Das gefällt mir zwar nicht«, murrte die Meisterheilerin, »aber ganz unerwartet kommt es nun auch nicht.«

Lunara schaute die Ältere fragend an.

»Die Bindung«, erklärte Linea, »macht Schneewittchens Talent stärker. Damit war zu rechnen und doch führt es zu Problemen.« Sie verzog ihren Mund. »Bei der Sphäre! Da warten wir Jahrtausende lang auf eine

Seherin, hoffen auf jedes noch so kleine Quäntchen an Vorahnung und dann ist die neue Seherin dermaßen stark, dass sie ihr Talent gar nicht nutzen kann.« Sie stemmte kopfschüttelnd die Hände in die Hüften. »Ach, das ist einfach nicht fair! Hoffentlich beruhigt sich diese ›Madame Vouh‹ etwas, wenn die Bindung der beiden abgeschlossen ist.«

Lunara runzelte die Stirn. »Ich fürchte, was das angeht haben wir ein weiteres Problem.«

»So?« Die Meisterin hob beide Brauen. »Was meinst du damit?«

»Ich bin mir nicht sicher«, murmelte die Jüngere und betrachtete ihre Freunde, »aber entwickelt sich die Bindung in diesem Zustand überhaupt weiter?«

Eine unbehagliche Stille breitete sich im Raum aus. Linea starrte Lunara an.

Die hielt dem Blick stand und erläuterte: »So wie ich es in den vergangenen Tagen mitbekommen habe, interagieren die zwei so gut wie gar nicht mehr miteinander. Die Visionen bügeln alles über: Es gibt weder Gespräche noch sonst irgendwelchen Austausch zwischen den beiden. Falls ich recht habe und die Bindung tatsächlich nicht voranschreitet, wird das Abwarten niemanden weiterbringen.«

»Das ist nicht gut!« Die Meisterheilerin schien einen Moment lang ihre Gedanken zu sortieren, dann gab sie sich einen Ruck. »Wir könnten es vermutlich noch ein paar Tage weiterlaufen lassen, aber bei diesem Gefährtenpaar sollten wir besser keine Fehler machen. Ich berate mich mit unseren Kräuterexpertinnen und dann passen wir die Rezeptur des Tees an.«

Die neue Kräutermischung schien Thorxarr und Schneewittchen gutzutun. Sie waren zwar noch immer in Visionen verstrickt und bewusstlos, doch Lunara hatte den Eindruck, dass die beiden weniger verhärmt aussahen.

»Ich finde auch, dass sie frischer wirken«, pflichtete Oxana ihrer Freundin bei. »Die neue Rezeptur taugt was.«

»Bist du sicher?« Alexan furchte die Stirn. »Luna hat den Tee doch erst einmal verabreicht.«

Lunara warf dem kleinen Weißen einen strengen Blick zu. »Die Freunde von Thorxarr und Schneewittchen sind optimistisch!«

»Nicht realistisch?« Alexan legte den Kopf schief.

»Nur wenn das positiv ist.« Die Grüne verschränkte ihre Arme vor der Brust. »Schlechte Nachrichten erzeugen negative Schwingungen und die will ich hier nicht haben!«

»Verstehe.« Der Weiße nickte eifrig und strich sich eine schwarze Strähne aus dem Gesicht. »Davon liefert Madame Vouh schon genug.«

»So ist es.«

Lunara seufzte und griff nach ihrem Teebecher. Obwohl es Sommer war und draußen angenehm warm, fröstelte sie. Die Dauerbombardierung mit Visionen in den letzten Tagen hatte sie dünnhäutig gemacht. Genau wie das rote Gefährtenpaar brauchte auch sie seelische Unterstützung. Deswegen hatte Lunara ihre Freunde ins Gästequartier bestellt.

Bei Alex ist das zwar mit einem gewissen Risiko verbunden, aber solange Thor bewusstlos ist, kann er ihn nicht vor Eifersucht zerpflücken.

Alexan grinste. »Zum Glück hat der weise Hoggi einen satten Desinteressezauber mit integriertem Sendeblocker über diesem Bungalow installiert.« Er kicherte. »Hättest du mir nicht die genauen Koordinaten geschickt, hätte ich euch nicht gefunden.«

»Grimmarr hat das angeordnet«, erklärte Oxana und nippte an ihrem Latte macchiato. »Er möchte verhindern, dass jemand die Visionen abgreift.«

»Echt?« Alexan hob eine Braue. »Das ist unlogisch. Der König der Roten ist doch selbst scharf auf die Bilder aus der Zukunft!«

»Das denke ich auch«, murmelte die Goldene. »Aber wer weiß schon, welche Ziele Grimmarr verfolgt? Auf jeden Fall hat er dafür gesorgt, dass nur ausgesuchte Personen Zugang zu diesem Quartier erhalten.«

»Dann sind wir auserwählt?«, wunderte sich der Weiße.

»Das sind wir.« Oxana lächelte arrogant. »Dafür habe *ich* gesorgt.«

»Wir sind vor allem Thors und Schneewittchens Freunde!« Lunara seufzte abermals und umklammerte ihren Becher mit beiden Händen. Madame Vouh zeigte mal wieder, wie eine Horde Dämonen Menschen auflauerte. Diesmal waren es Dämmerungsrotten, die sich in einem Sumpfgebiet verkrochen hatten. Ihre rotglühenden Augen waren so gruselig wie die Viecher selbst gefräßig.

Die Grüne schüttelte sich. Die Wärme des Tees wollte einfach nicht zu ihr durchdringen. Wie musste es da erst den Gefährten gehen?

»Falls euch irgendetwas einfällt«, flüsterte sie, »wie wir den beiden helfen können, dann her damit!«

Alexan schaute ihr prüfend ins Gesicht. »Du meinst nicht nur kurzfristig, oder?«

»Richtig.« Lunara rang sich ein Lächeln ab. »Selbst wenn der Tee wirkt, dämpft er die Persönlichkeit der beiden. Schneewittchen braucht endlich Kontrolle über Madame Vouh!« Sie schaute zu dem Menschlein hinüber. In der nächsten Woche würde es Königsberger Klopse in der Kantine der Wölfe geben. Und als Nachtisch warme Zimtschnecken mit Vanillesauce.

Der Weiße leckte sich die Lippen. »Oh! Das scheint ja lecker zu werden!«

»Ja«, stöhnte Lunara. »Die Essensvorhersagen sind erstaunlich verlässlich.« Sie grinste schief. »Trotzdem nerven die Shows. Und sinnvoll sind sie auch nicht – dafür ist viel zu viel Alltägliches dabei.«

»Ich tue schon, was ich kann.« Oxana presste kurz die Lippen aufeinander. »Meine goldenen Schwestern haben jahrhundertelang versucht, eine Seherin in ihre Reihen zu bringen. Ihr könnt euch kaum vorstellen, wie viel Energie sie in dieses Projekt gesteckt haben.«

Sie schüttelte den Kopf und Lunara spürte den Widerwillen, der ihre Freundin dabei überkam.

Vermutlich sind die Goldenen nicht gerade zimperlich gewesen, um dieses Ziel zu erreichen.

»Wie auch immer«, fuhr Oxana fort. »In den geheimen Archiven gibt es jede Menge Material darüber, wie man den Visionsfluss einer Seherin verstärken kann, aber nichts, um ihn zu dämpfen. Das hat unsere Königinnen nie interessiert.«

Schweigen. Neben ihnen zeigte die Zigeunerin ein dynamisches Handballspiel mit einem Zebra-Maskottchen.

»Hmm.« Alexan kratzte sich am Kopf. »Und was ist, wenn wir an der falschen Stelle suchen?«

Unwillig schürzte Oxana ihre rot geschminkten Lippen. »Worauf willst du hinaus?«

»Das weiß ich noch nicht«, räumte der Weiße ein und nippte an seiner Cola.

»Egal, hau einfach raus, Alex!« Lunara nickte ihm aufmunternd zu.

»Mach ich. Also, die bedeutendste Seherin der altvorderen Zeit, die grüne Lonaah, hat ihr Talent mit Hilfe eines Zaubers in die Zukunft geschickt. Und hier ist es!« Alexan zeigte auf Schneewittchen und legte unvermittelt seinen Kopf schief. »Nur mal nebenbei: Wie bedeutend war Lonaah eigentlich?«

»Was genau meinst du damit?«, hakte Lunara nach.

»Wie wichtig war Lonaah im Vergleich zu ihren Schwestern?«, präzisierte der Weiße.

»Für uns ist *jede* Schwester wichtig!«, antwortete sie. »Und zwar ungeachtet dessen, wie groß ihr Talent ist. Die Bedeutung einer Himmelsechse liegt für uns in der Intensität der persönlichen emotionalen Verbundenheit.«

»Oh, wie interessant!« Alexans Augen strahlten. »Menschen messen die Wichtigkeit ihrer Artgenossen häufig in Dollar oder Euro! Verrückt, oder?«

»Nicht unbedingt. Geld ist für die Hautsäcke meist mit Macht verknüpft«, mischte sich Oxana ein. »Aber zurück zum Thema: Alex bezog sich bei Lonaah wohl auf die Größe ihres Talents.«

»Genau. Danke, Oxa!«

»Immer gern.« Ein spöttisches Lächeln umspielte den Mund der Goldenen. »Was das Talent angeht, war Lonaah definitiv die größte Seherin überhaupt. Das jedenfalls geht aus diversen Analysen jener Zeit hervor. Also, Alex, worauf willst du hinaus?«

»Lonaah war eine grüne Himmelsechse«, sinnierte der Weiße.

Stille.

»Ja, und weiter?« Oxana sah ihren Freund an, als wolle sie ihn anschieben, damit er auf den Punkt kam.

Alexan tippte sich an die Stirn. »Und Schneewittchen ist ein Mensch.«

»Offensichtlich!« Die Goldene rollte mit den Augen. »Hast du noch mehr von diesen bahnbrechenden Erkenntnissen?«

Der Weiße ließ sich nicht aus der Ruhe bringen, doch in seiner Miene zeichnete sich Sorge ab. »Was ist, wenn Lonaahs Talent zu groß für Schneewittchen ist?«

Bei der Sphäre, bitte nicht!

Gereizt schob Lunara ihren Becher von sich. »Hatten wir nicht gesagt, dass wir positive Schwingungen wollen?!«

»Wir wollen aber auch eine Lösung«, antwortete Alexan. »Und dafür müssen wir das Problem verstehen, oder nicht?«

»Alex hat recht!«, pflichtete Oxana ihm bei. »Wir müssen dem Ganzen auf den Grund gehen, sonst kommen wir nicht weiter.«

»Mist!« Lunara vergrub ihr Gesicht in den Händen, ließ ihre türkisfarbenen Haare nach vorn fallen und murmelte: »Ich ertrage es einfach nicht, dass die beiden zugrunde gehen.«

»Wir geben alles, um das zu verhindern«, erklärte die Goldene. »Im Übrigen denke ich nicht, dass Alex' Hypothese stimmt. Wäre das Talent tatsächlich zu groß für unser Lieblingsmenschlein, dann hätte es die Kleine schon in ihrer Jugend dahingerafft.«

»Einfühlsam wie immer!«, nörgelte Lunara durch ihre Finger.

Oxana ging nicht darauf ein. »Schneewittchen hat überlebt. Sie kam all die Jahre prima mit ihren Visionen klar. Und dass Bilder von der Dämoneninvasion einen emotional runterziehen, ist vollkommen normal – die gehen ja sogar mir an die Nieren!«

»Stimmt.« Alexan nickte. »Wenn man es genau nimmt, hat erst die Bindung mit Thor Madame Vouh wild gemacht.«

»Super!« Lunara hob ihren Kopf aus den Händen. »Dann ist die Bindung das Problem?«

»Die Bindung ist nie das Problem«, erklärte Oxana, »sondern vielmehr die Lösung. Allerdings kann es in der Anfangsphase etwas turbulent sein.«

Der Weiße hob erstaunt eine Braue. »Oh, wann bist du eine Expertin für Gefährten geworden?«

»In den letzten Monaten.« Die Goldene schaute vom einen zur anderen. »Ihr glaubt gar nicht, wie viele Informationen über Gefährten in den geheimen Archiven gesammelt wurden. Meine Schwestern waren extrem interessiert am Machtzuwachs, den die Bindung für die Beteiligten mit sich bringt. Deswegen weiß ich, dass es Talente gibt, die gefährlich werden und ohne Ausbildung sogar zum Tod der Betroffenen führen können.«

Alexan legte seinen Kopf schief. »Zum Beispiel?«

»Für diese Information reicht deine Freigabe nicht«, meinte Oxana lapidar. »Es ist auch nicht wichtig. Wichtig ist, dass alle Gefährten erst lernen müssen, mit ihren neuen Fähigkeiten klarzukommen. Es geht nicht von heute auf morgen. Das ist ein Prozess!«

»Na großartig!«, murrte Lunara. »Und wie sollen Thor und Schneewittchen diesen Prozess bitte durchlaufen, wenn sie wie abgeschossen rumliegen? Mach endlich die Augen auf, Oxa! Wir sind hier nicht bei den utopischen Ich-will-alles-haben-Analysen in den geheimen Archiven der Goldenen. Das da ist die Realität unserer Freunde!«

»Jetzt übertreibst du aber«, mischte sich Alexan ein. »Wenn der Tee erst wirkt, kommen sie wieder zu sich.«

»Mag sein! Aber die Visionen sind trotzdem da. Und eine Ausbildung ist nicht in Sicht!« Lunara schlug zornig mit der Faust auf den Tisch, sodass die Becher und Gläser hüpften. »Thor und Schneewittchen wollen kein ach wie herausragendes Talent – die beiden wollen einfach bloß ein alltägliches Leben!«

Erschrockenes Schweigen.

Alexan fuhr sich nervös durch seine schwarzen Haare und Oxana starrte Lunara mit großen Augen an. Ja, es keimte regelrecht Bestürzung in der Miene der Goldenen.

Ja, ich bin ziemlich aufbrausend für eine Grüne, aber – bei Matojas Kräutersud – soo schlimm war mein Ausbruch nun auch nicht!

Trotzig starrte Lunara zurück. »Was?!«

»Sag das noch mal!«, forderte Oxana.

»Was denn?«, fragte die Grüne verwirrt. *Dreht sie jetzt vollkommen durch?*

»Mag sein!«, wiederholte Alexan an ihrer Stelle. »Aber die Visionen sind trotzdem da. Und eine Ausbildung ist nicht in Sicht!« Der kleine Weiße biss die Zähne zusammen und schlug seinerseits mit der Faust auf den Tisch. »Thor und Schneewittchen wollen kein ach wie herausragendes Talent – die beiden wollen einfach bloß ein alltägliches Leben.« Dann schaute er die Goldene mit hochgezogenen Brauen an. »Meintest du das?«

»Korrekt«, flüsterte die Goldene wie betäubt, nur um im nächsten Moment aufzuspringen.

»Alltag! Das ist es!« Ihr Stuhl fiel polternd zu Boden. »Verdammt, ich bin so dumm! Ich habe die ganze Zeit in der falschen Abteilung gesucht!«

Ohne ein weiteres Wort drehte sie sich um, stöckelte zur Ausgangstür und weg war sie.

»Aaaaaja«, sagte Lunara und blickte überfordert zu Alexan.

Der runzelte die Stirn. »Oxa ist vieles, aber eines ist sie ganz sicher nicht, nämlich dumm!«

In der nächsten halben Stunde zerbrachen sich Lunara und Alexan die Köpfe darüber, was die Goldene gemeint haben könnte. Doch es blieb bei Spekulationen, denn Oxana ging weder an ihr Telefon noch beantwortete sie eine der Textnachrichten, die Alexan ihr schickte.

»Jetzt hör endlich auf zu tippen!«, stöhnte Lunara. »Du hast ihr Smartphone mit dem astralen Feld gekoppelt, also hat sie deine Nachrichten bekommen. Merkst du nicht, dass sie uns ignoriert?«

»Doch, schon«, jammerte der Weiße, »aber meiner Neugier ist das egal. Oxa hat eine Vermutung und die muss relevant sein!« Er raufte sich die schwarzen Haare. »Es macht mich irre, nicht zu wissen, worum es geht!«

»Ach ja! Die Neugier der Weißen.« Sie lächelte amüsiert. »Sag mal, nimmt die mit dem Alter eigentlich ab bei euch?«

»Nein! Kein Stück. Kannst ruhig Hoggi fragen. Der ist bummelig zweitausend Jahre alt und interessiert sich nach wie vor für *alles*!« Alexan zog ein langes Gesicht und legte sein Handy beiseite. »Ich glaube, Oxa antwortet erst, wenn sie Antworten für uns hat.«

»Was ja eigentlich gar nicht so blöd ist, oder?« Lunara zwinkerte ihrem Freund zu. »Was sollen wir über ungelegten Eiern brüten, hmm?«

»Hast ja recht.«

Neben ihnen präsentierte Madame Vouh nach einem weiteren Kantinenmenü eine Runde grünen Regenwald.

Lunara nutzte die Chance, um ihren Kumpel abzulenken. »Und, Alex? Wo sind die Dämonen?«

»Keine Ahnung.« Immerhin schien sich der kleine Weiße auf die Bilder zu konzentrieren. »Also, falls da welche sein sollten – ich sehe sie nicht! Du etwa?«

»Nein.« Sie sah genauer hin.

Merkwürdig. Die alte Zigeunerin ist erstaunlich friedlich!

Ein seltsames Gefühl von Heimat befiel Lunara beim Anblick dieser Vision.

Ist das ...?

Thorxarr bewegte sich. Er rollte seine Schwingen ein und im nächsten

Moment war sein Geist abgeschirmt.

»Uh-oh!«, keuchte Alexan und sprang auf. »Er wird wach!«

»Ja, scheint so.« Schnell erhob sich Lunara ebenfalls und schob sich vor ihren Freund.

»Er IST wach!«, knurrte Thorxarr auf der Geistesebene, dann öffnete der Drache seine Augen. *»Moin Alex! Besuchst du etwa meine Gefährtin?«*

Das klang zwar verschlafen, aber auch ziemlich drohend.

»Äh … nein! Ich besuche *dich*! Moin Thor! Und Luna!« Der Weiße hüstelte dünn und stolperte rückwärts Richtung Bungalowtür, den Roten nicht einen Wimpernschlag aus den Augen lassend. »Leider muss ich jetzt wieder los. Ähähähähä! Tschüssi!«

»Ihr beide habt über uns gewacht«, stellte Thorxarr etwas wacher fest. *»Genau wie bei der Invasion.«*

»Das machen Freunde so. Oxa war ebenfalls bis eben hier«, erklärte Lunara und erschuf vorsichtshalber einen Schutzschild zwischen Alexan und dem Krieger. »Also, nimm Alex nicht wieder auseinander wie bei unserem letzten Besuch vor drei Wochen. Er will nichts von deinem Mädchen und das weißt du!«

»Mein Hirn weiß das«, gähnte der Krieger, *»aber mein Herz ist sich da nicht so sicher.«*

»Deswegen wiederhole ich es ja.« Lunara spürte, dass der kleine Weiße schon fast beim Ausgang war. »Wenn du noch mal auf ihn schießt, bin ich sauer auf dich!«

»Heute nicht.« Thorxarr ließ seinen Drachenkopf auf die Vorderklauen sinken. *»Dafür ist mein Herz noch viel zu träge.«*

Lächelnd linste er an der Grünen vorbei. *»Danke, Alex! Danke, dass du trotzdem gekommen bist. Grüß Oxa schön von Schneewittchen und mir.«*

Blitz und Donner

Am achten Tag, nachdem der Tee bei Hiltja erneut angesetzt worden war, hatte Madame Vouh sich endlich wieder so weit zurückgezogen, dass die Gefährten sich trauten am Unterricht der Akademie teilzunehmen. In den meisten Kursen wurden sie freundlich begrüßt, doch bei einigen Mitstreitern wuchs ebenfalls das Misstrauen. Hiltja beschloss, nicht so viel darüber nachzudenken. Was in den Köpfen der anderen vorging, konnte sie ohnehin nicht ändern. Dennoch war sie froh, als sie die letzte Einheit des Tages »Magie im Alltag – Tipps und Tricks für Neumagier« hinter sich gebracht hatte und sie sich mit Thor zum Abendessen in der Kantine treffen konnte.

»Madame Vouh hatte recht«, erklärte Thor und leckte sich genüsslich die Finger ab. »Diese Hühnchenschenkel sind wirklich der Hammer! Und das Gemüse – dieser Rabenkohl mit der weißen Petersiliensauce – also, das muss ich selbst auch mal für uns kochen!«

»Das Zeug nennt man Kohlrabi«, korrigierte Hiltja ihren Liebsten.

»Sag' ich doch!«

»Ja, ja!«

Manchmal fragte sich Hiltja, ob ihr Donnergott die Begriffe extra durcheinanderbrachte.

Nein! Wohl eher nicht, entschied sie. *Ich glaube, die deutsche Sprache ist ihm einfach egal.*

Das war auch der Grund, warum Hiltja nur noch Deutsch mit ihm redete und nicht Latein, die Sprache der Drachen.

Dabei mag ich Latein!

So sehr, dass sie die Sprache sogar in Hamburg an der Uni studiert hatte. Der Moment, als sie begriffen hatte, dass Latein nicht tot, sondern höchstlebendig war, gehörte zu ihren absoluten Highlights.

»Dann lass uns öfter auf Latein schnacken!«, forderte Thor und schaute schmatzend auf ihren Teller. *»Isst du den halben Schlägel noch?«*

»Nein, ich bin satt.« Hiltja schob ihren Teller zu ihm rüber. »Du musst Deutsch üben! Irgendwann ist unsere Bindungsphase vorbei. Dann will ich meine Familie wieder mit dir besuchen. Und zwar ohne, dass es Missverständnisse zwischen dir und meiner Mum gibt.«

»Ach. Das war doch keine Absicht, holde Maid.« Der Drache bugsierte das Fleisch auf seinen Teller und ertränkte es in einem See von Chili-Sauce. »Wer soll denn ahnen, dass mit ›Latte‹ was anderes als ein Kaffeegetränk gemeint sein kann?« Er lächelte unschuldig. »Bevor dir die Grünen den Kräutertee verordnet haben, habe ich dir jeden Morgen einen Latte macchiato ans Bett gebracht.«

»Stimmt«, seufzte Hiltja. Ihr Gefährte hatte Claudia beeindrucken wollen und damit angegeben, dass er ihre Tochter täglich mit ›einer Morgenlatte‹ wecken würde.

Tja, beeindruckt war meine Mutter tatsächlich. Allerdings nicht gerade positiv.

Sie unterdrückte ein Kichern und erklärte streng: »Du musst meine Sprache trotzdem üben!«

»Na gut«, brummte Thor halbherzig und wechselte das Thema: »Wie war dein letzter Kurs?«

»Eigentlich ganz gut.« Hiltja kratzte mit der Gabel beiläufig etwas Sauce von ihrem Teller. Dieses weiße Petersilienzeug war wirklich lecker.

Er hob die Brauen. »Und uneigentlich?«

»Uneigentlich geht mir Leonie auf den Senkel!« Genervt legte Hiltja die Gabel auf den Teller. »Sie war vor mir da und hat den anderen lang und breit erzählt, dass sie in Indien dabei war, als ich gebissen wurde.«

»An dem Tag hat sie sich nicht gerade mit Ruhm bekleckert!«

»Tja, so hörte sich das heute aber nicht an.« Hiltja schob den Teller von sich. »Leonie sei es gewesen, die sofort Hilfe geholt hätte! Und dass ich wohl ein besonders empfindliches Immunsystem hätte – außer mir wäre nämlich noch niemand drei Wochen wegen ’nem Rattenbiss ausgefallen.«

»Es waren siebzehn Tage, nicht einundzwanzig«, knurrte Thor. »Und die anderen sind keine Seherinnen. Außerdem sterben die meisten Menschen am Biss einer Chamäleonratte, weil sie nicht rechtzeitig behandelt werden können und sich infizieren!«

»Das weißt du, das weiß ich.« Hiltja griff nach ihrem Nachtisch – Mousse au Chocolat mit Zimt-Vanille-Sahne – und stellte ihn vor sich ab.

Seine Augen verengten sich. »Soll ich mit Amira reden?«

»Bringt das denn was?«

»Wohl eher nicht«, murmelte er und wandte sich wieder seinem Essen zu.

Schweigen.

»Und wie war dein Nahkampftraining?«, erkundigte sich Hiltja. »Hast du wieder gegen Gabriellosch gekämpft?«

Ihr asiatischer Donnergott schüttelte den Kopf. »Nein. Heute bin ich gegen Bruttach angetreten.«

Sie lächelte. »Und? Wie lief es?«

»Ging so.« Thor nagte das Fleisch vom Knochen und wechselte zur Gedankenrede: *»Ich war nicht übel, aber es war keine Sternstunde wie* *beim letzten Mal. Irgendwie ... ich weiß auch nicht. Es schien mir fast, als hätte jemand meine Reflexe in Watte gepackt.«*

»Vielleicht liegt das ja am Tee«, überlegte Hiltja. »Hat Luna nicht sowas angedeutet? Dass sich der Tee über unsere Verbindung ebenfalls auf dich auswirken würde?«

»Hat sie.«

»So ein Mist!« Hiltja schaute ihn zerknirscht an. »Ich möchte dich nicht ausbremsen.«

»Ach, das tust du nicht«, winkte Thor ab. *»Ich bin nur ein Durchschnittskrieger. Passt schon. Das neulich war ein einmaliger Glückstag.«*

Er sah ihr in die Augen und Zärtlichkeit ließ die silbernen Verästelungen im Grau seiner Iriden hell aufleuchten. *»Das, was ich* immer *bin, ist der Drache, der dich liebt.«*

Eine Stunde und fünf von Mr. Donnergott verputzte Portionen Mousse au Chocolat später machten sich Hiltja und Thor auf den Rückweg zum Gästequartier. Der Sommertag war heiß gewesen und zum Ende hin unangenehm schwül. Nun türmten sich am Himmel dicke Wolkenberge auf.

»Wir sollten uns beeilen«, sagte Hiltja mit Blick auf die Gewitterfront. »Da kommt gleich was runter.«

Neugierig schaute Thor zu ihr herab. »Hat Madame Vouh das behauptet?«

»Nein, mein Vater.« Sie beschleunigte ihre Schritte. »Der ist nämlich Landwirt und kennt sich mit dem Wetter aus.«

»Aha. Dabei ist es ganz windstill.«

»Noch. Das ist nur die Ruhe vor dem Sturm. Los, beeil dich! Sonst werden wir nass.«

Es wurde immer dunkler, fast als wollte es Nacht werden.

Hiltja rannte und Thor joggte gemütlich neben ihr her. Inzwischen waren die Wolken tiefschwarz und der Kiesweg zu ihren Füßen im Schummerlicht kaum zu erkennen.

»Warum schaltet sich die Beleuchtung nicht ein?«, schnaufte sie. »Die müsste doch unsere Gedankenmuster erfassen, oder nicht?«

»Keine Ahnung«, antwortete Thor. »Ich glaube, die ist recht träge und braucht ein paar Minuten, wenn das Tageslicht wegbleibt.«

Gemeinsam passierten sie ein Beet mit Pfingstrosen. Aber deren Pracht war Vergangenheit. Lediglich vereinzelte rosafarbene Blütenblätter hingen noch schlapp an den Fruchtständen.

Mann, die sehen echt trostlos aus!

Hinter der Rabatte ragte eine Wand aus Bambushopfen auf. Die Pflanzen raschelten mit ihren Blättern, so als könnten sie das herannahende Unwetter spüren und hätten Angst.

Plötzlich zuckte ein Blitz aus dem Wolkenberg und tauchte die Szenerie in grelles Licht. Ihm folgte ein ohrenbetäubend lauter Knall.

Hiltja spürte, dass der Boden unter ihren Füßen bebte und der Donner vibrierte so heftig in ihren Eingeweiden, dass ihr Herz vor Schreck stolperte. »Meine Herren! Der muss hier ganz in der Nähe eingeschlagen sein!«

»Vermutlich«, bestätigte Thor.

Im nächsten Moment öffnete der Himmel seine Schleusen und ein Wolkenbruch ergoss sich über dem Hungrigen Wolf.

Die Gefährten blieben stehen und starrten einander an.

»Die Prophezeiung!«, sendete Thor. *»Der junge Rote!«*

»Oh nein!« Hiltja machte kehrt. *»Das Quartier von Aer und Lenir liegt in der anderen Richtung. Los!«*

»Wir fliegen«, entschied er.

»Aber das ist auf dem Gelände der Wölfe verboten!«, protestiere sie.

»Tun wir es nicht«, Thor platzte in seine Schuppen, *»kommen wir womöglich zu spät!«*

Ein zweiter Blitz brach aus den Wolken und ließ den Regen funkeln, der auf die Himmelsechse herabprasselte. Bindfädentropfen seilten sich von den dolchlangen Zähnen seines geöffneten Mauls und von den Krallen seiner Klauen auf die Erde hinab. Einen Wimpernschlag darauf zerriss der Donner das Rauschen und ließ Hiltjas Eingeweide abermals erbeben.

»Hab dich!«, grollte der Drache, wobei er Hiltja packte und sich sogleich mit ihr in die Luft warf.

Kaum eine Minute später landete Thor vor dem Quartier der Kommandanten der Wölfe. Im Wohnbereich brannte Licht.

O Gott, da ist jemand!, keuchte Hiltja. *Die alte Zigeunerin hatte recht.*

»Hoffentlich lebt der Kleine noch!«, sendete ihr Gefährte und entließ sie aus seiner Vorderklaue.

Es goss weiterhin wie aus Kübeln. Inzwischen war Hiltja bis auf die Haut durchnässt. Sie rannte zum Eingang und drückte die Klinke, doch die Tür war verschlossen.

»Sie geht nicht auf!«, rief Hiltja und wandte sich zu Thor um, der nun in seiner Menschengestalt hinter ihr stand. »Kannst du sie öffnen?«

Der Krieger rüttelte an der Tür. Ohne Erfolg. »Keine Chance. Die ist versiegelt.«

»Dann entsiegle sie!«, forderte Hiltja und presste ihr Gesicht abgeschirmt mit beiden Händen gegen die Scheibe neben dem Eingang. »Schnell! Da liegt tatsächlich ein roter Drache im Wohnzimmer. Und er bewegt sich nicht!«

»Den Entsiegelungszauber beherrsche ich nicht«, brummte Thor. »Aber ich kann was anderes. Mach Platz!«

Das hörte sich dramatisch an. Umgehend wich Hiltja einige Meter zurück.

Vielleicht hätte Thorxarr die Versiegelungsmagie des Quartiers sogar lösen können, aber derlei Zauber beherrschte er eher schlecht als recht und das Gedankenmuster seines Artgenossen in dem fremden Wohnzimmer wurde mit jeder Sekunde schwächer.

Keine Zeit für Experimente!

Thorxarr verpasste dem Eingang eine saftige Salve. Es krachte, dann quoll Qualm unter dem Vordach hervor und die Tür hing lose in ihren Angeln.

Wunderbar!

Zufrieden schnipste der Krieger das Ding beiseite und stürmte in den Bungalow. Er spürte, dass seine Kleine ihm folgte.

»Lebt er noch?«, fragte sie von hinten. Ihr winziges Herz flattere dabei aufgeregt in ihrer Brust herum.

»So gerade eben«, antwortete er und verwandelte sich in seine wahre Gestalt. Kommandant Lenir war zwar »bloß« ein Schwarzer gewesen, doch als Anführer der Wölfe war das Quartier auf den Besuch aller Rassen eingerichtet und entsprechend großzügig bemessen.

Thorxarr konzentrierte sich auf seinen Kameraden. Dessen Schuppen waren aschfahl wie in der Vision – ein untrügliches Zeichen dafür, dass der Frischling zu viel seiner körpereigenen Astralenergie eingebüßt hatte. Nur ein Quäntchen mehr, und er wäre bereits auf dem Weg zu ihren Ahnen.

»Ich muss meine Kraft mit ihm teilen«, erklärte Thorxarr, *»sonst ist es aus mit ihm.«*

Er schloss die Augen und tastete sich an den Meridianen des Jungdrachen entlang bis hin zu dessen Astraldepots. Wie erwartet waren sie ausgedörrt.

Die Feuer unserer Vorfahren haben noch zu warten, mein Freund!

Behutsam leitete Thorxarr einen Teil seiner körpereigenen Energie zu dem jungen Roten hinüber.

Nein, hier wird heute nicht gestorben!

Hiltja hatte ihren Gefährten beobachtet. Er nahm eine Art Erstversorgung bei dem Roten vor.

Wird das reichen?

Da ihr Gefährte Soldat war und kein Mediziner, sendete sie so kraftvoll, wie sie konnte: *»HILFE! WIR BENÖTIGEN EINEN HEILER IM QUARTIER VON AER UND LENIR! JUDE? HÖRST DU MICH? WIR BRAUCHEN DICH! SOFORT! IM QUARTIER DER KOMMANDANTEN DER WÖLFE!«*

Sie wartete die Antwort nicht ab, sondern fischte ihr Smartphone aus dem tropfenden Rucksack. In der Chatgruppe »Die Heiler der Seherin«, in der unter anderem Linea, Eliande, Jude und Lunara Mitglieder waren, postete sie:

28. Juni

Schneewittchen:

HILFE!!! Wir brauchen sofort einen Heiler im Gefährtenquartier von Aer und Lenir auf dem Hungrigen Wolf!

Das ist kein Scherz! Es ist ein Notfall!

Besorgt schaute sie von ihrem Handy auf und zum Jungdrachen hinüber.

Seine Schuppen haben schon etwas mehr Farbe, oder bilde ich mir das nur ein?

Hiltja räusperte sich. »Er wird doch wieder, oder, Th…?«

Plötzlich riss knapp unter der Zimmerdecke die Sphäre auf und spuckte eine konzentriert rote Präsenz in die Welt. Einen halben Atemzug später war die Erscheinung verschwunden. Dafür stand in der hinteren Ecke des Wohnbereichs ein hochgewachsener Mann in einem Nadelstreifenanzug. Mit Hut.

Das ist Grimmarr!, durchzuckte es Hiltja. *Der König der Roten. Aber ... den hatte ich doch gar nicht gerufen!*

»Guten Abend!« Der Neuankömmling lupfte höflich die Kopfbedeckung und entblößte damit seinen blonden Militärhaarschnitt. »Dürfte ich erfahren, was hier vor sich geht?«

Thor fauchte neben Hiltja. Sie fühlte, dass ihr Gefährte den Astralstrom abreißen ließ und drohend Schwingen und Halskrause aufplusterte.

»Oberster Heeresführer hin oder her!«, knurrte er. *»Bleib meiner Gefährtin vom Leib!«*

Ein Funkeln blitzte in Grimmarrs Augen. Er setzte zu einer Antwort an, aber eine barsche Stimme kam ihm zuvor.

»Reiz ihn nicht, König!«, befahl Bruttach vom Eingang her. »Unser Seherpaar befindet sich in einer kritischen Phase.«

»Keine Sorge, Bruce«, winkte Grimmarr ab, »ich habe meine Lektion in Sachen ›Gefährteneifersucht in der Bindungsphase‹ gelernt.«

»Wirklich?«, spottete Jude, der hinter dem Ausbilder eintrat. »Was machst du dann hier? Die Akademie der Wölfe gehört nicht zu deinem Terrain.«

Er kniete neben Thor nieder und begann mit der Untersuchung des Jungdrachen.

»Och, ich war bloß neugierig«, entgegnete Grimmarr im Plauderton. Er zeigte mit seinem Hut auf den bewusstlosen Drachen. »Wie schaut es mit der Weichschuppe aus?«

»Keine akute Lebensgefahr«, murmelte Jude.

Der König lächelte. »Fein!«

»Mein Gefährte hat recht«, mischte sich Bruttach ein. »Du solltest nicht hier sein, Grimmarr. Was willst du?«

Die Augen des Königs wurden schmal. »Jaguar war *meine* Schülerin.

Die Versiegelung ihres Quartiers habe ich nach der Gedenkfeier persönlich vorgenommen. Ich war so frei, dem Zauber ein kleines Extra hinzuzufügen. Und so wurde ich informiert, als meine Magie aufgehoben wurde … nun ja«, er starrte mit gerunzelter Stirn zur deformierten Haustür hinüber, die schräg in die Garderobe geknallt war und dort immer noch vor sich hin schwelte. »Ähm … ich glaube ›zerbombt‹ trifft es besser.« Grimmarr hüstelte dünn. »Also, der *verdampfte* Versiegelungszauber ließ meine Alarmglocken schrillen. Ich fragte mich: ›Wer würde es wagen, das Quartier von Jaguar und Nachtfalke zu entweihen?‹«

Bei diesen Worten guckte er lauernd von Hiltja zu Thor.

»Übertreib es nicht!«, warnte eine fremde Stimme in ihrem Rücken.

Hiltja schaute über ihre Schulter und sah, dass ein Mann und eine Frau den Bungalow betraten.

Wer ist das?

Sie kannte die zwei irgendwie.

Vermutlich hat Madame Vouh sie mir irgendwann gezeigt – so wie Millionen andere.

Hiltja musterte die beiden. Er schien ein Schwarzer zu sein und sie seine Gefährtin. *Dann müsste ich ihnen bereits begegnet sein. Oder wohnen sie nicht bei den Wölfen?*

Eine diffuse Ahnung dämmerte durch ihren Geist.

Während das schwarze Paar an Bruttachs Seite eilte, war ihr Donnergott damit beschäftigt, seinen König anzufauchen.

»Wer ist das?«, erkundigte sich die brünette Frau und deutete auf den jungen Roten.

»Keine Ahnung«, murrte Jude, »aber er wird durchkommen.«

»Und was treibt die Jungschuppe hier?«, bohrte sie nach.

Niemand antwortete.

Der Gefährte der Frau wandte sich an Hiltja: »Du bist die Seherin. Was habt ihr hier zu suchen? Warum bei der Sphäre brecht ihr in fremde Quartiere ein?«

Nun widmete Thor den Neuen doch seine Aufmerksamkeit.

»Was geht euch das an?«, grollte er gereizt, bevor ihm klar wurde, wen er da vor sich hatte: Jaromir und Victoria Abendrot – das Königspaar der schwarzen Drachen.

»Oh!«

Sogleich schrumpfte der Krieger peinlich berührt in sich zusammen und dachte, sodass Hiltja es hören konnte: *Jaromirs Ehrenname lautet Dämonentod und der von Victoria Wahrseherin. Angeblich kann sie jede Lüge entlarven. Die beiden sind legendär! Es gibt niemanden in unserer Gesellschaft, der nicht mit dem größten Respekt von ihnen spricht.*

»Es geht uns eine Menge an!«, unterstrich Victoria und ließ ihren Blick erwartungsvoll durchs Quartier schweifen, so als würde sie jemanden oder etwas suchen. »Aer und Lenir sind unsere Freunde. Ich habe über der Sprungmarke einen Bewegungsmelderzauber installiert, um informiert zu werden, sobald sie zurückkommen.«

»Sie sind nicht hier«, erklärte Hiltja und beobachtete, wie die Hoffnung im Gesicht der schwarzen Königin Enttäuschung wich.

Ihr Gefährte schien die Emotionen zu teilen. Aufgewühlt deutete er auf die zerstörte Tür. »Wenn sie nicht hier sind, was soll dann das Chaos?«

»Ja, das würde mich auch interessieren«, meinte eine Stimme mit skandinavischem Singsang vom Eingang her.

Tyra! Uff, ein Glück!

Hiltja atmete auf.

»Moin!«, grüßte Gabriellosch. Gemeinsam reihten sich die Anführer der Wölfe neben dem schwarzen Königspaar ein und Gabriellosch grinste breit in die Runde: »Bestes Wetter für einen Abendspaziergang, was?«

Draußen goss es noch immer in Strömen.

Und warum sind die alle trocken?

Hiltja fröstelte. Sie war tropfnass und hinterließ Pfützen unter ihren durchweichten Sneakers.

»Thor, wende den Klimazauber auf deine Gefährtin an!«, forderte

Tyra. »Einen Schnupfen kann Schneewittchen nach dem Theater der letzten Tage sicher nicht brauchen.«

Der Krieger nickte. *»Tut mir leid, mein Herz, dass ich nicht von allein dran gedacht habe.«*

Im nächsten Moment wurde Hiltja von einem mollig warmen Luftstrom umschmeichelt und kurz darauf stiegen kleine Wölkchen von ihrer Kleidung auf.

»Danke!«

»Immer gern!« Er schenkte ihr ein zärtliches Lächeln.

»Genug Süßholz geraspelt!«, schnaubte Victoria und wirkte dabei überaus befehlsgewohnt. »Ich will endlich wissen, was hier los ist!«

»Das wollen wir alle«, entgegnete Tyra ruhig.

»Dies ist die Akademie der Wölfe«, stellte Gabriellosch klar. »Meine Gefährtin und ich regeln die Dinge auf *unsere* Weise.«

Er hatte seine Stimme nicht erhoben, doch seine Haltung und Mimik machten jedem in diesem Raum klar, dass außer Tyra und ihm niemand etwas zu melden hatte.

Er degradiert die anderen mal eben zu geduldeten Gästen!, staunte Hiltja. *Selbst den roten König und der ist immerhin sein Oberbefehlshaber! Das ist krass.*

»Wir Wölfe sind unabhängig«, erklärte Thor ihr auf der privaten Frequenz. *»Lediglich bei großen militärischen Einsätzen werden wir Grimmarrs Kommando unterstellt.«*

Das beruhigte Hiltja ungemein, denn die Stimmung in dieser Runde war nicht gerade freundlich.

Tyra sah sich um und wandte sich dann höflich dem Seherpaar zu. »Also, ihr zwei, was ist passiert?«

Thor zuckte, als wollte er salutieren, ließ es dann aber doch. Stattdessen beäugte er den Nadelstreifenanzugträger auf der anderen Seite des Wohnbereichs grimmig. Hiltja spürte, dass er dem roten König nicht über den Weg traute und Sorge hatte, dieser könnte ihm sein Mädchen abspenstig machen, weil er es für sich selbst wollte.

Oh Mann! Thor hat dringendere Probleme – er wird nicht antworten.

Zu dem Schluss waren auch die anderen gekommen, denn alle starrten Hiltja an, sodass sie notgedrungen ihren Mund öffnete.

»Wir … ähm … also, wir mussten ihn retten!« Sie zeigte auf den Jungdrachen, der blass am Boden lag, sich jedoch immerhin schon wieder ein wenig regte.

»Vor wem?«, bohrte Victoria nach, was ihr einen warnenden Blick Tyras einbrachte.

»Dem Tod«, entgegnete Hiltja etwas sicherer. Sie hatten nichts verbrochen, sondern bloß helfen wollen. »Ohne Thors Astralspende wäre der Kamerad gestorben.«

Abwartendes Schweigen füllte das Quartier der Kommandanten.

»Die Seherin hat recht«, sprang ihr Jude unverhofft bei.

Er meint es gut mit mir.

Hiltja ahnte, dass er bewusst ihren Titel und nicht ihren Spitznamen verwendet hatte, um ihre Bedeutung vor den anderen hervorzuheben.

»Der Jungdrache«, führte der Heiler weiter aus, »wäre vor wenigen Minuten beinahe an Astralschwäche zugrunde gegangen. Ohne Hilfe wäre er jetzt auf dem Weg zu den Ahnen.«

»Dann ist *er* hier eingebrochen?« Grimmarr furchte seine vernarbte Stirn.

»Nein, das war ich«, knurrte Thor und raschelte mit seinen Schwingen.

»Wirklich?!« Ironie flutete das Gesicht des Königs. »Ja, richtig! Ich ziehe es auch immer vor, einen halben Bungalow wegzusprengen, anstatt 'nen Versiegelungszauber zu entfernen!«

Prompt wallte Zorn durch Thors Aura. Er richtete sich auf und sendete stolz: *»Ich mag weder Kunstmagier noch ein Stratege sein. Aber ich bin in kritischen Situationen durchaus dazu in der Lage, Entscheidungen zu treffen! Dieser Kamerad«*, er nickte respektvoll zum Jungdrachen herab, *»stand an der Schwelle des Todes und die Tür«*, nun warf er einen verächtlichen Blick auf das qualmende Ding in der Garderobe, *»stand zwischen uns!«*

»Also eins ist klar«, meinte Gabriellosch trocken. »Die Tür steht nie wieder zwischen irgendwas!«

Thor ging nicht darauf ein, sondern schaute herausfordernd zu Grimmarr hinüber. *»Ich zog es vor, die Tür verrecken zu lassen als einen von uns!«*

»Horraxx!«, riefen alle Krieger und auch deren Gefährten.

Selbst Hiltja kam der Gruß der Roten über die Lippen.

»Du hast richtig gehandelt«, befand Gabriellosch. »Trotzdem müssen wir deinen Stundenplan anpassen. Das Lösen von Zaubern sollte auch ein Soldat beherrschen.«

Thor quittierte den Hinweis mit einem Nicken, ließ Grimmarr dabei jedoch nicht aus den Augen.

Tyra rieb sich das Kinn. »Sagt mal, kannten Aer und Lenir unseren jungen Freund hier?«

Schweigen, gefolgt von kollektivem Kopfschütteln und durcheinander gemurmelten Kommentaren.

»Nicht, dass ich wüsste.«

»Keine Ahnung.«

»Woher denn auch?«

»Wer ist das überhaupt?«

Die kleine Schwedin lächelte. »Finden wir es heraus. Jude, kannst du ihn wecken?«

»Negativ!«, antwortete der. »Er ist zwar unverletzt, doch seine Depots müssen aufgefüllt werden.«

»Also gut.« Seufzend trat Victoria auf den Drachen zu und berührte ihn am Rücken.

»Was tut sie denn da?«, fragte Hiltja Thor alarmiert. *»Ich dachte, wir menschlichen Gefährten haben viel weniger körpereigene Astralenergie als ihr Himmelsechsen! Wenn sie das durchzieht, kippt Victoria gleich aus den Latschen.«*

»Tut sie nicht«, erwiderte er. *»Erstens ist die Königin der Schwarzen weitaus astralmächtiger, als es ihre zarte Statur vermuten lässt, und zweitens ist sie das einzige Wesen der Welt, das die körpereigene Kraft mit Umgebungsmagie auffüllen kann.«*

»Oha!«

»Ich sagte ja, sie ist legendär!«

»Also«, grübelte Tyra, »wenn du es warst, Thor, der die Tür geöffnet hat, dann muss der Jungdrache durch die Nebel gesprungen sein.«

»Was bedeuten würde«, schlussfolgerte Grimmarr, »dass er dieses Quartier gekannt haben muss.«

»Das kann ich mir kaum vorstellen«, widersprach Jaromir. »Wo sollten Aer und Lenir den Kleinen kennengelernt haben? Er ist so jung – er wird den Stützpunkt der Roten noch nie verlassen haben.«

»Stimmt«, brummte Bruttach. »Aber irgendeine Verbindung muss es geben!«

»Und was ist mit der Sprungmarke?« Tyra deutete auf das Bodenmosaik, das an einer Stelle unter dem Körper der Himmelsechse hervorschaute. »Kann er von ihr gewusst haben?«

»Woher denn?« Grimmarr schüttelte seinen Kopf. »Diese Marke wird nirgendwo öffentlich gelistet. Lediglich der obersten Führungsriege und den engsten Freunden von Aer und Lenir ist sie bekannt. Ich kann mir beim besten Willen nicht vorstellen, dass die Weichschuppe in eine der beiden Kategorien fällt.«

»Und doch ist er hier«, erwiderte Tyra schlicht.

»Hört auf zu spekulieren.« Victoria trat von dem Drachen zurück. »Fragt ihn selbst!«

Einen Atemzug später riss der Rote die Augen auf und versuchte sich hochzurappeln.

»Ubi sum?« Panisch warf er seinen Kopf umher. *»Ubi sum?!«*

Das war Latein und hieß: »Wo bin ich?«

»In Academia Luporum es«, erklärte Jude ruhig. »In tuto es. Nemo tibi dolorem afferet!«

Übersetzt: »Du bist an der Akademie der Wölfe. In Sicherheit. Niemand wird dir etwas tun!«

Nun wechselten alle in die Sprache der Drachen.

»Wie heißt du?«, verlangte Grimmarr zu wissen. »Und wer ist dein Ausbilder?«

»Mein Name ist Brokxarr.« Der junge Rote wandte sich zu ihm um. »Maxxorr ist mein Vorge… bei der Sphäre! Du bist der König!« Er stand stramm und salutierte.

Wie jetzt?, wunderte sich Hiltja und fragte ihren Gefährten auf der privaten Frequenz: *»Läuft Grimmarr auf dem Stützpunkt etwa in seiner Menschengestalt herum?«*

»Gewiss nicht!« Thor schnaubte verächtlich. *»Brokxarr wird die Oberbefehlshaber-Rune in der Aura erkannt haben.«*

Auf der Geistesebene zeigte er ihr das astrale Rangabzeichen, das direkt neben einem zweiten schimmerte, welches an ein Wiesel erinnerte.

»Die armeeinternen Angelegenheiten kannst du später klären, Grimmarr!«, mischte sich Victoria ein. »Wie bist du hierhergekommen, Brokxarr?«

»Ich weiß nicht.« Der Kopf des Jungdrachen schwenkte zurück in Hiltjas Richtung. Er war zwar etwas kleiner als der von Thor, aber trotzdem riesig und hing nun bummelig acht Meter über dem Boden in der Luft. Die Königin der Schwarzen stand nur wenige Schritte von Hiltja entfernt und als sich das Drachenhaupt zu Victoria herabsenkte, beschleunigte sich direkt Hiltjas Puls.

»Bleib meiner Gefährtin vom Leib!«, fauchte Thor und spreizte drohend seine Schwingen.

»Verwandeln!«, befahl Grimmarr. »Und neben mir Aufstellung beziehen!«

»Jawohl!«

Brokxarr schien sich zu konzentrieren. Im nächsten Moment verkürzte sich sein Schwanz. Dann verschwanden die Schwingen und er schrumpfte als Ganzes, wobei sich seine echsischen Körperteile nacheinander in stockenden Bewegungen in menschliche verwandelten.

Oh!, staunte Hiltja. *Das ist kein Vergleich zur kraftvollen Dynamik, wenn Thor das macht!*

»Danke, holde Maid!«

Schließlich stand ein junger Mann in einer Flecktarnuniform auf der

Sprungmarke und marschierte auf seinen Vorgesetzten zu, neben dem er ehrfürchtig Haltung annahm.

»Also noch einmal, Brokxarr!«, forderte Victoria. In ihrer Stimme schwang Ungeduld mit. »Wie bist du in dieses Quartier gekommen?«

»Ich ... ich war plötzlich hier«, sendete der Rote. *»Dabei dachte ich, ich müsste sterben!«* Aufgewühlt schaute er an sich herab. *»Aber ich lebe noch. Das hier sind doch nicht die Hallen unserer Ahnen, oder?«*

»Nein, du bist an der Gefährtenakademie in Deutschland, bei den Wölfen«, wiederholte Gabriellosch. »Du bist quicklebendig!«

Die Augen des Jünglings wurden groß. *»Du bist der Adler?!«*

»Ja.«

Sein Blick wanderte zu Tyra weiter. *»Und du der Skorpion!«*

Die kleine Schwedin grinste. »Genau.«

»Wir hätten hier auch noch die Seherin mit ihrem Gefährten Thorxarr«, erklärte Victoria spöttisch, »dazu Bruttach und Jude. Ich bin Victoria und das ist Jaromir.«

Brokxarr starrte das schwarze Königspaar ungläubig an. *»Ich werd' verrückt! Flammenhaar und Dämonentod!«*

Flammenhaar? Diesen Namen hatte Hiltja noch nie gehört. *»He, Thor! Meint er etwa Victoria damit?«*

»Korrekt. Das ist einer ihrer Ehrennamen.«

»Wie kommt ihr denn auf sowas?«

»Ganz einfach«, entgegnete ihr Gefährte. *»Sie ist dermaßen astralstark, dass ihr magisches Feuer aus den Meridianen schießt, wenn ihr ein Zauber entgleitet.«*

»Klingt dramatisch!«

»Das ist es.« Thor schickte ihr eine fremde Erinnerung, in der blassblaue Flammen wie eine wilde Lockenmähne über Victorias Kopf züngelten. *»Dieses Menschlein kann sogar einem von uns gefährlich werden. Gerüchte besagen, dass sich nicht mal mein König mit ihr anlegt. Und das will was heißen!«*

»So, Brokxarr«, fuhr Victoria fort. »Nachdem du jetzt weißt, mit wem du es zu tun hast, würde *ich* gern von dir wissen, was passiert ist!

Wurdest du teleportiert?«

»Ich bin mir nicht sicher«, antwortete der junge Rote.

Hiltja hatte den Eindruck, dass er jetzt noch verunsicherter war als vorher.

Kein Wunder! Die Leute in diesem Raum schüchtern mich auch ein. Alle sind so ›legendär‹, dass mein Liebster Schnappatmung kriegt!

»He!«, protestierte der Liebste.

»Ist doch wahr.«

»Bei Abrexars grauen Schuppen!«, stöhnte Victoria. »Brokxarr, du musst doch irgendwas wissen!«

»Natürlich weiß er was«, ergriff Tyra das Wort und wandte sich mit einem freundlichen Lächeln an den Jungdrachen. »Immer locker bleiben – dich frisst schon keiner. Erzähl mir einfach, woran du dich erinnern kannst.«

Der Rote nickte und guckte im nächsten Augenblick ziemlich betreten aus der Wäsche. *»Ich ... ähm ...«*

Er brach ab und schwieg.

»Warum spricht dein Kamerad eigentlich nicht laut?«, erkundigte sich Hiltja auf der persönlichen Frequenz.

»In unserer wahren Gestalt können wir uns aus anatomischen Gründen nicht über hörbare Schallwellen äußern«, erläuterte ihr Gefährte. *»Und wie du bei seiner Verwandlung sehen konntest, hat die Weichschuppe wenig Erfahrung mit seiner Menschengestalt.«*

»Aha.« Hiltja konnte spüren, dass Thor ihr Interesse an dem jungen Krieger kein Stück gefiel. Entsprechend verkniff sie sich lieber weitere Fragen.

Victorias Lippen kräuselten sich vor Ungeduld.

»Ich ... bin ...«, druckste Brokxarr nun herum und senkte beschämt den Kopf. *»Ich bin in die Nebelsphäre gesprungen. ... Ohne ein klares Ziel vor Augen zu haben. Da habe ich Panik gekriegt und nach einem Ausweg gesucht.«* Seine Gedankenstimme wurde dünn. *»Ich war mir sicher, ich würde sterben, als plötzlich ein Schatten heranrauschte.«* Er schaute auf. *»Ein Dämon! Zumindest dachte ich das. Dann konnte ich*

auf einmal diesen Ort durch die Weltenhaut schimmern sehen. Mit letzter Kraft schlitzte ich sie auf und schlüpfte aus der Sphäre. Hierher!« Er zeigte mit ausgestrecktem Arm auf die Sprungmarke.

Stille breitete sich im Kommandantenquartier der Wölfe aus.

»Der Schatten«, hakte Victoria nach, »wie genau hat der ausgesehen?«

»Wie ein Schatten eben: diffus und dunkel«, erwiderte Brokxarr. *»Ich weiß es nicht genau. Ich hatte ... Angst.«*

»Erinnere dich!«, befahl Victoria. »Wie groß war der Schatten?«

Ein Schauer lief über Hiltjas Rücken. Die Königin der Schwarzen bohrte ihren Blick förmlich in den Kopf des jungen Roten.

Uh! Hoffentlich sieht sie mich nie so an!

Brokxarr schluckte. *»Ich dachte erst, es sei einer dieser furchtbaren Kreischknochenknacker. Aber dann erschien er mir doch irgendwie kleiner.«*

Schweigen. Victorias Blick wurde schärfer.

»Lass gut sein, Vici!«, unterbrach Jude das Verhör. »Brokxarr hat eine traumatische Erfahrung hinter sich. Er *kann* dir nicht mehr berichten!«

»Ich weiß«, seufzte die Königin. Und zum zweiten Mal an diesem Abend wich die Hoffnung in ihrer Miene einer tiefen Enttäuschung.

»Sagt mal«, wandte sich Tyra an Hiltja und Thor, »woher wusstet *ihr* eigentlich, dass er hier ist? Dieser Bungalow liegt nicht gerade auf eurem Weg. Hattest du eine Vision, Schneewittchen?«

»Ja.« Hiltja nickte.

»Was genau hast du gesehen?«, erkundigte sich Jaromir.

Linea hatte immer betont, dass die Visionen einer Seherin nicht für andere bestimmt waren – insbesondere solche Vorahnungen, die über Alltagsthemen hinausgingen. Und bei dem Staraufgebot war das hier zweifellos der Fall.

»Madame Vouh hat mir das Gewitter gezeigt.« Hiltja verschränkte die Arme vor ihrer Brust. »Und wie Brokxarr über der Sprungmarke aus der Sphäre schlüpft und zusammenbricht. Mehr nicht.«

Vage spürte sie, dass die Zigeunerin ihr etwas mitteilen wollte, doch der Tee machte die Alte mundtot.

»Keine Schatten?«, fragte Victoria und richtete ihren aufgewühlten Blick nun auf die Seherin.

»Keine Schatten!«, antwortete Hiltja fest. Sie war froh, dass das der Wahrheit entsprach.

»Schön!« Grimmarr löste sich aus seiner Ecke und setzte seinen Hut auf. »Wenn das so ist, machen Brokxarr und ich jetzt den Abflug. Es gibt da nämlich einen Ausbilder, mit dem ich ein Wörtchen zu reden habe!«

Victoria verzog unwillig ihren Mund. »Bist du sicher, dass ihr sofort aufbrechen wollt? Die Astralenergie hatte noch keine Zeit, sich in Brokxarrs Depots zu setzen. Du weißt selbst, wie unerbittlich die Sphäre ist!«

»Meine Rasse ist unempfindlich, was Verletzungen und Sprünge durch die Nebel angeht«, erwiderte Grimmarr mit einem arroganten Lächeln auf dem vernarbten Gesicht. »Er ist ein Roter und ich bin bei ihm. Mit dem Sammeln von Grenzerfahrungen kann ein Krieger gar nicht früh genug beginnen. Aber hab Dank für deine Sorge, Flammenhaar!«

Jude schnaubte verächtlich.

Der rote König ging nicht darauf ein. Stattdessen schaute er in die Runde. *»Bis wir wissen, womit genau wir es hier zu tun haben, rate ich dringend dazu, die Ereignisse dieses Abends unter Verschluss zu halten.«*

Alle Führungskräfte sendeten Zustimmungsbekundungen.

Na, die sind ja witzig! Hiltja zeigte auf die noch schwach qualmende Eingangstür in der Garderobe. »Und was ist damit?«

»Guter Hinweis, Schneewittchen«, lobte Grimmarr.

»Außerdem hat unsere Seherin einen Notruf gesendet«, merkte Bruttach an. »Und seit wir hier sind, brennt die ganze Zeit Licht. Das wird jemand mitbekommen haben. Wir brauchen eine Erklärung.«

»Sehr schön.« Grimmarr rieb sich breit grinsend die Hände. *»Räumt den Bungalow. Im Eingangsbereich schlägt gleich der Blitz ein!«*

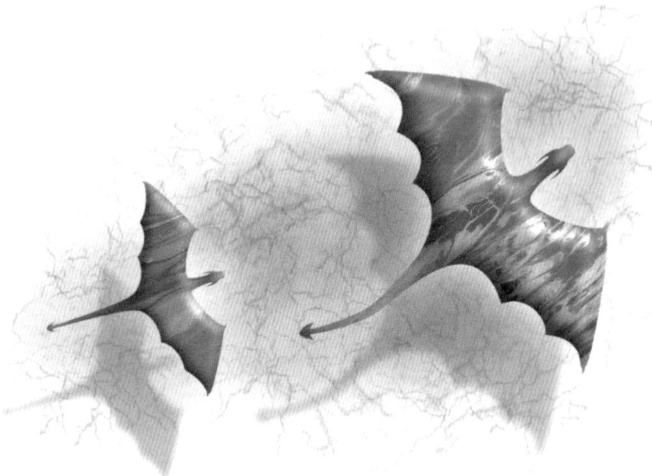

Hoffnung garniert mit scharfer Sauce

Einige Stunden später besuchte der rote König die Zitadelle der Schwarzen. Victoria und Jaromir empfingen ihn in einem der Konferenzzimmer für Menschen.

»Wir können auch in eine der Hallen gehen«, bot Victoria an. »Die Zeiten, in denen ihr Drachen euch verborgen habt, sind vorbei. Warum das wahre Ich hinter einer humanoiden Fassade verstecken?«

»Aus Respekt.« Grimmarr legte seinen Hut auf dem großen, blankpolierten Ebenholztisch ab und deutete eine Verbeugung vor der schwarzen Königin an. »Auf Persönlichkeiten wie dich und Dämonentod sollte nicht einmal ein Roter herabschauen. Euch gebührt Augenhöhe in jeder Hinsicht, findest du nicht?«

»Alter Schmeichler«, winkte Victoria ab. »Du willst doch nur wieder was zu essen abstauben! Und in deiner Drachengestalt sind die Zimtschnecken bloß was für 'n hohlen Zahn.«

»Es geht mir um Respekt«, beharrte der Rote, dann huschte ein lauernder Zug über seine Miene. »Aber gegen einen kleinen Imbiss hätte ich in der Tat nichts einzuwenden.«

»Wie immer? Hauptgang mit Nachtisch?«, spottete Jaromir.

Grimmarr nickte bescheiden. »Zu gütig.«

Victoria orderte das Gewünschte in der Küche via Gedankenrede und deutete auf den Esstisch. »Setz dich. Dein Essen kommt in zehn Minuten.«

Der Rote tat wie geheißen. »Danke.«

Unterdessen holte Jaromir fünf Wassergläser von der Ebenholzkommode an der Wand und platzierte sie auf dem Tisch. Victoria stellte zwei Flaschen Wasser dazu, einmal mit und einmal ohne Sprudel.

»Nanu?«, wunderte sich Grimmarr. »Erwartet ihr weitere Gäste?«

»Ja«, entgegnete Victoria und legte dessen Hut auf die Kommode. »Du bist nicht der Einzige, der sich bei uns durchfuttert.«

Die Augen des Roten wurden schmal. »Ich wollte mit euch über den Vorgang während des Gewitters sprechen.«

»Auch damit bist du nicht allein«, seufzte Victoria.

Grimmarr hob eine Braue. »Wollten wir die Ereignisse nicht unter Verschluss halten? Die Nacht ist nicht einmal zur Hälfte vorüber!«

»*Du* wolltest das«, korrigierte Jaromir. »Und wir stimmen mit dir darin überein, doch …«

»… dummerweise machen schon die ersten Gerüchte die Runde.« Victoria schenkte Wasser ein – zwei Mal still, drei Mal mit Sprudel – und nahm gegenüber des roten Königs Platz.

»Fein!« Grimmarr nippte an seinem Sprudel. Es war offensichtlich, dass ihm das kein Stück gefiel. »Und wer wird noch kommen?«

»Wir sind schon hier«, sendete eine Gedankenstimme flüchtig wie ein Windhauch.

Im nächsten Moment wurden neben dem Roten zwei Japaner sichtbar, ein Mann und eine Frau.

»Bei allen Blutkratzern!«, keuchte Grimmarr. »Was schleicht ihr euch immer so an?!«

»Das liegt in unserer Natur«, wisperte die Frau. *»Guten Abend,*

Oberbefehlshaber.«

»Guten Abend, Aiko.« Der rote König nickte ihr zu. »Und auch dir einen guten Abend, Telliar. Also, was für Gerüchte haben sich verbreitet?«

»Wir hörten von einem roten Krieger mit göttlichen Ambitionen«, säuselte Telliar und seine Gefährtin ergänzte: *»Einem, der wie Zeus Blitze vom Himmel schleudert.«*

»Kann gar nicht sein!«, murrte Grimmarr. »Das Gewitter war noch in vollem Gange – mich hat niemand gesehen.«

»Doch. Wir«, wisperten die Japaner.

»Ihr?!« Der Rote warf Victoria und Jaromir einen verärgerten Blick zu. »Ihr habt eure Erinnerungen mit euren Spitzeln geteilt.«

»Haben wir nicht«, widersprach die Gastgeberin. »Jaro und ich waren einverstanden mit der Nachrichtensperre. Etwas mehr Respekt bitte!« Insgeheim freute sie sich, dass der Krieger die Nachrichtenoffiziere ebenso wenig bemerkt hatte wie sie oder ihr Gefährte. Aiko und Telliar waren unsichtbarer als Geister.

Ich weiß nicht, wie sie es hinbekommen, aber man vergisst einfach ihre Anwesenheit – sogar, wenn sie einem genau gegenübersitzen.

»Dann wart ihr vor Ort«, schlussfolgerte Grimmarr und starrte die Japaner an. »Wie bei Abrexars grauen Schuppen habt ihr davon erfahren?!«

»Mysterien sind unser Geschäft«, flüsterte Aiko.

»Pah! Nicht einmal ihr könnt überall sein!« Der Rote runzelte misstrauisch die Stirn.

»Geräuschmeldezauber sind auch recht hilfreich«, fügte Telliar hinzu und grinste.

»Wer hat das Quartier meiner Schülerin eigentlich *nicht* beobachtet?«, knurrte Grimmarr.

»Das würde mich auch interessieren«, meinte Victoria, »aber zurück zum Thema.«

»Was ist da heute Abend passiert?«, fragte Jaromir und schaute in die Runde. Sein Blick blieb am Roten hängen. »Warum ist die Weichschuppe überhaupt in die Sphäre gesprungen? Bei euch auf dem Stützpunkt war es zu der Zeit mitten in der Nacht. Wurde Brokxarr von irgendwas in die Nebel gelockt?«

»Nein, da kann ich euch beruhigen«, winkte Grimmarr ab. »Das war lediglich verletzter Stolz gepaart mit Gruppenzwang und Inkompetenz. Brokxarr ist aus freien Stücken gesprungen.«

Mitgefühl breitete sich in Victoria aus. Die Nebel waren erbarmungslos und grausam. Und vor allem verzieh die Sphäre keine Fehler. Ihr Gefährte teilte ihre Gedanken und murmelte: »Er war noch nicht bereit für seinen Solosprung.«

»*Das* ist offensichtlich«, schnaubte Grimmarr. »Viel interessanter finde ich da die Begegnung mit dem Schatten. Was war das?«

Schweigen.

In Victorias Bauch kribbelte es.

»Oder *wer* war das?«, wagte sie einen Vorstoß und versuchte die Hoffnung, die in ihr keimte, zu unterdrücken. Ohne Erfolg. »Was, wenn Aer und Lenir doch überlebt haben?«

»In der Nebelsphäre kann kein Erdenwesen mehr als ein paar Minuten überleben«, schob Jaromir ihre eigenen Zweifel hinterher. »Das ist uns bewusst! Dennoch: Der Jungdrache ist im Quartier unserer Freunde gelandet. Auf einer Sprungmarke, die geheim war! Woher sollte Brokxarr dieses Wissen haben, wenn nicht von Aer und Lenir?«

Wieder breitete sich Stille im Konferenzraum aus und nährte die Hoffnung in Victorias Brust.

Aer und Lenir haben sich geopfert, damit wir überleben! Sie dürfen einfach nicht tot sein!

»Es ist nicht unsere Schuld«, versuchte Jaromir sie zu trösten.

»Ich weiß.« Victoria schluckte. *»Ich vermisse sie einfach so unendlich!«*

»Das tun wir beide.«

Der Zuspruch ihres Gefährten machte Victoria Mut. Dankbar lächelte sie ihn an.

»Auch wenn es abwegig ist«, sinnierte Grimmarr, »muss ich zugeben, dass mir ein ähnlicher Gedanke kam.«

Er schaute seine Gastgeber an. »Immerhin war meine Schülerin Aer der einzige Mensch, der aus eigener Kraft durch die Nebel reisen konnte. Und Lenir beherrschte Mikrosprünge. Diese extrem kurzen Sprünge durch die Sphäre sind ein ebenso außergewöhnliches Talent. Die Nebel waren quasi deren Zuhause. Wenn also jemand einen Sprung mit einem Nachtmaar an den Schuppen in die Sphäre überlebt haben kann, dann diese beiden!«

Er hält es für möglich!

Victorias Puls beschleunigte sich und nun brach sich die Hoffnung in ihrem Inneren Bahn. Nervös drehte die Königin ihr Wasserglas in den Händen. »Und was machen wir jetzt?«

»Was können wir schon machen?«, fragte Grimmarr zurück.

»Wir müssen sie suchen!«, forderte Jaromir.

»In der Nebelsphäre?« Der Rote lachte verächtlich. »Die ist so endlos wie das Universum. Wo wollt ihr da denn anfangen? Nein, das ist sinnlos.«

Grimmarr ist ein alter Sturkopf!, dachte Victoria.

»Unsere Leute haben tatsächlich nichts gefunden«, räumte sie ein, »aber ihr Roten könnt es viel länger in den Nebeln aushalten als jede andere Rasse. Und irgendwo müssen wir beginnen!«

»Nicht in der Sphäre«, wiederholte Grimmarr. Dann grinste er. »Außerdem habe ich direkt nach meiner Rückkehr auf den Stützpunkt meine besten Späher losgeschickt. Bedauerlicherweise haben sie ebenso wenig in den Nebeln gefunden wie eure.«

Victoria konnte in seinem Geist sehen, dass er die Wahrheit sprach. *Verdammt! Ich bin dem alten Wiesel mal wieder auf den Leim gegangen!*

»Was denn?!« Der rote König hob unschuldig seine Hände. »Ich war so neugierig wie ihr beide und habe auf einen Zufallstreffer gehofft. Aber nichts da, Fehlanzeige!«

Bagalut!

Grimmarr machte sich einen Sport daraus, sie auszutricksen. Er wusste nämlich ganz genau, dass Victoria in seinen Geist sehen konnte, selbst wenn er diesen abschirmte. Entsprechend diszipliniert lenkte er seine Gedanken, sobald sie sich in seiner Nähe aufhielt.

Egal – das ist jetzt nicht wichtig, rief sich Victoria zur Ordnung. *Was zählt, sind unsere Freunde!*

»Genau«, pflichtete Jaromir ihr bei. *»Und wir waren in den letzten Stunden auch nicht untätig.«*

Der König der Schwarzen räusperte sich. »Wir haben da noch eine andere Idee: Wie wäre es mit Leuchtbaken?«

Ungläubig furchte Grimmarr die Stirn. »Meint ihr etwa diese unsäglichen Installationen, mit deren Hilfe die Menschen vor Jahrhunderten ihre Tunnel in die Nebel gebaut haben?«

Victoria nickte.

»Die Dinger«, grollte der Rote, »die die Dämonen immer wieder zu den Toren führen?«

Nun nickte auch Jaromir. »Wir müssten den Zauber natürlich modifizieren, damit Aer und Lenir sich davon angezogen fühlen, doch ich denke, das bekommen wir hin.«

»Davon bin ich überzeugt!«, schnaubte Grimmarr. »Aber darum geht es nicht!«

Genervt verschränkte Victoria die Arme vor der Brust. »Worum geht es dann?«

»Um Sicherheit! Wir wissen nicht, wer oder was der Schatten war. Es gibt ein Sprichwort bei uns Kriegern: ›Entzünde kein Feuer, wenn du Feinde in der Nähe wähnst!‹ Und ihr habt allen Ernstes vor, eine Signalfackel zu zünden?!«

Schweigen.

»Du glaubst nicht, dass es Aer und Lenir waren, die Brokxarr durch die Nebel geleitet haben?«, fragte Jaromir.

»Das ist so nicht richtig«, entgegnete der Rote. »Ich ziehe lediglich ebenso andere Optionen in Betracht.«

»Welche denn?«, begehrte Victoria auf. »Irgendjemand hat Brokxarr direkt zur geheimen Sprungmarke vom Quartier unserer Freunde gelotst! Wer – außer Aer oder Lenir – soll das denn getan haben?«

»Ich weiß es nicht«, gab Grimmarr zu. »Aber ich halte es durchaus für möglich, dass es *nicht* unsere Freunde waren.« Sein Blick wurde eindringlich. »Ihr beide wisst selbst am besten, wie lernfähig einige der dunklen Kreaturen sind. Vor Jahrhunderten, während der Torkriege, da waren es noch wilde, planlos mordende Bestien, die einfach nur fressen wollten, doch heute?«

Er seufzte und mit einem Mal wirkte er müde. »Die vergangenen sechs Monate haben deutlich gezeigt, wie viel gezielter die Dämonen heute vorgehen.«

»Dem wollen wir ja gar nicht widersprechen«, sagte Victoria, »aber der Anführer der dunkeln Wesen ist tot!«

»Und trotzdem haben wir die Lage nicht unter Kontrolle«, konterte Grimmarr. »Das haben wir neulich doch ausführlich besprochen. Flammenhaar, wenn es Aer und Lenir waren, dann erklär mir eins: Warum sind die beiden nicht mit Brokxarr in ihr Quartier gesprungen?«

Grimmarr ließ seine Worte wirken.

Das Wiesel hat recht!

Kalte Enttäuschung bohrte sich in Victorias Herz.

Verdammt! Ich Esel habe über mein Hoffen das Denken vergessen!

»Hoffen ist nicht verboten«, bekräftigte Jaromir. Er war nicht bereit aufzugeben. »Vielleicht *konnten* sie ja nicht in das Quartier kommen.«

»Mag sein.« Grimmarr zuckte mit den Schultern. »Falls dem so war, helfen ihnen die Leuchtbaken allerdings auch nicht.«

»Stimmt«, gab sich Victoria geschlagen.

Grimmarrs Miene wurde ernst. »Ich zerstöre nur ungern Hoffnungen. Ärgerlicherweise halte ich es durchaus für möglich, dass ein Satan unseren Freunden an jenem unheilvollen Tag in die Sphäre gefolgt ist. Dort könnte er ihre Erinnerungen durchforstet haben, bevor der Nachtmaar den beiden den Garaus gemacht hat.« Er presste kurz seine Lippen aufeinander. »Was, wenn dieser Satan einen Hinterhalt plant? Was, wenn er unsere Hoffnungen absichtlich schürt, damit wir ihm und seinen Horden Einlass gewähren?«

»Es gefällt mir kein Stück«, murrte Jaromir, »aber damit könntest du recht haben. Die Dämonen kommen aus einer sterbenden Welt. Dort ist nichts mehr zu holen – deswegen lohnt sich jede Anstrengung, bei uns einzudringen.«

»Und vergiss nicht die großen Schleimbeuteleier!«, erinnerte Victoria. »Damit wollten sie vor ein paar Jahren die Tore zu unserem Planeten öffnen. Und ohne Abrexars Opfer wäre es ihnen gelungen!«

»Horraxx! Auf den Grauen Krieger!«, rief Grimmarr und salutierte.

»Horraxx!«, erwiderte das Königspaar synchron. Beide erhoben ihre Gläser auf Abrexar, Jaromirs Mentor, der obendrein der Truchsess der Schwarzen gewesen war.

Er war eine brillante Himmelsechse.

»Die Beste«, stimmte Jaromir seiner Gefährtin zu.

Stille füllte das edel eingerichtete Konferenzzimmer. Victoria vermisste den alten schwarzen Drachen. Er war stets bestens informiert gewesen und hatte im Verborgenen so manche Strippen gezogen. Das hatte ihm den Beinamen »Spinne« eingebracht.

Abrexar war es auch, der für den Wiederaufbau dieser Zitadelle gesorgt hat. Leider konnte er die Fertigstellung nicht mehr erleben.

Aus Verehrung für den schwarzen Truchsess hatten die Baumeister in jedem Raum unzählige aufwendig gestaltete Spinnen in Bildern, Skulpturen, Schnitzereien – ach, eigentlich überall – versteckt. Im Rahmen des Gemäldes, das hinter Grimmarr an der Wand hing, lauerte zum Beispiel ein mit schwarzen Diamanten besetztes Exemplar.

Victoria wurde das Herz schwer. Abrexar hätte gewusst, was in dieser Situation zu tun war.

Das wusste er immer. Aber ich nicht. Ich weiß nur, dass die dunklen Kreaturen nicht aufgeben werden.

Besorgt flüsterte sie: »In ein paar Jahren sind die nächsten Schleimbeuteleier in der Dämonensphäre reif.«

»Genau deswegen bin ich vorsichtig«, unterstrich Grimmarr. »Ich kann mir beim besten Willen nicht vorstellen, dass die Dämonen, die es bei der Invasion nicht zu uns geschafft haben, das Interesse an unserer

Welt verloren haben.«

Jaromir nickte. »Dann begraben wir die Hoffnung, unsere Freunde wiederzusehen.«

»Nein!« Energisch schüttelte der Rote den Kopf. »Diese Hoffnung begrabe ich erst, wenn ich ihre Leichen mit meinen eigenen Augen gesehen habe!«

Grimmarr machte seinen Rücken gerade und erklärte: »Ich habe Aer als meine Schülerin angenommen. Sie war Jaguar und ihr Gefährte Nachtfalke, die Kommandanten der Wölfe! Ich habe selten so ehrenvolle Krieger und hervorragende Anführer erleben dürfen. Ich werde hier nicht entblößen, was die beiden mir persönlich bedeutet haben, aber seid versichert, dass ich nicht aufgegeben habe, sie zu suchen. Es ist nur so«, er fuhr sich abgeschlagen mit der Hand über das Gesicht, »dass ich nicht nur meinen Kameraden Aer und Lenir meine Treue geschworen habe, sondern ebenso dieser Welt. Eine dritte Dämoneninvasion überstehen wir nicht. Die gilt es, um jeden Preis zu verhindern. Das hätten auch unsere Freunde so gewollt.«

Nun war es an Victoria und Jaromir »Horraxx!« zu rufen, woraufhin Grimmarr sein Glas erhob und ihnen zuprostete.

»Horraxx!«

In diesem Moment klopfte es an der Tür.

»Herein«, sendete Victoria und gleich darauf trat ein junger Schwarzer in Menschengestalt ein. Er trug ein großes Tablett in seinen Händen, auf dem drei Teller standen, die mit silbernen Hauben abgedeckt waren. Mit ihm wehte ein köstlicher Duft ins Zimmer.

»Danke für deine Mühe zu so später Stunde, Belarax!«, begrüßte Jaromir den Drachen.

»Das mache ich doch gern«, erwiderte dieser. »Den Nachtisch bringe ich euch in einer halben Stunde.«

Belarax servierte, wünschte den Anwesenden einen »guten Appetit!« und verließ den Konferenzraum.

Hmm. Verwundert betrachtete Victoria das Lammkotelett mit Speckböhnchen, glasierten Cherrytomaten und Bratkartoffeln vor ihrer Nase.

Jaro und ich haben doch schon gegessen!

Aber dann fiel es ihr wieder ein. Grinsend schob sie Teller und Besteck in die Tischmitte rechts neben Grimmarr, der sein Kotelett gerade mit reichlich scharfer Sauce ertränkte.

»Nett gemeint«, brummte der Rote, »doch so gefräßig bin ich nun auch wieder nicht!«

»Das ist auch nicht für dich«, erklärte Jaromir amüsiert und schob sein Essen ebenfalls in die Mitte.

»Nicht?«

Grimmarr hob eine Braue.

Hach, ein wirklich seltener Anblick!, feixte Victoria und antwortete: »Nein. Es ist für unsere Nachrichtenoffiziere!«

Wie von Geisterhand bewegten sich Teller und Besteck zu den vermeintlich leeren Sitzplätzen neben Grimmarr.

»Ach ja!«, rief der. »Da war ja noch wer!«

Die Japaner zwinkerten dem roten König zu.

Es war nicht so, dass die beiden tatsächlich unsichtbar wurden. Nein, ihr Talent war die Unauffälligkeit. Sie konnten sich dermaßen unscheinbar verhalten, dass man sie schlichtweg übersah. Und das sogar, wenn man wusste, dass die beiden anwesend waren, so wie in diesem Moment.

»Aiko und Telliar, ihr seid unverschämt gut!«, meckerte Grimmarr und fügte halb im Scherz hinzu: »Was immer euch Jaromir und Victoria für eure Dienste zahlen, von mir bekommt ihr das Doppelte!«

»Vergiss es, Grimmarr!«, hauchte Aiko und Telliar ergänzte: *»Die Küche der Roten kann mit der in dieser Zitadelle nicht mal ansatzweise mithalten.«*

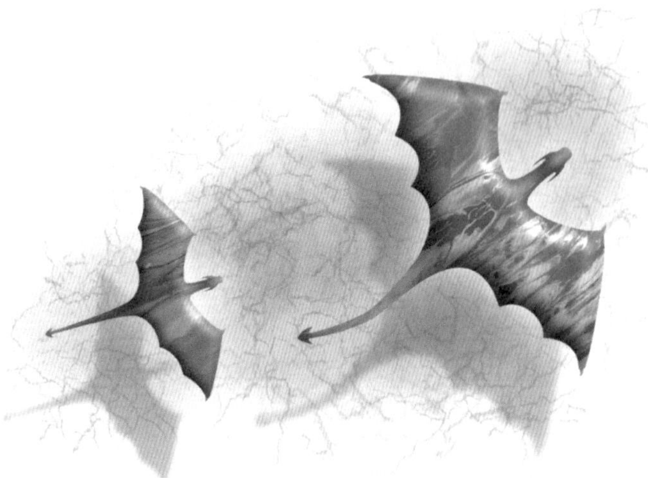

Zu heiß und scharf

Am nächsten Morgen lag Thorxarr im Bett und genoss es, vor seinem Mädchen wach zu sein. Der Wecker zeigte sechs Uhr an, die Sonne war vor einer Stunde aufgegangen und der Krieger hatte noch wundervolle dreißig Minuten, um seiner Liebsten beim Schlafen zuzusehen.

Herrlich.

Ihre langen schwarzen Haare waren wie ein Vorhang halb vor ihr Gesicht gefallen und beschatteten die blasse Haut und die roten Lippen, die er so gern küsste.

Oh, ich glaube, sie erwacht langsam.

Thorxarr mochte den Schwebezustand, wenn Schneewittchens Bewusstsein gen Oberfläche dämmerte. Dann war ihr Verstand noch aus, aber die elementaren Bedürfnisse dafür voll am Start. In diesen Momenten genügten wenige Berührungen und seine Kleine schnurrte zufrieden wie ein Kätzchen.

Hauchzart ließ Thorxarr seine Hand über ihren Rücken gleiten.

Schwups! Schon breitete sich in Schneewittchen ein Wohlbehagen aus, das ihre Mundwinkel hob, was wiederum das Herz des Kriegers mit einem tiefen Glück füllte.

Wer hätte gedacht, dass es so einfach ist? Geht es ihr gut, dann geht es mir gut.

Umgekehrt galt blöderweise dasselbe. Ging es seiner Liebsten mies, fühlte er sich beschissen.

Was soll's? Immerhin hat Madame Vouh uns seit dem Blitzschlag nicht mehr belästigt.

Der Tee sperrte die Zigeunerin ein, das spürte Thorxarr, aber er traute dem Frieden nicht. Da war irgendwas im Busch.

Wie hat mein Mädchen das gestern noch genannt? »Das ist die Ruhe vor dem Sturm!«

Ja, sowas in der Art. Bevor das Unwetter losgebrochen war, hatte eine unheilige Spannung in der Luft gelegen – so eine merkwürdig unterschwellige Dramatik, die einen den Atem anhalten und auf der Hut sein ließ. In ähnlicher Form warnten seine Instinkte Thorxarr nun auch in Bezug auf Madame Vouh. Sie hatte etwas mitzuteilen!

Bestimmt nimmt die Alte nur Anlauf!

Der Krieger konnte es nicht so recht zu fassen bekommen, aber er war sich sicher, dass sich was anbahnte. Etwas, das bedeutsamer war als der Kantinenplan der nächsten Woche.

Hmm ...

Geistesabwesend streichelte er Schneewittchens Rücken. Sie murmelte Kauderwelsch und rutschte näher an ihn heran, wobei ihr ein dünner Sabberfaden aus dem Mundwinkel lief.

Hach, sie ist zum Anbeißen! Aber das Beste ist ihr Duft.

Genüsslich atmete Thorxarr ein und schloss für eine Weile seine Augen. Davon würde er nie genug bekommen, soviel war klar.

Es ist absurd, dass jemand wie ich einem Wesen wie ihr so dermaßen in unschuldiger Liebe verfallen sein kann!

Und doch war es so. Seine Brust wollte fast vor Glück zerspringen. Er lächelte Schneewittchen an und ließ behutsam seine Hand neben ihrer

Wirbelsäule auf- und abgleiten. Ihr gefiel das. Sie machte ihren Rücken rund, um ihn noch besser durch die dünne Decke spüren zu können. Dabei wischte sie unbedarft die Haare aus dem Gesicht und legte so ihren Hals frei.

Den küsse ich ebenso gern wie ihre Lippen!

Das machte sie nämlich an, was wiederum sein eigenes Blut in Wallung brachte.

Allein der Gedanke daran ließ Erregung durch seine Adern prickeln und schon machten sich gewisse Partien seines Menschenkörpers gefechtsbereit.

Grumpf. Von unschuldiger Liebe kann da keine Rede mehr sein, seufzte er stumm und zog seine Hand zurück. Thorxarr wusste nur zu gut, wie leicht sich seine Lust in diesem Dämmerzustand auf Schneewittchen übertrug.

Eine Tatsache, die an sich gar nicht mal so übel ist. Aber gestern war es anstrengend für sie und ich möchte sie nicht bedrängen.

»Was, wenn ich bedrängt werden möchte?«, murmelte sein Mädchen und kuschelte sich verschlafen an ihn.

Oha. Sie hat bereits Feuer gefangen!

Auf alle Fälle war ihr warm. Kein Wunder, denn es war Sommer. Das Gewitter am Vorabend hatte kaum Abkühlung gebracht und Schneewittchen brauchte selbst bei dieser Affenhitze eine Decke, um in den Schlaf finden zu können.

Das gefällt mir trotzdem besser als im Winter, wo sie sich ständig in langen Klamotten versteckt, um nicht zu frieren.

»Du klebst«, neckte Thorxarr. Er schlang seine Arme um ihren kleinen Körper und küsste sie auf die Stirn.

»Du auch gleich, Herr Donnergott.« Kichernd robbte sie noch näher heran, sodass sich ihre weichen Brüste gegen seinen Oberkörper drückten.

Er streichelte zart ihren Nacken hinauf und sie schnurrte glücklich.

»Mehr?«, fragte er stumm.

»Mehr!«

Behutsam strich er ihre Seite entlang und tastete sich mit dem Daumen zur Wölbung ihres Busens vor. Er konnte durch den dünnen Stoff ihres Shirts fühlen, wie sich ihm ihre Brustwarzen erwartungsfroh entgegenreckten und die süße Sinnlichkeit in seinem Mädchen anschwoll.

Herrlich!

Voller Wonne ließ er seine Finger ihren schmalen Rücken bis zu ihrem Po hinabgleiten. Der war fabelhaft fest und passte größentechnisch perfekt in seine Hände.

Alles meins!

Heiße Wollust breitete sich in Thorxarr aus und so presste er sie an sich.

»Es geht nicht«, ächzte Schneewittchen. »Das ist zu viel!«

Hä? Jetzt schon? Ich hab' doch nicht mal richtig angefangen!

Dennoch lockerte er seinen Griff.

»Du bist einfach zu heiß«, stöhnte sie, machte sich los und rollte auf den Rücken. »Es ist verdammt warm heute Morgen! Ich zerfließe hier gleich.«

Über die Geistesverbindung spürte Thorxarr, dass seine Kleine erhitzt war und transpirierte. Das war neu. *Normalerweise ist Kälte das Problem.* Er stützte sich neben ihr auf seinen Ellenbogen auf.

»Wir können ja hinterher duschen gehen.«

»Hinterher bin ich weggeschmolzen!« Schneewittchen zupfte an ihrem Schlafshirt herum. »Ihr Himmelsechsen seid immun gegen solche Temperaturen, aber wir … Guck mal, ich bin schon ganz nassgeschwitzt!«

Tatsächlich waren da ein paar nasse Flecke auf dem Stoff auszumachen.

»Stimmt, ihr Humanoiden fangt an zu tropfen«, meinte Thorxarr. »Aber das trocknet wieder.«

»Das ist eklig!«

»Nee, das ist Schweiß«, konterte er gelassen. Sie wollte ihn nur reizen. Das mochte er. »Schweiß kann man mit Reinigungsmagie entfernen. Außerdem gibt es in diesem Gästequartier eine Waschmaschine. Soll ich dein Problem lösen?«

Schneewittchen lächelte. »Ja, bitte.«

»Sehr gern, holde Maid!«

Thorxarr grinste lüstern und schnipste mit seinen Fingern, wodurch er einen Zauber auslöste. Prompt segelte ihr Shirt neben dem Bett auf den Boden.

»He! Ich dachte, du machst es sauber!«

»Später«, grollte er und beugte sich über ihren Hals, um dort ein paar Küsse zu platzieren. Sein Oberkörper schwebte nur wenige Zentimeter über ihrem.

»Jetzt mache ich mich erstmal über dich her.«

»Boa, du bist so heiß!«, stöhnte sie.

»Ich weiß«, antwortete er und knabberte an ihrem Ohrläppchen.

Dummerweise hatte seine Kleine das erneut wörtlich gemeint. Ihr war immer noch unangenehm warm.

Mantokscheiße!

Es half nichts, Thorxarr musste schwerere Geschütze auffahren. Er richtete sich auf und wackelte mit den Brauen. »Abkühlung gefällig?«

Sie lächelte zu ihm auf. »Ja!«

»Denn wollen wir mal«, brummte er und beschwor vor seinem Zeigefinger eine kühle Brise, mit der er kleine Kreise auf ihre erhitzte Haut malte, ohne sie zu berühren.

»Besser«, seufzte Schneewittchen. Sie schloss die Augen und genoss den Kontrast zwischen der Sommerhitze und dem frischen Luftzug.

Wow! Heute mag sie Kälte!

Sie lag neben ihm, nur mit einem Slip bekleidet und die schwarzen Haare neben ihrem Kopf aufgefächert. Dort, wo Thorxarr die Brise über ihre Haut lecken ließ, richteten sich die feinen Härchen auf und zogen eine Gänsehaut hinter sich her.

Was für ein Anblick!

Fasziniert malte er Muster auf ihre Brüste und siehe da – selbst ihre Nippel reckten sich noch höher.

»Viel besser!«, hauchte sie und räkelte sich unter seiner Hand.

In der Tat!

Jetzt war sein Mädchen voll auf ihn konzentriert. Lust prickelte durch ihren Körper. Kein Zweifel, sie wollte ihn.

Und ich sie!

Doch nun zerrte die Leidenschaft an Thorxarrs Selbstbeherrschung. Ja, er war ein Krieger. Dennoch würde er diese Schlacht verlieren.

Aber bis dahin gebe ich ihr, was ich kann.

Verwegen senkte er die Temperatur der Brise noch ein wenig ab.

»Huu!«, keuchte sie und wölbte sich ihm entgegen.

Die Gänsehaut wurde steifer, ihre Erregung intensiver.

Verrückt, dass der kühle Luftstrom die süße Hitze in ihrer Mitte schürte.

Da geht noch was!

Blöderweise nicht mehr lange, denn Thorxarrs innerer Halt bröckelte bereits.

Ich muss mich beeilen!

Mit einem Schnipsen ließ der Krieger ihren Slip neben das Bett segeln, dann zog er die Kreise enger und ließ sie langsam über ihren Bauchnabel Richtung Schoß wandern.

»Mehr!«, wisperte Schneewittchen. Sie krallte ihre Hände in das zerwühlte Laken und spreizte ihre Schenkel, um den Weg für die Brise zu öffnen.

Thorxarr wusste genau, was sich sein Mädchen wünschte, doch seine Aura flirrte schon jetzt wie die feuchtwarme Luft über einer asphaltierten Straße im norddeutschen Sommer.

Schneewittchen wollte ihn überall spüren. Ihr Verlangen war auf der Geistesebene wie ein Sog. Der Krieger konnte sich dem nicht entziehen, aber gleichzeitig raubte es ihm den Verstand.

Sie möchte, dass ich ...

Stöhnend biss Thorxarr die Zähne zusammen und lenkte den aufreizenden Luftstrom in ihre Scham.

»Mehr!«, bettelte seine Kleine und hob fordernd ihr Becken.

Das war zu viel! Die Leidenschaft riss seine Selbstbeherrschung fort.

»Mehr geht nicht! Argh!«

Der Krieger musste die Waffen strecken. Ächzend sprang er aus dem Bett und machte einen Satz zurück. Noch in der Luft drängte seine wahre Natur ans Licht und Thorxarr platzte in seine Schuppen.

Etliche Verwandlungen und eine kalte Dusche später stand Thorxarr am mickrigen Herd der Küchenzeile und briet gewürfelten Speck, Zwiebeln und Pilze sowie reichlich buntes Gemüse in einer großen Pfanne an. Nebenbei schlug er Eier für ein Omelett in eine Schüssel. Das beherrschte er seit ein paar Wochen sogar einhändig und ohne die Schale zu zerbröseln.

Tja, Übung macht eben den Meister!

Zufrieden verquirlte er die Eier mit Salz, Pfeffer und ein wenig Milch. Sein Mädchen beobachtete ihn dabei. Ihren Arzneitee hatte sie bereits getrunken und nun löffelte sie genüsslich etwas Schaum von ihrem Latte macchiato. Besser konnte ein Tag kaum starten.

»Morgen!«, gähnte Lunara und schlurfte aus ihrem Gästezimmer. »Na? Habt ihr die Studien zum Klimazauber abgeschlossen?«

»Nein«, brummte der Krieger, »nur unterbrochen.«

Schneewittchen sagte nichts dazu, doch Thorxarr spürte, dass sie hinreißend rote Wangen bekam.

Bei den Humanoiden war die Sexualität in vielen Kulturen mit Scham besetzt. Eine Tatsache, die der Krieger nicht nachvollziehen konnte.

Es ist voll unlogisch. Die Menschen treiben es am laufenden Band, ansonsten gäbe es nicht so viele von ihnen! Außerdem haben sie definitiv Spaß dabei.

Das wiederum konnte der Krieger sehr wohl nachvollziehen.

Feixend lagerte er den Inhalt der Pfanne in einer zweiten Schüssel zwischen und goss etwas Eimasse für das erste Omelett ins Kochgeschirr.

Bei den Himmelsechsen sah die Nummer mit dem Sex anders aus. Sie pflegten untereinander keine romantischen Beziehungen. Der Akt wurde ausschließlich zu Fortpflanzungszwecken vollzogen und nicht aus lauter Spaß an der Freude.

»Das geht bestimmt auch umgekehrt«, meinte Lunara.

»Hä?« Thorxarr warf ihr einen irritierten Blick zu. »Was denn?«

»Na, das mit dem Klimazauber!« Lunara wuschelte mit der Hand durch ihre türkisfarbenen Haare. »Wenn's im Winter kalt ist, könnte ein heißer Luftstrom die Leidenschaft anheizen. Meinst du nicht?«

»Gute Idee!«, pflichtete er ihr bei. »He, holde Maid! Das sollten wir mal ausprobieren.«

»Boa! Das diskutiere ich bestimmt nicht zu dritt!«, blockte Schneewittchen auf der privaten Frequenz ab. »Sag mal, Luna, hast du uns eben beobachtet?!«

»Das war gar nicht nötig!« Die Grüne setzte sich zu ihr an den Tisch. »Ich mag ja 'ne Niete in der Feinregulierung von Emotionen sein, aber empathisch bin ich trotzdem. Und bei der kurzen Entfernung zwischen eurem Nachtlager und meinem müsste ich schon tot sein, um nicht mitzukriegen, was bei euch läuft. Die Wollust war wirklich enorm.«

Schneewittchen seufzte stumm. Der Nachhall des Liebespiels wogte durch ihren Körper und vertiefte die bezaubernde Röte ihrer Wangen.

Thorxarr grinste zufrieden. Im Entfachen und Schüren der Leidenschaft war er ganz weit vorne. Blöderweise haperte es am Befriedigen derselben. Aber zwei von drei waren nicht schlecht. Auf alle Fälle besser als nichts.

»Ja, du bist 'n Held!«, sendete Schneewittchen direkt an ihn. *»Schade nur, dass Nummer drei doppelt so viel Spaß macht wie eins und zwei zusammen!«*

Irgendwie klang es nicht so, als hätte sie das mit dem Helden ernst gemeint. Thorxarr schaute fragend zu ihr hinüber. *»War das Ironie?«*

»Ja.«

Sein Lieblingsmenschlein vergrub sein erhitztes Gesicht in beiden

Händen und ließ die langen Haare davor fallen. *»Können wir jetzt bitte das Thema wechseln, Thor?«*

»Ach, das muss dir doch nicht peinlich sein.« Lunara klopfte ihrer Freundin mütterlich auf die Schulter. Auch ohne die stumme Unterhaltung mitbekommen zu haben, hatte sie die Reaktion seiner Kleinen richtig gedeutet. »Du ahnst ja gar nicht, was ich alles gesehen habe, als Madame Vouh aufgedreht hat. Also, es wird da eine Orgi…«

»Luna-ha!«, unterbrach Schneewittchen. »Das wird hier grad nicht besser!«

»Themenwechsel?«

»Unbedingt!«, ächzte Schneewittchen.

Die Grüne lächelte. »Ist noch Kaffee da?«

»Ich mach dir einen. Schwarz? Ohne Zucker?«

»Ja, bitte.«

Schnaufend erhob sich seine Kleine und kam zu Thorxarr herüber. Sie schnupperte. »Gleich ist das Eierzeug schwarz.«

»Oh!« Der Krieger starrte in seine Pfanne. Die Masse war bereits vollkommen durchgestockt, obwohl das Gemüse noch fehlte. »Mist!«

Er ließ das missratene Omelett auf einen sauberen Teller gleiten und goss eine zweite Portion in die Pfanne.

Wie gut, dass ich die Füllung schon angebraten habe. Dann ist das halb so wild.

Während Schneewittchen der Grünen einen Kaffee anstellte, verteilte er etwas Gemüse auf dem durchgegarten Ei und puderte reichlich Chilipulver drüber.

Das esse ich selbst.

»Wo hast du eigentlich diese Schürze her, Thor?«, erkundigte sich Lunara. »Ich mag das Blumenmuster.«

Schneewittchen schaute ihren Gefährten von der Seite an und lächelte. »Das ist nicht seine, sondern meine.«

»Das *war* deine«, konterte er. »Jetzt trage ich sie meistens.«

Sie grinste. »Weil du fast immer kochst.«

»Nur weil du so gerne isst.« Er zwinkerte ihr zu.

Thorxarr liebte es, Nahrung für seine Kleine zuzubereiten. Wenn es ihr schmeckte, hatte das etwas Sinnliches. Und das fing sogar schon beim Gemüseputzen an.

»Meistens schmeckt dein Essen ja auch saulecker.« Sie strahlte ihn an.

»Danke.« Er strahlte zurück. »Für dich lasse ich es extra fad und würze meine Portion erst hinterher.«

»Ich weiß! Du bist der Beste.« Sie stellte sich auf die Zehenspitzen und drückte ihm einen keuschen Kuss auf die Wange.

»Das war jetzt keine Ironie, oder?«

»Nein. Das ist mein voller Ernst.«

Ein zweiter Kuss folgte.

»Könnte größer sein, oder?«, meldete sich Lunara vom Esstisch her. »Also die Schürze, meine ich!«

»Quatsch«, brummte Thorxarr. »Die passt perfekt!«

Stolz zupfte er an dem geblümten Stoff herum. »So, und nun muss ich aufpassen, sonst vermurkse ich das zweite Omelett auch noch!«

»Dann serviere ich wohl besser Lunas Kaffee.« Schneewittchen gab ihm einen dritten Kuss und schlenderte mit dem Getränk zum Tisch zurück.

»Was war gestern Abend eigentlich los?«, fragte Lunara und nahm den Becher entgegen. »Danke.«

»Gestern?« Thorxarr räusperte sich. Laut Befehl hatte es den gestrigen Abend nicht gegeben, aber die Unwahrheit zu sagen, war ihm noch nie leichtgefallen.

»Der Blitz ist eingeschlagen«, übernahm Schneewittchen und setzte sich zu Lunara. »Im Quartier von Aer und Lenir.«

»Und da brauchtet ihr einen Heiler?« Die Grüne nippte skeptisch an ihrem Kaffee. »Da wohnt doch niemand.«

»Es … war ein Fehlalarm«, antwortete Schneewittchen. »Wir dachten, wir hätten jemanden gesehen.«

Sie kann das mit dem Lügen auch nicht viel besser als ich, fand Thorxarr und streute mit dem Pfannenwender etwas vom angebratenen

Gemüse in die Eimasse.

»Das hat Jude später auch in die Gruppe geschrieben«, brummte Lunara. Sie stellte ihren Becher ab und schaute von Schneewittchen zu Thorxarr. »Mein Bauch sagt was anderes. War es nicht vielleicht eher der junge Rote, der dort ganz unverhofft aus den Nebeln kam?«

Schweigen.

Schneewittchen schüttelte ihren Kopf. »Wie kannst du denn davon wissen?«

»Ich habe es gesehen.«

Der Krieger runzelte die Stirn. »Wie das?«

»Na, Madame Vouh hat es doch gezeigt!«, erwiderte Lunara.

»Wann?«, fragte Thorxarr. Über die Vision, die ihm die Nase gebrochen hatte, hatten sie nicht mit der Grünen gesprochen.

»Ach, irgendwann in den Tagen, als ihr bewusstlos vor euch hinvegetiert habt.« Lunara nickte zum freien Platz im Wohnbereich hinüber. »Da war eure Zigeunerin überaus redselig.«

Und wir nicht abgeschirmt!

»Stimmt«, seufzte Schneewittchen. »Blöderweise dürfen wir nicht darüber reden, was gestern Abend passiert ist.«

Die Lippen der Grünen kräuselten sich rebellisch. »Wer sagt das?«

»Grimmarr.« Der Name seines Königs war raus, bevor Thorxarr es verhindern konnte. *Mantokscheiße!*

»Ooh!«, rief Lunara und in ihren Augen funkelte es. »Das Wiesel persönlich?! Dann muss da ja einiges hinter stecken.«

Schneewittchen zuckte mit den Achseln und Thorxarr kümmerte sich vorsichtshalber lieber um das Omelett.

»Ach, ich verstehe das«, winkte die Grüne gutmütig ab. »Maulkorb ist eben Maulkorb. Aber bitte lasst mich nicht im Unklaren. Ist der Rote wirklich gestorben? Das lässt mich gar nicht los.«

»Gestorben?«, echote sein Mädchen. »Also, in der Vision, an die ich mich erinnere, hat der Jungdrache überlebt.«

»Ehrlich? In der, die ich gesehen habe, nicht.«

»Super!«, schnaubte Schneewittchen. »Dann konnte Madame Vouh sich mal wieder nicht entscheiden!«

Neugieriges Schweigen.

Thorxarr ging die Geheimniskrämerei auf den Keks. Um den Tod von roten Kriegern redete man nicht herum. Entschlossen ließ er das fertige Omelett auf einen Teller gleiten und verkündete: »Unser Kamerad lebt.«

»Ein Glück!« Lunara klang erleichtert.

Das rechnete er seiner Freundin hoch an.

»Ich auch!«, mischte sich Schneewittchen auf der privaten Frequenz ein. *»Und mir geht dieses Nicht-drüber-reden-dürfen ebenfalls auf den Senkel.«*

»Absolut!« Thorxarr goss neue Eimasse in die Pfanne und brachte seiner Liebsten anschließend das fertige Omelett. »Bitte sehr!«

Sie lächelte ihn an. »Danke, Herr Meisterkoch! Es riecht köstlich.«

Hoffentlich schmeckt es ihr auch so!, dachte er bei sich und lächelte unsicher zurück.

Schneewittchen schnitt sich ein Stückchen ab und probierte. *»Göttlich!«*

»Na, denn ist ja gut!«

Zufrieden ging Thorxarr zurück an den Herd.

»Bekomme ich auch so eins?«, erkundigte sich Lunara. »In fade, so wie deine Gefährtin?«

Er grinste. »Ist schon in Arbeit, Luna!«

Seine Kleine begann zu essen. Über die Geistesverbindung spürte Thorxarr, dass ihr das Gericht wirklich schmeckte und so breitete sich Wärme in seinem Bauch aus.

Doch dann verstummte auf einmal das Besteckgeklapper und Schneewittchen erklärte: »Thor, wir müssen was ändern! Mit den Visionen müssen wir anders umgehen!«

»Was meinst du?«, hakte er nach, wobei er die stockende Eimasse im Blick behielt.

»Irgendwie alles«, antwortete Schneewittchen. Sie aß weiter und sendete an ihn und Lunara: *»Auf die Bilder an sich haben wir keinen*

Einfluss, aber beim Rest?« Sie zuckte kauend mit den Schultern und sah von ihm zur Grünen. *»Ich weiß, Linea sagt, die Visionen sollen unter Verschluss bleiben, aber um ein Haar wäre der Rote gestorben! Vielleicht hätten wir verhindern können, dass er überhaupt springt.«*

»Du warst doch selbst dagegen, einzuschreiten«, brummte Thorxarr und verteilte das restliche angebratene Gemüse in der Pfanne.

»Richtig. Mit der Strategie bin ich früher gut gefahren. Trotzdem habe ich meinen Vater immer gewarnt, wenn bei seinen Tieren eine schwere Geburt bevorstand. So konnte er sich kümmern. Das habe ich nie bereut. Und heute? Es passieren so viele schlimme Dinge! Ich ... kann nicht mehr damit leben, bloß zuzugucken!«

»Früher haben die Seherinnen gemeinsam entschieden, wie verfahren werden soll«, gab Lunara zu bedenken und trank einen Schluck Kaffee.

»›Gemeinsam‹ ist genau der Punkt!« Schneewittchen wedelte zustimmend mit ihrer Gabel herum. *»Thor und ich haben die Weisheit nicht mit Löffeln gefressen. Woher sollen wir denn wissen, was weitergegeben werden muss und was nicht? Und in welcher Form?«*

Da konnte Thorxarr ihr nur recht geben. »Wir brauchen auch so ein Gremium«, fand er.

Lunara nickte. »Die Idee ist prima. An wen werdet ihr euch wenden? Das Kaleidoskop? Linea? Grimmarr oder lieber Victoria und Jaromir?«

Schneewittchen schluckte und murrte: »Bei allen von denen habe ich irgendwie Bauchschmerzen. Jeder von ihnen verfolgt seine eigenen Ziele. Keiner ist wirklich unabhängig, oder seht ihr das anders?«

Doppeltes Kopfschütteln.

»Gleichgültig, wen ihr anfordert«, sagte die Grüne, »ich bin mir sicher, dass ihr ihn bekommt. Alle Lager werden sich um eure Voraussagen reißen.«

»Vermutlich«, seufzte Schneewittchen.

Genau das gefällt ihr nicht, ahnte Thorxarr. Er holte das letzte Omelett aus der Pfanne und schaltete den Herd aus. Anschließend trug er die beiden Teller zum Esstisch. Den mit der vermurksten ersten Portion stellte er an seinen Platz neben Schneewittchen ab und den, den er soeben gefüllt hatte, gab er Lunara.

»Guten Appetit!«

»Danke!« Die Grüne schenkte ihm ein Lächeln.

»Gern.«

Der Krieger setzte sich neben seine Gefährtin und sinnierte: »Ich für meinen Teil würde gar nicht wer weiß wen in diesem Gremium haben wollen. Luna und Oxa würden mir vollkommen reichen.«

Immerhin hatten die beiden bewiesen, dass er sich auf sie verlassen konnte.

»He, Mr. Feingefühl!«, schalt ihn Schneewittchen. »Dein ›schon reichen‹ kann man auch als Beleidigung auffassen!«

»So war das nicht gemeint«, stellte Thorxarr klar und nickte der Grünen respektvoll zu. »Bei dieser Angelegenheit ziehe ich meine Freunde jedem Würdenträger vor.«

Lunara lächelte. »Es wäre mir eine Ehre!«

»Wenn du deine Freunde dabeihaben willst«, warf Schneewittchen ein, »darfst du Alex nicht vergessen!«

»Naja, *den* brauche ich nun nicht gerade«, grollte Thorxarr.

»Sei nicht so garstig!« Seine Gefährtin gab ihm einen Klaps auf den Oberarm. »Das sagst du nur wegen der ollen Eifersucht!«

»Alex wäre wirklich super«, unterstrich Lunara. »Der weiß 'ne Menge und hat viele gute Ideen.«

Thorxarr grunzte: »Verrückte Ideen, meinst du wohl.«

»Außergewöhnliche Ideen!«, toppte die Grüne.

»Hmm«, brummte der Krieger. Gegen die weibliche Überzahl konnte er verbal eh nichts ausrichten. Eine von beiden hatte immer das letzte Wort.

Schneewittchen aß weiter und fragte in die Runde: *»Also mal ernsthaft: Wer verbietet uns denn, dass wir uns selbst einen Beraterstab suchen?«*

Lunara griff nun auch zu Messer und Gabel. »Niemand.«

Zumindest hat das bisher keiner getan, dachte Thorxarr. *Aber wenn wir so ein Gremium ins Gespräch bringen, wird die Führung da garan-*

tiert mitreden wollen.

»Vermutlich schon«, pflichtete Schneewittchen seinem Gedanken bei. Dann schaute sie ihn von der Seite an.

»Weißt du was, Thor? Alle haben Mentoren und alle werden so gut es geht ausgebildet. Nur wir nicht. Wir müssen sehen, wo wir abbleiben.«

Thorxarr hob eine Braue. »Dann machen wir das einfach?«

»Ja.« Seine Gefährtin nickte energisch. »Ich will niemanden aufs Auge gedrückt bekommen, sondern selbst entscheiden!«

»Geht mir genauso, mein Herz.«

Thorxarr machte seinen Rücken gerade und wandte sich an die Grüne: »Luna, hiermit berufe ich dich als erste Beraterin der Seherin!«

Fragend guckte er zu Schneewittchen, die daraufhin ihren Daumen hob.

»Perfekt, mein Lieber!«

Der Krieger strahlte. »Nimmst du den Job an, Luna?«

Die Grüne neigte würdevoll ihr Haupt. »Es ist mir eine Ehre, ihr zwei.«

»Super!«, freute sich Schneewittchen. »Jetzt müssen wir nur noch Oxa und Alex fragen.«

»Für Oxa sollten wir uns aber besser was Pompöseres ausdenken«, meinte Thorxarr, um abzulenken. Alex ließ er bewusst außen vor. Seinen Kumpel konnte er in diesen Tagen nicht in der Nähe seiner Gefährtin ertragen.

»Ja, irgendwas, das was hermacht!« Seine Kleine kicherte. »Bei einer Goldenen können wir so eine Ernennung unmöglich zwischen zwei Bissen Omelett erledigen – egal, wie lecker das Zeug auch sein mag!«

Thorxarrs Mundwinkel hoben sich von selbst. »Schade eigentlich.«

Unterdessen purzelten im Geist seines Mädchens einige Ideen durcheinander.

»Ha! Ich weiß, was wir machen!«, erklärte sie. »Nach dem Frühstück organisieren wir eine Flasche Sekt zum Anstoßen und schicken ihr *und Alex* eine offizielle Einladung. Dann ziehen wir uns schick an und …«

Plötzlich riss vor dem Bungalow die Sphäre auf und entließ eine goldene Präsenz aus den Nebeln in den Himmel über dem Hungrigen Wolf.

»Tja, wenn man vom Teufel spricht«, scherzte Lunara, »kommt sie geflogen!«

Thorxarr setzte eine betrübte Miene auf. »Dann wird es mit der formellen Kleidung wohl nichts. Wie bedauerlich!«

»Lügner!«, schimpfte Schneewittchen und sendete an ihren Gast: *»Du kommst gerade richtig, Oxa!«*

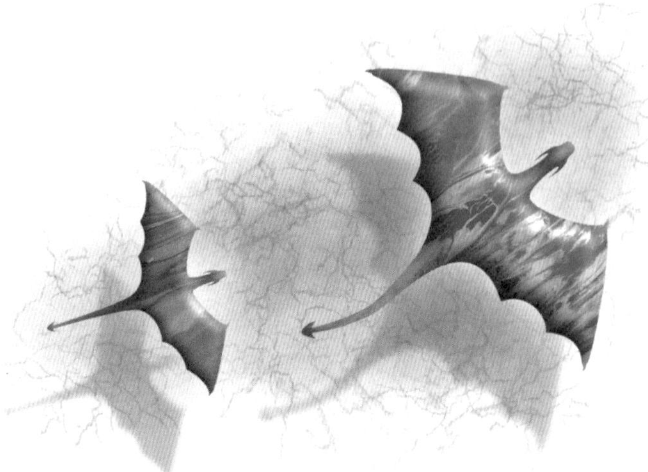

Grundwissen für Seherinnen

Keine zwei Minuten später füllte ein bewegtes Schweigen das Gästequartier. Alle vier standen im Eingangsbereich, Hiltja lehnte sich an die Seite ihres Gefährten und der legte seinen Arm um ihre Schultern.

Oxa schien von ihrem Anliegen überrascht, sie presste ehrlich gerührt ihre schwarze Aktentasche an die Brust. »Dass ihr bei diesem Amt an *mich* gedacht habt, also – das macht mich fast sprachlos!«

Die Goldene musste tatsächlich ein Tränchen wegblinzeln.

Lächelnd erkundigte sich Hiltja: »Dann sagst du ja?«

»Selbstverständlich!« Oxa deutete eine Verbeugung an. »Welche Goldene würde auf diese Ehre verzichten?! Meine Schwestern haben Jahrhunderte lang danach gestrebt, Zugang zu den Visionen einer Seherin zu bekommen.«

»Wir haben dich als Freundin gefragt«, brummte Thor, »nicht als Goldene.«

»Das ist einerlei«, befand Oxa. »Wann findet die Zeremonie statt?«

Der Donnergott grinste. »Du hast sie schon hinter dir.«

Stille.

Die Goldene schaute irritiert in die Runde und brach anschließend in Gelächter aus.

Sie hält das für einen Witz! Hiltja schmunzelte. »Wir hatten gerade darüber geschnackt, was zum Anstoßen zu besorgen, als du kamst. Wenn du möchtest, besorge ich uns 'ne Flasche Sekt. Ich kann dir aber auch einen Latte macchiato machen. Den trinkst du doch so gern.«

In Oxas Gesicht gefror das Lächeln.

Stille.

»Das ist nicht euer Ernst!«, zischte die Goldene.

Sie sah entsetzter aus, als Hiltja es erwartet hatte.

Oje! Sie ist regelrecht schockiert. Für so oberflächlich hätte ich sie eigentlich nicht gehalten.

Oxa schaute kopfschüttelnd von Hiltja zu Thor. »Das könnt ihr nicht tun!«

»Haben wir aber gerade«, murrte der Krieger und verschränkte die Arme vor seiner muskulösen Brust.

»Ach, Oxa! Nun guck nicht so entrüstet«, mischte sich Luna ein. »Du kennst doch unseren Freund. Er und sein Mädchen mögen es lieber informell.«

»Schön!« Die Goldene verzog spöttisch ihre rot geschminkten Lippen. »Dummerweise geht es nicht darum, was die beiden mögen!«

»Echt jetzt?«, knurrte Thor. »Ich dachte, das sei *unsere* Veranstaltung.«

»Ach, ihr seid ja süß!« Oxa lachte aufgesetzt.

»Wir sind einfach nur wir«, erwiderte Hiltja. »Wir wollen kein Brimborium.«

»Hmm«, machte die Goldene, es klang schnippisch. »Wann wurde das Ganze vom Kaleidoskop abgesegnet?«

»Gar nicht«, grollte Thor. »Schneewittchen und ich haben das gerade erst entschieden und wir haben nicht vor, die da oben um Erlaubnis zu bitten.«

Nun umwölkte Enttäuschung die Miene der Goldenen. »Es ist euch also nicht wichtig.«

»Doch!«, protestierte Hiltja. Sie spürte, wie die Stimmung kippte. »Sehr sogar. Wir können und wollen mit Madame Vouhs Shows nicht allein klarkommen. Deswegen wollen wir ja euren Rat. Wir brauchen euch!«

»Hmm«, wiederholte Oxa. »Das glaube ich nicht.«

Stille.

Trotz der Sommerhitze wurde es im Gästequartier auf einmal frostig. Hiltja fühlte deutlich, dass ihrem Gefährten der Kamm schwoll.

Luna bemühte sich zu vermitteln. »Ich denke, Oxa ist verwirrt.«

»Das bin ich in der Tat!«, erklärte diese und verschränkte ebenfalls die Arme vor der Brust. »Alex hat immer wieder behauptet, dass man seinen Freunden gegenüber ehrlich sein soll. Und das bin ich!«

»Ehrlich? Ja!«, fauchte Thor. »Beleidigend? Nein!«

»Wann habe ich euch denn bitte beleidigt?!«, japste Oxa.

»Gerade eben«, zischte der Krieger, »als du uns der Lüge bezichtig hast!«

Hiltjas Puls beschleunigte sich. Ihr Gefährte war stinksauer und kurz davor, auf seine Freundin loszugehen.

Oh nein! Das läuft hier voll aus dem Ruder. Ich muss was tun!

Doch bevor sie in Aktion treten konnte, stellte sich Luna zwischen die aufgebrachten Drachen und rief: »Stopp!«

»Er will mir …«, beschwerte sich Oxa und Thor grollte: »Sie hat mich …!«

»Klappe halten!«, befahl Luna und schaute streng von einem zur anderen.

Die beiden Kampfechsen schwiegen tatsächlich. Hiltja atmete auf.

»Fein!«, säuselte die Grüne, strich sich die türkisfarbenen Haare auf die andere Seite und nickte Richtung Tisch. »Jetzt setzen wir uns alle und klären, worum es tatsächlich geht.«

Ein Hoch auf Luna!, seufzte Hiltja stumm. Dass Oxa Thor vorsätzlich beleidigte, konnte sie sich kaum vorstellen.

»Du darfst nicht immer so empfindlich sein, Thor«, sendete sie auf der privaten Frequenz.

»Es ging um die Ehre! Sie hat …«, nörgelte Thor.

»Sie hat bestimmt Gründe *für ihr Verhalten! Hör dir wenigstens an, was Oxa zu sagen hat!«*

»Grumpf«, murrte er, doch sie spürte, dass er sich zusammenreißen würde.

»Danke!«

Dann schenkte Hiltja der Goldenen ein Lächeln. »Darf ich dir einen Latte Macchiato machen?«

»Na gut.«

Kurz darauf saßen alle vier am Esstisch. Oxa drehte ihr Kaffee-Glas in den Händen und erklärte: »Das Kaleidoskop, die Anführer der einzelnen Rassen, ja, jeder, der auch nur ein Fünkchen an Einfluss besitzt, beobachtet genau, was die Seherin der Drachen und ihr Gefährte tun. Die stellvertretenden Kommandanten der Wölfe mögen euch abschirmen, aber das ändert nichts an den Tatsachen. Ihr steht im Fokus aller.«

Sie schaute bedeutsam von Thor zu Hiltja. »Wenn ihr das mit eurem Beratergremium wirklich wollt, dann müsst ihr es offiziell machen. Tut ihr das nicht und bekommen Grimmarr und Co. Wind davon – und das werden sie! – garantiere ich euch, dass ›die da oben‹ ihre eigenen Leute in euren Beraterstab hineinmanövrieren. Darauf verwette ich jeden einzelnen Edelstein, der meine Schuppen ziert!«

Oxas Gesichtsausdruck war so nachgiebig wie Stahlbeton, wurde im nächsten Moment aber weich. »Ich wollte euch nicht ärgern, sondern lediglich warnen. So machen Freunde das doch, oder nicht?«

Nun glänzte Unsicherheit in ihren hellblauen Augen.

Das ist ihr voller Ernst! Hiltja schluckte. *Oh Mann! Das klingt bedrohlich.*

»Ist es auch.« Thor seufzte und sagte laut: »Ja. Genauso machen es Freunde und Kameraden. Oxa, es tut mir leid, dass ich dich angefahren habe.«

»Nein, *mir* tut es leid.« Die Goldene neigte ihr Haupt. »Ich hätte wissen müssen, dass euch nicht klar ist, in welcher Position ihr euch befindet.«

»Ich hatte keinen Schimmer, dass es so schlimm ist«, schnaufte Hiltja. Das, was ihre Freundin ihnen da aufgetischt hatte, gefiel ihr kein Stück.

»Dafür habt ihr ja mich!« Oxa lächelte. »Wenn ihr wollt, dass die Führung eure Wünsche respektiert, dann müsst ihr diese nachdrücklich äußern und deutlich machen, dass sie nicht verhandelbar sind.«

Sie nickte, um ihre Worte zu unterstreichen und gönnte sich anschließend einen Schluck von ihrem Latte macchiato.

»Also wird es eine Zeremonie geben?«, fragte Luna in die Runde.

»Sieht ganz danach aus«, grummelte Thor.

Hiltja spürte deutlich, wie wenig Lust er darauf hatte, und das konnte man ihm auch ansehen.

Die Goldene hingegen schien erleichtert zu sein.

Damit ist die Lage geklärt.

Ein Schauer kroch über Hiltjas Rücken.

Es geht Thor wie mir: Wir beide wollen nicht im Mittelpunkt stehen, sondern einfach nur unser Leben leben. Aber so wird es nicht kommen.

Zu wissen, dass sie und ihr Gefährte im Fokus der Mächtigen standen, machte ihr Angst.

Oxa hat Recht: Wir müssen unsere Grenzen abstecken, wenn wir nicht zum Spielball werden wollen. Und je eher wir das tun, desto besser ist es.

Hiltja zwang sich ein Lächeln auf die Lippen und wandte sich an Oxa: »Würdest du uns bei der Zeremonie helfen?«

»Sicher«, erwiderte Oxa. »Doch vorher muss ich euch etwas zeigen. Deswegen bin ich nämlich gekommen.« Sie legte ihre schwarze Aktentasche auf den Tisch und öffnete den Reißverschluss.

Oha! Was kommt denn nun?

Für heute hatte Hiltja genug von neuen Erkenntnissen. Mit einem mulmigen Gefühl beobachtete sie, wie die Goldene ein Buch hervorholte. Es war zwei Finger dick, in abgetragenes dunkelgrünes Leder gebunden und wirkte sehr alt. Fließende Lettern auf dem Cover verkündeten, dass es »Grundwissen für Seherinnen« beinhaltete.

Oh!

»Macht mal Platz!«, befahl Oxa, woraufhin alle die noch halbgefüllten Teller beiseiteschoben und sie den Tisch mit einem magischen Handwedeln reinigte.

Nervosität kribbelte durch Hiltjas Adern, als Oxa die Fibel in die Mitte des Tisches schob.

»Wie ihr seht«, erklärte die Goldene, »geht es um die Grundausbildung der Seherinnen.«

»Hä?«, brummte Thor. »Woran soll ich das denn sehen?«

»Ich sehe auch nichts.« Luna deutete auf die schmucklos eingeprägte Schrift. »Was für eine Sprache soll das sein?«

»Das ist Schotaah«, belehrte Oxa sie, »die Sprache der Seherinnen.«

Na sowas!

Erst jetzt wurde Hiltja klar, dass sie gar nicht darüber gestolpert war, dass die Worte weder in Deutsch noch Lateinisch geschrieben waren.

Krass! Ich konnte das einfach so lesen!, staunte sie.

»Mich wundert das nicht«, merkte Thor an. *»Weißt du noch, wie es mit der Abschirmmagie bei dir war? Das musstest du dir ebenfalls nicht erarbeiten.«*

»Stimmt, es war, als hätte ich mich erinnert.« Hiltja lächelte. So war es bei einigen Dingen. Vieles, zum Beispiel Angriffs- und Verteidigungszauber oder Luftmagie, musste sie aber wie jeder andere von Grund auf lernen.

Neugierig beäugte sie das Buch. »Darf ich mir das mal näher ansehen?«

»Selbstverständlich«, erwiderte Oxa. »Es ist ja quasi für dich verfasst worden.«

Hiltja streckte ihre Hand nach der Fibel aus, doch dann zögerte sie. »Werde ich das Buch nicht beschädigen?«

Die Goldene hob eine ihrer geschwungenen Brauen. »Wieso solltest du?«

»Ich trage keine Handschuhe. Irgendwo habe ich mal gehört, dass

Keime, ja, selbst der natürliche Säuregehalt der Haut alte Schriften wie diese angreifen können.«

»Ach was!«, winkte Oxa ab. »Die Weißen haben vor zirka fünfhundert Jahren einen Zauber entwickelt, mit dem alte Bücher dauerhaft konserviert werden können. Daraufhin wurden alle relevanten Werke, insbesondere die alten, mit dieser Magie behandelt.« Sie tippte auf die Fibel. »Das gute Stück hier ist quasi unzerstörbar.«

»Dann sind sie sogar gegen Schimmel resistent?«, erkundigte sich Luna.

»Definitiv.«

Thor grinste herausfordernd. »Was ist mit Feuer?«

»Feuer«, erklärte Oxa mit herablassender Miene, »ist der natürliche Feind eines jeden Buches. Das nicht zu berücksichtigen wäre ja wohl kaum zielführend!«

»Darf ich das testen?«

Über Thors Zeigefinger erschien eine blassblaue Flamme.

Oxa stöhnte gelangweilt: »Wenn es sein muss!«

»Ich bin dagegen!«, sendete Hiltja auf der privaten Frequenz. Sie wollte das Buch nicht anzünden, sondern viel lieber lesen.

»Ach, da passiert schon nichts«, antwortete ihr Gefährte. *»Die Weißen sind genial und ihre Zauber unfehlbar.«*

Übermütig senkte er seinen brennenden Finger auf den Einband der Fibel. Es zischte und das Leder fing Feuer.

Hiltja blieb fast das Herz stehen.

»Oh!«, rief Thor und sie: »Um Himmels willen!«

»Was?!«, ächzte Oxa und Luna murmelte: »Exstinguaris!«

Im nächsten Moment waren die Flammen verschwunden. Der Krieger zog erschrocken seine Hand weg und einen Wimpernschlag später flackerte über der Fibel ein transparenter Schutzschild.

»He, ihr Torfschuppen!«, motzte Luna. »Das Buch haben *meine* Vorfahren geschrieben! Zündet gefälligst euren eigenen Scheiß an!«

»Ich … ähm … ich«, stammelte Thor, »also, ich dachte, es sei feuerfest.« Anklagend schaute er zu Oxa rüber.

Die schien ehrlich entrüstet zu sein. »*Das* dachte ich auch!«

»Ist der Zauber defekt?«, erkundigte sich Hiltja und starrte mit großen Augen auf den verköselten Fleck auf dem Ledereinband.

»Warte …« Die Goldene machte eine komplexe Bewegung über der Fibel und schüttelte den Kopf. »Nein, das Buch wurde gar nicht mit der Magie behandelt.« Sie schnaubte. »Die Ignoranz meiner Schwestern ist wirklich unfassbar! Mir wurde gesagt, dass *sämtliche* alte Schriften *vollständig* konserviert worden seien.«

»Tja, offensichtlich war das nicht korrekt«, stellte Luna fest.

Hiltja schaute mit klopfendem Herzen auf das schlichte Cover und flüsterte: »Grundwissen für Seherinnen – das ist genau das, was ich brauche! Warum hast du uns das Buch nicht früher mitgebracht, Oxa?«

»Weil ich Dussel in der falschen Abteilung gesucht habe!«, antwortete die. »Und ich fürchte, es wird dir bei deinem Hauptproblem nur wenig helfen.«

»Wie meinst du das?« Hiltja runzelte die Stirn.

»Also, die Sache ist die«, hob Oxa an, »meine glorreichen Schwestern haben sich stets für das Außergewöhnliche interessiert, aber nur selten für den profanen Alltag ›niederer‹ Individuen. Diese Fibel hier«, sie zeigte auf den sirrenden Schutzschild in der Tischmitte, »stammt *nicht* aus den geheimen Archiven, sondern aus der allgemeinen Bibliothek, in der wir Goldenen das offizielle Wissen aller Rassen sammeln. Es war all die Jahre für jeden zugänglich.«

»Aber du hast doch gesagt, dass deine Schwestern scharf auf das Wissen der Seherinnen waren«, warf Luna ein.

»Richtig! Sie wollten um jeden Preis einen Blick in die Zukunft erhaschen.« Oxa schürzte die Lippen. »Das Tagewerk von Schülerinnen ging ihnen dabei an ihrem schuppigen Schwanz vorbei.« Sie schenkte Hiltja ein bedauerndes Lächeln. »Schneewittchen, in diesem Buch geht es um Alltägliches wie Reinigungsrituale, Entspannungsübungen oder auch Hilfsmittel, mit denen eine Himmelsechse Visionen provozieren kann. Aber was Letzteres angeht, hast du ja eher weniger Bedarf, nicht wahr?« Sie zwinkerte.

Hiltja nickte. »Ich will Madame Vouh von mir fernhalten. Am liebsten würde ich filtern können, was sie mir zeigt. Für die Kantinenpläne der nächsten Woche interessiert sich kein Schwein!«

»Och«, scherzte Thor neben ihr. »Ich finde das eigentlich ganz praktisch. Dann muss ich nicht mit meinen dicken Fingern auf dem Smartphone rumhacken.«

Hiltja ging nicht darauf ein. »Großangriffe von Dämonen, die wir vielleicht verhindern können, wären aber schon spannend.«

»Das sehe ich genauso«, pflichtete Oxa ihr bei. »In der Fibel kommt das Lenken von Visionen sogar zur Sprache. Allerdings wird nur darauf verwiesen, dass diese Techniken herausragend talentierten Seherinnen vorbehalten seien. Es gäbe nur wenige Meisterinnen, die die hohe Kunst beherrschen und diese dann ausschließlich via Gedankenrede überliefern würden.«

»Das wurde nicht niedergeschrieben?«, stöhnte Hiltja.

Die Goldene schüttelte ihren elegant frisierten Kopf. »Ich denke nicht.«

»Mist!«

»Dafür habe ich was anderes gefunden«, erklärte Oxa und lächelte aufmunternd. »Für uns als Beraterstab der Seherin werden die Erläuterungen des Kodex, ethische Ausführungen sowie die Basisanleitung zum Umwandeln von einer Vision in eine Prophezeiung sicher hilfreich sein.« Sie schaute mit wichtiger Miene in die Runde. »Einer der Grundsätze lautet zum Beispiel, dass keinem Individuum die eigene Zukunft offenbart werden darf.«

»Ehrlich?« Thor runzelte die Stirn. »Dann haben die Seherinnen der altvorderen Zeit ihr Wissen gebunkert?«

»Das kann ich mir nicht vorstellen«, widersprach Hiltja.

»Schneewittchen hat recht.« Oxana zeigte Richtung Buch. »Bei diesem Gebot geht es vielmehr um den Schutz der Betroffenen. Das Wissen um die eigene Zukunft kann eine Last darstellen. Generell waren die altvorderen Seherinnen sehr zurückhaltend mit dem Verfassen von Prophezeiungen. Sie wollten den natürlichen Lauf der Ereignisse nicht verändern und griffen nur dann ein, wenn ihr Schweigen großes Unglück über die Allgemeinheit gebracht hätte.«

»Wie die Invasion der Dämonen«, wisperte Hiltja.

»Ganz genau!« Die Goldene drückte ihre Hand. »Generell kann man wohl sagen, dass nur ein Bruchteil der Visionen in einer Prophezeiung niedergeschrieben wurde. Die allermeisten verhallten unbeachtet.«

»Was?«, empörte sich Thor. »Dann erträgt Schneewittchen all die Shows für nichts?!«

»Klingt nach Verschwendung«, meinte Luna.

»Nein, so ist das nicht.« Oxa wiegte ihren Kopf hin und her und ergänzte: »Das ist keine Verschwendung, sondern Verantwortung. Wobei meine Schwestern das ganz sicher anders beurteilt haben.« Sie lächelte freudlos. »Die Goldenen Königinnen hätten jede einzelne Vision zu ihrem Vorteil genutzt!«

Schweigen.

»Was heißt das jetzt für uns?«, fragte Hiltja schließlich. »Lassen wir das mit dem Eingreifen?« Sie schaute zu ihrem Gefährten. »Immerhin hatten die Seherinnen der altvorderen Zeit jahrtausendelange Erfahrung in diesen Dingen.«

Ihr Bauch war gegen das Nur-Zusehen-und-nichts-tun.

Thor zuckte überfordert mit den Schultern.

»Die Zeiten ändern sich«, erklärte Luna und ihre Miene bekam etwas Rebellisches. »Dämonen verwüsten unsere Welt. Wir leben also nicht in normalen Zeiten. Und Schneewittchen ist gewiss keine durchschnittliche Seherin.« Sie warf Hiltja einen energischen Blick zu. »Sich Rat in der Vergangenheit zu holen ist okay, aber blind daran zu kleben? Das ist Schwachsinn! Du musst deinen eigenen Weg finden und das wirst du!«

»Mit Traditionen hast du's nicht so, hmm?« Thor hob eine Braue.

»Doch«, widersprach die Grüne. »Traditionen sind super! Wenn sie denn hilfreich sind. Aber die da«, sie ließ den Schild über dem Buch in sich zusammenfallen, »sind so alt, dass es ein Wunder wäre, wenn sie zum Hier und Heute passen würden. Wir dürfen uns von der Vergangenheit nicht einbetonieren lassen!«

Nachdrücklich haute sie auf den Tisch, sodass Thor zusammenzuckte und Oxa murmelte: »Manchmal machst du mir Angst, Luna! Bist du wirklich eine Grüne?«

»Ich bin so grün, wie du golden bist!«

Hiltja ging das Herz auf. Sie hatte Luna von der ersten Sekunde an gemocht. *Sie ist so unverstellt, so echt!*

»Und jetzt?« Thor schaute in die Runde und blieb bei seiner Gefährtin hängen. »Es kommt vor allem darauf an, was du möchtest.«

»Ich finde die Idee mit dem Beratergremium prima«, sagte Hiltja. »Wir zwei haben einfach zu wenig Ahnung von dem, was in der Welt geschieht, um einschätzen zu können, was wichtig ist und was nicht.«

Oxa nickte. »Die Seherinnen der altvorderen Zeit haben sich ebenfalls beraten.« Sie zeigte auf die Fibel. »So handelt das ganze Kapitel sieben vom Austausch zwischen Schülerin und Mentorin. Weiter hinten wird in einem Nebensatz angedeutet, dass sich *alle* großen Seherinnen Rat bei ihren Schwestern gesucht hatten. Einen festen Stab gab es wohl nicht, aber das liegt vermutlich daran, dass die Grünen flache Hierarchien bevorzugen und ihre Angelegenheiten insgesamt kooperativ regeln.«

»Sag mal«, brummte Thor, »hast du etwa das *ganze* Buch gelesen?«

»Selbstverständlich.«

Der Krieger furchte die Stirn. »Jede einzelne Seite?«

»Sicher.« Oxa hob herablassend eine Braue. »Das bedeutet doch das Wort ›alles‹, oder etwa nicht?«

»Aber das ist auf Scho-Dingsda geschrieben!«, protestierte er.

»Schotaah«, korrigierte Hiltja.

»Sag' ich doch!« Ihr Gefährte fragte direkt weiter: »Du kennst die Sprache?«

Oxas Blick wurde mitleidig. »Anderenfalls hätte ich die Fibel wohl kaum lesen können!«

»Lernt ihr die Sprache etwa in eurer Ausbildung?«

»Nein. Darum musste ich mich selbst kümmern«, erwiderte sie

würdevoll.

»Das war bestimmt viel Arbeit«, vermutete Luna.

»Ganz richtig«, bestätigte die Goldene. »Als ich für Schneewittchen zu recherchieren begann, hatte ich dummerweise keine andere Wahl.«

Hiltja schaute sie mit großen Augen an. »Du hast mal eben eine tote Sprache gelernt?! Für mich?«

»Nicht ›mal eben‹.« Oxa lächelte arrogant. »Zum Glück konnte ich eine alte Grüne auftreiben und das eine oder andere Lehrbuch gibt es ebenfalls in unseren Archiven.«

»Soso!«, schnaubte Luna. »Selbst mit dem Lernen über die Geistesverbindung ist das eine Sauarbeit und vor allem sehr zeitraubend!« Sie grinste verächtlich. »Gib es zu: Du hast mal wieder leistungssteigernde Kräuter genommen!«

»Na und!« Oxa wirkte ebenso ertappt wie trotzig. »Ich musste meiner Verantwortung gerecht werden.«

Die Augen der Grünen wurden schmal. »Was ist mit den Nebenwirkungen?«

»Es gab keine«, behauptete Oxa. »Ich bin schließlich nicht blöd und mache Fehler nur einmal. Diesmal habe ich die korrekte Dosierung der Kräuter eingehalten.«

»Na, denn ist ja gut«, meinte Luna.

Doch Hiltja konnte ihr ansehen, dass die Grüne den Wahrheitsgehalt der letzten Aussage bezweifelte.

Die Goldene räusperte sich. »Aber was reden wir hier über mich? Ich bin nur eine Randfigur, also zurück zum Thema!« Sie zog ihren Blazer glatt und schaute demonstrativ zu Hiltja und Thor. »Was das allgemeine Weltgeschehen betrifft, empfehle ich euch, einen Schwarzen in euer Gremium zu berufen. Politik ist Gegenstand deren Ausbildung. Ich kenne viele, die einen hervorragenden Überblick über Abhängigkeiten und Zusammenhänge haben. So jemand könnte abschätzen, welche Konsequenzen die Veröffentlichung beziehungsweise das Zurückhalten einer Vision haben würde. Mit einem Schwarzen würdet ihr die Entscheidungsfindung auf ein solideres Fundament stellen als Luna,

Alex und ich das je könnten.«

»Bei der Sphäre!«, schnaufte Thor. »Ich habe noch nie erlebt, dass sich eine Goldene dermaßen selbstkritisch und uneigennützig äußert. Wer bist du und was hast du mit unserer Freundin gemacht?!«

»Jetzt mach nicht so viel Wind!«, beschwerte sich Oxa. »Ich versuche bloß nett zu sein.«

»Das beunruhigt mich ja«, brummte der Krieger und Hiltja spürte, wie sich Misstrauen in ihm regte. »Sag mal, hast du vielleicht 'nen Flüsterling verschluckt?«

»Was soll das denn sein?«, erkundigte sich Hiltja auf der privaten Frequenz.

»Flüsterlinge sind substanzlose Dämonen«, antwortete ihr Gefährte, wobei er die Goldene nicht aus den Augen ließ. *»Davon abgesehen, dass sie ihrem Wirt wirres Zeug einflüstern, welches der für die eigenen Gedanken hält, sind die Viecher recht harmlos.«*

»Oxa hat keinen Flüsterling verschluckt«, stellte Luna klar. »Das habe ich neulich überprüft.«

»Schönen Dank auch für euer Vertrauen!«, motzte die Goldene. »Ich übe bloß Freundschaft. Alex hat mir erklärt, es würde gar nichts bringen, wenn ich mich nur ab und zu integer verhalte. Das müsse ich euch gegenüber *immer* tun!« Sie seufzte tief. »Aber falls es euch beruhigt, versichere ich gern, dass es mir schwerfällt, meinen eigenen Vorteil hintenan zu stellen.«

»Lass dich von den Knalltüten bloß nicht ärgern, Oxa!« Hiltja bedachte Thor mit einem strafenden Blick. »Du machst das prima. Und ich bin dir sehr dankbar, dass du dich so für mich reinhängst. Jeder Ansatzpunkt zählt, denn er könnte die Lösung bedeuten.«

»Danke.« Die Goldene lächelte, es wirkte echt. »Aus diesem Grund habe ich auch die Fibel hergebracht. Sie ist mehr als ein Lehrbuch. Und im hinteren Teil wird es spannend. Darf ich?« Fragend schaute sie Luna an und zeigte auf die alte Schrift.

»Wenn du es nicht beschädigst«, erwiderte die Grüne.

»Ich werde vorsichtig sein«, versprach Oxa.

Luna verzog den Mund. »Ich finde, das mit dem Konservierungszauber sollte bei der Fibel nachgeholt werden.«

»Sagt die Grüne, der die Traditionen egal sind«, stichelte Thor.

»Natürlich sagt sie das!«, unterstrich Luna. »Bloß, weil ich mit der Zeit gehe, heißt das nicht, dass ich dagegen bin, altes Wissen zu bewahren!«

»Was war denn im hinteren Teil so spannend?«, kam Hiltja auf das eigentliche Thema zurück.

Nun funkelte es in Oxas Augen. »Sie wussten, dass sie aussterben würden!«

»Wer?«, fragten Thor und Luna im Chor.

»Die Seherinnen!« Die Goldene zog das Buch zu sich, schlug es auf und blätterte einen Moment. »Da! Hier ist es. An dieser Stelle wird von Lonaahs Tod berichtet und davon, dass nur wenige Dekaden danach die Ausbildung der Seherinnen umgestellt wurde.« Sie räusperte sich. »Ich übersetze euch mal den Originaltext: ›Von Jahr zu Jahr schwindet das Talent in unseren Reihen stärker. Doch es wird wiederkehren, wenn die Zeit dafür reif ist. Auch die neuen Seherinnen werden ausgebildet werden.‹ Bla, bla, bla. Den nächsten Part überspringe ich – der ist weniger interessant. Aber hier geht es weiter: ›Deswegen haben wir eine Meisterin gewählt, die alles Wissen unserer Zunft erhalten wird. Jede Seherin wird ihre Erfahrungen von nun an nicht mehr nur mit ihrer Mentorin teilen, sondern ebenfalls mit der Meisterin. Auf dass unser reicher Schatz von dieser besonderen Meisterin unverfälscht für die nächsten Seherinnen bewahrt werden möge.‹« Oxa schaute Beifall heischend in die Runde. »Die Grünen haben quasi eine Mentorin für unser Schneewittchen ausgebildet.«

Hoffnung breitete sich in Hiltja aus. *Sie wussten, dass ich Hilfe brauchen würde. Hoffentlich lebt diese Mentorin noch.*

Auf einmal war ihr Hals ganz trocken. »Wie alt werden grüne Himmelsechsen eigentlich?«

»Bummelig neunhundert Jahre und damit leider nicht alt genug«, seufzte Luna, »denn die altvordere Zeit endete vor ungefähr vierzigtausend Jahren.«

»Selbst ein Weißer wird nicht einmal ansatzweise so alt«, murrte Thor. »Hoggi ist mit seinen zweitausend Jahren der älteste Drache unserer Zeit.«

»Dann ist die Mentorin längst gestorben«, wisperte Hiltja und ließ sich gegen die Rückenlehne ihres Stuhls sinken.

»So blöd sind wir Grünen nicht!« Luna verschränkte die Arme vor der Brust. »Die Seherinnen der altvorderen Zeit waren mächtig. Ich wette, dass sie geahnt haben, dass ein Drachenleben nicht ausreicht, um Schneewittchen kennenzulernen.« Sie schaute Oxa herausfordernd an. »Bist du sicher, dass du den Text richtig übersetzt hast?«

»Ich habe mir die größte Mühe gegeben.« Die Goldene lächelte spöttisch. »Du kannst es aber gern selbst versuchen.«

Luna hob die Hände. »Nee, lass man.«

»Dürfte ich mal?«, fragt Hiltja.

»Selbstverständlich.« Oxa schob das Buch zu ihr und deutete auf einen Absatz. »Hier, diese Passage war es.«

»Danke.« Hiltja beugte sich vor und begann zu lesen. Absurderweise verstand sie jedes Wort, als wäre es ihre Muttersprache.

Das fühlt sich an wie nach Hause kommen, dachte sie bewegt. *Ich bin wirklich eine Seherin!*

Ihre Kehle wurde eng und Tränen stiegen in ihr auf. All die Jahre ihrer Kindheit hatte ihre Mutter geglaubt, sie sei verrückt.

Sie hat mich von einem Psychoheini zum nächsten geschleppt.

»Diese Kleingeister waren blind für dein Talent«, sendete Thor auf der privaten Frequenz und strich ihr sanft über den Rücken. *»Du bist perfekt, so wie du bist!«*

Hiltja schaute zu ihrem Gefährten auf. Sein Lächeln wärmte ihr Inneres. Die silbernen Verästelungen leuchteten hell in seinen grauen Augen und seine asiatischen Gesichtszüge waren voller Zärtlichkeit.

Er ist immer für mich da.

Innige Liebe flutete Hiltjas Herz. *»Gemeinsam werden wir Madame Vouh in den Griff kriegen, oder?«*

»Klar!« Die Zuversicht in Thors Miene war echt. *»Wir zwei sind unschlagbar. Das Geheimnis der alten Zigeunerin finden wir schon noch heraus.«*

Ihr Gefährte legte seinen Arm um ihre Schultern und zog sie an sich. Lächelnd drückte er ihr einen Kuss auf die Schläfe.

Er ist mein Fels in der Brandung!

Geborgenheit breitete sich in der jungen Frau aus. Niemand gab ihr so viel Sicherheit wie ihr Donnergott.

Mit neuem Mut wandte sich Hiltja wieder dem Text aus der altvorderen Zeit zu. Sie las, dann stutzte sie, las noch einmal und blickte schließlich zu Oxa. »Wie hattest du diesen Absatz übersetzt?« Sie zeigte auf die entsprechende Passage und zitierte die Worte der Goldenen: »›Deswegen haben wir eine Meisterin gewählt, die alles Wissen unserer Zunft erhalten wird.‹ Hmm.« Hiltja runzelte die Stirn. »Tatsächlich bedeutet ›notakare‹ nicht *er*halten, sondern vielmehr *ent*halten!«

»Korrekt«, stimmte Oxa ihr zu. »Aber dann ergibt der Satz nur wenig Sinn, findest du nicht? Eine Meisterin, die Wissen enthalten wird – für mich klingt das befremdlich.«

Für Hiltja auch. Doch der Satz erschien ihr dennoch auf eine merkwürdige Art und Weise richtig.

Es ist tatsächlich ›enthalten‹ gemeint!

Ein Vibrieren flimmerte durch den Bauch der jungen Seherin und ihr Hirn fügte die Puzzleteile zusammen.

»Mit der Meistermentorin kann kein Drache gemeint sein«, stellte Hiltja fest. Sie schaute aufgeregt in die Runde. »Luna hat recht. Die Grünen der altvorderen Zeit wussten, dass keine von ihnen lange genug leben würde, um mich zu treffen!«

»Und wenn eine Mentorin ihr Wissen an die nächste weitergegeben hätte?«, schlug Luna vor. »So läuft das doch in der Regel.«

»Ja, aber das funktioniert nur, wenn das Wissen auch angewandt wird«, gab Oxa zu bedenken. »Das Talent der Seherinnen hingegen verschwand. Wären die Informationen über eine Zeitspanne von vierzigtausend Jahren von Geist zu Geist gereicht worden, könnte von ›unverfälscht‹ nicht einmal mehr ansatzweise die Rede sein. Ohne selbst von der Materie Ahnung zu haben, hätten die Himmelsechsen nicht begreifen können, was sie überhaupt bewahren. Und außerdem«, sie verzog sarkastisch ihren rot geschminkten Mund, »hätten meine goldenen Schwestern diese Meistermentorinnen in der ewig langen Zeitspanne garantiert aufgespürt.«

»Bist du sicher?«, hakte Luna nach. »Wir Grünen können sehr verschwiegen sein.«

»Und wir Goldenen entschlossen.« Oxa seufzte und wirkte plötzlich beschämt. »Ihr könnt euch nicht vorstellen, wie dringend die Königinnen meiner Rasse in die Zukunft schauen wollten! Um dieses Ziel zu erreichen, waren sie überaus opferbereit – insbesondere, wenn andere den Preis dafür zahlen sollten.«

»Die Meistermentorin war kein lebendes Wesen.« Hiltja spürte deutlich, dass sie damit recht hatte. »Es steht alles da.« Sie zeigte auf das Buch und übersetzte: »›Deswegen haben wir eine Meisterin gewählt, die alles Wissen unserer Zunft enthalten wird.‹ Und: ›Auf dass unser reicher Schatz von dieser besonderen Meisterin unverfälscht für die nächsten Seherinnen bewahrt werden möge.‹ Die Seherinnen der altvorderen Zeit haben diese ›besondere Meisterin‹ – was auch immer sie sein mag – mit ihrem Wissen gefüttert und gehofft, dass das Ding die Jahrtausende übersteht.«

Thor schaute sie verwirrt an. »Du meinst, sie haben noch ein Buch geschrieben?«

»Nein.« Hiltja horchte in sich hinein. Ihr war, als würde Madame Vouh ihr etwas zuflüstern wollen, doch der Tee machte die Zigeunerin mundtot.

Verdammt!

Alle Blicke am Esstisch richteten sich auf die junge Frau, das machte sie nervös.

»Nur die Ruhe«, sendete Thor auf der privaten Frequenz. *»Atme tief durch und richte deinen Blick nach innen. Das ist eine Konzentra-*

tionsübung von uns Kriegern. Es hilft beim Fokussieren.«

Hiltja folgte seinem Rat. Sie schloss die Augen, holte Luft und dachte an die besondere Meisterin. Gleichzeitig versuchte sie Madame Vouh Raum zu geben. Hauchzarte Visionsfetzen, die mehr Emotionen als Bilder waren, huschten durch ihren Geist.

»Die Meistermentorin ist kein Buch«, wisperte Hiltja. »Sie … wird … mich unterrichten.«

»Und wie das?«, fragte Luna leise.

Ich muss loslassen!

Hiltja tat es und hieß Madame Vouh willkommen. Diffus schälte sich ein grünes Funkeln aus blauschwarzer Nacht.

Was ist das?

Hiltja lockte die Zigeunerin näher und mit dem nächsten Atemzug nahm das Funkeln an Intensität zu. Es roch leicht nach Regenwald.

Ich muss näher ran!

Noch einmal holte sie Luft und beim Ausatmen befreite sich Madame Vouh endgültig. Im nächsten Moment stand Hiltja in der Kantine an der Theke. Morgen, am 30. Juni, würde es Rahmspinat mit hartgekochten Eiern und Petersilienkartoffeln geben.

»Oha!«, brummte Thor und holte sie damit ins Hier und Jetzt zurück.

Frustriert öffnete Hiltja die Augen.

»Was hast du gesehen?«, fragten die beiden anderen im Chor, wobei Oxa ziemlich ehrfürchtig wirkte.

»Das hier!« Hiltja öffnete ihren Geist.

»Spinat?!«, schnaubte Oxa und ihre Ehrfurcht wich Verachtung.

»Willkommen im Beraterstab der Seherin!« Luna lachte. »Und sag nichts gegen Hannas Rahmspinat. Der ist nämlich wirklich gut!«

»Das Glitzern vorher«, wechselte Hiltja das Thema, »das war nicht der Spinat!«

Oxa hob eine Braue. »Bist du sicher? Das war auch sehr grün.«

»Ich bin hundertprozentig sicher.« Hiltja lächelte. Ihr Bauch war voll mit Gewissheit. »Das Funkeln war die Mentorin! Wir suchen … einen Gegenstand.«

»Gut.« Thor nickte neben ihr. »Und was genau?«

»Das kann ich nicht sagen«, brummte sie und schaute in die Runde. »Tut mir leid. Hat eine von euch vielleicht eine Idee?«

Doppeltes Kopfschütteln, gefolgt von Schweigen.

»Wir sollten Gehirnstürmen machen«, brummte Thor.

Luna und Oxa schauten ihn irritiert an.

»Du meinst Brainstorming«, verbesserte Hiltja.

Er nickte. »Das sagte ich ja. Es gibt keine Tabus – egal wie verrückt ein Gedanke ist. Diese Methode haben sie uns im Kurs für ›unauffälliges menschliches Verhalten‹ beigebracht. Euch etwa nicht?«

»Doch!« Luna grinste den Krieger herausfordernd an. »Und weißt du, wer der König der verrückten Ideen war?«

»Alex!«, stöhnte Thor. »Wer sonst?«

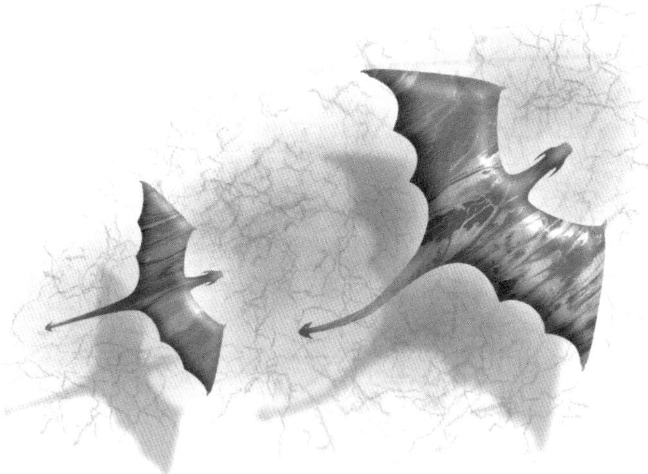

Ein Ruf in die Nebelsphäre

Victoria, die Königin der Schwarzen, war in der vergangenen Nacht kaum zur Ruhe gekommen. Ständig kreisten ihre Gedanken um ihre Freunde Aer und Lenir. Was, wenn die zwei ihren Sprung in die Sphäre doch überlebt hatten? Was, wenn sie Hilfe brauchten?

Verflixt, ich muss meinen Kopf freikriegen! Heute stehen wichtige Sitzungen an, da muss ich konzentriert sein.

»Es stehen immer wichtige Sitzungen an«, antworte Jaromir gelassen und drückte ihre Hand. *»Komm, die frische Luft wird uns guttun.«*

Gemeinsam spazierten sie durch den Wald, der sich kilometerweit rund um die Zitadelle erstreckte. Die Wildnis war jahrhundertelang unberührt geblieben, deswegen ragten hier uralte Bäume empor und nur wenige verschlungene Pfade durchzogen das Dickicht. Das Morgenlicht hüllte alles in seinen warmen Schein – es war fast wie im Märchen. Aber vor allem war es still. Der weise Hoggi hatte zur Einweihung des Herrschaftssitzes der Schwarzen einen Desinteressezauber über die

Festung und das umliegende Areal gelegt, sodass sich kein intelligentes Wesen versehentlich an diesen Ort verirren konnte.

Ob es die Natur war, die Victoria erdete, oder eher die Abgeschiedenheit, konnte die junge Menschenfrau nicht sagen. Es war auch gleichgültig. Sie war einfach nur froh, durchatmen und ihre Gedanken ordnen zu können.

»Ich vermisse unsere Freunde genau wie du«, gab Jaromir zu. *»Ich würde alles dafür tun, Lenir noch einmal wiederzusehen!«*

»Alles?« Victoria lächelte schief. *»Sogar eine modifizierte Leuchtbake in den Nebeln platzieren?«*

»Nein, das dann doch nicht.« Er seufzte. *»Grimmarr hat recht: In diesen Tagen dürfen wir kein Risiko eingehen.«*

»Leider! Es reicht, wenn die Menschen verrücktspielen.« Victoria schnaubte verächtlich. *»Als hätten wir auf unserem Planeten aktuell nicht genug Probleme, muss der russische Präsident noch einen Krieg mit seinem Nachbarstaat anzetteln.«*

»Darauf habe ich Aiko und Telliar schon angesetzt«, antwortete Jaromir. *»Bevor wir eingreifen, müssen wir wissen, ob die Dämonen bei der Nummer mitmischen.«*

»Das ist gut. Grimmarr wartet nur auf ein Zeichen von uns.«

Ein Zeichen. Darauf wartete Victoria ebenfalls – allerdings von ihrer Freundin Aer.

Unvermittelt rauschte ein Windzug durch die Blätterkronen über ihren Köpfen, ließ sie rascheln und malte tanzende Lichtflecken auf den Waldboden. Dieser Weg wäre genau nach Aers Geschmack gewesen. Wie gern war sie früher mit ihrem Wallach durch das Projensdorfer Gehölz bei Kiel geritten?

Victorias Herz wurde schwer.

O Gott! Ich vermisse sie so!

Tränen quollen aus ihren Augen.

Es gibt nicht mal ein Grab, an dem wir trauern können!

Ein Schluchzen löste sich aus ihrer Kehle.

»Wir können überall trauern«, widersprach ihr Gefährte sanft. *»Sie*

sind in den Nebeln geblieben und die Sphäre können wir von überall öffnen. Komm, hinter der nächsten Biegung ist im letzten Winter ein Baum umgestürzt, da habe ich genug Platz, um mich zu verwandeln.«

Jaromir zog Victoria mit sich. Auf der Lichtung trat er ein paar Schritte beiseite und wechselte in seine wahre Gestalt. Routiniert sammelte er Astralenergie aus der Umgebung, erschuf ein magisches Skalpell und schlitzte damit die Weltenhaut wenige Zentimeter vor Victorias Gesicht auf.

Anstatt wie bei einem Sprung in die Nebel durch den Riss zu schlüpfen, wandte er sich an seine Liebste: *»Sprich mit Aer!«*

Und das tat Victoria. Sie legte ihre Trauer, ihre Liebe und all ihr Sehnen in einen hoffnungsvollen Gedanken und sendete diesen kraftvoll durch den schwindenden Schlitz hinein in die wattig weiße Unendlichkeit der Sphäre.

Einen Atemzug später hatte sich der Riss in der Weltenhaut schon wieder verschlossen. Nun flossen noch mehr Tränen aus den Augen der jungen Frau, doch diesmal nahmen sie endlich einen Teil des Schmerzes mit sich.

Jaromir verwandelte sich in seine Menschengestalt zurück und zog seine Gefährtin in die Arme. Er hielt sie einfach nur fest und teilte ihren Kummer.

Das half. Nicht viel, aber ein bisschen. Zum ersten Mal seit dem furchtbaren Tag der Dämoneninvasion hatte Victoria das Gefühl, als würde der Druck in ihrer Brust etwas nachlassen.

Erleichtert kuschelte sie sich an Jaromirs Brust. *»Danke!«*

»Jederzeit, Kleines.« Er hauchte ihr einen Kuss auf die braunen Haare. *»Wenn die beiden dort irgendwo sind, werden sie dich gehört haben.«*

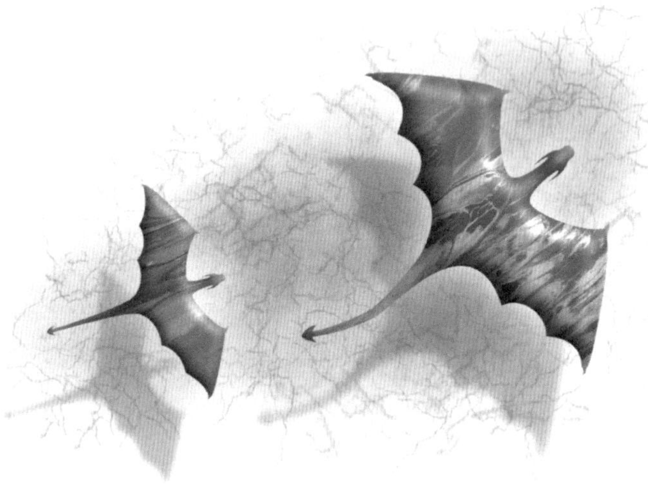

Auf der Schnellstraße in die Hölle

Die Vorstellung, dass sich seine Gefährtin und Alexan gemeinsam in einem Raum aufhalten würden, begeisterte Thorxarr ungefähr so sehr, wie Satanas dazu in der Lage waren, Mitgefühl für andere Kreaturen aufzubringen – nämlich kein Stück! Schneewittchens Vorschlag, den Weißen per Videocall zu kontaktieren, fand er maximal minimal besser. Aber die Blicke seiner Freunde machten ihm deutlich, dass seine Wahlmöglichkeiten begrenzt waren und außerdem tippte sein Mädchen eh schon auf ihrem Telekommunikationsgerät herum.

Na super!

Im nächsten Moment sah Thorxarr einen displayfüllenden Alexan, der seiner Gefährtin vom Smartphone aus zuwinkte. Die Frisur des Weißen passte perfekt zu seinem nervig fröhlichen Grinsen. Statt der langen schwarzen Haare von neulich war sein Schopf heute kinnlang, sanft gewellt und vor allem leuchtend hellblau, wobei die Farbe nach unten in einen satten Brombeerton auslief.

Er wieder!

Ein unwilliges Knurren vibrierte in Thorxarrs Brust und brachte ihm einen tadelnden Blick seiner Gefährtin ein.

»Moin, Schneewittchen!«, rief Alexan und winkte ein zweites Mal.

»Moin, Alex«, grüßte die Kleine zurück. »Wie geht es dir?«

Wen interessiert's?, dachte der Krieger. Offensichtlich war sein ehemalig bester Freund in seinem Quartier im ewigen Eis der Antarktis und trieb dort irgendwelchen Unfug. *So wie immer halt!*

»Mir geht es prima!«, antwortete Alexan.

Oxana war aufgestanden und trat hinter Schneewittchen, um besser sehen zu können.

»Moin Alex!«, rief sie. »Übertreibst du es nicht? Du nimmst sogar in deinem Quartier die Menschengestalt an?«

»Muss ich doch!« Der Weiße lachte. »Sonst könnt ihr beide mich ja nicht hören.«

Wäre kein großer Verlust, grollte Thorxarr bei sich und verschränkte die Arme vor seiner Brust. Er hatte nicht vor, sich ebenfalls vor die Kamera zu drängeln, würde die Weichschuppe aber schön im Auge behalten.

Doch Schneewittchen hatte andere Pläne.

»Nun sei mal ein bisschen netter!«, schimpfte sie und stellte das Smartphone mit etwas Entfernung auf dem Tisch auf, sodass die Kamera Thorxarr problemlos erfasste. Lunara rutschte ebenfalls neben dem Roten ins Bild.

»Oh!«, rief Alexan. »Thor ist ja auch da!« Er hüstelte dünn. »Moin! Und hallo, Luna. Was gibt es denn?« Besorgt huschte sein Blick zum Krieger.

»Wir brauchen deine Hilfe«, kam Oxana direkt zur Sache. »Hast du einen Moment Zeit für uns?«

»Öhm. Das weiß ich nicht so genau.« Alexan räusperte sich. »Ich habe mit Bill gesprochen und der hat mir erzählt, was Gefährten in der Bindungsphase mit Nichtgefährten so alles anstellen. Billarius sagt, dein Ausraster vor ein paar Wochen sei harmlos gewesen und selbst rote Könige müssten sich da vorsehen. Ich bin doch nur ein astralschwacher Weißer!«

Alexan schluckte und starrte mit großen Augen in die Kamera.

»Tja, da hat dieser Bill recht.« Thorxarr starrte zurück, wobei er seine Arm- und Schultermuskulatur spielen ließ.

»Dann … ähm … habe ich lieber keine Zeit«, erklärte der Weiße und verzog entschuldigend sein Gesicht. »Sorry!«

»Mann, Thor!« Schneewittchen gab ihm einen Klaps auf seinen aufgepumpten Oberarm, wandte sich aber direkt wieder ihrem Telekommunikationsgerät zu.

»Er will dir nichts tun!«, behauptete sie.

Doch, das will ich!, widersprach Thorxarr stumm. *Kopf abreißen wäre schön, dann kann er dich nicht mehr so lüstern anglotzen!*

»Boa, Alex guckt ganz normal! Reiß dich gefälligst zusammen, du aufgeblasener Gecko!«, meckerte Schneewittchen auf der privaten Frequenz. In Ihren Augen funkelte Ärger. *»Das ist wichtig für mich!«*

Damit hatte sie ihn.

»Na gut«, seufzte er.

Während er sich ein Lächeln auf die Lippen zwang, beruhigte Schneewittchen den Weißen.

»Wir wollen ja gar nicht, dass du persönlich herkommst. Über die Videotelefonie kann dir mein Liebster«, der Seitenblick, den sie ihm bei diesem Wort zuwarf, war alles andere als liebevoll, »ja nichts tun. Thor wird nett zu dir sein, versprochen!«

»Wir brauchen dich«, erklärte Lunara.

»Nicht dich«, grummelte Thorxarr, »bloß deine absurden Ideen.«

»Warte!« Die Grüne stand auf und drehte das Smartphone so, dass Schneewittchen nicht mehr im Bild zu sehen war. »Besser, Herr Gefährte?«

Erstaunt bemerkte der Krieger, dass der Wunsch, seinem besten Freund an die Kehle zu gehen, tatsächlich abebbte. »Ja, das ist wirklich besser.«

»Gut!« Oxana stellte sich nun hinter Thorxarr. »Also, die Sache ist die …«

Innerhalb weniger Minuten hatte die Goldene den Verlauf des Gesprächs zusammengefasst. Mit jedem ihrer Sätze war der Kopf des Weißen stärker in Schieflage geraten und der Forscherdrang leuchtete heller in seiner Miene.

»Gerade eben hatte Schneewittchen eine Vision«, schloss Oxana ihren Bericht. »Die hat sie mit uns geteilt und …«

»Geteilt?«, unterbrach Alexan. »Aber die hättet ihr doch gar nicht sehen dürfen!«

»Doch, das ist unser Job«, entgegnete die Goldene arrogant. »Wir gehören zum Beraterstab der Seherin.«

»Wow!« Der Weiße pfiff beeindruckt.

»Es ist echt schade«, merkte Schneewittchen von der Seite an, »dass das Smartphone keine Gedanken übertragen kann. Aber dann erzähle ich es dir eben. Also, Madame Vouh hat mir Folgendes gezeigt …«

Während sein Mädchen sprach, waren Alexans Augen kugelrund geworden. Schnell steckte der Weiße die Finger in die Ohren und begann »Highway to Hell« zu singen.

»Was ist denn mit *ihm* los?«, fragte Lunara irritiert.

»Ach«, schnaufte Oxana, »ich habe ihm vor ein paar Tagen erzählt, dass er die Visionen unserer Seherin nicht weitergeben soll, ja, dass er sie eigentlich gar nicht hätte mitbekommen dürfen. Ihr wisst schon, neulich waren wir ja alle hier. Die Weißen plappern wie Wasserfälle und sind sehr freigiebig mit Informationen.« Sie seufzte. »Ich war wohl *zu* gründlich.«

»So kann er uns jedenfalls nicht helfen«, meinte Thorxarr hoffnungsvoll.

»Keine Sorge, ich regle das!« Oxana stand auf. »Sonst nimmt er womöglich nie die Finger aus seinen Ohren. Bei der Gelegenheit kann ich ihm dann auch gleich die Vision zeigen.«

Mit schwingenden Hüften stöckelte die Goldene zur freien Fläche im Wohnbereich, wo sie sich mit einer anmutigen Bewegung in ihre wahre Gestalt verwandelte. Vereinzelte Edelsteine funkelten auf ihren schimmernden Schuppen. Sie drückte sich von den Fliesen ab, entrollte die Schwingen und war im nächsten Moment im Nichts verschwunden.

Unterdessen sang Alexan immer noch.

»Du liebe Güte!« Lunara grinste amüsiert. »Er hängt wirklich zu viel mit diesem Billarius Schneeglanz ab. Es heißt, dieser Bill sei ein begeisterter Heavy-Metal-Fan.«

»Ich glaube eher zu wenig«, widersprach Schneewittchen kichernd. »Ich habe dieses Lied noch nie in einer Opernversion gehört. Alex ist ja richtig begabt. Klingt ziemlich geil, findet ihr nicht?«

»Geht so«, grollte Thorxarr. Innerlich musste er seinem Mädchen jedoch recht geben. Sein Kumpel war ein Virtuose – was nicht verwunderlich war, denn die Weißen waren in allem ziemlich detailverliebt. Unwillig rümpfte er die Nase und wechselte das Thema. »Warum braucht Oxa nur so lange?«

»Die Quartiere der Weißen sind eng, das weißt du doch«, konterte Lunara. »Außerdem ist es unhöflich, einfach so bei jemandem reinzuplatzen. Oxa wird einen der offiziellen Sprungräume benutzen.«

»Ich esse noch 'nen Happen«, murmelte Schneewittchen. Sie zog den Teller mit ihrem Omelett heran und schnitt sich ein Stückchen ab. *»Mhh, lecker! Das schmeckt auch kalt mega!«*

Ihr Lob füllte Thorxarrs Herz mit Stolz und ließ seine Eifersucht ein wenig verrauchen.

Seine Kleine lächelte. Das war genau ihre Absicht gewesen.

Sie aß weiter und gegen Ende der dritten Strophe tauchte Oxana endlich in ihrer Menschengestalt hinter Alexan auf. Die Goldene klopfte dem Weißen auf die Schulter, sodass dieser das Trällern einstellte.

»Konzentration!«, kommandierte Oxana. »Ich zeige dir jetzt Schneewittchens Vision.«

»Aber was die Seherin sieht, dürfen doch bloß die Berater der Seherin sehen!«, protestierte Alexan.

»Du *bist* Berater der Seherin.«

»Echt? Seit wann das denn?«

Oxana rollte mit den Augen. »Seit heute.«

»Davon weiß ich nichts«, widersprach der Weiße.

»Sie hätten es dir bestimmt erzählt, aber du musstest ja singen!«

»Öhm … ja.« Alexan schaute ebenso verdattert wie fragend in die Kamera. »Stimmt das, Thor?«

Der hätte am liebsten nein gesagt, aber dann wäre sein Mädchen sauer geworden. Deswegen brummte er: »Ja. Schneewittchen und …«, er gab sich einen Ruck, »also, wir hätten dich gern in unserem Beratergremium. Aber du musst nicht, wenn du nicht willst.«

Hoffentlich will er nicht!

Blöderweise sah es nicht danach aus. Überraschung und ehrliche Freude ließen die Miene des Weißen leuchten.

»Uiuiui! Dann hasst du mich ja doch nicht, Thor!« Andächtig verbeugte Alexan sich. »Es wäre mir eine Ehre.«

Natürlich hasste der Krieger seinen Kumpel nicht. Sein Hirn wusste, dass dieser nichts von seiner Gefährtin wollte. Dummerweise konnte er das weder seinem Herzen noch seinem Bauch klarmachen.

»Schön«, murrte Thorxarr. »Und nun lass dir von Oxa die Bilder zeigen.«

Für ein paar Sekunden bekamen der Weiße und die Goldene einen abwesenden Blick und Schweigen füllte das eisblaue Quartier in der Antarktis.

Dann leckte sich Alexan die Lippen. »Jetzt habe ich Hunger!«

»Vergiss den Spinat«, befahl Oxana. »Es ging nur um das Funkeln am Anfang.«

»War das die Mentorin?« Der Weiße guckte zwischen Telekommunikationsgerät und seinem Gast hin und her, sodass seine hellblaue Frisur in Bewegung kam und die brombeerfarbenen Spitzen flogen. »Das Funkeln war ziemlich unscharf.«

»Das wissen wir!«, stöhnte Oxana. »Trotzdem überlegen wir, was die Mentorin sein könnte.«

»Aha!« Alexan nickte eifrig und meinte: »Magie an Gegenstände zu binden hat Tradition. Insbesondere, wenn diese für Menschen gedacht sind. Allerdings muss ihr Verwendungszweck vorher präzise festgelegt werden.«

»Tradition?« Davon hörte Thorxarr zum ersten Mal.

»Ja, es gab da mal ein Schwert namens Excalibur«, erklärte Alexan. »Der Legende nach verlieh es seinem Besitzer übermenschliche Kräfte, und seine Scheide machte jeden, der sie bei sich trug, unverwundbar.«

»Im Ernst?«, hakte Lunara nach. »Das muss aber ein mächtiger Heilzauber gewesen sein.

Thorxarr schaute zur Grünen neben sich herab. »Oder ein Schildzauber.«

»Ja, eins von beidem«, stimmte der Weiße zu. »Dann hätten wir da noch den heiligen Gral. Dieser Trinkpokal …«

»Ein Schwert passt schon mal nicht zu einer Seherin«, unterbrach Thorxarr.

»Natürlich war es kein Schwert, Herr Krieger!«, kanzelte Oxana ihn ab. »Das waren Grüne. Die bringen doch niemanden um!«

»Dann also ein Gral?«, überlegt Lunara.

»Pfft. Mit 'nem Trinkpokal kann man auch wen umbringen«, nörgelte Thorxarr. Es gefiel ihm gar nicht, so vorgeführt zu werden. »Man muss nur fest genug zuschlagen.«

»Oder Gift damit verabreichen«, flötet Lunara scheißfreundlich. »Aber das wäre eher das Metier der Goldenen, nicht wahr, Oxa?«

»Das bringt uns nicht weiter!«, mischte sich Schneewittchen ein. »Außerdem glaube ich nicht, dass es Excalibur oder der Gral war. Das Funkeln fühlt sich anders an. Hast du noch andere Beispiele, Alex?«

»Ja, neuerdings sind solche objektgebundenen Zauber nämlich wieder in Mode.« Der Weiße hob seinen Zeigefinger. »Da wäre zum einen der Karfunkel, der Jan Hendrik Meier das Benutzen von Geistesmagie erlaubt, obwohl er eigentlich kein Quäntchen Astralkraft in sich trägt.« Nun hob er den Mittelfinger. »Zum anderen hat Bill mir erzählt, dass die Blauen ihre Lichtmagie an Opale binden können. Diese reagieren dann auch auf die Stimme von Menschen.«

»Das hört sich nach einem Volltreffer an«, fand Lunara. »Dann hältst du eine magisch-gegenständliche Mentorin also für denkbar?«

»Absolut!« Alexan nickte und seine brombeerfarbenen Haarspitzen wippten.

»Und wie hilft uns das weiter?«, wollte Thorxarr wissen.

»Na, all diese Artefakte bestehen aus in Metall gefassten Edelsteinen«, erwiderte der Weiße. »Kristalline Strukturen eignen sich besonders gut als Träger für permanente Magie und die Metallfassungen vereinfachen die Handhabung, ohne die Zauber negativ zu beeinflussen. Werden solche Artefakte nach Fertigstellung noch mit verschiedenen Schutzzaubern versehen, sind sie quasi unzerstörbar.«

Schneewittchens Herz schlug schneller, als sie fragte: »Könnte so ein Gegenstand vierzigtausend Jahre überstehen?«

»Vierzigtausend?« Alexan lachte. »Locker!«

Nun rutschte sein Mädchen neben Thorxarr auf ihrem Stuhl herum. Er konnte spüren, wie ein Kribbeln durch ihren Bauch flirrte.

»Wir sind auf der richtigen Spur, oder?«, erkundigte er sich auf der privaten Frequenz.

»Ja! So fühlt es sich an.« Schneewittchen räusperte sich. »Wie groß wäre so ein Gegenstand?«

»Och«, meinte Alexan, »das kommt ganz auf den Zauber und die Funktion an, aber grundsätzlich können diese Artefakte recht klein sein. Der Lichtzauber des Blauen hat zum Beispiel Hosentaschenformat. Das ist nämlich ein Schlüsselanhänger. Wenn ihr mehr dazu wissen wollt, schaut mal beim Dreiergestirn vorbei. Die wohnen aktuell bei euch Wölfen.«

»Klein ist Mist!«, grollte Thor. Der Tand der Blauen interessierte ihn nicht. »Wie sollen wir sowas denn finden?«

»Und vor allem: Wo sollen wir überhaupt suchen?«, gab Lunara zu bedenken. »Früher wohnten meine Vorfahren im Regenwald. Der ist riesig und die alten Kultstätten längst zerfallen.«

»Dass sie zerfallen sind, ist irrelevant«, winkte Oxana ab.

Alexans Kopf legte sich neben ihr schief. »Warum?«

»Weil meine Schwestern die Wirkungsstätten der Seherinnen damals gründlich durchsucht haben«, antwortete die Goldene. »An den offiziellen Plätzen wird niemand mehr etwas finden. Wäre da etwas gewesen, hätten sie es in den geheimen Berichten vermerkt, da bin ich sicher.«

»So ein Mist!«, seufzte Schneewittchen und der Krieger fühlte, wie die Hoffnung seines Mädchens rissig wurde. Das gefiel ihm gar nicht.

»Wir müssen etwas übersehen!« Nachdrücklich sah er von Lunara zum Telekommunikationsgerät.

»Lest mir den Text noch mal vor«, bat Alexan. »Am besten im Original auf Schotaah!«

Oxana bekam große Augen und drehte sich zu ihrem Nebenmann um. »*Du* kannst Schotaah?!«

Der Weiße nickte. »Ja, aber das ist Zufall.«

»Bitte?!« Die Goldene runzelte unwillig die Stirn. »Diese Sprache ist alles andere als trivial. Wie kann man die ›zufällig‹ lernen?«

»Ach, vor 78 Jahren hatte ich das dylektische Eisfieber und lag drei Wochen lang flach«, meinte Alexan leichthin. »Mir war langweilig und irgendwomit musste ich mich ja beschäftigen.«

»Langweilig?!«, japste Oxana.

Schneewittchen kicherte.

Normalerweise hätte der Lerneifer seines Kumpels Thorxarr ebenfalls belustigt, aber da dieser die Bewunderung seines Mädchens nach sich zog, war er diesmal humorbefreit.

Mantokscheiße, hoffentlich hat diese Eifersucht bald ein Ende!

»Ja, das hoffe ich auch!« Seine Kleine sah von ihm zur Grünen. »Möchte einer von euch vorlesen?«

Thorxarr hob seine Hände. »Nö. Dann können wir es gleich lassen.«

»Ach, ich verzichte heute ausnahmsweise mal«, spottete Lunara.

»Gut.« Schneewittchen stand auf, schnappte sich ihren Teller und trug ihn zur Küchenzeile. »Ich schaffe nur eben Platz. Nicht, dass ich das Buch beschmutze! Macht doch bitte schon mal den Tisch sauber.«

»Das übernehme ich!«, erbot sich Thorxarr, bevor Lunara tätig werden konnte. »Sonst brauchen wir wieder ’ne neue Lackierung für die Holzplatte.«

»Das war nur einmal!«, beschwerte sich Lunara. »Der Reinigungszauber ist bei mir eben sehr gründlich und entfernt alle unnatürlichen Komponenten.«

Eigentlich war die Tischplatte sauber, trotzdem wedelte der Krieger mit seinen Händen darüber hin und her. Wenn da noch irgendwo ein Krümel oder Kaffeefleck gewesen war, hatte die Magie ihn nun getilgt.

Schneewittchen kehrte mit frisch gewaschenen Händen zurück. Sie setzte sich, griff vorsichtig nach der Fibel der Seherin und begann vorzulesen.

Fasziniert hörte Thorxarr, wie die fremden Worte über die Zunge seiner Liebsten perlten. Gleichzeitig spürte er das Glück, das die lang vergessene Sprache in ihr auslöste. Sie war ganz in ihrem Element.

Wundervoll.

»Eines ist klar!«, verkündete Alexan, nachdem Schneewittchen geendet hatte. »Die Seherinnen der altvorderen Zeit wollten, dass du diese Mentorin findest.«

»Schön.« Oxana rollte mit den Augen. »Und wie hilft uns das weiter?«

Der Weiße grinste. »Also, wenn *ich* so ein Rätsel kreieren würde, dann würde ich eine Spur von Hinweisen für den Empfänger legen. Außerdem würde ich dafür sorgen, dass diese nicht verloren gehen können.«

»Tja«, schnaufte Lunara, »meine Vorfahren sind eindeutig nicht wie du. Thor hätte das Buch vorhin beinahe abgefackelt!«

»Wirklich?« Alexans Kopf legte sich schief. »Das erscheint mir nicht zielführend.«

»War aber so!« Lunara hielt die Fibel in die Kamera, damit ihr Freund den verköselten Fleck betrachten konnte.

»Wie interessant! Brannte es sofort?«, erkundigte Alexan.

»Ja«, gab Thorxarr schuldbewusst zu und Lunara ergänzte: »Lichterloh!«

»Uiuiuiuiui!« Der Weiße klatschte in die Hände. Er trat näher heran, beäugte das Buch und murmelte mehr zu sich selbst: »Kann es sein? Hmm. Es ist unwahrscheinlich – ja, eigentlich fast ausgeschlossen, aber dennoch … hmm. Wir müssen es untersuchen!«

Aufgekratzt schaute er zu Thorxarr und Lunara. »Kennt einer von euch Lubelloto?«

»Lubell-was?«, murrte Thorxarr.

»Lubelloto!« wiederholte Alexan.

»Nee. Wer soll das sein?«, fragte Lunara. »Ist das ein Schwarzer?«

Der Weiße auf dem Display kicherte. »Nicht doch! Das ist ein Examinationszauber der Stufe fünf.«

Thorxarr schüttelte den Kopf und die Grüne neben ihm schnaubte: »Stufe fünf? Vergiss es. Ich bin froh, wenn ich in dem Bereich Stufe zwei hinkriege. Die Fibel musst du selbst untersuchen!«

»Wie bedauerlich. Ähm … aber nicht bei euch.« Alexans Blick huschte furchtsam zum Krieger, er hüstelte. »Könntest du mir das Buch vielleicht bringen, Luna? Bitte.«

Als die Grüne das Gästequartier verlassen hatte, verspürte Thorxarr Erleichterung. Er mochte seine Freunde, doch noch lieber mochte er die Zweisamkeit mit seinem Lieblingsmenschen.

Wenig später stieß Lunara zu den beiden anderen und überreichte Alexan die Fibel.

Oxana betrachtete den Weißen mit gerunzelter Stirn. »Reicht deine Kraft für Lubelloto aus?«

»Ja, das ist kein Problem.« Alexan lächelte. »Der Spruch ist minimal invasiv, sodass ihn selbst astralschwache Himmelsechsen wie ich ausführen können – zumindest bei so kleinen Objekten. Aber es wäre nett, wenn du das Buch für mich schweben lassen könntest.«

Die Goldene tat wie geheißen, während Alexan sich in seine Drachengestalt verwandelte. Er spreizte leicht die elfenbeinfarbenen Schwingen ab und starrte die Fibel an. Plötzlich glommen pastellfarbene Funken um das Buch herum auf. Anfangs standen sie still, doch dann begannen sie zu tanzen. Wie ein Insektenschwarm wirbelten sie über den dunkelgrünen Ledereinband hinweg und blinkten und blitzten dabei in allen Farben des Regenbogens. Schließlich wurden die Blau- und Rottöne intensiver und vermischten sich zu einem satten Violett.

Alexans Augen waren kullerrund. Begeistert schaute er von Lunara zu Oxana und schien mit ihnen auf der Geistesebene zu sprechen.

Die Goldene schüttelte ihren Kopf. »Das ist unwahrscheinlich! Weißt du, wie selten solche Form der Magie ist?«

Der weiße Drache nickte eifrig und deutete mit Nachdruck auf die violetten Funken, die das Buch noch immer umtanzten.

»Das wäre dann aber ein sehr mächtiger Zauber«, überlegte Lunara. »Wer soll den denn gewirkt haben? Meine Vorfahren?«

»Wir spekulieren hier bloß!« Oxana verzog ihren Mund. »Kannst du das irgendwie beweisen, Alex?«

»Wovon reden die?«, fragte Schneewittchen.

Thorxarr zuckte mit den Schultern. »Ich habe nicht den blassesten Schimmer.«

Unterdessen nickte Alexan abermals und hob seine rechte Klaue. Übermut gepaart mit erwartungsfroher Faszination manifestierten sich auf seinem geschuppten Gesicht, als er eine Minisalve auf die Fibel aus der altvorderen Zeit abfeuerte.

Sofort begann das antike Pergament zu brennen.

»Bist du irre?!«, kreischte Oxana und Lunara rief: »Exstinguaris!«

Doch diesmal hatte der Löschzauber der Grünen keinen Effekt. Das Lodern wurde gleißend hell.

»He!« Schneewittchen sprang von ihrem Stuhl auf und stieß dabei versehentlich gegen den Tisch, sodass das Telekommunikationsgerät umkippte. »Was macht Alex denn da?!«

»Durchdrehen.« Thorxarr langte nach dem Smartphone und brüllte: »Erstickt die Flammen endlich!«

Doch zu spät. Mit einem unaufdringlichen »Puff« implodierte das Feuer und zurück blieb … nichts.

»Wo ist das Buch hin?«, keuchte Schneewittchen und beugte sich zu Thorxarr herüber, um besser auf das Display sehen zu können. Entsetzen wallte durch ihren kleinen Körper.

»Weg!« Lunara schüttelte entgeistert ihren Kopf.

Und Oxana glotzte auf die Stelle, wo eben noch die Fibel in der Luft geschwebt hatte. »Ich fasse es nicht! Da ist nicht mal ein winziges Flöckchen Asche übriggeblieben!«

»Wieso auch?«, fragte Alexan, der wieder seine Menschengestalt angenommen hatte.

»DU!« Lunara verpasste ihm einen kraftvollen Faustschlag gegen die Schulter, sodass er zurückwankte.

»Aua! Warum haust du mich?«

»Wie konntest du das nur tun?! Dieses Buch war ein Unikat!«, fauchte die Grüne. »Es ist unersetzbar und du hast es mutwillig zerstört!«

»Hä?« Der Weiße furchte die Stirn. »Aber ihr wolltet doch einen Beweis für meine Theorie!«

»Ja«, mischte sich Oxana ein. »Wer kann denn ahnen, dass du die Fibel abfackelst! Hast du den Verstand verloren?!«

»Nicht, dass ich wüsste«, antwortete Alexan, wobei er sich seine Schulter rieb. »Menno, Luna, das tat ganz schön weh. Bei der Sphäre, was denkt ihr denn von mir? Ich zerstöre doch keine Bücher!«

Schneewittchen schaute besorgt zu Thorxarr. »Hat Alex vielleicht so einen substanzlosen Dämon verschluckt? Wie hießen die Viecher noch?«

»Flüsterlinge«, erwiderte der Krieger.

»Und wie du Bücher zerstörst!« Aufgebracht stemmte Oxana die Fäuste in die Hüften. »Du hast es verdampft!«

»Verdampft?«, echote Alexan. »Nee, nee, nee! Ich habe euch doch gesagt, dass die Fibel mit einem permanenten Reperi-Zauber belegt wurde.«

»Ja. Und?«, zeterte die Goldene.

Thorxarr verstand kein einziges Wort.

»Schluss mit dem Gelaber!«, rief Schneewittchen. »Jetzt erklär uns endlich mal irgendwer, was bei euch drüben los ist!«

Schweigen.

»Also«, hob Alexan an, »die violette Färbung von Lubelloto hat eindeutig gezeigt, dass das Buch mit einem dauerhaften Reperi-, sprich einem Findezauber verhext wurde. Objekte, denen eine solche Magie anhaftet, *können* nicht zerstört werden.«

»Echt?«, murmelte Lunara.

Oxana verzog ihre geschminkten Lippen. »Klingt logisch.«

»Wusstest ihr das etwa nicht?« Der Weiße legte seinen hellblau-brombeerfarbenen Schopf schief und schaute von einer zur anderen. Beide zuckten mit den Achseln.

Schneewittchen wurde ungeduldig. »Wo ist meine Fibel?«

Nun blickte Alexan verwirrt in die Kamera. »Na, bei dir!«

»Bei mir?« Sie guckte sich suchend um. »Aber Luna hat sie doch zu dir gebracht!«

»Genau!« Der Weiße nickte. »Und ich habe den Findezauber aktiviert. Deswegen ist das Buch aus meinem Quartier verschwunden und hat sich bei dir materialisiert!«

»Hier hat sich gar nichts materialisiert«, knurrte Thorxarr. Er begriff nicht, was genau es mit diesem Repe-Dings-Zauber auf sich hatte und das ging ihm auf die Nerven.

»Aber es müsste bei euch sein!«, unterstrich Alexan. »In Reperi-Zaubern wird stets ein Ziel eingewoben, welches das belegte Objekt anvisieren soll. Ich ging davon aus, dass das ›Grundwissen für Seherinnen‹ die nächste Seherin finden will. Und das bist du, Schneewittchen!«

Die runzelte die Stirn. »Und warum hat mich das Buch dann nicht schon früher gefunden? Ich meine, ich bin immerhin schon zweiundzwanzig Jahre alt!«

»Oh!« Der Weiße hüstelte. »Das ist ein guter Einwand!«

Alarmiertes Schweigen.

»Und wenn ich doch nicht die nächste Seherin der Drachen bin?«, fragte Schneewittchen in die Stille hinein. »Vielleicht liegt das Buch jetzt ja bei jemand ganz anderem rum.«

»Niemals!«

»Das ist ’n Witz!«

»Ausgeschlossen!«

Das wäre zu schön, dachte Thorxarr und gab sich seiner Sehnsucht hin, sein Mädchen und er würden nicht mehr von allen mit Argusaugen überwacht werden.

»Du *bist* die nächste Seherin!«, betonte Oxana. »Daran besteht kein Zweifel. Und warum die Fibel dich in den letzten zweiundzwanzig Jahren nicht gefunden hat, kann ich erklären. Die Archive der Goldenen sind mit einer starken Schutzmagie belegt, die das ›Abhandenkommen‹ der eingelagerten Schriften verhindert.«

»Ihr habt eine Diebstahlsicherung?«, japste Lunara.

Die Goldene hob ihre Schultern. »Ohne offizielle Ausleihe verlässt nicht mal der kleinste Schnipsel unser Archiv.«

»Puh!« Alexan atmete auf. »So eine Schutzmagie könnte einen Reperi-Zauber durchaus blockieren.«

Thorxarr musterte seinen Freund.

Er tut zwar so, aber sicher ist er sich nicht!

»Und wo ist meine Fibel jetzt?« Schneewittchen schaute sich demonstrativ um. »Hier ist sie nämlich nicht!«

Der Weiße schluckte. »Öhm …« Er kratzte sich in den hellblauen Haaren. »Es … kann durchaus sein, dass … es … äh … ein Weilchen dauert.«

Nun nickte er zur Bekräftigung.

Ha! Das hat die Pseudo-Wissenschaftler-Schuppe frei erfunden!

Verärgert verschränkte der Krieger die Arme vor seiner Brust.

»Ich werde dazu noch mal nachforschen«, versprach Alexan und lächelte übertrieben zuversichtlich. »Wäre doch gelacht, wenn wir das Buch nicht wieder auftreiben könnten!«

»Also nach Lachen ist mir nicht gerade zumute!« Lunara ballte ihre Fäuste.

»He, du bist eine Grüne, also sei friedlich!«, wies Oxana ihre Mitstreiterin zurecht. »Es ist eh zu spät: Das Buch ist weg. Und ich kenne keinen Weißen, der brillante Gedanken hat, wenn man ihn unter Druck setzt.« Sie seufzte. »Hoffen wir einfach, dass die Fibel wieder auftaucht. Ich werde auch noch einmal im Archiv nachschauen. Vielleicht ist sie ja dorthin zurückgekehrt. Oder wer weiß, eventuell dauert es ja wirklich bloß etwas länger.«

»Falls nicht, dann ist der einzige Hinweis auf meine Mentorin futsch!« Schneewittchen ließ sich gegen die Stuhllehne sinken. Ihre Mutlosigkeit macht Thorxarr das Herz schwer. Er hasste es, wenn seine Kleine sich so fühlte.

Und Alex ist schuld!

Sofern es nach ihm ging, könnte Lunara dem Weißen gern noch eine verpassen. Aber diesmal mit Schmackes!

»Ich glaube nicht, dass sie futsch ist«, widersprach Alexan. »Die Seherinnen der altvorderen Zeit waren kluge Himmelsechsen. Ich wette, sie haben noch andere Hinweise für ihre Erbin gelegt.«

»Welche denn?«, murrte Lunara.

Oxana grinste spöttisch. »Hoffentlich solche, die *nicht* in Flammen aufgehen.« Sie wurde wieder ernst. »Zum Glück gab es in dem Buch keine konkreten Ortsangaben. Das hätte mich jetzt richtig geärgert!«

»Öhm, ja.« Alexan hüstelte dünn. »Hmm. Wäre ich eine grüne Seherin der altvorderen Zeit, dann hätte ich den nächsten Hinweis in einem anderen Medium versteckt. Einem, zu dem die Goldenen keinen Zugang haben.«

»So?« Zwischen Oxanas Brauen zeigte sich eine steile Falte. »Wieso das denn?«

»Naja«, der Weiße sah bedeutsam zu seiner Freundin auf, »du sagst doch selbst, dass deine Schwestern in der Vergangenheit alles darangesetzt haben, um an Visionen zu kommen. Und dass sie dabei nicht gerade zimperlich gewesen sind. Und erinnere dich an den großen Verrat, den die Goldenen nach den Torkriegen begangen haben.«

»Ja, und?« Oxana verschränkte die Arme vor ihrer Brust. »*Nach* den Torkriegen. Das war vor bummelig sechshundert Jahren. Die letzte Seherin hat allerdings bereits vor vierzigtausend Jahren ihr Leben ausgehaucht! Wie können die den Verrat meiner Schwestern berücksichtigt haben?«

Schweigen.

Alexan furcht seine Stirn. »Also, die Frage verstehe ich nicht.« Er schüttelte seinen Kopf, sodass die Brombeerspitzen flogen. »Sie waren

Seherinnen! Guck dir unser Schneewittchen an. Das Mädel weiß, wann es Spinat in der Kantine gibt und dass das nächste Derby zwischen dem HSV und Pauli eine enge Kiste wird. Die haben garantiert geahnt, dass die Informationen deinen Schwestern besser nicht in die Klauen fallen sollten.«

»Da hat Alex recht«, stimmte Lunara ihm zu. »Denkt nur daran, dass Lonaahs Zauber Schneewittchens Talent vor allen anderen Rassen verborgen hat. Nur wir Grünen konnten sie als das erkennen, was sie ist.«

»Genau!«, bestätigte der Weiße. »Und deswegen ist es nur logisch, dass ihr Grünen ein Teil des Puzzles verwahrt.« Er schaute seine Freundin erwartungsvoll an.

»Und wo?«, seufzte Lunara. »Ich weiß nämlich von gar nichts. Und erst recht nichts von dem Versteck der Meistermentorin!«

»Vielleicht weiß deine Mentorin ja mehr«, mutmaßte Oxana. »Oder irgendeine grüne Meisterin?«

»Das glaube ich nicht«, widersprach Alexan. »Nein, die vierzigtausend Jahre sind zu lang, als dass man sich auf einzelne Individuen als Wissensüberträger hätte verlassen können. Das braucht mehr. Nur was?« Er grübelte und schon im nächsten Moment leuchtete Erkenntnis auf seinem Gesicht. »Heureka! Ich hab's!« Begeistert schaute er von Lunara zu Oxana hin zur Kamera des Smartphones. »Die Information muss im kollektiven Gedächtnis der Grünen abgespeichert sein!«

Die Idee ist gut!, fand Thorxarr.

Neben ihm fragte Schneewittchen: »Was ist denn ein kollektives Gedächtnis?«

»Das kollektive Gedächtnis«, erklärte Alexan, »umfasst bedeutende Erinnerungen, die via Gedankenübertragung von einer Generation zur nächsten übergeben werden. Obwohl keiner von uns vieren bei den Torkriegen im Mittelalter dabei war, trägt jeder von uns Bilder der Dämonenschlachten in sich. Das sind allgemeine Erinnerungen. Aber es gibt auch solche, die nur innerhalb einer Rasse weitergegeben werden.« Er lächelte. »Bei uns Weißen sind das unter anderem Erkenntnisse, wie beispielsweise, dass eins echt größer als null ist, oder dass drei Punkte, die nicht auf einer Geraden liegen, eine Ebene aufspannen.«

»Nicht dein Ernst!«, schnaubte Oxana. »Elementare Mathematik? Ihr Weißen seid verrückt!«

»Die Mathematik ist das Fundament der Wissenschaft«, erwiderte Alexan würdevoll. »Wir haben natürlich auch noch andere Weisheiten im Angebot, wie zum Beispiel, dass ein Drachenleben nicht ausreicht, um alles Wissen der Welt zu erwerben, und dass es Küchenschaben länger als Himmelsechsen auf diesem Planeten gibt. Neuerdings auch, dass man Goldenen nur bedingt vertrauen sollte.«

»Wie schmeichelhaft!«, schnappte Oxana.

»Anwesende sind natürlich ausgenommen«, ruderte der Weiße zurück. »Die wichtigste ist allerdings: Nicht jeder wird deinen Gedanken folgen können. Aber das vergessen wir Weißen gern mal. Egal! Wo war ich? Ach ja! Also, wäre ich eine der letzten grünen Seherinnen der altvorderen Zeit, dann hätte ich dafür gesorgt, dass der Hinweis für meine Erbin in einer der kollektiven Erinnerungen Einzug hält. Nur so kann er die Jahrtausende überdauern.«

»Wenn er nicht gerade Bücher anzündet«, grummelte die Goldene, »ist unser Alex für einen Weißen erstaunlich fokussiert.«

»Das war er schon immer«, brummte Thorxarr.

»Und, Luna?«, wandte sich Schneewittchen an die Grüne. »Gibt es so eine Erinnerung bei euch?«

»Hmm.« Lunara kratzte sich an den kurzgeschorenen türkisfarbenen Haaren ihres Undercuts. »Nicht, dass ich wüsste. Oder … Moment! Ha! Es gibt tatsächlich eine uralte Erinnerung. Aber die verstehe ich nicht. Wartet …«

Ihr Blick wurde abwesend und einen Wimpernschlag darauf auch der von Alexan und Oxana.

»Oh!«, wisperte der Weiße. »Das ist Schotaah!«

»Und dann auch noch derselbe Dialekt wie der von unserer Seherin«, fügte Oxana hinzu.

»Es ist echt Mist«, schimpfte Schneewittchen, *»dass die Smartphones*

keine Gedankenrede übertragen können!«

»Wohl wahr«, stimmte Thorxarr seiner Gefährtin zu. Er war ebenso neugierig wie sie.

Gebannt beobachteten die zwei die Mienen ihrer Freunde. Lunaras blieb unbewegt, doch auf denen von Oxana und Alexan spiegelte sich zunehmende Aufregung. Ihre Augen wurden größer und die Mundwinkel hoben sich.

Schneewittchen rutschte unruhig auf ihrem Stuhl hin und her. *»Verdammt, was sehen die?!«*

»Scheint jedenfalls nicht übel zu sein«, vermutete Thorxarr. Er drückte ihre Hand und fühlte, dass ihr kleiner Körper vor Anspannung summte.

Schließlich verkündete Lunara: »Das war's. Mehr habe ich nicht.«

»Das war vollkommen ausreichend!«, frohlockte Alexan.

»Vor allem war es das, was wir gesucht haben.« Oxana schaute bedeutsam in die Runde. »Nun müssen wir die Information nur noch entschlüsseln.«

»Boa, die machen mich irre!« Schneewittchen quetschte Thorxarrs Hand und rief: »He, Leute! Es gibt hier zwei, die nichts gesehen haben. Klärt uns auf!«

»Oh, ja!« Alexan nickte eifrig. »Selbstverständlich. Es ist eine Erinnerung der letzten Seherin überhaupt. Luna, zeig sie mir noch einmal, dann spreche ich für unsere Gefährten mit!«

Im nächsten Moment drangen fremdartige Worte aus dem Lautsprecher des Telefons. Die Gesichter von Alexan und Oxana leuchteten vor Erregung und Schneewittchen knetete begeistert die Hand des Kriegers.

Nachdem der Weiße geendet hatte, murrte Thorxarr: »Super. Jetzt gibt es immer noch einen, der kein Wort verstanden hat. Das war Schotaah!«

»Zwei!«, seufzte Lunara. »Ich beherrsche die Sprache auch nicht.«

»Kein Problem«, meinte Schneewittchen und dem Krieger fiel auf, dass sie ganz rosige Wangen bekommen hatte.

»Ich übersetze für euch: ›Mein Name ist Zolea. Ich bin die letzte meiner Zunft. Heute ist der 17. Hamruth im Jahr des Otters nach Lonaahs Tod. Die Sonne ist vor zwei Stunden untergegangen und nun ist es an mir, die Meistermentorin in der Höhle der Vorsehung zu ihrer letzten Ruhe zu betten. Auf dass ihr Geist unsere Erben auch noch in ferner Zukunft erhellen möge.‹ Das war's.« Schneewittchen schaute von Thorxarr zum Telekommunikationsgerät. »Weiß einer von euch, wo diese Höhle der Vorsehung ist?«

»Ich bestimmt nicht«, brummte er.

Alexan und Oxana schüttelten die Köpfe und guckten zu Lunara.

»Seht mich nicht so an!«, protestierte die. »Ich höre von dieser Höhle heute zum ersten Mal.«

Der Krieger spürte, wie die Hoffnung seines Mädchens zum wiederholten Male bröckelte. Dieses Auf und Ab war für ihn nur schwer zu ertragen.

»Die Worte sind ohnehin merkwürdig«, schob Lunara hinterher. »Wir Grünen betten unsere Toten nicht zur letzten Ruhe. Erst recht nicht in einer Höhle. Unsere Schwestern gehen in die Nebel, wenn ihre Zeit kommt. Und die, die das nicht mehr aus eigener Kraft schaffen, werden von den anderen dorthin getragen.«

»So ist es bei allen Himmelsechsen«, sagte Oxana und tippte sich an die Stirn. »Ich meine mich allerdings dunkel zu erinnern, bei meinen Recherchen in den Geheimarchiven auf genau diese Bestattungsriten der alten Grünen gestoßen zu sein. Dort hieß es allerdings, dies sei nur eine Modeerscheinung gewesen.«

»Das ist genial!«, rief Alexan. »Die alten Seherinnen haben das Geheimnis getarnt, damit sie es vor den Augen aller verstecken konnten.«

»Tolle Tarnung«, seufzte Schneewittchen. »Blöderweise wissen wir immer noch nicht, wo wir nach dem Artefakt suchen sollen.«

Schweigen.

»Sekunde!«, murmelte Lunara plötzlich. »Vielleicht haben wir doch Koordinaten. Schaut her!«

Sie schien für die beiden anderen ihren Geist zu öffnen.

»Mist!«, schimpfte Schneewittchen. *»Wir sehen mal wieder nicht, was*

los ist.«

»Worum geht es?«, fragte Thorxarr und rückte näher an das Telekommunikationsgerät heran.

»Sterne garniert mit Pathos«, antwortete Oxana spöttisch. »Zolea schaut nach oben in den wolkenlosen Nachthimmel und drischt grüne Phrasen. Ich zitiere: ›Der immerwährende Zyklus des Lebens ist stärker als der Tod.‹ und ›Das Licht der Sterne leitet uns.‹ Erbaulich, nicht wahr?«

»Das sind keine Phrasen!«, rief Lunara. »Das sind Koordinaten!«

Die Goldene hob eine Braue. »Wie das bitte?«

»In der Vergangenheit haben meine Schwestern Ortsangaben mit Hilfe der Sterne verschlüsselt.« Abermals teilte die Grüne ihre Erinnerung. »Seht doch nur wie detailliert der Himmel ist! Das kann kein Zufall sein. Außerdem lernt noch heute jede Schülerin, wie sie mit Hilfe der Gestirne und eines Datums einen Standpunkt bestimmen kann!«

»Großartig.« Alexan klatschte begeistert in die Hände. »Diese Berechnungen sind nicht gerade trivial. Ich bin beeindruckt, Luna!«

»Ich war auch beeindruckt, als es in meinem Unterricht dran war.« Lunara verzog betreten ihr Gesicht. »Rechnen gehört nicht gerade zu meinen Stärken. ›Eins ist größer als null‹ bekomme ich gerade noch hin, aber dann lässt es ganz stark bei mir nach.« Sie zuckte mit den Schultern. »Die Umwandlung solcher Himmelskoordinaten in Sprungmuster habe ich nie hingekriegt.«

»Macht nichts«, winkte Oxana ab. »Ich bin bei meinen Recherchen auf eine Abhandlung über dieses Thema gestoßen. Ich werde herausfinden, wie das geht.«

»Ehrlich?« Alexan legte seinen Kopf schief und schaute zur Goldenen auf. »Wie gesagt, Berechnungen von Himmelskörpern sind ziemlich komplex und …«

»Ich schaffe das schon!«, wiederholte Oxana und strich entschlossen ihren Blazer glatt. »Traust du mir das etwa nicht zu?«

»Öhm …« Der Weiße überlegte.

»Sag lieber nichts«, riet ihm Lunara. »Das ist ’ne Fangfrage.«

»Tse!« Die Goldene verdrehte die Augen. »Ich schicke euch die Infos spätestens morgen per WhatsApp. Dann treffen wir uns bei mir und können gemeinsam an den Zielort springen.«

»Können wir nicht«, grollte Thorxarr. »Uns lassen sie hier nämlich nicht weg.«

»Wir bekommen das auch ohne euch hin«, kanzelte Oxana ihn ab.

Mantokscheiße! So schnell ist man aussortiert.

Das ging dem Krieger gegen die Ehre. Prompt kollerte Ärger in seinem Bauch.

Die Goldene lächelte besänftigend. »Mach dir nichts draus, Thor! Jeder hat seine Aufgaben. Und die von dir und Schneewittchen besteht darin, euch zu überlegen, welchen Schwarzen ihr im Sehergremium haben wollt.« Sie zeigte auf sich. »Ich mache mir unterdessen Gedanken darüber, wie wir bei der Bekanntgabe am besten vorgehen.« Sie schaute bedeutsam in die Runde. »Es kann sicher nicht schaden, wenn wir die Meistermentorin vorweisen können. Das wäre gewissermaßen unsere Legitimation als Beraterstab.«

»Findest du das nicht etwas übertrieben?«, murrte Lunara.

»Nein!«, gab Oxana zurück. »Wir müssen vorbereitet sein. Deswegen sollte bis auf Weiteres keiner von euch ein Wort über den Wunsch der Seherin verlieren. Klar?!«

Sie warf Alexan einen scharfen Blick zu.

»Total klar!« Der Weiße hob seine Hände und nickte übereifrig. »Ich werde schweigen wie die Nebelsphäre!«

»Gut, dann muss ich los. Himmelskoordinaten rechnen sich nicht von allein in irdische Sprungmuster um.« Oxana trat ein paar Schritte von ihren Freunden zurück. Sie verwandelte sich, drückte sich vom eisigen Boden ab und verschwand mit halbausgerollten Schwingen im Nichts.

»Ich mache auch einen Abflug und besuche meine Mentorin«, verkündete Lunara. »Vielleicht kann Minalea mir ja was zu der Erinnerung von Zolea sagen. Schadet sicher nicht.«

Weg war sie.

Super! Alle haben wichtige Dinge zu tun. Das wurmte Thorxarr. *Und meine Kleine und ich dürfen noch nicht mal mit nach der ollen Höhle suchen!*

Nach dem Chamäleonrattenbiss vor zweieinhalb Wochen ließen seine Vorgesetzten sie beide nirgendwo mehr hin. Und wenn doch, dann nur mit Eskorte. Schneewittchen schien das weniger zu stören.

Er betrachtete sein Mädchen von der Seite und spürte ihren zaghaften Optimismus. Blöderweise musste sie dem auch direkt Ausdruck verleihen.

»Danke, Alex«, sagte sie. »Deine Hilfe hat uns ein großes Stück weitergebracht!«

Damit hat sie recht.

Tapfer kämpfte Thorxarr seine Eifersucht nieder und tolerierte, dass Schneewittchen näher an ihn heranrückte und nun ebenfalls im Bild zu sehen war. Dem Weißen gebührte Ehre für seine Leistung.

Die darf ich ihm nicht verwehren, beschwor sich der Krieger.

Wenn er ehrlich war, musste Thorxarr zugeben, dass sie ohne Alexan nicht einmal halb so weit gekommen wären.

Nein, wir wären direkt am Start verreckt.

Sein Verstand begriff, dass es richtig war, den Weißen in das Beratergremium berufen zu wollen. Alexan war schlichtweg ein brillanter Geist – da gab es nichts! Doch Thorxarrs Herz wollte seinen ehemals besten Freund lieber nicht so hochloben.

Außerdem gefällt es mir kein Stück, wie dankbar meine Kleine ihn gerade anlächelt.

»Deine Ideen sind großartig«, schwärmte Schneewittchen.

»Ach«, winkte Alexan ab, »das war doch nichts.«

Ja, ja!, grollte Thorxarr bei sich. *Die Bescheidenheit ist garantiert nur 'ne Masche, um das andere Geschlecht zu bezirzen, wetten?!*

»Im Gegenteil, das war super!«, widersprach seine Gefährtin und brachte damit das Blut des Kriegers zum Kochen.

Bitte, ihr Ahnen! Lasst dieses Gespräch ein Ende nehmen!

Alexan grinste glücklich in die Kamera – oder lüstern? – und erkundigte sich: »Und? Was treibt ihr heute noch Schönes?«

Thorxarr wusste, dass man diese Frage mit »Was habt ihr heute noch Schönes vor?« übersetzen konnte, doch sein Hirn spuckte eine weitere Möglichkeit dazu aus: »Es treiben«, am besten »mit jemandem«, stand umgangssprachlich für Sex. Das hatte Alexan ihm persönlich vor ein paar Monaten erklärt.

WAS?!!!

Heißer Zorn rauschte durch Thorxarrs Adern. Sex aus Alexans frivolem Mund, während dieser sein Schneewittchen anschmachtete – das ging gar nicht! Und das Lächeln auf dem Display war in diesem Moment eindeutig um Welten zu freundlich!

Die Sicherungen in Thorxarrs Hirn brannten durch.

WUSCH!!!

Ein satter Flammenstrahl löste sich aus seiner Handfläche und flambierte das Telekommunikationsgerät seiner Liebsten. Obwohl … verdampfen traf den Sachverhalt eher.

»Ey, Thor! Hast du ’nen Schaden?!«, rief Schneewittchen. »Was tust du denn?«

»Das Gespräch beenden«, grollte Thorxarr und stellte erleichtert fest, dass er sich besser fühlte. »Wir waren doch durch, oder nicht?«

Er probierte eine unschuldige Miene.

»So beendet man keine Gespräche, du durchgeknallter Gecko!« Empört zeigte sie dahin, wo eben noch ihr Smartphone gestanden hatte. Im Zentrum eines schwelenden Brandflecks glomm ein zusammengeschmurgeltes schwarzes Etwas mit Drähten. »Das ist *nicht* okay! Nicht mal in der Bindungsphase! Mann! Mein Handy war nicht mal ein Jahr alt! Und das war unser Esstisch!«

»Ist doch gar nichts passiert«, brummte der Krieger. Er ließ die Überreste des Telekommunikationsgerätes mit einem Zauber verschwinden und stellte seinen Teller auf das verkohlte Holz. Sein halb vertilgtes Omelett hatte nun einen dekorativen Explosionskranz.« Er grinste. »Ich kann uns auch eine Tischdecke besorgen.«

»Erstmal gibst du mir dein Telefon!«, befahl sie.

Thorxarr hob eine Braue. »Wofür?«

Sie antwortete nicht, sondern hielt ihm nur auffordernd die Hand hin. »Wird's bald?!«

Bei der Sphäre, diese Menschlein können ganz schön herrisch sein!

Aus Erfahrung wusste der Krieger, wann er verloren hatte, und kramte sein eigenes Telekommunikationsgerät aus den Taschen. »Was hast du vor?«

»Was ich vorhabe?« Aufgebracht strich sich Schneewittchen eine schwarze Strähne aus ihrem erhitzten Gesicht.

Wenn sie wütend ist, sieht sie zum Anbeißen aus.

Obwohl, eigentlich sah sie immer zum Anbeißen aus.

»Ich werde Alexan anrufen«, meckerte sie. »Hast du sein Gesicht gesehen, als dein Flammenstrahl auf die Kamera zugerast ist?! Das in seinen Augen war die blanke Panik! Wenn wir uns nicht bei ihm entschuldigen, wird er nie und nimmer bei unserem Beratergremium mitmachen. Und falls er das nicht tut, wirst du, Mr. Unbeherrscht«, sie bohrte ihren Zeigefinger in seine Brust, »mehr brauchen als Teller oder Tischtuch, um deine Ausraster zu kaschieren!«

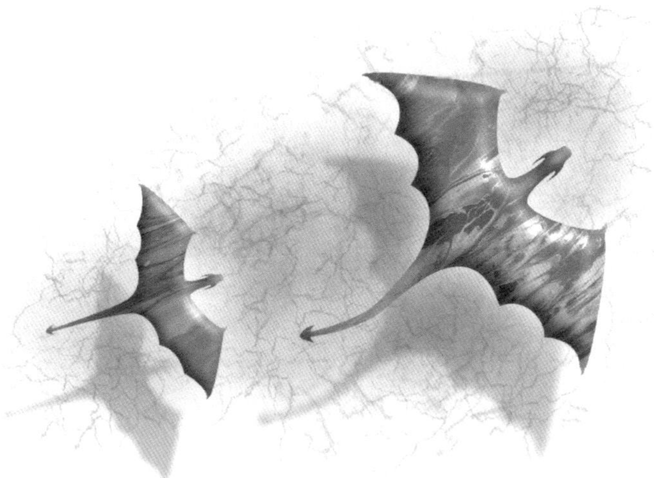

Gegen den Strich

Als Hiltja am nächsten Morgen erwachte, brachte ihr Thor wie immer einen Becher ihres Arzneitees ans Bett. Kurz bevor sie den ersten Schluck trinken konnte, machte es rechts neben ihr leise »Plopp!« und dann lag da von jetzt auf gleich ein riesiges Buch auf der Decke ihres Gefährten.

»Was?« Vor Schreck pütscherte Hiltja mit ihrem Tee. *Autsch! Heiß!*

»Oh«, stutzte Thor. »Alex hatte recht. Die Fibel ist zurück!«

»Die Fibel der Seherinnen?« Hiltja linste nach rechts. *Unmöglich. Das Format passt ja wohl kein Stück. Das Ding ist gigantisch!*

Bevor sie sich jedoch näher damit befassen konnte, musste sie erstmal ihren tropfenden Becher trockenlegen. »Nun hilf mir doch mal!«

»Na klar.«

Thor entfernte den vergossenen Tee mit einem Zauber, während sie sich ein Taschentuch vom Nachttisch klaubte und es als Untersetzer zweckentfremdete. Mit einem zweiten Tuch säuberte sie ihre Finger, wobei sie den Elefantenwälzer neben sich betrachtete. Sein Einband war ebenso dunkelgrün wie der der Fibel und auch er trug die Aufschrift »Grundwissen für Seherinnen«.

Hiltja runzelte die Stirn. »Wieso ist das Ding gewachsen? Und wo ist das Brandloch hin?«

»Keine Ahnung, wo das geblieben ist.« Thor hob grinsend seine Hand. »Aber wenn du willst, brutzle ich dir ein neues rein.«

»Untersteh dich!«

»Gewachsen ist das Buch übrigens nicht«, erklärte er. »Oxa hatte es geschrumpft, bevor sie es zu uns gebracht hat. Das hier«, er zeigte auf den Klopper, der seine halbe Matratze bedeckte, »ist die Originalgröße. Drachenformat halt.«

»Logisch, jetzt wo du es sagst!« Hiltja strich über den Ledereinband. »Hoffentlich kann Oxa es noch einmal für mich schrumpfen.« Sie versuchte den Buchdeckel anzuheben. »So würde das Lesen nämlich ziemlich anstrengend für mich werden.«

»Och, den Schrumpfzauber kann ich auch«, erwiderte Thor lässig. »Den muss jede Himmelsechse sicher beherrschen, wenn sie die Prüfung für ›unauffälliges menschliches Verhalten‹ ablegen möchte. Damit wir persönliche Gegenstände auf eine unverdächtige Größe bringen und mit uns mitführen können, weißt du?«

Er stellte sich neben die Fibel und bewegte seine Arme über ihr so, als würde er klatschen, bloß dass er stoppte, bevor es ein Geräusch gab. Stück für Stück wurde das Buch kleiner.

»Wie praktisch!«, staunte Hiltja.

Er schenkte ihr ein zärtliches Lächeln. »Wenn du möchtest, bringe ich dir den Zauber bei.«

»Ja, bitte!« Sie erwiderte sein Lächeln. »Wie klein geht es denn?«

»Für mich wird es bei dieser Größe anstrengend.« Thor zeigte auf das Buch, das nun immer noch zirka zwei Handbreit höher war als am Morgen zuvor. »Reicht dir das so?«

»Ja, das ist super. Danke dir!«

»Fein.« Stolz breitete sich auf seiner asiatischen Miene aus. »Übrigens: Meister des Zaubers könnten es auf die Größe deines Daumennagels schrumpfen. Und wenn man etwas dauerhaft verkleinern möchte, muss man körpereigene Astralkraft einsetzen.«

Hiltja schaute überrascht zu ihm auf. »Dann wird das Buch also wieder groß?«

»Ja, sicher.«

»Wann?«

»Ich schätzte in ein bis zwei Tagen.«

»Oha!« Sie lachte. »Dann muss ich aufpassen, wo ich das gute Stück liegenlasse.«

»Besser ist das.« Er nickte. »Deswegen wurde uns auch eingeschärft, diesen Spruch nur dann anzuwenden, wenn es wirklich wichtig ist. Die Weißen bekommen ihn zum Beispiel gar nicht gezeigt, weil sie garantiert vergessen würden, was von ihrem Kram sie geschrumpft haben. Die dürfen als Mensch keinen Drachenkram mit sich führen.«

»Echt?« Sie kicherte. »Und das hilft? So wie ich die Weißen kenne, beherrschen sie den Spruch sowieso.«

»Vermutlich. Aber man sollte sie nicht noch auf Ideen bringen, wie unser Ausbilder immer gesagt hat.«

Hiltja griff nach der Fibel und legte sie auf ihren Schoß. Erleichterung füllte ihren Bauch.

Sie ist nicht futsch! So ein Glück. Das ist meine Verbindung zu den Seherinnen. Auch wenn Oxa meint, dass mich der Inhalt nicht weiterbringt, werde ich es trotzdem lesen. Allein schon, weil die Sprache so schön ist.

Freude kribbelte durch ihren Bauch, als sie den Buchdeckel aufklappte.

Uh, was ist das denn?

Sie blinzelte, doch das brachte nichts: Die Buchstaben hatten weiterhin unterschiedliche Größen.

Als wäre der Schreiberling besoffen gewesen!

»Ups!« Thor hüstelte. »Ich gehöre eindeutig *nicht* zu den Meistern dieses Spruchs. Das Äußere kriege ich hin, aber innen … Naja, du siehst es ja selbst.«

Amüsiert schaute Hiltja zu ihm auf. »Und wie hast du die Prüfung geschafft?«

Ihr Gefährte grinste. »Ich hatte Glück, dass die Examinatoren nicht so genau geguckt haben.« Verlegen kratzte er sich an seinem vernarbten Kinn. »Vielleicht sollten wir Oxa oder Luna fragen, ob sie das besser hinkriegen.«

Er ist so süß!

»Ach, so schlimm ist es nicht«, winkte Hiltja ab. »Aber wir sollten unsere Freunde informieren, dass das Buch wieder aufgetaucht ist!«

Sie schnappte sich das brandneue Smartphone von ihrem Nachttisch, das Thor ihr gestern noch vor dem Mittagessen beim IT-Drachen Benan besorgt hatte. Da sowohl die Daten als auch die Konfigurationen aller Gefährtengeräte in der astralen Wolke gespeichert wurden, war die Einrichtung ein Klacks gewesen.

Magie ist so praktisch. Ich musste mich nur mit meinem Gedankenmuster anmelden und fertig!

Hiltja öffnete das Chatprogramm, scrollte zur Gruppe »Schneewittchen & die vier Himmelsechsen« und tippte:

6:33

Schneewittchen:

Moin! Die Fibel ist soeben bei mir aufgetaucht! Schaut mal hier:

Sie schoss ein Foto vom geschlossenen Buch und schickte es ab.

Alexan antwortete prompt:

6:34

Alex:

So ein Glück! 😅 Ich hab´ schon Blut und Wasser geschwitzt – dabei schwitzen Himmelsechsen eigentlich gar nicht. 🥸 🙈

Luna:

Ach, das lag bestimmt bloß an Oxa! Ich wette, sie hat dir die Hölle heiß gemacht, weil das Buch gestern nicht mehr in die Archive der Goldenen zurückgekehrt ist.

Alex:

Ja, sie hat mich unmissverständlich darauf hingewiesen, dass ich meine Hypothesen zukünftig nicht sofort in der Praxis überprüfen darf. Erst soll ich mir die Konsequenzen bewusst machen und dann abwägen.

6:35

Oxa:

Das klingt jetzt aber ziemlich obermentorinnenhaft! Ich habe lediglich meiner Sorge Ausdruck verliehen. Immerhin ist das Buch antik und die einzige Verbindung, die Schneewittchen zu den alten Seherinnen hat. So ein Dokument darf einfach nicht verloren gehen. Und vor allem nicht, weil wer, ohne nachzudenken, drauflos experimentiert!

Luna:

Ich kann mir vorstellen, wie deutlich du gewesen bist. Armer Alex! Aber es ist ja alles gut gegangen. Unser Weißer hatte wie immer genau den richtigen Riecher. Du musst mal mehr Vertrauen haben, Oxa! Apropos Vertrauen: Wie steht es mit dem Sprungmuster für die Höhle der Vorsehung?

6:36

Oxa:

Auch da lag Alex richtig: Das war ein hartes Stück Arbeit! Aber ich bin so gut wie fertig. Ich denke, in einer Stunde können wir los.

Alex:

Wo müssen wir denn hin? Wir sollten so springen, dass wir nachts dort sind.

Oxa:

Warum?

6:37

Alex:
Weil die Ergebnisse des Aurenzaubers dann eindeutiger ausfallen. Wir wissen nicht, wie groß die Meistermentorin ist. Sie könnte auch ein Ring sein. Im Dunkeln hebt sich die Aura magischer Gegenstände stärker ab. ✨ 💍

Oxa:

Aber die Mentorin wurde angeblich in einer Höhle versteckt. Da ist es doch immer dunkel.

Luna:

Nicht wenn Licht hineinfällt. Alex hat recht. Nachts wird es leichter sein.

»Bei der Sphäre!«, stöhnte Thor, der inzwischen sein Handy aus der Hosentasche gefummelt hatte und die Unterhaltung mitlas. »Was tippen die bloß alle so schnell?«

»Alex tippt gar nicht«, mutmaßte Hiltja. »Der macht das garantiert über die Gedankenkontrolle.«

In ihrem Nacken kribbelte es unangenehm und im nächsten Moment rieselte Magie durch ihre Meridiane.

Och nö!

Madame Vouh ignorierte den Widerwillen der Seherin und präsentierte das Kantinen-Menü für den folgenden Tag: Veganes Risotto sowie hausgemachte Bockwurst mit Bratkartoffeln und Gurkensalat.

Wie wichtig!, dachte Hiltja ironisch.

Die Kantine verblasste und nun wurde ein Quartier sichtbar. So etwas hatte die junge Frau noch nie gesehen: Der Boden war dick mit Sand ausgestreut und die hintere Wand leicht geschwungen. Hier hatte ein Künstler aus Muscheln, Seesternen und farbigem Glas eine Delphinschule kreiert, die einen Thunfischschwarm jagte.

Wow! Wie wunderschön! Das muss ein Meister seiner Zunft gewesen sein.

Zwei blaue Drachen traten ins Sichtfeld. Einer von ihnen wirkte noch recht jung. Der Ältere erklärte dem anderen etwas. Dieser nickte eifrig, drückte sich vom Boden ab, entrollte seine Schwingen und verschwand in der Nebelsphäre. Der Ältere folgte dem Jungen. Beide reisten durch das wattige Weiß, als einer von ihnen plötzlich bewegungslos dahintrieb.

O Gott! Ist das der Alte? Was passiert da?

Der junge Drache wandte sich zu seinem Begleiter um. Er schien bestürzt.

»Ich glaube, der alte Blaue ist gestorben«, kommentierte Thor die Vision.

»Was?! Das ist ja furchtbar!«, antwortete Hiltja.

»Nein, das ist der Lauf der Welt«, erwiderte ihr Gefährte gelassen. *»Viele von uns spüren, wenn die Zeit gekommen ist. Dann springen wir ein letztes Mal in die Nebel. Manchmal begleiten die Jungen einen Alten.«*

»Du meinst, das war geplant?«

So hatte es nicht auf Hiltja gewirkt. Außerdem war der junge Blaue kein bisschen gefasst. Nein, er … Szenenwechsel. Madame Vouh zeigte, wie Leonie von ihrem Geschichtslehrer gelobt wurde und arrogant in die Runde schaute. Im nächsten Augenblick drängte sich jedoch etwas anderes in den Geist der Seherin: ein einsames Gehöft hinter dem Deich.

Oh! Kann es sein …? Ja! Das gehört einem Kollegen meines Vaters.

Als Kind war sie ein paar Mal dort gewesen. Der Mann betrieb Ackerbau und besaß außerdem eine Pferdezucht. Mit elf Jahren hatte Hiltja ihn vor einer schwierigen Geburt bei seiner Lieblingsstute gewarnt.

Richtig! Claus hieß der Landwirt. Das Fohlen kam gesund zur Welt und ich durfte zum Dank ein paar Mal dort reiten.

Obwohl es Sommer war, präsentierte die alte Zigeunerin verwaiste Koppeln um den Hof herum. Kein Wunder, denn in diesen Tagen ließ niemand mehr sein Vieh unbeaufsichtigt unter freiem Himmel grasen.

Plötzlich befand sich Hiltja im Wohnhaus und hörte Claus markerschütternd schreien.

Bitte nicht!

Doch Madame Vouh kannte keine Gnade. Unbarmherzig zerrte sie ihre Seherin mit sich und nötigte die junge Frau alles anzusehen.

Claus' Schrei erstarb. Zwei Satanas und drei Pulsschleimer umringten die vierköpfige Familie und zwangen den Menschen ihren Willen auf. Die Kinder griffen nach Küchenmessern und gingen auf ihre Eltern los. Claus beachtete die Verletzungen, die sein Sohn ihm zufügte, nicht und riss seiner Frau büschelweise die Haare aus. Heike schrie einfach nur. Offenbar hatte man sie lediglich bewegungsunfähig gemacht und ansonsten bei vollem Bewusstsein gelassen.

Aufhören!, bettelte Hiltja, aber die Zigeunerin interessierte das nicht. Sie ließ die Seherin den Angstschweiß der Opfer und deren Exkremente riechen.

Und das Blut! Es ist penetrant metallisch.

Schlimmer waren allerdings die Geräusche. Das Schreien und Flehen und später dann das Schmatzen, Reißen und Knuspern.

Das ist so widerlich!

Hiltja bebte. Sie wollte das nicht mit ansehen! Aber sie wurde nicht gefragt.

Unterdessen labten sich die Dämonen am Grauen der Menschen und verwandelten die traditionelle Bauernstube in ein über und über besudeltes Schlachthaus. Selbst die mit Schnitzereien verzierten Deckenbalken wurden mit Körperflüssigkeiten bespritzt.

Und die alte Zigeunerin hielt voll drauf. Sie machte weiter, bis jeder Knochen zerbrochen und ausgeschlürft, das Hirn vertilgt und der letzte Tropfen Blut getrunken war. Über das ausgesaugte Fleisch machten sich schließlich die Pulsschleimer her.

Als Madame Vouh ihre Show endlich verblassen ließ, krümmte sich Hiltja wimmernd auf ihrem Bett. Sie konnte nicht mehr. Die Bilder von Dämonenangriffen waren immer grässlich, doch zusehen zu müssen, wie Bekannte gefoltert wurden, das konnte sie nicht ertragen!

»Es ist vorbei, mein Herz«, flüsterte Thor und strich ihr behutsam über den Rücken. »Du bist bei mir und du bist sicher.«

»Aber *sie* nicht«, schluchzte Hiltja. »Sie werden zerfleischt!«

Erneut rieselte Magie durch ihre Meridiane. Die Zigeunerin lauerte noch immer in ihrem Nacken.

»Bitte nicht noch mal«, stöhnte sie. Tränen liefen über ihre Wangen.

»Trink deinen Tee«, murmelte Thor und half ihr sich aufzurichten. Sanft zog er sie mit dem Rücken an seine Brust und reichte ihr den Becher. »Ein Schluck nach dem anderen. Mehr können wir nicht tun.«

»Du hast recht.«

Hiltja nippte am Kräutergebräu und würgte die Flüssigkeit hinunter, doch das Rieseln in ihren Meridianen wurde stärker.

Nicht mit mir!

Obwohl sie wusste, dass der Tee nicht so schnell wirken konnte, leerte sie ihn in einem Zug. Madame Vouh gab sich unbeeindruckt. Sie rauschte heran und zeigte …

… nichts.

Hä?

Hiltja fröstelte trotz der sommerlichen Temperaturen. Das Nichts war so intensiv und umfassend, dass eine Gänsehaut all die feinen Härchen auf ihren Armen aufstellte. Sie zitterte und keuchte.

Drei Atemzüge später verschwand die alte Zigeunerin.

»Was war das denn?«, fragte Thor und nahm ihr den Becher ab.

»Ich habe keine Ahnung!«

Hiltja drehte sich zu ihm um und schmiegte sich an seine breite Brust. »Ist mir auch egal. Wir müssen etwas unternehmen. Ich werde nicht zulassen, dass die dunklen Wesen Claus und seine Familie abschlachten!«

Er nickte. »Ja, das wird die erste Aufgabe für unsere Freunde. Aber …«

»Was?« Hiltja rückte ein Stückchen von ihrem Gefährten ab und schaute ihn an. In seinen Gedanken konnte sie Zweifel sehen.

»Dieser Claus wird seinen Hof nicht verlassen«, ahnte Thor. *»Das Gehöft ist eine Einzelsiedlung mit nur vier Menschen. Die Einsatzleitung wird keine Wache für einen Bauern abstellen.«*

»Er ist einer von uns!«, protestierte Hiltja. »Und ohne die Bauern verhungern wir Menschen. Nahrungsmittel sind knapp in diesen Tagen.«

»Trotzdem werden Dauerüberwachungen fast nie genehmigt«, wandte er ein, »und wir kennen den Zeitpunkt nicht.«

»Oh! Den kann ich eingrenzen«, widersprach sie. »Es wird in ungefähr zwei Wochen passieren.«

Der Krieger runzelte seine Stirn. »Wie kommst du darauf?«

»Auf einem der Felder neben dem Hof wird Gerste angebaut, das erkennst du an den langen Grannen der Getreideähren«, erklärte Hiltja. »Gerste ist Mitte Juli reif. Und schau hier!« Sie ließ eines der ersten Bilder ihrer Vision aufsteigen. »Da kannst du sehen, dass schon eine Reihe gedroschen wurde. Das muss so um den 15. Juli herum sein!«

Trotzig funkelte sie ihn an. »Ich werde nicht mehr schweigen, wenn wir den Tod von Menschen verhindern können!«

»Gut«, seufzte Thor. »Wir zeigen das unseren Freunden. Ich denke, dass Luna Oxa davon überzeugt, dass wir nicht tatenlos zugucken dürfen. Und vielleicht weiß Alex ja einen Überwachungszauber, der uns bei den Dämonen weiterhelfen kann.«

Er war zögerlich und Hiltja konnte in seinem Geist den Grund dafür wahrnehmen.

Sie nickte. »Wir müssen sicherstellen, dass diese Vision kein Fehlalarm ist. Anderenfalls glaubt uns später niemand mehr.«

»Genau!« Thor schenkte ihr ein Lächeln. Die silbernen Verästelungen in seinen grauen Augen leuchteten. »Zum Glück haben wir noch zwei Wochen. Das kriegen wir hin, mein Herz!«

Oxana vertröstete die Seherin und den roten Krieger auf später. Für Visionen hatte sie gerade keinen Kopf, denn die Umrechnung der Himmelskoordinaten hatte länger gedauert, als sie erwartet hatte.

Alex hatte absolut recht: Das Verfahren ist nicht trivial. Und ob ich alles richtig gemacht habe, weiß ich auch nicht.

Einige Zwischenergebnisse waren merkwürdig gewesen. Irgendwas schien da nicht zu stimmen, aber sie kam ums Verrecken nicht darauf, wo sie einen Fehler gemacht haben könnte. Um überhaupt zu einer Lösung zu kommen, hatte sie die verwirrenden Werte kurzerhand ausgeklammert und sich auf die konzentriert, die stimmig aussahen.

Aber mein Herumgestolpere binde ich den anderen lieber nicht auf die Schnauze. Immerhin konnte ich ein Sprungmuster erzeugen und das müsste uns in den südamerikanischen Regenwald führen, was ja hinkommt.

Ärgerlicherweise konnte sie es nicht genauer eingrenzen.

Tja, für die Grünen der altvorderen Zeit war Geografie irrelevant. Sie navigierten anhand der Sterne. Später haben sie mit Sprungmustern gearbeitet und die funktionieren in der Nebelsphäre wie ein Orientierungsseil in einem Labyrinth: Man kann sich an ihm entlangtasten, ohne dass man sein Ziel kennen muss.

Die Goldene seufzte. *Hoffentlich klappt das gleich.*

Heute peilten die Drachen ihre Ziele anders an. Sie konzentrierten sich auf konkrete Erinnerungen und fanden so den entsprechenden Ort.

Wobei sich Orte verändern, besonders im Regenwald!

Wenn man es genau nahm, waren die alten Sprungmuster gar nicht so verkehrt. Tatsächlich verfolgten die modernen Sprungmarken ein ähnliches Prinzip.

Wie auch immer.

Oxana reckte ihren Hals. Sie hatte Lunara und Alexan in ihr eigenes Quartier in die Zitadelle der Goldenen im Himalaya bestellt. Die zwei sollten jeden Augenblick eintreffen.

Der Ort, an den sie sich dann begeben würden, lag zirka vier bis sechs Stunden vor der Mitteleuropäischen Zeit.

Entsprechend ist es dort aktuell irgendwas zwischen vier oder sechs Uhr nachts.

Das war perfekt für den Aurenzauber, aber nur, sofern sie zügig aufbrachen. Außerdem konnte Oxana es nicht abwarten, die Meistermentorin in ihre Klauen zu bekommen.

Ich will Beraterin der Seherin werden. Wenn wir das Artefakt finden, wird uns das niemand verwehren.

Es war bedauerlich, dass Thorxarr und sein Menschlein nicht ebenfalls mitkommen durften, doch aktuell befand sich Oxana nicht in der Position, eine derartige Forderung beim Kaleidoskop durchdrücken zu können.

Auch das sähe mit der Meistermentorin anders aus. Aber da beißt sich die Katze leider in den Schwanz.

Plötzlich riss die Nebelsphäre in der Kammer auf und spuckte Lunara aus. Die Grüne landete und hopste beiseite. Wenige Sekunden später schlüpfte Alexan ins Quartier.

»Moin!«, grüßte Lunara.

»Salve!«, hielt Oxana dagegen. *Man muss ja nicht alle Gepflogenheiten der Menschen übernehmen.*

»Bonjour!«, kicherte Alexan.

Die Goldene rollte mit den Augen. *Er wieder!*

»Wie machen wir das eigentlich gleich mit den Dämonen?«, erkundigte sich Lunara und rollte ihre schillernden Schwingen ein. *»Wer übernimmt den Scanzauber?«*

Mist!

Den hatte Oxana über all die Berechnungen ganz vergessen. Seit der Invasion der Dämonen war es riskant, an unbekannte Orte zu springen. Traf man dort auf dunkle Wesen, war es gefährlich über die Nebel zu fliehen, weil einem die Kreaturen ins wattige Weiß folgen konnten, sofern sich die Weltenhaut nicht schnell genug hinter einem schloss. Ein Kampf in der Sphäre endete tödlich – ärgerlicherweise für den Drachen. Deswegen gab es eine Tabelle, die die Mindestabstände zu Dämonen geschlüsselt nach Arten auflistete und so für sichere Sprünge sorgte. Dieses Wissen konnte den Unterschied zwischen Leben und Tod bedeuten.

Jede Himmelsechse hat diese Tabelle in den vergangenen Monaten bis zum Erbrechen gepaukt.

Trotzdem reisten die meisten Drachen nach Möglichkeit nur noch an überwachte Orte – so auch Oxana.

Aber jetzt kommen wir nicht drumherum. Ich hätte den Scanzauber wirklich auf dem Pergament haben müssen!, schalt sie sich selbst.

»Ach!«, antwortete Alexan der Grünen. *»Keiner von uns braucht seine körpereigene Astralkraft zu opfern. Mein Mentor war so nett, mir einen Feldspat aufzuladen.«* Er öffnete seine linke Vorderklaue und zum Vorschein kam ein straußeneikleiner Mondstein, der ähnlich wie der Erdentrabant in einem sanften, bläulichen Weiß schimmerte. *»Wenn ich den Zauber auslöse, verfärbt er sich. Rosa bedeutet ›alles prima‹ und türkis ›Achtung! Dämonen!‹«*

»Türkis ist mies?« Lunara blähte empört die Nüstern. *»Wieso hat dein Mentor nicht rot für ›Gefahr‹ und grün für ›alles fein‹ gewählt?«*

»Weil Volaxan rosa viel mehr liebt als türkis«, antwortete der kleine Weiße. *»Tut mir leid, Luna.* Ich *finde deine Haarfarbe super!«*

»Genug geplaudert!«, rief Oxana ihre Freunde zur Ordnung. *»Wir sollten uns beeilen, sonst ist von der Nacht an unserem Zielort nicht mehr viel übrig.«*

»Oh ja!« Alexan nickte und schaute fragend zu ihr auf. *»Hast du schon ein sicheres Ausweichziel festgelegt?«*

Das hatte Oxana natürlich nicht getan – sie hatte ja nicht mal an die Dämonen gedacht.

»Ich ... ähm ... Also, ich konnte den Ort geographisch bisher nur grob eingrenzen.«

»Nicht schlimm«, entgegnete der Weiße. *»Gib mir eben das Sprungmuster, dann erledige ich das für uns.«*

»Gern!«

Oxana leitete das Muster an den Kleinen weiter.

Ha! Allein an der Näherung habe ich eine halbe Stunde lang rumgerechnet. Wie will er das denn bitte von jetzt auf gleich präzise rauskriegen?

Alexans Augen leuchteten begeistert.

»Faszinierend«, murmelte er. *»Wenngleich etwas weniger komplex, als ich es erwartet hatte.«*

Das gibt es ja nicht!, schimpfte Oxana bei sich. *Alex sieht auf den ersten Blick, dass ich tricksen musste. Frechheit!*

Der analysierte munter weiter: *»Ich tippe auf Brasilien. Vermutlich werden wir zirka 203,495 Meter über dem Boden rauskommen. Schön, schön! So, nun bestimme ich den Ort genau.«*

Na, das will ich sehen!

Die Goldene ließ den Weißen nicht aus den Augen.

Alexan furchte seine Stirn und richtete den Blick hinauf zur Felsendecke. Im nächsten Moment lugte seine Zungenspitze aus dem linken Maulwinkel hervor. Zwei Atemzüge später jubelte er: *»Ich hab's! Hier liegt die Höhle der Seherinnen!«*

Er teilte eine Landkarte, in deren Mitte ein roter Marker prangte.

»Sieht aus wie Google Maps«, merkte Lunara an.

Alexan grinste breit. *»Weil es Google Maps ist!«*

»Aha«, murrte Oxana. Sie war verwirrt. *»Deine Gedanken fließen ernsthaft im Design von Google?«*

»Nein!« Er kicherte. *»Aber ich benutze die Apps. Die sind ziemlich praktisch, findest du nicht?«*

Die Goldene überging die Frage. Skeptisch hob sie eine Augenwulst. *»Und Google rechnet Sprungmuster aus der altvorderen Zeit in Landkartenkoordinaten um?«* Das wäre ihr neu.

»Nee, die nicht.« Nun gluckste Alexan. *»Aber Benan! Neulich war ihm langweilig und da hat er 'ne kleine Anwendung entwickelt, die unsere Koordinaten in GPS-Daten der Menschen umwandelt. Und die greift für die Ergebnisanzeige auf Google Maps zu. Klasse, oder?«*

»Wahnsinn.« Oxana schüttelte ihr Haupt. *Die Weißen sind echt sowas von irre!* Sie wusste nicht, ob sie lachen oder weinen sollte. Doch es ging hier nicht um ihr Ego, sondern um ihrer aller Sicherheit. Also

schluckte sie ihren Stolz herunter und erkundigte sich: *»Kann Benans App auch Himmelskoordinaten umrechnen?«*

»Nein, leider nicht.« Alexan zuckte mit den Schwingen. *»Das war ihm dann doch etwas zu umständlich.«*

Wie beruhigend!, dachte die Goldene sarkastisch.

Lunara beugte sich zum Weißen herab. *»Sag mal, wie kannst du eigentlich auf deine Handyapps zugreifen – so ganz ohne Handy?!«*

»Och, ich bin vorbereitet.« Nun präsentierte Alexan den Inhalt der rechten Klaue: sein Smartphone.

»Aber du hast gar nicht darauf herumgetippt!«, beschwerte sich Oxana. Manchmal ging es ihr gehörig auf die Schuppen, dass der weiße Superdrache für alles eine Antwort parat hatte.

»Das muss ich auch nicht«, entgegnete Alexan. *»Ich steuere es nämlich via Gedankenkontrolle. Dann brauche ich mich nicht zu verwandeln.«*

Er schaute von ihr zur Grünen. *»Bedauerlicherweise besitze ich kaum Ortskenntnisse vom Regenwald. Luna, kennst du vielleicht einen gesicherten Platz, den wir anfliegen können, falls unser Ziel dämonenverseucht sein sollte?«*

»Hmm«, brummte die. *»Es könnte sein. Ich weiß nicht genau. Meine Mentorin hat hier einen Aussichtspunkt, der überwacht wird.«* Sie sendete die Sprungkoordinaten an Alexan. *»Aber ich habe keinen Schimmer, wo genau der liegt.«*

Der Weiße bewegte eifrig seinen Kopf auf und ab und nur einen Atemzug später tauchte eine zweite Markierung in seiner geistigen Landkarte auf.

»He, der passt hervorragend!« Alexan klatschte freudig seine Schwingen aneinander und zoomte etwas heraus, sodass der Ausschnitt größer wurde. *»Beide Orte sind bloß ungefähr 98,56843 Kilometer voneinander entfernt. Der Aussichtspunkt deiner Mentorin ist die perfekte Alternative.«*

»Wie schön«, freute sich Lunara.

»Ja, ganz zauberhaft«, stöhnte Oxana und sah ungeduldig auf ihre

Freunde herab. *»Können wir dann endlich los?«*

Die beiden nickten.

»Gut!«, beschied die Goldene. Den weißen Gefährten Benan kannte sie persönlich. Sie beschloss ihm nach dem Ausflug in den Regenwald einen Besuch abzustatten. Diese Umrechnungsapp musste sie haben!

Würdevoll öffnete Oxana ihren Geist und präsentierte das von ihr in mühevoller Arbeit erzeugte Sprungmuster zur Höhle der Seherinnen. Die drei Himmelsechsen entrollten ihre Schwingen und die Goldene kommandierte: *»Alles springt auf mein Kommando! Drei, zwei, eins!«*

Hiltja linste auf ihr Handy. Kurz bevor der Unterricht im Samstagskurs »Die wahre Geschichte« begonnen hatte, waren ihre Freunde zur Höhle der Seherinnen aufgebrochen. Das hatte Alex direkt vor ihrem Abflug in der Chatgruppe geschrieben.

Ich habe ihnen viel Erfolg gewünscht.

Doch niemand hatte daraufhin geantwortet. Die Nachricht hatte nicht einmal blaue Häkchen bekommen.

Oh Mann! Hoffentlich treffen sie nicht auf Dämonen.

Immerhin hatte Madame Vouh Hiltja nichts von dem Erkundungsausflug gezeigt und das wertete sie als gutes Zeichen.

»Es muss aber nichts heißen«, murrte Thor auf der privaten Frequenz. *»Die alte Zigeunerin zeigt dir nur äußerst selten Dinge von Personen, mit denen du eng befreundet bist.«*

»Großartig, du Held!« Hiltja warf ihrem Gefährten einen sarkastischen Blick zu. *»Mach mir nur weiter Mut!«*

»Sie sind gut vorbereitet«, erwiderte Thor und lehnte sich scheinbar entspannt auf seinem Stuhl zurück. *»Denen passiert schon nichts.«*

Ha! Wem will der Bagalut eigentlich was vormachen?

Über die Geistesverbindung spürte Hiltja genau, dass ihr Gefährte ebenso auf heißen Kohlen saß und sich Sorgen machte wie sie selbst.

»Sorgen helfen unseren Freunden auch nicht«, seufzte Thor.

»Das weiß ich.« Sie aktivierte erneut ihr Display. Es gab immer noch keine blauen Häkchen und erst recht keine Antwort. *»Aber du machst dir trotzdem welche.«*

»Stimmt. Ich ertrage sie allerdings mit Würde.«

Er grinste breit zu ihr herab.

Sie revanchierte sich, indem sie den Krieger in die Seite knuffte. Dummerweise zuckte er nicht einmal mit der Wimper.

»Gefühlloser Klotz!«

»Ich habe sehr wohl Gefühle«, korrigierte er. *»Ich bin bloß hart im Nehmen. Außerdem frage ich mich die ganze Zeit, ob unsere Freunde die Meistermentorin finden werden? Und wie sie wohl aussehen wird?«*

»Traumhaft!«, spottete Hiltja stumm. *»Jetzt kann ich das mit der ›wahren Geschichte‹ komplett vergessen!«*

Normalerweise fand sie diesen Kurs gar nicht so übel, auch wenn der Vortrag von Dozent Obraxar nicht gerade einen hohen Unterhaltungswert hatte. Es war einfach erstaunlich, wie viel Blödsinn in der Schule über die Historie der Menschheit erzählt worden war. Klar, die Lehrer hatten es nicht besser gewusst, aber das änderte nichts an den Tatsachen. Die echten Begebenheiten, Hintergründe und Zusammenhänge faszinierten Hiltja und vieles kam ihr auf eine merkwürdige Art vertraut vor, so als hätte sie schon einmal davon gehört.

Ob von der Meistermentorin in zehn Jahren ebenfalls im Unterricht erzählt werden wird? Ein Kribbeln rieselte durch ihren Körper. *Womöglich im gleichen Atemzug mit Excalibur und dem heiligen Gral? Vielleicht haben Alex, Luna und Oxa das Artefakt in diesem Moment ja bereits gefunden.*

Abermals aktivierte sie das Handydisplay.

Mist!

Weder blaue Häkchen noch neue Nachrichten, bloß Schweigen im Walde.

Im Regenwalde, um genau zu sein.

Hiltja musste kichern.

»... du eine Vision, Schneewittchen?«, drang Obraxars Stimme plötzlich in ihre Gedanken. Der Drache war ein schwarzer Gefährte. Er gab an der Akademie der Wölfe den Geschichtsunterricht und das mit Vorliebe in seiner wahren Gestalt.

»Ähm … nein.« Hiltja setzte sich kerzengerade auf ihren Stuhl.

»Nicht?« Nun furchte Obraxar tadelnd seine schuppige Stirn. *»Wenn dich die Torkriege amüsieren, dann kannst du mir sicher auch sagen, wer uns Himmelsechsen bei der Schlacht von Lowicz vernichtend geschlagen hat. Waren das Draxwürger oder Satanas?«*

Hiltja hatte nicht aufgepasst und entsprechend keinen Schimmer. Bedauerlicherweise konnte Thor ihr nicht helfen. Geschichte war alles andere als sein Steckenpferd.

»Draxwürger sind ziemlich doof«, merkte er dennoch auf der privaten Frequenz an. *»Ich würde die Satanas nehmen.«*

Hiltjas Bauch stimmte gegen die Logik, deswegen erklärte sie laut: »Es waren Draxwürger, die uns geschlagen haben.«

»Das ... ist korrekt«, bestätigte Obraxar und schaute sie erstaunt an. *»Und wo wurden die Draxwürger schließlich aufgehalten?«*

Irgendwo östlich davon, wisperte eine diffuse Ahnung in Hiltja. Blöderweise blieb sie unkonkret. *Pah! Damit kann ich dem Schwarzen nicht kommen.*

Der Dozent raschelte genervt mit seinen Schwingen. *»Kennt ein anderer Mensch die Antwort?«*

Betretenes Schweigen.

»Ach Leute«, seufzte der Drache. *»Genau wie ihr habe ich an den Wochenenden auch lieber frei. Doch es nützt nichts – seit der Invasion mussten wir das Pensum erhöhen und Geschichte ist wichtig. Wenn ihr mir nicht zuhört, können wir uns das schenken.«*

»Ich habe zugehört«, flötete Leonie eine Reihe weiter vorn. »Die Draxwürger wurden bei Siedlce gestoppt und zwar von einem Verbund aus Roten und Blauen, der von einer Goldenen angeführt wurde.«

Warum hat sie das eben nicht gesagt?, nörgelte Hiltja.

»Weil sie es nicht wusste«, grunzte Thor auf der privaten Frequenz. *»Wetten, dass Amira ihr das gesteckt hat?«*

»Vermutlich.«

»Ich sollte den beiden mal einen Vortrag über die Ehre halten«, knurrte der Krieger und ballte seine Fäuste. *»Aber der würde anschaulicher ausfallen als das furztrockene Geseier von Obraxar, das schwöre ich!«*

Unterdessen schenkte der Dozent der goldenen Gefährtin ein Lächeln und lobte: *»Sehr gut, Leonie! Dann muss ich meine Hoffnung, was die Menschheit betrifft, ja doch nicht aufgeben.«*

»Nein, bestimmt nicht. Auf uns kann man zählen«, säuselte die junge Frau.

Kaum wandte sich der Schwarze zur Projektionstafel um, drehte sich die Vorzeigeschülerin nach hinten und schaute arrogant in die Runde.

Boa, die Tante geht mir voll gegen den Strich!

»Mir auch«, grummelte Thor. *»Und Madame Vouh hat es heute Morgen schon gewusst. Aber weißt du, was schlimmer ist, mein Herz?«*

»Was?«

Hiltja schaute ihn an.

»Warten!« Grinsend stupste er ihr Handy an. *»Haben unsere Freunde mittlerweile zurückgeschrieben?«*

»Sekunde ...« Ein weiteres Mal aktivierte sie ihr Display und verzog den Mund. *»Nee. Fehlanzeige!«*

»Nächstes Mal sollten wir mitgehen«, brummte Thor. *»Ich frage mich echt, was die da treiben?«*

Das fragte Hiltja sich auch.

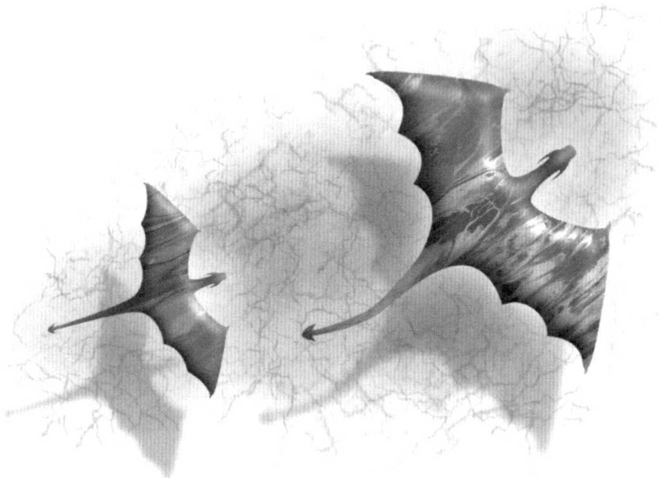

Im Regenwald

Alexan bewegte sich zielstrebig durch die Nebelsphäre, indem er seine Konzentration auf die Sprungmarke von Oxana richtete und nebenbei die Sekunden zählte.

Einundzwanzig, zweiundzwanzig, dreiundzwanzig, ...

Der Trick mit dem Zählen sorgte dafür, dass er sein Zeitgefühl nicht verlor. So waren das wattige Weiß und die Eiseskälte leichter zu ertragen. Am nervigsten war ohnehin, dass es hier kein Oben oder Unten gab. Das schlug ihm stets ein wenig auf den Magen.

... siebenundzwanzig. Oh! Da sind wir.

Erleichtert ließ sich Alexan näher an die milchig durchsichtige Weltenhaut treiben und versuchte zu erfassen, was dahinter lag.

Hmm. Sieht nach nächtlichen Baumwipfeln aus. Zirka zweihundert Meter unter mir. Das passt.

Auf den ersten Blick waren keine Dämonen zu sehen, aber das hieß gar nichts.

Ein Hoch auf Volaxan! Er meint es wirklich gut mit mir.

Dankbar löste Alexan den Scanzauber aus, hielt den Mondstein an die Weltenhaut und rückte seinen Kopf nah an die linke Klaue, damit er die Farbe durch die Nebel erkennen konnte.

Sieh an! Das nenne ich mal ein hübsches Rosa – wunderbar!

Seine Freunde konnte Alexan nicht sehen, dafür waren die wattigen Schwaden zu dicht, aber er spürte, dass die Weibchen sich in seiner unmittelbaren Nähe aufhielten.

»He Leute!«, sendete er fröhlich. *»Die Gegend ist sicher! Wir können raus.«*

»Verstanden«, quittierte Oxana.

Und Lunara seufzte: *»Ein Glück!«*

Mit seiner körpereigenen Magie erschuf Alexan ein magisches Skalpell, schlitzte die Weltenmembran einige Zentimeter auf und zwängte sich durch den Riss.

Prompt schlug ihm eine würzige, feuchtwarme Schwüle entgegen und bildete auf seinen Schuppen eine dünne Eisschicht, die jedoch sofort wegtaute.

Sehr bedauerlich, dass der Klimazauber nichts gegen die Kälte der Sphäre ausrichten kann. Aber naja. Er schüttelte sich. *Jetzt habe ich es hinter mir und mein Magen beruhigt sich schon wieder.*

Im nächsten Moment waren Lunara und Oxana an seiner Seite.

»Sprünge durch die Nebel braucht echt kein Drache«, beklagte sich Oxana. *»Mir wird jedes Mal übel!«*

»Ach, wenn man sich konzentriert, geht's doch«, widersprach Lunara und schaute sich um. *»Und wo ist nun die Höhle?«*

»Woher soll ich das wissen?«, schnappte die Goldene. *»Ich habe die Koordinaten berechnet. Sonst weiß ich auch nichts! Und hier ist weit und breit kein Berg zu sehen.«*

»Gehen wir erstmal tiefer«, schlug Alexan vor. Beiläufig stellte er fest, dass er sich geirrt hatte.

Hmm. Wir sind gar nicht 203,495 Meter über dem Erdboden rausgekommen, sondern lediglich 201,36789 Meter. Erstaunlich!

In weiten Schleifen glitten die Drachen tiefer gen Dschungel. Nach und nach wurde der tropische Duft intensiver und die Geräusche des Waldes lauter. Beides war spannend und zündete ein Feuerwerk von Fragen in Alexans Gedanken:

Welche Tiere tummeln sich da unten?

Und welche von ihnen sind nachtaktiv?

Wie heißt die Pflanze, die diesen schweren, süßlichen Duft verbreitet?

Zu welcher Art gehört sie?

Oder ist das womöglich gar ein Insekt?

»Verdammt!«, fluchte Lunara. *»Ich kann keinen Hohlraum unter uns wahrnehmen. Doch das muss nichts heißen. Ich beherrsche den Dichteermittlungszauber nämlich eher schlecht als recht.«*

»Dann beherrschst du ihn besser als ich.« Oxana schüttelte gereizt ihr Haupt, sodass ihre Halskrause funkelnd umherwirbelte.

Ob wir Weißen wohl deswegen unseren Stammsitz in der Antarktis gewählt haben?, sinnierte Alexan. *Weil uns die Umgebung dort nicht so stark ablenkt? Das wäre ein vernünftiger Grund. Wie auch immer – ich sollte mich jetzt lieber auf unsere Mission konzentrieren.*

Seufzend klinkte er sich in das Gespräch ein: *»Leider bin ich nicht astralstark genug, um den Dichteermittlungszauber aus dieser Höhe auf ein größeres Areal zu wirken. Aber falls mir eine von euch hilft, sollte ich das schaffen.«*

»Kein Problem.« Lunara schenkte ihm ein Lächeln. *»Du musst nur ruhig fliegen.«*

»Den Part übernehme ich!«, kommandierte Oxana. *»Ich sorge für die Synchronisation eures Flugkurses. Sag mal, Alex, konnte Hoggi inzwischen herausbekommen, wie du das mit dem gemeinsamen Weben eines Zaubers machst?«*

»Nein.« Er grinste breit. *»Außer mir kriegt das offenbar niemand hin. Und nur nebenbei, ihr zwei und Thor seid dabei hilfreicher als andere Himmelsechsen.«*

Lunara lachte. *»Tja, es ist wie meine Mentorin mir täglich vorbetet: Übung macht den Meister!«*

»Ja, ja«, murrte Oxana. *»Lasst uns lieber beginnen.«*

»Ist gut.« Alexan segelte tiefer und wartete, bis die Grüne über ihm schwebte und seinen Rückenkamm mit ihren Vorderklauen berührte. Anschließend ließ er zu, dass Oxana die Kontrolle über sein Flugzentrum übernahm. Als er Lunaras astrale Kraft in seinen Meridianen spürte, führte er den Dichteermittlungszauber aus, wobei er erfreut feststellte, dass er etliche Meter tief in den felsigen Grund eindringen konnte.

Uiuiui! Das klappt ja super!

Wenn ein Drache solche Freunde wie er hatte, war es gar nicht schlimm, astralschwach zu sein.

Zwanzig Minuten später hatte Oxana das Trio in einer sich ausdehnenden Spirale über ein bummelig vier Quadratkilometer großes Tropenareal gesteuert. In dieser Zeit hatte Alexan den Untergrund, den die Urwaldriesen bewurzelten, gründlich auf Hohlräume gescannt, doch leider ohne Erfolg.

»Hier gibt es nicht mal eine Höhle, in der ein kleiner Weißer wie ich Platz hätte«, ächzte Alexan. Trotz Lunaras magischer Unterstützung brauchte er dringend eine Pause.

»Wir brechen ab!«, entschied Oxana. *»Fünfhundert Meter hinter uns gibt es eine größere Lichtung. Dort landen wir.«*

»Ja, bitte!«, stimmte Lunara zu. Auch sie klang erschöpft.

Als sie sich den Baumkronen näherten, brach ein tierisches Gezeter los. Vögel stoben in die Luft und eine Horde Affen kreischte drohend.

Die Goldene lächelte. *»Wir wurden bemerkt!«*

Anmutig stellte sie ihre Schwingen in den Nachtwind und landete. Lunara und Alexan taten es ihr gleich.

Der Mond stand hoch am Nachthimmel und goss sein silbernes Licht über eine Klauevoll Bäume, die umgestürzt am Boden lagen.

Warum die wohl umgefallen sind?, wunderte sich der Weiße und schaute sich um. *Uh! Darum!*

Am Rande der Lichtung sah er ein riesiges Gerippe. Anhand der fünfzig Zentimeter lang auslaufenden, dornenartigen Rückenwirbel und des wie eine Birne geformten Schädels identifizierte Alexan das Wesen als Giganto-Donnerflieger.

Oha! Der muss hier abgestürzt sein. Und dabei hat sein massiger Körper die Bäume mit sich gerissen. Bei der Sphäre, von so einem großen Exemplar habe ich noch nie gehört!

Neugierig hopste er halb flatternd auf das Skelett zu. Auf allen Vieren laufen konnte er nicht, da er immer noch sein Handy und den Feldspat in seinen Vorderklauen trug. *Vielleicht gibt mir die Anordnung der Knochen Aufschluss darüber, warum die Kreatur hier abgestürzt ist.*

»Alex«, mahnte ihn Oxana, *»das ist kein Vergnügungsausflug. Wir suchen die Mentorin!«*

»Stimmt! Tschuldigung.« Alexan machte kehrt. Beiläufig streifte sein Blick einen unförmigen zirka 3,46 Meter hohen Hügel, der rechts von ihm aufragte und mit weißen Flecken übersät war. *»Ooh! Was ist das denn?«*

Bei genauerer Betrachtung entpuppte sich der Hügel als Leichenberg, der aus Brüll-, Klammer- und Krallenaffen bestand. Die hellen Flecken waren ausgeblichene Knochen, die das Mondlicht reflektierten.

Uhh! Wer die wohl da aufgeschichtet hat?

»Alex!«, schimpfte die Goldene.

»Ich reiß mich ja schon zusammen«, jammerte er, ohne sich allerdings abwenden zu können. *Warum stinken die Kadaver eigentlich nicht nach Verwesung?*

»Alex!!!«

Der Weiße schaute betreten zu Oxana auf und deutete mit seiner Schwanzspitze auf den Hügel. *»Weißt du, warum wir nichts riechen? Die toten Affen müssten doch höllisch stinken, oder nicht?«*

»Gleich breche ich zusammen!«, stöhnte die Goldene.

Lunara erbarmte sich seiner und erklärte: *»Die Affen müssen von Schlürfspringern zusammengetragen worden sein. Diese Dämonen sind hervorragende Kletterer und können, wie der Name vermuten lässt, sehr weit springen. Sie jagen in mittelgroßen Rotten und haben eine Vorliebe für Affen. Schlürfspringer beißen ihre Opfer und injizieren ihnen dabei ein Sekret, das Muskeln, Blutgefäße, Organe und Bindegewebe verflüssigt, die Haut jedoch konserviert. Dann saugen die Springer ihr Futter aus. Zurück bleiben eingefallene Hüllen, die nur mit Knochen gefüllt sind. Da verwest gar nichts mehr!«*

»Oh!«, schnaufte Alexan. *»Das ist gleichermaßen interessant wie gruselig.«*

Lunara grinste. *»Noch interessanter und gruseliger dürfte die Tatsache sein, dass das Zersetzungssekret vermischt mit Natron eine Art Klebstoff ergibt, der sich optimal zum Flicken beschädigter Drachenschuppen eignet.«*

»Ernsthaft?« Der Weiße legte seinen Kopf schief.

»Absolut!«

»Wahnsinn!«, gluckste er glücklich. *Wieder was gelernt. Lunara war immer schon etwas abartig, aber ihre Kenntnisse über physiologische Besonderheiten sind enorm!*

»Ja, wahnsinnig werde ich hier auch gleich!«, motzte Oxana. *»Schluss mit dem morbiden Wissen! Wir suchen jetzt die Mentorin der Seherin oder ich verpass euch eine!«*

»Ja, ja«, winkte Lunara ab. Dann schaute sie sich demonstrativ um. *»Und wo genau willst du suchen? Hier ist jedenfalls keine Höhle.«*

Da hat sie recht, dachte Alexan bei sich. *Was, wenn sich Oxa verrechnet hat?*

Die Goldene kannte das Verfahren erst seit wenigen Stunden und es war recht komplex. Ergo ergab sich eine entsprechend hohe Fehlerwahrscheinlichkeit.

Hmm. Aber mein Mentor sagt immer, dass man auch anderen Drachen mal etwas zutrauen muss und Oxa hat sich ganz sicher die größte Mühe gegeben.

»Vielleicht ist die Höhle ja zusammengebrochen?«, brummte die Goldene. *»Ich meine, wir reden hier von vierzigtausend Jahren!«*

»Das bezweifle ich«, widersprach Alexan.

»Warum?«, fauchte Oxana. Sie klang genervt.

»Na, ganz einfach«, entgegnete Alexan höflich. *»Die Seherinnen der altvorderen Zeit erschaffen ein unzerstörbares Buch und belegen es mit einem Findezauber. Außerdem sammeln sie dekadenlang Wissen in einem Edelstein. Für beides sind komplizierte Zauber und eine nicht unerhebliche Menge körpereigner Astralenergie notwendig. Sprich: Das ist aufwendig! Und dann deponiert die letzte Seherin das Artefakt in einer simplen Höhle, die aufgrund des natürlichen geologischen Verfalls zusammenbrechen kann?«*

Er guckte skeptisch von der Goldenen zur Grünen. *»Hält das wirklich eine von euch für wahrscheinlich?«*

»Nein«, murrte Oxana. *»Verdammt, Alex! Warum hast du eigentlich immer recht?«*

Der Weiße zuckte entschuldigend mit den Schwingen.

»Sagt mal«, hob Lunara an, *»was, wenn mit ›Höhle‹ gar keine Felsenhöhle gemeint war, sondern eine Blätterhöhle?«* Sie deutete mit dem oberen Schwingendorn Richtung Regenwald. *»Die Urwaldriesen bilden unter ihren Kronen doch sowas wie eine Höhle, findet ihr nicht?«*

»Und zu euch Grünen würde das auch passen«, überlegte Alexan.

»Großartig!«, ächzte Oxana. *»Und wie sollen wir bitte ein winziges Artefakt in dieser unzivilisierten Hölle finden?«*

»Indem wir suchen.« Betont zuversichtlich schaute er zwischen den Weibchen hin und her. *»Und ich weiß sogar schon wie. Es gibt da eine Modifikation des Aurenzaubers, die magisch aufgeladene, kristalline Strukturen besonders intensiv in Pink strahlen lässt.«*

»Oh!« Lunara beugte sich interessiert zu ihm herab. *»Woher hast du die denn?«*

Oxana nörgelte nur von oben herab: *»Frag nicht! Offenbar gibt es nichts, was unser weißer Freund nicht weiß.«*

»Ach Quatsch!« Er lachte. *»Aber ich habe mich vorbereitet und*

meinen Mentor gefragt. Wenn eine von euch mir hilft, kriege ich das hin. Allerdings ist das Areal, das wir untersuchen können, deutlich kleiner. Wir müssen nämlich a) direkt über den Baumwipfeln fliegen und b) das sehr langsam tun. Und in den Boden kann ich mit dem Zauber auch nicht eindringen.«

»Gut«, entschied Oxana und reckte anmutig ihren Hals, sodass die Edelsteine, die hier und da ihre Schuppen zierten, im Mondlicht funkelten. *»Diesmal übernehme ich deinen Part, Luna, damit du dich noch etwas ausruhen kannst. Die Nacht ist bald vorbei – fliegen wir zum Ausgangspunkt zurück und beginnen dort!«*

Nach einer weiteren halben Stunde war Alexan am Ende seiner Kräfte. Vor allem aber war er enttäuscht, weil sie nichts gefunden hatten.

Obwohl ›nichts‹ ist nicht richtig! Ich habe diverse magische Auren wahrnehmen können. Erstens: fünf niedere Dämonen, die allesamt ungefährlich für uns Himmelsechsen sind. Zweitens: sieben Pflanzenarten, die entweder in ihren Stielen, Blättern oder Früchten astrale Energie anreichern – wobei ich drei davon vorher noch nicht kannte. Drittens: dreizehn Insektenarten, die Magie wirken können – hiervon waren zehn neu für mich. Uiuiui! Das werde ich meinem Mentor berichten. Volaxan wird Augen machen! Alles in allem also eine reiche Ausbeute. Bedauerlicherweise war kein Kristall darunter, rief er sich in Erinnerung, *und wegen dem sind wir hier.*

Alexan ließ den modifizierten Aurenzauber fallen und sendete: *»He Leute! Tut mir leid, aber ich brauche eine Pause!«*

»Ich dachte schon, er hört nie auf«, schnaufte Oxana über ihm. Sie nahm ihre Klaue von seinem Nacken und der Astralstrom brach ab.

»Wir sollten landen«, schlug Lunara vor. *»Nehmen wir doch die Lichtung von vorhin.«*

Kurz darauf reckten alle drei Himmelsechsen am Boden ihre Schwingen. Erschöpfung lag in der Nachtluft ebenso wie Frustration.

Oxana dehnte besonders ausführlich ihren rechten Vorderlauf, mit dem sie den Weißen während des Aurenzaubers berührt hatte. Ächzend fragte sie schließlich: *»Ich nehme an, du hast nichts entdeckt, Alex?«*

»Das ist richtig«, entgegnete dieser. Aus Erfahrung wusste er, dass seine Freunde sich nicht so sehr wie er für die fünf niederen Dämonen, die sieben Pflanzenarten und die dreizehn Insektenarten interessierten. *Sehr schade, aber so ist es nun mal.* Deswegen reduzierte er seine Examinationserkenntnisse auf die eine, die für die beiden Weibchen ausschlaggebend war: *»Ich habe keine einzige kristalline Struktur finden können, die in einem relevanten Maß magisch aufgeladen war.«*

»Ab welcher Größe hätte dein Zauber denn angeschlagen?«, bohrte die Goldene nach.

»Hmm. Ich bin mir nicht sicher.« Alexan ließ sich auf seinen Hintern plumpsen und runzelte seine schuppigen Augenwülste. *»Eigentlich müsste ich alles erfasst haben, was größer als ein zehntel Kubikzentimeter ist. Vielleicht sogar ein elftel.«*

»Bei einem elftel Kubikzentimeter kann man nicht mehr von ›Größe‹ sprechen«, fand Lunara. *»Das ist winzig!«*

»Stimmt.« Oxana verzog unwillig ihr Drachengesicht. *»Falls die Meistermentorin wirklich ein magisch aufgeladener Edelstein sein sollte, dann ist sie nicht hier.«*

Schweigen.

Und wenn Oxa sich verrechnet hat?, sinnierte Alexan abermals. Es auszusprechen, traute er sich nicht. Die Goldenen mochten es nämlich kein Stück, wenn man ihre Fähigkeiten anzweifelte – gleichgültig wie berechtigt die Zweifel waren.

Lunara war da mutiger. Sie reckte Oxana ihre Stirn entgegen und fragte: *»Sind wir hier überhaupt am richtigen Ort?«*

»Anscheinend nicht.«

Die Worte der Goldenen verklangen im Mondschein.

Lunara schaute sie aus schmalen Augen an. *»Bist du krank?«*

»Nein«, brummte Oxana. *»Mir geht es prima. Es kann nur sein, dass ich mich verrechnet habe. Und das nervt mich!«*

O-oh! Alexan sah mit großen Augen zu seiner Freundin hinauf. *Sie räumt tatsächlich die Möglichkeit eines Fehlers ein. Heiliges Pinguinei!*

»Mach dir keinen Kopf!« Grinsend stupste Lunara die Goldene mit der Schnauze an. *»Diese Berechnungen machen einen echt irre.«*

»Genau!«, murrte Oxana. *»Und jetzt werde ich noch einmal ganz von vorn mit dem ganzen Mist beginnen müssen. Dabei habe ich keinen Schimmer, was ich falsch gemacht haben soll.«*

Sie schüttelte verdrossen ihr Haupt, wobei ihre Halskrause elegant hin und her schwang.

Alexan guckte zu ihr hoch. *»Vielleicht können wir das Problem ja zusammen eingrenzen?«*

Sie hob eine Augenwulst. *»Wie meinst du das?«*

»Ich mach einfach mal, einverstanden?«

»Solange ich nicht wieder stundenlang über diesen verstaubten Pergamenten hocken und rechnen muss, bin ich mit allem einverstanden!«, motzte Oxana.

»Schön.« Alexan legte seinen Kopf schief. *»Hast du die Tokinax-Rotation berücksichtigt?«*

»Selbstverständlich.«

»Was ist mit dem Naxt-Do-Effekt?«, legte er nach.

»Sicher.«

»Und mit der Lokami-Verschiebung?«

»Klar!«

»Die Koka-Li-Da-Raum-Verkürzung?«

Oxana riss die Augen auf. *»Oh! Die habe ich vergessen.«*

»Ehrlich?«

»Nein! Das war ein Scherz«, fauchte die Goldene. *»Alex, ich bin nicht blöd! Die Verkürzung ist elementar. Natürlich habe ich die einberechnet.«*

Alexan lächelte entschuldigend zu seiner Freundin auf. *»Und die*

Rokabitasch-Konstante?«

»Die auch!«

»Das ist gut«, sendete er eifrig nickend. *»Das sind nämlich die fünf häufigsten Fallstricke des Verfahrens. Der Rest sind simple Berechnungen und ich glaube nicht, dass du dabei einen Fehler gemacht haben wirst.«*

»Ich auch nicht«, stimmte sie ihm zu, wobei sich ihre Miene ein wenig glättete. *»Das Datum habe ich ebenfalls berücksichtigt: den 17. Hamruth. Dieser Tag entspricht heute dem 25. August. Und die Uhrzeit habe ich genauso eingerechnet.«*

»Hervorragend«, lobte Alexan. *»Und das Jahr hast du sicher auch einbezogen, oder?«*

»Das Jahr?«

Oxana erstarrte. Sie schloss für zwei Sekunden die Augen, dann zischte sie: *»Ich bin so blöd! Verflixt! Wie konnte mir das passieren?«*

Alexans schaute unbeholfen zu ihr auf. *»Das ist jetzt aber kein Scherz, oder?«*

»Nein!«, stöhnte sie. *»Ich bin wirklich so dumm gewesen und habe die vierzigtausend Jahre vergessen.«*

»39.978 Jahre«, korrigierte Alexan. *»Es war ja ein Jahr nach Lonaahs Tod, im Jahr des Otters.«*

»Ja-ha!«

»Das ist ein typischer Anfängerfehler«, versuchte er seine Freundin zu besänftigen. *»Ist mir auch schon ein paar Mal unterlaufen.«*

»Das bezweifle ich«, schnaubte Oxana.

»Ähh. Richtig. Ist es nicht.« Alexan seufzte. *»Ich wollte nur nett sein.«*

»Musst du nicht.« Die Goldene schüttelte ihren Ärger ab und senkte den Kopf zu ihm herab. *»Würde mein Versäumnis irreführende Werte erklären?«*

Der Weiße nickte. *»Ein paar müssten aber halbwegs passen. Wenn du ausschließlich mit denen weiterrechnest, fällt das Sprungmuster weniger komplex aus als üblich und die Höhe dürfte um zirka 2,12711 Meter abweichen. Was sie getan hat!«* Er strahlte. *»Fehler gefunden!«*

»Schön!«, meckerte Oxana. *»Du beherrschst das Verfahren für die Himmelskoordinaten also.«*

»Das tue ich.« Alexan nickte dezent. Er wollte ja nicht angeben.

»Und warum«, fauchte die Goldene gefährlich leise, *»hast du nichts …«*

»Weil er dir nicht auf den Schwanz treten wollte«, ging Lunara dazwischen. *»Du hast sehr deutlich gemacht, dass du die Berechnung höchstselbst vornehmen willst.«*

»Da wusste ich noch nicht, wie vertrackt der Mist ist!«, brauste Oxana auf.

»Alex hatte dich gewarnt«, meinte die Grüne gelassen. *»Er drängt sich nie auf, wenn andere ihr Können beweisen wollen.«*

Alexan nickte stumm. Genauso war es gewesen.

Aufgewühltes Schweigen.

Oxanas Miene bebte. Sie machte auf ihn allerdings nicht den Eindruck, als hätte sie Lust, die Berechnung ein zweites Mal durchzuführen.

»Öhm.« Alexan raschelte mit seinen Schwingen. *»Soll ich mich jetzt vielleicht aufdrängen?«*

»Ja, bitte!«, seufzte Oxana.

»Gut!« Er blickte Lunara an. *»Gibst du mir noch einmal die Sternenerinnerung?«*

»Sicher.« Die Grüne tat wie geheißen und Alexan legte direkt los.

»Nun erzähl mir nicht«, murrte die Goldene in Lunaras Richtung, *»dass der Kleine das* hier *ausrechnet. Ohne Rechenschieber, Kartenmaterial oder was zu schreiben.«*

»Doch«, kicherte die Grüne, *»den Anschein hat es.«*

»Das ist nicht normal!«, schimpfte Oxana. *»Wieso kann er das?«*

»Nach dem Eisfieber«, murmelte Alexan, ohne seine Berechnung zu unterbrechen, *»hatte ich noch die Winterpocken. Und wo ich mich mit Schotaah schon mal mit der Altvorderen Zeit beschäftigt hatte, waren die Himmelskoordinaten nicht weit. Außerdem brauche ich noch ungefähr fünf Minuten und 36 Sekunden für das Ergebnis.«*

Die Goldene stöhnte und die Grüne lachte.

Alexan schloss die Augen und konzentrierte sich auf das Verfahren. Er war ganz in seinem Element und dirigierte die Zahlenströme in seinem Kopf beschwingt mit seinen Vorderläufen. Es war herrlich!

»Ähm, Alex«, sendete Lunara unvermittelt. *»Benutzt du grade dein Smartphone?«*

»Nö, wieso?«

»Dann ist es der Mondstein, der türkis leuchtet!« Die Grüne klang alarmiert.

»Was?«

Sofort öffnete Alexan die Augen und seine linke Klaue. Der Feldspat schimmerte tatsächlich nicht mehr rosa, sondern türkis.

»Kann das das Mondlicht sein?«, erkundigte sich Oxana und sprang auf.

»Nein! Das ist Volaxans Zauber«, quietschte der Weiße. *»Hier sind Dämonen, und zwar solche, die uns gefährlich werden können!«*

»In die Luft mit euch!«, befahl Oxana. *»Sofort! Niemand springt in die Sphäre – sie sind schon zu nah!«*

Lunara katapultierte sich nach oben und gewann rasch an Höhe. Alexan flatterte unbeholfen hinterher.

»Und was ist mit dir, Oxa?«, rief er.

»Ich rette dir den Hintern!« Die Goldene verteilte drei gezielte Salven in die Baumwipfel schräg unter dem Weißen. *»Die Schlürfspringer sind zurück und heiß auf Dracheninnereien!«*

Vielstimmiges Gekreische zerriss die Tropennacht, gefolgt vom Krach brechender Äste und dem dumpfen Aufschlag von mehreren leblosen Körpern. Danach warf sich auch Oxana in die Luft.

»Nicht gut!«, japste Alexan. *»Das ist gar nicht gut!«*

Er war so gefährlichen Kreaturen noch nie dermaßen nahe gekommen. *»Wo bleibst du, Oxa! Die Schlürfer können nicht fliegen! Lass uns nach Hause springen.«*

»NEIN!«, protestierte die Goldene. *»Niemand springt in die Sphäre! Hier sind noch andere Wesen – und die Mistdinger sind in der Luft.«*

»Beim Grauen Krieger, das sind Pesthornissen!«, keuchte Lunara. *»Die sind verflixt schnell. Mit denen können wir nicht mithalten.«*

»Korrekt!«, kreischte Alexan. Er flog so geschwind er konnte, doch Angst ließ seine Muskeln zittern. Vielleicht war es aber auch die Erschöpfung durch die zweifache Examination in der vergangenen Stunde. Sein Interesse, der genauen Ursache auf den Grund zu gehen, strebte aktuell gegen null.

Laut warnte er: *»Die Mindestentfernung für einen sicheren Sprung durch die Nebel beträgt bei dieser Dämonenart 265 Meter. Und zwei von den Biestern sind schon auf 261 Meter ran. 259 Meter, 257 Meter, 255 Meter, …«*

»Hör auf zu zählen!«, ranzte Oxana in an.

Erschrocken schwieg er. Mit Pesthornissen war nicht zu spaßen. Die Stachel dieser Viecher konnten mit einer Wahrscheinlichkeit von 59,687 Prozent sogar Drachenschuppen durchdringen und ihr Gift war zu 98,676 Prozent tödlich.

»Es sind zu viele!«, rief Lunara

Der Schwarm umfasst 156 Kreaturen, analysierte Alexan – das hatte sein Fix-Zähl-Zauber ergeben – aber so genau wollten die anderen das garantiert nicht wissen.

»Viel zu viele!«, stimmte Oxana zu. *»Wir können unmöglich auf alle feuern. Alex, kannst du Hilfe rufen?«*

»Wie denn?«, quietschte er. So wild wie jetzt hatte sein Herz in seinem ganzen Leben noch nicht geschlagen. Und das dauerte immerhin bereits 186 Jahre an. *»Ich bin doch kein Schwarzer!«*

»Aber du hast ein Telefon, das mit dem astralen Feld verbunden ist«, widersprach Oxana. Sie klang erstaunlich ruhig.

»Ach ja!« Alexan versuchte auf seine Kontakte zuzugreifen, doch es gelang ihm nicht. Er hyperventilierte fast, als er zu seinen Klauen herablinste. In der linken leuchtete der Mondstein anklagend türkis durch die Krallen hindurch und die rechte … war leer. *»Ich kriege keine Verbindung!«*

»Warum nicht?«, fragte Oxana.

Alle drei Himmelsechsen schossen so rasch sie konnten durch die Luft. Dennoch holten die Pesthornissen auf.

»Weil es am Boden des Dschungels liiiiiiiiiiegt«, heulte Alexan. *»Ich muss es beim Start fallengelassen haben!«*

»Verdammt!« Lunara drehte sich zu Oxana um. *»Du bist schneller als wir, Oxa! Du kannst es vielleicht noch schaffen. Rette dich!«*

»Nein!«, widersprach die Goldene. *»Wenn ich euch allein lasse, seid ihr tot!«*

Alexan teilte diese Einschätzung. Panik stieg in ihm auf. Die Emotion verlieh seinen Schwingen neue Kraft, aber gleichzeitig ließ sie Tränen in ihm aufsteigen. Seine Kehle war wie zugeschnürt. Zum Sterben war er viel zu jung. Es gab doch noch so viel auf dieser Welt zu entdecken!

»Krieg dich wieder ein, Alex!«, befahl Oxana. *»Wir haben noch zwei Minuten. Los! Was wissen wir über Pesthornissen?«*

»Ihr Gift ist tödlich«, japste Alexan. *»Und die Stacheln sind ungefähr vierzig Zentimeter lang. Und verdammt hart und spitz. Unter tropischen Bedingungen können sie ihre Population alle zwanzig Tage verdoppeln!«*

»Sie sind ähnlich wie Bienenvölker organisiert«, sendete Lunara. *»Eine dominante Königin führt sie an.«*

Alexan starrte die Grüne mit aufgerissenen Augen an. *Daraus könnte man was basteln.*

Entschlossen schluckte er die Information, dass die Dämonen ihre Stacheln auch verschießen konnten, runter und konzentrierte sich auf das Sozialgefüge der Wesen. Im nächsten Moment flaute die Panik in seinem Inneren ein wenig ab und sein Hirn durchsuchte in Windeseile alle Fakten zu den Pesthornissen.

»Sie teilen Wissen ebenso wie Emotionen untereinander in Echtzeit und sie kämpfen niemals ohne Anführer!«, rief er. *»Wir müssen den Schwarmführer eliminieren.«*

»Guter Hinweis, Alex«, lobte Oxana. Ihre Gedankenstimme war dabei überaus wertschätzend. Das ermutigte ihn. *»Woran erkennen wir den Schwarmführer?«*

»Uh!«, ächzte Alexan. *»Hmm. Ich ... bin nicht sicher.«*

»Egal! Hau raus!« Lunara blickte kurz über ihre Schultern. *»Sie fächern sich schon auf!«*

»Der Anführer müsste ungefähr zehn Prozent größer als der Rest sein.« Die Nachkommastellen schenkte er sich ausnahmsweise mal.

»Zehn? Das ist nicht viel«, ächzte Oxana. *»Sieht ihn einer von euch?«*

»Nein.« Lunaras Schwingenschläge verloren an Kraft. *»Ich kann kaum noch.«*

»Wartet!« Alexan legte den Aurenzauber über den Schwarm und kombinierte ihn mit einer statistischen Standardabweichungsmagie. Alles, was größentechnisch mehr als acht Prozent nach oben von der Norm abwich, ließ er sich türkis anzeigen. *»Ha! Ich habe ihn, Oxa! Hier ist er.«*

Er sendete das Analyseergebnis an alle.

»Sehr gut!«, rief die Goldene. *»Ich werde das Biest ausschalten. Luna, du beherrschst das Übertragen von Emotionen, oder?«*

»Sicher«, schnaufte die Grüne. *»Aber so einen großen Schwarm kann ich unmöglich friedlich stimmen! Frieden und Glück sind soo ... zerbrechlich. Ich kann nur Wut und Co.!«*

»Was ist mit Furcht?«, hakte Oxana nach.

»Furcht kriege ich hin! Alex hat eben reichlich davon verströmt.«

»Gut!«, antwortete die Goldene. *»Bei drei schieße ich, und du ballerst einen Emoschuss auf die Individuen des Schwarms, die uns am nächsten sind. Wenn Alex recht hat, müsste sich die Angst über die kollektive Verbindung auf alle Individuen übertragen.«*

»Verstanden«, quittierte die Grüne.

»Und was mache ich?«, japste Alexan.

»Du fliegst, was deine Schwingen hergeben«, befahl Oxana. *»Du bist nämlich der Langsamste von uns.«*

Die Goldene holte tief Luft und Alexan spürte förmlich, wie sie Umgebungsmagie in ihre Meridiane einsog. Lunara tat es ihr gleich.

»Eins ... zwei ... drei!«

Oxana drehte bei und feuerte.

Lunara verpasste der vordersten Front den Emoschuss.

Und Alexan flog so schnell er konnte, wobei der das Geschehen mit dem Aurenzauber im Blick behielt.

Der Anführer wurde von Oxanas magischem Geschoss durchschlagen und fiel tot vom Himmel. Prompt wurden die Hornissen langsamer und zwei Sekunden später ging ein Ruck durch den Schwarm.

Das muss der Furchtemoschuss gewesen sein, der sich synchron auf alle Kreaturen übertragen hat!, überlegte Alexan. *»He, Oxa! Wenn du kannst, schieß auch noch den, den und den ab!«* Er zeigte ihr die drei nächstgrößeren Exemplare. *»Nicht, dass die spontan zum Nachfolger des Anführers gekürt werden.«*

»Wird erledigt!«

Wusch!

Wusch!

Wusch!

Drei weitere Dämonen fielen vom Himmel und nun blieb der Schwarm endgültig zurück.

»Schnell! Gleich können wir springen!«, schrie Alexan. Er legte einen Entfernungszauber über die Dschungelnacht, mit dem er den Abstand zwischen Oxana und der Pesthornisse markierte, die seiner Freundin am nächsten war. Er rechnete einen Sicherheitspuffer von zirka fünfzehn Metern drauf – immerhin waren sie ja in Bewegung – und ließ die Entfernung in Türkis anzeigen. Dieses Bild teilte er.

»Sobald der Abstand über 280 Meter klettert, färbt sich der Wert rosa. Dann können uns die Biester nicht mehr folgen.«

Lunara schloss zu ihm auf. *»Sprungziel: Die Versammlungshalle der Weißen!«*

»Einverstanden!«, bestätigten die anderen synchron.

276, 277, 278, …

Der Plan schien aufzugehen! Die Hornissen waren wie vor Angst gelähmt. Einige drehten sich sogar um.

279, 280!

»Jetzt!«, keuchte Alexan und öffnete die Nebelsphäre so energisch,

dass Oxana seinen Schlitz würde nutzen können. Eine Millisekunde, bevor er im wattigen Weiß verschwand, bemerkte er, dass sich mehrere Objekte aus dem Schwarm lösten und mit einer irren Geschwindigkeit auf die Letzte seiner Truppe zurasten.

»Achtung, Oxa!«, brüllte er, doch zu spät. Zwei der Speere trafen die Goldene.

Die Sphäre desorientierte Alexan.

Ich muss an mein Ziel denken!, rief er sich aufgewühlt in Erinnerung und fokussierte die Versammlungshalle in der Antarktis.

»Wir sind sehr schnell!«, sendete Lunara. *»Wir müssen ganz vorn herauskommen, um Platz zum Bremsen zu haben!«*

Richtig! Alexan korrigierte die Koordinaten. *Luna hat gar nicht mitbekommen, dass Oxa getroffen wurde.*

»Sie haben mich erwischt!«, stöhnte die Goldene. *»Gleich ist es aus mit mir. Ich werde in den Nebeln bleiben!«*

Ihre Gedankenstimme klang bereits schwach und entfernt.

»Nein!«, protestierte Alexan. *»Wenn die Pesthornissen ihre Stacheln verschießen, enthalten diese kein Gift! Du kannst das überleben!«*

»Die Wunden brennen wie Loranisches Feuer«, presste Oxana hervor. *»Grüßt Thor und Schneewittchen von mir. Ich wäre gern ihre Beraterin geworden. Ade, meine Freunde! Ade, Erdenwelt!«*

»Sie hat dich nicht gehört!«, rief Lunara. *»Sie kommt nicht mit uns!«*

»Das muss sie aber!«

Aus den Berichten der Torkriege wusste Alexan, dass Treffer mit Pesthornissenstacheln extrem schmerzhaft waren. In der Zeit, die ihm in der Sphäre blieb, würde er die Goldene also nicht zum Mitkommen überreden können.

Nein, ich muss sie mitschleppen. Das ist ihre einzige Chance!

Er konzentrierte sich auf seine körpereigenen Astraldepots und berechnete, wie viel er von der kläglichen Menge erübrigen konnte. Die Kraft wob er in einen Bindezauber, den er an Oxanas Gedankenmuster heftete. Mit dieser Magie führte man auch Jungdrachen durch die Nebel.

Zum Glück sendet sie noch. Uh! Dafür, dass ihre Schwestern sie so fies gemobbt haben, verabschiedet sie sich ganz schön wortreich von ihnen.

Egal! Alexan spürte, dass sein Zauber hielt – wenn auch nur so gerade eben.

Jetzt aber keine Zeit mehr verlieren!

Behutsam, um den Bindezauber nicht zu belasten, strebte er der Versammlungshalle der Weißen entgegen. Die Eiseskälte fraß sich durch sein erschöpftes Fleisch bis tief in die Knochen.

»Luna«, ächzte er, *»du musst die Sphäre für uns drei öffnen. Dafür reicht meine Kraft nicht mehr!«*

»Was treibst du denn da? Wirkst du etwa Magie in den Nebeln?!«

»Muss ich ja!« Alexan wurde übel, alles tat ihm weh. *»Ich kann Oxa doch nicht sterben lassen!«*

»Bist du verrückt? Du bist astralschwach!«, schimpfte die Grüne. *»Wehe du gehst drauf! Dann verpasse ich dir eine!«*

»Okay«, seufzte er. *»Aber bitte erst in der Versammlungshalle, ja?«*

Die Zeit dehnte sich wie der Bindezauber zwischen Alexan und Oxana. Es war wirklich nicht empfehlenswert nach zwei Examinationszaubern und einer panischen Flucht vor Schlürfspringern sowie Pesthornissen in die Sphäre zu springen und dort Magie zu wirken.

Ob ich es schaffen kann?

Sein Geist erlahmte, während Oxana im wattigen Weiß hinter ihm – oder über ihm? – noch immer vor sich hin lamentierte.

»Alex!«, schrie Lunara. *»Hier wird nicht schlappgemacht! Wir sind fast da!«*

Aber knapp daneben ist auch vorbei, zitierte sein Hirn unaufgefordert den siebenunddreißigst liebsten Spruch seines Mentors. Die Sphäre um ihn herum verdunkelte sich.

Wie interessant. Das … ist mir … noch nie passiert …

* * *

Vor Lunara wurde die Weltenhaut sichtbar und hinter dieser – milchig bleich – die Versammlungshalle der weißen Himmelsechsen. Gleichzeitig nahm sie wahr, dass Alexans Gedankenmuster verblasste.

Oh nein, nicht mit mir, Freundchen! Und nicht so kurz vor dem Ziel!

Verzweiflung wallte durch den Körper der Grünen und mobilisierte ihre letzten Kräfte.

Ebenso energisch wie großflächig riss Lunara die zarte Membran zur Erdenwelt auf, tastete mental nach ihren Freunden, fixierte beide und platzte aus der Sphäre heraus.

Bei der Kraft des Lebens, lasst es gereicht haben!

Sie war sich nicht sicher.

Hilflos spreizte die Grüne ihre Schwingen und spürte, dass sie durch die Luft schoss. Lunara hatte gewusst, dass sie mit der Geschwindigkeit aus den Nebeln herauskommen würde, mit der sie auch hineingetaucht war, dennoch fühlte es sich nach dem unbewegten, wattigen Weiß absurd an.

»VORSICHT!«, brüllte sie. *»Achtung!«*

Haarscharf segelte sie über die Köpfe einiger Weißer hinweg.

Ich muss meine Schwingen aufstellen, um zu bremsen!

Doch die waren schwer wie Blei. Ihr blieb nur Magie, aber …

Beim Grauen Krieger, ich habe zu viel Energie in den Fixierungs-Zauber gelegt!

Dennoch konnte sie weder Alexan noch Oxana wahrnehmen.

Lunaras Sinne schwanden. Am Rande bemerkte sie, dass sie in eine Gruppe Weißer hineinstürzte und diese vor sich her über das glänzend polierte Eis schob. Schmerzensschreie ebenso wie neugierige Rufe schwirrten über die Geistesebene. Auch hinter ihr schien Tumult auszubrechen.

»Hilfe«, sendete sie mit letzter Kraft. *»Meine Freunde .. brauchen Hilfe ...«*

Dann wurde es schwarz um sie herum.

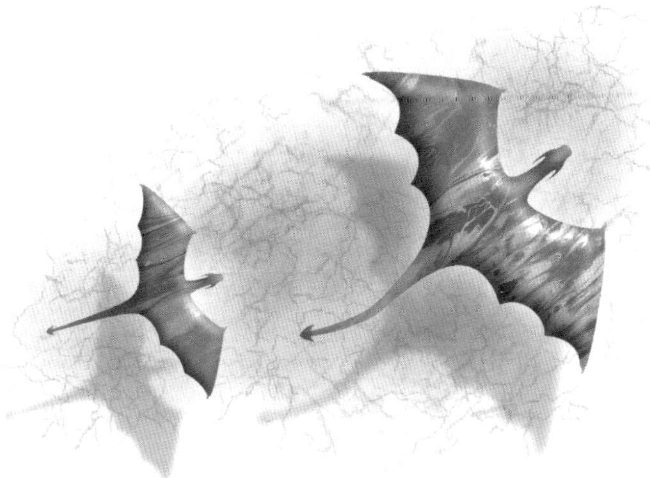

Drachen auf Eis

Hiltja war mit Thor auf dem Weg zum Flugtraining, als ihr ein ekliger Schauer den Rücken hinunterlief. »Warte mal«, murmelte sie und blieb auf dem Kiesweg stehen. »Da stimmt was nicht.«

»Was ist denn los?«, fragte Thor und stoppte ebenfalls.

»Ich habe keinen Schimmer.« Mit bebenden Fingern fummelte Hiltja ihr Smartphone aus der Hosentasche. »Ich weiß nur, dass etwas Schlimmes passiert ist … oder passieren wird.«

Sie entsperrte das Gerät.

Keine neuen Nachrichten. Und keine blauen Häkchen. Mist!

Auch sonst zeigte ihr Telefon keinerlei Neuigkeiten an. Dafür erfasste ein Zittern ihren Körper. Es war fast, als würde Madame Vouh an ihren Kräuterteegefängnisgittern rütteln.

Sie will mir etwas sagen!

»Hey«, wisperte Thor und zog sie schützend in seinen Arm. »Ich bin bei dir. Wir finden schon heraus, was los ist.«

»Es geht … um unsere Freunde«, ahnte Hiltja. Ein zweiter Schauer kroch ihren Rücken hinunter, intensiver und kälter als der erste. Hilflos schaute sie zu ihm auf. *»Sie sind nun über eine Stunde unterwegs! Alex hätte sich längst bei uns melden müssen, oder nicht?«*

Thor zuckte mit den Achseln. *»Wenn sie die Mentorin gefunden hätten, sicher. Aber falls sie noch suchen …«* Er setzte ein aufmunterndes Lächeln auf. *»Du weißt doch, wie schnell sich Alex in Details verzetteln kann. Vielleicht ist er auch einfach nur auf eine neue Pflanzen- oder Insektenart gestoßen. Der Regenwald hat ihn schon immer fasziniert und Krabbelgetier kann der Knirps stundenlang untersuchen.«*

»Das ist es nicht«, krächzte Hiltja. Ihr Körper kribbelte vor Unruhe, sodass sie von einem Fuß auf den anderen trat. »Können wir irgendwie herausfinden, wo sie sich aufhalten?«

Ihr Gefährte nickte. »Wir nicht, aber Benan. Ich habe gehört, dass er Telekommunikationsgeräte orten kann, wie manche von uns Gedankenmuster. Gehen wir zu ihm!«

Jaromir sprang mit Victoria auf seinem Rücken aus der Nebelsphäre in die Versammlungshalle der Antarktis. Unter ihnen wuselten jede Menge Weiße auf dem kunstvoll verzierten Eisboden herum.

»Vorsicht!«, rief Jaromir, doch die Drachen reagierten nicht auf ihn. *»ACHTUNG!«*, versuchte es der schwarze König noch einmal – mit mäßigem Erfolg. Schließlich setzte er auf einer halbwegs freien Fläche so langsam wie möglich zur Landung an, und endlich eilten die Weißen beiseite, erschrocken quietschend, aber immerhin.

»Was ist bloß mit den dreien passiert?«, fragte Victoria auf der privaten Frequenz. *»Ich habe selten so viele schiefgelegte weiße Himmelsechsenköpfe auf einem Haufen gesehen wie hier und heute!«*

»Und noch nie gepaart mit einer dermaßen großen Furcht«, pflichtete

Jaromir ihr bei. *»Es war richtig, dass Aiko und Telliar uns benachrichtigt haben.«*

»Absolut!«

Victoria starrte auf die drei Körper, die leblos und aschfahl am anderen Ende der Halle lagen. Lediglich die Goldene hatte noch etwas Glanz in ihren Schuppen, doch dafür ragten zwei braune Spieße aus ihrer Flanke heraus.

Sie sind angegriffen worden!

Victoria tippte auf Pesthornissen oder Kreischflügler. Unter der Verletzung hatte sich eine Blutlache gebildet, die sich allerdings nicht mehr zu vergrößern schien. Ob die Weißen die Blutung gestoppt hatten oder die Goldene ihren Verletzungen erlegen war, konnte Victoria nicht abschätzen.

Ihre Nachrichtenoffiziere hatten erkannt, dass es sich bei den bewusstlosen Drachen um Oxana, Lunara und Alexan handelte, die Freunde des Seherpaares. Deswegen hatte Telliar das Bild an sie übertragen.

»Ich kann keine Aktivität mehr in ihren Gedankenmustern wahrnehmen«, sendete Victoria an ihren Gefährten. *»Lebt noch einer von ihnen?«*

»Wenn, dann nur gerade so eben«, antwortete Jaromir und bahnte sich einen Weg durch die aufgeregt umherirrenden Weißen. *»Grimmarr wird übrigens jeden Moment zu uns stoßen.«*

Naira öffnete die Tür zur IT-Werkstatt lediglich einen Spalt breit und erklärte: »Tut mir leid, ihr zwei. Ihr könnt jetzt nicht mit Benan sprechen. Er hat Besuch und muss ein paar Handys orten.«

»Aber es ist dringend!«, rief Hiltja. Sie war richtig zappelig geworden.

Naira lächelte schief. »Nicht so dringend wie bei Benans Besuch.«

Eine gruselige Ahnung beschlich die Seherin. »Wer ist denn bei deinem Gefährten, wenn ich fragen darf?«

»Du darfst«, antwortete Naira. »Es sind Wölfe, und zwar … öhm …« Ihre Stirn legte sich in Falten. »Hmm. Ich komme nicht drauf!«

Die Bolivianerin schien ehrlich überrascht.

»Wie jetzt?«, brummte Thor. »Fallen dir die Namen nicht mehr ein?«

»Äh, nein.« Naira schaute verwirrt in den Raum hinter sich. »Ich habe komplett vergessen, wer Benan besucht.«

Nun runzelte sich auch Thors Stirn. »Wie kannst du das denn vergessen?«

Sie schüttelte ihren Kopf. »Das verstehe ich selbst nicht.«

Ein Rieseln kribbelte durch Hiltjas Meridiane. Im nächsten Moment zwängte sich Madame Vouh aus ihrem Gefängnis und ließ ein Bild im Geist der jungen Frau aufblitzen: Eine kunstvoll verzierte Halle im ewigen Eis, hell erleuchtet und voll mit nervösen Weißen, die drei leblose Drachenkörper umringten oder durcheinanderwuselten.

Die Drachen am Boden – sie sind aschfahl!

Hiltja musste zwei Mal hinsehen, um sie zu erkennen.

O Gott! Das sind ja Alex, Luna und Oxa! Und Oxa blutet!

Madame Vouh zoomte näher heran.

Die Königin der Schwarzen ging mit tief besorgtem Gesicht neben Alex in die Hocke und wisperte: »Ich werde sehen, was ich für ihn tun kann.«

Das sieht nicht gut aus!

Tränen schossen Hiltja in die Augen, ihr Hals schnürte sich zu. Überfordert krächzte sie: »Sind es die Handys von Alex, Luna und Oxa, die Benan für seinen Besuch orten soll?«

»Woher weißt du das?«, wunderte sich Naira.

Hiltja antwortete nicht. Sie wandte sich zu ihrem Gefährten um. Der war ganz blass geworden.

»Thor, du musst zu ihnen!«

»Aber wir dürfen die Akademie der Wölfe nicht verlassen«, protestierte er aufgewühlt.

»Gemeinsam nicht, aber du allein schon!«, antwortete sie. »Wenn ich hierbleibe, hast du keinen Grund zur Eifersucht.«

»Was?« Thor verschränkte seine Arme vor der Brust. »Ohne dich gehe ich nirgendwohin!«

»Oh doch!«, erwiderte sie. »Unsere Freunde liegen im Sterben! Wenn Madame Vouh mir Persönliches zeigt, dann ist das wichtig. Wenigstens einer von uns sollte in diesem Moment bei ihnen sein und du bist der einzige, der das kann!«

»Aber ich …«

»DU fliegst zu Alex!«, befahl Hiltja ihrem Gefährten. Sie wusste genau, dass er sich dieser Anweisung nicht widersetzen konnte. *»Tust du es nicht, werden wir das auf immer bereuen!«*

Thorxarr konnte Schneewittchens Befehl nicht verweigern, selbst wenn er das gewollt hätte. Menschliche Gefährten mochten ihren Drachenpartnern körperlich unterlegen sein, doch was die Willensstärke betraf, sah die Sache umgekehrt aus. Im Laufschritt verließ er die IT und begab sich nach draußen.

Wenn sie etwas wirklich wollen, haben wir Himmelsechsen keine Chance. Wir müssen *es einfach tun!*

Verwandlungen konnten die Menschengefährten mit solchen Befehlen zwar nicht aufhalten, aber bei allem anderen mussten die Drachen ihren Liebsten folgen.

Und im Endeffekt hat Schneewittchen recht.

Seine Freunde leblos am Boden zu sehen, erschütterte Thorxarr. Auch wenn Schneewittchen sich nicht danach angehört hatte, hoffte er sehr, dass sie eine fernere Zukunft gesehen hatte und er verhindern konnte, was immer zu diesem Zustand führen mochte.

Entschlossen verwandelte der Krieger sich in seine wahre Gestalt, warf sich in die Luft und schlüpfte in die Nebel.

Kaum hatte sich die Weltenhaut hinter ihm geschlossen, riss die Geistesverbindung zu seinem Mädchen ab und prompt zerrte die Sehnsucht an seinem Inneren. Sich nicht in Schneewittchens Nähe aufzuhalten, war ihm ein Graus.

Ein Glück nur, dass sie bei den Wölfen sicher ist!

Eiseskälte, wattiges Weiß. Die Halle der Weißen klar anvisiert, reiste Thorxarr durch die Sphäre und sprang wenige Pulsschläge später zurück in die Erdenwelt.

Oha!

Thorxarr kannte die Versammlungshalle der Weißen, aber so belebt hatte er sie nie zuvor gesehen. Überfordert kreiste er über dem Gewimmel.

Meine Güte! Das Gewusel ist ja quirliger als bei einer Panikrennerherde!

Noch schlimmer war jedoch, dass er zu spät war. Thorxarr wurde das Herz schwer, als er seine Freunde erblickte. Keiner von den dreien rührte sich und alle waren aschfahl.

Ihr Ahnen, bitte lass mich nicht zu spät sein!

Oxana war umringt von Weißen, zwischen denen kirschrotes Blut hervorleuchtete. Und neben Alexan stand ein Schwarzer.

Das muss Jaromir s…

Plötzlich riss neben ihm die Sphäre auf und spuckte einen Roten aus.

Mein König!

Thorxarr wich ihm aus und salutierte. Mit zwei fliegenden Kriegern wurde der Luftraum in der Versammlungshalle knapp.

»Was treibt ihr denn hier?« Grimmarr riss einen Schild hoch. *»Seid ihr irre?! Hier ist alles voller Himmelsechsen im bindungsfähigen Alter!«*

»Ich bin allein«, murrte Thorxarr. Dass sich das für ihn ebenfalls irre anfühlte, behielt er für sich.

»Allein?« Der rote König inspizierte seine Nackenfalte. Dann ließ er seinen Schild fallen und grinste wissend. *»Sie hat dich geschickt!«*

»Ja, hat sie.«

In Grimmarrs Augen blitzte es.

»Landen!«, befahl er. *»Der Sprungraum muss frei bleiben.«*

»Jawohl!«

Thorxarr ging tiefer, doch unter ihm drängten immer mehr Weiße in die Halle.

Grimmarr war da nicht so zimperlich und strebte langsam aber beharrlich dem eisigen Boden zu. Thorxarr befürchtete, dass sein König die Weißen mit seinen Schwingen niedermähen würde, doch die Kleinen stoben im letzten Moment aufgeregt sendend auseinander.

»Hast du einen Schwebedämon verschluckt, oder worauf wartest du, Thor?«, grollte der König und bahnte sich seinen Weg Richtung Jaromir. *»Statusbericht!«*

Thorxarr beeilte sich, es seinem Vorgesetzten nachzumachen, wobei er besorgt auf das horchte, was der Schwarze kundtat.

»Die Goldene und die Grüne werden behandelt, aber der Weiße …« Jaromir schüttelte betroffen sein Haupt. *»Ich habe schon eine Meisterheilerin geordert.«*

Mantokscheiße! Thors Kehle schnürte sich zu. *Das darf nicht sein. Er ist doch mein Freund!*

Eilig schob er sich durch das Gewusel hindurch.

Volaxan, Alexans Mentor, stand neben seinem Schüler und informierte: *»Seine Depots sind bis auf einen winzigen Funken leer, trotzdem nimmt er keine Astralkraft auf!«* Hilflos zuckte der Drache mit den Schwingen. *»Ich kann ihm nichts spenden. Es geht einfach nicht! Aber er braucht Energie – dringend! Warum nimmt er nichts auf?!«*

»Das kann ich nicht sagen«, antwortete Victoria. Sie ging neben Alexan in die Hocke und wisperte: »Ich werde sehen, was ich für ihn tun kann.«

Thorxarr atmete auf. Sein Kamerad war unverletzt und die schwarze Königin legendär. Über ihre Fähigkeit, körpereigene Depots mit Umgebungsmagie aufzufüllen, wurden an den Feuern der Roten Lieder gesungen. Alexan war so gut wie gerettet.

»Was ist überhaupt passiert?«, erkundigte sich Grimmarr. *»Wo waren*

die drei?«

»Keine Ahnung«, erwiderte Jaromir. *»Aiko und Telliar sind schon unterwegs, um es herauszufinden.«*

Der rote König schaute zur Goldenen hinüber. *»Auf alle Fälle hatten sie Kontakt mit Pesthornissen. Falls die Stacheln im Nahkampf abgebrochen sind, wird auch eine Meisterheilerin nichts mehr ausrichten können.«*

Bitte nicht!, ächzte Thorxarr bei sich.

»Wir wissen nicht, was geschehen ist«, schniefte Volaxan. *»Keiner von ihnen kam bislang zu Bewusstsein. Ich kann nur sagen, dass sie auf eine Expedition in den Regenwald wollten.«*

»In den Regenwald?« Grimmarr schaute grimmig auf den Mentor herab. *»Wohin genau? Welche Stadt?«*

»Keine Stadt!«, widersprach der Weiße. *»Aber das Ziel kenne ich nicht. Die Koordinaten standen noch nicht fest, als Alexan aufbrach.«*

»In den Tropen patrouillieren wir nicht außerhalb der Städte!« Grimmarr schnaubte. *»Das ist Risikogebiet. Keine Himmelsechse, die halbwegs bei klarem Verstand ist, macht in diesen Tagen eine Expedition in den Regenwald!«*

»Ich weiß!«, jammerte Volaxan. *»Deswegen habe ich ja auch einen Mondstein für Alexan modifiziert.«*

»Zauberhaft!«, spottete der rote König. *»Hätte geholfen, wenn dein Schüler ihn benutzt hätte!«*

»Das hat Alex sicher«, mischte sich Thorxarr ein. *»Ansonsten wäre mein Freund nicht hier.«*

Im nächsten Moment traf ihn der Blick seines Königs. Die Augen waren schmal, seine Stirn gefurcht und die Aura überaus bedrohlich.

O-oh! Hätte ich bloß nichts gesagt!

Aber dafür war es nun zu spät.

»Er ist dein *Freund!«*, zischte Grimmarr. *»Was hat er im Regenwald getrieben?«*

Thorxarr schluckte. Wenn er von der Meistermentorin berichtete, würde Oxana ihm die Gurgel umdrehen – sofern sie denn überlebte, was er inständig hoffte. Verweigerte er seinem König die Aussage, zog ihm dieser jede Schuppe einzeln ab. Und lügen war gegen die Ehre.

»Raus mit der Sprache!«, befahl Grimmarr.

»Nein, Klappe halten!« Victoria richtete sich auf und schaute tadelnd zwischen den drei Drachen hin und her. »Zankt euch gefälligst woanders! Ich muss mich konzentrieren. Auf herkömmlichem Weg bekomme ich nämlich nicht einen Hauch Astralkraft in seinen Körper!«

Uh! Das ist nicht gut!

Thorxarr lief ein Schauer über den Rückenkamm. Besorgt starrte er auf den leblosen Leib seines Kameraden. *Wenn nicht einmal Victoria weiß, was sie tun soll ... Ihr Ahnen, steht Alex bei!*

»Seine Meridiane sind so eng – wie zugeschnürt!«, seufzte die Menschenfrau. »Da geht einfach nichts durch!«

Das mit den engen Meridianen kam Thorxarr vertraut vor. Er kannte diesen Widerstand nur zu gut, wenn er seinen Kumpel bei einem Zauber unterstützte. *Aber das gar nichts durchgeht ...*

Er schluckte.

»Mein Schüler ist astralschwach«, erklärte Volaxan. *»Die engen Meridiane waren immer schon sein Problem.«*

»Das ist normal bei den Astralschwachen«, murrte Victoria. »Bei Lichtlosen ist es noch schlimmer, doch sogar denen kann ich Energie spenden.« Sie presste ihre Lippen aufeinander und erklärte dann: »Alexan besitzt gerade eben das absolute Minimum, was er zum Überleben braucht. Mehr nicht! Und in Anbetracht der Prellungen, die er sich bei der Landung zugezogen haben dürfte, wird sein Körper die Energie in Kürze selbst aufbrauch…«

Unter der Decke riss die Sphäre auf und eine Grüne schlüpfte in die Halle.

»Macht Platz!«, befahl Grimmarr und schob die Weißen in seiner Nähe kurzerhand mit den Schwingen beiseite.

Thorxarr half ihm und gemeinsam räumten sie eine ausreichend große Fläche, damit die Heilerin direkt neben Alexan aufsetzen konnte.

Ein Glück! Es ist Linea persönlich.

Wenig später hob die Grüne alarmiert ihre Augenwülste. *»Hat der Kleine etwa in den Nebeln gezaubert?«*

»Das könnte sein«, vermutete Thorxarr. Sein Kamerad probierte allen möglichen Blödsinn aus.

»Dein Freund muss sich entspannen«, wandte sich Linea an den Krieger. *»Ich kann den Nachhall von Panik spüren und sein Blut ist mit Adrenalin getränkt. Daraus schließe ich, dass er sich vor dem Sprung in einer lebensbedrohlichen Situation befunden haben muss. Wenn ein Drache in diesem Zustand in der Sphäre zaubert, dann greift der natürliche Schutzmechanismus und die Meridiane komprimieren sich von allein.«* Sie strich ihm über seine Langschuppen und schüttelte ihren Kopf. *»Sein Gedankenmuster ist für mich nicht mehr greifbar. Er hat sich abgekapselt.«*

»Aber wir müssen doch etwas tun können!«, begehrte Thorxarr auf.

»Sprich mit ihm«, sendete Linea sanft. *»Er braucht dich.«*

»Mich?« Verwirrt starrte der Krieger auf seinen Freund herab. *»Was soll ich ihm denn sagen?«*

Seine Augen wurden feucht. Alles in ihm sträubte sich dagegen, sich von seinem Kameraden zu verabschieden. Aufgeben war keine Option für rote Krieger.

Und für weiße Nervensägen auch nicht!

Schützend breitete er seine Schwinge über Alexan aus und forderte: *»Du musst kämpfen, mein Freund! Gib nicht auf – wir brauchen dich!«*

»Er kämpft zu sehr«, berichtigte ihn die Heilerin. *»Er muss loslassen. Und zwar schnell. Sein Lebensfunke schwindet bereits.«*

»Sag ihm das hier!«, befahl Victoria und im nächsten Moment begriff Thorxarr endlich, was er tun musste.

Er holte tief Luft und berührte seinen Kameraden mit der Klaue über dessen Herzen. *»Du bist in Sicherheit, Alex! Ich bin hier und wache über dich. Lass los!«*

Thorxarr ließ Erinnerungen von vergnügten Unternehmungen in sich aufsteigen und schickte diese ebenfalls an seinen Freund. Dazu brummte er, sodass ein tiefer Ton die Luft füllte. Die Vibration übertrug sich auf den kleinen Weißen.

Warum mache ich das überhaupt?

Er hatte keinen Schimmer.

»Genauso ist es richtig!«, bestätigte Victoria.

Und Linea nickte. *»Ja, mach weiter. Der Ton ist gut. Er scheint dich zu erkennen.«*

»Dir kann nichts passieren, Alex!«, fuhr Thorxarr fort. *»Außerdem will ich wissen, welche Frisur du als nächstes ausprobierst. Enttäusch mich nicht, Kumpel!«*

»Ha! Er lässt los«, jubelte Victoria. »Jetzt komme ich durch!«

Gleich darauf spürte Thorxarr das Rieseln astraler Kraft im Körper seines Freundes.

Ich werde ihm auch etwas geben. Sicher ist sicher!

»Weitermachen!«, riet Linea.

Und das tat Thorxarr, während die Heilerin in sein Summen mit einer belebenden Melodie einstimmte.

Erleichtert spürte der Krieger, dass immer mehr Energie durch Alexans Meridiane kribbelte. Wie ein ausgetrockneter Schwamm sog der kleine Kerl die Magie auf.

»Er wird es überstehen!«, verkündete Victoria schließlich.

Ein Glücksgefühl flutete Thorxarrs Bauch. Bebend richtete er seinen Blick zur türkis leuchtenden Hallendecke.

Danke, ihr Ahnen!

Neben ihm schnaubte jemand. Es klang sarkastisch.

Doch das war Thorxarr in diesem Augenblick egal. Er schaute zu Lunara und Oxana hinüber. Die beiden bewegten sich noch immer nicht, aber ihre Schuppen wirkten schon etwas frischer.

»Soso!«, knurrte Grimmarr. *»Er ist also astralschwach und zaubert in den Nebeln! Da hatte wohl jemand Todessehnsucht.«*

»Wie kommst du denn darauf?«, erkundigte sich Volaxan.

»Ganz einfach«, grollte Grimmarr. *»Selbst für uns Rote ist es gefährlich, in der Sphäre Magie zu wirken. Wenn das jemand wie dein Schüler macht, muss es ja so enden!«*

»Nicht unbedingt«, widersprach der weiße Mentor. *»Nimmt man es nämlich genau, dann sollten* ausschließlich *die Astralschwachen in den Nebeln zaubern.«*

»Aha.« Der rote König hob spöttisch die Augenwülste. *»Und warum das?«*

»Ganz einfach«, schmunzelte Volaxan. *»Im Gegensatz zu allen anderen kennen die Astralschwachen ihre Grenzen aufs Jota genau und setzen lediglich das ein, was sie gefahrlos erübrigen können.«*

»Gefahrlos?« Grimmarr schnaubte. *»Ha! Davon kann man in diesem Fall wohl kaum sprechen.«*

»Für die eigenen Kameraden kann ein Drache schon mal hart am Wind segeln«, sprang Thorxarr Volaxan bei. Er hatte keinen Schimmer, warum oder was sein weißer Kumpel in der Sphäre gezaubert hatte, doch eine Stimme in ihm flüsterte, dass es etwas mit Oxana zu tun gehabt haben musste. *»Alexan ist astralschwach und nicht dumm!«*

Der Satz war raus, bevor der Krieger es verhindern konnte.

Der Spott wich aus Grimmarrs Miene, dafür bekam sie nun einen lauernden Zug. *»Ist das so?«*

»Das ist so!«, erwiderte Thorxarr fest. Er würde es nicht zulassen, dass irgendjemand die Ehre seines Freundes beschmutzte. Nicht einmal sein König.

Dieser nickte daraufhin anerkennend und salutierte. *»Horraxx!«*

»Horraxx!«, grüßte auch Thorxarr. Aus dem Augenwinkel bemerkte er, dass Lunara sich regte. Er guckte zu ihr und stellte fest, dass ihre Schuppen wieder in unterschiedlichen Grüntönen schillerten. *Uff! Ein Glück!*

»Ich habe die Koordinaten ihres letzten Aufenthaltsortes«, erklärte Jaromir unvermittelt. *»Alexans Smartphone liegt noch dort.«*

»Gut!« Grimmarr drängelte sich zur Grünen durch. *»Lunara! Kannst du senden?«*

Die Lider der Angesprochenen flatterten. *»Ich ... bin ... nicht sicher.«*

»Wie viele Pesthornissen haben euch angegriffen?«, verlangte der König zu wissen.

»Zu viele«, ächzte Lunara.

Grimmarr gab nicht auf. *»Einhundert? Zweihundert? Oder mehr?«*

»Zweihundert«, flüsterte die Grüne.

»Waren da noch weitere Dämonen?«

»Nicht in der Luft«, hauchte sie.

»Grimmarr!«, wies Linea den Oberbefehlshaber zurecht. *»Sie ist kaum bei Bewusstsein!«*

»Das bisschen reicht mir«, entgegnete Grimmarr. Dann wandte er sich an Jaromir. *»Übermittle meinem Stellvertreter bitte die folgenden taktischen Informationen zusammen mit den entsprechenden Sprungkoordinaten.«* Sein Blick wurde abwesend.

Der Schwarze nickte. *»Mach ich.«*

Nun grinste Grimmarr Linea an. *»Nur ein toter Pesthornissenschwarm ist ein guter Pesthornissenschwarm.«* Seine Haltung bekam etwas Raubtierhaftes. *»Ihr Heiler macht euren Job und ich meinen. Für die restlichen Informationen warte ich geduldig.«*

Er starrte rastlos auf Lunara herab.

Geduld sieht anders aus, fand Thorxarr.

Die Meisterheilerin auch, denn der Tadel stand ihr ins geschuppte Gesicht geschrieben.

Grimmarr schaute kurz auf und lächelte scheißfreundlich. *»Wann wird sie wach genug für einen vollständigen Bericht sein?«*

»Ich denke jetzt«, schnaufte Lunara am Boden. Sie öffnete sowohl ihre Augen als auch den Geist und ließ die Erinnerungen an die letzten Sekunden auf der Lichtung in sich aufsteigen.

Die Bilder, die sie teilte, brachten Thorxarrs Herz zum Rasen. Und nicht nur seins. Die umstehenden Weißen japsten nach Luft, als wären sie kurz vorm Hyperventilieren. Überall zitterten die Schwanzspitzen wie Espenlaub und furchtsames Fiepen drang aus zahlreichen Mäulern.

Nachdem Lunara endlich geendet hatte, füllte ein vielstimmiges Seufzen die eisige Versammlungshalle. Die Erleichterung der Weißen war greifbar und auch Thorxarr atmete auf.

»Respekt!« Der rote König verzog anerkennend sein vernarbtes

Gesicht. *»Ich hätte nicht gedacht, dass eine Truppe wie eure so einen Angriff überleben könnte. Das war eine beachtliche Leistung!«*

Thorxarr nickte und dachte: *Ich hätte bei ihnen sein müssen!*

»Nur eines begreife ich noch nicht«, fuhr Grimmarr fort. *»Warum seid ihr hier gelandet und nicht direkt bei den Heilerinnen?«*

»Mir war klar, dass wir viel zu schnell aus der Sphäre kommen würden«, antwortete Lunara matt. *»Diese Halle ist groß und auf dem Eis schliddert es sich so schön. Außerdem war niemand von uns verletzt, als wir das Ziel festgelegt haben. Und ...«*, sie schloss die Augen, *»ich mag die Weißen einfach gern. Die sind immer ... nett zu mir ...«*

Nachdem klar war, dass Alexan, Oxana und Lunara überleben und wieder ganz gesund werden würden, wurde Thorxarr von Minute zu Minute unruhiger. Es schien, als wollte ihn ein unsichtbares Band aus der Antarktis fortziehen. Schließlich war er so gereizt, dass Grimmarr ihn mit der Bemerkung, Gefährten in der Bindungsphase seien so berechenbar wie Nitroglyzerin bei Erschütterungen, zurück zu den Wölfen schickte.

Das war Thorxarr nur recht. Kaum schlüpfte er im Gästequartier aus der Sphäre, stürzte seine Gefährtin auf ihn zu. Schwarze Haare, blasse Haut und die Lippen herrlich rosig. Ihr Anblick ließ sein Herz höherschlagen. *Zu Hause!*

»Wie geht es ihnen?!«, rief sie. »Sind sie am Leben?!«

Der Krieger nickte lächelnd. *»Es geht ihnen gut!«* Er verwandelte sich in seine Menschengestalt und zog sein Mädchen in die Arme. »Allen dreien! Linea sagt, sie werden es unbeschadet überstehen.«

»Ein Glück!«, seufzte Schneewittchen.

Seine Kleine kuschelte sich an ihn und er konnte spüren, wie aufgeregt sie war.

Niemand riecht besser als sie!

Genießerisch sog Thorxarr ihren Duft ein. Es lag ein Gemisch aus Sorge und Angst in der Luft, unter das sich nun eine tiefe Erleichterung mischte.

Diese Emotion teilte der Krieger, wenngleich aus anderen Gründen. Endlich war er wieder da, wo er hingehörte: bei seiner Gefährtin. Zufrieden drückte er ihr einen Kuss auf die Haare.

»Erzähl mir alles!«, forderte sie stumm und schaute zu ihm auf. *»Wo waren sie? Was ist ihnen zugestoßen?«*

Thorxarr grinste. *»Willst du gar nicht wissen, ob sie die Meistermentorin gefunden haben?«*

»Die ist mir im Moment piepegal!«

Er nickte stolz, zog sie mit sich zur Sofaecke und begann zu berichten. Lunaras Erinnerungen teilte er ebenfalls. Nach einigen Minuten endete er mit den Worten: »Unsere Freunde schlafen jetzt in der Versammlungshalle der Weißen. Volaxan persönlich hat mir versprochen über sie zu wachen. Dabei bekommt er reichlich Unterstützung von seinen Kumpels.«

Schneewittchen runzelte die Stirn. »Und wenn er es vergisst? Die Weißen lassen sich doch so schnell ablenken!«

»Stimmt«, schmunzelte Thorxarr. »Aber gemeinsam werden sie es schaffen. Ich versichere dir, mein Herz, ich habe noch nie so viele aufgeregte Weiße auf einem Haufen gesehen. Und niemals so viele schiefgelegte Köpfe. Volaxan ist nicht allein mit seiner Aufgabe. Die kriegen das schon hin. Außerdem schickt Linea in ein paar Stunden noch mal eine Grüne vorbei.«

»Das ist gut.« Schneewittchen schaute ihn ernst an. »Ich bin so froh, dass du dort gewesen bist!«

»Ich auch«, murrte der Krieger. »Aber noch froher bin ich, zurück bei dir zu sein.«

Sie lächelte und schmiegte sich an ihn, doch plötzlich fiel ihr etwas ein. »Wissen dein König, Jaromir und Victoria jetzt eigentlich von der

Meistermentorin?«

»Wie kommst du darauf?«

»Naja«, Schneewittchen rückte ein bisschen von ihm ab, um ihm ins Gesicht sehen zu können. »Hat denn niemand gefragt, was unsere Freunde da wollten? Ich meine, wer springt in diesen Tagen freiwillig in den tropischen Regenwald?«

»Hmm«, brummte Thorxarr. »Ich kann mich nicht daran erinnern, dass darüber gesprochen wurde. Aber du hast recht. Die Frage wird kommen!«

Sie grinste schief. »Na, Oxa wird sich bedanken!«

»Ich weiß nicht.« Er zwinkerte. »Ich glaube aber, Luna hat nur von der Höhle der Seherinnen gesprochen. Und davon, dass sie am falschen Ort gesucht hätten.«

»Und du denkst, damit lässt sich unsere Führung abspeisen?«, schnaubte Schneewittchen. »Sobald das Wort ›Seherin‹ fällt, bekommen die da oben doch alle Schnappatmung. Wetten, dass sie tiefer bohren?«

Grimmarr legte seinen vernarbten Echsenkopf schief und bohrte den Blick in Victorias Gesicht. *»Was wollten die drei Außenseiter im Regenwald?«*

Nachdem die Menschenfrau die Astraldepots der drei leichtsinnigen Abenteurer mit Umgebungsmagie aufgefüllt hatte und es in der Versammlungshalle der Weißen für sie weder etwas auszurichten noch zu erfahren gab, waren sie zu dritt in das Quartier des Oberbefehlshabers auf den Stützpunkt am Fuße des Vulkans Merapi gesprungen.

»Sie haben etwas gesucht.« Victoria verschränkte die Arme. Sie hatte es sich auf dem Vorderlauf ihres Gefährten bequem gemacht und lehnte mit ihrem Rücken an dessen schuppigen Brustkorb.

»Ja, die Höhle der Seherinnen«, erwiderte Grimmarr. *»Das hat Lunara behauptet.«*

»Die Höhle ist nicht das eigentliche Ziel«, mischte sich Jaromir ein. *»Aber sie beinhaltet das, was die drei gesucht haben.«*

Der rote König hob eine Augenwulst. *»Und was soll das sein?«*

Es nervte ihn, dass er den Gefährten mal wieder alles aus den Nüstern ziehen musste.

»Ich habe keine Ahnung«, seufzte Victoria.

»Wirklich nicht?« Das konnte sich Grimmarr kaum vorstellen. Offiziell hieß es, dass die Frau Lügen entlarven konnte, aber tatsächlich ging das Talent der schwarzen Königin viel weiter: Sie vermochte in fremden Köpfen zu lesen wie andere in Pergamenten. Und das sogar, wenn die Wesen ihre Gedanken abschirmten. Doch das war ein gutgehütetes Geheimnis.

Ungeduldig raschelte er mit seinen Schwingen. *»Hast du gar nichts gesehen?«*

»Zumindest nichts, was ich verstehe«, antwortete Victoria. »Lunara hat über eine Mentorin für Schneewittchen nachgedacht.« Sie schaute zu ihm auf. »Uns ist klar, dass es keine lebende Grüne geben kann, die über das notwendige Wissen hierfür verfügt. Es muss also etwas anderes sein. Was genau, kann ich nicht sagen.«

»Warum schickst du nicht deine Geister?«, forderte Grimmarr.

Jaromir furchte seine Stirn. *»Welche Geister?«*

»Die Japaner.«

»Schneewittchen sieht sie«, winkte Victoria ab.

»Wie jetzt?« Grimmarr beugte sein Haupt zu ihr herab. *»Das Mädel sieht Aiko und Telliar?«* Diese Information war neu. *»Ich dachte, die sieht niemand!«*

»Nicht mit ihren Augen«, konkretisierte Victoria. »Schneewittchen ›sieht‹ sie in ihren Visionen. Insbesondere dann, wenn die beiden Informationen beschaffen, die entscheidend für die Zukunft sind.« Sie verzog unzufrieden ihren Mund. »Bisher ist es unserer Seherin nicht aufgefallen, weil sie Aiko und Telliar nicht zuordnen kann. Es wäre mir lieb, wenn das auch so bleibt.«

»Soso!« Grimmarr richtete sich wieder auf und rollte seine Schwingen ein. *»Dann hast du also Zugriff auf die Visionen der Seherin?«*

»Habe ich nicht!« Victoria reckte ihm das Kinn entgegen.

Die Menschenfrau ist mir gegenüber schon immer furchtlos gewesen, dachte Grimmarr. Das schätzte er an ihr.

»Jedenfalls nicht mehr als du«, fuhr sie fort. »Ich halte mich an die Regeln! Aber wenn ich mich beispielsweise mit Linea unterhalte, flackern manchmal entsprechende Bilder durch ihren Geist.«

»Wie auch immer«, kürzte Jaromir ab. *»Wir dürfen Schneewittchens Vertrauen nicht erschüttern, indem wir sie ausspionieren.«*

»Ja, das wäre wohl kontraproduktiv«, stimmte der rote König zu. Aus Erfahrung wusste er, wie empfindlich die humanoiden Gefährten waren. Wenn sie einmal dichtmachten, war der Ofen ganz schnell aus.

Unvermittelt klopfte es am Tor seines Quartiers. Grimmarr streckte seine Sinne aus. *Ah! Das ist der Fähnrich mit den Erfrischungen.*

»Herein!«, sendete er und verwandelte sich in einer raubtierhaften Bewegung in seine Menschengestalt.

Wenig später saß er mit seinen Gästen in der Couchecke, die er vor einer gefühlten Ewigkeit für seine Schülerin Aer und ihren Gefährten Lenir hatte heranschaffen lassen.

Es gab Zimtschnecken und Jogi-Tee, beides ohne Chili, aber dafür eine Kanne mit extra scharfer Sauce. Sein Koch bereitete die Imbisse für Menschen und andere Drachenrassen in einer gesonderten Küche zu, da die Gewürze, die in der Hauptküche üblicherweise in der Luft lagen und so ungewollt mitverarbeitet wurden, bereits zu Hustenanfällen und Schweißausbrüchen bei seinen Besuchern geführt hatten. Die Rezepte stammten von Jaromirs Butler Albert, dennoch sahen die Hefeteilchen, die die Roten in mühevoller Kleinstarbeit zubereiteten, eher nach explodierten Hundehaufen als nach Gebäck aus.

Victoria und Jaromir griffen trotzdem zu und ließen sich ebenfalls einen Tee einschenken.

»Glaubt ihr«, knüpfte Grimmarr an ihre Diskussion an, »dass die leichtsinnigen Freunde unserer Seherin ihre Suche aufgeben werden?«

Beiläufig nahm er sich einen Zimtklumpen und übergoss ihn mit Chilisauce.

Die Gefährten schüttelten synchron ihre Köpfe.

»Nein«, antwortete Jaromir kauend. *»Alexan ist wie ein Terrier, wenn sein Wissensdurst geweckt wird.«*

Und Victoria ergänzte: *»Als seine Ohnmacht an Schwere verlor, hat er Berechnungen durchgeführt. Ich tippe auf die Ermittlung von Koordinaten.«*

Jaromir nippte an seinem Tee. *»Sobald die drei wieder halbwegs fit sind, werden sie weitersuchen.«*

»Im Regenwald«, vermutete Grimmarr und seine Gäste nickten.

»Super!«, spottete der rote König und biss großzügig vom tropfenden Gebäck ab. *»Entweder sind die irre, oder sie haben Todessehnsucht!«*

»Weder noch.« Victoria lächelte. Als sie weitersprach, wurde ihre Miene weich. »Sie wollen ihren Freunden helfen und haben ein Ziel.«

Grimmarr kaute und schluckte. Das fade Besuchergebäck war nicht sein Liebstes, aber mit der Sauce ging es.

Schweigen breitete sich aus. Der rote König verputzte den Rest des explodierten Teighaufens und musterte die Gefährten.

Ha! Wusste ich es doch. Da ist noch mehr!

Er grinste. »Und? Was ist das Ziel der drei unerschrockenen Chaoten?«

Victoria erwiderte sein Grinsen. »Sie wollen zum Beraterstab der Seherin gehören.«

»Es wird einen Beraterstab geben?« Grimmarr furchte seine Stirn. Davon hörte er zum ersten Mal.

»Ich auch«, feixte die Menschenfrau.

»Dann hast du das in einer Vision gesehen?«

»Nein«, widersprach Jaromir. »Lunara hat darüber nachgedacht und diese Information bewusst zurückgehalten. Um Oxanas Willen. Die Goldene …«

»… will verhindern, dass ihr die politische Führung – also wir –

dazwischenfunkt«, übernahm Victoria. »Schneewittchen und die vier Freunde …«

»… sind sich da vollkommen einig«, fügte Jaromir hinzu.

Grimmarr unterdrückte ein Seufzen. Dieses gegenseitige zu Ende führen von Gedanken ging ihm manchmal ganz schön auf die Nerven. *Aber so sind Gefährten eben.* Er setzte ein harmloses Gesicht auf und meinte im Plauderton: »Ich weiß ja nicht wie es euch geht, aber *ich* für meinen Teil hätte schon gern einen Informanten in diesem Gremium.«

»Wir auch«, räumte Jaromir ein und Victoria fuhr fort: »Aber wir halten das für keine gute Idee.«

Stille.

Schnaufend hakte Grimmarr nach: »Warum nicht?«

»Weil die fünf bislang hervorragende Arbeit geleistet haben«, erklärte Victoria. »Du hast es selbst vorhin in der Antarktis gesagt: Eine Gruppe mit deren bescheidenen Fähigkeiten hätte den Angriff eigentlich nicht überleben dürfen.«

»Aber das haben sie!« Jaromir lächelte. »Weil sie sich ergänzen und blind aufeinander verlassen können.«

»Und mehr Glück als Verstand hatten!«, murrte Grimmarr.

»Glück hat bei dieser Flucht nicht den Ausschlag gegeben«, widersprach Victoria. »Die drei haben ihre Fähigkeiten optimal zusammenspielen lassen. Aber zurück zum Punkt. Linea hat mir erläutert, wie belastend die Visionen für Schneewittchen sind. Sie braucht Himmelsechsen, denen sie vertrauen kann. Tut sie es nicht, wird sie sich nicht öffnen und dann ist das Gremium sinnlos.«

»Aha.« Spöttisch hob Grimmarr eine seiner vernarbten Brauen. »Also lassen wir die drei einfach gewähren? Ich dachte, wir hätten nur die eine Seherin?!«

»Genauso ist es.« Victoria biss von ihrer Zimtschnecke ab und Jaromir führte an ihrer Stelle aus: »Die Seherin darf nicht Objekt von politischem Gezerre werden. Linea hat bereits durchklingen lassen, dass sie und ihre Schwestern in dieser Sache kompromisslos sind.«

Er schaute den Roten eindringlich an. »So sanft die Grünen generell auch sein mögen – bei der Seherin werden sie mitreden! Willst du dich ernsthaft mit ihnen anlegen?«

Das wollte Grimmarr nicht. Wie unnachgiebig Linea sein konnte, hatte er in den letzten Jahren oft genug am eigenen Leib erfahren.

Er seufzte, dann grollte er: »Aber eine Eskorte darf ich den drei Irren ja wohl auf die Augen drücken, oder nicht?«

Nun lächelten seine Gäste. *»Darum wollten wir dich gerade bitten.«*

»Fein!«, motzte er. *Beschütze sie, aber rücke ihnen nicht auf die Schuppen. Sowas liebe ich ja! Und das in diesen Tagen, wo meine Soldaten nicht wissen, wo sie zuerst kämpfen ...*

»Wir haben Nachrichten«, wisperte es zweistimmig neben Jaromir und Victoria.

Was? Grimmarr starrte auf die beiden freien Sitzplätze und meinte dort Schemen zu erkennen. Im nächsten Moment verschwanden zwei Zimtschnecken vom Gebäckteller.

Beim Grauen Krieger! Die auch noch!

Wenn die Japaner sich freiwillig in seinem Quartier zu erkennen gaben, musste es dringend sein.

Der König der Roten deutete eine Verbeugung an. *»Willkommen, Aiko und Telliar von den Wölfen! Was verschafft mir die Ehre?«*

»Boscha ist tot«, berichtete die Nachrichtenoffizierin.

»Es geschah, als er mit seinem Schüler zum ersten Mal durch die Nebel reisen wollte«, fuhr ihr Gefährte schmatzend fort.

Victoria und Jaromir schoben den beiden ihre Becher hinüber und füllten sie mit Jogi-Tee auf.

»Boscha?« Victoria blickte neben sich, als könnte sie die zwei klar erkennen. *»Ist das nicht ein Blauer?«*

»Richtig«, bestätigte Aiko und schickte Erinnerungen an die Anwesenden:

Ein Quartier in Atlantis, der Boden war dick mit Sand ausgestreut und die hintere Wand leicht geschwungen. Hier hatte ein Künstler aus Muscheln, Seesternen und farbigem Glas eine Delphinschule kreiert, die einen Thunfischschwarm jagte.

»Es wird kalt«, erklärte Boscha. *»Und wattig weiß! Wahrscheinlich verlierst du die Orientierung und vielleicht wird dir sogar übel, T'vasch, aber ich bin da und geleite dich sicher durch die Sphäre.«*

»Ja, Meister!«

Aufregung kribbelte durch die Erinnerung. Der Schüler drückte sich vom Boden ab, entrollte seine Schwingen und schlitzte mutig die Weltenhaut auf. Dann zwängte er sich mit pochendem Herzen durch den Spalt in die Nebel.

Ohhhh!

Das wattige Weiß verschlug ihm den Atem und die Kälte fraß sich durch seine Schuppen.

Uhhhh!, japste er. *Ich werde erfrieren!*

»Nein, wir sind gleich wieder raus«, beruhigte ihn Boscha. *»Worauf musst du dich konzentrieren?«*

»Auf mein Ziel!«

»Sehr gut«, lobte der Mentor. *»Das ist das Wichtigste. Und nun ... nun ...«*

Boschas Stimme veränderte sich. Sie klang gepresst.

»Meister?«, fragte T'vasch ängstlich.

»Aaah«, ächzte der alte Blaue. *»Denk ... an ... dein ... Zi...«*

Stille.

Wattiges Weiß und Eiseskälte ohne Oben und Unten.

»Meister?«, rief T'vasch abermals, doch es kam keine Antwort. Aus den Nebeln drang kein noch so leises Geisteswispern. Verzweiflung wucherte im Bauch des Schülers und breitete sich von dort wie ein Krebsgeschwür aus.

»Meister!«, schrie T'vasch. *»Wir müssen hier raus!«*

Panisch tastete er nach dem Gedankenmuster seines Mentors, doch da war niemand. Er war allein. Ganz allein!

»O Gott!«, keuchte Victoria und riss Grimmarr damit in die Realität zurück. »Das kann der Kleine unmöglich überlebt haben!«

Der rote König teilte diese Einschätzung. Der erste Sprung durch die Nebel war für jedes fühlende Wesen ein Horrortrip. Sogar für einen

Krieger, auch wenn diese selbstverständlich etwas anderes behaupteten.

»Hmm«, murmelte Jaromir. »Und woher stammt dann diese Erinnerung?«

»Wartet's ab!«, wisperte Telliar und schob weitere Bilder hinterher:

T'vasch war vollkommen aufgelöst. Fahrig trieb er in der Sphäre umher, um seinen Meister zu finden. Er suchte und suchte, doch da war nichts – nichts außer wattigem Weiß und tödlicher Kälte.

Als ihm klar wurde, dass er auf sich gestellt war, wurde sein Denken bereits zäh.

Das überlebe ... ich ... nicht, dachte der Schüler und eine lähmende Ruhe erfasste ihn.

Dann – plötzlich! – rauschte ein großer Schatten heran. Im nächsten Moment durchströmte T'vasch neue Energie. Er trieb durch die Nebel einem Ziel entgegen, dass er nicht kannte.

»Was ist das?«, flüsterte Victoria.

Die Erinnerung brach ab, doch Aiko teilte gleich die nächste: Der Schüler riss mit letzter Kraft die Weltenmembran auf. Schwülwarme Luft, greller Sonnenschein und feiner Sand.

»Bei Abrexars Schwingen!«, keuchte Jaromir. »Ist das wirklich ...?«

»Ja, das ist der Strand!« Grimmarr schluckte bebend. *Das ist der Lieblingsstrand von Aer und Lenir.*

Nach dem Verschwinden der beiden hatte der rote König die Insel in der Südsee zigmal persönlich abgesucht, in der Hoffnung, dass seine Schülerin und ihr Gefährte dort wieder aus der Sphäre herausgefunden hatten. Doch das hatten sie nicht.

Er schaute in die Runde. Victoria war kreidebleich geworden. Ihre sonst so wissenden Augen wirkten übergroß.

»Das muss doch was zu bedeuten haben!«, krächzte sie. Mit dem nächsten Atemzug veränderte sich ihre Miene. Sie wurde anklagend.

Victoria fixierte Grimmarr mit finsterem Blick und zischte: »Und jetzt erzähl mir nicht, dass da die Dämonen ihre Klauen im Spiel hatten! Das glaube ich nämlich nicht, Wiesel!«

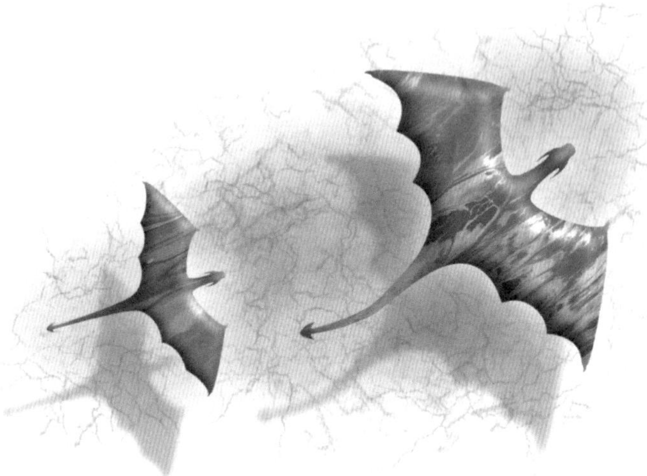

Unter die Haut

Zur großen Erleichterung von Hiltja und Thor erholten sich ihre Freunde rasch. Die Weißen und eine abgesandte Grüne kümmerten sich in der Antarktis rührend um die drei und Benan ließ es sich nicht nehmen, seinem Freund Alex noch am Abend des Angriffstages ein neues Smartphone vorbeizubringen. Und weil er eh unterwegs war, nahm er für Luna und Oxa auch jeweils ein neues Modell mit.

So konnte Hiltja wieder direkt in Kontakt mit ihren Freunden treten. Luna berichtete schon am nächsten Morgen via Chat, dass Alex – er hatte kaum seine Augen aufgeschlagen – bereits die neuen Koordinaten für die Höhle der Seherinnen berechnet hatte. Die lagen zirka zweihundert Kilometer nordwestlich vom ersten Standpunkt. Am liebsten wäre der Kleine sofort dorthin gesprungen, um nach der Meistermentorin zu suchen, doch die Heilerin verhinderte das. Aufgrund der Tatsache, dass sich die astralen Kräfte in den körpereigenen Depots von Luna und Alex erst noch setzen mussten und Oxa die Verletzungen durch die Pesthornissenstacheln auszukurieren hatte, kam eine Reise durch die Nebel für die drei vorerst nicht infrage.

Das erleichterte Hiltja. Der Regenwald war nicht sicher und sie hatte Angst, dass sich die drei erneut in Gefahr brachten. Als Alex wieder richtig wach war, wurde ihm bewusst, wie knapp sie mit dem Leben davongekommen waren. Das dämpfte seinen Forscherdrang.

Die fünf Freunde telefonierten und chatteten viel miteinander. Bei einem dieser Gespräche berichteten Hiltja und Thor von der Vision mit dem Dämonenangriff auf den Hof des Kollegen ihres Vaters. Oxa war dafür einzugreifen und so überzeugte Luna ihre Mentorin, einen Überwachungszauber auf dem Hof zu installieren.

Madame Vouh honorierte das in der Nacht darauf mit neuen Bildern. Diesmal war das Gerstenfeld neben dem Hof abgeerntet und Claus trank mit seiner Familie Kaffee im Garten unter dem alten Apfelbaum. Anscheinend würde der Angriff abgewendet werden.

Das Ergebnis bestätigte die Freunde in ihrem Vorhaben und nun drängte Oxa bei jeder Gelegenheit darauf, die neuen Koordinaten unter die Lupe zu nehmen.

Am vierten Tag nach dem Angriff stand bei Alex, Oxa und Luna die Abschlussuntersuchung an.

Hiltja saß mit Thor beim Frühstück. Heute hatte ihr Gefährte Haferflocken mit Nüssen und Rohrzucker angeröstet. Dazu gab es frische Mango, Joghurt und eine ordentliche Prise Zimt.

»Das Zeug ist großartig!«, seufzte Hiltja kauend. »Das kannst du gern öfter machen.«

»Freut mich!« Thor grinste und puderte sein Müsli mit Chilipulver, bis es mit einer rotorangen Schicht überzogen war.

Sie aßen gemeinsam und Hiltja fand, dass es ohne Luna merkwürdig einsam im Gästequartier war.

»Ich wünsche unseren Freunden viel Glück für ihren Heilertermin«, nuschelte Hiltja und schrieb eine Nachricht in die Chatgruppe.

»Grüß schön von mir«, bat Thor.

»Mach ich.«

Hiltja hatte die zweite Nachricht gerade abgeschickt, da meldete sich Oxa per Video-Telefonie bei ihr.

»Danke für deine lieben Wünsche, Schneewittchen!«, flötete die Goldene. »Die können wir gut brauchen.« Sie lächelte und fügte mit gedämpfter Stimme hinzu: »Die Weißen sind wirklich sehr zuvorkommend, aber ich hoffe trotzdem, dass die Heilerin uns endlich die Sprungtauglichkeit attestiert!«

Thor schob sich neben Hiltja ins Bild. »Was denn, Oxa? Ist dir etwa langweilig?«

»Mir?« Die Goldene lachte affektiert. Ihre perlweißen Zähne strahlten. »Bei der Sphäre, nein! Doch diese kleinen weißen Quirlgeister hören einfach nicht auf Fragen zu stellen! Da wir halbtot durch ihre Versammlungshalle geschliddert sind, betrachten sie uns als Forschungsobjekt.« Sie rollte mit den Augen und wisperte: »Bei Sätzen, die mit ›wieso‹, ›weshalb‹ oder ›warum‹ beginnen, sträuben sich mir die Langschuppen! Ein Alex allein kann ja schon anstrengend sein, aber, Thor, hier sind Hunderte! Und die meisten von ihnen sind nicht halb so fokussiert wie unser Schlauberger.«

»Oje«, schmunzelte Hiltja. »Dann drücke ich dir doppelt die Daumen.«

»Danke!« Oxa richtete beiläufig ihre Hochsteckfrisur. »Mit etwas Glück können Luna und ich euch heute Nachmittag besuchen. Außerdem müssen wir unbedingt die neuen Koordinaten …«

Die Goldene brach ab. Ihr Blick wurde abwesend – offenbar kontaktierte sie jemand auf der Geistesebene. Schließlich lächelte sie wieder in die Kamera. »Da steht ein Roter vor meinem Quartier.« Verunsicherung huschte über ihre Miene. »Was der wohl von mir will?«

»Na, denn wollen wir nicht länger stören.« Hiltja winkte und hielt noch einmal ihre gedrückten Daumen ins Bild. »Meldest du dich nach der Untersuchung bei uns?«

»Selbstverständlich!« Oxa strahlte. »Aber fünf Minuten habe ich noch.«

»Wieso?«, brummte Thor. »Ich dachte, da steht ein Roter vor deiner Tür!«

»Ja, und?« Die Goldene hob eine Braue. »Ich habe ihm gesagt, dass ich mit der Seherin spreche und er sich gedulden muss.«

Oxa wieder!, dachte Hiltja. *Sie kann ganz schön arrogant sein.*

Thor stimmte ihr zu und murrte: »Soldaten lässt man nicht warten! Es könnte dringend sein.«

»Ach was! Wäre es so, hätte er es mich bestimmt wissen lassen«, winkte Oxa ab. »Aber gut, ich rede mit ihm. Dann melde ich mich später wieder bei euch.«

»Mach das.« Hiltja nickte. »Heute Vormittag werden Thor und ich allerdings vermutlich nicht rangehen können.«

»Oh? Wie kommt das?« Die Goldene legte ihren Kopf schief. »Habt ihr keine Pausen bei den Wölfen?«

»Die Weißen färben schon auf sie ab«, amüsierte sich Thor.

Hiltja unterdrückte ein Kichern und erklärte: »Die haben wir, aber ich bekomme heute mein Tattoo.«

»Aha.« Verwirrung huschte über Oxas Miene. »Was für ein Tattoo?«

»Mich!« Thor grinste stolz in die Kamera. »Das ist Tradition bei den Wölfen.«

»Wirklich?«

»Ja, das ist es«, bestätigte Hiltja. »Wir Menschen lassen uns unseren Drachenpartner unter die Haut stechen. Als Zeichen der Verbundenheit und um die Selbstbeherrschung unserer Gefährten zu testen.«

»Ach ja!«, flötete die Goldene. »Durch die Bindung bekommt Thor jeden einzelnen Stich mit, nicht wahr?«

Hiltja meinte ein maliziöses Funkeln in ihren Augen zu sehen, doch vielleicht lag das auch nur an der Übertragung.

»Ja«, grollte Thor. Seine Begeisterung war bei dem Kommentar merklich abgekühlt. »Ich würde mich lieber selbst unter die Tätowiermaschine legen.«

Hiltja spürte, dass ihrem Gefährten der Termin bevorstand. Sie winkte in die Kamera. »So, Oxa, wir wollen dich nicht länger aufhalten. Bis später und viel Glück für dich, Luna und Alex!«

Nachdem sie aufgelegt hatte, strich sie Thor über die Narbe an seiner linken Schläfe. »Keine Sorge, mein Großer. Das bekommen wir schon hin. Außerdem werden die anderen auf uns aufpassen.«

Das war auch so ein Aspekt, der Thor wurmte. Er verzog den Mund. »Ja, super.«

Das Tattoo-Ritual der Wölfe war gezielt in die Bindungsphase gelegt worden, um den Drachen vor Augen zu führen, wie zerbrechlich die Selbstbeherrschung war, wenn ihre Gefährten etwas auszustehen hatten. Selbst die friedliebenden Grünen und Weißen wurden hierbei regelmäßig ungemütlich. Generell galt die Faustregel: Je näher ein Paar dem Ende der Bindungsphase kam, desto heftiger rasteten die Himmelsechsen aus. Die Roten waren hierbei besonders aufbrausend.

Bedröppelt guckte er zu Hiltja herab. »Was, wenn ich mich nicht zusammenreißen kann?«

In seinem Geist sah sie, dass unter den Wölfen bereits wilde Spekulationen angestellt wurden, wie sich der Gefährte der Seherin heute wohl schlagen würde.

Hiltja schaute ihm ins Gesicht. Die silbernen Verästelungen in seinen Augen hatten sich verdunkelt. »Hast du Sorge um deinen Ruf?«

»Mein Ruf ist mir egal«, murrte Thor. »Aber deiner nicht! Wenn ich versage, fällt das auf dich zurück. Und Selbstbeherrschung wird bei uns Roten ziemlich großgeschrieben.«

»Ach, mach dir keinen Kopf.« Sie griff nach seinen großen Händen. »Ich habe gehört, dass sie bei Gabriellosch drei Schwarze gebraucht haben, um ihn zu bannen.«

»Ja. Das hörte ich auch.«

Sie lächelte. »Und? Hat das Tyras Ruf geschadet?«

»Nein«, brummte Thor. »Aber er ist der Adler! Ich habe ja nicht mal einen Beinamen. Mich werden sie doppelt kritisch beobachten.« Er ließ den Kopf hängen. »Ich will dir keine Schande machen.«

»Hey«, rief sie und hob sein Kinn an, damit sie ihm wieder in die Augen sehen konnte. *»Das wirst du nicht. Das kannst du gar nicht! Ich* *liebe dich nämlich, und es ist mir egal, was die anderen über mich sagen.«*

»Wirklich?«

Wieder einmal staunte Hiltja, wie viel Unsicherheit ihr Gefährte mit sich herumtrug. Er war ein Berg von einem Mann und doch wirkte er in Momenten wie diesen wie ein asiatischer Zwerg.

Sie lächelte. »Klar! Schon vergessen? Ich bin als ›verrückte Hinnerksen‹ großgeworden. Da lernt man, dummes Gelaber an sich vorbeiziehen zu lassen.«

Dann rutschte sie an ihn heran und küsste ihn zärtlich. *»Wir haben bereits so viel Schlimmeres miteinander durchgestanden. Da wird das Tattoo heute ein Klacks!«*

»Hoffentlich«, seufzte er und zog sie in seine Arme.

Eine halbe Stunde später gingen Thorxarr und Schneewittchen Hand in Hand zum Tattoo-Studio, das wenige Monate zuvor im Gästebereich der Akademie eingerichtet worden war. Früher waren die Gefährten in einen Laden nach Kiel gegangen, aber die Invasion hatte die Geheimhaltung von Magie und Drachen überflüssig gemacht. Außerdem gehörte das Areal der Wölfe zu den sichersten Orten der Welt und so ließ man die Tintenkünstler bei Bedarf einfach einfliegen.

Mit jedem Schritt, den Thorxarr seinen Lieblingsmenschen dem Studio näher brachte, wuchsen die Zweifel im Krieger. Die Vorstellung, dass einer der Hautsäcke seinem Mädchen absichtlich Schmerzen zufügen würde, machte ihn schon jetzt irre.

»Die wollen mir doch nicht extra wehtun«, widersprach Schneewittchen ihm auf der persönlichen Frequenz.

»Ha!« Thorxarr schnaubte. *»Aber die Typen nehmen es in Kauf!«*

»Das liegt in der Natur der Sache.« Sie drückte seine Hand und sah

zu ihm auf. *»Die machen bloß ihren Job.«*

»Und ich mache Kleinholz aus dem Heini, wenn er nicht sanft zu dir sein sollte!«

»Das machst du nicht«, erwiderte Schneewittchen ruhig. *»Du wirst dich zusammenreißen.«*

»Wie soll ich das denn schaffen?«, brauste Thorxarr auf. *»Mal ehrlich, ich brauche dieses Ritual nicht, um zu wissen, dass ich mich nicht im Griff habe! Dafür muss ich in unserem Quartier bloß die Tischdecke abnehmen. Der Brandfleck deines eingeäscherten Handys spricht eine deutliche Sprache. Und mein bester Freund ebenso! Bei vollem Bewusstsein sind wir uns seit einer halben Ewigkeit nicht mehr begegnet, weil Alex SCHISS vor mir hat! Und das zu Recht.«*

»Ach, Thor.« Schneewittchen blieb stehen und strich ihm über die Wange. *»Das Tattoo ist eine Tradition, die ...«*

»Es ist eine beknackte Tradition!«

»Aber dennoch eine Tradition«, beharrte sie gelassen. *»Und das Ergebnis wird dir sicher gefallen.«*

»Vielleicht.«

Er presste seine Lippen aufeinander. *»Ich will dich trotzdem lieber in einem Stück. Ich weiß wie es sich anfühlt, Angst um dich zu haben. Und ich weiß, dass mir das nicht gefällt!«*

»Es ist nur ein Tattoo«, entgegnete Schneewittchen. *»Du musst keine Angst um mich haben.«*

Damit überzeugte sie ihren Gefährten nicht, doch er beließ es dabei und grummelte für den Rest des Weges vor sich hin.

Als sie kurz darauf die Tür des Studios öffneten, wurden sie von ihrem Ausbilder erwartet.

Bruttach ließ den Blick über die Neuankömmlinge schweifen, dann grinste er. »Ho, Kamerad! Du schaust grimmig aus. Keine Sorge, deine Gefährtin zieht nicht in den Krieg, sie wird lediglich verschönert.«

Schneewittchen seufzte tief, während Thorxarr fauchte.

Bruttachs Gefährte Jude kam in den Flur. »Wir haben eine kleine Überraschung für euch. Später schaut noch ein Weißer vorbei. Er wird das Kunstwerk direkt magisch animieren.«

»Toll«, murrte Thorxarr.

»Ja, finde ich auch«, erwiderte Jude, ohne auf seinen Sarkasmus einzugehen. Auf der taktischen Frequenz fügte er hinzu: *»Außerdem werde ich deiner Gefährtin die Schmerzen nehmen, sobald das Tattoo von dem Weißen verzaubert wurde.«*

»So?«, knurrte Thorxarr. *»Ich will keine Extrabehandlung!«*

»Doch, die willst du«, entgegnete Jude fest. *»Ich würde Schneewittchen am liebsten schon beim Stechen die Schmerzen nehmen, aber …«*

»… das geht nicht«, fuhr Bruttach fort, *»weil dann jeder wüsste, dass wir bescheißen.«* Er zwinkerte.

Thorxarr fand das nicht witzig. Ärgerlich verschränkte er seine Arme vor dem breiten Brustkorb. *»Ach! Und deswegen tut ihr es heimlich?«*

Jude klopfte ihm auf die Schulter. *»Das ist kein Beschiss, das ist ein Nachteilsausgleich. Normalerweise absolvieren die Wölfe das Ritual nämlich viel früher in ihrer Bindungsphase. Aber weil Madame Vouh so eine Diva ist, seid ihr zwei spät dran.«*

Er klatschte aufmunternd in die Hände und erklärte: »So, Inky wartet im Nebenraum. Auf geht es!«

Schneewittchen küsste Thorxarr zum Abschied. *»Hey, Großer, alles wird gut, versprochen!«*

»Das muss sich erst zeigen«, grollte er.

Am liebsten hätte er seine Kleine gepackt und wäre mit ihr durch die Nebel an einen fernen Ort gesprungen, wo niemand sie finden würde. Einzig die Tatsache, dass es einen solchen Ort auf diesem Planeten nicht gab, hielt ihn davon ab.

Niedergeschlagen ließ er sich von Bruttach nach draußen begleiten. Die besorgten Blicke, die sein Ausbilder und dessen Gefährte einander zuwarfen, bemerkte er nicht.

Vier Stunden und ein Roter-Krieger-Drachen-Tattoo später waren fünf Meister der Geistesmagie fix und fertig. Die schwarzen Gefährten hatten Thorxarr während der Sitzung gebannt und so verhindert, dass dieser den Kampfplatz der Wölfe verließ und Tattookünstler Inky zu Konfetti verarbeitete. Für zwei der schwarzen Himmelsechsen musste in der dritten Stunde nach einer Heilerin geschickt werden. Daraufhin dämpfte Jude dann doch Schneewittchens Schmerzempfinden.

Als Inky nach einer gefühlten Ewigkeit die Tätowiermaschine beiseitegelegt hatte und von einem Weißen zurück nach Kiel gebracht worden war, atmeten die Drachen auf, denn nun gelang es dem Gefährten der Seherin endlich, seine Mordgelüste zu kontrollieren.

»Bei Abrexar!« Naxor schüttelte seine verkrampften Schwingen aus und stöhnte: *»Verdammt, Thor, du bist schwerer zu bannen als die Xatarrischen Stierdämonen!«*

Der rote Krieger grunzte nur. Aufgewühlt schaute er auf die halb so großen Schwarzen herab, die ihn umringten. Noch immer drang Rauch aus seinen Nüstern.

»Meinst du die Todesbringer, Naxor?«, ächzte Tonar, während er von der Grünen die zweite Brandwunde an seiner Brust behandeln ließ.

»Genau die!« Naxor stretchte seine Halsmuskulatur. *»Die Bullen verteidigen ihre Weibchen mit allem, was sie haben.«*

»Xantarrische Stierdämonen?« Tonar schnaubte. *»Pah! Die sind zahme Kälber verglichen mit Thor! Gegen unseren roten Bullen sehen die Dämonen alt aus, wetten?!«*

»Ich weiß gar nicht, was ihr habt«, murrte Thorxarr. Er wollte harmlos grinsen, aber ein scharfes Stechen ließ ihn innehalten. *Ach ja, vorhin hat mir Bruttach eine verpasst.*

Dabei hatte es ordentlich in seinem Dickschädel geknackt – vermutlich ein Knochenbruch. Jetzt, wo die Schmerzen seiner Liebsten ein

Ende hatten, nahm er die eigenen wieder wahr. Trotzig behauptete er: *»Ich bin sanft wie ein Kätzchen.«*

»Du? Ha!« Tonar schüttelte den Kopf, sodass seine Halskrause in Bewegung kam. *»Nur in den Armen deiner Gefährtin!«*

»Nö. Da bin ich ein Tiger.«

Prusten auf der Geistesebene.

Erfreut stellte Thorxarr fest, dass er sein Handeln wieder im Griff hatte und der Impuls, dem Tintenpfuscher in Kiel einen Besuch abzustatten, auf ein kontrollierbares Maß geschrumpft war.

Danke, ihr Ahnen, ich habe es hinter mir!

Bruttach trat neben ihn. *»He, Kamerad! Tut mir leid, dass ich dir den Kiefer brechen musste.«*

»Halb so wild. Du warst nicht der Erste«, winkte Thorxarr ab. Er hatte aus seinem Kampf mit Gabriellosch gelernt und wirkte einen Schmerzblocker auf sein Gesicht. Nun konnte er wieder grinsen. Es knirschte, was er ignorierte. *»Wahrscheinlich wirst du auch nicht der Letzte sein.«*

Sein Ausbilder nickte und sendete mit volltönender Gedankenstimme: *»Du bist hart im Nehmen, Roter Bulle!«*

Hä? Was bezweckt er damit?

Thorxarr hatte keinen Schimmer. Schwingenzuckend antwortete er: *»Ich bin ein Krieger, das ist alles.«*

»Sogar Krieger sollten ihre Knochenbrüche richten lassen«, meldete sich die Grüne Ronaah zu Wort. *»Selbst der Rote Bulle!«* Sie schaute fragend zu ihm auf. *»Falls du ›fix und fertig‹ willst, müsstest du allerdings auf Jude warten. Dieses Verfahren benutze ich nämlich nicht.«*

»Du nimmst nicht *›fix und fertig‹!«*, schaltete sich Schneewittchen über die persönliche Frequenz ein. *»Auf keinen Fall!«*

»Hatte ich nicht vor«, erwiderte Thorxarr seinem Mädchen. *»Das war heute genug Stress für den Rest der Woche.«*

Er warf Ronaah ein knirschendes Lächeln zu und behauptete noch einmal: *»Ich bin sanft wie ein Kätzchen. ›Langsam und sanft‹ passt perfekt zu mir.«*

»Das passt zu jedem«, kommentierte Tonar. *»›Fix und fertig‹ nehmen*

nur die Geisteskranken!«

»Findest du?« Thorxarr setzte einen irren Blick auf. *»Ich habe es neulich ausprobiert. Ging echt ratzfatz.«*

Naxor guckte mit großen Augen zu ihm hoch. *»Ihr Roten seid echt alle verrückt!«*

»Ach was«, widersprach Obraxar. *»Thor ist eben der Rote Bulle!«*

»Horraxx!«, rief Bruttach und grinste dabei sehr zufrieden.

Eine halbe Stunde später war Thorxarrs Unterkiefer wie neu und auch die Blessuren der fünf Schwarzen versorgt.

Erst jetzt, wo die Anspannung nachließ, wurde dem Gefährten der Seherin klar, wie viele Zuschauer er gehabt hatte. Mindestens die Hälfte der Wölfe musste den Unterricht geschwänzt haben.

Aber das war ihm egal, denn nun näherte sich Schneewittchens Gedankenmuster dem Kampfplatz.

Endlich!

Thorxarr verwandelte sich in seine Menschengestalt und lief auf seine Liebste zu. Sie sah so abgekämpft aus, wie er sich fühlte, und das lag sicher nicht an der sommerlichen Hitze.

»Wie sollte ich denn nicht fertig sein?«, frage sie auf der privaten Frequenz und grinste schief. *»Immerhin habe ich die Show, die du Riesengecko hier abgezogen hast, hautnah mitbekommen!«*

Getuschel brandete auf der Tribüne auf.

»Die Seherin!«

»Ja, da kommt sie!«

»Haha! Jetzt wird der Rote Bulle wieder zum Schmusekätzchen!«

»Die Seherin und der Rote Bulle!«

Warum sagen die das ständig?, wunderte sich Thorxarr. *Egal!* Er wollte nur zu seinem Mädchen.

»Mann, Thor«, schalt ihn Schneewittchen über die direkte Geistesverbindung. *»Manchmal stehst du echt auf dem Schlauch, was?«*

»Was ist denn?«

»Na, unser Ausbilder hat dir einen Beinamen verpasst!«

»Oh!« Thorxarr schaute zu Bruttach rüber, der ihm ziemlich selbst-

gefällig zunickte.

»Oha!«

Für einen Moment fühlte sich der Krieger überaus geehrt, doch dann stand er seiner Kleinen gegenüber und hatte nur noch Augen für seinen Lieblingsmenschen.

»Dir geht es gut«, flüsterte er. »Du bist noch in einem Stück!«

»Klar!«, antwortete Schneewittchen. »Das hatte ich dir doch beim Frühstück versprochen.«

»Das hattest du.« Er zog sie in seine Arme und küsste sie.

Endlich!

Auf der Tribüne wurde gejohlt und applaudiert und die Drachen auf dem Kampfplatz schlugen klatschend ihre Schwingen aneinander.

Thorxarr blendete den Trubel aus. Er seufzte erleichtert, als sie sich an ihn kuschelte. Das war alles, was er in seinem Leben wollte.

»Was denn?«, stichelte sie. *»Möchtest du das Tattoo denn gar nicht sehen?«*

»Ach ja. Da war ja was.« Widerwillig ließ er sein Mädchen los. *»Dann zeig mal her!«*

Schneewittchen strahlte und wandte ihm kokett den Rücken zu. Zu ihrer kurzen Hose trug sie heute ein Spaghettiträgershirt in Knallrot. Ihre langen schwarzen Haare hatte sie allerdings offen gelassen, sodass sie das Tattoo wie ein Vorhang verbargen.

Thorxarrs Herz floss über. *Egal wie der Tintendrache aussieht, meine Kleine ist immer eine Augenweide.*

»Trommelwirbel …« Schneewittchen strich sich ihre Mähne nach vorn über die Schulter. »Tada!«

»Hmm.«

Erst sah Thorxarr nur einen Schatten, doch plötzlich tobte ein zorniger roter Drache über die Schulterblätter seiner Liebsten. Der kleine Kerl bleckte die Fangzähne und stellte drohend seine Halskrause auf. Dann trompetete er stumm, aber nicht minder aggressiv, wobei sich Rauch aus seinen Nüstern kräuselte.

Bei der Sphäre, das bin ich vor einer Stunde!

»Wow«, wisperte Thorxarr. Bewegt strich er über den Tintenminikrieger. »Das bin wirklich ich!«

Schneewittchen lächelte ihn über die Schulter hinweg an. »Ist super geworden, oder?«

»Absolut!«

Thorxarr schluckte. Die Berührung schien den Tattoodrachen zu beruhigen, denn nun rieb er sein kleines Köpfchen an Thorxarrs Finger.

»Er mag mich!«, staunte der Krieger.

»Klar mag er dich.« Schneewittchen grinste. »Ich mag dich ja auch. Und?« Sie wackelte mit den Augenbrauen. »Hat sich die Tortur gelohnt?«

»Für dich lohnt sich jede Tortur«, erwiderte Thorxarr rau. Eine Träne stahl sich aus seinem rechten Augenwinkel. »Aber mit weiteren Tattoos warten wir trotzdem bis nach der Bindungsphase!«

Auf dem Weg in die Kantine konnte sich Thor kaum am Tattoo sattsehen, sodass Hiltja schließlich ihre Haare zu einem Pferdeschwanz zusammenband und ihren Gefährten am langen Arm hinter sich her zog. Ihr Donnergott war vollkommen verzückt und kommentierte jede Bewegung seines Tattoo-Ichs, und das, obwohl sie über die Geistesverbindung eh mitbekam, was er sah. Besonders gut gefiel Thor, dass das kleine Kerlchen alle männlichen Passanten grimmig anfauchte.

»Er ist so klug!«, gluckste Thor.

»Er ist bloß ein Tintenbild.« Hiltja lachte. *»Ich glaube eher, dass der Zauber, der ihn zum Leben erweckt, unsere Gefühle spiegelt, Mr. Mein-Mädchen-gehört-mir-ganz-allein.«*

Sie lächelte. *»Jude denkt übrigens, dass unsere Bindungsphase bald zu Ende sein wird.«*

»Prima!« Sein Blick wurde lüstern. *»Dagegen hätte ich nichts einzu-*

wenden.«

»Ich auch nicht.«

»Und wie kommt er darauf?«

Jetzt grinste Hiltja. *»So krass wie du ist vorher noch kein Drache ausgerastet.«*

»Dabei habe ich mich wirklich zusammengerissen«, brummte Thor.

»Das habe ich gemerkt. Trotzdem hatte Inky Schweißausbrüche, wenn er dein Brüllen gehört hat.« Sie zwinkerte. »Ich glaube nicht, dass sie noch einmal einen so späten Termin fürs Tätowieren ansetzen werden. Zumindest nicht für einen Roten.«

Wenig später betrat das Paar die Kantine.

»Der Rote Bulle!«, rief jemand.

Prompt flogen alle Köpfe zu ihnen herum. Getuschel summte begleitet von geteilten Erinnerungen durch den Raum.

Thor grinste unbeholfen und Hiltja spürte, dass er nicht so recht wusste, ob er die Aufmerksamkeit gut oder schlecht finden sollte. Immerhin rührte sein Ruhm nicht von einer siegreichen Schlacht, sondern von einem Kontrollverlust her.

Nach einer extrascharfen Portionen Chili con Carne und einem Teller Matjes mit Kartoffelsalat bot Thor an, Nachtisch für sie beide zu holen.

»Du bist der Beste!« Hiltja lächelte zu ihrem Donnergott auf. »Für mich bitte nicht die Crème Brûlée. Bring mir lieber das Zimt-Dattel-Eis mit, ja?«

»Aber du liebst Crème Brûlée!« Ihr Gefährte runzelte die Stirn. »Und heute gibt es sogar Erdbeerkompott dazu.«

»Eben!« Sie verzog ihr Gesicht. »Bei dem hat es der Küchendienst mit der Minze zu gut gemeint.«

»Madame Vouh?«

Hiltja nickte. »Genau. Ich will das Eis. Das hat Hanna persönlich abgeschmeckt. Das ist köstlich.«

»Oh! Danke für die Info!« Ein junger Mann am Nebentisch winkte ihnen zu. »Hast du noch Tipps für morgen?«

»Hmm«, überlegte Hiltja. »Den Reissalat wird ein Roter zubereiten.

Der könnte recht scharf sein.«

Die Gefährtin des Kerls schmunzelte. »Guter Hinweis!«

Das ist bestimmt eine Grüne!

»Richtig«, bestätigte Thor auf der privaten Frequenz und stand auf. »Ich hole denn mal das Eis für uns.«

»Danke dir!«

Während ihr Donnergott zur Essenausgabe ging, entsperrte Hiltja ihr Handy und stellte es wieder auf laut.

Oha! Ich habe 41 Nachrichten!

Ihr wurde flau im Magen. An die Abschlussuntersuchung ihrer Freunde hatte sie in den letzten Stunden gar nicht mehr gedacht.

Hoffentlich ist alles gut gegangen.

Beklommen öffnete sie das Chatprogramm.

8:12

Oxa:

Moin!
Ihr werdet es kaum glauben, aber ich hatte soeben Besuch von einem roten Offizier!

Alex:

Ein Roter? Ui! Was wollte der denn? 🤓

Oxa:

Offiziell bietet er an, uns bei weiteren Unternehmungen im Regenwald mit seiner Truppe zu eskortieren.

8:13

Luna:

Ehrlich? 😮 Ich dachte, niemand bekommt in diesen Tagen eine Eskorte!

Oxa:

Das ist so nicht richtig. Wichtige Persönlichkeiten bekommen sehr wohl eine Eskorte. Üblicherweise jedoch nicht Himmelsechsen wie wir. Also, was habt ihr erzählt, Leute?

8:14

Alex:

Natürlich alles von unserer Flucht! Von den grässlichen Schlürfspringern, die uns im Dschungel aufgelauert haben. 😱 Und von dem Pesthornissenschwarm, der uns gejagt hat! 😱 😱 Bei den Nebeln! Ich habe noch kein einziges Mal in meinem ganzen Leben so viel Angst gehabt. Nicht mal ansatzweise! Wenn ich daran denke, schlottern mir jetzt noch die Schwingen.
Von unserem Sprung in die Sphäre habe ich auch berichtet – musste ich ja, weil ich dort gezaubert habe! Einige denken deswegen, ich sei verrückt. Aber das bin ich nicht. Es war unerlässlich! Ich habe meinem Mentor genau ausgerechnet, wie schlecht die Chancen dafür standen, dass wir das ohne Magie alle drei überleben. Es waren genau ... oh! Das habe ich doch glatt vergessen. 🙈 Wartet, ich rechne die Prozentzahl eben noch mal für euch aus.

8:15

Oxa:

Stopp, Alex! Das ist irrelevant. Mich interessiert nur, was ihr über unsere Suche preisgegeben habt!

Luna:

Einen Grund für unseren Besuch im Regenwald musste ich ja angeben, aber ich habe mich extra bedeckt gehalten und nur allgemein von der Höhle der Seherinnen berichtet. Mehr nicht.

8:16

Oxa:

Bist du sicher, Luna?

Luna:

Ganz sicher! Von der Meistermentorin habe ich kein Sterbenswörtchen gesendet.

8:17

Oxa:

Was ist mit dir, Alex?

8:19

Oxa:

He! Alexan! Antwortest du noch?

Alex:

Ja. Ich musste nur nachdenken. Ich kann mich blöderweise nicht mehr genau an die ersten Stunden erinnern. Ich glaube, ich hatte einen Astralrausch. Es ist alles verschwommen.

8:20

Oxa:

Mist!

Luna:

Ich denke nicht, dass er was ausgeplaudert hat. Wäre dem so, hätten uns die Weißen garantiert noch größere Löcher in den Bauch gefragt als ohnehin schon.

Oxa:

Stimmt! Guter Hinweis, Luna. Aber irgendwas muss die Führung wissen. Der rote Offizier war nämlich sehr eifrig. Er wollte die neuen Koordinaten haben, um vorab schon mal die Gegend mit seinen Leuten zu sondieren.

8:21

Alex:

Waaas? Aber das ist UNSER Projekt! Wir drei wollen die Höhle doch gemeinsam erkunden! Was, wenn diese roten Grobmotoriker – entschuldige, Thor! Aber es stimmt ja bedauerlicherweise in 87,3659% der Fälle. Also, was, wenn die Roten beim Sondieren versehentlich irgendwelche Hinweise abfackeln?! 🔥 😯 Oder noch schlimmer: Wenn die Soldaten die Meistermentorin finden und mitnehmen?! Wie soll ich sie denn dann untersuchen?! 😟 Das geht nicht! 😮

8:22

Oxa:

Da stimme ich dir zu, wenngleich aus anderen Gründen.

Alex:

Die können doch nicht ohne uns gehen!

Oxa:

Zumindest nicht ohne Koordinaten! Hehe. Die habe ich nämlich nicht rausgerückt.

Luna:

Na super! Dann haben wir jetzt keine Eskorte, oder wie?

8:23

Alex:

Uh! Keine Eskorte ist auch keine Lösung!

Oxa:

Ach was! Du musst deinen Mondstein nur besser im Blick behalten, Alex!

Luna:

Ja genau, Oxa! Sicher! Und dann entdeckt unser Weißer eine neue Stinkmorchelart und schon ist der Mondstein vergessen. Mal ehrlich – egal wie viel Mühe sich Alex gibt, das wird nie im Leben klappen!
Ich mag ja Action, aber ich bin weder irre noch lebensmüde. Wenn wir eine Eskorte kriegen können, sollten wir die nehmen.

8:24

Alex:

Luna hat recht. Der Regenwald ist aber auch faszinierend – dagegen bin ich einfach machtlos. Wenigstens ein Roter sollte dabei sein. Mit Thor an meiner Seite fühle ich mich immer sicher. Also, naja, früher zumindest. Als er anfing, mich wegen Schneewittchen rösten zu wollen, hat sich das geändert. Seitdem ist es umgekehrt. Tschuldigung, Thor!

8:25

Luna:

Wie auch immer, Alex. Wenn die Dämonen dich gefressen haben, kannst du die Meistermentorin auch nicht mehr untersuchen.

Alex:

Ja, verflixt! Was machen wir denn nun?!

Oxa:

Regt euch ab, Leute! Was denkt ihr denn von mir? Selbstverständlich war ich ausgesucht höflich zu dem roten Krieger und habe sein Angebot nicht ausgeschlagen, sondern ihn lediglich vertröstet. 😎 😄 Also HABEN wir eine Eskorte!

8:26

Luna:

Boa, Oxa! Warum schreibst du das denn nicht gleich?!

Oxa:

Weil es so viel mehr ... oh! Die Heilerin für die Abschlussuntersuchung ist da! Ich melde mich später.

Luna:

Sie wieder! 🙄

Alex:

Ich glaube, das ist bei Oxa wie bei mir mit der Ablenkung. Wir können beide nicht aus unseren Schuppen! 🙆

8:27

Luna:

Wohl wahr! Das kann ja niemand. Bei mir kommt auch gerade eine Heilerin. Bis später, Alex!

8:39

Oxa:

So, ich bin durch mit der Untersuchung und darf wieder durch die Nebel springen! 😅 Wie sieht es bei euch aus?

8:42

Luna:

Ich auch! Ein Glück! Alex, was ist mit dir?

8:49

Oxa:

Huhu, Alex! Was dauert das so lange bei dir?!

8:52

Alex:

Upsi! Ich habe mich für 11 Minuten und 23,5 Sekunden in eine Diskussion über ein Derivat des Winterpockenvirus verstricken lassen! Kommt nicht wieder vor.

Luna:

Ha! Ich denke schon. 😘 Aber egal, was ist mit dir? Darfst du springen?

Alex:

Ja! Ich darf! 😎 👍

Oxa:

Gut! Dann treffen wir uns jetzt bei Alex im Quartier und besprechen alles Weitere!

9:33

Alex:

Moin, Schneewittchen und Thor!
Wir drücken die Daumen, dass das mit dem Tattoo bei euch prima läuft! Wir springen jetzt zu den neuen Koordinaten und melden uns, sobald wir zurück sind. 😊 Drückt uns die Daumen!

Hiltja starrte auf die letzte Nachricht und dann auf die Uhr ihres Smartphones. Es war halb zwei.

Das ist nicht gut!

Beklommen überprüfte sie die Datenverbindung des Smartphones und aktualisierte den Chateingang. Beides funktionierte einwandfrei.

Mist! Trotzdem keine weiteren Nachrichten.

Sie schluckte und tippte:

13:36

Schneewittchen:

Moin Leute!
Alles gut bei euch? Seid ihr wieder zurück?

Erst erschien ein graues Häkchen hinter ihren Worten, dann ein zweites, doch blau färbten sie sich nicht.

Oh nein! Das hatten wir doch schon. Sie sind jetzt vier Stunden unterwegs! Das ist zu lang. Was ist bloß los bei unseren Freunden?!

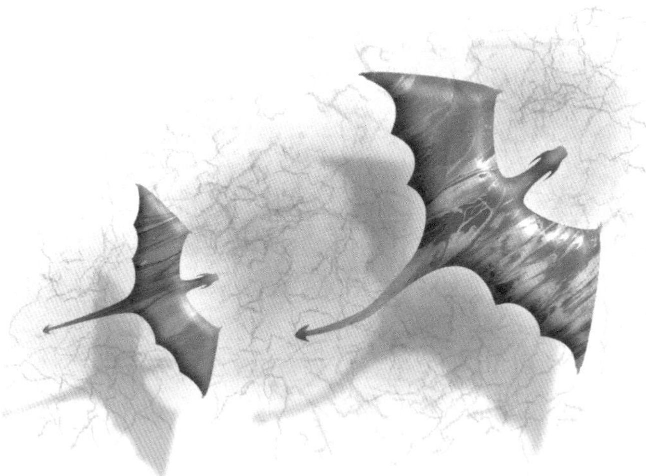

Neugier hoch drei

Oxana rollte ihre Schwingen ein, schlenderte zu Lunara hinüber und erklärte: *»Draußen ist weiterhin alles ruhig. Die Roten scannen die Gegend regelmäßig: keine Dämonen in der Nähe. Allerdings würde der Offizier gern wissen, wie lange wir noch hierzubleiben gedenken.«*

»Tja, das wüsste ich auch gern!« Lunara hob eine Augenwulst und starrte in die Höhle hinein. *»Aber wenn du darauf eine Antwort willst, solltest du wohl besser einen der Weißen fragen, die da hinten herumwuse …«*

Puff!

Es blitzte, dann knisterte es und im nächsten Augenblick quoll leuchtender, violetter Rauch zwischen den Weißen hervor. Die machten daraufhin einen Satz rückwärts und legten synchron die Köpfe schräg.

»Bei der Sphäre!«, ächzte Oxana. *»Was treiben die da eigentlich?«*

»Was wohl?« Lunara grinste. *»Irgendwelche abgedrehten Examinationen würde ich tippen.«* Sie zuckte mit den Schwingen. *»Was die da*

zaubern, kann ich nicht mal aussprechen, wetten?«

»Mach dir nichts draus – ich auch nicht.«

Die Goldene lächelte gelassen zu ihrer Freundin herab. Da sich Alexan mit Hoggi und Billarius beriet, war das keine Schande. Hoggi war der älteste und weiseste Drache der Welt. Und Billarius war ein Freund des Dreiergestirns und diese drei hatten immerhin die Welt gerettet, indem sie das Tor, durch welches die Dämonen bei der Invasion in die Welt gedrängt waren, kurzerhand aus der Weltenmembran geschnitten hatten. Außerdem hatte Oxana gehört, dass Billarius an einer Schwingenprothese für den Adler arbeitete und der war Anführer der Wölfe und damit ebenfalls eine große Nummer.

Ruhm färbt ab, dachte die Goldene. *Es schadet sicher nicht, sich in der Nähe dieser Weißen aufzuhalten.*

Wenn man es genau nahm, war es vollkommen verrückt, dass jemand wie sie derart bedeutende Persönlichkeiten kennenlernen durfte.

Nun knallte es bei den Weißen und dann flitterte ein pastellfarbenes Regenbogenfunkeln durch die Höhle. Es sah aus, als hätte ein Einhornkriecher gefurzt. Die Silhouetten der Himmelsechsen hoben sich wie Scherenschnitte davor ab.

Billarius jubelte. Drei Drachenköpfe reckten sich nach oben, Schwanzspitzen zuckten und aufgeregtes Kauderwelsch summte für zehn Sekunden über die Gedankenebene.

Es folgte eine atemanhaltende Stille.

»Nee, doch nicht!«, seufzte Alexan schließlich, woraufhin sowohl die Köpfe als auch die Schwanzspitzen seiner Mitstreiter herabsanken.

»Aber ich hätte noch eine Idee.«

Erneut legten sich zwei Drachenhäupter schief und es quoll eine weitere Portion Fachwortsalat über die Geistesebene.

Lunara kicherte. *»Bei Matojas Kräutersud – die drei sind vielleicht hartnäckig!«*

»In der Tat«, schmunzelte Oxana.

Die Grüne schaute zu ihr auf und grinste. *»Schon irre, wen unser Alex so alles kennt, oder?«*

»Du sagst es«, antwortete die Goldene. Sie war ehrlich beeindruckt. *»Und auch, dass die sofort kommen, wenn er nach ihnen ruft!«*

Alexan war bereits nach wenigen Minuten in der Höhle klargewesen, dass sie ohne fremde Unterstützung nicht weiterkommen würden. Also hatte er via Smartphone seinen Kumpel Benan angeschrieben und darum gebeten, dass dieser die beiden anderen zu ihnen schickt. Und dass hatte Benan getan. Einfach so.

Oxana schüttelte den Kopf. *»Das Abstruse ist, dass sich Alex der herausragenden Bedeutung seiner Kompagnons gar nicht bewusst ist.«*

»Das glaube ich nicht.« Lunara legte die geschuppte Stirn in Falten. *»Ich denke, Alex weiß sehr wohl, dass Hoggi und Billarius nicht irgendwer sind, aber im Moment liegt der Fokus der drei voll auf dem Problem. Da ist für Ehrerbietung kein Raum.«*

Oxana nickte. *»Stimmt. Außerdem kannte er Billarius schon vorher – ich meine mich zu erinnern, dass Alex ihm bei den Vorbereitungen für die Prüfung »›unauffälliges menschliches Verhalten« unter die Schwingen gegriffen hat. Und Hoggi hat unseren Weißen besucht, als bekannt geworden war, dass Alex mit Hilfe fremder Energie Zauber wirken kann.«* Sie sah die Grüne fragend an. *»Sag mal, Luna, war dir klar, wie außergewöhnlich das Talent unseres Freundes ist?«*

»Nein! Und dir?«

»Keinesfalls.« Die Goldene lächelte selbstironisch. *»Ich fand es vor allem nervig. Tja, so kann man sich täuschen!«*

Lunara kicherte. *»Rätsel machen einen eben sexy! Zumindest in den Augen der Weißen.«*

Nun glomm es eitrig grün zwischen Alexan und seinen Mitstreitern, woraufhin alle drei nervös umher zu trippeln begannen.

»Hmm, Erfolg sieht anders aus«, brummte Oxana und schaute sich um. *»Ob diese Höhle wirklich die ist, die wir suchen?«*

Nichts an diesem Ort wies darauf hin, dass er von den Seherinnen der altvorderen Zeit auserwählt worden war.

Lunara überraschte sie mit ihrer Antwort.

»Es könnte hinkommen, Oxa. Wir Grünen lieben das Leben und

akzeptieren die Vergänglichkeit.« Sie zeigte mit ihren Schwingen um sich herum. *»Schau nur, wie wundervoll dieser Platz ist!«*

»Ja?« Oxana verstand nicht, was ihre Freundin meinte. Hier gab es nichts Bemerkenswertes.

»Ja!« Lunara lachte. *»Guck doch! Der Boden ist mit feinen, hellen Sedimenten bedeckt, sodass wir eine ebene, bequem zu begehende Fläche haben. Hier und da ragen Felsen an den Rändern empor und lockern das Bild auf.«* Sie legte ihren Kopf in den Nacken. *»Und dann gibt es auch noch die Lichtschächte!«*

»Lichtschächte?« Oxana folgte skeptisch dem Blick der Grünen. *»Da ist lediglich die Decke eingebrochen.«*

»Herrlich, oder?« Lunara strahlte sie an. *»So konnten der Mond und die Sterne bei unserer Ankunft zu uns hereinleuchten! Tagsüber sieht es noch hübscher aus, finde ich. Und denk nur an die Lichtfächer, die heute früh durch den Morgendunst diffuse Flecken auf den Boden gemalt haben.«*

»Hmm.« Oxana runzelte die Stirn. *»Ach, deswegen wächst hier an manchen Stellen Gestrüpp.«*

»Das ist kein Gestrüpp«, korrigierte Lunara sie amüsiert. *»Das sind Farne, Moose und Flechten und noch so vieles mehr! Hast du den Baum gesehen? Und dort hinten«*, sie deutete mit dem Schwingendorn an den Weißen vorbei, *»gibt es eine Kammer mit Tropfsteinen, die von verschiedenen Mineralsalzen bunt gefärbt wurden und faszinierende Strukturen bilden.«* Begeisterung ließ ihr Gesicht leuchten. *»Man könnte fast denken, die Steine seien lebendige Wesen, oder?«*

»Meinst du?« Die Goldene war nicht überzeugt.

»Ja!« Lunaras Lachen perlte wie ein munterer Gebirgsbach über die Geistesebene.

»Ich weiß nicht«, murrte Oxana. *»Hätten* meine *Schwestern einen Ort für ein so wichtiges Artefakt auserkoren, dann hätten sie ihn mit goldenen Statuen und ausgefallenen Steinmetzarbeiten geschmückt. Jeder hätte auf den ersten Blick die herausragende Relevanz erkennen können.«*

»Das durften die Seherinnen aber nicht«, widersprach Lunara. *»Sie mussten die Meistermentorin vor allen verstecken, bis die Zeit für Lonaahs Erbin gekommen sein würde.«*

»Stimmt auch wieder.« Die Goldene nickte. *»Eine Machtdemonstration wäre da vermutlich kontraproduktiv gewesen. Doch …«*, sie sah sich kopfschüttelnd um, *»hier ist so gar nichts! Nicht ein klitzekleiner Hinweis deutet auf die Seherinnen der altvorderen Zeit oder überhaupt auf Himmelsechsen hin!«*

Die Grüne lächelte zu ihr hinauf. *»Du siehst es wirklich nicht, oder?«*

»Nein. Was denn?«

»Na, die Höhle selbst ist ein Hinweis auf meine Schwestern.«

»Aber von diesen Höhlen gibt es tausende im Regenwald!«

»Das glaube ich nicht.« Enthusiasmus funkelte in Lunaras Augen, doch vielleicht war es auch nur die Morgensonne, die in diesem Moment einen Strahl durch einen der »Lichtschächte« schickte. *»Diese Höhle ist voller Magie!«*

»Das liegt bloß am Gestein«, entgegnete Oxana. *»Aber damit könntest du recht haben. Das Zeug schirmt die Höhle vor Analysezaubern ab. Hätten wir die Gegend aus der Luft untersucht, hätten wir nichts Ungewöhnliches entdeckt. Man kann nicht einmal durch die Felsen hindurch senden! Deswegen muss der schwarze Verbindungsoffizier draußen bei den Roten stehen und nicht bei uns.«*

»Ganz genau.« Lunara grinste. *»Es ist das perfekte Versteck!«*

»Pah! So perfekt, dass wir bisher rein gar nichts entdecken konnten«, beschwerte sich Oxana. *»Mal ehrlich, Luna, es ergibt doch keinen Sinn, wenn nicht mal die weißen Spezis dahinten etwas finden können!«* Sie raschelte unzufrieden mit ihren Flughäuten. *»Dieser Ort mag optimal passen, aber das könnte auch Zufall sein.«*

»Du brauchst also einen Beweis?«, erkundigte sich Lunara.

Die Goldene nickte.

In diesem Augenblick explodierte etwas hinten in der Höhle und die Weißen stoben kreischend auseinander.

»Bei der Sphäre! Wenn das so weitergeht, bringen sich die Intelli-

genzbolzen noch um!«, maulte Oxana. *»Und hinterher sind* wir *daran schuld!«*

Aufgekratztes Gekicher vibrierte über die Geistesebene. Schon kamen die drei wieder zusammen und sendeten wild durcheinander.

»So schnell sterben weiße Drachen nicht«, winkte Lunara ab. *»Unsere kleinen Freunde sind für mich übrigens das beste Indiz dafür, dass wir hier richtig sind.«*

»Aber sie finden doch auch nichts«, schnaubte Oxana.

»Noch finden sie nichts!«, korrigierte Lunara. Sie grinste breit. *»Glaubst du wirklich, Alex, Bill und Hoggi würden stundenlang einen Zauber nach dem anderen wirken, wenn dort nichts wäre?«*

Damit hatte die Grüne recht.

Obwohl ... Oxana lächelte spöttisch. *»Vielleicht haben sie ja bloß eine neue Art von Schlammamöbe oder was weiß ich was entdeckt.«*

»Oje«, witzelte Lunara. *»Wäre dem so, hätten sie die arme Kreatur wohl gerade gegrillt. Aber nein! Da ist was anderes.«*

»Hüterin Oxana!«, meldete sich die tiefe Gedankenstimme des roten Anführers vom Eingang her. *»Auf ein Wort!«*

»Was gibt es, Kommandant?« Die Goldene drehte sich zum Höhleneingang um und fächerte leicht ihre Schwingen auf. So wirkte sie etwas größer. In diesem Moment spürte sie, dass auf ihrem Smartphone eine Nachricht einging. Wahrscheinlich war sie von Schneewittchen – Thor war es nämlich viel zu mühselig, auf dem Gerät herumzutippen.

Es nützt nichts: Die Seherin muss warten!

Der Offizier wechselte unterdessen auf die taktische Frequenz, sodass niemand mithören konnte. *»Wir sollten eine Pause einlegen und diesen Ort verlassen.«*

»So?« Oxana zog eine Augenwulst hoch. *»Aus welchem Grund? Sind etwa Dämonen im Anmarsch?«*

»Noch nicht«, erwiderte der Rote. *»Aber wir sind seit Stunden hier. Was treiben die drei da eigentlich so lange?«*

Wenn ich das nur wüsste!, stöhnte Oxana bei sich. Dennoch behauptetet sie würdevoll: *»Der weise Hoggi Elfenbeinschimmer, Billarius*

Schneeglanz und Alexan Raureif examinieren die Höhle auf Magie der altvorderen Zeit.«

Eine goldene Hüterin würde sich gewiss nicht von einem gelangweilten Krieger drängen lassen. Der Schuppenschläger sollte gefälligst seinen Job machen. Herablassend schob sie hinterher: *»Diese Untersuchung erfordert Spezialisten und ist hochkomplex! So etwas ist nicht in fünf Minuten erledigt.«*

»Schön«, grollte der Offizier. *»Aber wenn die Weißen weiter so mit ihrer Magie rumaasen, werden die finsteren Wesen nicht mehr lange auf sich warten lassen. In dieser Region wurden Gurgelschlächter gesichtet. Diese Biester werden von der astralen Kraft angelockt wie Fliegen von dampfender Scheiße. Und gerade dampft es gewaltig aus dieser Höhle!«*

Pah! Hätte der Knilch mir das nicht gleich sagen können?!, nörgelte Oxana stumm. Lust auf dämonischen Besuch hatte sie selbstverständlich keine. Außerdem vermutete sie aufgrund der immer chaotischer ausufernden Zauberei der Weißen, dass diese inzwischen vor allem planlos herumprobierten.

Er hat recht. Wir sollten hier wirklich Schluss machen.

Oxana deutete eine Verbeugung an. *»Danke für diesen überaus blumigen Hinweis, Kommandant. Ich werde sehen, wann unsere Experten die Examination unterbrechen können.«*

Hiltja starrte auf ihr Smartphone. Nun waren schon drei Minuten verstrichen, seit die Nachricht bei ihr rausgegangen war und es hatte sich rein gar nichts getan.

Gut, bei großen Entfernungen braucht es schon mal ein Weilchen, bis die Informationen ankommen, aber so lange? Hmm.

Die Bilder von der Flucht ihrer Freunde vor dem Pesthornissenschwarm stiegen in Hiltja auf. Sie fröstelte.

Wenn die nicht geantwortet haben, bis wir mit dem Nachtisch fertig sind, dann wende ich mich an unsere Leitwölfe!

Während sie sich verrückt machte, schwelgte ihr Donnergott im siebten Eishimmel. Immerhin kam er gerade zurück.

»Du hattest recht, mein Herz!« Thor stellte ein Tablett mit zwei Eisschälchen auf dem Tisch ab. Obwohl – Schälchen war in einem Fall eine Untertreibung, denn der Nachtisch türmte sich in einem Suppenteller zu einem eindrucksvollen Berg auf.

Thor leckte sich die Lippen. »Zimt-Dattel ist der Hammer!«

Pling!

Sofort schaute Hiltja auf ihr Handy.

13:40

Luna:

Hier ist alles gut! Macht euch keine Sorgen. Wir brechen in den nächsten Minuten auf. Was haltet ihr davon, wenn wir direkt zu euch springen und Bericht erstatten?

»Ein Glück!« Hiltja atmete auf und dann flogen ihre Finger übers Display.

13:41

Schneewittchen:

Ich bin so froh, das zu hören! 😁
Ein Bericht klingt super. Unser nächster Kurs startet erst gegen halb drei. Treffen wir uns im Gästequartier?

Luna:

Geht klar! 👍 Bis gleich!

»Was denn?«, murrte Thor, der über die Geistesverbindung alles mitbekommen hatte. »Du willst los? Jetzt?«

Enttäuscht blickte ihr Gefährte auf seinen übervollen Suppenteller.

»Alter Naschdrache!« Hiltja lachte und stand auf. »Das Eis kannst du mitnehmen, aber du wirst es teilen müssen!«

Als Thorxarr und Schneewittchen zehn Minuten später ihr Gästequartier betraten, wurden sie bereits von Oxana und Lunara erwartet. Auf der Mitte des Esstisches hatte eine von ihnen ihr Smartphone aufgestellt. Auf dem Display waren drei Personen zu sehen, die in ein intensives, stummes Gespräch vertieft zu sein schienen.

Alle männlich! Oh! Und der mit dem violetten Irokesen ist Alex.

Prompt schwoll Thorxarr die Halskrause.

»Was willst du denn mit den Pappmündern da, Alex?«, motzte er und stellte seinen Eisbergteller genau vor die Kamera.

»Es heißt ›Pappnasen‹«, korrigierte seine Gefährtin. *»Und sei nicht so gemein!«*

»Das sind keine Pappmünder«, rügte Oxana, »sondern Hoggi und Billarius! Die beiden waren so großzügig ihre Zeit zu opfern, um uns bei der Untersuchung der Höhle zu unterstützen!«

»Das wissen wir zu schätzen«, antwortete Schneewittchen, bevor Thorxarr etwas erwidern konnte. Dann lächelte sein Mädchen auch noch in die Runde. »Habt ihr Lust auf Eis? Das ist Zimt-Dattel. Thor hat es auf dem Weg von der Mensa extra mit dem Klimazauber gekühlt, damit es nicht wegschmilzt.«

Das war gelogen. Nicht das mit der Kühlung – das stimmte – aber er hätte den Nachtisch viel lieber selbst verputzt, anstatt ihn zu teilen.

»Eis? Das ist ja lieb von dir, Thor!«, freute sich Lunara. »Danke!«

»Oh ja!« Oxana schenkte ihm ebenfalls ein Lächeln. »Eine Erfrischung kann ich nach diesem Vormittag wirklich gut brauchen!«

»Stets um euer Wohl besorgt – so bin ich«, brummte Thorxarr. Ja, auch Krieger beherrschten Sarkasmus!

»He!«, schimpfte Schneewittchen auf der privaten Frequenz. *»Sei nicht so garstig zu unseren Freunden!«*

Sie ging zur Küchenzeile hinüber, um Schälchen und Löffel zu holen.

»Pah«, grunzte Thorxarr. *»Dann sollen die mir nicht mein Eis wegfressen!«*

»Ist das etwa Zimt-Dattel?«, fragte Alexan aus dem Lautsprecher.

»Sieht ganz danach aus!«, befand eine Stimme, die Thorxarr nicht kannte. »Wenn es aus Hannas Küche stammt, wird es eines von Alberts Rezepten sein.«

Schneewittchen stellte Geschirr und Besteck auf dem Tisch ab und begann das Eis zu verteilen.

»Albert ist ein genialer Koch und Patissier!«, schmatzte der Dritte aus dem Lautsprecher. Thorxarr konnte förmlich hören, wie dem Typen das Wasser im Munde zusammenlief. »Vielleicht sollten wir doch zu den anderen stoßen.«

»Nein, das sollten wir nicht!«, widersprach Alexan alarmiert. »Ich sage euch, mit meinem Freund ist in diesen Tagen nicht zu spaßen – sorry, Thor! – der feuert sogar via Smartphone auf mich!«

Es folgte eine kurze Pause, in der Alexan die entsprechende Erinnerung zu teilen schien. Im nächsten Moment keuchten die beiden anderen auf.

Thorxarr grinste zufrieden und schob den eisbergigen Suppenteller beiseite, damit er sehen konnte, mit wem er es zu tun hatte.

Ein junger Mann mit langen schwarzen Haaren und einem verwaschenen T-Shirt, auf dem W:O:A gedruckt war, japste: »Er hat echt auf das Smartphone gefeuert?!«

»Aber das ist nicht logisch!«, protestierte der alte weißhaarige Zausel neben ihm. Er trug trotz sommerlicher Hitze einen Tweedanzug mit Weste.

Na, der Vogel hat bei der Prüfung für »unauffälliges menschliches Verhalten« auf alle Fälle nicht die volle Punktzahl abgeräumt!

»Genau! Es ist kein bisschen logisch«, bestätigte der W:O:A-Typ. »Wie will Thor dich denn so treffen? Die Datenübertragung ist zwar mit dem astralen Feld gekoppelt, doch ein Telekommunikationsgerät hat nach meinem Kenntnisstand keinerlei Programm oder Waffe an Bord, welches so einen Schuss am anderen Ende der Leitung auf dich übertragen könnte.«

»Exakt darauf zielte mein Einwand ab, Billarius!«, erklärte der Alte mit erhobenem Zeigefinger. »Der Schuss auf ein Smartphone *kann* die Person am Empfängerapparat gar nicht verletzten.«

»Und dennoch hat Thor Schneewittchens Telekommunikationsgerät verdampft«, unterstrich Alexan bedeutungsschwer. »Da seht ihr, wie krass mein Freund in diesen Tagen drauf ist. Ich würde mich jedenfalls nicht darauf verlassen, dass sein Zorn sich nur auf Drachen in der bindungsfähigen Lebensphase beschränkt.«

Hehe! Thorxarr grinste. *Alex ist ein kluges Kerlchen!*

»Gefährten in der Bindungsphase sind *immer* krass drauf«, dozierte der Alte. »In meinen jungen Jahren bin ich …«

»Ähm!« Oxana räusperte sich laut. »Ehrwürdiger Hoggi, das ist sicher hochinteressant, aber die Seherin und ihr Gefährte müssen in wenigen Minuten wieder in ihren Unterricht zurück. Wenn wir den beiden von der Höhle berichten wollen, müssten wir jetzt starten.«

»Oh!«, rief der Tweed tragende Hoggi und lächelte in die Kamera. »Schön, schön! Dann lasst uns beginnen.«

Wenige Minuten später war kein Löffelchen Eiscreme mehr übrig und Hoggi schloss mit den Worten: »Wir haben zwar nichts finden können, doch wir sind uns sicher, dass in dieser Höhle etwas ist!«

»Also habt ihr gar nichts?«, grummelte Thorxarr.

»›Gar nichts‹ würde ich nun nicht sagen«, widersprach Oxana und lächelte neben ihm entschuldigend das Handy an.

»Oh nein! Auf keinen Fall ›gar nichts!‹« Billarius strich sein W:O:A-

T-Shirt glatt. »Wir konnten eindeutig eine Resonanz mit dem Mysterium-Aperire-Spruch erzielen! Es war zwar nur ein zartes Flirren, aber unbestreitbar vorhanden!«

»Aha.« Der Krieger schnaubte. Er war froh, dass Schneewittchen nicht im Bild zu sehen war, sondern auf der anderen Seite des Tisches und damit hinter dem Smartphone saß.

Einmischen tat sich sein Mädchen allerdings trotzdem: »Wisst ihr denn inzwischen, worum es sich bei der Meistermentorin handelt?«

»Ist das die Seherin?«, erkundigte sich Hoggi mit glänzenden Augen.

»Das ist sie«, grollte Thorxarr. »Habt ihr eine Antwort für sie?«

Daraufhin redeten die drei Weißen so eifrig durcheinander, dass man kein einziges Wort verstehen konnte.

Schneewittchen grinste, Lunara kicherte und Thorxarr stöhnte. Er schaute zu Oxana. »Sie haben gar nichts, oder?«

»Nichts Konkretes«, sendete die Goldene unauffällig auf der Geistesebene. *»Aber ganz sicher bin ich mir nicht.«*

»Bei der Sphäre!«, ächzte er. »Und dafür haben die drei vier Stunden herumgerätselt?«

»Jetzt seid doch mal still!«, schimpfte Schneewittchen. »Ich kann die drei ja gar nicht verstehen.«

Thorxarr verstummte.

»… die Tynaxiar-Examination hat ebenfalls ausgeschlagen«, erklärte Alexan gerade.

Billarius verzog sein Gesicht. »Das könnte aber auch ein Echo von den Felswänden gewesen sein. Das Gestein dort ist schon ziemlich speziell.«

»Kein Wunder«, pflichtete Hoggi ihm bei. »Dort fließen mehrere astrale Adern zusammen.«

»Oder es hat mit dem Moos zu tun«, warf Alexan ein. Er schaute in die Kamera. »Du musst wissen, Thor, dort gibt es eine sehr seltene Art von Leuchtmoos.«

»Echt?«, mischte sich Lunara ein. »Ich habe in der Höhle außer euren Zaubern nichts leuchten sehen!«

»Eben!« Alexan nickte eifrig. »Ich sage doch, dass es eine besondere Art ist!«

»Ihr habt also überhaupt nichts gefunden!«, kürzte Thorxarr das Gesabbel ab.

»Öhm!«

»Äh.«

»Nun ja …«

Die drei Weißen wanden sich vor der Kamera, grinsten verlegen und schüttelten schließlich ihre Köpfe.

»Nein«, seufzte Alexan, »zumindest nichts Greifbares!«

Mantokscheiße!

Thorxarr rollte innerlich mit den Augen. *Und dafür lausche ich eine halbe Stunde lang einem verworrenen Fachvortrag und verfüttere mein schönes Eis!*

Schneewittchen tätschelte ihm begütigend die Hand. Laut erklärte sie: »Trotzdem herzlichen Dank für eure Mühe, ihr drei! Es ist sehr nett, dass ihr euch da so reingehängt habt und …«

»Wieso ›habt‹?«, unterbrach Billarius und legte seinen Kopf schief. »Wir sind doch noch nicht fertig!«

»Wir wurden lediglich unterbrochen«, pflichtete Hoggi ihm bei. Nun geriet auch sein weißer Schopf in Schräglage. »Sollen wir etwa damit aufhören?«

»Oh, das geht nicht«, jammerte Billarius. »Die Seherinnen der altvorderen Zeit sind hochinteressant und diese Höhle einfach faszinierend. Wir möchten unsere Untersuchung fortsetzen!«

Erwartungsvoll traten die beiden näher an die Kamera. Nur Alexan blieb, wo er war, und fuhr sich durch seine aufgestellten fliederfarbenen Haare, die sofort wieder hochfluppten, nachdem seine Finger sie nicht mehr berührten.

»Die Seherinnen«, murmelte er gedankenverloren. »Hmm …«

Plötzlich klärte sich sein Blick und er rief: »Die Seherin! Ha! Heureka! Ich hab's!«

Sofort wuselten die beiden anderen Weißen zurück an seine Seite.

»Was hast du?«

»Etwa die Lösung?«

»Uiuiui!«

Zwei Weiße legten ihre Köpfe schief und einer strahlte unter seinen lilafarbenen Haaren wie ein Honigkuchenpferd.

»Ja, eine Lösung!« Alexan klatschte begeistert in seine Hände. »Zu 67,3 Prozent – denke ich.«

Meine Fresse, die Typen machen mich noch irre!, ächzte Thorxarr.

Sein Freund schaute zu seinen Kompagnons und dann in die Kamera.

»Mann, Thor! Was, wenn die Meistermentorin wie das Buch ist?«

»Welches Buch?«, fragte der Krieger zurück. Er klang so gereizt, wie er sich fühlte.

Alexan schien das nicht zu stören. »Na, ›Grundwissen für Seherinnen‹! Es ist für Schneewittchen gedacht – nicht für uns!«

»Ja, und?«

Erwartungsvolles Schweigen.

Hä? Was schaut er mich denn so an?, dachte Thorxarr. *Ich habe nicht die blasseste Ahnung, worauf er hinauswill!*

Die beiden anderen Honks verstanden ihn offenbar, denn nun fingen auch sie an, die Augen aufzureißen und überschwänglich grinsend »Uiuiui!« zu rufen.

Boa, ich bin mal wieder zu blöd!

Oxana ging es genauso. »Worauf wollt ihr hinaus?«

»Keiner von uns ist die Seherin!«, jubelte Billarius.

Das ist ja wohl offensichtlich!

Thorxarr verdrehte die Augen.

»Richtig. Das sind wir nicht«, freute sich Hoggi.

Alexan lächelte. »Aber die Meistermentorin ist ausschließlich für die Seherin gedacht.« Er strahlte Thorxarr an. »Was, wenn das Artefakt bloß von deiner Gefährtin gefunden werden kann?«

»Oh! Dann ist die Höhle tatsächlich die richtige«, wisperte Lunara. »Nur wir Suchenden waren die Falschen!«

»Exakt!«, bestätigte Alexan. »Thor, Schneewittchen ist es, die die

Höhle betreten muss! Deine Gefährtin ist die Einzige, die die Meistermentorin finden kann!«

Thorxarr hatte den stellvertretenden Kommandanten die Tür geöffnet. Nun standen sie gemeinsam mit Oxana und Lunara im Kreis, wobei Schneewittchen das Smartphone mit den drei weißen Pappnasen auf dem Display vor ihrer Brust hielt.

Tyra stemmte ihre Faust in die linke Hüfte und runzelte unwillig die Stirn. »Habe ich das richtig verstanden? Ihr wollt, dass Schneewittchen in den Regenwald springt …«

»In ein Sperrgebiet!«, warf ihr Gefährte Gabriellosch ein.

»… und dort soll sie in einer Höhle herumsuchen?«, fuhr die kleine Schwedin fort, wobei ihr skandinavischer Akzent voll durchschlug.

»Eine Höhle, die absolut leer ist!«, merkte Gabriellosch an.

Tyra schüttelte den Kopf. »Raus mit der Sprache, Alex! Zu welchem Zweck sollten wir unsere Seherin diesem Risiko aussetzen?«

Es gefiel Thorxarr gar nicht, dass hier über seine Gefährtin geredet wurde, anstatt mit ihr. Doch in das Gespräch einsteigen wollte er auch nicht.

Das geht nur nach hinten los. Wenn mir was Falsches rausrutscht, zieht Oxa mir jede Schuppe einzeln ab.

»Zu … öhm. Also, wir … äh … *hoffen*«, piepste Alexan aus dem Lautsprecher, »dass die Höhle eben *nicht* leer ist!«

»Soso. Und warum sollte da plötzlich etwas drin sein?« Der Leitwolf verschränkte seine Arme vor der breiten Brust. »Mir wurde vom Kommandanten eurer Eskorte berichtet, dass ihr den Ort geschlagene vier Stunden lang genauestens unter die Lupe genommen habt. Mein Kamerad sagt, ihr hättet unter jeden verdammten Stein geschaut und sogar die Blätter an den Farnen gezählt! Und ihr habt nichts gefunden.

Wie, bei Abrexars Schwingen, kommt ihr darauf, dass dort jetzt etwas sein könnte?«

»Weil die Wahrscheinlichkeit dafür 67,3 Prozent beträgt«, erklärte Billarius.

»Verstehe ich nicht!«, grollte der Rote.

Wie auch? Thorxarr wunderte sich, dass Oxana nicht einschritt. Doch offenbar war die Goldene noch im Sondierungsmodus.

»Aber Alex' Rechnung ist korrekt!«, unterstrich Hoggi und fuhr sich durch seinen gepflegten Bart. »Ich habe sie persönlich überprüft.«

»Verstehe ich trotzdem nicht!«, stöhnte Gabriellosch. »Leute, mir ist klar, dass ihr drei mehr Grips in euren weißen Schädeln habt als die Armee der Roten zusammen, doch das reicht nicht. Der Regenwald ist gefährlich! Auch wenn ihr vorhin nicht auf Dämonen gestoßen seid, kann das bei eurem nächsten Besuch ganz anders aussehen.« Er guckte zu Schneewittchen hoch. »Wir haben bloß eine einzige Seherin. Eine Prozentzahl – egal wie hoch die auch sein mag – ist kein Argument. Dafür werde ich Schneewittchen keinerlei Gefahr aussetzen!«

Daraufhin brach lauter Protest unter den Weißen aus, sodass man kein Wort mehr verstehen konnte.

»So kommen wir nicht weiter«, befand Tyra und wandte sich an die Anwesenden im Gästequartier. »Wonach sucht ihr eigentlich?« Sie schaute zu Thorxarr.

Mantokscheiße! Der Krieger schluckte. *Wenn ich zu viel verrate, lyncht mich Oxa!*

»Wir hoffen«, half Schneewittchen ihm aus, »dass wir Informationen von den alten Seherinnen finden.«

»Was für Informationen?« Jetzt saugte sich Tyras Daumenschraubenblick an seinem Mädchen fest. »Nun mal Butter bei die Fische, wie die Norddeutschen so schön sagen.«

Schneewittchen hielt den Atem an.

Das konnte Thorxarr nur zu gut verstehen. *Der Skorpion ist trotz ihrer geringen Körpergröße beeindruckend!* Er gab sich Mühe, nicht auf den Armstumpf der blonden Frau zu starren, aber das war gar nicht so einfach.

»Ja«, seufzte Schneewittchen. »Also, es … handelt sich … um eine Art … äh …«

»Wir wissen nicht, was genau es ist«, unterbrach Oxana. »Wir vermuten lediglich, dass es dort sein müsste.«

»Und wie kommt ihr darauf?«, hakte Tyra nach.

»Kein Wort über das Buch!«, befahl die Goldene auf einer taktischen Frequenz, die die stellvertretenden Kommandanten der Wölfe ausschloss. *»Sonst wollen sie es sehen! Und dann ist die Meistermentorin kein Geheimnis mehr und wir verlieren das einzige Pfund, mit dem wir für die Besetzung des Beratergremiums der Seherin wuchern können. Es kommt hier auf jedes einzelne Wort an, Leute!«*

Da bin ich wohl besser still, dachte Thorxarr und klappte seinen Mund zu.

Auch die anderen schwiegen, wobei sich seine Gefährtin ziemlich unbehaglich fühlte. Heimlichkeiten mochten sie beide nicht.

Alexan, Billarius und Hoggi palaverten unterdessen immer noch energisch durcheinander und der Blick der Leitwölfe wurde intensiver.

»Los! Sag was, Oxa!«, forderte Schneewittchen auf der taktischen Frequenz.

»Ja, gleich.« Die Goldene holte tief Luft, doch Gabriellosch kam ihr zuvor.

»Hmm. Wie siehst du das, Skorpion?«, erkundigte er sich mit einer lauernden Liebenswürdigkeit bei Tyra. »Entweder die mauern hier alle oder sie verarschen uns.«

Die Schwedin grinste. »Ach, ich denke, sie pokern bloß und merken dabei nicht, dass sie ihr Blatt überreizen.«

»Oha!« Der Leitwolf tat überrascht, doch einen Wimpernschlag später bekam seine Miene einen raubtierhaften Zug. »Überreizen ist übel! Überreizen riecht nach Niederlage.«

»So ist es«, flötete Tyra in ihrem typisch schwedischen Singsang. Sie schaute Oxana direkt ins Gesicht. »Ich packe mal unsere Karten auf den Tisch. Vielleicht lasst ihr dann ja deine Hosen runter!«

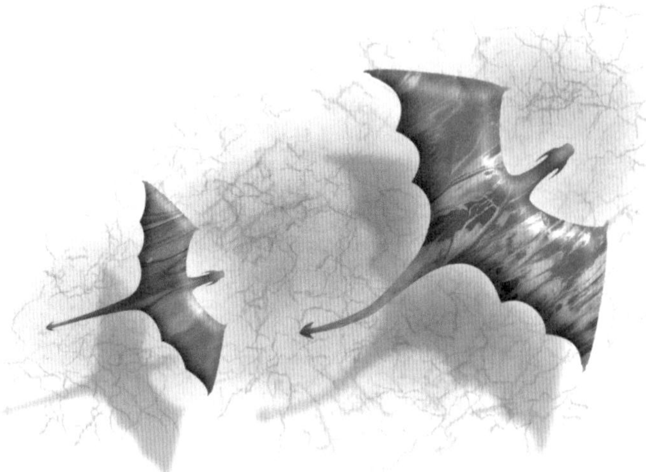

Absturz

Die Anspannung im Gästequartier war greifbar. Hiltja starrte Tyra gebannt an.

Oha! Ob es jetzt Ärger gibt?

Doch die kleine Schwedin lächelte und erklärte gelassen: »Uns ist klar, dass ihr ein Beratergremium für die Seherin gründen wollt und dass Oxa, Luna und Alex«, sie guckte die Himmelsechsen und das Handy der Reihe nach an, »hierin vertreten sein wollen. Um zu beweisen, dass ihr für dieses Amt geeignet seid, sucht ihr eine Mentorin, die Schneewittchen unter die Arme greifen kann.«

Mist!, durchzuckte es Hiltja. *Sie weiß es!*

Im Augenwinkel sah sie, dass Oxas Pokerface für eine Millisekunde entgleiste, aber dann hatte sich die Goldene schon wieder gefangen.

Abstreiten ist bei Tyra zwecklos.

Oxa teilte diese Meinung, denn sie erkundigte sich höflich: »Darf ich fragen, wie du davon erfahren hast, Skorpion?«

Tyra grinste. »Sagen wir es mal so: Wir Leitwölfe arbeiten eng mit den anderen Anführern zusammen und Victoria Abendrot kann man nichts vormachen. Bloß mal als Hinweis, Oxa: Das Verschweigen von wichtigen Infos ist nur einen Hauch vom Lügen entfernt.« Sie zwinkerte.

Uh!

In Hiltjas Nacken kribbelte es unangenehm. Am liebsten hätte sie den Kopf eingezogen. Im Gegensatz zu ihr hatte Oxa allerdings nicht vor klein beizugeben. Die Goldene verschränkte die Arme vor ihrer Brust und ging zum Gegenangriff über.

»Dann habt ihr alles gewusst und uns eben lediglich vorgeführt?«

»Mitnichten, Hüterin Oxana!«, entgegnete Gabriellosch ruhig. »Wir haben keine Ahnung, was in der Höhle sein soll. Nur eines ist offensichtlich: Eine Mentorin hält sich dort nicht auf. Meine Sorge gilt der Sicherheit – euer aller Sicherheit! Ohne triftigen Grund setze ich keinen meiner Leute einer Gefahr aus. Und die Seherin und ihren Gefährten erst recht nicht.«

»Das verstehe ich«, antwortete Oxa. »Das Ansinnen von Luna, Alex und mir ist ebenfalls die Sicherheit und das Wohlbefinden der Seherin. Schneewittchen und Thor können die Last der Visionen unmöglich allein tragen. Aus diesem Grund wünschen sie sich unsere Unterstützung.«

Sie schaute die Gefährten auffordernd an.

»Genau!«, bestätigten Hiltja und Thor wie aus einem Mund und nickten eifrig.

»Und dagegen hat auch niemand etwas«, mischte sich Tyra ein.

»Das mag ja sein«, widersprach Oxa. »Ich möchte dennoch betonen, dass uns sehr wohl bewusst ist, dass wir weder zu den talentiertesten noch zu den astralstärksten Drachen zählen. Diese Mängel machen wir jedoch mit unserem überdurchschnittlichen Engagement mehr als wett. Und das haben wir bereits in der Vergangenheit bewiesen!«

Meine Herren! Hiltja schaute zwischen der Goldenen und der kleinen Schwedin hin und her, wobei das eklige Kribbeln von ihrem Nacken den Rücken hinabfloss. *Ob Oxa Tyras Worte überhaupt mitgekriegt hat?*

Dem war nicht so, denn nun erklärte Oxa: »Das, was Schneewittchen und Thor in diesen Tagen brauchen, sind vertraute Gesichter und Himmelsechsen, die verstehen, was die beiden durchmachen. Nur so können sie sich öffnen. Nur mit Luna, Alex und mir erfüllt das Beratergremium überhaupt seinen Zweck!«

»Ja, das sehen wir genauso«, erwiderte Tyra.

Die Grüne legte ihrer Freundin beruhigend die Hand auf den Arm.

»Nein, Luna!«, protestierte Oxa verbissen. »Wir müssen ...«

»Bei der Sphäre, Oxa, ihr habt den Job!«, polterte Gabriellosch. »Du bist ja schlimmer als ein Roter im Kampfrausch. Komm zu dir!«

Stille.

»Was?«, krächzte die Goldene verdattert. Das Einverständnis der stellvertretenden Kommandanten schien erst jetzt bei ihr anzukommen. »Aber ich ... ähm ... hatte noch weitere Argumente.«

»Die brauchst du nicht mehr«, schmunzelte Luna.

Hiltja atmete auf und Thor freute sich ebenso sehr wie sie selbst. Die Anspannung wich aus der Runde. Trotzdem wurde das Kribbeln in ihren Meridianen stärker und uferte zu einem Rieseln aus.

»Ist das Madame Vouh?«, erkundigte sich Thor auf der privaten Frequenz.

»Ich hoffe nicht!«

Eine Show der alten Zigeunerin passte Hiltja grade gar nicht in den Kram.

Oxa hüstelte. Sie konnte es immer noch nicht glauben. »Wir haben den Job? Einfach so?«

»Nicht ›einfach so‹, sondern weil die Seherin und ihr Gefährte«, Tyra nickte ihnen respektvoll zu, »es schwer genug haben. Wie du schon sagtest, habt ihr drei in der Vergangenheit bewiesen, dass ihr nur das Beste für Schneewittchen und Thor wollt und euch für die beiden ins Zeug legt. Außerdem seid ihr umsichtig mit den Visionen umgegangen und damit qualifiziert für dieses Amt.«

Schweigen.

»Oh.« Oxa räusperte sich. »Danke!«

»Bitte!« In Ermangelung ihrer rechten Hand streckte Tyra der Goldenen die linke entgegen. »Herzlichen Glückwunsch, Hüterin Oxana!«

»Danke!«

Es folgten Gratulationen und allgemeines Händeschütteln.

»So«, brummte Gabriellosch schließlich. »Nachdem wir das geklärt haben, können wir endlich das Geheimnis der Höhle lüften. Also, was erwartet ihr dort zu finden?«

Das Rieseln in Hiltjas Meridianen schwoll an.

Nicht jetzt!

Mit aller Kraft konzentrierte sich die junge Frau auf die Worte des Leitwolfs, doch Madame Vouh beeindruckte das kein Stück. Sie rauschte heran und riss die Seherin mit sich.

Im nächsten Moment war Hiltja in der Kantinenküche und schaute Chefin Hanna über die Schulter. Die stand neben der Eismaschine und streute mit kritischem Blick schokoladenbraune Brösel in eine zähflüssige pinke Masse.

»Und?«, fragte Leonie. »Bist zu zufrieden mit der neuen Kreation?«

»Das kann ich dir noch nicht sagen«, seufzte Hanna. »Die Himbeer-Grundmasse war prima, aber ob der Zimt-Schokocrunch knusprig bleibt muss sich noch zeigen. Wird er pappig, ist das Murks!«

»Ach«, meinte Leonie. »Selbst mit pappigem Crunch werde ich die neue Sorte lieben. Dein Eis ist immer oberlecker, Hanna!«

Szenenwechsel.

Eine gebirgige Einöde. Klirrende Kälte und Schneegriesel. Wolken jagten über einen grauen Himmel und an einem Schattenhang stritt sich eine Horde Dämmerungsrotten um den Kadaver einer Gämse. Hiltja fröstelte, denn der Wind, der um die Gipfel pfiff, war schneidend.

Plötzlich riss hoch oben die Nebelsphäre auf und spuckte einen roten Drachen aus. Die Bewegungen der Himmelsechse waren merkwürdig ungelenk. Irgendwie asymmetrisch. Es schien, als hätte der Krieger Mühe, sich in der Luft zu halten.

Der fliegt ja komisch. Ob er verletzt ist?

Madame Vouh zoomte näher heran.

Oh! Das ist Gabriellosch. Mit Tyra auf seinem Rücken. Ah, die Schwingenprothese – deswegen fliegt er unrund!

Das Gesicht der kleinen Schwedin wirkte angestrengt.

Hmm. Ob da was nicht stimmt?

Hiltja war sich nicht sicher. Sie hatte die beiden noch nie in der Luft gesehen und schon gar nicht bei solchem Wetter.

Einen Atemzug später erfasste eine starke Böe den Leitwolf. Etwas knackte und dann schlug die Schwinge um wie ein Regenschirm im Orkan.

O Gott!

Gabriellosch sackte nach unten, Tyra schrie, doch sie klammerte sich verbissen an ihrem Gefährten fest. Beide rauschten in die Tiefe.

Hiltja blieb fast das Herz stehen.

In der Einöde gab es niemanden, der dem Paar helfen konnte. Der rote Krieger begann zu trudeln.

Er muss sich abfangen!

Das versuchte er, aber die Prothese flatterte nutzlos im Wind. Mit nur einer Schwinge war es dem Drachen unmöglich, die Kontrolle über seinen Körper zurückzuerlangen, gleichgültig wie verzweifelt er mit seinem gesunden Flügel herumruderte.

Er stürzt ab! Oh, bitte nicht!

Madame Vouh spendierte die Perspektive aus Sicht der Gefährten.

Himmel, Felsen, Himmel, Felsen, Himmel, Felsen!

Beides wechselte sich immer rasanter ab.

Szenenwechsel.

Ein Blick aus fünfzig Metern Höhe. Auf einem steinigen Hang ein roter Drache – die Gliedmaßen unnatürlich verdreht. Zu viel Blut im weißen Schnee. Der Wind spielte mit der Schwingenprothese und ließ die zerfetzte Flugmembran lustig über dem einarmigen Körper einer kleinen Frau auf und ab tanzen. Zoom. Raureif überzog Haut und Schuppen.

O Gott! Sie sind tot!

Szenenwechsel.

Billarius hielt Überreste der Schwingenprothese in seinen Vorderklauen. Tränen strömten aus seinen Augen.

»Das habe ich nicht gewollt!«, schluchzte der Weiße. *»Ich wollte dem Adler doch nur helfen!«*

»Wo lag der Fehler?«, drängte sich Thor in Hiltjas Geist.

»Ich weiß nicht«, antwortete sie. Ihre Kehle war wie zugeschnürt.

Thor ließ nicht locker. *»Wir müssen die Schwachstelle finden. Sonst können wir den Unfall nicht verhindern!«*

»Und wie soll ich das machen?« Hiltja hatte keinen Schimmer, wie sie ihre Visionen lenken sollte. *»Ich kann nur zusehen!«*

Unterdessen wurde Billarius von einem Weinkrampf durchgeschüttelt.

»Dich trifft keine Schuld, mein Freund.« Bruttach hielt schützend eine Schwinge über den kleinen Weißen. *»Der Adler wollte fliegen. Hätte er am Boden bleiben müssen, wäre er krepiert. Du hast ihm Hoffnung gegeben.«*

»Und die hat ihn umgebracht!«, greinte Billarius. *»Ich werde das nie wieder tun.«*

»Aber das solltest du.« Bruttach strich dem Weißen tröstend über die Langschuppen. *»Finde heraus, was schief gegangen ist und mach es bei der nächsten Prothese besser!«*

Szenenwechsel.

Ein vollkommen übernächtigter Billarius präsentierte Ausbilder Bruttach das beschädigte Gelenk von Gabrielloschs künstlicher Schwinge. *»Wer hätte gedacht, dass die astrale Hydraulikflüssigkeit nur eine begrenzte Anzahl von Sprüngen durch die Sphäre verträgt? Also ich nicht!«*

Szenenwechsel.

Eine Feier in der Mensa. Zum besonderen Anlass gab es eine neue Sorte Eiscreme: Himbeer-Zimt-Schokocrunch. Und die war sogar noch beliebter als Zimt-Dattel!

Szenenwechsel.

Hiltja stand im Gästequartier an der Akademie der Wölfe. Um sie herum eine Runde von Himmelsechsen. Tyra und Gabriellosch waren ebenfalls dabei. Der Raum schwankte und alle starrten mit großen Augen in ihre Richtung.

»Madame Vouh ist fort!«, erklärte Thor und legte seinen Arm um ihre Schultern. *»Du bist wieder im Hier und Jetzt.«*

»Aha.«

Hiltja atmete tief durch. Seine Fürsorge tat ihr gut.

Er lächelte. *»Du hast die Bilder gelenkt!«*

»Habe ich das?«

Falls dem tatsächlich so war, hatte sie keine Ahnung, wie sie das hinbekommen hatte. Am Rande bemerkte Hiltja, dass Luna ihr Handy in der Hand hielt. Und noch immer waren alle Augen auf sie gerichtet.

»Du hattest eine Vision«, vermutetet die stellvertretende Kommandantin.

»Ja.« Durch den Geist der Seherin flackerten Bilder von Tyras Leiche. Der gebrochene Blick der Toten jagte einen Schauer über ihren Rücken.

Sie wird sterben!

»Und …«, Gabriellosch räusperte sich, »worum ging es?«

Hiltja blinzelte. *Er auch! O Gott!*

»Nicht, wenn wir es verhindern«, widersprach Thor auf der privaten Frequenz. *»Die beiden müssen das sehen!«*

»Nein!« Alles in Hiltja sträubte sich dagegen. Linea hatte recht: Niemand sollte die Bürde tragen müssen, den eigenen Tod zu kennen. *»Die Vision würde sie für den Rest ihres Lebens behindern. Das dürfen wir nicht tun!«*

»Aber wir kennen die Ursache für den Absturz!« Thor zog sie beiseite und sah eindringlich zu ihr herab. Sie fühlte, wie sehr er die stellvertretenden Kommandanten schätzte. *»Willst du die beiden etwa in dem Gebirge krepieren lassen?«*

»Nein!« Allein der Gedanke schnürte Hiltjas Kehle zu. *»Aber …«*

Jede Faser in ihr wehrte sich dagegen, die Bilder zu teilen. Das wäre einfach falsch.

»Was ist los?«, verlangte Tyra zu wissen. Sie klang besorgt.

Thor wandte sich zu ihr um.

»Wir haben …«, hob er an, doch Hiltja unterbrach ihn: »Wir brauchen unser Berater-Team!«

»Jetzt?«, brummte Gabriellosch. »Sollten wir nicht erstmal die Sache mit der Höhle klären?«

Hiltja schaute zu ihm auf.

Noch ist seine Haut rosig, aber bald wird Raureif seine Schuppen überziehen!

»Hast du einen Anhaltspunkt, wann sie abstürzen werden?«, fragte Thor auf der privaten Frequenz.

»Nein.« Hiltja schluckte. *»Ich habe keinen Schimmer, wie viele Reisen durch die Nebel die astrale Hydraulikflüssigkeit seiner Prothese noch verträgt! Womöglich ist der nächste Sprung sein letzter.«*

Thor nickte. *»Dann müssen wir handeln!«*

»Ja, aber wie?«

Hiltja war überfordert.

Ob die Meistermentorin mir helfen könnte?

»Ich denke, die Höhle muss warten«, mischte sich Oxa ein. »Warum vertagen wir das Gespräch nicht auf morgen?«

Was, wenn die Leitwölfe bis dahin springen?, durchzuckte es Hiltja.

»Nein«, rief Thor alarmiert. »Morgen könnte es zu spät sein!«

Betroffene Stille.

»Bei der Sphäre«, stöhnte die Schwedin, »nun spuckt es schon aus, ihr zwei: Was ist los?«

Hiltja schaute von Tyra zu Gabriellosch und erneut mahnte sie eine Stimme zur Vorsicht. Zitternd presste die Seherin ihre Lippen aufeinander.

Für ein paar Sekunden spiegelte sich Unverständnis auf den Gesichtern der Vorgesetzten, dann weiteten sich plötzlich vier Augen.

»Geht es um uns?«, keuchte der Adler.

Ja, verdammt!

Hiltjas Augen wurden feucht.

Thor zog sie wieder an seine breite Brust und krächzte: »Bitte geht!«

»Aber bleibt auf dem Gelände«, schob Hiltja hinterher. »Ihr dürft die Akademie auf keinen Fall verlassen!«

Kurz darauf hatten die stellvertretenden Kommandanten das Gästequartier verlassen und das Seherpaar die Vision mit Oxa und Luna geteilt. Die Bilder nahmen die beiden ebenso sehr mit wie Hiltja und Thor.

»Das ist echt heftig«, seufzte Luna. »Wir brauchen Alex! Er hat den besten Draht zu den Weißen.«

»Nein, das ist zu gefährlich für ihn«, widersprach Oxa. »Was wir brauchen, ist ein Schwarzer, der via Langstreckensenden die Kommunikation mit uns übernimmt. Aber das muss warten. Die Leitwölfe sind nicht gerade geduldig. Am besten reden wir sofort mit Alex und dann mit Billarius.« Sie wandte sich an die Gefährten. »Seid ihr damit einverstanden?«

Thor schaute Hiltja fragend an.

Eine bessere Lösung finden wir nicht, dachte sie und nickte langsam.

»Die Weißen sind im Nachbarort«, erklärte Oxa. »Das ist nur wenige Flugminuten entfernt.« Sie hob anmutig eine Braue. »Unsere Seherin könnte mitkommen und selbst …«

»Nein!«, fauchte Thor. »Nicht zu Alex! Auf keinen Fall!«

»Schon gut. War ja nur ’ne Idee.« Luna hob beschwichtigend die Hände. »Oxa und ich gehen allein.«

»Macht das.« Hiltja strich über die geballten Fäuste ihres Gefährten. *»Hey, kein Grund zum Ausrasten. Ich bleibe bei dir.«* Sie lächelte ihn an.

»Gut!«, knurrte er und entspannte sich ein wenig.

Hiltja drückte seine Hände, dann wandte sie sich noch einmal an ihre Freundinnen: »Zeigt niemandem außer Alex die Bilder! Auch nicht Bill – das ist wichtig. Und bitte gebt so wenig Details preis wie irgend möglich.«

Eine Viertelstunde später hatten sich Lunara und Oxana mit Alexan in einer leeren Scheune beraten und Billarius dazu gebeten. Sie waren in ihre Menschengestalt gewechselt, um alle bequem in dem Gebäude Platz zu finden.

Die Goldene schaute mit bedeutsamer Miene auf den Weißen herab, räusperte sich und verkündete: »Die Seherin hatte eine Vision. Und in dieser ging es auch um dich!«

Sie wieder! Lunara rollte innerlich mit den Augen. *War klar, dass Oxa die Hüterin raushängen lässt.*

»Um mich?« Billarius bekam große Augen. »Ehrlich?«

»Ja, um dich!«, bestätigte Oxana mit einem würdevollen Nicken. Sie holte tief Luft und öffnete ihre Arme, um zu weiteren Ausführungen anzusetzen.

So geht das nicht!, entschied Lunara und beendete das Theater. »Genauer gesagt ging es um die Schwingenprothese, die du für Gabriellosch gebaut hast.«

»Uiuiui!«, freute sich der Weiße. »Meine Erfindung ist Teil einer Vision!«

»Ja«, schnaufte Alexan. »Aber das ist leider kein Grund für Euphorie, Bill.«

»Nicht?« Billarius ließ enttäuscht die Schultern hängen, doch gleich darauf legte er seinen Kopf schief. »Was ist denn mit der Prothese?«

Schweigen.

Alle sahen zu Oxana. Die lächelte steif.

Oha! Sie ist sauer, weil ich ihre Show unterbrochen habe.

Lunara fuhr sich mit der Hand durch ihren türkisfarbenen Undercut und beschloss selbst zu antworten.

»Die Prothese … ähm … sie ist … fehleranfällig. Ja, richtig. Und das kann zu … hmm … Problemen führen.«

Die Grüne schnaufte. *Herrje, das ist schwieriger als gedacht!*

Oxana grinste wissend.

Und die Schräglage von Billarius Kopf verschärfte sich. »Was denn für Probleme?«

Wie viel darf ich verraten? Lunara schaute hilfesuchend zu ihrer Freundin.

Die nickte kaum merklich und ergriff das Wort. »Schwerwiegende Probleme!«

»Ja, das dachte ich mir!«, sagte der Weiße. »Aber welcher Art sind die Probleme?«

Oxana zögerte und prompt mischte sich Alexan ein: »Also, Bill, es ist so, dass astrale Hydraulikflüssigkeit in den Nebeln leidet.«

»Echt?«

Alexan nickte. »Ja, hätte ich auch nicht gedacht.«

»Wow. Interessant!« Billarius fuhr sich mit der Hand über sein glattrasiertes Gesicht. »Aber was hat das mit der Prothese zu tun?«

Schweigen.

Oxana warf Alexan einen empörten Blick zu, sodass der umgehend seinen Mund schloss. Anschließend setzte sie eine freundliche Miene auf und wandte sich an Billarius. »Deine Prothese wird mit astraler Hydraulikflüssigkeit betrieben, oder nicht?«

»Nein.« Der Weiße schüttelte seinen Kopf und schaute sie mit großen Augen an.

»Nicht?«, hakte Lunara nach.

»Nein!« Billarius blickte zwischen ihr und der Goldenen hin und her. »Sollte sie das etwa?«

»Nein!«, rief Alexan schnell. »Auf keinen Fall!«

»Hmm. Aber warum eigentlich nicht?« Über Billarius' Gesicht legte sich ein verträumter Glanz. »Wenn ich es recht bedenke, ist die Idee ebenso unorthodox wie genial. Oh ja! Darauf wäre ich nie im Leben allein gekommen!« Nun leuchteten seine Augen. »Uiuiui! Wenn ich das Gelenk über astrale Hydraulik ansteuere, könnte ich die Agilität der Schwinge bestimmt um 57 Prozent erhöhen – vielleicht sogar um 57,1 Prozent!«

»Das darfst du nicht tun!«, protestierte Oxana.

Doch ihre Worte erreichten den Weißen nicht. Lunara konnte ihm an der Nasenspitze ansehen, dass seine Gedanken bereits kilometerweit davongaloppiert waren.

»Uiuiui«, murmelte Billarius und drehte sich um. »Mit astraler Hydraulik könnte ich die Reaktionszeiten reduzieren. Das muss ich direkt ausprobieren!«

»Nee, das musst du nicht! Hiergeblieben!«, rief Lunara und paralysierte den Weißen.

»Bei der Sphäre, Luna!«, schimpfte Oxana. »Musste das wirklich sein?«

»Aber …« Die Grüne zeigte überfordert auf den erstarrten Billarius. »Er wollte abhauen!«

»Wir sind die Berater der Seherin!«, stöhnte Oxana. »Wir paralysieren keine Drachen, wir verkünden ihnen Prophezeiungen!«

»Mag sein«, schnaufte Alexan. »Aber die Prophezeiung war gerade im Begriff sich selbst zu erfüllen. Das müssen wir verhindern!«

»In der Tat«, stimmte die Goldene ihm zu.

»Ja, toll!«, rief Lunara. »Und wie bringen wir Bill dazu, uns zuzuhören?«

»Das übernehme ich«, entgegnete Alexan und trat vor seinen Freund. »Los, Luna, mach ihn wieder locker!«

»Na gut.« Die Grüne ließ den Paralysezauber fallen, bereitete jedoch sofort einen zweiten vor. *Sicher ist sicher!*

Billarius blinzelte irritiert. »Oh! Du stehst ja vor mir! Willst du mitkommen und mit mir an der Prothese basteln?«

»Nein.« Alexan legte seinem Kumpel seine rechte Hand auf die linke

Schulter. »Ich will mit dir reden!«

»Aha. Worüber?« Er schielte sehnsüchtig an ihm vorbei, als wolle er lieber jetzt als gleich in sein Labor verschwinden.

»Über die Idee mit der astralen Hydraulik.«

Billarius strahlte. »Ja, die ist super!«

»Nein, die ist tödlich«, widersprach Alexan ernst.

»Tödlich?« Sein Freund riss die Augen auf. »Für mich?«

»Nein, für den Prothesenträger.«

»Wieso?« Billarius legte den Kopf schief.

Alexan schaute kurz zu Lunara und Oxana rüber und beide nickten zustimmend.

»Die Nebelsphäre verändert die Hydraulik. Dadurch kann es zu Fehlfunktionen kommen.«

»Du meinst, dass daraus ein Absturz resultieren könnte?«

Alexan nickte. »Das ist korrekt.«

Lunara stellte sich neben ihren weißen Freund. »Versprich uns, Bill, dass du nicht weiter an dieser Idee arbeitest!«

»Aber die ist gut«, jammerte Billarius. »Wirklich gut!«

»Ich weiß«, seufzte Alexan. Unvermittelt grinste er. »Wie wäre es denn, wenn du alternativ ein paar ausführliche Testreihen in Bezug auf Materialermüdung von astralen Hydraulikflüssigkeiten in Folge von Sprüngen durch die Sphäre durchführen würdest?«

»Hmm.« Billarius runzelte die Stirn. »Grundlagenforschung kann nie schaden.«

»Exakt!« Alexan klopfte seinem Freund auf die Schulter. »Und wenn du die abgeschlossen hast, unterhalten wir uns, einverstanden?«

Billarius nickte. »Ja, aber das dauert ein paar Stunden. Vielleicht sogar Tage!« Er kicherte. »Ich fange lieber sofort damit an.«

Als er sich zum Gehen umwandte, glänzte sein Blick bereits gedankenverloren. »Hmm. Wenn ich die astrale Flüssigkeit in einen Hydraulikschlauch fülle und … oder, nee! Ich nehme besser gleich einen sykrotischen Darm. Oh ja, *das* ist gut!«

Weiteres Fachchinesisch vor sich hin murmelnd, trottete Billarius in die Mitte der Scheune und verwandelte sich in seine wahre Gestalt. Er sprang in die Luft, entrollte seine Schwingen und war einen Wimpernschlag später in der Nebelsphäre verschwunden.

»Weg ist er!«, seufzte Lunara.

»Danach sieht es aus«, nörgelte Oxana. »Ich weiß ja nicht wie es euch geht, aber ich traue dem Frieden nicht!«

»Ich fürchte, da könntest du recht haben.« Lunara schaute von ihr zu Alexan. »Wir sollten ihn lieber im Auge behalten!«

»Ja, das klingt sinnvoll«, stimmte er zu. »Manchmal sind wir Weißen schon ein wenig verpeilt!«

»Manchmal? Ein wenig?« Oxana lachte trocken. »Euer Forscherdrang ist zehnmal stärker als eure Disziplin.«

»Oh, danke!« Alexan lachte. »Ich hätte hundertmal geschätzt.«

Lunara atmete auf. »Ich bin vor allem froh, dass Gabrielloschs aktuelle Prothese kein Problem darstellt!«

Dann guckte sie zerknirscht vom Weißen zur Goldenen. »Auch wir brauchen Ausbildung. Wir sollten uns umgehend um die Expedition zur Höhle der Seherin kümmern.«

»Genau!« Alexan lächelte glücklich. »Und da wir nun Berater der Seherin sind, können wir das Geheimnis der Meistermentorin lüften. Ich denke nicht, dass jetzt noch etwas gegen unseren Ausflug mit Schneewittchen und Thor spricht.«

»Für Luna und mich nicht, für dich schon«, antwortete Oxana und grinste. »Oder hast du etwa die mörderische Eifersucht unseres Kriegers vergessen?«

»Nein, habe ich nicht!« Der Weiße gluckste. »Aber Hoggi hatte eine Idee und die werde ich ausprobieren.« Er strahlte Lunara und die Goldene an. »Ihr könnt das bestimmt auch ohne mich mit Gabriellosch und Tyra regeln, oder? Schreibt mir, wann es morgen losgehen soll und wo wir uns treffen. Ich werde dort sein!«

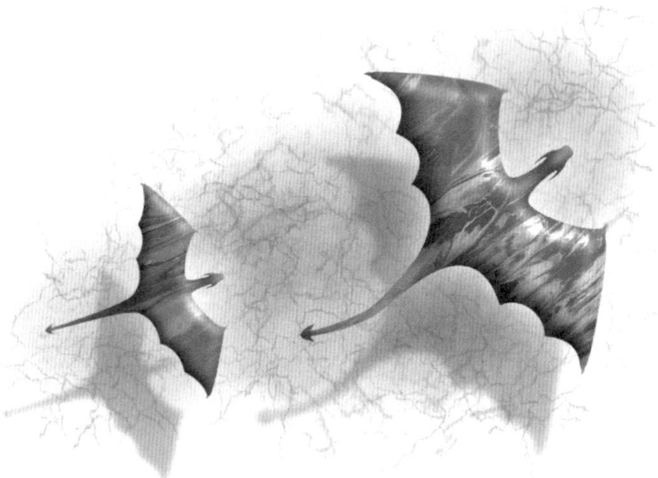

Ein Versuch

Nervosität kribbelte durch Thorxarrs Drachenkörper. Einerseits freute er sich nach Wochen endlich mal wieder die Akademie der Wölfe verlassen zu dürfen, andererseits machte er sich Sorgen um die Sicherheit seiner Gefährtin. Schließlich war sie beim letzten Auftrag von einer Chamäleonratte gebissen worden und wer konnte schon wissen, was im brasilianischen Urwald alles auf sie wartete?

»Ach was. Uns kann gar nichts passieren!«, sendete Schneewittchen über die private Frequenz an ihn. Sie lehnte entspannt an seinem Vorderlauf und schaute sich um. *»Guck dir nur unsere Eskorte an! Diese Expedition kannst du nicht mal ansatzweise mit dem Datensicherungsauftrag in Indien vergleichen.«*

»Hmm«, brummte Thorxarr.

Es war acht Uhr morgens. Auf dem Gäste-Sprungplatz der Akademie hatten sich elf Drachen mit ihren Gefährten versammelt. Es waren sieben rote Paare, darunter Gabriellosch mit Tyra und Bruttach mit

Jude. Dazu kam der blaue Tanasch mit Lone, die grüne Ronaah mit William und zu guter Letzt der schwarze Naxor mit Verena.

»Was ›hmm‹? Wir werden von sieben Kriegern begleitet«, resümierte Schneewittchen. In ihren enganliegenden Flugklamotten sah sie heiß aus. *»Dazu kommt ein Schildmeister, eine Heilerin sowie ein Meister der Geistesmagie, der das Langstreckensenden aus dem Effeff beherrscht. Außerdem haben alle Paare – von uns mal abgesehen – die Bindungsphase hinter sich gelassen und damit sind die Drachen so stark wie die mächtigsten ihrer Rasse.«*

Sie trat einige Schritte nach vorn, drehte sich um und legte den Kopf in den Nacken, damit sie in sein Gesicht sehen konnte. *»Beim ersten Höhlenbesuch sind unsere Freunde nicht mal über einen Krabbelhopser gestolpert. Warum sollten da also heute Dämonen sein, Herr Donnergott? Ich würde sagen, unsere Leitwölfe sind übervorsichtig.«*

Thorxarr schnaubte.

»Das könnten berühmte letzte Worte werden, Mädchen!«, unkte er halb im Scherz. Die Zusammenstellung der Truppe fand er angemessen. Oxana und Lunara waren ebenfalls schon eingetroffen, spielten verteidigungstechnisch jedoch eine untergeordnete Rolle. Lediglich einer fehlte noch und auf den hätte der Krieger am liebsten verzichtet.

»Sei nett zu Alex!«, forderte Schneewittchen. *»Er ist nicht gerade scharf darauf, dir in diesen Tagen zu begegnen.«*

»Das bin ich auch nicht!«, zischte Thorxarr und ließ den Kopf zu seiner Liebsten herabsinken. Nun musste sie sich nicht mehr ihren hübschen Hals verrenken und sie waren auf Augenhöhe.

»Das weiß Alex und tut es trotzdem! Mensch, Thor, das macht er nur für uns.« Schneewittchen strich über sein vernarbtes Kinn.

Ihre Finger auf seinen Schuppen, es konnte kaum etwas Köstlicheres geben.

Bedeutsam blickte sie ihm in die Augen und fügte hinzu: *»Eigentlich müsstest du deinen Freund für seinen Mut bewundern.«*

»Später vielleicht«, grollte er. Erstmal interessierte ihn, was sich der weise Hoggi überlegt hatte, um Alexan vor den Eifersuchtsattacken zu

bewahren. Und ob diese Idee funktionierte.

Trotz aller Wut war dem Krieger nämlich durchaus bewusst, dass er es bitter bereuen würde, sollte er seinem weißen Kameraden auch nur eine Schuppe verbrutzeln.

Schneewittchen lächelte. *»Das wird schon hinhauen, Thor. Und falls nicht, sind hier jede Menge Gefährten, die dich davon abhalten werden, deinen besten Freund zu grillen.«* Sie zuckte mit den Schultern. *»Zur Not kann Alex eben nicht mitkommen.«*

Als wäre das das Stichwort gewesen, riss am Himmel über ihnen die Weltenhaut auf und spuckte eine weiße Himmelsechse aus der Nebelsphäre.

Prompt schwoll Thorxarr der Kamm.

»Na bravo!«, fauchte er und, ohne es zu wollen, richtete sich seine Halskrause auf. *»Ich würde sagen, Hoggis Idee ist Murks!«*

»Alle Drachen in Habachtstellung!«, kommandierte Gabriellosch, was im Klartext hieß: Passt bloß auf, dass Thorxarr hier nicht den Roten Bullen raushängen lässt und die halbe Eskorte auf die Krankenstation schickt.

»Sekunde! Ich hab's gleich!«, japste Alexan und flatterte hektisch gen Landeplatz, wo er sich in seine Menschengestalt verwandelte, noch ehe auch nur eine seiner Krallen den Boden berührt hatte.

Na warte, Weißschüppchen!

Ein donnerrollendes Grollen braute sich in Thorxarrs Brustkorb zusammen, als er die Lungen blähte, um seinem Unmut besser Luft machen zu können. Im nächsten Augenblick würde der Zorn aus ihm herausbrechen. Das hatte er in den vergangenen Wochen viel zu oft erlebt. Er kämpfte gegen die Eifersucht an, doch …

… nichts geschah.

Also, gar nichts!

Hä?

Verwundert horchte Thorxarr in sich hinein.

Merkwürdig. Haben sie mich etwa schon gebannt?

Nein, das würde sich anders anfühlen. Er war angespannt – das ja, aber die rasende Eifersucht fehlte. Ebenso wie die Mordlust in Bezug auf seinen besten Freund.

Wie?

Verdattert betrachtete Thorxarr Alexan genauer.

Der stand direkt zwischen Lunara und Oxana und starrte mit einer Mischung aus Todesangst und Neugier zu ihm hoch. Seine heute honigblonden Haare waren zu einer imposanten Hochsteckfrisur aufgetürmt, die mit jeder Menge pastellblauen Edelsteinen verziert war. Die Dinger funkelten krasser in der Julisonne als die Schuppen einer goldenen Königin.

Warum raste ich nicht aus?

Thorxarr machte die magischen Auren sichtbar. Vielleicht hatte Alexan ja ein Artefakt in dieser überkandidelten Frisur versteckt.

Nee, da ist nichts Auffälliges. Aber was ist es dann?

Neugierig reckte der Krieger seinen Hals und schnupperte in Richtung des Weißen. Lavendelduft stieg ihm in die Nüstern.

Huh! Das kann es auch nicht sein.

Der Zorn ließ immer noch auf sich warten und so wagte Alexan ein Lächeln.

Hmm, grübelte Thorxarr. *Irgendwas ist anders, aber was?!*

»Er ist eine SIE!«, sendete Schneewittchen. *»Schau nur, Thor! Aus Alex ist Alexa geworden! Sein Menschenkörper ist weiblich!«*

»Oh!«

Jetzt, wo seine Gefährtin es sagte, fiel Thorxarr auf, dass der Weiße in einem pastellblauen Kleid steckte. Er – oder vielmehr sie! – hatte zwar eine recht knabenhafte Figur, doch die wurde von einem Meer aus Rüschen umschmeichelt. Und das Odeur, das ihr Körper verströmte, war voll mit weiblichen Duftstoffen.

Erneut witterte der Krieger in Richtung des – beziehungsweise der Weißen.

Keinerlei männliche Pheromone! Wie geht das?

»Es scheint zu funktionieren«, freute sich Alex-a eine ganze Oktave höher als üblich. »Oder, Thor?«

Der stieß die testosteronfreie Luft nun wieder aus seinen Lungen und brachte damit die gelockten Strähnchen, die das Gesicht der Weißen umrahmten, zum Tanzen.

»Ja, scheint so!«

»Fein!« Alexa wedelte mit ihrer spitzenbehandschuhten Hand vor seiner Nase herum. »Puh! Du hattest Chili zum Frühstück! Viiiiel Chili!«

Schneewittchen lachte. »Thor hat viel Chili zu *jeder* Mahlzeit! Kennst ihn doch! Meine Herren, Alex, wie hast du das denn hingekriegt?«

»Sag lieber ›Alexa‹ zu mir, ja?«, bat die Weiße mit bangem Blick auf den Krieger. »Hoggi meint, ich muss unbedingt bis ins kleinste Detail stimmig rüberkommen – deswegen auch meine neuen Klamotten.« Er schaute verträumt an sich herab. »Hübsch, oder?«

»Traumhaft!« Schneewittchen kicherte. »Das könnte Aschenputtels Königsballkleid sein.«

Alexa nickte begeistert. »Jaaa, nur dass meine gute Fee Hoggi heißt und seine Magie ohne Bibbedi, Babbedi wirkt.«

»Bei Matojas Kräutersud«, ächzte Lunara. *»Ich dachte, es sei unmöglich bei seiner Menschengestalt ein anderes Geschlecht anzunehmen!«*

»Das dachte ich auch.« Alexa grinste und strich sich kokett ein Korkenzieherlöckchen hinters Ohr. »Aber eigentlich ist die Transgenderverwandlung vor allem eines, nämlich aufwändig. Profunde Kenntnisse über die Physiologie humanoider Frauen können allerdings ebenso wenig schaden.«

»Na«, spottete Oxana, *»wie praktisch, dass deine Passion seit jeher den Hautsäcken gilt und du sie in den letzten Jahren intensiv studiert hast.«*

»Nicht wahr!« Alexa klimperte gekonnt mit ihren langen Wimpern.

»He, Oxa!«, schimpfte Lunara. *»Nun stell sein … äh,* ihr *Licht nicht unter den Scheffel! Für eine derartige Definition der Menschengestalt muss eine Himmelsechse garantiert hochkonzentriert und über Stunden hinweg fokussiert sein.«*

Das konnte Thorxarr nur bestätigen. Er hasste ja schon den normalen magischen Prozess, der zur Festlegung der Menschengestalt notwendig war. Dieser zog sich endlose Ewigkeiten hin. Der Drache hatte sich dabei bis ins kleinste Detail auszumalen, wie er als Humanoider aussehen wollte. Jeder Pups musste fixiert werden! Und das war ungefähr so aufregend wie Gras beim Wachsen zuzusehen.

Darum habe ich den Mist auch nur ein einziges Mal gemacht.

Kopfschüttelnd brummte er: *»Respekt, Alexa! Diese Verwandlung grenzt an ein Wunder. Mir ist es ja schon ein Rätsel, wie du es hinkriegst, jedes Mal mit einer anderen Frisur aufzukreuzen!«*

»Genau deswegen kam Hoggi überhaupt auf die Idee«, meinte Alexa. Ihre grünen Augen leuchteten vor Begeisterung. »Ich habe den Ärmsten fast verrückt gemacht mit meinem ewigen Beim-Thema-bleiben. Meine Disziplin sei ›abnorm‹ und ich ›in der Beziehung fast so schlimm wie Abrexar es damals gewesen ist‹. Hoggi sagt, dass ich das, was mir an astralem Potenzial fehlt, mit Konzentration doppelt wettmachen würde.«

»Ha! Das ist eine Untertreibung!«, schnaubte Oxana. *»Mit Komplexität hattest du auch noch nie Probleme. Ich vermute, du bist der einzige Schuppenträger, der diesen absurden Wahnsinn hinbekommen kann.«*

»Damit könntest du recht haben«, überlegte Alexa, dann schaute sie zu Thorxarr und Schneewittchen herüber. »Aber irgendwas musste ich mir ja einfallen lassen. Ich kann meine Freunde schließlich nicht hängen lassen!«

»Ach, du bist der Beste. Äh … die Beste!«, verbesserte sich Schneewittchen schnell. »Vielen Dank, dass du diese Mühe für uns auf dich genommen hast!«

»Horraxx!«, rief Thorxarr und salutierte gerührt. *Mein Kamerad mag ein Winzling sein, dennoch steckt er bis zur Schwanzspitze voller Ehre.*

»HORRAXX!«, grüßten auch die anderen sieben Roten im Chor mit ihren Gefährten.

Die Weiße winkte bescheiden ab.

»Unfassbar. Er ist wie ein Clownfisch«, murmelte die grüne Ronaah. *»Die kommen als Männchen zur Welt und wechseln später ihr*

Geschlecht.«

»Schön!« Tyra klatschte sich geräuschvoll mit der linken Hand auf die Lederjacke. Mit den Händen applaudieren konnte sie ja schlecht, da sie nur noch eine hatte. »So, genug gesabbelt, Wölfe! Jetzt heißt es Abflug. Die Eskorte mit den Clownfisch*innen startet vorab, damit Alex*a sich verwandeln kann. Auf diese Weise gehen wir jedem Eifersuchtsdrama aus dem Weg.«

Die kleine Schwedin schaute zum Schwarzen. »Naxor, du informierst uns über die Lage vor Ort, dann kommen Gabriellosch und ich mit dem Roten Bullen und der Seherin nach.«

Wenige Minuten später kletterte Hiltja in der Höhle der Seherinnen von Thors Rücken. Als ihre Füße den Erdboden berührten, spürte sie, wie besonders dieser Platz war.

Verrückt! Es fühlt sich wie nach Hause kommen an. Dabei bin ich noch nie hier gewesen!

»Du mochtest den Regenwald immer schon, mein Herz«, erinnerte sie ihr Donnergott. *»Das wird Lonaahs Erbe sein.«*

Hiltja lächelte zu ihm hoch. *»Das könnte stimmen.«*

Mond und Sterne blickten in das Gewölbe und tauchten den einen oder anderen Felsen in einen diffusen Schimmer.

Thor nickte und ließ eine magische Leuchtkugel gen Höhlendecke schweben. *»So, nun kannst du besser sehen!«*

»Sehr viel besser. Danke dir!«

»Gern.«

Hiltja guckte sich um. Die Wände bestanden aus schroffem grauen Gestein, das an einigen Stellen von Farnen oder Ähnlichem überwuchert war. Insbesondere dort, wo Sonnenstrahlen durch den Eingang oder die Löcher in der Decke fallen konnten, entfaltete sich lebendiges

Grün. In den schattigeren Bereichen wurde der Bewuchs flacher und sah mehr nach Moos aus. Unter dem größten Lichtschacht strebte sogar ein schlanker Baum dem Himmel entgegen.

»Wow!«

So viel Leben hatte Hiltja nicht erwartet. Doch eigentlich war es logisch, denn Wasser und Wärme gab es an diesem Ort im Überfluss.

Uff! Auch um diese Uhrzeit.

Hiltja weitete den Kragen ihrer Lederjacke. Selbst in der Höhle war die tropische Nacht heiß und schwül. Am liebsten hätte sie den Reißverschluss geöffnet und die Handschuhe ausgezogen.

»Das wirst du schön bleibenlassen!«, grollte Thor. *»Die Schutzmontur kann dich nur schützen, wenn du sie trägst! Warte …«*

Im nächsten Moment lugte die Zungenspitze aus seinem Drachenmaul hervor und nun strich eine angenehme Kühle über Hiltjas verschwitzte Haut.

»Oh! Du hast den Klimazauber auf mich ausgedehnt.«

Ihr Gefährte nickte. *»Du musst dich schließlich konzentrieren können.«*

»Ob das meine Konzentration erhöht, bleibt abzuwarten«, scherzte Hiltja. Sie dachte an die heißkalten Experimente, die sie neulich nach dem Aufwachen im Bett gemacht hatten. Die hatten ihr gefallen.

Prompt glomm Lust in den Augen des Roten auf.

»Ich mochte das auch sehr!« Er senkte seinen großen Kopf zu ihr herab und stupste sie mit der Schnauze an. *»Komm, je schneller wir deine Mentorin finden, desto eher können wir im Bett weitermachen.«*

»Du wieder!«

»Heiliges Pinguinei!«, jammerte Alexa. »Welcher Foltermeister hat bloß dieses Schuhwerk erfunden?«

Mit gerafftem Ballkleid stöckelte die Weiße unbeholfen auf sie zu. »Der Boden ist so verflixt locker, dass meine Absätze bei jedem Schritt einsinken. Wie unpraktisch!«

Hiltja warf einen Blick auf die Füße ihrer Freundin und musste lachen. »Du gehst mit Pumps auf Expeditionstour? In den Regenwald?!«

»Nun ja … hmm.« Alexa legte ihre Stirn in Falten. »Also, mit Springerstiefeln hätte dieses Ballkleid schon etwas merkwürdig ausgesehen, findet ihr nicht?«

»Merkwürdig ist relativ«, gluckste Thor von oben herab. *»Vor allem diese Rüschen – also* die *sind obermerkwürdig!«*

»Rüschen gelten in der Mode als weiblich«, belehrte Alexa den Roten. »Aus diesem Grund hat Hoggi bei meinem Kleid extra viele verarbeitet.«

»Ist nicht zu übersehen. Seeeehr schick«, frotzelte Thor. *»Pass bloß auf, dass du damit nicht irgendwo hängen bleibst.«*

»Ja«, seufzte die Weiße und schaute auf ihre High Heels herab. »Aber vorher muss ich mit diesen Höllentretern überhaupt irgendwo ankommen. Also wirklich! Die sind total eng und drücken! Sowas Unbequemes habe ich noch nie an meinen Füßen gehabt und obendrein sind die Dinger das Gegenteil von nützlich. Wie kann eine Frau bloß freiwillig solche Schuhe tragen?«

Hiltja grinste. »Es heißt, Männer würden es sexy finden, weil wir Mädels beim Laufen dann mehr mit dem Popo wackeln.«

»Sexy? Ist das so?« Alexa legte den Kopf schief.

»Vermutlich.«

Die Weiße lächelte. »Hmm. Das werde ich mal ausprobieren. Später. Aber jetzt«, sie hob den rechten Fuß an und pflückte den Schuh herunter, »weg mit den Mörderabsätzen. Barfuß bin ich besser unterwegs.« Der zweite Schuh folgte dem ersten. Anschließend schlug Alexa beide mit den Sohlen aneinander, bis der Dreck halbwegs heruntergerieselt war, und stopfte die Pumps zwischen die Rüschen.

Hiltja bekam große Augen. »Wie jetzt? Wo sind die hin?«

»Och«, meinte die Weiße, »Hoggi hat ein paar Taschen in das Kleid eingearbeitet. Sonst hätte ich den Mondstein nicht mitnehmen können und ohne den wollte mein Mentor mich nicht fortlassen. Volaxan hat ihn extra wieder mit dem Dämonenscanzauber aufgeladen. Warte …«

Erneut fummelte Alexa zwischen den Stoffbahnen herum und holte schließlich einen straußeneigroßen Stein hervor, der rosafarben schimmerte. »Rosa bedeutet, dass hier keine Monster in der Nähe sind!«

Hiltja runzelte die Stirn. »Und wie kannst du das wissen, wenn du ihn tief in deinem Kleid vergräbst?«

»Ach«, die Weiße hob den Riesenklunker vor ihr Gesicht, »mein Mentor wollte auf Nummer sicher gehen und hat den Farbwechselzauber mit einem akustischen Alarmzauber gekoppelt.« Sie grinste. »Der Mondstein fängt an zu krähen, falls er türkis werden sollte. Und zwar so laut, dass ich es nicht überhören kann.«

»Denn ist ja gut!«, schmunzelte Hiltja.

Alexa stopfte den Mondstein zurück zwischen die Rüschen.

»Wo lässt du das ganze Zeug bloß?«, wunderte sich Hiltja. Sie konnte keinerlei Ausbeulungen erkennen.

»Na, im Kleid.« Die Weiße hob mehrere Lagen Stoff an. »Schau! Hoggi hat die Taschen mit einem temporären Schrumpfzauber belegt. Das ist sehr praktisch, denn so konnte ich auch noch Schreibutensilien, mein Handy und was zu Futtern mitnehmen. Wenn ich die Gegenstände heraushole, nehmen sie wieder die Originalgröße …«

»Sagt mal«, rief Tyra vom Höhleneingang zu ihnen herüber, »sucht ihr schon, oder quasselt ihr nur?«

»Wir suchen!«, antwortete Hiltja und zischte Alexa zu: »Zumindest sollten wir das jetzt tun!«

»Oh ja!« Die Weiße nickte und wollte sich bei der Seherin unterhaken, doch von oben fauchte es chilischarf: *»Übertreib es nicht, Wechselschuppe! Ich habe dich genau im Blick!«*

In der nächsten Stunde nahm Hiltja die Höhle akribisch unter die Lupe, wobei ihr Thor und Alexa nicht von der Seite wichen. Anfangs war die Seherin überzeugt davon, hier am richtigen Ort zu sein, doch das änderte sich, je länger sie das Gewölbe durchstreifte. Egal, wie sehr sie sich konzentrierte und wie aufmerksam sie Nischen und Spalten erforschte, sie fand nichts außer Felsen und Grünzeug. Madame Vouh war auch keine Hilfe. Die alte Zigeunerin schwieg beharrlich – von einer Waldmeister-Wackelpudding-Vision für die Kantine einmal abgesehen.

Hier ist nichts!, dachte Hiltja frustriert. *Oder ich bin zu blöd.*

»Nein, du bist genau richtig«, widersprach Thor. *»Wir wissen ja nicht mal, wonach genau wir suchen sollen. Falls die Mentorin ein Schmuckstück für Menschen ist, ist sie winzig. Das Artefakt könnte überall sein.«*

»Was sagt denn deine Madame Vouh dazu?«, unterbrach Alexa das stumme Zwiegespräch. »Hat sie an irgendeiner Stelle ein grünes Funkeln spendiert?«

»Ja, Mittwoch gibt es Waldmeistergötterspeise bei uns Wölfen«, ächzte Hiltja und rieb sich erschöpft übers Gesicht.

»Mmmm!« Alexa leckte sich die Lippen. »Köstlich, aber bedauerlicherweise nicht zielführend.«

»Eben!«

Das hier war sinnlos. So langsam hatte Hiltja keinen Bock mehr.

»Gehen wir doch noch mal dort hinüber!« Die Weiße deutete nach links. »An der Stelle hatten unsere Examinationszauber einen Ausschlag. Zumindest einen kleinen.«

»Na gut«, seufzte Hiltja und setzte sich in Bewegung. Alexa gab sich so viel Mühe, da wollte sie keine Spielverderberin sein.

Die Weiße lächelte und riet zum hunderttausendsten Mal: »Horch in dich hinein und lass dein Talent sprechen.«

Und zum hunderttausendsten Mal versuchte Hiltja Madame Vouh herauszulocken. Doch entweder war die olle Kuh beleidigt oder sie lag im Kräuterteekoma. Auf alle Fälle rührte sich die Zigeunerin nicht einen Millimeter.

Boa, es ist zum Kotzen! Sie ignoriert mich, motzte Hiltja innerlich.

»Vielleicht ... ist hier aber auch einfach nichts«, gab Thor zu bedenken. Er beugte seinen Drachenkopf zu Alexa herab. *»Die Seherinnen der altvorderen Zeit haben vor vierzigtausend Jahren gelebt. Da wäre*

es doch möglich, dass die Höhle inzwischen geplündert wurde, oder nicht?«

Die Weiße krauste ihre zart geschwungenen Brauen. »Theoretisch ja. Aber das kann ich mir nicht vorstellen. Wenn, dann höchstens von einer anderen Seherin.«

»Es gab keine andere Seherin«, meldete sich Oxa und trat neben Thor. *»Das wäre in den geheimen Archiven der Goldenen garantiert verzeichnet worden!«*

Alexa nickte zufrieden. »Also wird die Meistermentorin hier sein! Schneewittchen, horch noch mal in dich …«

»Habe ich schon gemacht!«, fiel Hiltja ihr ins Wort. »Gründlich. Immer wieder! Hier ist nichts!« In ihr kribbelte Ungeduld. »Ich … ich gehe noch mal zur Kammer mit den Tropfsteinen dort hinten.«

Zu denen fühlte sie sich am ehesten hingezogen, aber vor allem musste sie sich bewegen, sonst würde sie platzen. Der Frust in ihrem Inneren quoll zu Zorn auf.

»Prima«, flötete Alexa viel zu gut gelaunt und raffte ihr Ballkleid. »Wir kommen mit!«

»Nee! Den Weg könnt ihr euch sparen«, grummelte Hiltja. »Wahrscheinlich finde ich die bekloppten Strukturen bloß hübsch und das war's.«

Gereizt kehrte sie den anderen den Rücken zu und stapfte davon.

Eine tolle Seherin bin ich! Pah!

Das Aschenputtelballkleid raschelte, doch Thor schritt ein.

»Lass Schneewittchen lieber in Ruhe.«

»Warum?«

Auch ohne sich umzudrehen, wusste Hiltja, dass Alexa ihren Kopf schief legte.

»Sie muss mal durchatmen«, erklärte Thor. *»Allein.«*

»Danke!«, antwortete Hiltja auf der privaten Frequenz.

»Jederzeit, mein Herz«, erwiderte er und sendete seine Liebe mit. *»Wir können es nicht erzwingen.«*

»Nein, das können wir nicht«, stimmte sie zu.

Bei den Tropfsteinen war es kühl und still.

Das tut gut. Trotz Klimazauber ist mein Kopf schon ganz heiß gelaufen vom vielen Gucken und Horchen!

Diese Kammer erdete die junge Frau. Hiltja holte Luft und schaute sich um. Vor ihr floss der Stein in erstarrten Fäden von der Höhlendecke. In einigen Bereichen hatte er bizarre Vorhänge und Säulen sowie terrassenartig angeordnete Pilzhüte mit gigantischen Lamellen erschaffen. In anderen erinnerte er eher an die Spätzle, die ihre Mutter durch ein Sieb in kochendes Wasser schabte.

Und was soll mir das sagen?

Vermutlich gar nichts. Hiltja schloss die Augen und atmete nochmals tief durch. Ein modriger Geruch stieg ihr in die Nase. Kein Wunder, denn die Felswände waren feucht und jedes abgestorbene Blättchen im Gewölbe hinter ihr wurde sofort zersetzt.

Was, wenn wir bloß einem Hirngespinst hinterherjagen?

Wie wahrscheinlich war es, dass die alten Grünen ohne Ende Kraft und Energie in ein Artefakt gesteckt hatten, das tausende von Jahren überdauern musste, bloß um dann irgendwann eventuell einem Mädchen das Leben zu erleichtern.

Nicht wahrscheinlich! Scherten sich die Drachen von damals überhaupt um jemanden wie mich?

Hiltja schluckte. *Wir Menschen hätten so etwas jedenfalls nicht gemacht. Pff! Wir waren ja nicht mal dazu in der Lage, die CO2- Emissionen zu reduzieren, und das obwohl wir wussten, dass wir unser eigenes Grab schaufeln. Nein, andere Lebewesen interessieren niemanden!*

»Die Grünen sind anders«, machte Thor ihr auf der Geistesebene Mut. *»Für sie hat das große Ganze Bedeutung.«*

»Mag sein. Aber die Grünen von damals sind seit einer Ewigkeit tot.«

»Die Seherinnen haben für die Zukunft gelebt«, überlegte Thor. *»Denk doch nur an deine Visionen. Das Morgen fühlt sich für dich doch auch wie das Jetzt an, oder nicht?«*

»Ja, schon«, murrte Hiltja halbherzig. Sie öffnete die Augen. Die Säule vor ihrer Nase sah aus wie elegant drapierter Stoff.

Das hat was. Als wäre sie weich! Das kann aber nicht sein, oder?

Beiläufig zog sie ihren rechten Handschuh aus. Ihr Arm hob sich wie von selbst und im nächsten Moment berührten ihre Finger den Tropfstein. Kalt, hart, feucht – ganz wie er gehörte.

Und ich gehöre hierher.

Da war sie sich plötzlich wieder sicher.

Oh!

Abermals horchte sie in sich hinein und nun füllte eine merkwürdig angespannte Ruhe ihr Inneres aus.

Hmm. Das ist ... wie die Ruhe vor dem Sturm!

Ein Schauer kroch über Hiltjas Rücken und im nächsten Moment wusste sie, dass etwas vor ihr lag. Da würde etwas auf sie zukommen und das war …

»He! Wie schaut es bei euch aus?«, erkundigte sich Tyra energisch sendend.

Die Vorahnung verflüchtigte sich wie ein zarter Duft im Wind. Eilig versuchte Hiltja ihr nachzuspüren, aber zu spät. Selbst der Schauer war verschwunden.

Argh!!! Das darf doch nicht wahr sein!

Verbissen bemühte sich Hiltja, die Emotion noch einmal heraufzubeschwören. Vergebens! Der Moment war verstrichen und jetzt schlugen wieder die Zweifel über ihr zusammen.

Im Hintergrund debattierten die Leitwölfe mit ihren Freunden, ob es an der Zeit wäre, aufzubrechen.

»Trotz der Säuberungstrupps der Armee der Roten gibt es in dieser Region eine Vielzahl dämonische Kreaturen«, erklärte Gabriellosch und Tyra ergänzte: *»Die Viecher finden unsere Auren so verführerisch wie ich frisch gebackene Zimtschnecken. Ehrlich, die rieche ich einen Kilometer gegen den Wind! Sofern unsere Seherin keine neuen Ansatzpunkte hat, sollten wir hier verschwinden.«*

Meine Fresse! Wenn ich einen ›Ansatzpunkt‹ hatte, dann habt ihr ihn gerade weggesabbelt!

Hiltja ballte genervt die Fäuste. Am liebsten hätte sie laut geschrien.

Aber das bringt nichts! Genauso wenig wie mein blindes Rumgestochere!

Sie wusste, dass die anderen nur helfen wollten. Also riss sie sich zusammen, drehte sich um und ging zu ihren Leuten zurück. Außer den Leitwölfen hatte sich nun auch Luna dazugesellt. Alle blickten Hiltja erwartungsvoll an.

»Hier ist nichts«, murrte sie. »Vielleicht bin ich aber einfach nur die Falsche!«

»Du bist genau richtig!«, widersprach Thor zum zweiten Mal an diesem Morgen, diesmal für alle hörbar.

Hiltja rang sich ein schiefes Lächeln ab. »Ach, das sagst du bloß, weil du mein Gefährte bist.«

»Quatsch. Denk an das Buch! Diese Fibel der alten Seherinnen wollte zu dir und zu niemand anderem sonst!«

»Oh, das Buch!«, frohlockte Alexa. »Da war ja was.«

»Was für ein Buch?«, erkundigte sich Tyra von Gabrielloschs Rücken aus.

»Es trägt den Titel ›Grundwissen für Seherinnen‹ und wurde auf Schotaah geschrieben.« Die Weiße kicherte. »Wisst ihr noch, was passiert ist, als ich die Fibel verbrannt habe?«

»Was?«, begehrte Gabriellosch auf. *»Du hast ein Buch aus der altvorderen Zeit verbrannt? Bist du irre?!«*

»Äh… Nein?«, stammelte Alexa. Die Weiße wich mit erhobenen Händen vor dem roten Kommandanten zurück, wobei sie sich in ihrem Kleid verhedderte und – bumms – auf ihrem rüschigen Hintern landete.

Oxa stellte sich Gabriellosch in den Weg. *»Er ... sie! ... ist nicht irre, sondern hat lediglich ein zu großes Wissen.«*

»Genau!«, pflichtete Luna ihrer Freundin bei. *»Das Buch ist nämlich am nächsten Tag wieder aufgetaucht.«*

»Soso«, grollte der Leitwolf und hockte sich auf den Boden.

Thor folgte dem Beispiel seines Vorgesetzten und so konnten sich zumindest die Drachen auf Augenhöhe miteinander unterhalten.

Tyra richtete sich in der Nackenfalte ihres Gefährten auf. »Und das hilft uns weiter?«

»Ja«, behauptete Alexa. »Aber nur zu 69,3 Prozent.« Sie rappelte sich auf und klopfte sich den Dreck von Spitzenhandschuhen und Hintern. »Schneewittchen, wann genau ist das Buch zu dir gekommen?«

»Am nächsten Morgen«, erwiderte Hiltja.

Beiläufig richtete Alexa ihre Hochsteckfrisur. »Bevor oder nachdem du den medizinischen Tee getrunken hast?«

»Das war direkt davor«, erklärte Thor. *»Ich hatte ihr den Becher gerade in die Hand gedrückt, da lag das Buch von jetzt auf gleich neben meinem Mädchen.«*

»Sehr schön!«, freute sich Alexa und applaudierte grazil. »Damit steigt die Wahrscheinlichkeit meiner Hypothese auf 98,4 Prozent.« Sie schaute bedeutsam in die Runde. »Die Artefakte, die die Seherinnen der altvorderen Zeit für unser Schneewittchen erschaffen haben, reagieren auf Madame Vouh, damit niemand anderes sie in die Klauen bekommen kann! Der Kräutertee allerdings unterdrückt das Talent.«

Alexa grinste Hiltja an. »Es ist ganz simpel: Lass den Tee weg. Dann kommt Madame Vouh wieder ans Ruder und dann wird dir diese Höhle«, sie zeigte mit einer femininen Bewegung um sich herum, »die Meistermentorin offenbaren!«

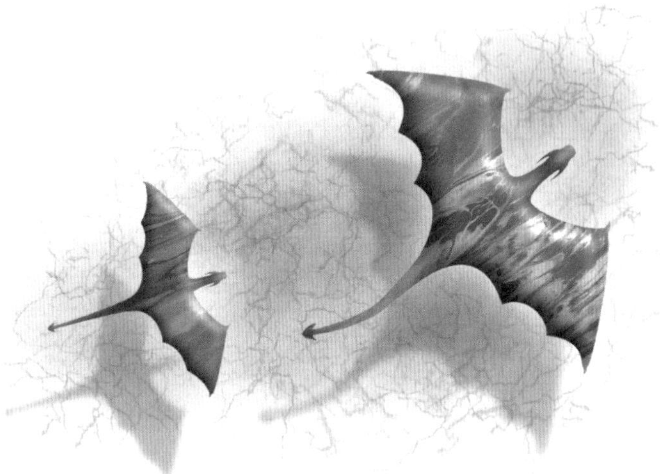

Einblick in die Zukunft

Hiltja weigerte sich, sich ein zweites Mal schutzlos Madame Vouhs Launen auszuliefern. Also beschlossen die Heiler den Tee nicht wegzulassen, sondern die Rezeptur anzupassen.

»Ihn komplett abzusetzen würde eh nichts bringen«, behauptete Hiltja und schaute Jude und die Grünen provozierend an. »Wie soll ich in der Höhle bitteschön irgendwas finden, wenn mich die Visionen ausknocken wie nach dem Chamäleonrattenbiss? Nee, nee, Leute! Es hilft niemandem, wenn ich sabbernd und brabbelnd hier rumliege! Das macht Thor und mich höchstens irre.«

Ob es das Argument war, das zog, oder vielleicht doch eher das tiefe Grollen des Roten Bullen, wusste Hiltja nicht. Für sie zählte nur, dass die Kräuterspezialisten gemeinsam mit Luna eine neue Mischung für sie austüftelten.

Bis sich die veränderte Zusammensetzung des Tees auswirkte, dauerte es ein paar Tage, aber dann wurde Madame Vouh stärker. Und je stärker sie wurde, desto lebendiger erinnerte sich Hiltja an das ungute Gefühl in der Tropfsteinhöhle. Sie ahnte, dass der nächste Besuch kein Spaziergang werden würde, selbst wenn sie die Meistermentorin finden sollten. Ein fröhliches Oh!-Hier-ist-ja-das-Artefakt-und-nun-ab-nach-Hause würde es nicht geben.

Thor gab sich alle Mühe, ihre Bedenken zu zerstreuen und verwies jedes Mal wieder darauf, dass sie hervorragend beschützt wurden. Außerdem hatte Gabriellosch dafür gesorgt die Risiken zu minimieren. Der Leitwolf verbot bis auf Weiteres sämtliche Sprünge in die Gegend der Höhle, damit keine magischen Auren Dämonen dorthin locken konnten. Lediglich Patrouillenflüge in großer Höhe sowie das allgemeine Säubern der Region waren erlaubt.

Auf Thors Frage, woher sie, ohne dort gewesen zu sein, wissen sollten, dass Hiltjas Talent stark genug durchschlug, antwortete Gabriellosch mit einem breiten Grinsen.

»Darüber habe ich mich mit Alexan unterhalten. Der Clownfisch schlägt vor, das mit der Fibel der Seherin zu testen. Du verbrennst das Buch jeden Abend. Wenn es innerhalb von einer Stunde zu deiner Gefährtin zurückkehrt, ist die Zeit reif für einen neuen Trip zur Höhle.«

Aber das dauerte. Immerhin kam das »Grundwissen für Seherinnen« jedes Mal ein wenig früher zurück. Erst freute sich Thor über diese Tatsache, doch nachdem es ihm drei Nächte hintereinander auf den Kopf geknallt war – im Original war der Wälzer ja fast einen Quadratmeter groß – schlief der Krieger lieber neben dem Bett auf dem Boden. Ein netter Zusatzeffekt der täglichen Buchverbrennung war, dass Thor den Verkleinerungszauber mit jeder Anwendung souveräner beherrschte.

Anderthalb Wochen nach der Rezepturveränderung dominierte Madame Vouh Hiltjas Leben, sodass die junge Frau lieber mit Luna im Gästequartier blieb. Solange es ging, schickte sie Thor trotzdem in den Unterricht. Es reichte, wenn *sie* sich aus dem Leben zurückzog; das musste nicht auch noch ihr Liebster tun. Thor stürzte sich unterdessen besonders ins Kampftraining und stellte fest, dass er von Tag zu Tag besser wurde. Sein Ehrenname »Roter Bulle« wurde voller Respekt geraunt, kaum dass er den Kampfplatz betrat. Die visionsbedingten Aussetzer verzieh ihm sein Publikum, bewiesen sie doch, dass der Krieger kein Problem damit hatte, Schläge einzustecken. Hiltja freute sich für ihren Gefährten und fieberte aus der Ferne mit, so gut es eben ging.

Luna und Oxa leisteten ihr nun täglich Gesellschaft ebenso wie Alexa. Die drei Himmelsechsen engagierten sich mit Feuereifer in ihrem neuen Amt als Berater der Seherin. Allerdings waren sie vorsichtig, was das Verbreiten von Visionen anging. Die selbsterfüllende Schwingen-Prophezeiung hatte ihnen deutlich gezeigt, dass ihr Job mit einer großen Verantwortung verbunden war und der Umgang mit Madame Vouhs Bildern alles andere als trivial.

Manchmal war es aber auch einfach. So kannte die Zigeunerin den Essensplan für die Kantine der Wölfe besser als die Chefin selbst. Nach der vierten Korrektur – jede einzelne war zutreffend gewesen – hakte Hanna nicht mehr bei der Seherin nach, sondern passte ihren Aushang direkt an.

Bei Dämonenangriffen war die Sache mit den Visionen schwieriger. Aufgrund der Warnung des Beratergremiums konnten sieben Angriffe verhindert werden, indem die Roten das Ziel schützten. Oder aber Madame Vouh hatte sich geirrt, das konnte hinterher ja niemand mehr beurteilen. In vier Fällen attackierten die dunklen Wesen statt des Visionsziels eine andere Siedlung. Und einmal wurde anstelle einer menschenleeren Lagerhalle für astral aufgeladene Powerpacks ein Kinderheim verwüstet. Das Massaker, welches der Verbund aus Schädelknackern und Blutsäufern zweihundert Kilometer von der Halle entfernt unter den Kleinsten der Kleinen anrichtete, war dermaßen erschütternd, dass sogar Grimmarr blass geworden sein soll.

Häufig waren die Bilder, die Madame Vouh Hiltja in den Kopf pflanzte, zwar klar und erschreckend drastisch, doch wenn weder Zeitpunkt noch Ort oder Beteiligte zugeordnet werden konnten, half es nicht, zu wissen, welche Kreaturen mal wieder ein Gemetzel veranstalten würden – gleichgültig wie grausam dieses sein mochte.

Nur Eines bewiesen die Visionen: Nämlich wie belastend es war, ihnen ausgesetzt zu sein und bestimmen zu müssen, was mit den Informationen passieren sollte. Es schmerzte Hiltja zu sehen, wie sehr Oxa, Luna und Alexa mit ihren Entscheidungen haderten, doch sie war vor allem froh, dass der Druck nicht mehr allein auf ihren Schultern und denen von Thor lastete.

Eine Vision bereitete allen Kopfzerbrechen: Hiltja sah einen Trupp gehörnter Satanas, der durch die Sphäre trieb. Ihm folgte ein großer Schatten. Ob es der war, von dem der junge Rote berichtet hatte, der sich bei seinem ersten Solosprung in den Nebeln verirrt hatte, oder ein anderer, konnte die Seherin nicht abschätzen. Außerdem hatte sie keinen Schimmer, ob der Schatten den Satanas treu hinterhertrottete oder sie ausspionierte.

Noch eine Sache war unangenehm, wenngleich nur wenig greifbar. Madame Vouh präsentierte alle paar Tage eine beängstigende Leere. Die Zigeunerin hatte Hiltja dieses Nichts bereits zwei Wochen zuvor gezeigt. Schon damals hatte die Seherin keine Ahnung gehabt, was ihr die angsteinflößende Leere sagen sollte, und die Wiederholungen machten es nicht besser.

»Ob das das Ende der Welt sein wird?«, spottete Oxa dann, doch von Mal zu Mal konnte sie ihre Beklemmung weniger verbergen.

Luna ging konstruktiver mit dem Nichts um und fragte, wie sie auf diese Vision reagieren könnten. Darauf wusste keiner eine Antwort. Nicht einmal Alexa machte einen abgedrehten Vorschlag.

Darüber hinaus spendierte Madame Vouh viel Alltägliches von Drache und Mensch: kleinere Missgeschicke, Verletzungen, aber auch Gefährtenpaare, die sich finden würden, Erfolge im Beruf und im Privaten sowie den einen oder anderen Schicksalsschlag. Beispielsweise würde in einigen Monaten die Mutter eines goldenen Gefährten sterben. Hiltja hatte den jungen Mann kennengelernt und erfahren, dass seine Mum an Alzheimer im Endstadium litt. Bei dieser Krankheit waren selbst die Himmelsechsen machtlos.

Zum Glück sah Hiltja auch schöne Dinge, wie die Geburt von

Kindern, Hochzeiten und das Schlüpfen des Geleges einer Grünen. Ja, es gab in diesen Tagen viel Dunkelheit in dieser Welt. Aber das Licht strahlte ebenfalls hell und das machte Hiltja und ihren Freunden Mut.

Die Tage flossen dahin. Einer glich dem anderen und doch war jeder mit unterschiedlichen Visionen gefüllt. Hiltja kam es vor, als würde sie in einem endlosen Zapping-Marathon festhängen. Die neue Kräuterteemischung bewahrte sie zwar meist vor der Bewusstlosigkeit, aber von einem normalen Leben war die Seherin weit entfernt. Sie konnte es kaum erwarten, dass die Fibel endlich innerhalb von einer Stunde zu ihr zurückkehrte.

Es war ein regnerischer Sommertag Ende Juli. Der Besuch in der Höhle war dreieinhalb Wochen her, ebenso wie die Umstellung der Kräuterteerezeptur. Inzwischen hatte Thor ebenfalls fast alle Kurse gestrichen und ging nur noch zu »Kämpfen in Menschengestalt« – so auch an diesem Nachmittag. Hiltja saß mit ihren Drachenfreunden im Quartier und trank Milchkaffee mit Zimtsirup.

»Sag mal, Schneewittchen«, hob Oxa an, »kommt es mir nur so vor, oder ist Madame Vouh am Nachmittag träger als sonst?«

»Das ist sie tatsächlich«, bestätigte Hiltja. »Allerdings bin ich mir nicht sicher, ob das mit der Uhrzeit oder mit Thors Training zusammenhängt.« Sie grinste. »Solange mein Donnergott seine Fäuste schwingt, ist die Zigeunerin erfreulich zurückhaltend. Ich bin echt froh, dass diese Übungsstunden aktuell täglich stattfinden. Dann können wir beide durchatmen.«

»Es ist auf alle Fälle ungefährlicher als die Luftkampfübungen«, seufzte Luna. »Thors Absturz letzte Woche hätte ins Auge gehen können.«

Hiltja fröstelte bei der Erinnerung daran. »Ja, ich bin dankbar, dass die Leitwölfe ihm die Teilnahme an diesen Kursen verboten haben.«

»Geschichte, Rechtskunde und Zauberkunst oder Ähnliches dürfte er noch belegen«, sinnierte Alexa, »aber auf die verzichtet er freiwillig. Dabei sind deren Inhalte doch besonders interessant!«

»Du findest auch Telefonbücher spannend, Alexa!«, stichelte Oxa. »Das zählt nicht. Aber wo wir gerade von der weißen Neugier reden«, ihr Blick wurde streng, »was treibt dein Kumpel Billarius eigentlich?«

Alexa ließ sich nicht nervös machen und antwortete: »Grundlagenforschung.« Dann schlürfte sie gelassen den Schaum von ihrem Kaffee.

»Bist du sicher?« Luna strich sich die türkisfarbenen Haare auf die andere Seite. »Ich habe wirklich Sorge, dass Bill vergisst, wie gefährlich das mit der astralen Hydraulikflüssigkeit werden kann.«

»Das vergisst er nicht«, behauptete Alexa und schleckte sich den Schaumbart mit der Zungenspitze von den Lippen.

»Ach so!« Oxa hob spöttisch eine Braue. »Klar, weil ihr Weißen solche Dinge ja immer auf dem Schirm habt!«

»Nein, der Grund ist ein anderer.«

Schweigen. Alle Blicke waren auf Alexa gerichtet, aber die drehte in aller Ruhe die heute langen blonden Haare ihres Pferdeschwanzes um den Zeigefinger und lächelte in die Runde.

Ha! Sie lässt uns auflaufen. Hiltja grinste. *Das hat sie sich bei Oxa abgeguckt, wetten?*

Die Goldene sprang prompt darauf an. »Und der Grund wäre? Nun lass dir doch nicht alles aus der Nase ziehen!«

»Bill erpresst sich selbst.« Alexa kicherte, wobei sie überaus zufrieden aussah.

»Echt?«, rief Luna. »Wie macht er das denn?«

»Na, ganz simpel: Er hat mir seine Eintritts-Karten für das nächste Wacken-Open-Air-Festival ausgehändigt«, erklärte Alexa. »Ich darf sie ihm nur wiedergeben, wenn er mir jeden Entwicklungsschritt der Schwinge vorstellt. Heavy Metal ist sein Leben. Da kann gar nichts passieren.«

»Oha! Dann wird es in Kürze ja kritisch«, seufzte Hiltja. »Das Festival ist Anfang August.«

»Ach, das ist kein Problem«, winkte Alexa ab. »Nach Wacken ist vor Wacken. Die Karten sind schon seit Jahren jedes Mal innerhalb von wenigen Stunden ausverkauft. Und jetzt, wo die Dämonen unsere Welt terrorisieren, wird eine Einheit der Roten die Veranstaltung bewachen. Wegen der Sicherheit gibt es Einschränkungen und weniger Karten. Die werden diesmal bestimmt noch schneller weg sein.«

»Ich frage mich, warum das Kaleidoskop solche Großevents überhaupt noch erlaubt?«, murmelte Luna.

»Na, um die Humanoiden bei Laune zu halten.« Oxa fegte sich einen Fussel vom Jackett. »Darum finden auch weiterhin Konzerte, Fußballspiele und sowas statt.«

»Und jedes Mal kreisen die Roten über den Stadien!«, schnaubte die Grüne. »Warum lässt die Führung das zu? Die Soldaten fehlen doch an anderer Stelle.«

»Das mag sein.« Die Goldene lächelte, aber ihre Augen blieben kühl. »Dennoch ist es wichtig, den Humanoiden Zerstreuung zu bieten. Das hatten schon die Kaiser im alten Rom begriffen. Gebt dem Volk Brot und Spiele, dann begehrt es nicht gegen die Obrigkeit auf.«

Luna schüttelte ihren Kopf. »Und was ist mit den Toten, die die Stadionkrieger hätten verhindern können? Zählen die nicht?«

»Ein paar Tote mehr führen in der aktuellen Lage weniger wahrscheinlich zu einer Revolte als Menschen, die ihren Alltag bedroht sehen«, erläuterte Oxa. »Seit wir Himmelsechsen uns offen zeigen, rotten sich immer mehr Verschwörungstheoretiker zusammen und machen uns für die missliche Lage der Hautsäcke verantwortlich.«

»Aber dafür sind die Humanoiden doch selbst verantwortlich!«, widersprach Alexa. »Es waren *menschliche* Magier, die im Mittelalter die Tore in die Weltenhaut gerissen haben! Und das bloß, weil sie so schnell reisen können wollten wie wir. Nur deswegen konnten die finsteren Wesen damals wie heute überhaupt zu uns kommen.«

»Ach, ich will ehrlich zu euch sein, Leute.« Oxa holte tief Luft. »Das mit den Magiern ist eine Lüge von uns Goldenen.«

Stille.

Alexas Augen wurden immer größer. »Wirklich?!«

»Natürlich nicht, Dummerchen!«, kanzelte Oxa die Weiße ab. »Aber das behaupten diese unterbelichteten Hautsäcke.« Sie zuckte mit den Schultern. »Es ist einfacher, anderen die Schuld zuzuschieben als selbst die Verantwortung zu übernehmen. Außerdem können die Humanoiden allein nur wenig gegen die Dämonen ausrichten. Da erscheint es ihnen wohl besser zu meckern, als gar nichts zu tun.« Ihre Miene wurde ernst. »Wenn wir nicht aufpassen und die Proteste weiter ausufern, könnte es gefährlich werden.«

»Meinst du wirklich?« Hiltja runzelte die Stirn. »Wenn die roten Soldaten die Menschen nicht mehr beschützen, werden die Dämonen sie vernichten. Das behauptet zumindest Madame Vouh.«

»Da hat sie recht«, bestätigte Oxa. »Doch das führt zu … anderen Problemen.« Sie griff nach ihrem Kaffee.

»Echt?« Alexa legte den Kopf schief. »Welchen denn?«

Die Goldene trank einen Schluck. Hiltja hatte das Gefühl, dass sie Zeit schinden wollte.

Was hat sie nur?

»Es könnten Millionen sterben«, wisperte Luna.

Oxa nickte. »Und unter diesen Menschen wären eben auch potente Magier, die nicht mehr ausgebildet werden können.«

Das ist nur ein Aspekt.

Verwundert schaute Hiltja ihre Freundin an. Die Goldene hielt irgendwas zurück.

Madame Vouh öffnete den Vorhang und präsentierte einen roten Krieger, der ein mittelmäßig starkes Geschoss abfeuerte.

Hmm.

Das machte Hiltja auch nicht schlauer.

Im nächsten Moment hörte sie Thors Gedankenstimme.

»Ho, mein Herz! Ich bin auf dem Rückweg und bringe was zu Futtern mit. Ich hoffe, ihr habt ordentlich Hunger!«

Kurz darauf stellte Thorxarr die große Warmhaltebox auf dem Esstisch im Gästequartier ab und grinste. »Hanna hat reichlich Zimtschnecken und Karamellpudding für alle spendiert. Haut hinein, Freunde!«

»Es heißt ›Haut rein!‹«, korrigierte Schneewittchen.

Er zwinkerte. »Das sagte ich doch.«

Seine Gefährtin schnaubte. Sie war aufgestanden und strich ihm behutsam über die vernarbte Schläfe. »Wie ich sehe, war Gabriellosch ebenfalls sehr spendabel und hat ein Veilchen für dich springen lassen.«

»Das hat er!«, schwärmte Thorxarr. »Der Kampf war großartig und hätte Madame Vouh mich nicht mit der Wettervorhersage für den nächsten Winter abgelenkt – Schneematsch ist echt nicht mein Ding! – dann hätte mich der Adler gewiss nicht getroffen.« Sein Lächeln bekam etwas Lausbubenhaftes. »Nicht zu fassen, aber die Treffer scheinen meinem Ruf nicht zu schaden. Im Gegenteil. Schaut mal!«

Lachend öffnete der Krieger seine Gedanken. In der Erinnerung streifte sein Blick die Tribüne. Dort hielt es niemanden mehr auf den Sitzen. Alle applaudierten im Takt und skandierten: »Roter Bulle! Roter Bulle! Stoisch wie ein Stier! Er teilt aus und steckt ein wie sonst keiner hier!«

»Meine Herren!«, rief Schneewittchen. »Das klingt ja fast wie die Fangesänge bei Pauli im Stadion!«

»Nicht wahr?« Thorxarr strahlte. »Und ich bin der Held!«

»Oh ja!« Alexa saß der Schalk im Nacken. »Wenn du nicht schon Schwingen hättest, würden dir jetzt zweifelsohne welche wachsen!«

»Wieso das denn?«, fragte Lunara. »Ich habe noch nie davon gehört, dass einer Kreatur aufgrund von Heldenverehrung plötzlich Schwingen wachsen.«

»Dann kennst du ›Red Bull‹ noch nicht«, prustete Alexa. »Es heißt: ›Red Bull verleiht Flüüüüügel‹!«

Aha. Hä?

Thorxarr verstand nicht, was daran komisch sein sollte, doch die Clownfisch*in brach nun in schallendes Gelächter aus. Verwirrt schaute er in die Runde. Lunara und Oxana schienen ebenso perplex wie er selbst, Schneewittchen allerdings schmunzelte.

»Du liebe Güte, Alexa! Wie viel Werbung guckst du eigentlich?«, fragte seine Kleine die giggelnde Weiße. An alle anderen gewandt erklärte sie: »›Red Bull‹ ist ein Energie-Drink, der nach Gummibärchen schmeckt, und das hier ist einer der TV-Spots.«

In ihrem geöffneten Geist sah er ein skizziertes Mädchen mit spitzem Hut eine Getränkedose leertrinken und anschließend mit absurd kleinen Flügeln durch ein Fenster flattern.

»Es gibt keine Menschen mit Flügeln«, grollte Thorxarr. »Das ist grotesk!«

»Finde ich auch.« Schneewittchen stellte sich auf die Zehenspitzen und hauchte ihm einen Kuss auf die unverletzte Gesichtshälfte. *»Lass dir deinen Beinamen nicht madig machen, mein Lieber.«*

»Niemals!«

Der Krieger lächelte seine Gefährtin an. »Ich finde ›Roter Bulle‹ voll in Ordnung.« Er bedachte die Weiße mit einem hämischen Grinsen. »Auf alle Fälle besser als ›Clownfisch‹. So nennen sie dich nämlich inzwischen, Alexa!«

»Och, das geht für mich in Ordnung«, schniefte die und wischte sich die Lachtränen aus den Augenwinkeln. »So lange mich mein bester Freund in seiner Nähe duldet, könnten sie mich auch ›Dumpfbacke‹ oder ›Wechselbalg‹ nennen. Das ist mir pupsegal!«

Das meint er ernst, dachte Thorxarr und prompt mischte sich ein Hauch Eifersucht unter seine Dankbarkeit. *Oh Mist! Falsches Pronomen! Sie!!! Sie meint es ernst!*

Die Nummer mit Alexas Weiblichkeit wirkte zuverlässiger, wenn er sie auch wie ein Weibchen behandelte. Insbesondere in seinen Gedanken. Konzentriert lenkte er ein: »Du bist meine Kameradin. Und unter Kameraden darf man sich schon mal ein Späßchen erlauben.«

»Das ist schön«, seufzte Alexa. Eine Pause entstand, doch im nächsten Moment legte sie den Kopf schief. »Und? Bereit für die heutige Fibelverbrennung?«

»Bereit!«, bestätigte Thorxarr. »Wo ist das Buch?«

»In unserem Schlafzimmer.« Schneewittchen küsste ihn noch einmal. *»Ich hole es eben.«*

»Danke!« Er küsste sie zurück. *»Allerdings könnte ich auch mitkommen.«*

Dort wären bestimmt noch ein paar Küsse mehr drin. Allein die Vorstellung ließ die Aura seiner Menschengestalt flimmern.

»He!«, beschwerte sich Lunara. »Kein Geknutsche neben dem Esstisch. Wenn du dich verwandelst, klebt unser schönes Essen sonst wieder an der Wand!«

»Genau!«, pflichtete Oxana ihr bei. »Und fackelt das Buch draußen ab, ja? Das stinkt immer so verkohlt. Ich möchte mir bei Hannas Speisen nicht den Appetit verderben.«

Schneewittchen löste sich von seinen Lippen und murmelte: »Na, dann nehme ich meinen Donnergott wohl lieber mit, hmm?«

»Unbedingt!«

Ihre Augen waren unschuldig und rehbraun. Er liebte die Art, wie sie ihn ansah. Sie machte Lust auf mehr.

»Gleich, mein Großer!«

Schneewittchen griff nach seiner Hand und zog ihn mit sich zum Schlafzimmer. »Mit dem Buch gehen wir auf die Terrasse!«

»Das kann dauern«, stichelte Lunara.

»Ja, ich denke auch«, nörgelte Oxana. »Wir decken den Tisch und fangen einfach an. Wer zu spät kommt, hat selbst Schuld, wenn nichts mehr da ist!«

Nicht ganz eine Stunde später hatte Thorxarr das Buch ins Nirvana befördert und sich mehrfach verwandelt, weil ihn seine Gefährtin danach schwindelig geküsst hatte. Nun saßen die Gefährten mit ihren Freunden am Esstisch und der Krieger genoss seinen Bohnenauflauf mit extra Käse und reichlich Chilisauce. Der schmeckte zum Glück auch noch kalt hervorragend.

»55 Minuten sind schon vorbei«, stellte Alexa fest und wedelte mit ihrem Smartphone herum. Auf dem Display zählte eine Anzeige mit großen Ziffern Sekunden und Minuten hoch. »Wann die Fibel heute wohl wiederkommt?«

Seit einer Woche lag die Rematerialisierungszeit des Buchs bei unter anderthalb Stunden und die Weiße hoffte jeden Tag darauf, dass endlich die Einstundenmarke geknackt wurde.

»Das werden wir ja sehen«, erwiderte Schneewittchen.

Thorxarr betrachtete sein Mädchen. Ihr Lächeln war gequält. Sie hatte keine Eile damit, ein zweites Mal in die Höhle zu reisen. Trotz des zeitlichen Abstands war ihr Unbehagen gewachsen.

»Es wird schon gutgehen, mein Herz!«, sendete er auf der privaten Frequenz und drückte ihre Hand. *»Uns kann gar nichts pass…«*

»Plopp!«, machte es da unvermittelt hinter seiner Liebsten und dann klatschte die Fibel in Originalgröße hinter ihrem Stuhl auf die Fliesen.

»Uiuiuiui!« Alexa drückte auf die Anhalten-Taste der Handystoppuhr. »Das waren nur noch 57 Minuten und 13,145 Sekunden!« Sie schaute mit leuchtenden Augen in die Runde. »Morgen geht es in den Regenwald!«

Die Stunde der Wahrheit

Auch diesmal trafen sie wieder mitten in der Nacht in den Tropen ein und auch heute warf der Mond sein silbernes Licht durch die Schächte an der Höhlendecke. Doch schon als ihr Gefährte landete, spürte Hiltja, dass der Ort anders war als bei ihrem ersten Besuch.

Obwohl ... nein. Ich bin es, die anders ist!

Sie lächelte schief. Der Tee betäubte ihr Talent und das war ein wichtiger Teil ihrer Persönlichkeit.

Ihn zu unterdrücken ist nicht gut.

»Stimmt«, pflichtete Thor ihr für alle hörbar bei. *»Genau aus diesem Grund suchen wir nach der Meistermentorin.«*

»Und diesmal werden wir erfolgreich sein!« Alexa klatschte in die Hände. Sie war vor ihnen durch die Sphäre gereist und stand in ihrer Menschengestalt neben Oxa und Luna – diesmal ohne Ballkleid, sondern in pinkfarbener Funktionskleidung mit Rucksack und Wanderstiefeln. Die heute kupferfarbenen Haare hatte sie sich allerdings wieder zu einer verspielten und sehr weiblichen Frisur hochgesteckt – sicher war sicher!

»Ja, das denke ich auch.« Hiltja lächelte und kletterte von Thors Rücken. Als ihre Sohlen den Boden berührten, durchrieselte sie die Gewissheit, am richtigen Ort zu sein. Alles zog sie zu den Tropfsteinen und so ging sie voraus. »Hier entlang!«

»Äh … müssen wir nicht dorthin?«, wunderte sich Alexa. Sie zeigte auf die Stelle, an der sie mit Bill und Hoggi bei ihrem ersten Besuch alle möglichen Zauber gewirkt hatten.

»Nein«, schmunzelte Hiltja. »Das war nur eine Ablenkung für Nicht-Seherinnen.«

Die Weiße krauste empört die Stirn. »Ehrlich?«

»Jep!«

Madame Vouh schien Hiltja das regelrecht zuzuflüstern, sodass diese keinerlei Zweifel an der Richtigkeit ihrer Aussage hatte.

»Die Finte hat ausgezeichnet funktioniert«, meinte Oxa und rollte ihre Schwingen ein.

Hiltja nickte. Nervosität breitete sich in ihrem Bauch aus. Hier und heute würde sich ihr Leben verändern. Und zwar massiv. Die Stunde der Wahrheit war gekommen.

»Also, mir *haben die Tropfsteine ja sofort gefallen«*, stichelte Luna. *»Tja, das ist wohl das grüne Erbe!«*

Unvermittelt meldete sich Gabriellosch von draußen: *»Hier ist alles ruhig. Naxor bleibt mit uns vor der Höhle, weil das Deckengestein sein Langstreckensenden verhindert. Also dann, Seherin und Roter Bulle, viel Erfolg beim Suchen!«*

»Horraxx!«, quittierte Thorxarr und salutierte mit seiner rechten Schwinge.

»Horraxx!«, erwiderte der Adler.

Hiltja wurde von Thor, Oxa, Luna und Alexa bis zum Eingang begleitet. In diesem Bereich war es finster, sodass die Drachen magische Lichter über ihre Köpfe schickten. Außerdem blieben sie im großen Gewölbe zurück, da es in der Tropfsteinhöhle für Himmelsechsen in ihrer wahren Gestalt eng werden würde.

Ein Roter passt an vielen Stellen gar nicht hinein.

Und Alexa war offenbar von ihren Freunden gebrieft worden, dass sie der Seherin nicht auf die Pelle rücken sollte. Entsprechend warf die Weiße Hiltja bloß einen sehnsüchtigen Blick hinterher.

Thor schickte sein Licht in die Kammer zur stalaktitbehängten Gewölbedecke und als die junge Frau die Tropfsteinhöhle betrat, rieselte ein Schauer durch ihren Körper.

Jetzt wird es ernst.

Hiltja ahnte, dass das, was gleich geschehen würde, alles verändern konnte.

»Mach dich nicht verrückt, mein Herz!«, sendete Thor auf der privaten Frequenz. *»Es wird schon alles gutgehen.«*

Madame Vouh sah das anders. Ganz gegen ihre Gewohnheit präsentierte sie Hiltja Bilder von ihren Begleitern.

Thor und unsere Freunde. Sogar der Adler mit Tyra, Bruttach mit Jude und all die anderen der Eskorte sind dabei!

Doch die Bilder wurden blass und begannen zu flackern.

Es ist nicht sicher, wer nach diesem Vormittag noch dazugehören wird.

Hiltja schluckte. *O Gott! Ich will keinen von ihnen verlieren!*

»Es kann nichts passieren«, beruhigte Thor seine Gefährtin. *»Unsere Eskorte ist kampferfahren und draußen ist alles ruhig. Sollten irgendwelche dunklen Wesen anrücken, werden wir sofort informiert und brechen ab.«*

»Richtig.« Hiltja zwang sich zu einem Nicken.

Er lächelte und fügte auf der privaten Frequenz hinzu: *»Wir haben keine Wahl. Der Tee ist Gift – da sind wir uns einig.«*

»Aber unsere Freunde ...«

»Die wollen ebenso dringend wie wir die Meistermentorin finden«, bekräftigte Thor. *»Denk doch nur an das Herumgestochere in den Visionen der letzten Wochen. Das hat uns allen zugesetzt. Und nur nebenbei: Alexa wäre uns auf ewig böse, wenn wir sie heute nicht*

mitgenommen hätten!«

»Auch wieder wahr«, schmunzelte Hiltja.

»Also dann bis gleich!«, sendete Thor für alle hörbar.

»Ja, bis gleich.«

Hiltja warf ihrem Gefährten einen innigen Blick zu und lief bis zur Mitte der Höhle.

Victoria saß mit ihrem Gefährten in einer Sitzung des Kaleidoskops fest. Heute wurde über die Gesetzesvorlage zur Umverteilung knapper Ressourcen in Krisenzeiten beraten.

Man sollte meinen, dass so alte Wesen wie die Himmelsechsen über den Dingen stehen würden.

Aber dem war nicht so. Tatsächlich feilschten die verschiedenen Parteien selbst um Belanglosigkeiten und versuchten für sich und ihre Leute ein ordentliches Stück vom Kuchen zu sichern.

Es ist wie bei uns Menschen: Beim Geschacher um den Kleinkram verliert man das große Ganze aus dem Blick, stöhnte Victoria bei sich. *Ein Glück, dass Lexia die Debatte leitet. Die Aufrechte wird es am Ende bestimmt richten.*

Bis dahin standen ihr allerdings noch einige hitzige Diskussionen bevor. Dieser Tag würde sich ewig hinziehen.

Innerlich mit den Augen rollend schaute sie ihren Gefährten an und erkundigte sich auf der privaten Frequenz: *»Und? Hast du schon was von Schneewittchen und Thor gehört?«*

Jaromir nickte. *»Die Wölfe und die Berater der Seherin sind soeben im Regenwald angekommen. Gabriellosch hat die Gegend gescannt: Alles ist ruhig. Naxor meldet sich im Zehnminutentakt beim Wächter der Wächter. Und für alle Fälle hält Grimmarr eine seiner Eliteeinheiten in Bereitschaft.«*

»Ich hoffe, das reicht aus«, seufzte Victoria. *»Mir wäre es fast lieber, Grimmarr hätte seine Leute direkt mitgeschickt.«*

»Das wäre gefährlich, denn dann haben wir zu viel magisches Potenzial auf einem Haufen«, widersprach Jaromir und lockerte seine Flughäute. *»So viele Himmelsechsenauren an einem Ort würden die Dämonen erst recht anlocken.«*

»Ich weiß.« Victoria lächelte schief. *»Ich mache trotzdem drei Kreuze, wenn die Wölfe wieder an der Akademie sind. Wir haben nur eine Seherin.«*

»Eben.« Jaromir erwiderte ihr Lächeln. *»Und die braucht dringend eine Ausbildung, sonst kann sie ihren Job nicht machen.«*

»Stimmt. Wir müssen endlich wissen, was es mit diesem Schatten auf sich hat. Ich hatte Kontakt mit Oxana: Madame Vouh hat Schneewittchen den Schatten ebenfalls gezeigt. Da ist was im Busch und ich will wissen, was es ist!«

Hiltja konnte das mulmige Gefühl nicht abschütteln, da half auch Thors gutes Zureden nicht.

Irgendwas steht uns bevor, war sich die junge Frau sicher.

Beklommen drehte sie sich noch einmal zu ihren Freunden um. »Alexa, was sagt der Mondstein?«

»Moment!« Die Weiße nahm den Rucksack ab, friemelte den Feldspat heraus und hielt ihn in die Tropfsteinhöhle hinein. »Also, der Mondstein sagt nichts. Er ist mucksmäuschenstill und rosarot – ganz wie er sein soll.«

»Prima!«

Hiltja gab sich einen Ruck. Thor hatte recht, egal was kommen mochte, es gab keine Alternative. Sie schaute ihre Freunde nacheinander an und sagte: »Danke. Danke für alles.«

Es folgte kollektives Abwinken.

»Keine Ursache!«

»Es ist mir eine Freude!«

»Das mach ich total gerne, Schneewittchen! Durch dich lerne ich so viel Neues. Hihi! Volaxan war heute früh schon ganz neidisch auf mich.«

Thor grinste und sendete auf der privaten Frequenz: *»Siehst du, mein Herz, sie* wollen *bei uns sein! Luna ist es ein Bedürfnis, Alexa befriedigt ihren Wissensdurst und Oxa wird damit hinterher so richtig bei ihren Schwestern angeben, wetten? Du musst also kein schlechtes Gewissen haben.«*

»Vermutlich.« Hiltja straffte ihre Schultern. *»Und jetzt ist Schluss mit Zaudern!«*

Energisch schob sie ihre Bedenken beiseite und konzentrierte sich auf die bizarren Tropfsteinformationen in der Höhle.

So, Madame Vouh, Karten auf den Tisch! Wo ist die Meistermentorin?

Hiltja horchte in sich hinein. Die alte Zigeunerin ließ sich nicht lumpen und spendierte ein grünes Funkeln und gleich darauf eine Säule, die an elegant drapierten Stoff erinnerte.

Oh! Genau die habe ich bei meinem ersten Besuch berührt!

Offenbar sollte sie es heute erneut tun.

Also dann ...

Hiltja holte tief Luft, ging auf die Säule zu und zog ihre Handschuhe aus.

Thorxarr spürte, dass seine Gefährtin zur Ruhe gekommen war und sich nun voll und ganz auf ihre Aufgabe konzentrierte. Selbstsicher ging sie auf eine der Säulen zu und hob ihren Arm.

Ha! Sie weiß genau, was sie zu tun hat.

Wie ein Krieger hatte Schneewittchen sich ihren Ängsten gestellt. Sie hatte die Situation analysiert, alle Hirngespinste eliminiert und sich ihrem Schicksal ergeben.

Gut so! Das hier ist ihr Weg und sie wird ihn gehen.

Die Disziplin und der Mut seines Mädchens erfüllten Thorxarr mit Stolz.

Sie ist eine Kämpferin wie ich!

Der Krieger sah, wie ihre bloße Hand die Säule berührte.

Das Ding sieht mehr nach Stoff aus als nach Stein, fand er.

Im nächsten Moment konnte Thorxarr das Erstaunen seiner Gefährtin fühlen. Und ihre Zustimmung.

Wofür auch immer.

Aber auf einmal flackerte Unsicherheit durch ihren Geist, gefolgt von Hoffnung. Sein Mädchen berührte weiterhin die Säule und …

Hmm. Irgendwas ist merkwürdig ... Oh!

Wie von selbst stellte sich Thorxarrs Rückenkamm auf. Er blinzelte, dann riss er die Augen auf.

Bei der Sphäre! Was für eine Hexerei ist das?!

Etwas Beigefarbenes hatte die Füße seiner Kleinen umhüllt und kroch nun im Zeitlupentempo die Knöchel hinauf.

»Pass auf!«, rief Thorxarr. Er verwandelte sich in seine Menschengestalt und stürzte in die Höhle hinein. »Du musst da weg, Schneewittchen!«

Doch seine Liebste reagierte nicht. Sie stand erstarrt mit dem Rücken zu ihm, sodass er nur ihre Flugkappe und die langen schwarzen Haare sehen konnte, die über ihre Lederjacke fielen, nicht aber ihr Gesicht. Alarmiert tastete er nach ihrem Gedankenmuster. Es war ungewöhnlich träge.

Bei den Nebeln, was geschieht mit ihr?!

Sofort analysierte er ihre Vitalfunktionen. Ihr Herz schlug langsamer als üblich und ihre Körpertemperatur schien zu sinken.

Das ist nicht gut!

Mit wenigen Schritten war der Krieger an Schneewittchens Seite und konnte endlich in ihr Gesicht blicken.

Ihre Haut ist noch blasser als sonst!

»Hey!«, krächzte er und strich ihr behutsam über die Wange. Sie war kühl und glatt – fast wie Porzellan.

»Du musst loslassen!«, forderte Thorxarr. Er griff nach ihrer Hand und wollte sie von der Säule fortziehen, doch ihre Finger rührten sich nicht einen Millimeter. Auch sie waren kalt.

Mantokscheiße! Wenn ich fester zupacke, breche ich ihr die Knochen!

Mit wohldosierter Kraft tätschelte er ihre linke Wange und rief: »Du musst den Stein loslassen! Schnell!«

Keine Reaktion.

Aus dem Augenwinkel bemerkte Thorxarr, dass das beigefarbene Zeug mittlerweile die Hälfte der Unterschenkel hinaufgewuchert war.

Verflixt!

Er nahm ihr Gesicht in beide Hände und sendete eindringlich: *»Schneewittchen, hör mir zu! Du muss hier weg! SOFORT!«*

»Nein, es ist alles gut, Thor«, antwortete sie. Ihre Gedankenstimme klang, als würde ihr Geist in einem Wattekokon stecken: dumpf und irgendwie matt.

»Nein, es ist nicht gut!«, protestierte Thorxarr. Er bückte sich und untersuchte die Masse, die sich bereits Richtung Knie schob. Sie war kalt und hart wie Stein.

Tropfstein? Egal!

Entschlossen quetschte er seine Hand zwischen Schneewittchens Hose und das Tropfsteinzeug und versuchte, es von innen nach außen abzubrechen. Es gelang ihm nicht.

Sumpfstampferkot!

Thorxarr erhöhte seine Kraft und probierte es noch einmal. Ohne Erfolg.

Wenn ich noch fester zerre, knackse ich meinem Mädchen höchstens das Schienbein an!

»Was passiert mit Schneewittchen?«, erkundigte sich Alexa neben ihm. »Gehört das so?«

»Ganz sicher nicht!«, ächzte Thorxarr und richtete sich wieder auf. Seine Hand war ganz taub. Und der beschissene Tropfstein wucherte unbeeindruckt über die Knie seiner Kleinen. Abermals tastete er nach ihrem Gedankenmuster.

Oh nein! Sie entfernt sich immer weiter von mir. Dabei steht sie direkt neben mir!

Hilflos fasste er ihr Gesicht mit beiden Händen und flehte: *»Du musst dich wehren, mein Herz! Bitte, kämpfe dagegen an!«*

»Es gibt keinen Grund zu kämpfen«, wisperte Schneewittchen. *»Es ist die Meistermentorin. Sie erteilt mir die erste Lektion.«*

»Und wenn das eine Falle ist?«, sinnierte Oxana.

»Eine Falle?« Thorxarr wandte sich um. Die Goldene und die Grüne hatten ebenfalls ihre Menschengestalt angenommen und standen nun neben Alexa, wobei Oxana in ihrem Businesskostüm mit Stöckelschuhen zwischen den Stalagmiten und Stalaktiten ziemlich deplatziert wirkte.

»Ja.« Die Goldene deutete auf einige Tropfsteinformationen, die sich neben der Säule seiner Kleinen befanden. Alle hatten ungefähr dieselbe Größe. »In jede Struktur würde ein Humanoider hineinpassen.«

Beim Grauen Krieger, sie hat recht!

Thorxarr zog es die Eingeweide zusammen. Ihm wurde heiß und kalt zugleich.

»Jetzt macht Thor nicht irre«, schalt Lunara ihre Freundin. »Keine der Halbsäulen enthält Lebenszeichen.«

»Korrekt«, entgegnete Oxana nüchtern. »Heute nicht mehr.«

Sie sprach aus, was Thorxarr befürchtete. Panik schlich sich in sein Herz und dann brach es aus ihm heraus: »Ist mir egal, was in den anderen Dingern ist! ICH WILL MEINE GEFÄHRTIN ZURÜCK!!!«

Dem beigefarbenen Zeug war sein Gebrüll einerlei. Es kroch immer höher und bedeckte schon den halben Oberschenkel seiner Liebsten.

»He, Thor!« Alexa zupfte ihn am Ärmel seiner Uniform. »Ich hab' 'ne Idee. Schlag genau auf diesen Punkt!« Sie zeigte auf eine Stelle hinter der sich Schneewittchens Kniekehle befinden musste. »Falls du durchdringst, kann das Gelenk in seiner natürlichen Bewegung einklappen.«

Thorxarr hatte keinen Schimmer, ob das funktionieren würde, doch er hatte in den vergangenen Jahren gelernt seinem weißen Kameraden bei wissenschaftlichen Dingen zu vertrauen.

»Dorthin?«, vergewisserte er sich.

»Ja!«

Der Krieger kniete sich hin, ballte die Rechte zur Faust und schlug zu.

Autsch!

Seine Hand schmerzte. Sonst war nichts passiert.

»Fester!«, forderte Alexa.

Thorxarr nickte. Diesmal schützte er seine Faust mit einem partiellen Schildzauber. Er konzentrierte sich, holte aus und donnerte mit voller Wucht auf die besagte Stelle.

Wummmmmm!

Der Schild vibrierte und übertrug die Schwingungen auf die Knochen des Kriegers.

Bei den Ahnen! Mit diesem Hieb hätte ich eine massive Marmorstatue köpfen können!

Aber das beigefarbene Teufelszeug hatte weder eine Delle noch einen Haarriss bekommen. Inzwischen umschloss es die Hüfte seiner Gefährtin.

»Raah! Was zur Hölle ist das?!«, knurrte Thorxarr und richtete sich wieder auf.

»Ich habe keine Ahnung.« Alexa legte ihren Kopf schief. »Es sind keinerlei astrale Ströme messbar, ergo kann es sich nicht um Magie handeln.«

»Lebendig ist es auch nicht«, erklärte Lunara. »Ich kann weder Vitalzeichen noch Emotionen oder gar Gedanken ausmachen. Da ist rein gar nichts!«

Apropos Gedanken.

Thorxarr konzentrierte sich auf seine Liebste. Ihr Geistesmuster wurde immer schwächer. Es schien sich aufzulösen und war kaum mehr als ein diffuses Lüftchen.

»Bleib bei mir!«, flehte er und nahm ihr Gesicht noch einmal in beide Hände. *»Bitte, Schneewittchen! Sag der Mentorin, dass sie dich freigeben soll!«*

»Sie ... ist noch nicht fertig«, hauchte sein Mädchen. *»Ich muss ... zuhören ... und lernen.«*

»Aber du stirbst!!!«, schrie Thorxarr.

»Er weint«, wisperte Lunara.

Aufgewühlt blinzelte der Krieger die Tränen weg. Das Porzellangesicht seiner Kleinen war mittlerweile eiskalt.

Was soll ich tun?

Er wusste es nicht. Er wusste nur, dass er seine Gefährtin nicht verlieren wollte, ja, nicht verlieren durfte! Und so presste er seine Lippen auf ihre.

»Bitte, mein Herz, ich brauche dich. Lass die Säule los! Tu es für mich!«

Im nächsten Moment meinte er einen Lufthauch an ihrem Mund zu spüren. Hoffnung keimte im Krieger auf.

Doch dann wisperte Schneewittchen mit schwindender Stimme: *»Ich ... liebe dich, Thor ... Vergiss das nicht ...«*

»Nein!«

Verzweiflung flutete sein Inneres. Bebend löste sich Thorxarr von ihren Lippen. Derweil wucherte das verfluchte Tropfsteinzeug schon über den Bauch seines Mädchens.

Aufgeben ist keine Option!, ranzte er sich selbst an. *Los! Konzentrier dich, du Held!*

Thorxarr holte tief Luft und schaute seine Freunde an. »Wir müssen irgendwas tun! Ich *kann* sie nicht gehen lassen!«

»Wir fordern Hoggi und Bill an!«, entschied Oxana.

»Gute Idee!« Alexa nickte emsig und sendete mit voller Kraft: *»He, Naxor! Wir brauchen Billarius Schneeglanz und Hoggi Elfenbeinschimmer vor Ort. Dies hier sind ihre Gedankenmuster! Bitte schick die beiden zu uns.«*

»ES IST DRINGEND!«, brüllte Thorxarr hinterher.

»Ja! Sehr dringend!«, bestätigte Alexa und schaute mit großen Augen zum Krieger auf.

Die beigefarbene Masse erreichte die Brüste seiner Kleinen, dennoch wurde Thorxarr ruhiger. Er kannte niemanden, der so gut im Rätsellösen war wie die Weißen.

Und Bill, Hoggi und Alex sind die Klügsten ihrer Rasse! Sie werden Schneewittchen im Klaueumdrehen befreit haben.

Das musste einfach so sein.

Am Rande bemerkte er, dass er das falsche Geschlecht für seinen Freund benutzt hatte und es ihn nicht mal ansatzweise aufregte. Tja, im Überlebensmodus spielte Eifersucht wohl keine Rolle.

»Hmm«, brummte Alexa plötzlich. »Das ist merkwürdig.«

Ein Unterton in der Stimme ließ die Alarmglocken in Thorxarr schrillen. Dann legte sein Kamerad auch noch den Kopf schief und furchte die Stirn.

»Was?!«, fauchte der Krieger.

»Naxor antwortet mir nicht«, murmelte der oder die Weiße.

Alexa schaute ihn bedröppelt an. »Dabei ist der Schwarze sonst immer sehr höflich. Meine Bitte zu ignorieren, ist so gar nicht seine Art.« Sie strich sich ein kupferfarbenes Löckchen hinters Ohr. »Außerdem kann ich sein Gedankenmuster nicht finden.«

Thorxarr hatte das Gefühl, ihm würde jemand die Luft abdrücken. Bevor sein Hirn die Konsequenzen des Gesagten durchdacht hatte, sinnierte Oxana: »Ach, das liegt bestimmt am abschirmenden Charakter des Gesteins.« Sie stöckelte auf ihren High Heels Richtung Ausgang. »Ich gehe eben in die große Höhle und informiere Naxor von dort. Bin gleich wieder da! Passt ihr auf Schneewittchen auf, ja?«

»Machen wir!«, erwiderte Lunara. »Bis du mit den Weißen zurück bist, bringe ich das Herz des Mädchens auf Trapp. Dadurch sollte sich ihr Gesamtzustand stabilisieren.«

Sollte?!

Thorxarrs Nackenhaare richteten sich auf. »Sollte« war die Schwester von »hätte« und beide Kinder des Versagens.

Oh nein!

Der Krieger verschränkte die Arme vor der Brust und stellte sich der Grünen in den Weg.

»Ich dachte, du hast Probleme mit zarten Zaubern. Und da willst du an ihrem Herzen rumpfuschen? Was, wenn du zu viel machst?!«

»Thor, sieh sie dir an«, entgegnete Lunara sanft. »Das Herz der Kleinen schlägt kaum noch. ›Zu viel‹ geht da nicht.«

Mantokscheiße, sie hat recht!

Unbeholfen trat Thorxarr beiseite. Der wuchernde Stein umschloss bereits die Schultern seiner Gefährtin.

Und ich kann nichts dagegen ausrichten! Argh!!

Lieber würde er es allein mit einem Kreischknochenknacker aufnehmen, als weiter tatenlos zusehen zu müssen.

Das hier ist so raaaaahhhhhhhhhhh!

Lunara strich sich die türkisfarbenen Haare aus dem Gesicht und drückte seinen Arm. »Das wird schon, Thor. Sie ist die Seherin! Ihr Leben darf und *wird* heute nicht enden!«

Davon war die Grüne überzeugt.

Das glaubt Luna wirklich.

Thorxarr atmete auf. Die Zuversicht seiner Freundin schenkte ihm neue Hoffnung. Aufgewühlt beobachtete er, wie die Grüne ihre Hände auf Höhe des Brustkorbs vor Schneewittchens Gefängnis hob und einen Zauber wob.

Allein das Zuschauen beruhigte die Seele des Kriegers und als er wenige Sekunden später den Herzschlag seines Mädchens wahrnehmen konnte, fühlte er sich von einer schweren Last befreit. Auch Schneewittchens Gedankenmuster kehrte zurück.

»Gut so, meine Liebste!«, wisperte er in ihren Geist. *»Du musst dich befreien. Wir sind in eine Falle getappt! Bitte wehr dich!«*

Im nächsten Moment wucherte die beigefarbene Masse über den zarten Hals seiner Kleinen.

»Nein ... keine Falle«, hauchte sie. *»Die Meistermentorin ist hier.*

Sieh nur!«

Ein Knirschen drang an Thorxarrs Ohren. Er folgte dem Geräusch mit seinem Blick.

Oh!

Die Säule, die Schneewittchens Hand berührte, hatte sich neben den Fingern seines Mädchens geöffnet.

Da ist ein Hohlraum! Er ist genau auf Augenhöhe.

Thorxarr trat näher und konnte ein grünes Funkeln ausmachen.

Oha! Das hat Madame Vouh als Vision gezeigt – direkt vorm Rahmspinat mit hartgekochten Eiern!

Der Krieger schluckte. Konnte es wirklich sein, dass das hier keine Falle war? Misstrauisch schuf er ein zweites Licht und leuchtete ins Fach hinein. Ein kunstvoll geschliffener Smaragd funkelte zurück. Außerdem konnte er den typischen Geruch von Platin wittern.

»Wow!«, krächzte Thorxarr. »Das da drin ist tatsächlich ein Artefakt. Ich … ich glaube, wir haben die Meistermentorin gefunden!«

»Wirklich?!« Lunara lachte auf. »Ein Glück! Mir fällt ein Stein vom Herzen.«

»Mir nicht!«, grollte der Krieger. »Meine Gefährtin hält nicht mehr lange durch.«

»Was, wenn das Teil eines Rituals ist?«, grübelte die Grüne. »Vielleicht verbindet sich die Mentorin ja gerade mit ihrer Schülerin und zu diesem Zweck umschließt der Stein Schneewittchen.«

»Du meinst wie eine Art Initiation?«, erkundigte sich Alexa.

»Ja, in etwa«, sinnierte die Grüne. »Es könnte doch sein, dass die Mentorin die Schülerin prüft und hinterher wieder entlässt, sofern sich diese als würdig erweist!«

»Sie *IST* würdig!«, polterte Thorxarr. Ihm war dieses ganze Umschließen, Prüfen und Verbinden überhaupt nicht recht.

»Natürlich ist sie das!«, frohlockte Alexa. »Uiuiui! Das ist ja so aufregend!« Die Weiße drängelte ihren Kopf neben den des Kriegers, um besser in das Fach hineinsehen zu können.

»Was machst *du* denn da, Alexa?«, keuchte Lunara. »Wirkst du einen

Levitationszauber?«

»Ja.«

»Hä? Auf dich *selbst*?«

»Logisch!«, bestätigte die Weiße. »Bringt ja nichts, wenn ich ihn auf die Säule wirken würde. Die ist schließlich an Boden und Decke festgewachsen.«

»Ja, nee«, schnaubte Lunara. »Dir ist schon klar, dass das aufs Gleiche rauskommt, als würde man sich an der eigenen Halskrause aus einem Sumpf ziehen wollen, oder? Das ist unmöglich!«

Erst jetzt bemerkte Thorxarr, dass Alexas Wanderstiefel ein ganzes Stück über dem Boden in der Luft baumelten.

»Korrekt. Deswegen behelfe ich mich ja auch mit einer Manipulation der Gravitation«, erklärte die Weiße. »So spare ich Astralkraft und umgehe die Unmöglichkeit. Aber genug geschnackt. Ich will die Meistermentorin sehen!«

Prompt geriet sein Kopf in Schieflage und seine Hand strebte Richtung Säulenfach.

»NICHT ANFASSEN!«, schrien Thorxarr und Lunara wie aus einem Munde.

»Ja, ja!« Alexa rieb sich die Ohren. »Mensch, Leute! Ich bin astralschwach und nicht taub!«

»Nicht berühren«, bekräftigte die Grüne. »Damit könntest du die Verbindung zwischen Schülerin und Mentorin stören! Und wer weiß, was dann passiert?!«

»Ist ja gut«, lenkte Alexa ein. »Dann wirke ich eben bloß einen minimalinvasiven Analysezauber.«

»Nein, lass das!«, schnauzte Thorxarr und behielt Gedankenmuster sowie die Lebenszeichen seiner Liebsten akribisch im Auge. »Auch dabei könnte was schiefgehen!«

»Nee, tut es nicht«, winkte die Weiße ab. »Es ist nämlich schon vorbei. Also, der Stein ist ein Smaragd und das Metall von Kette und Fassung besteht aus Platin.«

»Weiß ich!«, zischte der Krieger. Er zitterte vor Anspannung. Inzwischen hatte der wuchernde Tropfstein die Nase seines Mädchens erreicht. »Das Zeug darf nicht weiterwachsen! Sonst bekommt Schneewittchen keine Luft mehr!«

Verzweifelt versuchte er die Masse mit seinen Händen zu stoppen.

»Ich fürchte, das bringt nichts, Thor.« Alexa schaute bedeutsam von ihm zur Grünen. »Meine Analyse hat nämlich ergeben, dass hier ein mächtiger Zauber am Werk ist, der in diesem Moment überaus aktiv ist. Hmm.« Sie legte ihren Kopf schief und die Stirn unter den Kupferlöckchen in Falten. »Irgendwie erinnert mich das an die Datenübertragung in Benans Labor.«

»Bei der Sphäre!«, wisperte Lunara. »Was, wenn die Mentorin Schneewittchens Wissen in sich aufnimmt … und … auch noch ihre Seele?«

»Du meinst der Stein assimiliert das Wesen unserer Seherin?«, quietschte Alexa. »Aber wir brauchen Schneewittchen doch noch!«

Was? NEIN!

Der Tropfstein hatte Thorxarrs Hände unbeeindruckt nach oben geschoben. Seine Finger fühlten sich eiskalt an.

Grauer Krieger, steh mir bei! Ich darf SIE NICHT VERLIEREN! Ich muss kämpfen, bloß wie?!

Nicht zu wissen, was hier tatsächlich vor sich ging, machte Thorxarr fast wahnsinnig. Für Theorien und tatenloses Hoffen und Bangen war ein Krieger nicht gemacht. Nein, von solchem Hin und Her bekam er ein Schleudertrauma.

Am liebsten hätte Thorxarr laut gebrüllt, aber das wendete nichts zum Guten. Außerdem wurden sowohl das Gedankenmuster als auch der Herzschlag seines Mädchens stetig schwächer. Kein Wunder, denn das beigefarbene Teufelszeug überzog nun schon ihre Brauen.

»Ich prüfe das mit der der Atemluft.« Lunara legte ihrer Freundin die Hand auf die Flugkappe und schloss die Augen.

Bitte, bitte, bitte!

Die Miene der Grünen wurde finster.

Oh nein! Das sieht nicht gut aus!

Jetzt schrie Thorxarr doch: »RAAAAAAAAAAAAHHHHHHHH!«

Aber dann seufzte die Grüne: »Uff! Die Sauerstoffsättigung ist in Ordnung … und sie … scheint stabil zu bleiben. Ja. Prima!«

Thorxarr konnte kaum atmen. Er wollte nur eines: Seine Gefährtin aus diesem unsäglichen Was-auch-immer-Kokon befreien und von hier verschwinden. Aber es sah nicht danach aus, dass es so kommen würde. Bebend ballte er die Fäuste.

Ihr Ahnen, macht, dass Bill und Hoggi bald eintreffen, flehte er.

Doch von Oxana fehlte bislang jede Spur. Nicht einmal ihr Gedankenmuster konnte er erfassen.

Aaaargh!

Das hier war die Höchststrafe.

Warum kann ich nicht an Schneewittchens Stelle dort eingeschlossen sein? Das wäre leichter zu ertragen!

Als sich der Stein über der Flugkappe seines Mädchens schloss, schlug eine Woge der Verzweiflung über Thorxarr zusammen.

»Bitte, mein Herz!«, sendete er aus tiefster Seele. *»Komm zurück zu mir! Ohne dich will ich nicht leben!«*

»Es ... geht mir gut«, wisperte Schneewittchen matt. *»Endlich ... kann ich ... lernen.«*

»NEEIIIIIIN!!!«, heulte der Krieger und hieb mit beiden Fäusten auf das Gefängnis ein.

»Warte, Thor! Es ist nicht vorbei! Ihr Puls ist noch da«, erklärte Lunara.

Thorxarr konzentrierte sich.

Ja, da war was, aber es war kaum mehr als ein Flimmern.

»Der Tropfstein schirmt die Signale ab«, erläuterte Alexa und tätschelte seinen Arm. »Sie ist nicht tot!«

»Noch nicht«, grollte der Krieger. Aufgewühlt betrachtete er die Halbsäulen, die sich neben seiner Liebsten aufreihten. Die Dinger sahen der von Schneewittchen in Form, Größe und Farbe viel zu ähnlich, da hatte Oxana verdammt recht.

Bei der Sphäre!

Thorxarr wusste nicht mehr wohin mit seinen Emotionen.

Ich muss sie befreien! Sofort!

Aber wie?

Ich muss *eine Möglichkeit finden. Irgendeine!*

Egal welche – Hauptsache er bekam seine Liebste aus diesem Stein heraus!

Reiß dich zusammen!, beschwor Thorxarr sich selbst. *Luna sagt, noch ist nichts verloren!*

Inzwischen hatte der wuchernde Stein auch die Hand seiner Liebsten umschlossen, die noch immer die Säule berührte.

So! Lagebeurteilung, Herr Krieger!, befahl er sich selbst.

Das einzig Gute an der Situation war, dass die Dämonen sie in dieser Nacht in Frieden ließen. Außerdem mussten Hoggi und Bill jeden Augenblick hier eintreffen.

Und ... vielleicht zerfällt der Kokon gleich zu Staub und ich bekomme mein Herz zurück.

Thorxarr bemühte sich darum ruhig zu atmen, so wie er es in seiner Ausbildung gelernt hatte. Ein fokussierter Geist konnte Leben retten, das hatte Maxxorr stets betont.

Alles wird gut! Ich werde Schneewittchen wieder in meine Arme schließen können.

Während er sich hilflos an diesen Gedanken klammerte, quoll aus weiter Ferne ein Krähen.

Und noch eins.

Das Zweite war lauter als das erste.

»Lass den Mist, Alexa!«, fauchte Thorxarr. »Dies ist nicht der richtige Zeitpunkt für dumme Scherze!«

»Was? Oh!« Die Augen der Weißen weiteten sich. »Aber das ist kein Scherz, Thor!«

Hektisch riss sie den Rucksack von ihren Schultern und ließ den Mondstein herausschweben.

Das Teil war leuchtend türkis und krähte so laut, dass die Stalaktiten über ihren Köpfen erzitterten.

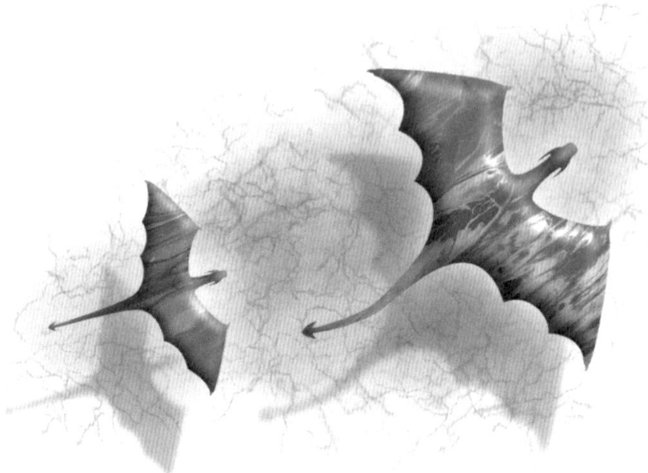

Das letzte Gefecht

Alexas Mondstein krähte sich die Seele aus dem Feldspat. Dämonen – auch das noch! Routiniert wechselte Thorxarr in den Kampfmodus und fühlte sich direkt besser.

Ha! Bei diesem Problem weiß ich wenigstens, was zu tun ist!

Das Krähen dauerte an und wurde mit jedem Mal lauter.

»Verdammt, Alexa!«, blaffte Thorxarr. *»Stell den Alarm ab! Wir wollen die Biester ja nicht herlocken!«*

Die Weiße reagierte nicht. Sie starrte hysterisch auf das türkisfarbene Pulsieren in ihrer Hand und bewegte die Lippen, als würde sie fortwährend »Nein, nein, nein, nein, nein, nein, nein!« brabbeln.

Mein Kamerad wird von seiner Furcht gelähmt.

Das konnte der Krieger ihm nicht verdenken, hatte er doch mit eigenen Augen gesehen, wie knapp sein Freund bei der letzten Dämonenbegegnung mit dem Leben davongekommen war. Trotzdem musste der Krach ein Ende haben. Außerdem kamen Jammerlappen in Krisensituationen meist als Erstes um und Alexans Tod wollte Thorxarr nicht riskieren.

»Verpass ihm einen Panik-Blocker!«, befahl er Lunara.

Die Grüne nickte und tippte Alexa fünf Mal mit ihrem Zeige- und Mittelfinger auf die Stirn. Wenige Sekunden später ging ein Ruck durch die Weiße und das Gebrabbel hörte auf.

»Sie kommen!«, sendete Alexa stattdessen über das Krähen hinweg. *»Die Dämonen kommen, um uns zu holen!«*

»Ja, aber der Adler wird das verhindern«, hielt Thorxarr dagegen. *»So wie ich Gabriellosch und Bruttach kenne, macht unsere Eskorte gerade Gulasch aus den Viechern da draußen.«*

»Und, und, und wenn nicht?«

»Dann fordert Naxor rote Verstärkung an«, brummte der Krieger. *»Dir wird nichts passieren. Also krieg dich wieder ein und schalte endlich den Lärm ab!«*

»Öhm«, fiepte Alexa. *»Das kann ich nicht!«*

»Warum nicht?«

So langsam klingelten Thorxarr die Ohren seiner Menschengestalt.

»Es ist nicht vorgesehen, den Warnton abzustellen!« Die Weiße schüttelte den straußeneigroßen Mondstein demonstrativ, als würde das irgendwas beweisen. *»Das Krähen hört erst auf, wenn man vor den Dämonen in Sicherheit ist. Das hat Volaxan extra so installiert! Nicht, dass ich die Flucht vergesse, weil mich wieder irgendwas ablenkt.«*

Thorxarr rollte mit den Augen. *»Fliehen können wir nicht, also leg eine Vakuumsphäre um den Feldspat!«* Er berührte die Weiße am Nacken. *»Los, ich helfe dir mit der Astralenergie!«*

Alexa nickte und kurz darauf ebbte das Krähen ab, bis es schließlich ganz erstarb.

Kaum herrschte Ruhe, da streckte Oxana ihren Drachenkopf in die Tropfsteinhöhle. *»Leute! Wir werden angegriffen!«*

»Das wissen wir«, seufzte Thorxarr. »Ich …«

»Nein, Thor!«, unterbrach die Goldene. *»Das ist kein zufälliges Scharmützel, sondern ein gezielter Angriff! Mehrere Satanas haben*

Naxor und Verena unter ihre Kontrolle gebracht. Außerdem befehligen sie ein Heer von Sumpfstampfern, Dämmerungsrotten und Schwefelechsen. Ein Jungschwarm Pesthornissen ist auch da draußen und ich meine sogar das Dröhnen eines Giganto-Donnerfliegers gehört zu haben.«

Beschissene Mantokscheiße!

Thorxarrs Inneres zog sich zusammen. »Haben die Satanas unseren Schwarzen übernommen, *bevor* oder *nachdem* er Verstärkung anfordern konnte?«

»Keine Ahnung!«, keuchte Oxana. *»Kann sein, dass er es noch geschafft hat. Wir haben jedenfalls Befehl zu fliehen! Sofort!«*

»Ohhhhhh!«, heulte Alexa.

Das klingt übel. Der Krieger schluckte. *Aber eine Flucht ohne Schneewittchen? NIEMALS! Vielleicht ... wenn das Was-auch-immer-Ritual schon abgeschlossen ist ...*

Prüfend klopfte Thorxarr an verschiedenen Stellen an den Steinkokon, der seine Liebste einsperrte.

ARGH! Könnte ich sie doch nur dort herausbekommen!

Aber das verfluchte Ding war genauso intakt wie wenige Minuten zuvor.

»Keine Risse, keine Verringerung der Materialdicke und keine Abnahme der Stabilität«, analysierte die Weiße zwei Oktaven höher als sonst. »Entweder ist der Initiationsritus mit der Meistermentorin noch voll im Gange oder unsere Theorie ist falsch!«

»Auf alle Fälle ist Schneewittchen am Leben«, unterstrich Lunara. Sie unterstützte erneut den Herzschlag des Mädchens mit Magie.

»Aber das Zeitfenster für unsere Flucht kann sich jede Sekunde schließen!«, drängelte Oxana, hielt jedoch abrupt inne. *»Moment! Ihr habt das Artefakt gefunden?!«*

»Ja«, piepste Alexa und zeigte auf das Fach in der Säule. »Schau!«

Alle starrten auf das grüne Glitzern, das dort herausfunkelte. Die Zeit dehnte sich. Ein ganzes Universum passte in den nächsten Wimpernschlag.

Thorxarr interessierte das Artefakt nicht. Sein Kriegerverstand wertete ihre Lage aus: Falls Naxor nicht mehr hatte senden können, würde keine Verstärkung von den Roten kommen. Nach Oxanas Angaben war die Schlagkraft des Dämonenheers beträchtlich.

Und Satanas sind keine Draufgänger. Wenn sie sich freiwillig mit so vielen roten Drachen anlegen, haben sie garantiert weitere Trümpfe in der Hinterhand. Damit ist ein Sieg für uns ausgeschlossen.

Thorxarr war noch nicht vollständig mit Schneewittchen verbunden. Er würde also überleben, falls sie starb.

Doch was wäre das für ein Leben?

Das Herz des Kriegers zerriss es allein bei der Vorstellung.

Nie wieder würde ihr Lachen durch die Luft perlen und ich könnte nie mehr den Duft ihrer herrlichen schwarzen Haare riechen. Keine Visionen mehr von Madame Vouh und kein zartes Kitzeln, wenn ihre Fingerspitzen über meine Haut streichen. Nie mehr ihr süßes Stöhnen hören, wenn sie mich begehrt. Kein Streiten mehr, kein Küssen und kein gemeinsames Kochen. Ich würde nie wieder die köstliche Schwäche ihres Körpers fühlen und nie mehr die Stärke ihres Geistes. Aber vor allem könnte ich nie mehr ihre Gedanken in meinen spüren, wenn sie heute stirbt.

Thorxarr fröstelte.

Ich müsste ein Leben in Dunkelheit fristen. Ein Leben, dass das Atmen nicht wert ist! Der Tod wäre im Gegensatz dazu eine Gnade.

Nein, ohne Schneewittchen würde der Krieger nirgendwohin gehen.

Alexan guckte in das Versteck der Meistermentorin hinein. Das grüne Funkeln versprach ihm Rätsel und Zauberkunst bis zum Abwinken. Kein Zweifel, es würde Dekaden, wenn nicht gar Jahrhunderte brauchen, um der Meistermentorin alle Geheimnisse zu entlocken!

Hach, ich kann so viel lernen und dabei ohne Ende vergessenes Wissen entdecken. Das wird ein Fest!

Außerdem war Alexan weder Krieger noch Heiler.

Ich bin ja nicht mal ein Magister der Magie, weil mein astrales Potenzial dafür zu gering ist.

Nein, er war bloß ein Sklave seiner Neugier. Was das aktuelle Geschehen betraf, kannte er nicht alle Variablen, doch er schätzte, dass die Überlebenschance bei einem Verbleib in dieser Tropfsteinhöhle bei unter 49,5 Prozent lag.

Wenn ich jetzt sterbe, was werde ich dann alles verpassen? Ist es da nicht klüger, mit der Meistermentorin zu fliehen? Solange das noch geht? Gegen eine Dämonenarmee kann jemand wie ich eh nichts ausrichten.

49,5. Das war definitiv weniger als 50. Und sofern er ehrlich zu sich selbst war, konnte er seinen Mut in diesem Moment mit maximal 24,453 Punkten von erreichbaren einhundert beziffern.

Andererseits liegt die Wahrscheinlichkeit, dass Thorxarr einen meiner Zauber versteht, durchschnittlich bei nur 24,342 Prozent.

Und der Krieger hörte ihm trotzdem immer zu, wenn Alexan ihn darum bat.

Die spannendsten Dinge habe ich zusammen mit meinen Freunden entdeckt, besonders seit Schneewittchen dazugehört. Mit den vieren ist es nie langweilig. Und ... Eine behagliche Wärme breitete sich im Bauch des kleinen Drachen aus. *Ich mag sie und zwar zu exakt 100 Prozent.*

Einhundert. Mehr ging nicht. Nie!

Alexan beschloss bei seinen Freunden zu bleiben, gleichgültig, ob sie gehen oder hier ausharren würden.

Lunara spürte, wie das moosgrüne Funkeln der Meistermentorin sie in den Bann zog. Dort im Hohlraum lag das verschollen geglaubte Erbe ihrer Vorfahren. Und draußen wüteten Dämonen.

Ist es an mir, das Artefakt zu sichern? Es vor den Dämonen zu beschützen?

Ihr Blick fiel auf Schneewittchens Steinkokon. Wenn Oxanas Vermutung stimmte, würde die Ärmste nicht mehr lebendig herauskommen. Die Meistermentorin hingegen konnte sie davor bewahren, in falsche Klauen zu geraten.

Das Sehen ist die Gabe von uns Grünen. Vielleicht kehren die Visionen zu meinen Schwestern zurück, wenn ich ihnen die Mentorin bringe.

War das nicht das Schicksal der Ihren? Und damit Lunaras Pflicht, den Smaragd von hier fortzubringen?

Nein.

Noch immer fühlte Lunara das Herz des Menschenmädchens schlagen.

Das Leben wiegt schwerer.

Jedes Leben. Auch das ihrer humanoiden Freundin.

Und auf sie haben wir zehntausende von Jahren gewartet.

Das Artefakt mochte bis zum letzten Atom mit magischen Wundern vollgestopft sein, doch es trug nicht einen Funken Leben in sich.

Und falls das Ding nur ein klitzekleines bisschen wie die Fibel der Seherinnen ist, dann wird niemand außer Schneewittchen etwas damit anfangen können. Erst recht keine Dämonen. Ha!

Lunara grinste.

Die oberste Devise muss lauten, das Leben unserer Seherin zu schützten. Ohne sie ist unser Erbe verloren.

Oxanas Geist analysierte in Windeseile die Situation: Die Optionen, um Schneewittchen innerhalb der nächsten Minuten aus dem Steinkokon zu befreien, waren ausgeschöpft. Dem humanoiden Mädchen war nicht zu helfen, ansonsten hätten die anderen das garantiert getan. Das Artefakt allerdings – sie verwandelte sich in ihre Menschengestalt und stöckelte eilig auf die Säule zu – das Artefakt konnte gerettet werden. Es zu greifen und sich damit in Sicherheit zu bringen war in dieser Lage nicht verwerflich. Im Gegenteil! Es war eine logisch nachvollziehbare Entscheidung.

Das grüne Funkeln strahlte heller und entfachte eine brennende Gier in Oxana.

Das, was die Meistermentorin zu lehren hat, begehren meine Schwestern schon seit Jahrtausenden. Und ich wäre es, die es ihnen bringt! Mein Ansehen würde wachsen.

Und wie!

Ihr Name würde in einer Reihe mit den Königinnen in die Geschichtsschreibung eingehen. Mehr Respekt konnte keine Himmelsechse bekommen.

Oxana – die Hüterin der Zukunft!

Das klang wunderbar und vor allem wichtig. Niemals wieder würde ein Drache sie geringschätzen. Sie musste nur ihre Hand ausstrecken und …

Nein.

Oxana schaute ihre Freunde an und ihr Blick blieb am Krieger hängen. Thorxarr würde nicht gehen. Da konnte kommen, was wollte.

Was, wenn wir lediglich ein paar Minuten Zeit gewinnen müssen?

Welchen Wert hatte öffentliches Ansehen, wenn man seine Freunde in den dunkelsten Stunden alleinließ?

Dieses Ansehen ist hohl!

Wenn sie jetzt floh, tötete sie ihr Rückgrat. Dann bewies sie, dass sie weder das Vertrauen noch die Freundschaft der anderen verdiente.

Ich will echtes Ansehen. Die Wertschätzung der Personen in diesem Raum ist kostbarer als der Respekt meiner ganzen Rasse.

Oxana lächelte. Ihr Platz war hier!

Der Wimpernschlag war vorüber und die Zeit floss wieder normal.

Thorxarr schüttelte seine Verzweiflung ab. *Noch lebt meine Gefährtin, also habe ich den besten Grund zu kämpfen.*

Er versuchte abermals Kontakt mit ihrem Geist aufzunehmen, doch sie antwortete ihm nicht.

Pah! Das kann unmöglich so gewollt sein. Wenn das ein Ritual ist, dann ist es lausig! Vermutlich ist es eher eine Falle.

Und Fallen konnten geknackt werden.

»Wir müssen Zeit gewinnen, bis Verstärkung eintrifft!«, erklärte Thorxarr.

Oxana nickte. »Da wir nicht wissen, ob Naxor Hilfe rufen konnte, müssen wir selbst dafür sorgen. Der Kampfschwächste von uns sollte springen, während die anderen den Ausgang gegen Dämonen sichern.«

»Gute Strategie«, pflichtete der Krieger ihr bei.

Nun richteten sich alle Augen auf Alexa.

»Was?«, rief die empört. »Ich soll gehen? Aber … aber … vielleicht bin ich die Einzige, die den Kokon öffnen kann!«

Stimmt. Doch vor allem möchte mein Kamerad nicht von unserer Seite weichen.

Das fühlte Thorxarr deutlich. Es war schon erstaunlich, wie viel Treue und Ehre in diese kleinen weißen Drachen hineinpasste. Daran konnte sich sogar ein Roter ein Beispiel nehmen.

Der Krieger war im Begriff zu einer Antwort anzusetzen, da sträubten sich ihm sämtliche Nackenhaare.

Mantokscheiße!

Er wirbelte herum und riss einen Schild vor dem Eingang der Tropfsteinhöhle hoch. Keine Sekunde zu früh!

Brrrrritzzzzzz!

Bumppp.

Ein Überall-Schrat hatte sich seine stachelfellbewerten Flügel am Schild verbrutzelt und war wie eine tote Fiege zu Boden gefallen.

Eine truthahngroße tote Fliege.

Prompt schrillte Alexas Kreischen zwischen den Tropfsteinen umher.

Lunara fasste die Kleine bei den Schultern und rüttelte sie leicht. *»Schnell, Alex, du musst springen!«*

»NEIN!«, widersprachen Thorxarr und Oxana synchron.

Das Kreischen erstarb. Nun japste die Weiße nach Luft.

»Überall-Schrate jagen immer in Gruppen«, warnte Thorxarr. »Wo einer ist, sind mindestens noch fünf andere.«

»Aber du hast den Eingang gesichert!«, rief Lunara.

»Das täuscht«, knurrte der Krieger. Er behielt seinen Schild genau im Auge. »Überall-Schrate gehören zu den Teleporterdämonen. Sie können sich nicht durch Gestein bewegen, sehr wohl jedoch durch magisch errichtete Barrieren – auch wenn sie dies nur ungern tun.«

»Einen Weißen in der Nebelsphäre zu vernaschen, dürfte Anreiz genug sein«, meinte Oxana.

Alexa legte den Kopf schief. »Würde der Schrat dort nicht krepieren, nachdem er mich verputzt hat?«

»Das würde er.« Oxana zuckte mit den Achseln. »Die Viecher sind ebenso dumm wie hässlich.«

»Und dazu überaus wendig«, ergänzte Thorxarr. »Da sich die Biester teleportieren, kann man nie sicher sein, ob man sie wirklich erwischt hat.« Er warf einen Blick auf den Steinkokon. »Außerdem können die Quälgeister Lebenskraft absorbieren, ohne ihre Opfer direkt berühren zu müssen.«

»Dann ist ja nicht mal Schneewittchen vor denen sicher«, beschwerte sich Lunara.

Als wäre das ein Zeichen gewesen, ploppten vor der Barriere sieben Überall-Schrate aus dem Nichts und schwirrten dort auf und ab.

»Korrekt«, seufzte Oxana. »Vorerst kann uns nichts passieren, aber keiner von uns kommt hier weg. Das Zeitfenster für unsere Flucht hat sich soeben geschlossen.«

Verdammt! Und wir wissen nicht, ob Naxor senden konnte. Thorxarr grunzte. Ohne Verstärkung machte es keinen Sinn, in dieser Kammer die Stellung zu halten.

Nein, ohne Hilfe von außen sind wir so gut wie tot! Und die hätte bereits eintreffen müssen, wenn der Schwarze erfolgreich gewesen wäre.

Ihnen blieb nur eine Möglichkeit.

»Ich werde hinausgehen und dafür sorgen, dass Naxor wieder senden kann«, erklärte Thorxarr.

Satanas waren schwierige Gegner und die Chance, dass ihm gelang, worin der Adler mit seiner Truppe versagt hatte, war gering. Doch wenn er es nicht versuchte, war ihr Schicksal schon besiegelt. Entschlossen ballte der Krieger seine Fäuste.

Ich bin der Rote Bulle! Ich muss das schaffen!

Er schaute seine Freunde an. »Eure Aufgabe ist es, den Schild am Eingang aufrechtzuerhalten, bis die Verstärkung eintrifft.«

»Oder bis uns die Dämonen abmurksen«, wisperte Alexa.

»Nein.« Lunara ließ eine Portion Zuversicht in den Herzen der Freunde erblühen. »Wir sterben nicht!«

»Und falls doch, dann voller Optimismus.« Oxana zwinkerte ihrer Freundin zu, »Danke, meine Liebe!«, und wandte sich an den Krieger. »Luna und Alex schaffen es allein, den Schild zu halten. Ich komme mit dir und erhöhe unsere Chance auf Verstärkung.«

Sie ist eine Goldene!

Üblicherweise waren diese Weibchen im Redenschwingen bedeutend besser, als im Taten folgen lassen. Und besonders schlecht war ihr Ruf, wenn es darum ging, das eigene Leben im körperlichen Kampf für andere zu riskieren.

Meint sie das ernst?

Thorxarr taxierte Oxana.

Ja! Sie will tatsächlich an meiner Seite ins Gefecht ziehen!

Er salutierte vor seiner Freundin. »Horraxx, Oxa! Es ist mir eine Ehre!«

Thorxarr positionierte sich mit Oxana neben dem Ausgang der Tropfsteinhöhle. Wie es ihm Ausbilder Maxxorr eingetrichtert hatte, mochten die Überall-Schrate die Energie des Luftschildes nicht und waren einige Meter auf Abstand gegangen.

»Jetzt oder nie!«, sendete er auf der taktischen Frequenz.

»Dann jetzt!«, antwortete Lunar hörbar aufgeregt.

Oxana nickte.

Wie verabredet, erschuf der Krieger zwanzig Meter entfernt ein Licht, um die Schrate abzulenken.

Plopp. Plopp. Plopp!

Schon teleportieren sich die hässlichen Biester dorthin.

Ha! Es funktioniert!

Umgehend ließ der Krieger die Barriere fallen, rollte sich gemeinsam mit Oxana durch den schmalen Ausgang und sprang nach links, damit sie rechts ausreichend Platz für ihre Verwandlung hatte. Kaum wieder auf den Füßen platzte Thorxarr explosionsartig in seine Schuppen und riss einen Schild um sich herum hoch.

Die Goldene tat es ihm auf der rechten Seite gleich.

Im selben Moment sirrte eine neue Barriere am Eingang.

Thorxarr warf einen Blick zurück.

Alexa lächelte mit aufgerissenen Augen und reckte beide Daumen nach oben. *»Scan negativ, Thor! Kein Dämon hat es zu uns hereingeschafft.«*

»Sehr gut, Kamerad!«, lobte Thorxarr. *»Bis gleich!«*

»Wehe nicht!«, grummelte Lunara und fuhr sich aufgebracht durch die türkisfarbenen Haare.

Oxana hielt sich nicht mit einem Abschied auf, sondern strebte dem Ausgang und damit der Schlacht entgegen.

Die Überall-Schrate schossen auf sie zu, doch sie wagten es nicht, sich in die Schilde der Drachen zu teleportieren.

Tja, ganz dumm sind sie offensichtlich auch nicht.

Thorxarr grinste schief. Außerhalb der Nebelsphäre waren die Schrate für Himmelsechsen vor allem eines, nämlich lästig. Deswegen hatten er und Oxana beschlossen, ihre Kräfte zu sparen und die Biester zu ignorieren.

Wir müssen uns auf die Befreiung von Naxor konzentrieren. Nur darauf kommt es an!

Thorxarr labte sich an der Zuversicht, die Lunara ihm vor dem Aufbruch gespendet hatte. Was sie draußen wohl erwarten würde? Vielleicht war es dem Adler mit seiner Truppe ja gelungen, die Geistesfesseln der Satanas zu lockern?

Das wäre gut.

Hoffnung durchströmte den Krieger, aber ein Teil von ihm ahnte, dass es nicht so war.

Er ließ sich nichts anmerken und hastete gemeinsam mit seiner goldenen Kameradin dem Kampf entgegen.

Als Oxana und er endlich einen Blick auf das Getümmel in der tropischen Nacht erhaschen konnten, wurde aus seiner Ahnung eine furchtbare Gewissheit.

Gabriellosch hatte seine Schwingenprothese eingebüßt. Immerhin saß Tyra noch in seiner Nackenfalte. Gemeinsam sicherten die beiden den Eingang zur Höhle und zogen das Feuer der Feinde auf sich. Kein anderes Wesen konnte so viele Treffer einstecken wie der Adler mit seinem Skorpion.

Sie sind Geschossfresser, aber auch die sind nicht unverwundbar.

Thorxarr sah, dass sich vor den Leitwölfen dämonische Leichen auftürmten. Es roch nach verbranntem Fleisch, nach Blut, Exkrementen und Todesangst. Immer wieder ließen Angriffe den Verteidigungsschild aufflackern und erschwerten so die Sicht.

Wo ist der Rest der Eskorte?

Thorxarr suchte nach ihren Gedankenmustern und blickte umher. Nur noch zwei rote Krieger konnte er in dem Gemetzel ausmachen: Einen halben Kilometer entfernt umkreisten Bruttach und Lomax mit ihren Gefährten den Donnerflieger und deckten die gigantische Kreatur mit astralen Multiexplosionen ein. Ob sie ihn besiegen konnten, war fraglich.

Eine Bewegung vor der Höhle fing Thorxarrs Blick ein.

Bei der Sphäre! Das sind Naxor und Verena!

Ein Trupp Satanas hatte den Schwarzen und dessen Mädchen unter seine Kontrolle gebracht. Die gehörnten Teufel ließen den Drachen eigenwillige Verrenkungen machen und Fangen spielen, wobei seine Gefährtin der Ball war.

Barbaren!

In einem Kreis um Naxor geiferten bereits die Schwefelechsen. Ihre unförmigen Köpfe pulsierten hellblau. Es war offensichtlich, dass diese Bestien darauf gierten, dass eine Portion Mensch herabfallen würde. Diese hätte kaum den Boden berührt, da wäre sie schon verputzt.

Thorxarr schluckte. Dazu kamen noch die Sumpfstampfer, Pesthornissen und Dämmerungsrotten!

Wir schaffen es nie im Leben, Naxor zu befreien! Ihr Ahnen, steht uns bei!

Oxana schien diese Einschätzung zu teilen. Sie nickte dem Krieger tapfer zu und sendete: *»Roter Bulle, es ist mir eine Ehre, heute an deiner Seite zu sterben!«*

Lunara hatte Alexa die Kontrolle über den Schildzauber übergeben und schob Schneewittchens Herzschlag abermals behutsam an. Mehr konnte sie nicht für das Mädchen tun.

Plötzlich nahm sie hinter sich Geräusche wahr.

Das Schaben von Krallen und Schwingenrauschen in der großen Höhle. Oh bitte, lass das die Verstärkung sein!

Alexas spitzer Aufschrei begrub diese Hoffnung, noch ehe Lunara sich umdrehen konnte.

»Kreischflügler!«, quiekte die Weiße. »Drei Stück! Direkt vor dem Eingang.«

»Verflucht! Jetzt habe ich echt gleich die Schnauze voll!«, meckerte Lunara.

»Wieso denn erst gleich?«

Alexa zitterte so sehr, dass sich diverse Strähnen aus ihrer Hochsteckfrisur lösten.

»Weil die Biester sich von dem Schild nicht aufhalten lassen werden.«

»Heiliges Pinguinei!«, japste die Weiße. »Und was machen wir jetzt?«

»Jetzt?« Lunara schob die Ärmel ihrer Flecktarnjacke hoch. »Jetzt werde ich sauer!«

»Und das hilft?«, wimmerte Alexa. Kein Zweifel, die Weiße hatte viel zu viel Angst, um zornig zu werden.

»In meinem Fall schon!«, grollte die Grüne in bester Kriegermanier. »Drossle die Energie, bis der Schild löchrig wird, doch lass ihn erst auf mein Zeichen vollständig fallen!«

»Waaaas? Du willst die Kreischflügler zu uns hereinlassen?«

»Nee.« Lunara grinste grimmig. »Ich will bloß putzen!«

»Putzen?«, heulte Alexa. »Hier? Jetzt?«

»Genau. Mach schon! Schwäch den Schild!«

»Nein, nein, nein, nein, nein, nein«, wimmerte die Weiße, aber sie tat wie geheißen. Wenige Sekunden später begann die magisch komprimierte Luft an einigen Stellen zu flirren.

Ha! Wuste ich's doch! Das lockt sie an!

Tatsächlich flatterten die Flügler heran und schnupperten kreischend am schwindenden Schild.

Nur noch einen kleinen Augenblick, dann habe ich euch!

Lunara konzentrierte sich. Überall-Schrate konnte sie keine mehr in der Nähe wahrnehmen. Kein Wunder, denn die Teleporterdämonen standen auf dem Speiseplan der Kreischflügler.

Die waren gelandet und lungerten nun sabbernd vorm Eingang herum.

»So ist es brav, ihr Schreihälse!«, lobte die Grüne in einem melodischen Singsang, als wollte sie das Vertrauen einer frischgeschlüpften Himmelsechse gewinnen. »Ja, ja, ja! Kommt zu Luna! Hier gibt's was Feines!«

Sie überprüfte den Wirkungsbereich ihres Zaubers.

Wenn ich dabei einen Fehler mache, kann das tödlich enden.

Doch alles war prima, ihr Fokus akkurat und der Spruch bis ins Detail vorbereitet.

»Jetzt, Alexa!«

Der Schild sirrte, dann kollabierte er.

Nun gilt es!

Lunara ließ den aufgestauten Zauber auf ihre Opfer los. Die Flügler kreischten nicht, ja, sie fauchten nicht einmal. Dafür schrumpelten sie rosinenmäßig zusammen, bis sie nur noch dämonisches Trockenfleisch mit Knochen, Fangzähnen, Spießen und Krallen waren.

Wisch!

Erleichtert schob die Grüne ihren Fokus zwanzig Meter weiter nach hinten und ließ dort – Platsch! – das extrahierte Wasser fallen.

Und weg!

Die Grüne rieb sich die Hände und erschuf einen neuen Schild vorm Eingang der Tropfsteinhöhle.

»Was hast du gemacht?«, wisperte Alexa.

Lunara grinste. »Geputzt. Genauer gesagt aufgewischt.«

»Echt?« Die Weiße schluckte. »Es sah aus als hättest du den Kreischflüglern das Wasser entzogen.«

»Jep, hab' ich!«

Alexa starrte mit großen Augen zu ihr auf. »Aber du bist eine Grüne! Wie kannst du das mit den ethischen Grundsätzen deiner Rasse vereinbaren?! Ich dachte immer, diesen Zauber darf man nicht auf andere Lebewesen anwenden.«

»Pfft! Wenn man mich fressen will«, konterte Lunara mit vor der Brust verschränkten Armen, »dann muss man damit rechnen, von mir weggeputzt zu werden!«

»Ich werde niemals vorhaben, dich zu fressen!«, krächzte Alexa. »Niemals! Nie!«

»Das hätte mich auch gewundert.« Lunara lächelte und strich sich die türkisfarbenen Haare auf die andere Seite ihres Undercuts.

Schweigen.

»Das war gruselig«, ächzte die Weiße.

»Nö. Das war notwendig.«

»Hmm«, fiepte Alexa und nickte halbherzig mit noch immer weit aufgerissenen Augen.

Sie braucht was zu tun. Lunara zeigte auf den Steinkokon. »Und? Was macht Schneewittchens Herzschlag?«

»Der … äh …«

Die Weiße blinzelte irritiert. Sie schien einen Moment zu brauchen, um sich zu orientieren. »Ach so. Ja. Warte … hmm. Ähm … er könnte einen Schubs gebrauchen.«

Lunara nickte. »Gut! Du den Schild, ich das Herz.«

Oxana hatte verbissen an Thorxarrs Seite gekämpft. Oberste Priorität: Naxor freibekommen. Die Führung hatte hierbei selbstverständlich der Krieger übernommen.

»Satanas kann man nicht mit Hitze beikommen«, hatte ihr Freund erklärt. *»Selbst Höllenfeuer wäre noch eine Wohlfühlbehandlung für*

die. Den Gehörnten kann man nur mit kalten Energieblitzen den Garaus machen!«

Und das hatten sie getan. Gemeinsam als Team.

Wir waren überraschend erfolgreich, staunte die Goldene und feuerte eine neue Salve auf die Teufel ab. Zwei Blitze gingen daneben, einer traf.

He, du rattenschwänziger Arsch! Nun krepier endlich!

Doch der Satan dachte nicht daran. Er rieb sich bloß das vereiste Fell und grinste diabolisch durch die Gegend. Dann fauchte er sie an.

Oxana fauchte zurück.

Selbst wenn er verreckt, wird es nicht reichen.

Nein, sie musste realistisch sein. Diese Schlacht war verloren. Verzweifelte Wut gärte im Bauch der Goldenen und als sie zu Thorxarr hinüberblickte, schnürte sich ihre Kehle zu.

Die Satanas hatten seinen Geist geknackt und nun tänzelte der Rote Bulle willfährig wie eine Marionette um Naxor herum. Die beiden hieben mit ihren Pranken aufeinander ein und zerfetzten sich mit den Schwingendornen die Flughäute.

Keiner von ihnen wird je wieder fliegen können.

Aber darum musste sie sich keine Sorgen machen, denn den nächsten Sonnenaufgang würde auf dieser Lichtung niemand erleben.

Oxana trompetete ihren Frust heraus und ballerte eine neue Salve auf die gehörnten Teufel.

Ha! Drei Treffer. Zorn hilft!

Sie zwang sich dazu, einen weiteren Blick auf ihren Freund zu werfen.

Bah! Willenlos unter der Knute des Feindes. Was für eine Barbarei! So ein ehrloses Ende hat Thor nicht verdient!

Ihre Kehle wurde eng und sie entließ ihre Wut in kalten Energieblitzen aus ihrem Körper.

Ob ich meinen Freund töten soll?

Wäre das nicht eine Gnade?

Bevor sie eine Entscheidung treffen konnte, gab es rechts von ihr einen lauten Knall, gefolgt von einem »Blib« sowie einem kehligen

Zischen.

Oxana wandte sich um.

Oh nein!

Gabriellosch und Tyra hatte es dahingerafft. Nun drängten Sumpfstampfer, Dämmerungsrotten und die jungen Pesthornissen in die Höhle hinein.

Ich muss sie aufhalten!

Doch ehe Oxana den Kreaturen hinterherhetzen konnte, wurde sie von einem Schwadron Kreischflügler an den Schwingen erwischt und zu Boden geworfen. Stiche, Beißen, Reißen. Überall zerrten die Biester an ihr herum.

Mantokscheiße!, fluchte die Goldene. *Ich bin erledigt.*

Das musste stimmen, denn nun zog ihr Leben an ihrem geistigen Auge vorbei.

Es gab viele Tiefen und nur wenig Höhen. Sie bedauerte einiges, vor allem aber, sich nicht eher voll und ganz auf Alexan, Lunara und Thorxarr eingelassen zuhaben. Selbst Schneewittchen war ihr wichtig.

Das Ende jedenfalls bereue ich nicht.

Nein, für die eigenen Freunde zu sterben ging in Ordnung …

Alexan strich sich die kupferfarbenen Locken aus dem Gesicht. Seine Hochsteckfrisur hatte er vor lauter Anspannung ganz zerrupft und nun fielen ihm ständig irgendwelche Strähnen in sein feminines Gesicht.

Heiliges Pinguinei, das nervt!

Aber sich jetzt neu zu frisieren würde noch mehr nerven, also ließ er es bleiben. Da untersuchte er lieber noch einmal die Säule, in der die Meistermentorin lag und so faszinierend vor sich hin funkelte.

Hmm. Irgendwas ist merkwürdig.

Er konnte kaum wegsehen! Naja, zumindest dann nicht, wenn gerade keine Dämonen vor dem Eingangsschild herumrandalierten oder zu Rosinen gedörrt wurden.

Das Artefakt ist ein bisschen wie der Lock-Nektar, mit dem manche Pflanzen Insekten fangen.

Dessen Duft war so betörend, dass viele Sechsbeiner blindlings in die Kelche der Pflanzen hineinkletterten. Und diese waren üblicherweise derart konstruiert, dass sich die Opfer nicht mehr befreien konnten.

Ja, ja. Alexan seufzte. *Der Geruch des Nektars macht die armen Insekten so gierig, dass sie nicht mehr klar denken können und die einfachsten Vorsichtsregeln vergessen.*

Er pustete sich eine Locke aus den Augen.

Hmm. Und wenn das hier genauso ist?

Der Gedanke war natürlich Blödsinn. Weder er noch Lunara hatte sechs Beine und Nektar gab es in dieser Kammer auch keinen. Trotzdem fühlte sich die Idee absurd richtig an.

Also weiter. Was, wenn ich etwas vergessen soll, was mir helfen kann?

Verschwommen waberte ein Smartphone durch sein Hirn.

Ja, das Teil habe ich immer dabei. Für alle Fälle.

Und wenn er darüber nachdachte, war jetzt definitiv so ein Fall.

Plötzlich riss ein lauter Knall Alexan aus seinen Gedanken.

»Was war das?«, fragte er bang.

Als Antwort hallte im nächsten Moment eine vielstimmige Kakophonie von den Höhlenwänden wider. Stampfen, Schnappen und Kreischen sowie ein Dröhnen, das Alexans Frühstück in seinem Mädchenmagen Samba tanzen ließ. Kein Zweifel, die dämonische Armee war auf dem Weg zu ihnen.

»Meine Fresse, Leute! Wollt ihr alle zu uns?«, stöhnte Lunara. »So geil finde ich das Aufwischen auch wieder nicht!«

Alexan spürte, wie seiner Freundin der Mut schwand. Gegen diese Übermacht konnte selbst ihr Putzzauber nichts ausrichten.

Der weiße Drache schluckte. *»Das hier wird unser Ende sein, oder, Luna?«*

Die Grüne nickte. *»Ja, Alex. Gleich ist es vorbei.«* Tränen stahlen sich aus ihren Augenwinkeln und doch schob sie trotzig die Ärmel ihrer Flecktarnjacke hoch.

Lunaras Furcht stieg dem Weißen eindringlich in die Nase. Mit dem nächsten Atemzug wurde er ganz ruhig und flüsterte: »Gut. Jetzt bin ich wohl damit dran, Stärke zu zeigen.«

Entschlossen wechselte Alexan in seine wahre Gestalt. *»Thor sagt: Aufgeben kann ich, wenn ich tot bin!«* Er spreizte die Schwingen, bleckte seine Zähne und fauchte, bis ihm Rauch aus seinen Nüstern stieg.

Dann brüllte er: *»Wer es wagt, meine Freunde anzufressen, AUS DEM MACH ICH SCHASCHLIK!!!«*, und stürmte dem Eingang entgegen.

Victoria rutschte auf ihrem Platz hin und her.

Die Debatte über die Gesetzesvorlage ist sterbenslangweilig und lästig, doch ich werde nicht mal ansatzweise müde.

Nein, sie wurde von Minute zu Minute unruhiger.

Irgendwas stimmt nicht!

»Ich habe auch ein mieses Gefühl«, antwortete Jaromir auf der privaten Frequenz. *»Ich weiß nur nicht, warum.«*

»Wann hat sich Naxor das letzte Mal beim Wächter der Wächter gemeldet?«

»Warte.«

Victoria spürte, wie ihr Gefährte via Langstreckensenden Kontakt zu Narex aufnahm und nachhakte.

»Der letzte Kontakt war vor vierzehn Minuten«, erklang die Stimme des Wächters in Jaromirs Geist. *»Ich habe schon versucht, ihn zu erreichen – es hat nicht geklappt. Aber das muss nichts heißen, denn das Gestein dort macht Probleme. Ich habe die Roten bereits informiert. Wenn ich in den nächsten zwei Minuten nichts von Naxor*

höre …«

»Nein«, widersprach Victoria. *»Es muss sofort sein! Und wir kommen mit! Los, sende Jaro die Koordinaten und stimme den Sprung ab!«*

Als das schwarze Königspaar wenige Augenblicke später über dem Dschungel aus der Sphäre trat, schlug ihm eine feuchte Wärme entgegen. Der Mond goss sein silbernes Licht vom Himmel über Baumriesen, Lichtungen und Felsen. Ein Schwarm Vögel schoss laut zeternd aus dem Geäst hoch. Ansonsten herrschte Totenstille.

Victoria nahm das Gedankenmuster von Jude wahr. Der junge Mann war schwer verletzt und lag im Sterben, ebenso wie sein Gefährte Bruttach.

Oh Nein! Bitte nicht!

Dort unten musste eine wilde Schlacht gewütet haben, doch sie war vorüber. Die Königin der Schwarzen wappnete sich gegen den grausamen Anblick und beugte sich über Jaromirs Hals, um die Toten mit eigenen Augen zu sehen.

Oh.

Das, was sich Victoria vor der Höhle darbot, war nicht einmal ansatzweise das, was sie erwartet hatte.

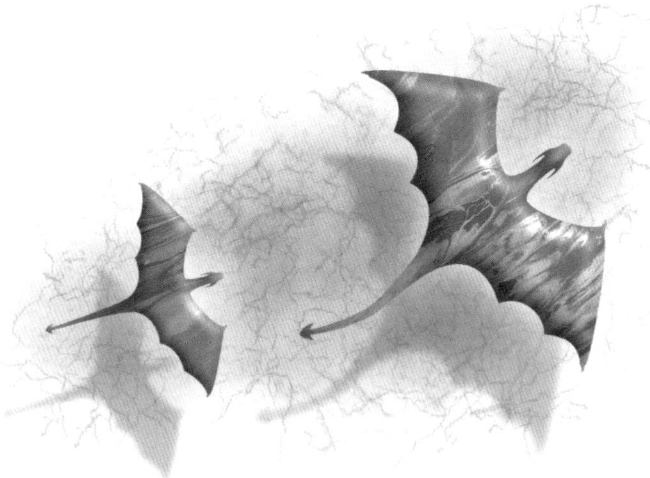

Ein mächtiger Zauber

Hiltja stand mit geschlossenen Augen in der Tropfsteinhöhle. Sie fühlte sich wie betäubt. In den letzten Minuten hatte sie kaum senden können. Vor allem hatte sie nicht das ausdrücken können, was sie wollte. Trotzdem hatte sie mitbekommen, was um sie herum geschehen war.

Ich habe meine Freunde für mich kämpfen sehen. Und sterben! O Gott!

Nicht einmal Oxana war geflohen. Hiltjas Kehle schnürte sich zu.

Und Thor ...

Die Gefährtenbindung hatte ihr seine Gedanken und Taten so klar übermittelt, als hätte sie mit offenen Augen neben ihm gestanden. Am schlimmsten jedoch waren seine Emotionen gewesen.

Seine Verzweiflung, als er mich nicht aus diesem verfluchten Steinkokon befreien konnte, war so ... oh nein!

Das hatte Hiltja das Herz zerrissen. Ein Schluchzen löste sich aus ihrer Kehle. Ihr Liebster war fast wahnsinnig geworden und sie hatte kaum ein tröstendes Wort an ihn richten können.

Das ist nicht fair!

Tränen liefen über Hiltjas Wangen. Thor hatte nicht aufgegeben. Sogar als klar war, dass sie nicht gewinnen konnten, hatte er sich in einem letzten irrwitzigen Angriff den Satanas entgegengeworfen und versucht, das Ruder doch noch herumzureißen.

Und das obwohl er wusste, was es für ihn bedeuten würde.

Sie hatte gespürt, wie die gehörnten Dämonen seinen Geist geknackt und die Kontrolle über seinen Körper übernommen hatten.

Diese Biester sind so verdammt grausam! Sie haben ihn bei vollem Bewusstsein gelassen, sodass er jede einzelne Verletzung wahrnehmen musste.

Und selbst da hatte ihr Gefährte noch versucht sich zu wehren. Seine letzten bittersüßen Gedanken hatten ihr gegolten. Als sein Geist zu schwinden begann, hätte Hiltja am liebsten laut geschrien, aber nicht einmal das hatte sie tun können.

Es war so furchtbar!

Noch ein Schluchzen rollte ihre Kehle hinauf und die Tränen flossen nun in Strömen über ihr Gesicht.

Thor musste meinetwegen Höllenqualen leiden.

Und doch hatte er es nicht eine Sekunde bereut, sich für sie entschieden zu haben.

Nein, stattdessen hat sich mein Donnergott ohne Ende Vorwürfe gemacht, weil er mich nicht besser beschützen konnte! Und seine größte Angst war es, mich zu verlieren.

Die Liebe, die er bei seinem letzten Atemzug für »sein Herz« empfunden hatte, war größer gewesen als sein Schmerz. Aber nun war sein Gedankenmuster fort.

Ich vermisse ihn jetzt schon unendlich. O Gott! Und ich konnte mich nicht einmal von ihm verabschieden!

Das würde sich Hiltja nie verzeihen.

Kraftlos sank die Seherin der Drachen auf ihre Knie und weinte und weinte.

Wo bin ich?

Finsternis umgab Thorxarr und er fühlte sich merkwürdig von seinem Körper entrückt.

Ach ja, ich bin gestorben. Puh! Ein Glück, dass meine Schmerzen nun ein Ende haben.

Trotzdem spürte er den Nachhall des Geschehenen auf seiner Seele. Sie war wund.

Ob sich Gefährten bei den Ahnen wiedertreffen?

Thorxarr hoffte es inständig. Eine Ewigkeit ohne Schneewittchen konnte und wollte er sich nicht vorstellen. Der Krieger blinzelte eine Träne fort.

Hmm. Müssten hier nicht unzählige Feuer brennen?

So wurde es sich zumindest seit Jahrtausenden unter den roten Soldaten erzählt.

Außerdem sollten ja wohl ein paar Ahnen bei den Ahnen sein.

Doch um ihn herum konnte er keine einzige Himmelsechse senden hören.

Sumpfstampferkot! Was, wenn sie mich nicht für würdig befunden haben?

Victoria stutzte. Sie schüttelte den Kopf und starrte abermals an Jaromirs Hals vorbei in die Tiefe.

Das ... ist unmöglich!

Dennoch sah ihr Gefährte exakt dasselbe wie sie.

Wie kann das sein?

Inzwischen waren die Gedankenmuster von Jude und Bruttach erloschen.

Ich kann keinen einzigen der Gefährten wahrnehmen! Weder Mensch noch Drache!

»Ja, das spüre ich«, kommentierte Jaromir. *»Genau wie du kann auch ich keinen Geist ausmachen. Es ist, als wären sie allesamt tot!«*

»Aber Tote stehen nicht aufrecht in der Gegend rum«, schnaufte Victoria. Sie machte die magischen Auren sichtbar, doch das änderte nichts.

Unten auf der Lichtung vor der Höhle standen zehn Himmelsechsen in ihrer wahren Gestalt. Sie waren allesamt wie zu Salzsäulen erstarrt und die Gefährten in ihren Nackenfalten ebenfalls. Von anderen Lebewesen fehlte jede Spur.

Da sind auch keine Dämonen.

»Nein, hier ist gar nichts!«, bestätigte Jaromir.

Inzwischen hatte sich der Vogelschwarm woanders niedergelassen und nun war außer dem Rauschen von Drachenschwingen nichts mehr zu hören.

Wie bizarr!

Victoria schluckte. Im Mondlicht wirkte die Szenerie am Boden gespenstisch.

»Flammenhaar!«, rief Grimmarr. *»Was ist da unten los?«*

»Ich habe keine Ahnung. Wiesel!«, erwiderte Victoria.

»Keine Dämonen im näheren Umkreis!«, meldete Adjutant Krann.

Noch nicht, dachte Victoria beklommen. So viele rote Himmelsechsen würden sicher nicht lange unbemerkt bleiben.

»Gut, dann sehen wir uns das da unten mal aus der Nähe an«, befahl der rote König. *»Meine Leibgarde begleitet das schwarze Königspaar und mich, der Rest bleibt mit Krann in der Luft und behält die Gegend im Blick.«*

Ein Schnauben ließ Hiltja hochschrecken. Sie öffnete ihre Augen, doch um sie herum war alles finster.

Was war das?

Sie streckte ihre Sinne aus und ertastete das, wonach sich ihr Herz am meisten sehnte.

»Thor?«, krächzte sie. »Bist du hier?«

Das konnte nicht sein. Ihr Liebster war im Gefecht gestorben – zugrunde gerichtet von den Satanas.

»Schneewittchen?!«, kam es ungläubig auf der Geistesebene zurück. *»Schneewittchen!«*

Im nächsten Moment flammte ein Licht über Hiltjas Kopf auf. Sie blinzelte.

Oh! Ich knie ja am Boden.

Verwirrt schaute sie sich um. Tropfsteine, wohin ihr Auge blickte. Schräg über ihr die vorhangartige Säule.

Die habe ich berührt.

»Mein Herz!«, schluchzte ihr Gefährte. Dann wurden Schritte am Eingang der Höhle laut.

»Thor!« Zitternd rappelte Hiltja sich auf und drehte sich um. Er war es wirklich! Ihr Donnergott kam in Menschengestalt auf sie zu. »Du lebst!«

Glück explodierte in ihrem Kopf.

»Und du bist frei!« Ihr Lieblingsdrache begann zu laufen.

»Das bin ich«, wisperte Hiltja und stolperte auf ihn zu. Sie schlüpfte mit ihren Gedanken in seinen Geist. Endlich stand er vor ihr und sie warf sich in seine Arme.

Zu Hause!, seufzten zwei Seelen im Einklang.

Sein Herzschlag in ihrem Ohr, sein Duft in ihrer Nase und seine Augen, die voller Zärtlichkeit auf sie herabschauten. Silberne Verästelungen in sanftem Grau. Thor umarmte sie sowohl körperlich als auch mental.

Mehr brauche ich nicht. Mehr werde ich nie brauchen!

Kaum hatten Jaromirs Klauen den Dschungelboden der Lichtung berührt, da veränderte sich etwas.

Victoria begriff nicht, was genau passierte, doch plötzlich war es ihr, als würde sich ein Schleier lichten. Nach und nach konnte sie die Gedankenmuster der Gefährten wieder erfassen.

Sie sind benommen! So als wären sie bewusstlos gewesen.

Albtraumfetzen flackerten durch den Kopf eines der erwachenden Roten und plötzlich feuerte er scheinbar ziellos in den Urwald.

»Obacht!«, bellte Grimmarr und eine Millisekunde später hatten seine Krieger ihre Schilde hochgerissen.

Im nächsten Moment schimmerte eine rötliche Sphäre um Gabriellosch und Tyra und ein hochenergetisches Summen vibrierte durch die Nacht.

Werden wir angegriffen?

Victoria meinte heranstürmende Sumpfstampfer, Dämmerungsrotten und Schwefelechsen zu hören. Alarmiert schärfte sie ihre Sinne, doch sie konnte noch immer keine fremden Lebewesen im näheren Umkreis ausmachen.

»Hier ist auch nichts, Vici!«, bestätigte Jaromir.

»Doch!«, widersprach Victoria. *»Im Geist der Gefährten schon!«*

Bei den Leitwölfen waberte jedenfalls eine entsetzliche Schlacht durch die Hirnwindungen.

»Was ist hier für eine Teufelei im Gange?«, knurrte Grimmarr.

Ein weiteres Gefährtenpaar schoss in den Dschungel. Zumindest hatte es das vor, aber das magische Projektil traf innen auf den Schild von

Adler und Skorpion und wurde absorbiert.

»Feuer einstellen!«, blaffte der rote König und wandte sich auf der taktischen Frequenz an Victoria: *»Flammenhaar, was geht hier vor? Sind sie besessen? Oder wurden unsere Kameraden von den Gehörnten übernommen?«*

»Hier sind keine Satanas«, antwortete Jaromir.

Und Victoria erklärte: *»Besessen sind sie auch nicht. Ihre Gedankenmuster sind verwirrt, so als wären sie in einem Traum verstrickt gewesen.«*

»Ein Traum?« Grimmarr schnaubte. *»Pah! Dann müssen sie aber alle denselben Mist träumen. Schau sie dir nur an!«*

Tatsächlich hatten sich die Drachen und Menschen aus ihrer Starre gelöst. Todesangst und verzweifelter Zorn spiegelte sich in ihren Mienen wieder.

»Sie sind entschlossen gegen einen übermächtigen Gegner zu kämpfen!« Das nahm Victoria deutlich wahr.

»Aber wir sind nicht ihre Gegner!«, keuchte Jaromir. *»Ich kann keinen von ihnen erreichen. Tu was, Vici!«*

»Ja, sofort!«

Victoria erfasste die Gedankenmuster der Gefährten und sendete eindringlich an alle: *»Ihr müsst aufwachen! Hier gibt es nur Freunde. Nicht schießen!«*

Gleichzeitig bemühte sich die schwarze Königin um ein Gefühl von Sicherheit und Ruhe. Dieses pflanzte sie in die Köpfe der benommenen Drachen und Menschen.

Bitte lass es funktionieren!

Victoria hielt den Atem an.

Unterdessen verzog sich der merkwürdige Schleier vollständig, sodass die Gedankenmuster der Gefährten wieder für jedermann wahrnehmbar waren. Statt Furcht flutete nun Verwunderung gefolgt von ozeantiefer Erleichterung die Auren.

Victoria konnte sehen, dass auch Grimmarr innerlich aufatmete.

Äußerlich hatte sich der rote König die Anspannung natürlich nicht anmerken lassen. Jetzt allerdings genehmigte er sich ein Grinsen.

»Willkommen zurück, ihr Wölfe!«, sendete er und fügte spöttisch hinzu: *»Pennen könnt ihr später. Jetzt seid ihr im Einsatz!«*

»Horraxx!«, kam es vereinzelt und noch recht zäh aus den Reihen der Gefährten. Hier und da wurde militärisch gegrüßt.

»Horraxx!«, erwiderte Grimmarr und salutierte seinerseits. *»Bericht, Adler und Skorpion!«*

Die beiden schüttelten den Rest ihrer Benommenheit ab, grüßten und traten vor.

»Wir wurden angegriffen!«, sendeten die beiden synchron und zeigten ihre Erinnerungen.

Jaromir zuckte zusammen, als er die Bilder sah. *»Bei Abrexars Schwingen! Das war kein Traum – das haben sie wirklich erlebt.«*

»Zumindest mental«, bestätigte Victoria bebend. *»Sie haben ihr Leben für die Verteidigung der Seherin gegeben!«*

Ich dachte, ich hätte sie verloren!

Thorxarr guckte ungläubig auf sein Mädchen herab.

Aber das habe ich nicht. Ich halte sie in meinen Armen!

Vorsichtshalber zog er sie noch ein wenig fester an sich und sie schmiegte sich an seine Brust, ohne den Blick von seinem zu lösen.

Sie vertraut mir!

»Ja, das tue ich!«

Ihre Gedankenstimme war voller Zuneigung und in den braunen Augen schimmerte unbändige Freude.

Er lachte leise. Der Farbton ihrer Augen war einfach zauberhaft. Dazu ihr Duft und das flatternde Herz in ihrer zarten Gestalt – mehr konnte kein Drache wollen. Glück überschwemmte seine Seele und machte sie weit.

Sie ist alles, was ich will. Mehr werde ich nie brauchen!

Plötzlich begann die Welt zu schrumpfen. Sie schrumpfte rasant und unaufhörlich, bis nur noch Thorxarr und seine Liebste darin Platz hatten.

Lächelnd schauten sie sich an. Sie hatten alles gesehen und kannten einander nun bis hin zur kleinsten Faser ihres Seins. Und alles war gut, so wie es war.

Ein gemeinsamer Herzschlag, in den ein ganzes Universum passte – dann hörten Thorxarr und Schneewittchen auf als Individuum zu existieren. Ein Teil von Thorxarrs Selbst verschmolz untrennbar mit dem von seiner Liebsten. Er wusste, dass er von jetzt an nie wieder allein durch diese Welt gehen würde. Gleichgültig, wo sie sich aufhielten, er würde stets ihren Geist in sich tragen. Es war ein wunderbares Gefühl, so als würde er nach einer langen Reise endlich nach Hause kommen. Hier gehörte er her: zu ihr! Untrennbar und für immer.

Endlich!

Er konnte nicht sagen, ob das sein oder ihr Gedanke war. Es war auch unwichtig. Ein tiefes Wohlbehagen erfasste den Krieger und ebenso seine Gefährtin.

Nun weitete sich die Welt wieder. Erst langsam und behutsam, dann schneller und schneller.

Schließlich fanden sich ihre Lippen zu einem innigen Kuss.

Wow!

So intensiv war noch keine Berührung mit seinem Mädchen gewesen. Es war als hätte jemand den Mond gegen die Sonne ausgetauscht. Euphorie rauschte durch den Krieger. Davon wollte er mehr!

»Ich auch!« Schneewittchen schlang ihre Arme um seinen Hals und drängte sich an ihn.

»Oh! Ich bin ja gar nicht tot«, piepste es da vom Eingang der Tropfsteinhöhle her. Es klang irgendwie enttäuscht und gleichzeitig neugierig.

»Das ist Alexa«, stellte Schneewittchen fest.

»Ja, leider«, grummelte Thorxarr, doch in ihm trieb nun ebenfalls eine

Frage an die Oberfläche seines Bewusstseins. Also, nicht dass er sich beschweren wollte – das ganz sicher nicht! Aber wie konnte es angehen, dass er seine Liebste küsste, obwohl er gerade gestorben war?

Alexan blinzelte verwirrt. »Oh! Ich bin ja gar nicht tot.«

Eigentlich war er froh darüber, allerdings auch ein wenig enttäuscht. *Diese Erfahrung wäre sowas von neu für mich gewesen!*

»Wenn du drauf bestehst«, spotte Oxana, *»kann ich das im Klaueumdrehen ändern.«* Sie grinste lauernd. *»Ein Zeichen von dir genügt.«*

»He, lass ihn in Ruhe!« Lunara drängte sich dazwischen. *»Außerdem: Unterschätze Alex nicht. Ich habe gesehen, wozu er in der Lage ist! Bei der Sphäre, Oxa, du würdest dich wundern!«*

»Ach«, winkte Alexan ab, »das kam doch nur von dem Panik-Blocker, den du zu Beginn auf mich gewirkt hattest.«

»Nee, nee, nee, Alex!« Lunara schüttelte ihren grüngeschuppten Kopf und neigte ihn zur femininen Menschengestalt des Weißen herab. *»Mein Zauber hatte damit nichts zu tun!«*

»Aber ich bin doch nie mutig«, antwortete er. »Es *muss* deine Magie gewesen sein.«

»Nö!« Lunara lächelte. *»Der Panik-Blocker blockiert, wie der Name schon sagt, lediglich die Panik eines Patienten. Danach kann der Betreffende wieder klar denken. Aber mehr auch nicht. Der Mut«*, nun tippte sie ihm mit einer Kralle behutsam über dem Herzen auf den pink eingekleideten Brustkorb, *»kommt allein von dir!«* Sie wandte sich an die Goldene und öffnete ihren Geist. *»Du hättest ihn sehen sollen. Der Kleine hat gekämpft wie ein Berserker! Thor wäre blass vor Neid geworden.«*

»Apropos Thor«, murrte Oxana. *»Wo steckt er eigentlich. Und was ist mit unserer Seherin? Und warum bei den himmlischen Winden sind wir*

noch am Leben?«

Synchron wandten sich die Freunde dem Lichtschein zu, der aus der Tropfsteinkammer drang.

Hiltja hörte, wie sich drei Sorten Schritte näherten. Es klang nach Wanderstiefeln, Pumps und Sneakers.

Oh nee, nicht jetzt! Thor und ich haben doch gerade erst unsere Bindung vollendet!

Am liebsten wäre sie mit ihrem Donnergott an einen einsamen Ort geflohen, aber ihr Verstand ließ das nicht zu. Es lagen so viele Fragen in der Luft – auch von ihrem Gefährten.

Seufzend löste sie ihre Lippen von seinen und lächelte Thor an. Er lächelte zurück und wie so oft leuchteten die Verästelungen im Grau seiner Augen wie frisch poliertes Silber.

»Aufgeschoben ist nicht aufgehoben!«, meinte er lüstern.

»Na, das hoffe ich doch!«

»Ach, ich liebe dich, Schneewittchen!«

»Und ich dich, Thor!«

Noch ein überwältigender Kuss, dann hörte das Klackern der Pumps auf; die Schuhe waren neben dem Gefährtenpaar zum Stehen gekommen und Oxa mit ihnen.

»Das reicht nun mit dem Turteln«, fand die Goldene. »Wir sind hier auf einer Mission!«

»Einer merkwürdigen Mission«, murmelte Luna.

»In der Tat.« Alexa strich sich eine kupferfarbene Locke aus dem Gesicht und nickte so eifrig, dass sie ihr direkt wieder vor den Augen hing. Anschließend geriet ihr Kopf in Schieflage. »Ich habe Fragen! Viele! Zum Beispiel: Wir sind gestorben. Warum sind wir nicht tot? Wie konntest du dich aus dem Steinkokon befreien, Schneewittchen?

Warum ist die Säule mit der Meistermentorin verschlossen? Wie kommen wir jetzt an sie ran? Wo sind die Leichen der Dämonen? Müssten die sich nicht hier stapeln? Und überhaupt! Aktuell ist nicht ein einziges dunkles Wesen in unserer Nähe – das habe ich überprüft. Sogar vierzehn Mal! Wo sind die Monster alle hin? Und was wird nach dem Tod mit uns pass…?«

»Stopp, Alexa!« Oxa hob gebieterisch ihre rechte Hand. »Wir haben es verstanden. Aber wie soll dir jemand antworten, wenn du nicht aufhörst zu sabbeln?«

Die Weiße runzelte die Stirn, dann schmunzelte sie. »Das ist noch so eine Frage, die ich hätte.«

»Oxa!« Thor schaute die Goldene an und Erinnerungen prasselten auf ihn ein. Über die Gefährtenbindung konnte Hiltja sehen, wie sich die beiden ins Gefecht gestürzt hatten. Sie hatten einander den Rücken freigehalten – bis zum bitteren Ende. So viel Mut und Ehre hatte er nicht von seiner Freundin erwartet.

Der Krieger verneigte sich mit einem ganz neuen Respekt vor ihr. »Kameradin Oxana, es ist mir eine Ehre an deiner Seite gekämpft zu haben!«

»Die Ehre liegt ganz auf meiner Seite, Kamerad Thorxarr!«, entgegnete die Goldene und verbeugte sich ebenfalls.

Thor lächelte zufrieden.

Hiltja spürte, dass die beiden einander von nun an blind vertrauen würden.

»Luna und Alex haben ebenso tapfer gekämpft!«, dachte sie und prompt stiegen die entsprechenden Bilder in ihr hoch. Die zwei waren dermaßen unerschrocken und verwegen gewesen, dass Hiltja eine Gänsehaut bekam.

»Was?«, keuchte Thor. *»Aber Luna ist grün und Alex weiß! Sowas können sie unmöglich mit den Dämonen angestellt haben!«*

»Haben sie sehr wohl«, beharrte die Seherin.

»Bei der Sphäre! Dann ist das wirklich passiert?«

»Ja.« Hiltja nickte ernst. *»Ihr Kampf war so real wie der von dir und*

Oxa.«

»Bei den Ahnen!«

Ihr Donnergott stand stramm und salutierte vor Luna und Alex. »Kameradin Lunara und Kamerad Alexan, ihr tragt so viel Mut und Ehre in euren Herzen, dass ihr Grimmarrs Leibgarde angehören könntet!«

»Öhm!« Alexa riss die Augen auf und trat einige Schritte rückwärts, wobei sie demonstrativ an ihrer Hochsteckfrisur herumfummelte. »Danke, Thor, aber die Krieger der Leibgarde deines Königs sind mir viel zu furchteinflößend. Ähm, bei denen möchte ich lieber nicht mitmachen!«

»Das ist bloß 'n Lob«, beruhigte Luna die Weiße und deutete vor ihrem Freund eine Verbeugung an. »Danke, Kamerad Thorxarr! Ich fühle mich geehrt.« Dann zwinkerte sie Alexa zu und meinte: »Wir würden es jederzeit wieder tun, oder?«

»Das hier?« Er zeige seine Erinnerungen.

Luna grinste. »Genau!«

»Boa! Wie abartig seid ihr denn?!«, japste Oxa, aber in ihren Augen funkelte Anerkennung.

»Ich … ähm … puh! Wir hatten ja keine Wahl!«, stammelte die Weiße. »Ehrlich gesagt bin ich nicht scharf auf eine Wiederholung. Höchstens wenn es sich absolut nicht vermeiden lässt.« Sie verneigte sich jedoch ebenfalls vor dem Krieger. »Ähh. Also danke für dein Lob, Kumpel. Meine Freunde sind mir halt wichtig.«

Thor erwiderte die Geste. Anschließend schüttelte er den Kopf und dachte bei sich: *Die Treue der Weißen kennt keine Grenzen!*

Über die Geistesverbindung konnte Hiltja die Worte so klar wahrnehmen, als hätte sie sie selbst gedacht.

Ihr Donnergott griff nach ihren Händen und strahlte sie an. *»Wir sind eben Gefährten!«*

»Ja, das sind wir!« Hiltja strahlte zurück. Sie liebte es in seinen Augen zu versinken.

Schließlich räusperte sich Alexa neben ihnen. »Öhm! Nun habe ich

22,74 Sekunden lang nicht gesabbelt, aber trotzdem immer noch keine einzige Antwort. Weiß irgendwer von euch, was hier heute passiert ist?«

Hiltja riss ihren Blick von Thors asiatischem Antlitz los und guckte in die Runde. Kollektives Schulterzucken, nur Alexa legte ihren Kopf schief.

Stille, unterbrochen von vereinzeltem Tropfen.

Es war eine Prüfung, wisperte eine Stimme in der Seherin.

Ach ja. Hiltja schluckte. *Da gab es was, kurz nachdem ich die Säule angefasst hatte.*

Aber das, was dann über sie und ihre Freunde hereingebrochen war, hatte sich dermaßen real und entsetzlich angefühlt, dass sie den Beginn vergessen hatte.

»Ich …«, hob Hiltja an und kramte in ihren Erinnerungen. »Ach, schaut selbst!«

Sie öffnete ihre Gedanken. Ihr vergangenes Ich holte tief Luft, ging auf die Säule zu und zog ihre Handschuhe aus. Kaum berührte ihre Haut den vorhangartigen Tropfstein, da konnte sie eine fremde Präsenz in ihrem Geist spüren. Diese wandte sich direkt an sie und sprach auf Schotaah zu ihr:

»Willkommen, junge Seherin! Du hast mich also gefunden.«

»Ja! Das habe ich!«, antwortete Hiltja erstaunt.

»Du bist nicht allein. Das kann gut, doch auch gefährlich sein. Wir müssen verhindern, dass die Meistermentorin geraubt wird. Erlaubst du, dass ich deine Begleiter prüfe?«

Hiltja nickte innerlich.

»Danke! Dann blicken wir jetzt gemeinsam in die Seelen deiner Weggefährten. Aber sei gewarnt, junge Seherin, es wird sich echt anfühlen. Nur so erfahren wir, welch Geistes Kind deine Begleiter wirklich sind.«

Beklommenheit beschlich Hiltja. Was, wenn einer ihrer Freunde den Test nicht bestand?

»In dem Fall werden sich eure Wege auf ewig trennen«, wisperte die sanfte Stimme. *»Eine Seherin darf sich nur mit aufrechten Seelen*

umgeben. Alles andere könnte die Zukunft gefährden!«

Hiltja ließ die Erinnerungen abreißen.

»Danach konnte ich kaum noch senden«, flüsterte sie und traute sich fast nicht ihrem Gefährten oder ihren Freunden ins Gesicht zu sehen.

»Das war bloß eine Prüfung?«, ächzte Thor. »Sogar das Gefecht?!«

Alle starrten Hiltja an. Sie nickte. »Ja. Hätte ich gewusst, was auf euch zukommt, dann hätte ich nicht zugestimmt. Niemals! Das war Folter!«

»Nein, es war eine große Schlacht«, widersprach Thor. »Jeder von uns hat sich bewusst fürs Bleiben entschieden.« Er lächelte und fügte auf der privaten Frequenz hinzu: *»Außerdem: Ohne diese Prüfung wären wir jetzt nicht verbunden, oder?«*

Bevor sie etwas antworten konnte, erklärte Oxa: »Es war grausam, doch der Test war notwendig.« Sie verzog ihren perfekt geschminkten Mund. »Ich kenne meine Schwestern. Ich würde weder für meine Mitschülerinnen noch für meine Mentorin die Schwingen ins Feuer legen. Die eine oder andere von ihnen wäre vermutlich mit dem Artefakt durch die Nebel verschwunden, als du im Kokon gefangen warst. Und … ich gebe zu, dass ich selbst mit diesem Gedanken gespielt habe.«

»Aber du hast dich dagegen entschieden und bist geblieben«, unterstrich Hiltja. »Ebenso wie Luna und Alex.«

»Alexa!«, korrigierte die Weiße mit bangem Blick auf Thor. Dann legte sie den Kopf schief. »Konntest du etwa all unsere Gedanken sehen?!«

Hiltja nickte beschämt. »Ja, tut mir leid. Ich wollte euch nicht aushorchen. Ich war wie gelähmt und konnte nicht wegschauen.« Tränen traten in ihre Augen. »Ich bin mit jedem von euch gestorben. Es war so furchtbar!«

»Das war es.« Luna umarmte sie. Mit dem Ärmel ihres Shirts wischte sie die Tränen von den Wangen ihrer Freundin. »Trotzdem haben wir viel über uns gelernt.« Sie ließ Hiltja los und grinste. »Ich jedenfalls hätte sonst nicht gewusst, wie wehrhaft ich bin. Und *das* ist ein sehr gutes Gefühl! Das werde ich nie vergessen.«

»Ich hoffentlich schon«, ächzte Alexa neben ihnen. »Aber der Zauber, der war krass mächtig! Uiuiui! Und ich war ein Teil davon!« Sie lächelte stolz und schielte zur vorhangartigen Säule hinüber. »Was meint ihr? Können wir die Meistermentorin jetzt mitnehmen und nach Hause gehen? Bitte? Nicht, dass hier noch echte Dämonen auftauchen!«

»Ein guter Vorschlag«, stimmte Thor zu und klopfte der Weißen auf die Schulter.

»Und wie öffnen wir das Fach?«, fragte Oxa. »Das Artefakt selbst wird ja wohl feuerfest sein. Sollen wir den Stein zerstören?«

»Das wird nicht helfen«, erwiderte Hiltja.

Alexas Frisur geriet erneut in Schräglage. »Nicht?«

»Nein!« Die Seherin lächelte. »Die Meistermentorin ist nicht in der Säule. Das war eine Vorsichtsmaßnahme, für den Fall, dass einer von euch durch die Prüfung fallen sollte.«

»Du liebe Güte! Wie misstrauisch die Grünen der altvorderen Zeit doch waren«, murmelte Oxa und seufzte. »Naja, war wohl besser so. Ansonsten würde das gute Stück wahrscheinlich längst in den geheimen Archiven von uns Goldenen lagern.«

»Och«, meinte Alexa. »Vielleicht wäre das Artefakt auch bei uns in der Antarktis.« Sie zwinkerte spitzbübisch. »Gegen den Wissensdurst meiner Rasse ist noch kein Kraut gewachsen.«

»Aber nun kommt die Meistermentorin in die Hände, für die sie bestimmt ist«, sagte Luna ungewöhnlich bewegt. »In deine, Schneewittchen!«

»Horraxx!«, rief Thor und strich ihr zärtlich über den Rücken. »Wo versteckt sie sich denn?«

»Dort!« Hiltja zeigte auf eine unscheinbare Formation auf der anderen Seite der Kammer und Madame Vouh enthüllte ihr, was sie zu tun hatte.

Sie schaute zu ihrem Gefährten auf. *»Begleitest du mich?«*

Thor nickte lächelnd. *»Nichts lieber als das!«*

Hand in Hand und mit klopfendem Herzen entfernte sich die Seherin mit ihrem Roten Bullen von den Freunden, als plötzlich am Eingang das Rauschen mächtiger Schwingen laut wurde.

Sofort ließ Thorxarr Schneewittchen los und wirbelte herum, einen Verteidigungsschild im Anschlag. *»Bleib hinter mir!«*

»Okay«, antwortete seine Gefährtin und nun flatterte ihr kleines Herz noch nervöser in ihrem Brustkorb. Er spürte, dass sie sich mit schnellen Schritten ein paar Meter von dem Platz entfernte, wo sie die Meistermentorin vermutete.

Kluges Mädchen!

Er bewegte sich parallel zu ihr mit.

Unterdessen hatte Oxana den Durchlass zur Haupthöhle mit einer magischen Barriere versiegelt und Lunara sich eine Stelle gesucht, an der sie in ihre wahre Gestalt wechseln konnte. Dort spreizte sie Halskrause und Schwingen so weit, wie es die Stalaktiten und Stalagmiten zuließen.

Das würde ich auch zu gern tun, aber diese beschissene Kammer ist zu klein für mich!, fluchte Thorxarr.

Dann musste es eben so gehen.

»He, Alex!«, sendete die Grüne. *»Wo bleibt mein Kampfgefährte?!«*

»Der hat Schiss, dass der Krieger ihn in Stücke reißt, sobald sie zum Männchen wird«, jammerte die Weiße. *»Thor steht doch direkt neben mir!«*

»Das wird er nicht tun«, widersprach Lunara.

»Nicht?« Alexa legte den Kopf schief. *»Wieso glaubst du das denn auf einmal?«*

Die Grüne grinste die Weiße über ihre rechte Schwinge hinweg an. *»Na, die Gefährten haben sich vollständig miteinander verbunden. Jetzt ist Schluss mit der Eifersucht!«*

»Echt???« Alexa fiel aus allen Wolken. *»Wann soll das denn bitte passiert sein?!«*

»Kurz nach unserem Tod, denke ich. Zumindest hat Thors Aura

danach nicht mehr geflimmert, als er Schneewittchen geküsst hat. Und die beiden haben einander so innig angeschmachtet wie noch nie.«

»Oha! Das ist mir gar nicht aufgefallen.« Die Weiße glotzte Thor mit großen Augen an.

»Mir aber«, unterstrich Lunara und winkte ungeduldig mit ihrem Schwingendorn. *»Also, was ist, Alex? Kommst du?«*

»Sie hat recht, Kumpel«, bestätigte Thorxarr. *»Ich werde nicht ausrasten. Kriegerehrenwort!«*

»Schluss mit dem Getuschel!«, kommandierte Oxana. *»Das Gestein schirmt alles ab, sodass ich mental nichts erkennen kann. Was auch immer da draußen ist, es ist soeben gelandet und nähert sich nun dem Eingang.«*

Klauen schabten auf Felsen. Thorxarr linste an Lunara vorbei und erspähte etwas Großes, Rotes vor dem Durchlass.

Das Etwas blinzelte.

Es … ist ein Drache!, analysierte der Krieger. *Ein graues Auge, das spöttisch aus den Schuppen guckt. Das … ist Grimmarr!*

Prompt stand er stramm.

»Alle am Leben da drinnen?«, grollte der rote König auf der Geistesebene.

»Ja, sind wir!« Oxana stöckelte würdevoll dem Ausgang entgegen. *»Ist draußen alles sicher?«*

»Noch ja.« Der rote König grinste. *»Aber wenn meine Truppen weiterhin in so großer Zahl über dem Gelände kreisen, wird es wohl nicht mehr lange so bleiben.«*

Neben Grimmarrs Kopf tauchte eine Menschenfrau auf. Es war Victoria. »Das Wiesel hat recht. Wir sollten hier besser umgehend verschwinden.«

»Was treibt ihr denn alle hier?«, mischte sich Thorxarr ein. *»Der Befehl vom Adler lautete: Hier dürfen sich nur so wenig Himmelsechsen wie unbedingt nötig aufhalten!«*

»Naxor hat sich nicht in den verabredeten Abständen gemeldet.« Über die Miene der schwarzen Königin huschte Ungeduld. *»Und nun gehen*

wir erst, wenn ihr mit uns kommt! Also, hat die Seherin, was sie sucht?«

»Noch nicht«, antwortete Oxana gemessen.

»Gut. Wir helfen beim Finden«, erklärte Grimmarr und verwandelte sich in einer raubtierhaften Bewegung in seine Menschengestalt. Er strich seinen Nadelstreifenanzug glatt. »Lass die Barriere fallen, Oxana. Wir kommen rein.«

»Halt, stopp!«, rief Alexa und trat neben die Goldene. »Wurdet ihr geprüft?«

»Geprüft?« Victoria runzelte die Stirn. »Was soll das heißen?«

»Seid ihr gestorben?«, fragte Oxana.

»Nein.« Grimmarr hob irritiert eine Braue. »Anderenfalls könntet ihr wohl kaum mit uns reden.«

»Tja, schade. Dann dürft ihr nicht mit uns suchen«, stellte Alexa fest.

»Sagt wer?«, knurrte der rote König und beugte sich provozierend vor.

»Öhm. Das … sagt … der Berater der Seherin!«, antwortete Alexa. Sie straffte sich, trippelte vor die Goldene und platzte dort wuselig in die weißen Schuppen.

»Zutritt nur für die geprüften Weggefährten der Seherin! Alles andere wäre unlogisch«, proklamierte Alexan, wobei er Grimmarr unerschrocken die Stirn entgegenreckte. Im nächsten Moment schaute der Weiße zu Oxana zurück und sendete auf der taktischen Frequenz: *»Du lässt die Barriere doch bestehen, oder, Oxa?«*

Die Goldene grinste. *»Worauf du einen lassen kannst, Alex!«*

»Das ist gut!«, seufzte Alexan. *»Ich will nämlich nicht noch so eine Prüfung durchmachen müssen!«*

»Das will hier keiner, mein Freund!«, brummte Thorxarr.

Wenige Minuten später stand Hiltja endlich vor der Tropfsteinformation, die Madame Vouh ihr gezeigt hatte. Thor begleitete sie ebenso wie

Alex. Der Weiße hatte sich wieder in seine weibliche Menschengestalt verwandelt, da er das Aussehen seines männlichen Ichs erst erneut mit einem stundenlangen Prozess festlegen musste. Jedenfalls hatte Alex so hoffnungsvoll mit seinen langen, geschwungenen Wimpern geklimpert, dass ihm das Mitkommen niemand hatte abschlagen können. Insbesondere Thor nicht, nachdem Alex sich gegen Grimmarr durchgesetzt hatte.

Konzentration!, ermahnte sich Hiltja. *Also, ich soll auf das Gebilde drücken, das an einen Farn erinnert.*

Es fiel ihr sofort ins Auge. Mit zitternden Fingern berührte sie den Stein. Es knirschte und rumpelte und nach drei Atemzügen hatte sich direkt vor ihr eine Grube geöffnet. Etwas Grünes funkelte ihr entgegen.

Oh! Das ist aber keine Kette!

Sie beugte sich herab.

»Thor, leuchtest du bitte mal hier rein?«

Ihr Gefährte tat wie geheißen. *»Besser so?«*

»Perfekt!«

Das Glitzern wurde intensiv.

»Wow!«, staunte Hiltja. »Das nenne ich mal einen fetten Klunker!«

»Uiuiuiuiui!«, frohlockte Alex und kniete sich neben die Seherin. »Es ist nicht nur ein Klunker, sondern ein Smaragd, der sogar in Form eines platonischen Körpers geschliffen wurde. Darunter versteht man ein Polyeder mit größtmöglicher Symmetrie«, schwärmte er. »Diese werden von mehreren deckungsgleichen, also kongruenten, regelmäßigen Vielecken begrenzt. Man nennt sie auch ›reguläre Körper‹. Der Hammer dabei ist: Insgesamt gibt es nur fünf davon! Und das hier ist der mit den meisten Flächen, nämlich mit zwanzig: ein Ikosaeder!«

Alex klatschte aufgekratzt in die Hände. »Hui! Und das in der Größe eines Fußballs! Meine Herren!«

»Ja, genau«, schnaufte Hiltja. »Und wie soll ich das Riesending transportieren?«

Nicht auszudenken, dass ihr die Meistermentorin im Flug aus den Händen glitt und womöglich auf dem Boden zerschellte.

Alex lächelte. »Wenn du möchtest, leihe ich dir meinen Rucksack. So kann dem Smaragd nichts passieren.«

»Das ist die beste Idee des Tages«, stimmte Thor zu. »Komm, mein Herz, wir packen die Ikosa-Dingsda-Mentorin ein und verschwinden von hier.«

Er schaute ihr tief in die Augen. *»Und dann schmeißen wir alle anderen aus unserem Quartier raus. Und verrammeln die Tür.«*

»Ja, bitte!« Hiltja versank in seinen Blick. Die silbernen Verästelungen glänzten verheißungsvoll im Grau und Begehren trieb durch die Gedanken ihres Gefährten. Es zauberte ein sinnliches Kribbeln in ihren Bauch.

Thor spürte, was in ihr vorging und nickte zufrieden. *»Ganz recht, Schneewittchen. Ich will dich endlich ganz für mich allein haben!«*

Das war Drohung und Versprechen zugleich.

Hiltjas Wangen wurden warm. Sie lächelte.

Ab heute werden bei uns keine Wünsche mehr offenbleiben.

»Genau, mein Herz. Nicht einer!«

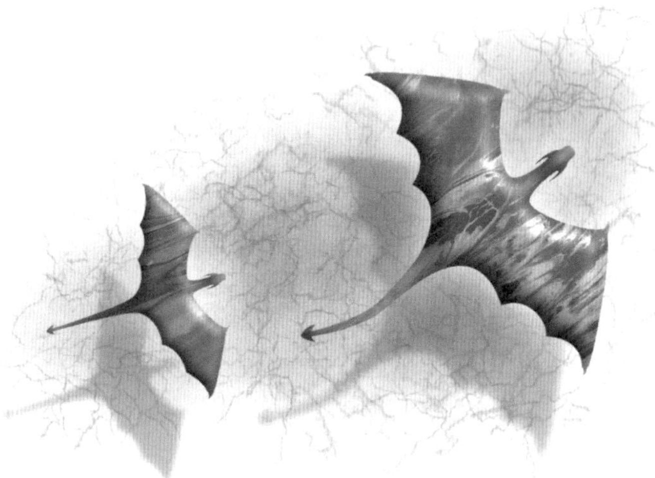

Epilog

Einige Tage später, an einem Montag Anfang August:

Hiltja saß mit der Meistermentorin auf dem Bett in ihrem Schlafzimmer. Sie berührte mit ihren Händen zwei der gegenüberliegenden glattpolierten Dreiecke und dachte intensiv:

»Ikosa, wie kann ich eine Vision steuern?«

Ikosa – so hatten Thor und sie den fußballgroßen Smaragd getauft. Doch seit sie die Höhle mit dem Edelstein verlassen hatten, plauderte die Meistermentorin nicht mal mehr halb so viel mit ihrer Schülerin wie noch während der Prüfung.

Eigentlich redet sie gar nicht mehr mit mir.

Es hatte auch nichts gebracht, mit Ikosa in die Tropfsteinkammer zurückzukehren. Das hatten sie gestern ausprobiert.

»Wie kann ich eine Vision in eine bestimmte Richtung lenken?«, versuchte Hiltja es mit anderen Worten, aber die Mentorin schwieg

beharrlich.

Boa, wie funktioniert dieses Ding bloß?!

Genervt ließ Hiltja den Riesenklunker von ihrem Schoß auf die Bettdecke rollen und stöhnte.

Menno! Jetzt liegt das Wissen direkt vor mir und ich komme trotzdem nicht ran.

Hiltja hatte dem Juwel zwar schon einige Informationen entlocken können, doch das war Zufall gewesen.

Ich habe keinen Schimmer, wie ich das hingekriegt habe! Irgendwelche Codewörter oder Gedanken waren es jedenfalls nicht.

Die Weißen konnten ihr auch nicht helfen. Hoggi und Bill waren zwar sehr beeindruckt, aber leider auch sehr ratlos gewesen, als sie Ikosa unter Alex' gestrengen Augen untersucht hatten. Alle drei versicherten der Seherin, dass der Kristall bis in die letzte Facette mit Informationen vollgestopft sei, doch wie die junge Frau da rankommen sollte, konnten sie ihr nicht sagen. Wobei es keiner der Drachen an verrückten Ideen hatte mangeln lassen – nein, davon hatten sie jede Menge parat gehabt. Blöderweise bisher ohne Erfolg.

Hiltja musste lächeln, als sie an die leuchtenden Augen und schief gelegten Köpfe der Weißen dachte.

»Keine Sorge, Schneewittchen«, hatte Alex zum Abschied gesagt. »Noch haben wir nicht das Ende der Fahnenstange erreicht. Wir geben nicht auf!«

Thor hatte dankbar genickt, während Bill und Hoggi darüber sinniert hatten, welche Flagge ihr Kollege wohl an welchem Mast hissen wolle und zu welchem Zweck.

Die drei Weißen auf einem Haufen sind irgendwas zwischen Genie und Wahnsinn.

Hiltja schaute auf den Platz neben ihrem Nachtschrank. Auf den ersten Blick war dort nichts zu erkennen und genau das war der Plan. Hier hatte Hoggi nämlich auf Alex' Wunsch hin ein magisches Versteck installiert, in dem Hiltja den Smaragd aufbewahren konnte, wenn sie nicht mit ihm arbeitete.

Es ist ein solider Safe mit einer inneren und äußeren astralen Tarnfunktion.

Selbst wenn ein magiebegabtes Wesen das Schränkchen entdeckte, so konnte er die Meistermentorin nur dann wahrnehmen, wenn er sie a) zuvor schon einmal berührt hatte und b) genau wusste, wie sie aussah.

Damit der Kreis der Personen, auf die sowohl a) als auch b) zutraf, möglichst klein blieb, hatte Oxa vorgeschlagen, zur Ablenkung eine Mentorinnenattrappe herzustellen.

»Wenn unsere Führung von Schneewittchens Meisterin Wind bekommen hat«, hatte die Goldene erklärt, »dann kann auch jeder andere Drache davon gehört haben. Solche Gerüchte verbreiten sich schneller als die südaltische Grippe!«

Weiter hatte Oxa angeregt, dass das Pseudoartefakt wie die Kette in der Prüfung gestaltet werden sollte. Alex war von der Idee begeistert gewesen und hatte Bill und Hoggi umgehend zum Basteln überredet. Das Ergebnis – ein filigranes, grün funkelndes Schmuckstück aus Smaragd und Platin – war wunderschön und schmiegte sich seit gestern Mittag um Hiltjas Hals.

»Mach ein Geheimnis aus dem Schmuckstück«, hatte Oxa ihr am Abend geraten. »Spiel die Bedeutung der Kette für die Öffentlichkeit runter, aber hüte sie wie deinen Augapfel. Dann werden alle glauben, dass sie die Meistermentorin ist.«

Genau das werde ich tun.

Hiltja tastete nach dem Anhänger und lächelte. Trotzdem brachte sie dieses Kleinod mit der echten Ikosa nicht weiter.

»Mantokscheiße!«, murrte sie und ließ sich rückwärts in die Kopfkissen fallen.

»He, holde Maid, das ist *mein* Fluch!«, beschwerte sich Thor.

Ihr Donnergott stand mit umgebundener Blümchenschürze in der Tür. Er trug ein breites Grinsen im Gesicht und ein großes Glas mit milchigrosafarbenem Inhalt in seiner Hand.

»Blödsinn, Herr Krieger!«, winkte Hiltja ab. »Wir sind Gefährten. Da gibt es kein ›dein‹ und ›mein‹, sondern nur noch ein ›unser‹!« Sie warf ihm eine Kusshand zu und deutete auf das Glas. »Was ist das?«

»Eine Aufmunterung für dich.« Er reichte ihr das Getränk. »Und zwar eine aus Himbeeren, Vanille und Buttermilch mit ein paar Blättchen Minze. Probier mal!«

Hiltja quälte sich aus den Kissen hoch und nahm einen Schluck. »Mhhh, himmlisch! Und herrlich frisch. Das kommt mir gerade recht.«

»Oha! Sträubt sich Ikosa immer noch?«

Er setzte sich zu ihr aufs Bett.

Sie nickte und warf dem Riesensmaragd einen finsteren Blick zu.

»Ich glaube, du willst zu viel auf einmal!«, sinnierte Thor.

»Ich?« Hiltja schnaubte. »Ich will einfach nur an die Infos ran.«

»Eben.«

Er fummelte sein Smartphone aus der Gesäßtasche seiner Shorts und legte es neben den Kristall. »Das war *meine* Ikosa.«

»Hä?« Hiltja runzelte die Stirn.

»Ja«, bekräftigte Thor. »Die Funktionsweise der Telekommunikationstechnik von euch Menschen war mir mindestens ebenso fremd wie dir die astralen Ströme von kristallinen Zaubern. Ich konnte das Gerät ohne Alex ja nicht mal anschalten. Vom Bedienen will ich gar nicht erst sprechen.« Er lächelte stolz. »Heute ist das kein Problem mehr für mich.«

»Zumindest nicht beim Chatprogramm«, stichelte Hiltja. »Vom Installieren neuer Apps reden wir lieber nicht.«

»Stimmt, da ist noch Luft nach oben.« Er zwinkerte. »Was ich sagen will, ist Folgendes: Das Problem war nicht ich oder das Handy, sondern lediglich mein fehlendes Verständnis für den Umgang mit dieser Technik.«

»Bist du jetzt unter die Philosophen gegangen?«, nörgelte sie halb im Scherz.

Thor zuckte mit den Achseln. »Wenn es dir hilft, würde ich sogar Spitzendeckchen klöppeln.«

»Echt?« Hiltja stellte sich vor, wie die großen Hände ihres Donnergottes mit Stecknadeln und unzähligen feinen Garnen kämpften, und prustete los.

»Klar«, antwortete er ungerührt.

In ihren Gedanken verhedderten sich die Fäden zu einem fetten Knoten. Sie kicherte. »Nee, lieber nicht!«

»Aber für dich würde ich es tun.«

»Ich weiß.« Hiltja drückte ihm einen Kuss auf die Wange. »Du bist der Beste!«

»Ich weiß«, wiederholte Thor ihre Worte und grinste. »Jedenfalls bin ich überzeugt, dass wir bisher einfach nur die falschen Experten gefragt haben.«

»Aber die Weißen wissen doch alles!«, widersprach Hiltja.

»Nö! Tun sie nicht. Nicht mal Hoggi.« Er tippte auf sein Smartphone. »Also, ein Fachmann für Kühlschränke hätte mir das Ding hier nicht erklären können.«

»Stimmt.«

»Morgen haben wir unseren Termin mit Jaromir«, fuhr Thor fort. »Sein Mentor Abrexar, der Graue Krieger«, sie konnte fühlen, dass ihr Gefährte bei diesem Namen innerlich salutierte, »war ein Meister der Geistesmagie. Und er hat selbst magische Artefakte aus Edelsteinen erschaffen.«

»So?« Hiltja nahm noch einen Schluck vom Himbeersmoothie. *»Welche denn?«*

Über die Geistesverbindung bekam Thor genau mit, wie lecker sie den Drink fand. Mit einem überaus zufriedenen Lächeln erklärte er: »Na, zum Beispiel den Karfunkel von Jan Hendrik Meier.«

»Schön«, ächzte Hiltja. »Aber Abrexar war der Mentor! Was, wenn Jaromir nichts von diesen Sachen weiß?«

»Er wird was wissen! Abrexar hat ihm vor seinem Tod nämlich einen Großteil seiner Erinnerungen übertragen.« Thor nahm ihr das Glas aus der Hand und kostete selbst einen Schluck. *»Ja, das Zeug ist mir echt prima gelungen!«*

Dann wandte er sich wieder Hiltja zu. »Außerdem habe ich mich vorhin mit Jan unterhalten.«

»Dem Karfunkel-Jan?«

»Genau dem.«

»Und?« Hiltja mopste sich den Smoothie zurück und leerte den Rest in einem Zug.

Thor lachte und öffnete seinen Geist. Ein blonder Mann tauchte auf. Unter lässigen Ponyfransen konnte man einen Stirnreif erkennen, der einen daumennagelgroßen violetten Stein fasste. Jan tippte sich mit dem Zeigefinger an den Edelstein und schmunzelte: »Anfangs dachte ich, ich lerne es nie! Aber mein Lehrmeister war ebenso pedantisch wie hartnäckig und irgendwann hat es dann Klick bei mir gemacht! Heute denke ich über die Benutzung des Karfunkels gar nicht mehr nach.« Er lächelte. »Das wird bei Schneewittchen bestimmt auch so sein. Wenn ihr wollt, komme ich in den nächsten Tagen mal bei euch längs. Vielleicht hilft das ja.«

Thor ließ die Erinnerung abbrechen. »Du brauchst keinen Kühlschrankexperten, sondern einen für die astralen Ströme von kristallinen Zaubern. Und die gibt es heute ebenso wie in der altvorderen Zeit. Wir werden Ikosa schon verstehen, daran habe ich keinen Zweifel.«

»Du meinst, ich war mal wieder zu ungeduldig?«

»Ja, das meine ich, holde Maid.« Ihm saß der Schalk im Nacken. »Liegt vermutlich an der Kurzlebigkeit deiner Art. Wenn man so fix abnippelt, muss halt alles sofort passieren. Sonst ist es zu spät.«

»He!« Sie schleuderte ihm ein Kissen an den Kopf. »Nicht frech werden, ja?«

»Ich doch nicht.« Er lachte.

Eine Pause entstand.

Thor nahm ihr das leere Glas ab und stellte es auf den Nachttisch. Beiläufig erkundigte er sich: »Und? Was sagen unsere Berater zu den Visionen von heute?«

Hiltja lächelte. »Mit dem gruseligen Nichts kann immer noch keiner was anfangen, aber die beiden Dämonenangriffe erörtert Oxana in diesen Minuten mit Adjutant Krann von den Roten.«

Er grinste. »Läuft!«

»Absolut! Und vorhin, als du dich mit Bruttach geprügelt hast, hat mir die Zigeunerin noch was spendiert.«

»So? Was denn?«

»Es wird dir gefallen!«, freute sich Hiltja. »Hanna hat für unsere Überraschungsparty heute Abend ihre neue Eissorte optimiert. Du weißt schon: Himbeere mit Zimt-Schokocrunch. Nun ist sie fertig und das Eis der Oberhammer! Du wirst es lieben.«

»Ja, das klingt super!«

»Schmecken tut es noch besser.« Sie zeigte ihm ihre Erinnerung. »Den Gaumenkitzler wird es später literweise in der Kantine geben.«

»Jammi!« Thor leckte sich die Lippen. »Ich freue mich jetzt schon drauf! Sonst noch was?«

»Nö, zum Glück nicht.«

Hiltja trank weiterhin täglich den Arzneitee, allerdings in herabgesetzter Dosis. Ob es an der Vollendung der Verbindung lag oder daran, dass sie die Meistermentorin gefunden hatten, konnte sie nicht sagen, aber seit ihrem letzten Besuch im Regenwald war die alte Zigeunerin ruhiger. Außerdem erschienen Hiltja die Visionen nun um einiges zielgerichteter.

Weniger volles Rohr Gießkanne, mehr punktuelle Bewässerung. Jetzt können wir viel öfter was mit den Bildern anfangen.

Trotzdem war ihr Nacken verspannt. Seufzend rieb sie sich über die Muskulatur und es zog unangenehm.

»Ich sagte doch, du bist zu ungeduldig«, flachste Thor. »Wetten, dass du ununterbrochen mit Ikosa rumhantiert hast, während ich beim Training war?«

»Könnte sein«, ächzte sie. *Es kam mir gar nicht so lange vor.*

»In dem Fall«, ihr Donnergott stand auf und schnappte sich den riesigen Smaragd, »hat deine Mentorin jetzt Pause!« Geschickt verstaute er das Artefakt im unsichtbaren Safe. »Und du auch, mein Herz.«

»Einverstanden.« Hiltja ließ ihre Schultern kreisen.

»Lass mich mal gucken.« Thor kehrte zu ihr aufs Bett zurück und strich ihre Haare aus dem Nacken. Behutsam begann er damit, ihre

Muskeln zu lockern. Dabei stupste er den Tintendrachen an, der sofort mit seinen Fingern zu balgen begann.

»Oje. Du bist wirklich ganz verspannt. Komm, leg dich hin. Ich verschaffe dir Erleichterung.«

Seine Stimme klang verräterisch rau.

»Soso. Erleichterung also.« Hiltja blickte ihn mit hochgezogener Braue über ihre Schulter hinweg an. »Ich weiß genau, was du vorhast, Herr Krieger!«

Seit ihre Bindung vollendet war, konnten sie endlich miteinander schlafen und Thor ließ keine Gelegenheit dazu aus.

»Och«, brummte ihr Donnergott. »Sex hilft zweifelsohne beim Entspannen. Alex behauptet, das hätten sogar humanoide Studien bewiesen.«

»Studien? Ehrlich?«, foppte sie ihn. »Wollen wir das gemeinsam recherchieren?«

»Liebend gern«, log er und küsste sanft ihren Hals hinauf.

Die Berührung seiner Lippen schickte ein sinnliches Kribbeln durch Hiltjas Adern. Seit sie endgültig miteinander verbunden waren, fühlte sich alles so viel intensiver an.

»Jetzt gleich?«, seufzte sie.

»Eher gleich«, murmelte er und ließ seine Finger zärtlich über die Seiten ihrer Brüste streichen. »Jetzt habe ich andere Dinge mit dir vor.«

Oh ja!

Hiltja genoss es, wie sich die Leidenschaft in ihrem Körper ausbreitete. Trotzdem wisperte sie: »Aber gleich wird eng. Vergiss nicht, wir haben noch einen Termin heute. Wenn wir zu spät zur Ernennungszeremonie kommen, wird uns ›Kameradin Oxa‹ alle Schuppen einzeln abziehen!«

»Oh ja, das würde sie!« Thor fuhr fort ihren Hals mit seinen Lippen zu liebkosen. *»Doch du hast keine Schuppen. Und wir müssen erst in einer Stunde auf der Insel des Kaleidoskops sein. Das schaffen wir locker! Aber ich will dich nicht bedrängen, holde Maid.«*

Doch, genau das wollte er. Und wie er das wollte! Die Geistesbindung übertrug seine Erregung ungefiltert auf Hiltja. Ein süßes Sehnen zog sich in ihrer Mitte zusammen und sie stöhnte.

Aber anstatt weiterzumachen, ließ ihr Drache seine Hände nun bloß unschuldig über ihr T-Shirt wandern.

»Ich kann aufhören«, behauptete er heiser.

Kann er nicht! Und Hiltja wollte auch nicht, dass er es tat.

»Ich könnte es versuchen.«

»Untersteh dich!«

»Gut«, grollte er. *»Leg dich hin. Ich ... würde da gern mal was ausprobieren.«*

Sie tat ihm den Gefallen. *»Und was?«*

»Wie wäre es damit?«

Er zeigt ihr seine Fantasie.

»Oh!« Hiltja keuchte. Die Bilder ließen heiße Lust durch ihre Adern rauschen. *»Meine Güte! Wie kommst du denn auf sowas?«*

Thor grinste lüstern. *»Ich habe mich inspirieren lassen.«*

Er ließ ihre Kleidung mit einem Fingerschnipsen verschwinden und weidete sich an ihrem Anblick.

Hiltja drehte sich zu ihrem Gefährten um. *»Von wem?«* Sie konnte es kaum erwarten, seine Idee in die Tat umzusetzen.

»Sagen wir mal so: Jan und ich haben nicht nur über magische Klunker geschnackt«, flüsterte er rau. *»Der Mann ist nicht gerade prüde und hat reichlich Erfahrung in diesen Dingen. Er hat versprochen, dass es sich lohnt!«*

Zwei Stunden später lagen die Ernennungszeremonie sowie mehrere Reden hinter Thorxarr und Schneewittchen. Lexia, die Vorsitzende der Versammlung der Drachen, und Grimmarr hatten ihre Freunde höchstpersönlich ins heute offiziell gegründete Beratergremium der Seherin berufen. Jetzt standen sie alle gemeinsam vor dem prächtigen Sitzungssaal des Kaleidoskops und genossen die Sonne mit einem Glas Champagner oder Holundersprudel.

Um der Seherin den gebührenden Respekt zu erweisen und ihr auf Augenhöhe begegnen zu können, hatten alle Berater nach ihrer Ernennung die Menschengestalt angenommen.

Oxana strich sich eine platinblonde Strähne aus ihrem Gesicht. Sie fegte einen nicht vorhandenen Fussel von ihrem goldfarbenen Cocktailkleid, lächelte den Krieger an und sendete auf der taktischen Frequenz, die die Clique oft benutzte: *»Hätte nicht gedacht, dass ihr es noch pünktlich schafft. Ihr wart ganz schön spät dran. Was habt ihr getrieben?«*

»Wir hatten ... dringenden Gefährtenkram zu erledigen«, antwortete der Krieger und nippte an seinem Holundersprudel. *»Manche Dinge dulden keinen Aufschub.«*

Der Nachhall seiner Lust färbte die Wangen seines Mädchens rosa und zauberte ein Lächeln in ihr Gesicht.

Herrlich. Endlich drei von drei!

Mehr konnte keine Frau wollen.

»Angeber!«, schalt ihn Schneewittchen.

»Aber ich habe recht.«

»Das hast du.«

Lunara entging der private Schlagabtausch nicht, aber sie beschränkte sich auf ein wissendes Grinsen.

»Ihr habt mit Ikosa gearbeitet«, vermutete Alexan. Seine neue Menschengestalt war wieder männlich, allerdings hatte er nun deutlich weiblichere Züge als früher. Außerdem trug er ein funkelndes Abendkleid und hochgesteckte fliederfarbene Haare.

»Auch«, räumte Thorxarr ein.

»Oh!« Alexans Kopf legte sich schief. »Was habt ihr denn noch gemacht?«

»Sag mal, Alex«, wechselte Lunara das Thema. »Warum trägst du heute eigentlich ein Kleid? Vor Thor musst du doch jetzt keine Angst mehr haben.«

»Stimmt!« Der Weiße strahlte und raschelte mit seinem weiten brombeerfarbenen Chiffonrock. »Ich finde diese Abendroben einfach toll! Hach, da fühle ich mich gleich doppelt festlich. Und beim heutigen Anlass …« Er schaute Schneewittchen an. »Also, für unsere Seherin wollte ich extra schick sein!«

»Deswegen auch die Haare?«, erkundigte sich Oxana mit unbewegter Miene.

»Ja!« Alexan nickte eifrig. »Ich mag es, wenn es glitzert. Und in so einer Hochsteckfrisur kann man viel mehr Strasssteinchen verteilen als in einem Kurzhaarschnitt.«

»Das ist wahr«, bestätigte die Goldene.

»Du siehst toll aus!«, fand Schneewittchen. Sie selbst war in ein bodenlanges, smaragdgrünes Kleid gehüllt, das Oxana für sie ausgesucht hatte. Es passte perfekt, doch Thorxarr hätte seine Gefährtin lieber in etwas weniger Förmlichem gesehen.

»Das finde ich auch, Alex«, pflichtete Verena ihr bei.

Sie und ihr Gefährte Naxor hatten die Prüfung der Meistermentorin im Regenwald ebenfalls bestanden. Da Oxana unbedingt einen Schwarzen fürs Einordnen von gesellschaftspolitischen Zusammenhängen und für das Langstreckensenden im Gremium haben wollte, hatte sie vorgeschlagen, dass Thorxarr und Schneewittchen die beiden beschnuppern sollten. Sie hatten sich auf Anhieb mit dem Paar verstanden, ebenso die anderen Freunde. Also hatte die Goldene dafür gesorgt, dass Verena und Naxor am heutigen Tag ebenfalls in den Beraterstab berufen worden waren.

»Danke für das Kompliment, Mädels!« Der Weiße lächelte glücklich.

»Das einzige, was bei so einem Outfit nervt, sind die Schuhe, oder?« Amüsiert schob Verena den linken Pumps unter ihrem nachtblauen Gewand hervor. »Heute Abend habe ich bestimmt Blasen an meinen Füßen!«

»Ich nicht!« Lachend lüftete Alexan seine Robe, sodass man sein Schuhwerk sehen konnte. Es waren die Wanderstiefel, die er auch im

Dschungel getragen hatte.

»Boa, Alex!«, stöhnte Lunara. »Das passt ja wohl gar nicht zusammen!«

»Wieso? Sieht doch keiner!« Er hob unschuldig die Schultern. »Und diese High Hells sind mir einfach zu unbequem.«

»Man nennt sie ›High *Heels*‹«, verbesserte Verena freundlich.

»Ich weiß«, kicherte Alexan. »Aber sie sollten High *Hells* heißen. Hell ist nämlich Englisch und bedeutet Hölle. Und höllenmäßig fühlen sich die Füße an, wenn man einen ganzen Tag mit solchen Stöckelschuhen rumgelaufen ist!«

Er verzog leidend sein Gesicht.

»Damit hast du definitiv recht!« Oxana betrachtete ihren Freund. »Vielleicht sollte ich mir ein Beispiel an dir nehmen.«

»Du?« Der Weiße schaute erstaunt zu ihr auf. »An *mir*?!«

Meint Oxa das ernst?

Thorxarr musterte seine Kameradin.

»Ja«, erwiderte die Goldene ungewöhnlich nachdenklich. »Wisst ihr, ich habe mein Leben lang von Ruhm und Ehre geträumt. Ich habe nach Ämtern und nach Ansehen gestrebt, aber …«, sie brach ab.

»Heute hast du das alles«, stellte Lunara fest und steckte die linke Hand in die Hosentasche ihres lässig geschnittenen Jumpsuits, während sie mit der rechten ihrer Freundin zuprostete. »Ab heute bist du sogar die Sprecherin der Berater der Seherin! Glückwunsch, Oxa, das hast du dir ehrlich verdient!«

»Auf Oxa!«, rief Schneewittchen und erhob ebenfalls ihr Glas.

Allgemeines Anstoßen, Glückwünsche und Champagner- beziehungsweise Holundersprudeltrinken.

»Aber?«, bohrte Thorxarr nach, als sein Mund wieder leer war.

»Grimmarr hat mir sogar einen Orden angesteckt!«, platzte Oxana unvermittelt heraus und deutete auf das Ehrenabzeichen über ihrem Herzen.

»Na und?« Lunara zuckte mit den Achseln. »Den haben alle bekommen, die die Mentorin an jenem Tag geprüft hat!«

»Genau«, bestätigte Alexan. »Obwohl die Schlacht nur auf mentaler Ebene stattgefunden hat, wurde sie wie eine reale bewertet. Wir haben ›herausragenden Mut und heldenhafte Opferbereitschaft‹ bewiesen.«

»Horraxx!« Thorxarr salutierte. »Damit hat mein König zweifelsohne recht, Kameraden!«

»Ich habe immer noch Albträume von dem Gemetzel«, flüsterte Alexan und schaute zur Goldenen auf. »Du auch, Oxa? Ist es das, was dich quält?«

Oxana schüttelte den Kopf. »Nein, Alex. Mit dem, was ich getan und erlebt habe, komme ich klar. Aber mir ist heute so richtig bewusst geworden, dass Ämter und Ansehen bloß leere Hülsen sind.« Sie presste für einen Augenblick ihre perfekt geschminkten Lippen aufeinander. »Wenn man seine Ämter nicht mit Herzblut ausfüllt, haben sie keinen Wert. Die Ernennung gerade eben hat rein gar nichts verändert!«

»Warum sollte sie das auch?« Thorxarr lächelte seine Freundin an. »Du warst ja schon vorher unsere Sprecherin. Und Hüterin und außerdem die Leiterin der Seherinnen-Recherche! Keiner von uns hätte sich so prima um diese Dinge kümmern können wie du. Das sieht man schon an der Fibel aus der altvorderen Zeit.«

»Das weiß ich!«, seufzte Oxana.

»Willst du den Orden nicht?«, fragte Naxor.

Thorxarr versteifte sich, doch die Goldene schüttelte ihren Kopf.

»Das ist es nicht«, murmelte sie. »Ich … ach.«

Sie wechselte auf die taktische Frequenz und diesmal waren Verena und Naxor eingeschlossen. *»Habt ihr gesehen, wie neidisch meine Mitschülerinnen und meine Mentorin aus ihren Schuppen geguckt haben?«*

»Sie haben ziemlich anerkennend gelächelt«, fand Alexan.

»Pah!«, schnaufte Oxana. *»Lass dir nichts vormachen, Kleiner! Die waren gelb vor Neid. Sie haben allenfalls versucht, sich in meinem Glanz zu sonnen!«*

Sie schaute in die Runde. *»Was schätzt ihr, wie oft wurde eine Golde-*

ne von einem Roten König für Heldenmut und Aufopferungsbereitschaft ausgezeichnet?«

»Ich glaube, das gab es noch nie«, überlegte Naxor. *»Nicht einmal Lexia, die Aufrechte, hat einen Orden für ihre herausragenden Taten bekommen.«*

»Genau!« Oxana schluckte. *»Meine Schwestern lechzen nach so einer Auszeichnung. Und ich habe sie erhalten. Aber ... mir ist diese Medaille vollkommen gleichgültig.«*

Sie stupste ihren Orden an und ihre Augen wurden feucht. *»Als ich mich neben Thor in den Tod gestürzt habe, habe ich nicht einmal im hintersten Winkel meines Hirns an sowas gedacht! Ich wollte einfach nur überleben und, wenn es irgendwie geht, meine Freunde beschützen.«*

Thorxarr nickte stolz. *»Genau das tun wahre Helden!«*

»Dann sind wir Goldenen keine Helden«, erwiderte Oxana. Um ihren roten Mund zeigte sich ein verbitterter Zug. *»Wir Goldenen nehmen ohne lohnendes Ziel keine Gefahren für unser Leben oder gar für unseren Ruf in Kauf.«*

»Du meinst, die anderen *Goldenen sind keine Helden«*, korrigierte Lunara und legte ihrer Freundin die Hand auf den Arm. *»Du bist anders. Du hast dir diesen Orden redlich verdient!«*

»Horraxx!«, rief Thorxarr laut und salutierte.

Alle in der Runde stimmten mit ein und ein vielstimmiges »Horraxx« erhob sich über ihre Köpfe.

Nun rollten erst recht Tränen über die Wangen der Goldenen. *»Aber die anderen ...«*

»Vergiss die anderen!« Lunara umarmte sie. *»Das sind bemitleidenswerte Geschöpfe, die nicht verstehen, was Freundschaft wirklich bedeutet.«*

»Ich war genau wie sie!«, brach es aus Oxana heraus.

»Aber das bist du nicht mehr.«

Die Goldene schniefte. *»Ich glaube, da hast du recht.«*

Sie lächelte einen nach dem anderen an und blieb schließlich bei

Schneewittchen hängen. *»Ich mochte Menschen nie, doch wenn ich dich ansehe, wird mir warm im Bauch.«*

Schneewittchen schmunzelte. *»Mein Papa sagt, dass das eine Form der Liebe ist.«*

Oxana nickte erneut und dann lachte sie. *»Jetzt lasse ich mir schon das Leben von einem humanoiden Vater erklären! Wer hätte das je gedacht?«*

»Wir können viel von den Menschen lernen«, unterstrich Naxor und bedachte Verena mit einem zärtlichen Blick.

Die warf ihrem Liebsten einen Luftkuss zu, wandte sich aber an die Goldene. *»Unterhalte dich über diese Themen mal mit Lexia. Man nennt sie nicht ohne Grund ›die Aufrechte‹! Sie hat sich dieselben Fragen wie du gestellt. Und ähnliche Entscheidungen getroffen.«*

»Aber sie ist die Vorsitzende der großen Versammlung der Drachen!«, protestierte Oxana. *»Für jemanden wie mich wird sie keine Zeit haben.«*

»Du würdest dich wundern, wofür Lex sich Zeit nimmt.« Naxor zwinkerte vergnügt. *»Ich habe schon öfter mit ihr und ihrem Gefährten Felix bei den Wölfen am Lagerfeuer gesessen und geschnackt. Die beiden sind wirklich nett.«*

»Bestimmt sind sie das«, entgegnete Oxana, doch sie wirkte verunsichert.

Schneewittchen wandte sich auf der privaten Frequenz an Thorxarr: *»Wenn wir das nächste Mal auf Lexia oder Felix treffen, sollten wir ihnen von Oxa erzählen.«*

»Unbedingt!«, stimmte er zu. *»Naxor hat recht. Ich habe nur Gutes von der Aufrechten gehört.«*

»So, meine Lieben!« Lunara trank ihr Glas fast zur Neige und schaute in die Runde. »Ich muss mich leider gleich verabschieden. Meine Mentorin vertritt nämlich die Ansicht, dass weder Orden noch Ämter meine miesen Prüfungsergebnisse im Dämpfen von Emotionen ausgleichen!« Sie warf Alex einen nachdenklichen Blick zu. »Vielleicht sollte ich dich mitnehmen – dann hätte ich direkt einen

Versuchskandidaten zum Abschwächen von Ängsten und du wärst die Albträume los. Was meinst du?«

»Öhm!« Der Weiße hüstelte. »Das geht nicht. Leider! Ich habe Bill und mich für heute Abend in Hamburg bei einem Pokerturnier angemeldet.«

»Tja«, Oxana blickte auf ihre elegante Armbanduhr, »und ich habe in einer halben Stunde einen Termin mit Adjutant Kann. Er wollte mit mir noch einmal über die Angriffsvisionen sprechen und überlegen, wie wir den Meldeprozess beschleunigen können.« Sie lächelte Thorxarr und sein Mädchen an. »Und was habt ihr heute Abend Schönes vor?«

Schneewittchen lächelte. »Wir werden spätestens um 19 Uhr von den anderen Wölfen zu einer Überraschungsparty abgeholt.«

»Wie kann es eine Überraschung sein, wenn du davon weißt?«, wunderte sich Alexan.

»Madame Vouh hat geplaudert«, schmunzelte Thorxarr.

»Frechheit eigentlich!« Verena lachte. »Wir haben uns so um Geheimhaltung bemüht!«

Und ihr Gefährte erklärte: »Bei uns Wölfen ist es Tradition, dass die Vollendung einer Verbindung gefeiert wird. Da gibt es dann Lagerfeuer und Unmengen leckeres Essen!«

»Genau.« Schneewittchen grinste. »Hanna hat für heute Abend sogar eine neue Eiscremesorte kreiert.«

»Echt?« Alexan leckte sich die Lippen. »Oh! Hannas Eis ist legendär! Vielleicht will Bill ja lieber wann anders das Pokern lernen.«

Thorxarr schaute zu seinem Kumpel herab, dessen Miene beim Wort ›Eis‹ einen sehnsüchtigen Ausdruck bekommen hatte.

»Ich würde euch alle zu gern offiziell einladen«, sagte der Krieger, »aber …«

»… danke nein, wir hängen an unserem Leben!«, vollendete Lunara den Satz.

»Mist!«, seufzte der Weiße.

Oxana nickte würdevoll. »Und für Thor und Schneewittchen ist es wichtig, Kontakte mit den anderen Gefährten zu knüpfen! Da würden wir nur stören. Überleg doch mal, Alex, wie oft sie bei uns im Gästequartier waren, anstatt ihren Unterricht zu besuchen!«

»Stimmt.« Alexan zog ein langes Gesicht. »Aber Hannas Eiscreme … Menno!«

»Ach, wenn es nur das ist …« Thorxarr lachte. »Dann schmuggle ich einen Eimer für euch raus und wir treffen uns morgen zum Frühstück. An Tagen wie diesen darf keiner von euch leer ausgehen, Kameraden!«

»Au ja!«, jubelte Alexan. »Acht Uhr?«

»Passt prima«, fand Schneewittchen.

Kollektive Zustimmung.

Thorxarr schaute von einem zum anderen und ergriff bewegt die Hand seines Mädchens. *»Ich bin so froh, dass wir sie haben!«*

»Ich auch, mein Lieber!« Schneewittchen erhob feierlich ihr Glas. »Auf euch, Freunde!«, rief sie und prostete den anderen zu.

»Auf die Berater der Seherin!«, erklärte Oxana und nun strahlte sie.

»Auf die Berater der Seherin«, wiederholten alle und leerten ihre Gläser.

Thorxarr drückte die Hand seiner Gefährtin. *»Mit diesen Kameraden an unserer Seite kann die Zukunft nur gut werden!«*

»Das wird sie!«, erwiderte Schneewittchen und er spürte, dass sie das in diesem Moment aus tiefster Seele fühlte.

Ende

Foto: Anna Eve Photography

Moin moin, noch mal!

Vielen Dank, dass du mich auf meiner Reise in die neue Nebelsphäre begleitet hast – ganz allein mit all den Dämonen wäre es mir echt zu gruselig gewesen. Natürlich geht die Geschichte noch weiter. Wie viele Bände es am Ende werden, kann ich allerdings noch nicht abschätzen. Nur nebenbei: Die Lübeck-Reihe war als Einzelband geplant; geworden sind es VIER! Da könnte also noch das ein oder andere auf dich zukommen. Ich werde in der Weihnachtspause mit meinem Mann und meinem Sohn eifrig das »Gehirnstürmen« betreiben und den Plot für den nächsten Teil festlegen. Hach – so viele Ideen und nur so wenig Zeit.

Übrigens wurde ich in den vergangenen Jahren sehr oft gefragt, was mit Aer und Lenir ist. Sind sie tot? Konnten sie sich in eine fremde Welt retten oder haben sie womöglich in der Sphäre überlebt? Und vor allem: Kommen sie zurück? Die Antworten auf eure Fragen sind so eine

Sache, denn ich habe für die Kommandanten der Wölfe verschiedene Szenarien im Kopf und weiß noch nicht, welches das Rennen machen soll. Aber ich werde das Geheimnis der beiden bis zum Ende der »Schatten der Invasion«-Reihe lüften. Versprochen!

Falls du mir einen Gefallen tun möchtest und ein paar Minuten übrig hast, würde ich mich **sehr** über eine Leserbewertung auf Amazon freuen. Als unabhängige Autorin habe ich keinen Verlag, der mich mit Reklame unterstützt. Dafür brauche ich dich! Die beste Werbung sind Mundpropaganda und positive Rezensionen – ein paar Sätze darüber, was dir besonders an der Geschichte gefallen hat, genügen schon.

Meine Herren, ich bin neugierig wie ein Weißer, wie dir der Auftakt in die neue Reihe gefallen hat. Hast du Wünsche, Lob oder Kritik? Oder möchtest du mir einfach nur Hallo sagen? Dann freue ich mich über eine Mail. Selbstverständlich bekommst du eine Antwort von mir.

Schön, dass du dabei warst und herzliche Grüße aus Glückstadt!

Johanna

P.S.: Falls du den **Tüdelkram** vermisst, der kommt nach der Danksagung. Und dann ganz am Ende gibt es noch eine **versteckte Szene** – so wie ihr es euch gewünscht habt!

Webseite

Kontakt: info@johanna-benden.de
via PN über Facebook & Instagram

Aktuelles: www.johanna-benden.de
bei Facebook & Instagram

Johannas Newsletter
Du möchtest vier bis sechs Mal im Jahr erfahren, was bei mir so los ist? Dann melde dich zum **Newsletter** an: www.johanna-benden.de/Kontakt. Ich freu' mich!

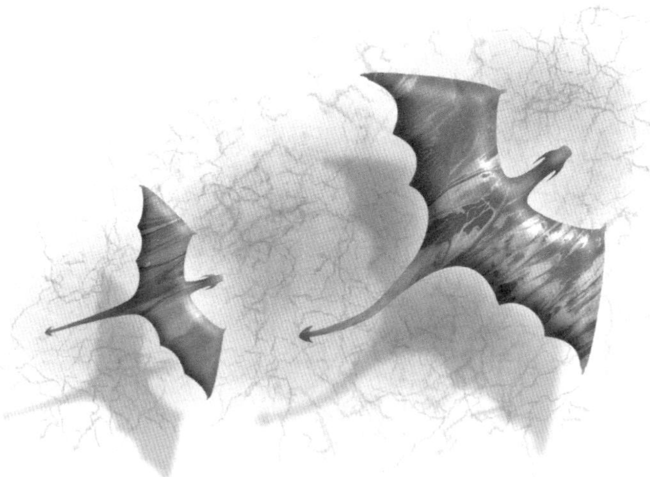

Danke und ein Blick hinter die Kulissen

Häufig werde ich gefragt: »Sag mal, Johanna, wie kommst du eigentlich auf die ganzen Ideen?« Tja, das mit der Muse ist so eine Sache. Einige Wendungen sehe ich selbst nicht kommen, die fliegen mir zu wie zum Beispiel der Angriff vom Pesthornissenschwarm auf die drei Freunde. Mein Plan war, dass sich Alex, Oxa und Luna ganz friedlich auf ihren Heimweg machen, aber dann waren die Biester plötzlich da und zack! – schon ging es rund. Ob es daran lag, dass ich in der Nacht, bevor ich die Szenen schrieb, schlecht geschlafen hatte, kann ich nicht sagen, wäre aber eine Erklärung, oder?

Grundsätzlich bespreche ich den Plot vorab mit meinem Mann. Maik hilft mir meine Gedanken zu ordnen, denn häufig spüre ich schon beim Erzählen, was funktionieren kann und was eher auf einen Rohrkrepierer hinausläuft. Besonders wichtig sind diese Unterhaltungen, wenn ich an einem Punkt nicht weiterkomme. Das kannst du dir im Hause Benden ungefähr so vorstellen:

Ich mit gekrauster Stirn: »Guck mal hier, Maik. Da hänge ich fest. Ich möchte Alex in der Höhle gern dabeihaben, aber wenn Thor anwesend ist – und das muss er ja sein – dann macht der Rote Bulle Konfetti aus seinem Kumpel! Und Alex übers Smartphone dazuzuschalten finde ich lahm.«

Maik achselzuckend: »Denn mach ihn doch weiblich.«

Ich: »Hä? Wen?«

Er: »Na, Alex. Wenn er weiblich ist, muss Thor nicht eifersüchtig sein. Dann gibt es kein Drachenkonfetti.«

Ich stehe immer noch auf dem Schlauch. Meist verschränke ich in solchen Momenten die Arme vor der Brust. »Aber das geht nicht! Ich habe bestimmt, dass einige Attribute der Menschengestalt nicht von den Drachen gewählt werden können, sondern feststehen. Größe, Augenfarbe und eben auch das Geschlecht! Da können die Drachen nicht plötzlich ein Wünsch-dir-was veranstalten.«

»Och«, meint Maik, »die Menschenfrisur ist normalerweise auch immer dieselbe. Bloß bei Alex nicht. Da geht was.«

»Hmm.« Ich verziehe den Mund. »Hast recht. Und aus Alex wird dann Alexa, oder wie?«

»Genau.«

»Boa, das wäre aber echt ziemlich abgedreht, findest du nicht?«

»Eben!«

An dieser Stelle grinst mein Göttergatte oft siegesgewiss, während ich vor mich hin grummle: »Ich denke mal darüber nach.«

Überzeugt bin ich nicht, aber mir fällt halt nichts Besseres ein. Also nächstes Thema.

»Und was ist mit dem Ende?«, schiebe ich hinterher. »Am Schluss wollte ich gern noch mal die Action aufdrehen, aber eine lebensbedrohliche Schlacht mit mördervielen Dämonen wäre total unrealistisch. Und ohne fluppt das am Ende nicht.«

»Dann hol doch die Meistermentorin mit ins Boot«, schlägt Maik vor, »und lass die Nummer mental ablaufen.«

Ich: »Wie jetzt? Eine Schlacht nur auf der Geistesebene?«

»Richtig, das könnte dann eine Art Prüfung von der Mentorin sein.« Er nippt zufrieden an seinem Kaffee. »Da kannst du richtig schön Axt im Walde spielen.«

»Und hinterher ist das alles nicht wahr?«, hake ich nach.

Er nickt. »Jo!«

Darauf ich empört: »Aber das ist Beschiss!«

»Nee, das ist cool!«

Wenn er das sagt, weiß ich, dass er mich im Sack hat.

Tja, wie so oft sind Maiks Ideen die besten. Manchmal denke ich, *er* sollte die Bücher schreiben. Aber dann müsste ich mir einen langweiligen Job suchen. Nee, nee, das lassen wir lieber!

Neuerdings diskutiert unser Sohn auch mit und baut begeistert an der Welt der Nebelsphäre. In Kürze wird auch noch unsere Tochter dazustoßen. Aktuell liest sie »Der Zorn des Phönix« – das ist also nicht mehr lang hin.

Nur nebenbei: Es gibt übrigens wirklich Hefte, die uns Bürgern politische Hintergründe und Zusammenhänge erläutern. Diese »Informationen zur politischen Bildung« werden von der Bundeszentrale für politische Bildung (bpp) herausgegeben und haben mich in der Schulzeit und im Studium begleitet. Die Auszüge im ersten Kapitel sind natürlich meiner überschäumenden Fantasie entsprungen, aber die bpp hätte Ähnliches drucken können, meinst du nicht?

Noch eine Sache möchte ich dir über die Entstehung dieses Romans erzählen: Ich habe ein großartiges Team, das mich auf vielfältige Weise unterstützt. Darum an dieser Stelle ein **dickes Dankeschön an meine ganze Crew!** Euer Feedback ist Gold wert. Allein die Buchbesprechungen sind bei jeder Geschichte wieder ein Fest für mich.

Ihr Lieben steckt genauso viel Herzblut in die Nebelsphäre wie ich und das finde ich einfach wunderbar. Ohne euch würde mir die Schriftstellerei nur halb so viel Spaß machen! **DANKE!**

Maik von Drathen: Plotting, Feedback, Krönchen richten, wenn es mal nicht ganz rund läuft

Jordan: Scheibchenleser, Witzetester, abgedrehte Ideen-Entwickler

Gabriela Anwander: Scheibchenleserin, Erstfeedback, Feuerwehr: unsichere Szenen

Niklas de Sousa Norte: Scheibchenleser, Erstfeedback, Korrektorat, Kommaexperte

Christine Westphal: hat diesmal ausgesetzt – ach, ich vermisse dich!

Ute Brandt: Batzenleserin, technische Details, Grafikberatung, moralische Instanz

Melanie Scharfenberg-Uta: Batzenleserin, Lektorat, Stilkorrektur, Mehrfach-Korrektorat

Sönke Lüdtke:	Nebelsphäre-Frischling, Batzenleser
Elisabeth Schwazer:	Am-Stück-Leserin, Mehrfach-Korrektorat
Marion Schlüter:	Am-Stück-Leserin, Schwerpunkt: Romantik
Annika Blum:	Am-Stück-Leserin, Schwerpunkt: Action, Klappentext-Meisterin
Susanne Paulus:	Am-Stück-Leserin
Dagmar:	Mehrfach-Korrektorat, Fehlerfinderin und zauberhafte Stilkorrektur
Corinna Kahl:	Final-Leserin und Meister-Fehlerfinderin
Rita Kenntemich:	Finale Rechtschreib- & Interpunktionsfragen
Babette Jaschko:	Lateinübersetzung
Philipp Rachor:	Lateinübersetzungen, Beratung in Sachen Physik + Coverfotos (Milchstraße, Mond)
Ronja Forleo:	Drachenzeichnungen ronjaforleo-design.de
Lutz Pape:	IT-Support Webseite

Und ein besonderer Dank geht an dich. Ja, genau, **du** bist gemeint! Ohne euch Leser, die ihr meine Geschichten kauft, müsste ich mir einen normalen Job suchen. Ohne euch würde es die Nebelsphäre also gar nicht geben.

Das Finanzielle ist jedoch nur ein Aspekt, denn ich genieße den Kontakt zu euch sehr. Deswegen danke für die tollen Gespräche auf Messen und Lesungen, danke für die vielen begeisterten Nachrichten und auch ein herzliches Dankeschön für die liebevollen Rezensionen und insbesondere auch fürs Weiterempfehlen! Diese Dinge sind der Wind unter meinen Flügeln – ähm, unter meinen Drachenschwingen!

Ich drück dich! *Johanna*

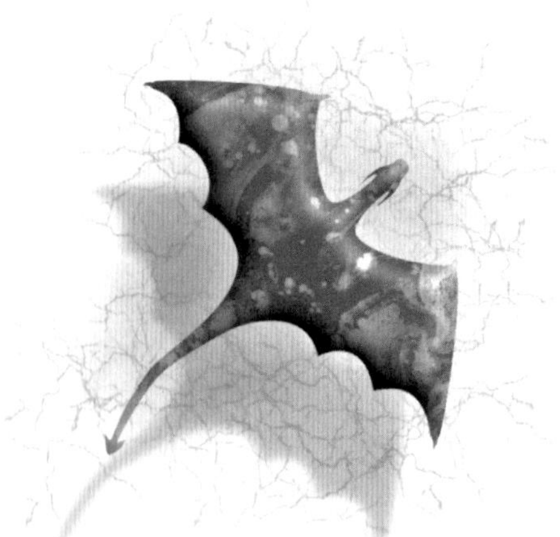

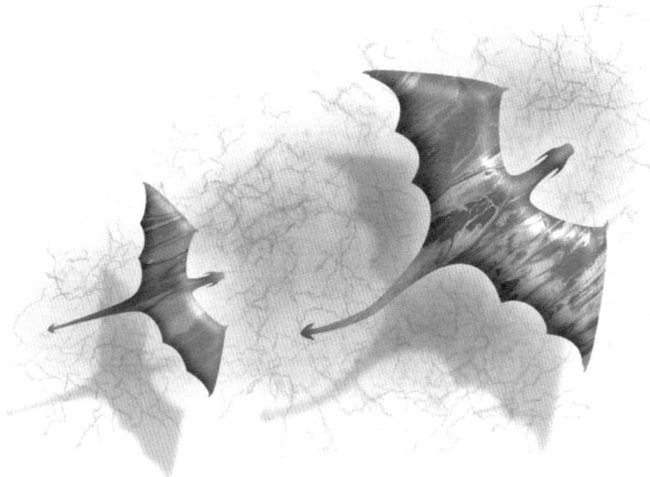

Tüdelkram

Johanna war gerade dabei die Danksagung für die neue Nebelsphäre zu schreiben, als es an ihrer Haustür läutete.

Nanu? Wer kann das denn sein?

Die Autorin erwartete niemanden und ihre Kinder würden erst gegen Mittag aus der Schule kommen.

Nicht, dass Grimmarr mir wieder die Pistole auf die Brust setzen will!

Sie verzog ihr Gesicht und stand auf. Der König der Roten war sich nicht zu schade, mit Hausbesuchen dafür zu sorgen, dass sich das Weltgeschehen nach seinem Geschmack entwickelte.

Aber nicht mit mir, Freundchen!

Johanna verließ ihr Büro und ging zur Tür. Die kleinen Schatten hinter dem Eisblumenglas deuteten darauf hin, dass es kein Roter sein konnte, der geklingelt hatte. Außerdem waren es zwei Personen.

Oh, bitte nicht die Zeugen Jehovas!

Vorzugeben, sie wäre nicht anwesend, würde nicht funktionieren, da die Typen sie garantiert durch ihr Bürofenster gesehen hatten.

Hmm. Vielleicht sollte ich mich als überzeugte Satanistin ausgeben? Joa, das könnte interessant werden.

Die Autorin setzte ein diabolisches Lächeln auf und öffnete die Tür.

Oha! Das sind keine Zeugen.

Nein, es waren Hoggi und Bill, die sie mit einem fröhlichen »Moin« begrüßten und im Chor fragten: »Dürfen wir reinkommen, Johanna?«

»Klar!« Die Autorin hielt die Tür auf. »Wollt ihr 'nen Kaffee?«

Hoggi lächelte. »Mit Milchschaum?«

»Und Zimtsirup?«, frohlockte Bill.

Die Autorin hob eine Braue. »Habe ich euch jemals einen ohne angeboten?«

Doppeltes Kopfschütteln. »Nein!«

»Na, seht ihr. Ab in die Küche mit euch!« Johanna machte einen Schritt zurück, um die beiden vorbeizulassen.

Die Weißen traten ein, wobei sie der Haustür ziemlich skeptische Blicke zuwarfen.

Was die wohl wieder haben?

Egal. Die Autorin folgte ihren Gästen, die es sich ohne Umschweife auf der Eckbank gemütlich machten und sie erwartungsvoll ansahen.

»Und?«, erkundigte sich Johanna, während sie die Kaffeemaschine befüllte. »Wie geht es euch?«

»Gut, gut!«, erwiderte Hoggi und strich die Jacke seines Tweedanzugs glatt.

»Hervorragend«, überbot ihn Bill mit einem unschuldigen Lächeln. »Sogar sehr hervorragend!«

»Aha.« Die Autorin hob eine Braue. *Die wollen doch was, wetten?*

Sie goss Wasser in den Tank und stellte die Maschine an. »Was verschafft mir denn die Ehre eures Besuchs?«

»Öhm«, druckste Bill herum, doch Hoggi platzte heraus: »Wir haben eine Idee! Eine gute Idee!«

»Ja, sie ist sogar hervorragend«, stimmte Bill zu.

Wusste ich's doch!

Grinsend drehte sich Johanna zur Eckbank um. »Na, denn schießt man los!«

»Schießen?« Bill legte seinen Kopf schief. »Ich dachte, wir sollen bei dir keine Magie wirken!«

»Außerdem sorgt das Feuern in den beengten Räumen von euch Menschen immer für schlechte Luft«, merkte Hoggi an. »Willst du in deiner Küche wirklich Einschlaglöcher?«

»Hmm. Die hat zwanzig Jahre auf dem Buckel. Die könnte tatsächlich mal neu«, ging die Autorin zum Schein drauf ein. »Wenn ihr 'nen Unterschrank wegsprengt, hat Maik bestimmt nichts mehr gegen eine Renovierung.«

»Okay …« Bill hob seinen rechten Arm.

»Nein! Stopp!«, rief Johanna und stellte sich schützend vor ihre Schränke. »Nicht schießen!«

»Nicht?« Hoggi furchte die Stirn. »Aber eben sagtest du doch …«

»Das war ein Scherz! Und ›denn schieß mal los‹ ist eine Redewendung!« Sie stöhnte. »Sie bedeutet, dass ihr mit dem Erzählen loslegen sollt. Meine Herren, ihr dürft nicht alles so wörtlich nehmen!«

»Das sagt Alex auch immer.« Bill ließ seinen Arm wieder sinken.

»Hört auf ihn!«, bekräftigte Johanna. »Der Drache hat Ahnung. So, was ist jetzt mit eurer Idee?«

Irritation zeigte sich auf den Gesichtern der Weißen.

»Ähhh …«, sagte Hoggi und Bill fragte: »Welche Idee?«

»Na, die, die ihr mir vorstellen wolltet.« Johanna taxierte die beiden und kam zum Schluss, dass ihre Küche nicht mehr akut von magischen Geschossen bedroht war. Sie öffnete den Kühlschrank und holte Milch und Zimtsirup heraus. »Ihr habt irgendwas vor. Deswegen seid ihr doch gekommen, oder nicht?«

»Ah ja«, schmunzelte Bill. »Ups. Ich war noch bei deiner Küche …«

»Die kann warten«, winkte Johanna ab. »Also, was habt ihr euch überlegt?«

»Wir wollen Christian an die Akademie schicken«, erklärte Hoggi und strahlte.

Bill nickte eifrig. »Genau! Der Junge braucht dringend eine Ausbildung.«

»Christian?« Johanna schaute von einem zum anderen und holte nebenbei den Milchaufschäumer aus dem Schrank. »Meint ihr Christian Kruse? Der Held aus meinem Jugendroman?«

Doppeltes Kopfnicken.

»Er kommt mit seinem Kompass immer besser klar«, erläuterte Bill, »aber allein stößt er an seine Grenzen.«

»Woher wisst ihr das? Habt ihr ihn etwa beobachtet?«

Erneutes doppeltes Kopfnicken.

Hoggi lächelte verwegen. »Wir haben sogar den Kompass untersucht, als er letzte Nacht geschlafen hat.«

»Was?!«, rief Johanna. Fast hätte sie die Milch neben den Aufschäumer geschüttet. »Ihr wart bei Chrissi im Zimmer?«

Ein drittes doppeltes Kopfnicken.

Die Augen der Autorin wurden schmal. »Hat er euch etwa erwischt?«

»Nee«, meinte Bill. »Wir haben die ganze Familie mit einem Schlafzauber belegt, bevor wir das Haus betreten haben.«

»Wie umsichtig von euch!«, schnaubte Johanna.

»Nicht wahr? Das war mein Vorschlag.« Hoggi tippte sich stolz auf seine Brust und die Autorin entschied, dass es keinen Sinn machte, ihm zu stecken, dass ihr Kommentar ironisch gemeint war.

»Der Kompass ist ein faszinierendes Instrument«, schwärmte Bill und legte seinen Kopf schief. »Wusstest du, dass er himmelsechsischen Ursprungs ist, Johanna?«

»Sicher.« Sie stellte die Milch in die Mikrowelle. »Bevor ich mit dem Roman anfing, habe ich mir überlegt, wie das gute Stück entstanden ist und was es kann.«

»Ohh!«, freute sich Hoggi. »Dann weißt du, dass es ein Blauer war, der das Instrument gebaut hat?«

»Klar.«

»Und dass der Kompass gar nicht kaputt ist?«, fragte Bill.

»Jep.«

Hoggis Augen leuchteten. »Und dass er noch viel mehr Funktionen hat als die eine, die Christian und Wiebke entdeckt haben?«

»Na logen.« Johanna grinste. »Ihr kennt mich doch, Leute! Ich lasse mir gern Optionen offen, um später daran anzuknüpfen. Im rätselhaften Kompass steckt noch eine Menge Potenzial.«

»In Christian auch«, unterstrich Bill.

Und Hoggi präzisierte: »Astrales Potenzial. Und das nicht zu knapp.«

»Ich weiß.«

Die Kaffeemaschine begann zu fauchen und die Mikrowelle zu piepsen. Johanna nahm die Glaskanne heraus und schäumte die Milch auf. Sie konnte die Blicke der Weißen in ihrem Rücken förmlich spüren.

Ha! Die beiden werden ganz hibbelig! Gleich räuspern sie sich. Drei, zwei, eins.

Bill hüstelte.

Bingo!

»Christian ist ein kluger junger Mann«, sagte Hoggi. »Den könnten wir im Kampf gegen die Dämonen gut brauchen.«

»Zumal der Kompass unter anderem dafür konstruiert wurde, die dunklen Wesen aufzuspüren.«

»Das ist mir klar.« Johanna holte drei Latte-macchiato-Gläser aus einem Oberschrank und verteilte Milchschaum und Kaffee gerecht auf diese.

»Dann hast du Christians Einsatz in der Nebelsphäre bereits geplant?«, beschwerte sich Bill. »Wir wissen ja gar nichts davon!«

»Nein, geplant habe ich nichts«, widersprach die Autorin. Sie ließ in jedes Glas etwas Zimtsirup durch den Schaum fließen. Das duftete herrlich. »Ich halte mir nur gern alle möglichen Optionen offen.«

»Ich könnte den jungen Mann zur Not auch persönlich unter meine Fittiche nehmen«, bot Hoggi an.

»Oder ich!«, überbot ihn Bill.

»Ihr habt doch beide auch so schon zu viel zu tun, oder nicht?« Johanna stellte vor jedem ein Kaffee-Glas ab. »Und was ist mit Wiebke? Wollt ihr das Mädchen etwa allein in Glückstadt zurücklassen?«

»Nein!«, protestierten die Weißen synchron. »Wiebke nehmen wir mit!«

»Wozu? Sie ist genauso lichtlos wie ich.« Johanna reichte ihren Gästen einen langstieligen Löffel und holte noch eine Dose selbstgebackene Lebkuchen aus der Speisekammer.

Sofort leckten sich die Besucher ihre Lippen.

Die zwei sind echte Naschdrachen!

Bill schnappte sich einen glasierten Stern und nuschelte kauend: »Du täuschst dich, Johanna. Wiebke hat sehr wohl ein gewisses Potenzial.«

Hoggi nickte, kaute und schmatzte. »Mhmm. Mein junger Kollege hat recht. Lecker! Wiebke könnte mitkommen.«

»Könnte!« Johanna setzte sich zu ihren Gästen an den Tisch. »Aber ihr vergesst eine Sache.«

Zwei Köpfe gerieten in Schräglage.

»Oh!«

»Welche?«

Die Autorin löffelte die Sirup-Eingießstelle von ihrem Latte macchiato und schob sich den Milchschaum in den Mund. Zarter Zimtgeschmack breitete sich auf ihrer Zunge aus.

Köstlich! Das ist das Beste an diesem Getränk.

»Was haben wir vergessen?!«, drängelte Bill. Er angelte sich einen zweiten und einen dritten Keks und stopfte beide in seinen Mund.

»Ganz einfach«, seufzte Johanna. »Wenn ich Christian und Wiebke zu euch Drachen lasse, dann können sie nicht wieder nach Glückstadt zurück.«

»Ja und?«, sendete Bill, denn sprechen konnte er vor lauter Keksmasse gerade nicht.

»Diese Entscheidung wäre endgültig«, unterstrich Johanna. »Wisst ihr, das ist wie mit den Dämonen am Ende der Lübeck-Reihe: Als ich die Biester in unsere Welt gelassen habe, war mir klar, dass diese Entscheidung alles verändern würde. Ich weiß nicht, ob ich das für Christian und Wiebke möchte.«

Hoggi lächelte. »Das ist aber kein nein, oder?«

Die Autorin nickte. »Richtig, mein Freund. Das ist ein ›darüber muss ich genau nachdenken‹.«

Plötzlich erregte eine Bewegung in ihrem Augenwinkel Johannas Aufmerksamkeit. Sie schaute aus dem Terrassenfenster und sah, wie ein weißer Drache in ihrem Garten landete.

Das ist Alex!

Sie musterte ihre Gäste. »Wusstet ihr, dass er kommt?«

Betretenes Kopfnicken.

Ha! Wetten, dass sie auf ihn warten sollten?

Unterdessen hatte Alex sich in seine Menschengestalt verwandelt – heute trug er eine wilde, schwarze Lockenmähne – und ging auf das Haus zu.

»Also, ihr hättet mir wirklich sagen können, dass ich Kaffee für vier machen soll!«, tadelte Johanna die Besucher auf der Eckbank und öffnete das Terrassenfenster. »Moin! Komm rein, Alex! Deine Kumpels sind schon da.«

»Moin!« Der Weiße zog sich die Schuhe aus und trat auf Socken in die Küche. »Und, Jungs? Habt ihr dichtgehalten?«

Verwirrung zeichnete sich auf den Mienen der Angesprochenen ab.

»Wieso ›dichthalten‹?«, wunderte sich Bill.

Und Hoggi sagte: »Wir haben aufgepasst, dass die Tür nicht mit uns ins Haus fällt. Sogar sehr genau! Und sie hängt noch in ihren Angeln, ganz wie es sein soll.«

»Dann habt ihr unsere Idee schon ausgeplaudert?«, erkundigte sich Alex enttäuscht.

»Ja, haben sie!« Johanna schmunzelte. »Willst du einen Kaffee?«

»Mit Milchschaum und Zimtsirup?«, hakte er hoffnungsvoll nach.

»Logisch!« Johanna befüllte die Kaffeemaschine ein zweites Mal.

»Und?« Alex legte seinen Kopf schief. »Was sagst du zu Chrissi?«

»Hmm.« Die Autorin grinste. »Ich sage: Schauen wir mal…«

Nur nebenbei: Die Rezepte für den Zimtsirup und die Lebkuchenplätzchen findest du auf meiner Webseite im Downloadbereich.

Moin
Moin
Butter
bei die
Fische

Einen hab' ich noch

Grimmarr hockte auf einem Felsen in der Südsee vor der Lieblingsinsel von Aer und Lenir. Sorgfältig scannte er die Umgebung.

Hier sind weder Menschen noch Drachen oder Dämonen.

Seitdem seine Schülerin und ihr Gefährte in der Schlacht bei Pjöngjang in die Nebel gesprungen waren, kam der König der Roten einmal die Woche an diesen Ort. Doch bis auf ein paar kleinere Tiere war dieser Ort verwaist. So war es jedes Mal.

Vielleicht sollte ich damit aufhören und meine Hoffnung endlich begraben. Aer und Lenir sind tot!

Eine leise Stimme in Grimmarrs Innerem protestierte.

Tja, ich hätte mein Herz eben nicht an die beiden hängen dürfen.

Aber das hatte er getan. Auch wenn er es nie zugeben würde, war ihm Lenir im Wesen überraschend ähnlich und in Aer steckten Mut, Kampfgeist und Herzblut für zehn rote Krieger.

In diesen Tagen vermisse ich sogar die rebellische Art der beiden!

Die Zeiten waren schlecht und irgendwas sagte Grimmarr, dass sie noch schlechter werden würden.

Wir brauchen so dringend gute Offiziere.

Die Lücke, die die Kommandanten der Wölfe hinterlassen hatten, konnte niemand füllen. Nicht einmal der Adler und sein Skorpion, auch wenn die beiden sich redlich bemühten.

Erst Abrexar und jetzt Aer und Lenir! Pah! Warum müssen sich die Besten eigentlich immer opfern?

Ärger richtete den Rückenkamm des roten Kriegers auf. Er riss ein Loch in die Nebelsphäre und sendete direkt hinein: *»Bei allen Dämmerungsrotten, ihr seid einfach abgehauen und habt mich mit dem ganzen Scheiß hier sitzen lassen!«* Er schnaubte und schickte auch noch seine Emotionen hinterher: *»Keiner von euch dreien hat sich von mir verabschiedet! Wisst ihr eigentlich, wie sehr ihr uns fehlt? Wie sehr ihr mir fehlt?! Bei den Ahnen, wir brauchen euch!«*

Jammern war eigentlich nicht Grimmarrs Ding, aber auch ein roter König durfte ja wohl mal einen miesen Tag haben. Resigniert katapultierte er sich vom Felsen in die Luft, entrollte seine Schwingen und verschwand in der Nebelsphäre.

Auf zur nächsten Sitzung im Kaleidoskop! Ich schwöre, sollten sich Victoria und Jaromir auch noch opfern, dann springe ich direkt hinterher!

Die kleine Insel lag wieder verlassen in der Südsee. Die Sonne schien vom wolkenlosen Himmel und die Wellen rollten den Sandstrand hinauf, so wie sie es schon eine Ewigkeit taten. Alles schien friedlich.

Das war es auch. Vorerst. Denn der Riss, durch den der rote König seinen Unmut in die Nebel gesendet hatte, war kaum verschlossen, da regte sich etwas in der Nebelsphäre.

DIE DRACHEN
KEHREN 2023 WIEDER IN DIE

Nebelsphäre

ZURÜCK!

Mehr von Johanna Benden

Dir hat dieser Auftakt in die Nebelsphäre gefallen und du möchtest gern mehr von Johannas Drachen lesen? Dann finde heraus, wie alles begann. Vor der Toröffnung haben die Himmelsechsen sich nämlich vor uns Menschen verborgen und Magie wurde auch nicht offen gewirkt …

Nebelsphäre

3 abgeschlossene Reihen:
Kiel, Lübeck & Hamburg

Alle drei Reihen sind unabhängig voneinander lesbar.

Humorvoll & fantasy-frei aus Glückstadt

Du magst **Johannas norddeutschen Humor** und hast Lust ihre (fast) fantasyfreien Glückstadt-Romane auszuprobieren?

Annas Geschichte: Salz im Wind & Splitter im Nebel

Zwischen Job, Hochzeitsvorbereitungen und finsteren Familiengeheimnissen findet Unternehmertochter Anna sich selbst, wahre Freundschaft und die große Liebe.

Der Wohlfühl-Krimi aus Glückstadt

Eine junge Frau wird schwer verletzt und ohne Gedächtnis aus dem Fahrwasser der Elbe gezogen. Wer hat sie in den Fluss befördert und werden ihre Erinnerungen zurückkehren?

Mysteriös und humorvoll wird es in Johannas Detektiv-Roman

Der rätselhafte Kompass – Auf der Spur der Wahrheit

Christian ist nicht gerade eine Sportskanone, sondern irgendwas zwischen Streber und Genie. Schlimm genug, dass ihn seine älteren Brüder ständig aufziehen und er von Boris dem Bomber als Lieblingsopfer auserwählt wurde. Aber dann kommt es noch dicker: Seine beste Freundin Wiebke soll ihr Zuhause verlieren!

Unerwartet fällt Christian ein uralter Kompass in die Hände, der in alle Richtungen zeigt, bloß nicht nach Norden. Doch das Teil ist nicht kaputt – es birgt vielmehr ein unglaubliches Geheimnis! Mit Hilfe des Instruments kommen Wiebke und Christian einem fiesen Betrüger auf die Spur, der sich in Glückstadt breitmachen will.

Jetzt heißt es für die beiden: Mutig sein und etwas riskieren!

Eine Geschichte über Freundschaft, das Recht auf Anderssein und von der Macht über sich hinauszuwachsen.

Idealer Lesestoff für Jungs und Mädchen.
Macht auch Erwachsenen Spaß!

kindle storyteller
Deutscher Self Publishing Award
FINALIST 2021

Nur nebenbei: Die Geschichte hat nicht nur meinen Kindern gefallen, sondern auch der Kindle-Storyteller-Jury und der Skoutz-Jury.

SKOUTZ-AWARD
SHORTLIST
2022